# Prolog

Ein Mann und eine Frau gehen durch einen Kiefernwald, zuerst Hand in Hand, dann unverbunden. Sie scheinen es eilig zu haben. Plötzlich bleiben sie stehen, reden aufeinander ein. Der Mann hebt die Arme zum Himmel, ballt die Fäuste, die Frau verschränkt die Arme vor der Brust und schüttelt den Kopf. Sie schreien sich an. Nach zwei, drei Minuten setzen sie ihren Weg fort. Schweigend. Die Frau geht voran, der Mann hinterher. Sie blicken nicht nach links, nicht nach rechts, scheinen mit ihren Gedanken woanders zu sein. Weit weg. Irgendwo hämmert ein Specht, Krähen krächzen, ein Düsenjäger saust krachend durch den Himmel. Aber die beiden achten nicht darauf.

Es ist drei Grad über Null. Ostwind. Ziemlich kühl. Düstere Wolken ziehen auf. Die Spaziergänger haben Schirme dabei. Aber sie kommen nicht dazu, sie aufzuspannen. Der Mann ruft der Frau etwas zu, das sich nicht sehr freundlich anhört. Die Frau dreht sich um, faucht wütend zurück. Sie schlägt eine Hand auf die Stirn, setzt den Weg in entgegengesetzter Richtung fort. Der Mann folgt ihr. Die Frau beschleunigt ihren Schritt. Sie scheint ihrem Verfolger davonlaufen zu wollen. Aber schnell hat der Mann sie eingeholt. Er versucht sie festzuhalten. Es gelingt ihr, sich loszureißen, aber der Mann packt sie am Mantelkragen, schlägt ihr ins Gesicht. Mit voller Wucht. Die Frau starrt ihn mit weit aufgerissenen Augen an, schreit ihm ihre Empörung entgegen. Da schlägt der Mann ein zweites Mal zu, stößt sie nieder, reißt sie wieder hoch, hält ihr den Mund zu, als sie abermals schreien will.

*Heinrich Thies*

# Passion

## Höllenfahrt eines Pastors

**MatrixMedia Verlag Göttingen**

Impressum:

Internet: www.matrixmedia.info



Gestaltung und Layout: Masood Ghorbani, Göttingen
Umschlag: Kirche in Gilten bei Schwarmstedt
Fotoaufnahme: Simon Thies
Lektorat: Uwe Friedrich und Gabriele Schulte
Druck: druckhaus köthen, Köthen
ISBN 978-3-932313-53-0

Nun würgt er sie. Sie wehrt sich, tritt ihn, schlägt mit Fäusten. Aber der Mann lässt nicht los. Drückt immer fester zu. Immer fester. Der Widerstand der Frau verwandelt sich in krampfhaftes Zittern. Auch als der Mann schließlich loslässt und die Frau zu Boden fällt, halten die Kontraktionen noch an. Der Mann blickt sich um, hebt einen Knüppel vom Boden auf und schlägt auf die Frau ein. Er beschimpft die Wehrlose, zielt auf den Kopf, schlägt ihr ins Gesicht, auf die Stirn, den Hinterkopf. Immer wieder – auch noch, als die Zuckungen längst nachgelassen haben und der Kopf sich in eine blutige Masse verwandelt hat. Die Augen sind weit aufgerissen. Blicklos starren sie den Mann an, der nicht die Kraft findet, sie zu schließen. Inzwischen hat sich der Himmel verfinstert. Es beginnt zu hageln.

23. März 2006, Freitagmittag

*Kleiner Zuschuss*

Markus Linde nahm sich ein Hefeweizen aus dem Kühlschrank, hielt das große Glas schräg und goss es vorsichtig voll. »Prost, meine Lieben.« Er trank einen großen Schluck und wischte sich den Schaum vom Mund. Er war allein in seiner Zweizimmerwohnung in Hannovers Nordstadt. Niemand, der ihm beim Biertrinken im dritten Stock an diesem frühen Nachmittag Gesellschaft leistete. Er musste sich selbst zuprosten. Aber das machte nichts. Gar nichts. Er fühlte sich bestens. Sauwohl. Prost!

Gerade vor einer halben Stunde war er von der Probe gekommen. Es war wunderbar gelaufen. Dickes Lob vom Regisseur, anerkennende Worte von den Kollegen, ein Kuss von Katja. Besser konnte es nicht gehen. Perfekt. Super.

Markus Linde, 23 Jahre, 1,82 Meter, schlank, mittelblonde gelockte Haare, Nachwuchsschauspieler an der Landesbühne Hannover, spielte den Dichter Treplev in Tschechows »Möwe«. Eine Bombenrolle. Eine riesige Chance, aber natürlich auch ein Wagnis. Nach fünf Wochen Probe – parallel zu Gastspielen mit einer Nebenrolle in »Mutter Courage« – war er sicher, dass er es schaffen werde. Dass er nicht mehr einen auswendig gelernten Text sprach, wenn er auf der Bühne stand, sondern seinen eigenen. Immer noch beschlich ihn ein Kribbeln, wenn er an die Premiere dachte. Aber es war nicht in erster Linie Angst vorm Versagen, die sich in diesem Herzklopfen, diesem beschleunigten Puls und Magengrimmen ausdrückte, sondern Vorfreude. Ein Gefühl wie vor dem Besteigen einer Loopingbahn – oder besser noch: vor einer Siegerehrung.

Boah! Was für ein toller Beruf! Welch grandiose Aussichten. Die Stimmung ließ ihn träumen – von Starrollen beim Film, von der großen Kinokarriere, Supergagen und Fanpost, von einem Marktwert wie Til Schweiger. Yes, I can.

Die Euphorie war so überschäumend, dass sie auch nicht von einer schlechten Nachricht aus der Autowerkstatt getrübt wurde. Die Reparatur seines alten Peugeot würde um die 500 Euro kosten. Der Vergaser musste erneuert werden. Dabei waren sie ihm in der Werkstatt noch entgegengekommen. Ein Freundschaftspreis geradezu.

Doch 500 Euro überstiegen derzeit eindeutig seine finanziellen Möglichkeiten. Aber wozu hatte man Eltern?!

Am besten gleich alles klarmachen, damit das Glück noch makelloser würde. Voller Zuversicht wählte er die vertraute Nummer in Eichendorf. Niemand nahm ab. Er tippte die Handynummer seiner Mutter ein. Doch auch dieser Ruf ging ins Leere. Letzter Versuch, die Mobilnummer seines Vaters. Bingo. Es knackte in der Leitung.

»Ja bitte.«

»Hallo, Papa, Markus hier. Wie läuft's?«

Räuspern. »Was? Wie bitte?«

Lachen. »Wie geht's?«

»Gut, alles in Ordnung. Und dir?«

»Mir geht's auch gut. Bestens sogar.«

»Schön.«

»Hey? Du klingst so komisch. Stör ich? Oder ist irgendwas?«

»Nein, nein, Unsinn, alles in Ordnung, ich war nur gerade in Gedanken.«

Markus hörte Vogelgezwitscher. »Bist du draußen im Wald?«

»Im Wald? Nein, wie kommst du darauf, ich bin gerade im Garten.«

»Schön. Ich will auch nicht lange stören. Ich hab nur ein klitzekleines Problem. Mein Auto ist mir verreckt, der Vergaser hat seinen Geist aufgegeben, und die Reparatur ist nicht gerade billig. 500 Euro soll der Spaß kosten. Das ist leider ein bisschen viel für mich. Ich wollte Euch darum fragen, ob ihr mir einen kleinen Zuschuss bewilligen könnt. So mit 200 Euro zum Beispiel wäre mir schon geholfen.«

»Wenn 's sein muss. Ich überweise dir das Geld. 200 Euro?«

»Super, Papa. Ich werde dir auch alles zurückzahlen, wenn ich erst meinen ersten Hollywoodstreifen abgedreht habe.«

Künstliches Lachen am anderen Ende. »Schon okay, Markus. Wie läuft 's denn so? Du klingst ja wirklich sehr glücklich.«

»Ja, im Moment läuft 's wirklich super. Ich komme gerade von der Probe, und der Regisseur war echt schwer begeistert.«

»Schön, ganz wunderbar. Gratuliere, Markus.«

»Danke. Aber du klingst echt nicht gut. Was ist denn los?«

»Nichts, wirklich. Alles im grünen Bereich.«

»Dann ist ja gut. Ist Mama auch zuhause?«

»Mama? Nein, die ist nicht zuhause. Ich weiß auch gar nicht, wo die steckt. Ich wollte schon fragen, ob sie sich bei dir gemeldet hat.«

»Ich habe seit einer Woche nichts mehr von ihr gehört, und als ich sie gerade angerufen habe, ist sie auch nicht rangegangen. Aber die taucht schon wieder auf. Viele Grüße auf jeden Fall – auch an Anna.«

»Werd ich ausrichten. Mach's gut, Markus.«

»Du auch.«

Trotz der zugesagten Finanzspritze hinterließ der Anruf bei Markus ein ungutes Gefühl. Es war nicht nur dieses beleidigende Desinteresse an seiner Arbeit. Die Stimme seines Vaters hatte irgendwie merkwürdig geklungen. So belegt, so angestrengt, so müde, als sei er gar nicht richtig da. Nicht mehr ganz so euphorisch wie vor dem Anruf nahm er die Dose mit der Lachs-Suppe aus dem Regal, zog sie mit der Lasche auf und kippte den Inhalt in den kleinen Topf auf dem Gasherd. Eigentlich sollte es ein Festessen werden – Aldi macht's möglich – aber während die Suppe zu dampfen begann, hatte er plötzlich gar keinen Appetit mehr.

24. März 2006, Sonnabend

*Himmlischer Beischlaf*

Der Wind hatte aufgefrischt. Hinter den Eichenwipfeln schien ein weißlicher Glanz auf. Das musste die Sonne sein, verborgen hinter Wolken. Ein Windstoß wirbelte welkes Laub durch den Garten. Sonne und Schatten wechselten an diesem Märzsonnabend, als ob ein Kind am himmlischen Lichtschalter spielte. Kurz zuvor hatte es wieder gehagelt, immer noch glitzerten Eiskörner am Boden. Eine unterkühlte Stille lag über dem Pastorengarten, durchbrochen vom Klappern der Gartenpforte, an der der Wind rüttelte.

Immer wieder starrte Linde durch die Verandatür. Aber da war nichts, was sein Interesse erweckte. Nicht die Spatzen, die vor dem Fenster vorbeijagten, nicht die Katze, die über den Rasen tigerte und die Meisen zum Zetern brachte. Er war abgetaucht in das honigfarbene Licht seiner Stehlampe.

Auch das Rufen aus der Diele erreichte ihn nicht. Dabei rief Astrid Brix schon zum zweiten Mal. »Ich bin so weit, Herr Linde. Schönes Wochenende.«

Der Pastor antwortete nicht.

Besorgt setzte die Haushaltshilfe nach: »Herr Linde?«

Erst jetzt horchte der hoch aufgeschossene Mann mit dem dunkelblonden Vollbart auf. In der Heizung knackte und rieselte es. Hatte jemand seinen Namen gerufen?

»Was ist denn?«

Die Frage klang, als sei er gerade aus dem Schlaf gerissen worden – aufgescheucht aus einem Traum.

»Ich wollt nur Bescheid sagen, dass ich fertig bin.«

»Gut.«

»Gehen Se man noch 'n bisschen anne frische Luft. Is' kalt, aber weckt die Lebensgeister.« Die Frau mit dem Pferdeschwanz schrie ihren Rat in den Hausflur. Sie war ja bereits ins Freie getreten. Die Mutter von drei Kindern war erst Mitte dreißig, sah aber schon aus wie Anfang vierzig. Linde schätzte sie, weil sie ihn immer über Dorfneuigkeiten auf dem Laufenden hielt. Gleichzeitig war klar, dass sie Dinge, die sie in seinem Haus aufschnappte, in die Welt hinausposaunte. Er hatte es sich darum angewöhnt, in ihrer Gegenwart vorsichtig zu sein. Auch jetzt hatte er das Gefühl, dass sie ihn argwöhnisch beäugte, insgeheim bereits ihre Schlüsse zog, mochte sie auch anders reden.

»Sie sehen in letzter Zeit so trübsinnig aus«, hatte sie ihm wenige Tage zuvor gesagt. »Weiß gar nicht, wann Sie das letzte Mal gelacht haben.«

Lachen? Wozu lachen? Aber natürlich, da war etwas dran. Unbestreitbar. Er war oft merkwürdig abwesend gewesen in jüngster Zeit. Auch jetzt. Dass Anna nach oben in ihr Zimmer gegangen war, hatte er gar nicht mitbekommen. Er hatte seiner neun Jahre alten Tochter gegen ein Uhr eine Tiefkühlpizza aufgebacken. Schon während sie aß, war er in sein Büro verschwunden.

Er krempelte seine Hemdsärmel hoch. Es war warm im Arbeitszimmer. Er drehte die Heizung herunter, bemühte sich, seine Gedanken auf den Bibeltext zu lenken, an dem er seine Sonntagspredigt auszurichten hatte: Johannes, Kapitel l, Vers 47-53, die biblische Basis für den morgigen Passionssonntag. Die Hohenpriester verständigen sich darüber, dass Jesus eine Gefahr für das jüdische Volk darstellt und aus dem Weg geräumt werden muss.

»Von dem Tage an ratschlagten sie, wie sie ihn töteten.«

Obwohl er schon mehr als einmal darüber gepredigt hatte, wollte ihm nichts Rechtes einfallen. Es lag ihm fern, sich der Internetvorschläge zu bedienen. Die Predigtidee musste von innen kommen, auf die Gemeinde bezogen sein. Nur so konnte sie zünden. Aber in seinem Kopf herrschte Leere. Düstere Leere. Mechanisch griff er nach der Kaffeetasse, stellte sie aber gleich wieder angewidert auf den Tisch. Der Kaffee war kalt geworden.

Ein Schrei. Was war das?

»Du Hexe, verdammte Hexe du«, zeterte jemand vor der Haustür.

Die Frauenstimme überschlug sich fast: »Hilfe, Herr Pastor, helfen Sie mir.«

Jetzt hatte er keine Wahl mehr. Er sprang auf, stürmte zur Tür.

»Lass mich durch, du Hexe.« Die grauen Haarsträhnen hingen der Frau über die Augen. Wie eine Furie kämpfte sie gegen Astrid Brix an, die sie mit beiden Armen zurückdrängte. »Beruhig dich«, herrschte sie die Frau an. »Ich hab' dir doch gesagt, dass der Pastor keine Zeit hat.«

»Schon gut, Frau Brix.«

Als sie den Pastor bemerkte, drehte sich die Angegriffene abrupt um und zuckte ratlos die Achseln. »Ich hab' ihr freundlich gesagt, dass Sie keine Zeit haben«, sagte sie keuchend. »Ganz freundlich, aber ...«

»Schon gut, lassen Sie man.«

Diese Nervensäge hat mir gerade noch gefehlt, ging es ihm durch den Kopf. Aber er hatte gelernt, seine Gedanken für sich zu behalten. Er legte der Frau die Hand auf die Schulter, während Astrid Brix sich zischend zum Gehen umwandte.

Die Besucherin fühlte sich durch die freundliche Geste offenbar ermutigt. »Ich muss unbedingt mit Ihnen reden, Herr Linde, unbedingt.« Hilfesuchend umfasste sie die Schultern des Pastors.

Es war Lene Albers, die »verrückte Lene«, wie sie im Dorf genannt wurde. Sie hatte sich fein gemacht. Unter ihrem schwarzen, schon etwas abgewetzten Mantel leuchtete eine weiße Rüschenbluse auf. Auch ihre dunkelrote Hose zeugte vom Bemühen um Eleganz. Offenkundig hatte sie sich parfümiert. Süßlicher Duft umwehte sie. Meistens roch sie nicht so gut. Die knapp sechzig Jahre alte Frau lebte zusammen mit ihrem Mann in einem kleinen Häuschen zusammen mit allerlei Kleintieren. Hühner, Ferkel und Kaninchen sollten da herumlaufen. Oft kam sie uneingeladen zu Geburtstagen. Dann hatte sie meist einen Strauß Blumen dabei – Blumen, von denen es hieß, dass sie vom Friedhof kämen. Die Beschenkten warfen ihre Geburtstagssträuße daher meist gleich auf den Kompost – und komplimentierten Lene aus dem Haus.

Die Eichendorfer regten sich darüber auf, dass sie nicht längst in eine Anstalt eingewiesen worden war. Aber ihr Mann, ein älterer Rentner, hatte sich bisher standhaft gegen solche Ratschläge zur Wehr gesetzt und die Pflege übernommen. Missbilligend betrachteten es die Dorfbewohner, wenn Lene wieder ihre »Touren« kriegte und im Dorf ihre Runden drehte – nicht selten mit einem Tier in der Tragetasche.

An diesem Tag hatte sie ein kleines Kaninchen dabei. »Ich muss unbedingt mit Ihnen sprechen, Herr Linde«, sagte sie atemlos. »Sie sind der einzige, der mir helfen kann.«

»Ist ja gut, Lene. Komm man erst mal rein.«

Lene hatte ihn schon vor Jahren ausdrücklich darum gebeten, sie zu duzen. Er hatte anfangs noch widersprochen, darauf hingewiesen, dass sie ihn ja auch beim Nachnamen nenne. Aber Lene war hartnäckig geblieben.

Kaum hatte sich die Besucherin auf den braunen Cordsessel im Arbeitszimmer gesetzt, sprudelte es auch schon aus ihr heraus. »Ich weiß gar nicht, wo ich anfangen soll.«

»Schieß einfach los, Lene. Wir werden schon Ordnung in die Dinge bringen.« Er musste unwillkürlich gähnen.

»Also ich, ich habe die Ehe gebrochen, Herr Pastor.«

Sie holte ihr Kaninchen aus der Tragetasche, nahm es auf den Arm und strich ihm übers Fell. Linde strich sich schweigend über den Bart. Offenbarungen dieser Art überraschten ihn bei Lene nur wenig. Aber er wurde hellhörig, als sie geheimnisvoll fortfuhr.

»Das war kein Hallodri, nee, nee«, flüsterte sie bedeutungsvoll. »Sie werden es nicht glauben, aber ich schwöre bei allem, was mir heilig ist: Der Herrgott hat mich besucht, der liebe Gott. Mitternacht war schon vorbei, Siegfried hat fest geschlafen und geschnarcht. Da guck ich aus'm Fenster und sehe mit einem Mal so 'n hellen Glanz. Und als ich näher hingucke, ist da 'n Männergesicht, so mit 'nem großen weißen Bart. Sie können sich nicht vorstellen, wie mir das Blut in den Adern gefroren ist. Aber die Augen haben mich freundlich angeguckt.«

Sie lächelte versonnen.

»Dann hat er mich zu sich gewunken, langsam und bedächtig. Ich konnte gar nicht anders: Ich bin aus dem Bett und zum Fenster. Da hat er mir zugeflüstert, ich soll ihm die Tür aufmachen. 'Lass mich herein, Magdalena'.«

Während sie verschämt wie ein Schulmädchen vor sich hin lächelte, streichelte sie in einem fort das schwarze Kaninchen, das sich in ihrem Mantel festgekrallt hatte.

»Magdalena hat er mich genannt. So heiße ich ja in Wirklichkeit, aber noch nie hat mich einer so genannt, noch nie. Ist das nicht komisch? Ja, und dann habe ich ihm die Tür aufgemacht. Huh, wie der aussah: So 'n langes weißes Gewand hatte der an. Bis auf die Füße hat ihm das gereicht. Und ich, ich hatte auf einmal gar keine Angst mehr. Vollkommen furchtlos war ich. Können Sie sich das vorstellen?«

Er schüttelte den Kopf.

»'Du sollst heute Nacht meine Braut sein, Magdalena', hat er zu mir gesagt. Und dann hat er mich in den Arm genommen, ganz zärtlich.«

Sie seufzte wohlig.

»Das Schreckliche ist jetzt, dass man mit keinem darüber reden kann. Ich kann doch Siegfried nicht sagen, dass ich mit einem andern zusammen war. Das geht doch nicht. Wahrscheinlich würde der mich auch bloß wieder auslachen.«

Erneut strich sie dem Kaninchen übers Fell. »Nur meinem Kleinen hier hab' ich's erzählt. Der versteht mich genau, glauben Sie man, Herr Pastor.«

Linde musste schmunzeln. »Ich glaube, ich verstehe dich auch, liebe Lene«, sagte er väterlich. »Aber könnte es nicht sein, dass du das alles nur geträumt hast?«

»Oh nein.« Sie warf überlegen lächelnd ihren Kopf zurück und richtete die Augen wie verklärt zum Himmel. »Nein, nein, das war kein Traum. Eine Frau weiß doch, wenn sie geliebt wird.«

Im nächsten Moment hob sie zärtlich ihr Kaninchen hoch und küsste es aufs zitternde Näschen. Linde fühlte sich unfähig, einen seelsorgerischen Rat zu erteilen. Sollte er ihr den Wahn ausreden? Wozu? Sie schien sich gut dabei zu fühlen.

»Na, Lene, dann weiß ich gar nicht, warum du dir Sorgen machst«, begann er. »Du hast ja nichts Böses getan, und es ist doch schön, wenn man weiß, dass man von Gott geliebt wird.«

Sie lächelte selig. »Ich bin gebenedeit, Herr Pastor. Gebenedeit unter den Frauen, genau wie die Jungfrau Maria.«

Er ließ das Geständnis unkommentiert im Raum stehen und blickte demonstrativ auf seine Armbanduhr.

Lene verstand. »Oh ja, Sie haben noch zu tun, ich will auch wieder los.«

Um das Gespräch zum Abschluss zu bringen, stand er auf und reichte ihr die Hand. »Schön, dass du hier warst, Lene.«

»Schön, dass Sie mir zugehört haben.«

»Klar doch.«

Sie packte ihr Kaninchen wieder in die Tragetasche. »Ich wollte Sie ja schon gestern fragen, ob ich mal vorbeikommen kann. Aber da haben Sie mich wohl gar nicht gesehen.«

Er sah sie verständnislos an.

»Na, Sie sind doch mit dem Auto an mir vorbeigefahren, ganz

langsam. Irgendwann am Nachmittag war das, was weiß ich. Ich hab' gewunken. Und Sie haben mich auch angeguckt, aber irgendwie trotzdem nicht gesehen. Als ob sie woanders waren. So habe ich Sie noch nie erlebt, so komisch.«

Er konnte sich nicht erinnern. Wovon sprach diese dumme Person? Gleichwohl beschlich ihn eine dumpfe Angst. Er nahm alle Kraft zusammen, sich wieder aufzurichten.

»Ich kann mich beim besten Willen nicht erinnern, liebe Lene. Aber manchmal ist man natürlich in Gedanken ganz woanders.«

»Kein Wunder bei Ihrem Beruf. Kein Wunder.« Jetzt war es Lene, die einen beruhigenden Ton anschlug.

Er war froh, als er wieder in seinem Arbeitszimmer allein war. Doch das Gespräch mit Lene beherrschte ihn noch so sehr, dass er nicht fähig war, mit seinen Predigtvorbereitungen fortzufahren.

Die Kirchturmuhr schlug. Dreimal. Schon drei Uhr. Mit der Wucht der Glockenschläge kehrten seine Gedanken zu Kathrin zurück. Sie war seit gestern, Freitag, verschwunden.

Kurz nach zehn war er mit ihr aufgebrochen. Sie wollte in Celle einkaufen. Sie hatten vereinbart, dass er sie in die Stadt fahren würde und sie mit ihrem eigenen Auto zurückkäme, das abholbereit vor der Reparaturwerkstatt stand. Aber das Auto wartete immer noch vor der Werkstatt. Darüber bestand kein Zweifel. Er hatte gerade dort angerufen.

Sicher, der Plan war etwas abgewandelt worden. Verantwortlich dafür war nicht er gewesen, sondern Kathrin. Da hatte er sich nichts vorzuwerfen. Nein. Weil Kathrin gern »ein paar Schritte laufen« wollte, wie sie es ausdrückte, hatte er sie schon am Stadtrand abgesetzt. Ja, so war es gewesen. Daraufhin war er noch beim Krankenhaus vorbeigefahren, um Gemeindemitglieder zu besuchen. Wie jeden Freitag. Wie immer.

Dienstagfrüh sollte es nach Dänemark gehen. Anna hatte Osterferien, Kathrin hatte sich einige Tage frei genommen. Als Reporterin der »Szene« war sie oft unterwegs. Quer durch die Weltgeschichte reiste sie im Auftrag dieser Hamburger Wochenzeitung. Linde war daher froh, dass sie sich für den geplanten Kurzurlaub freigeeist hatte. Er selbst hatte sich die Tage an der Ostsee hart erarbeitet, manches an den vergangenen Tagen vorgezogen: zwei Taufgespräche,

Passionsandachten mit Abendmahl in Eichendorf und der Nachbargemeinde Winterburg, die mit zu seinem Kirchspiel gehörte, Kirchenkreis, Gespräche mit Dachdecker und Zimmerleuten wegen der anstehenden Renovierung, Treffen mit dem Küster, der Kirchenvorstandsvorsitzenden Ursula Kuchenbecker, der Organistin und der Laienpredigerin Rita Fuchsbaum, die ihn in seiner Abwesenheit vertreten sollte. Und dann am Donnerstagabend auch noch ein Trauergespräch wegen eines Todesfalles. Nach dem Besuch bei den Hinterbliebenen waren, wie lange vorher vereinbart, noch die beiden Pastoren aus den Nachbargemeinden zu ihm nach Eichendorf gekommen – auch mehr ein Arbeitsgespräch als eine lockere Runde. Und dauernd klingelte das Telefon: Einladungen zu Altengeburtstagen, Kaffeekränzchen und Jubiläumsfeiern, Terminabsprachen und Vertretungsregelungen mit Kollegen, Heizungsbauer und Klempner, Anrufe von Todkranken, Verzweifelten und Verrückten, die Trost und Zuspruch suchten.

Zwischendurch hatte sich auch noch Markus gemeldet. Annas großer Bruder brauchte mal wieder eine Zulage. Für eine Autoreparatur. Nur 200 Euro. Das alte Spiel. Aber es war sinnlos, die Bitte zu verweigern. Denn daran, dass Markus blank war, bestand kein Zweifel. Er fragte sich, ob ihn mit seinem Sohn auch noch etwas anderes verband als der schnöde Unterhalt. Mit Kathrin telefonierte Markus auf jeden Fall wesentlich länger. Der Gedanke daran schmerzte ihn.

Nachdem Lene abgeschoben war, legte sich beklemmende Stille über das Haus. Nicht mal die Kläffer aus der Nachbarschaft gaben einen Laut von sich. Und das wollte etwas heißen in diesem Hundekaff. Es war so ruhig, dass man hören konnte, wie die Autos auf der weit entfernten Hauptsraße vorbeirauschten. Zwischendurch ächzte der Wetterhahn auf dem Kirchturm. Der Wind schrammte den quietschenden Blechvogel hin und her.

»Von dem Tage an ratschlagten sie, wie sie ihn töteten.«

Er sammelte Stichworte zum Thema Verleumdung.

Er selbst musste auch immer auf der Hut sein, nicht ins Gerede zu kommen. Das ging ja ganz schnell, man konnte sich gar nicht dagegen wehren. Erst »Hosianna« und dann »Kreuziget ihn«, wie nah beieinander das doch lag. Auch in diesem Heidedorf.

Gerade in letzter Zeit – da war es mit seinem Ruf in der Gemeinde nicht mehr so weit her. Da war was im Busche. Das spürte er. Wenn er morgens in den Dorfladen kam, um seine Brötchen zu holen, verstummten die Gespräche, und alle starrten irgendwie verlegen auf den Boden. Und nicht selten war die Kirche sonntags fast leer. Nur die Konfirmanden und einige alte Leute kamen regelmäßig. Während die Reportagen seiner Frau im ganzen Land gelesen wurden, predigte er, Christian Linde, einer immer kleineren Gemeinde. Schwer, sich damit abzufinden. Sehr schwer. Aber was blieb ihm übrig?

Dabei war es schon mal ganz anders gewesen. Viel Lob und Schulterklopfen hatte er anfangs für seinen neuen Gottesdienststil eingeheimst. »Endlich mal einer, der Party macht in der Kirche«, hatten die Jüngeren gejubelt. Und nur wenige von den Alten waren weggeblieben, weil ihnen die Gottesdienste zu locker waren. Auch seine Friedensgebete, sein Engagement gegen den Golfkrieg und die deutsche Beteiligung am Balkankrieg hatten seinen Ruhm vermehrt. O ja, tapfer hatte er dem diplomatischen Gefasel des Landesbischofs widersprochen. Wacker voran. Die Linken und Friedensbewegten im Kirchenkreis erkoren ihn zu ihrem Helden. Auch in seinen Predigten hatte er sich nicht gescheut, Stellung zu beziehen.

Als er dann die Leitung im Posaunenchor übernommen hatte, war das Eis auch bei den konservativen Gemütern im Kirchspiel gebrochen. Christian Linde. Voller Ehrfurcht hatten die Leute seinen Namen ausgesprochen.

»Unser Pastor.«

Wie waren seine Eltern stolz auf ihn gewesen! Jeden zweiten Sonntag kamen sie, um ihren Christian predigen zu hören. Einfache Bauersleute aus einem zwanzig Kilometer entfernten Dorf. Er hatte noch gut in Erinnerung, wie sie bei seiner Amtseinführung vor fünfundzwanzig Jahren zu ihm aufgeblickt hatten. Der Landessuperintendent persönlich hatte den Gottesdienst geleitet.

»Dies ist mein lieber Sohn, an dem ich Wohlgefallen habe. Den sollt ihr hören.« Das war sein Ordinationsspruch gewesen. »Da muss man ja jetzt richtig Respekt vor dir haben, Herr Pastor«, hatte sein Bruder gefrotzelt. Olaf, drei Jahre jünger als Christian, hatte gerade bei der Kriminalpolizei angefangen, der Jungbulle. Gern hätte es sein Vater damals gesehen, wenn Olaf den Hof übernommen hätte. Später hatte er sich damit abgefunden, dass er einen anderen Weg einschlug, zur Respektsperson aufstieg. Ganz ähnlich war es bei Christian gewesen, dem Erstgeborenen und eigentlichen Hoferben. Der alte Bauer, der vor wenigen Jahren verstorben war, hatte sich mit dem beruflichen Erfolg seiner Söhne getröstet. Pastor und Polizist. Das waren doch nicht nur x-beliebige Jobs, Ehrenämter waren das. Besonders Christians Theologenlaufbahn hatte ihn mit Stolz erfüllt. O ja, ein Pastor – so etwas war in der Familiengeschichte bisher noch nicht vorgekommen.

Dabei war Christian anfangs keineswegs sicher gewesen, ob sie ihn als Gemeindepastor in Eichendorf auch anerkennen würden. Sehr zurückhaltend hatten sie ihn beim Vorstellungsgespräch beäugt. Die einen hatten bohrend gefragt, was er denn tun wolle, um die Jugendlichen wieder in die Kirche zu locken. Die andern hatten ihn ermahnt, nur ja die alten Leute nicht zu vergraulen.

»Bloß kein Halligalli«, hatte der dicke alte Tischler immer wieder gebrabbelt. »Bloß kein Halligalli. Immer schön die Kirche im Dorf lassen. Sonst bleiben die alten Leutchen auch noch weg, sonst bleiben die Alten auch noch weg.«

Wohl um die Bedeutungsschwere seiner Botschaften zu erhöhen, pflegte der kurzatmige Handwerker in seiner Mischung aus Hochdeutsch und Heide-Platt immer Sätze oder Satzbestandteile zu wiederholen. Vergeblich hatte Linde in die Runde gestarrt, um angesichts dieser Marotte ein zustimmendes Lächeln zu erhaschen. Doch von der schlichten Rhetorik dieses immer etwas ranzig riechenden Kirchenvorstehers waren anscheinend alle beeindruckt gewesen.

Zum Glück hatte er dann doch schon bald die Mehrheit der Gemeinde hinter sich und wurde auch von den Skeptikern akzeptiert. Als Pastor war man in Eichendorf schließlich nicht irgendwer. Gut achtzig Prozent der rund 900 Einwohner immerhin waren evangelisch – ebenso viele wie im Nachbarort Winterburg. Mochte der Sonntagsgottesdienst auch an Bedeutung verloren haben, die kirchlichen Rituale hatten im Dorfleben noch ihren Platz: Ob Taufe, Konfirmation, Trauung oder Beerdigung – der Segen des Pastors begleitete die Leute nach wie vor. Von der Wiege bis zur Bahre. Und die Kirche gab dem Dorfleben immer noch so etwas wie eine geistige Mitte. So vieles, was das Dorf bisher zusammengehalten hatte, war ja in Auflösung geraten. Vorbei die Zeiten, als noch die bäuerliche

Arbeit den Rhythmus des Lebens bestimmte. Von den zwölf Bauern, die nach dem Krieg in der Gemeinde geackert hatten, waren gerade drei übrig geblieben. Die Eichendorfer gingen ihrer Arbeit anderswo nach. Und außerhalb der Gemeinde gingen die Kinder auch zur Schule, nachdem die Dorfschule vor zwanzig Jahren dicht gemacht worden war.

Jenseits der Durchfahrtsstraße war ein neues Dorf entstanden, eine Siedlung mit weißen und hellgelben Einfamilienhäusern und kleinen Ziergärten. Hier lebten die Eichendorfer, die noch Jahrzehnte nach Ende des Zweiten Weltkrieges von den Ureinwohnern »Flüchtlinge« genannt wurden, hier siedelten sich die »Städter« an, die es aufs Land zog.

Das alte Dorf grenzte an die Marsch, das neue an die Eisenbahnlinie und ein dahinter liegendes Waldgebiet mit Moor- und Heideflächen. Die Hauptstraße teilte die beiden Ortsteile voneinander. Während das Überschwemmungsgebiet der Aller den Expansionstendenzen auf der Marschseite eine natürliche Grenze setzte, wucherte das Dorf auf der anderen Straßenseite entlang der Bahnlinie – legalisiert durch immer neue Bebauungspläne – ungehemmt in die Feldmark hinein. Hier im neuen Dorf, direkt hinterm Bahndamm, wohnte auch die »verrückte Lene« – in einem winzigen Häuschen, das ihr Mann, gelernter Maurer, einst selbst hochgezogen, aber nie verputzt hatte.

Die zweihundert Jahre alte Backsteinkirche stand selbstverständlich im alten Dorf. Zwischen Bauernhäusern erhob sich der Turm des Gotteshauses hoch über der Marsch. Einen Steinwurf entfernt war das Pfarrhaus. Ging man von hier aus in Richtung Aller, kam man an der »Deichschenke« vorbei. Der andere Dorfgasthof an der Hauptstraße hatte vor einigen Jahren geschlossen – ebenso wie der zweite Dorfladen, der Bäcker, der Schlachter und der Schuster. Auch Bahnhof und Poststelle waren aufgelöst. Übrig geblieben war der Laden an der Hauptstraße, wo man nun Backwaren bekam und in dem integrierten Postamt auch ein Päckchen aufgeben konnte. Immerhin. Behauptet hatte sich auch die Tischlerei mit dem angeschlossenen Beerdigungsinstitut »Ruhe sanft«.

Auch manch Neues war entstanden: Eine der Zugezogenen hatte an der Hauptstraße eine Garage zum Friseursalon umgebaut, im neuen Dorf hatte sich eine Ärztin niedergelassen, das Schulgebäude war zum Kindergarten umfunktioniert worden. Auch an Vereinen fehlte es nicht: Schützenverein, Sportverein, Feuerwehr, Angelverein, Jagdgenossenschaft, Kyffhäuser, die Ortsgruppen des Deutschen Roten Kreuzes, der SPD und der CDU. Nicht zu vergessen: Kirchen- und Posaunenchor.

Doch während diese Vereinigungen jeweils nur einen Teil der Eichendorfer in ihren Reihen versammelten, führte die Kirche alle zusammen. Zumindest theoretisch. In Wirklichkeit versammelte sich das Dorf natürlich nur noch am Heiligen Abend in der Kirche. Wenn überhaupt. Auf jeden Fall aber stand der Pastor im Mittelpunkt des öffentlichen Lebens.

Christian Linde schloss die Augen und seufzte auf. Irgendwie erleichtert. Später würden die Leute sagen, er habe an diesem Tag schon ziemlich komisch gewirkt. Aber als er sich im Spiegel betrachtete, fand er, dass er aussah wie immer. Warum auch nicht?

24. März 2006, Sonnabend

*Einladung zum Achtzigsten*

Das Telefon riss ihn aus seiner Versenkung. Im ersten Augenblick überlegte er, ob er nicht einfach abwarten sollte. Irgendwann würde sich schon der Anrufbeantworter einschalten. Dann kam ihm die Idee, dass es vielleicht mit Kathrin zu tun haben könnte. Er nahm ab, bemüht, seiner Stimme einen entspannten Ausdruck zu geben.

»Linde.«

»Ja, hier is' Alma Braun aus Winterburg. Herr Linde, ich wollt' Sie zu meinem Geburtstag einladen. Ich werd' doch nächsten Mittwoch achtzig.«

Er holte tief Luft. Das hatte gerade noch gefehlt. »Sie machen Witze, Frau Braun«, sagte er. »Sie sind doch höchstens fünfzig. Ich habe Sie doch noch beim letzten Schützenfest einen Rock'n Roll tanzen sehen.«

»Rock'n Roll? Schön wär's.« Ein Kichern schlich sich durch die Leitung. Krächzend fuhr die Anruferin fort: »Nee, nee, aus dem Alter bin ich raus, Sie alter Kavalier, Sie. Sie wollen wohl 'ne alte Frau zum Narren halten, was? Rock'n Roll, tsss, tsss.«

»Ach, Frau Braun, man ist so jung, wie man sich fühlt. Das wissen Sie doch.« Schon im nächsten Moment ärgerte er sich über die Plattheit. »Aber Scherz beiseite. Leider muss ich Ihnen einen Korb geben. Am Dienstag fahre ich mit meiner Frau und Anna nach Dänemark. Anna hat Osterferien, und ich muss auch mal raus. Damit ich in der Karwoche wieder auf dem Dampfer bin.«

»Das ist aber schade, Herr Linde. Aber ich versteh' natürlich, dass Sie auch mal Urlaub brauchen. Sie haben in letzter Zeit gar nicht gut ausgesehen, wir haben uns schon Sorgen um Sie gemacht.«

Er rieb sich irritiert den Bart. Was meinte diese Frau? Was für Sorgen die sich wohl wieder mal im Dorf über ihn gemacht hatten? Er war unfähig, etwas zu sagen. So entstand ein peinliches Schweigen.

»Nee, dann fahren sie mal ruhig, Herr Linde«, grummelte die alte Frau. »Sie können dann ja später noch mal vorbeikommen. Ich frier' Ihnen bisschen was von der Schwarzwälder Kirschtorte ein. Die haben Se doch beim Fünfundsiebzigsten so gern gegessen.«

»Dass Sie das noch wissen«, sagte er gerührt. »Genauso machen wir das. Ich werd' Ihnen schon auf die Bude rücken. Darauf können Sie Gift nehmen.«

Er räusperte sich, nun fest entschlossen, dieses störende Gespräch schnell zu beenden. »Ja, dann feiern Sie mal tüchtig. In einer Woche sind wir wieder zurück. Wahrscheinlich sehen wir uns dann ja Gründonnerstag beim Abendmahl.«

»Wollen mal sehen«, antwortete die Frau – offensichtlich leicht verschnupft. »Schönen Urlaub.«

»Tschüss, Frau Braun, und alles Gute zu Ihrem Geburtstag.«

Erschöpft von der gespielten Munterkeit, aber auch mit einem Anflug von schlechtem Gewissen legte er auf. Er wusste, was es den alten Leute bedeutete, dass er zu ihren Geburtstagen anrückte. Viele waren bestrebt, sich in ein möglichst gutes Licht zu setzen, um für den nicht mehr so fernen Tag ihres Ablebens vorzusorgen – Punkte zu sammeln, wenn nicht für das Jüngste Gericht, so doch zumindest für die Beerdigung. Irgendwie kam er sich immer vor wie ein Torwärter am Pfad zum Ewigen Leben – Mittler zwischen Himmel und Erde. Kathrin hatte oft darüber gelächelt. Er aber fühlte sich durch solch angetragene Autorität geehrt. Wenn möglich nahm er daher jede Einladung zu einem runden Altengeburtstag an. Aber in diesem Fall ging es wirklich nicht. Für den Urlaub hatte er in den vergangenen Tagen auch hart genug geackert.

Doch mit einem Mal schien ihm diese Woche in Dänemark in weiter Ferne zu liegen. Eine seltsame Unruhe überkam ihn. Er blickte auf die Uhr. Schon zehn vor vier. Er spürte wieder dieses Kribbeln in der Magengegend, fast war ihm schwindlig. Er presste die Fingerspitzen gegen die Schläfen, um einen klaren Kopf zu bekommen.

Kathrin. Bald würde Anna nach ihr fragen. Nein, er konnte nicht weiter so untätig herumbrüten, musste etwas tun. Er blätterte im Telefonbuch, um die Nummer von Kathrins Freundin aus Celle herauszusuchen. Natürlich, das lag doch nahe. Vielleicht war sie bei dieser Petra gewesen. Er wählte die Nummer. Der Rufton ging ins Leere, niemand nahm ab.

Ob sie vielleicht einen Anruf von der Zeitung bekommen hatte? Mit ihrem Handy war sie ja fast immer abrufbar. Erst jetzt fiel ihm ein, dass sie ihr Mobiltelefon eingesteckt hatte. Plötzlich kam er auf die Idee, sie einfach anzurufen. Warum war ihm das nicht schon viel früher eingefallen? Wie dumm! Aufgeregt wählte er ihre Handy-Nummer: 0171- 236 ... Vergebens. »Diese Nummer ist zur Zeit nicht erreichbar, versuchen Sie es später noch einmal«, tönte es mit stereotyper Höflichkeit aus einer elektronischen Tonkonserve.

Seine Nervosität wuchs. Undenkbar, sich jetzt wieder auf die Predigt zu konzentrieren. Er suchte in Kathrins Telefonliste, die zwischen den Telefonbüchern steckte, nach der Nummer des Fotografen, mit dem seine Frau meistens unterwegs war. Hier hatte er Glück. Der Mann meldete sich gleich, konnte aber auch nicht weiterhelfen.

»Nee, tut mir leid, Herr Linde. Wir beide haben heute nichts miteinander vor.«

Er meinte, einen frivolen Unterton herauszuhören. Wahrscheinlich hatte Kathrin mit diesem schmierigen Typen, der immer in einer abgewetzten Lederjacke herumlief, auch schon mal geschlafen. Er verspürte nicht die geringste Lust, das Gespräch fortzusetzen.

»Ja, dann entschuldigen Sie die Störung.«

»Kein Problem«, erwiderte der Fotograf. »Ich geb' Ihnen mal die Nummer von dem Ressortchef. Wenn sie Kathrin doch zu irgendeinem aktuellen Termin geschickt haben, müsste der das eigentlich am besten wissen.«

Nach einer kurzen Pause meldete sich der Mann mit der versprochenen Telefonnummer zurück, und Linde verabschiedete sich mit herzlichem Dank.

Sofort rief er darauf den Ressortleiter an.

»Na, das sind ja schöne Zustände bei Ihnen im Pfarrhaus«, scherzte der Mann, dem er noch nie begegnet war. Es klang jovial, ein bisschen von oben herab. Wo Kathrin steckte, könne er aber natürlich nicht sagen. So eng sei das Verhältnis auch wieder nicht. Wieder verschlug es Linde die Sprache, als ihm der Spott bewusst wurde.

»Aber wenn sie wieder auftaucht, richten sie ihr bitte aus, dass ich ihre letzte Geschichte über diese Börsenbetrüger ganz toll fand«, fuhr der Herr am anderen Ende der Leitung fort. »Große Klasse, wirklich.«

»Da wird sie sich bestimmt freuen.« Es war ihm, als wenn ihm diese Telefongespräche allmählich die Kehle zuschnürten.

Als er den Hörer aufgelegt hatte, hörte er, wie Anna die Treppe heruntergepoltert kam.

»Is' Mama immer noch nicht da?«

Die Frage versetzte ihm einen Stich. »Die hat bestimmt bei 'ner Freundin geschlafen – wie du manchmal«, sagte er. »Aber langsam werde ich auch ungeduldig.«

»Wahrscheinlich hast du wieder vergessen, dass sie verreist ist«, sagte das Mädchen mit den schulterlangen weißblonden Haaren und dem schmalen Gesicht, das trotz seines zarten Alters oft fluchte, wie ein altes Marktweib. »Echt bescheuert. Dabei wollte ich heute mit Mama shoppen gehen.«

»Ja, tut mir leid, ich weiß auch nicht.«

»Das ist ja nichts Neues. Wenn es wenigstens nicht so scheißlangweilig hier wär. Ich hab keine Lust mehr, hier rum zu hängen. Ich geh' noch mal rüber zu Britta.«

Es war ihm recht, dass seine Tochter ihn nicht länger mit ihren Fragen quälte. »Gute Idee«, murmelte er. »Bis gleich, Anna.«

Auch ihn selbst hielt es nicht mehr im Haus. Er beschloss, einen Spaziergang zu machen. Die Sonne schien. Er zog seine schwarze Windjacke über und wanderte in Richtung Allermarsch – vorbei an der »Deichschenke«, der Kneipe mit den nikotinbraunen Gardinen, die von den Leuten abfällig »Zum schmierigen Lappen« genannt wurde und abgesehen von Familienfeiern nur noch wenige Gäste anzog. Auch an diesem Spätnachmittag war es dunkel hinter den Fenstern. Zum Glück, dachte er. Das Gefühl, von Kneipenbesuchern angestarrt zu werden, hätte ihm den Spaziergang verdorben.

Tatsächlich hellte die frische Frühlingsluft seine Stimmung ein wenig auf. Leider zogen schon bald graue Wolken auf, so dass er sich wieder auf den Rückweg machen musste. Noch bevor er das Haus erreicht hatte, prasselte ein neuer Hagelschauer auf ihn herab.

Nachdem er sich im Badezimmer die nassen Haare abgetrocknet hatte, kehrte er an seinen Schreibtisch zurück, beugte sich über Bibel und Agende. Wenn ihm schon nichts Vernünftiges zur Predigt einfiel, wollte er wenigstens die Psalmen und Gebete für den Gottesdienst zusammensuchen.

»Schaffe mir Recht, o Gott, und errette mich! Denn du bist der Gott meiner Stärke.« Was sollten die Leute damit anfangen?

Es war ihm, als wäre sein Kopf voll Nebel. Sonst war es ihm doch so leicht gefallen, diesen simplen Dorfgottesdienst vorzubereiten.

Simpel? Nein, so simpel waren seine Gottesdienste nicht immer gewesen. Es gab Zeiten, da waren sonntagsmorgens Leute aus anderen Gemeinden zu seinem Backsteintempel gepilgert, um ihn, Christian Linde, zu hören. Es hatte sich herumgesprochen, dass ein Linde-Gottesdienst etwas Besonderes, etwas Einzigartiges war. So hatte auch die junge Journalistin Kathrin Fischer Wind davon bekommen und bei ihm, dem aufsehenerregenden Kirchenerneuerer, angerufen. Mehr als zwanzig Jahre lag das schon zurück, aber er erinnerte sich noch genau. Er hatte sie zum Konfirmationsgottesdienst eingeladen.

*Konfirmation*

Kathrin hatte sich unter die Gemeinde gemischt. Da an diesem Tag auch die Verwandten der Konfirmanden in der Kirche versammelt waren, fiel ein fremdes Gesicht nicht so auf. Sie hatte später oft erzählt, wie schwer es ihr gefallen war, sich passend zu kleiden. Schließlich hatte sie sich für einen zwar eleganten, aber unauffälligen Aufzug entschieden. Schwarze Jeans, flaschengrüner Blazer, elfenbeinfarbene Bluse – er hatte ihr Bild noch genau vor Augen.

Da der Fotograf neben ihr saß, hatte Christian Linde sie gleich bemerkt. Er hatte an diesem Konfirmationssonntag länger vor dem kleinen Wandspiegel in seiner Sakristei gestanden als üblich. Die »Zeitung« war schließlich nicht jeden Tag da.

Kathrin hatte ihm später gesagt, sie habe gestaunt, dass die Mädchen gar keine schwarzen Kostüme trugen, sondern modische Sachen in hellen, bunten Farben. Ganz anders als bei ihrer Konfirmation. In ihrer Albernheit waren die Konfirmanden den jungen Damen aber wohl ähnlich gewesen, zu denen auch sie mal gehört hatte. Prustend vor unterdrücktem Lachen hielten sie sich die Hände vor den Mund, als sie mit ihrem Pastor in der Kirche aufmarschierten. Und die Jungen grinsten vor Stolz und Verlegenheit.

Kathrin Fischer war aufgefallen, dass Linde keineswegs missbilligend die Stirn runzelte, wie sie es von ihrem eigenen Pastor in Erinnerung hatte. »Du hast einfach nur gelächelt, ganz souverän«, hatte sie ihm später gesagt. »Das hat mir gefallen.«

In der Tat, er hatte eine gelöste Stimmung verbreitet, die auf die Gemeinde übersprang. Dann aber füllte sich das Kirchenschiff mit Pathos. Der Posaunenchor leitete das erste Lied ein: »Geh aus, mein Herz, und suche Freud.«

Wie war dieser Gottesdienst bei Kathrin angekommen? Was hatte sie empfunden? Er erinnerte sich an einen Brief, in dem sie ihm damals ihre Eindrücke geschildert hatte. Ein einziger Lobgesang war dieser Brief gewesen, Schwärmerei in den höchsten Tönen. Er zog das vergilbte Kuvert aus der oberen Kommodenschublade in seinem Arbeitszimmer und überflog noch einmal die sechs Seiten.

Er war gerührt, fast ein bisschen peinlich berührt. Das war ja fast ein bisschen viel des Guten. Aber andererseits war dieser Konfirmationsgottesdienst auch wirklich prima gelaufen. Vom abgestorbenen Apfelbaum als Sinnbild für den Zustand der Kirche war er dazu übergegangen, den Symbolgehalt der angekündigten Neupflanzung zu erläutern. »Wenn ich wüsste, dass morgen die Welt zugrunde geht, würde ich heute einen Apfelbaum pflanzen.« Diesen angeblichen Luther-Spruch hatte er zum Motto seiner Pflanzaktion erkoren.

Und er hatte nicht nur geredet. Er hatte den Konfirmanden auch eine Schale mit Apfelstücken gereicht und sie davon kosten lassen. Einen »Vorgeschmack« sollte ihnen dies geben, wie er gesagt hatte. Einen Vorgeschmack auf die Früchte ihrer Arbeit, einen Vorgeschmack auf das Paradies. Denn da hatte der Apfel ja bekanntlich eine zentrale Rolle gespielt.

»Ehrlich gesagt hätte ich nicht unbedingt mit den Konfirmanden tauschen mögen«, schrieb Kathrin in ihrem Brief. »Äpfel mochte ich noch nie. Aber Deinen jungen Leuten scheinen sie geschmeckt zu haben. Sie haben richtig gestrahlt dabei.«

Er legte den Brief aus der Hand. Eine seltsame Angst überkam ihn. Er spürte, wie ihm der Schweiß in die Achselhöhlen schoss.

Zurück in die Vergangenheit, zurück zu diesem schönen Konfirmationssonntag, als die Welt noch voller Hoffnung war. Nach dem Gottesdienst war Kathrin mit dem Fotografen und der Gemeinde in den Pfarrgarten gezogen. Er hatte die Spaten schon bereitgestellt, mit denen seine Konfirmanden das Loch ausheben sollten. »Richtig stark hast Du ausgesehen, als Du Deinen Talar ausgezogen und die Hemdsärmel hochgekrempelt hattest«, schrieb Kathrin später. »Wie ein Gärtnermeister.«

Kathrin hatte die Aktion schon an Ort und Stelle gelobt, nachdem sich die Konfirmationsgemeinde zerstreut hatte. Sie war bemüht gewesen, die professionelle Journalistin herauszukehren. »Was am Ende draus wird, weiß man vorher immer nicht so genau«, hatte sie gesagt. »Aber auf jeden Fall habe ich Stoff genug.«

»Wenn Sie noch mehr wissen wollen, fragen Sie ruhig.«

»Lassen Sie sich sonst bei Ihren Gottesdiensten auch so viel einfallen?«

»Ach nein, ganz so viel Arbeit kann ich mir natürlich nicht für jeden Sonntagsgottesdienst aufladen. Aber im Allgemeinen versuche ich schon, die Leute aufhorchen zu lassen. Mit langweiligen Zeigefingerpredigten lockt man heute keine Maus mehr hinterm Ofen vor. Gottesdienst muss eben auch Spaß machen.«

»Fast so eine Art Mitmachtheater, was?«

»Genau. Jeder Gottesdienst ist für mich auch immer Theater – mit Wort, Gesang, Musik, und ein bisschen Show gehört auch dazu. Ostern habe ich ein Kaninchen mit in die Kirche gebracht. Da haben die Leute ganz schön gestaunt, und die waren natürlich gespannt darauf, wie ich ihnen diesen Gag erkläre. Als ich das ängstliche Tier dann zum Angsthasen erklärt habe, fanden sie das total komisch, und ich konnte ihnen am Beispiel des Karnickels erläutern, wie uns die Botschaft Christi von unseren Ängsten befreit. Am Ende war das Tier tatsächlich richtig ruhig.«

»Toll.«

»Hoffentlich ist es noch am Leben und wird heute nicht am Konfirmationstisch verspeist.«

»Ja, die armen Tierchen«, entgegnete Kathrin. »Aber für die Konfirmanden ist es wahrscheinlich auch nicht immer so lustig wie heute.«

»Ich tu mein Bestes. Das Wichtigste ist für mich, dass sie den Spaß nicht verlieren und merken, dass Religion auch spannend sein kann. Aber wir sprechen natürlich auch über alles Mögliche, ohne immer gleich zu fragen, was der liebe Gott dazu sagen würde. Das geht vom Knatsch mit den Eltern bis hin zu Sexproblemen.«

Kathrin hatte schon wieder ihren Schreibblock gezückt und sich Notizen gemacht. Sie war dadurch derart beschäftigt, dass sie nicht in der Lage war, gleich mit einer neuen Frage nachzulegen. Das Gespräch geriet ins Stocken. Ihr Blick fiel auf das Pfarrhaus: ein schöner Fachwerkbau aus roten Ziegelsteinen und schwarzen, efeuüberwachsenen Balken.

»Na, Ihr Haus ist ja genauso von Efeu überwuchert wie der alte Apfelbaum in ihrer Predigt«, sagte Kathrin. »Hoffentlich kein Symbol für den Zustand Ihrer Gemeinde.«

»Hoffentlich nicht.« Linde grinste und räusperte sich irritiert.

»Ganz bestimmt nicht«, beruhigte ihn Kathrin. »Und in diesem großen Haus wohnen Sie ganz allein?«

Er war rot geworden. »Nur eine Marderfamilie leistet mir Gesellschaft«, hatte er in ernstem Ton gesagt. »Sie haben recht: Das Haus ist wirklich ein bisschen groß für einen allein. Ich brauche die vielen Zimmer eigentlich gar nicht. Trotzdem liegen jetzt schon überall Sachen von mir rum. Zum Glück habe ich eine Frau, die mir hilft, den Laden sauber zu halten.«

»Und im übrigen sind Sie ganz solo?«

Man sah Kathrin an, dass sie über ihre eigene Frage erschrak.

Doch er gab sich selbstbewusst. »Solo bin ich natürlich nicht«, antwortete er lächelnd. »Ich bin sozusagen mit meiner Gemeinde verheiratet. Wenn Sie wüssten, wie die Leute einem hier manchmal die Bude einrennen, würden Sie mir bestimmt raten abzuhauen. Von den vielen Amtshandlungen und dem Konfirmandenunterricht mal ganz abgesehen. Und die Sonntagspredigt fällt mir leider auch nicht einfach so zu wie eine himmlische Erleuchtung. Da muss ich manchmal ganz schön lange dran rumbasteln.«

Kathrin fasste die Bemerkung als Wink mit dem Zaunpfahl auf. »Dann will ich Sie mal nicht länger von Ihrer wohlverdienten Sonntagsruhe abhalten.«

»So war das nicht gemeint. So ein netter Besuch wie der von Ihnen ist doch keine Störung.«

Auch Kathrin war die Röte in die Wangen gestiegen.

»Ich fand es auch sehr schön, Sie kennengelernt zu haben. Vielleicht trifft man sich ja mal wieder. Auf jeden Fall werde ich Ihnen meine Reportage über den Gottesdienst zuschicken.«

Kathrin hielt Wort. Schon eine Woche später bekam Linde Post mit dem Absender der »Hannoverschen Rundschau«, Kathrins Zeitung. Er schenkte sich eine Tasse Kaffee ein und machte es sich an seinem Schreibtisch gemütlich, bevor er den braunen Umschlag aufriss. Er zelebrierte die Brieföffnung regelrecht, so gespannt war er auf den Inhalt. Als er das große Foto auf der Zeitungsseite entdeckte, war er erst etwas erschrocken. Furchtbar, fand er, sah er da aus: dieser scheinheilige Gesichtsausdruck, total verkrampft! Wenigstens seine Konfirmanden wirkten munter. »Gottesdienst rund um den Apfelbaum«, stand über dem Artikel. »Ein engagierter Dorfpastor geht neue Wege«, lautete die Unterzeile. Nicht schlecht.

Je weiter er las, desto mehr wuchs seine Freude. Am Ende war er richtig stolz. Er fühlte sich verstanden von dieser hübschen Journalistin, die erst Mitte zwanzig war, wie sie gesagt hatte, fünf Jahre jünger als er selbst. Die Reportage war eine reife Leistung. Er las die Geschichte noch einmal. »Man spürt, dass die Konfirmanden sich von diesem Pastor angesprochen fühlen, der nicht nur originell predigen kann, sondern auch noch gut aussieht.« Das war ja schon fast ein bisschen peinlich. Erst jetzt sah er, dass aus dem Kuvert noch ein Zettel gefallen war. »Ich hoffe, die Geschichte gefällt Ihnen«, stand darauf. »Melden Sie sich mal wieder, Kathrin Fischer.« Daneben war die Telefonnummer gekritzelt.

Die Reportage stimmte ihn so euphorisch, dass er gleich zum Telefon griff und die Nummer wählte. Er hatte Glück. Kathrin war gerade in der Redaktion angekommen.

»Ich habe eben Ihren Artikel gelesen. Wirklich toll. Ich weiß gar nicht, wie ich das verdient habe.«

»Keine falsche Bescheidenheit. Ich war schwer beeindruckt. Und wenn das rüberkommt, dann ist es gut.«

»Wenn Sie Lust haben, können Sie sich ja mal wieder blicken lassen. Wir sind doch neulich gar nicht dazu gekommen, uns richtig zu unterhalten. Von Ihnen weiß ich zum Beispiel fast gar nichts.«

»Ich bin ja auch total uninteressant«, wehrte Kathrin ab. »Aber Ihr schönes Pfarrhaus würde ich mir gern noch mal näher angucken.«

Jetzt gab es kein Zurück mehr. »Na, dann kommen Sie doch einfach nächsten Sonntagnachmittag zum Kaffee.«

»Das könnte klappen.«

Es klappte. Es war ein wunderschöner warmer Tag, der erste Sonntag im Mai. Im Pfarrgarten grünte und zwitscherte es. Die Butterblumen reckten ihre gelben Köpfe aus dem wild wuchernden Gras, Jasmin und Pflaumenbaum blühten um die Wette. In seinen ausgewaschenen Jeans und dem karierten Hemd mit den aufgekrempelten Ärmeln hatte Christian Linde an diesem Nachmittag gar nichts mehr mit jener ehrwürdigen Gestalt im Talar gemein. Er bewirtete seine Besucherin auf der Veranda mit Kaffee und selbstgebackenem Käsekuchen. Eine Ulme spendete Schatten. Die Wärme brachte das Fachwerk zum Knacken. Es duftete nach Buchsbaum. Von den Feldern wehte Jauchegeruch herüber, der aber gar nicht stank, sondern sich als herbe Duftnote wie komponiert in die übrigen Frühlingsdüfte einfügte.

»Ist ja wirklich traumhaft hier bei Ihnen«, schwärmte Kathrin, während Christian ihr Kaffee nachschenkte.

»Schön, dass es Ihnen gefällt.«

Bei aller Zuneigung schleppte sich das Gespräch ein wenig. Kathrin erzählte von ihrer Arbeit bei der Zeitung, und der Gastgeber berichtete von der großen Resonanz auf ihre Pastoren-Reportage. Sogar die Pressesprecherin des Landesbischofs habe angerufen und die Komplimente ihres Dienstherren weitergereicht. Dabei hatte der Linde wegen seiner friedenspolitischen Bekundungen bisher nicht übermäßig geschätzt. Auch frühere Studienkollegen hatten den Artikel zum Anlass genommen, sich mal wieder zu melden. Und natürlich sprachen ihn auch viele Leute aus seiner Gemeinde darauf an. Eine Frau, zu deren 85. Geburtstag der Pastor gekommen war, hatte sich den Artikel sogar ausgeschnitten.

Kathrin war stolz darauf. Sie trug ein luftiges weißes Leinenkleid mit kurzen Ärmeln, das ihr nur knapp über die Knie reichte. Christian Linde hätte ihre blassbraune Haut am liebsten gestreichelt – ihren Nacken, ihre Arme, ihre Beine. Wenigstens diese zierlichen Hände. Aber daran war natürlich nicht zu denken. Er zwang sich, seinen Blick von ihren entblößten Körperteilen loszureißen – besonders von ihrem schönen Hals, den ein tiefer Ausschnitt betonte.

Seine Gesprächsführung litt unter den heimlichen Beobachtungen und Empfindungen, und seine Verlegenheit schien sich auf Kathrin zu übertragen. Knallrot war sie geworden, als er sie durchs Pfarrhaus geführt hatte. Dabei war sie peinlicherweise auch in sein Schlafzimmer getapert. Ganz zerwühlt war sein großes Bett gewesen. Schweißgeruch hing in der Luft. Nur um etwas Unverfängliches zu sagen, hatte sie gefragt, ob er kein großes Holzkreuz an der Wand habe.

»Nur ein ganz kleines«, hatte er geantwortet und sie – zu ihrer Erleichterung – flugs in sein Arbeitszimmer geführt, wo hinter dem Schreibtisch ein unscheinbares Kreuz aus hellem Kiefernholz hing. Bücher und Papierstapel lagen überall verstreut herum, in seinem Arbeitszimmer ebenso wie im Gemeindebüro. Dazwischen – Kathrin konnte sich das Lachen kaum verkneifen – hing über einer Stuhllehne der Talar. Was für ein Chaos!

Dabei kamen hier doch sicher auch Leute aus der Gemeinde hereingeschneit. Nein, die Unordnung schien diesem Mann gar nicht aufzufallen. Auch in den anderen Zimmern lagen seine Sachen verstreut. Hier eine Socke, da ein Hemd. Auf den Fliesen vor dem schönen Kachelofen klebte noch die Asche vom vergangenen Winter.

Doch dieses Pfarrhaus hatte es Kathrin angetan. Die hohen Räume, unterteilt durch freigelegte, schwarz gestrichene Fachwerkbalken, atmeten den Geist vergangener Tage, den Geist solider Frömmigkeit. Nichts Düsteres ging von ihnen aus. Man fühlte sich frei darin – frei und geborgen. Vogelgesang schallte in die weißgestrichenen Räume, in denen es spürbar kühler war als draußen.

Obwohl es schon auf den Abend zuging, war es immer noch mild. Die beiden setzten sich noch einmal kurz auf die Veranda und plauderten über Pfarrhäuser im Allgemeinen und im Besonderen. Mit sechs Schlägen erinnerte schließlich die Kirchturmuhr an die fortgeschrittene Zeit.

»Oh, schon sechs?« Kathrin blickte mechanisch auf ihre Armbanduhr. »Jetzt muss ich aber unbedingt los, ich habe meinen Eltern versprochen, dass ich zum Abendessen komme.«

Er war in Wirklichkeit nicht allzu traurig über den Abbruch des zähflüssigen Gesprächs, drängte aber auf ein neues Treffen. Er war Kathrin daher dankbar, dass sie gleich einen Vorschlag machte.

»Haben Sie nicht mal Lust, mit ins Kino zu kommen? Nächste Woche läuft in Celle 'Vermisst' von Costa Gavras.«

»Gute Idee, ich bin dabei.«

Er genoss es, mit Kathrin an einem Ort zusammenzutreffen, wo er nicht »der Pastor« war, sondern unbekannt wie jeder andere. Als es im Kino finster wurde und die laute Filmmusik den Saal ausfüllte, verloren sich seine Hemmungen noch mehr. Er war wie berauscht von dem zarten Duft, den das Parfüm seiner Begleiterin verströmte. Wie im Traum tastete er im Kinodunkel nach ihrer Hand, und er war selig, als er sie fand und sie seinen Händedruck erwiderte.

Während des Films beobachtete er, wie Kathrin sich mit der freien Hand übers Gesicht fuhr. Sie wischte sich ganz offensichtlich Tränen aus den Augen.

Nach diesem Film war alles anders. Hand in Hand, ohne ein Wort miteinander zu wechseln, verließen die beiden das Kino. Erst als sie wieder auf der Straße waren, brach Kathrin das Schweigen.

»Wir sollten noch was trinken gehen.«

»Auf jeden Fall.«

Sie steuerten die nächstbeste Kneipe an – eine ziemlich ungemütliche Bar mit harten Stühlen. Dicke Rauchsäulen standen unter den grünbeschirmten Deckenlampen. Doch das störte die beiden kaum.

»Haben Sie eben im Kino geweint?«, fragte er unumwunden.

Kathrin ruckelte auf ihrem Stuhl herum, schlug die Beine übereinander und lächelte. »Ich bin zwar die Jüngere von uns beiden. Aber trotzdem nehme ich mir die Freiheit, Sie zu fragen, ob wir nicht zum 'Du' übergehen sollten.«

Wie mutig, dachte er. »Gute Idee.« Wie hölzern sich das anhören musste. Erst ein paar Minuten zuvor hatte er dieselbe Antwort gegeben. Dennoch raffte er sich zu einem neuen Anlauf auf.

»Also dann noch mal: Du hast geweint?«

»Bei solchen Filmen muss ich immer heulen«, gestand Kathrin. »Ich finde übrigens, dass die Leute wieder lernen müssten, mehr zu weinen. Darüber könnte man doch auch im Konfirmandenunterricht sprechen. Aber wahrscheinlich geht es bei dir um bedeutendere Dinge.«

»Ach, glaub nicht, dass das immer so toll ist. Ich bin manchmal ganz schön sauer, wenn ich mir mühsam irgendwas Spannendes überlegt habe und die Kinder mit ihren Gedanken ganz woanders sind.«

»Da möchte ich auch nicht mit dir tauschen. Wahrscheinlich hat man als Pastor auf dem Dorf oft das Gefühl, Perlen vor die Säue zu werfen.«

»Das kann ich dir sagen. Aber man muss sich immer wieder klar machen, dass es nicht darauf ankommt, im Gottesdienst mit einer geistvollen Predigt zu glänzen. Man muss sich auf die Leute einstellen. Man muss sie da abholen, wo sie stehen – sie bei Wendepunkten ihres Lebens begleiten, ob das nun Taufen, Hochzeiten oder Beerdigungen sind. Und natürlich muss man mit Jugendlichen anders sprechen als mit alten Leuten. Die einen erreicht man am besten am Lagerfeuer auf dem Zeltplatz, die andern bei Goldenen Hochzeiten oder runden Geburtstagen. Wichtig ist vor allem, dass man sich selbst nicht so wichtig nimmt. Wir Pastoren sind schließlich nur das Bodenpersonal. Unsere Aufgabe ist es, die Herrlichkeit Gottes zu verkünden und nicht unsere eigene. Aber ich muss zugeben, dass man sich manchmal schon ganz toll vorkommt, wenn die Leute vor Ehrfurcht erstarren. Ich glaube, da muss ich auch aufpassen, dass ich am Ende nicht wie so ein kleiner Herrgott durchs Dorf stolziere.«

»Ich glaube, da liegen unsere Berufe gar nicht so weit auseinander«, erwiderte Kathrin. »Vor Eitelkeit sind wir Journalisten natürlich auch nicht gefeit. Ich muss mich doch selbst oft genug bremsen, wirklich nur mein Thema darzustellen und nicht mich selbst. Da kann es schon passieren, dass man die Sache unter schön klingenden Formulierungen zukleistert. Natürlich hört man es gern, wenn man gelobt wird. Das war ja bei Ihrem, entschuldige, bei deinem Anruf auch so.«

Kathrin nahm einen Schluck Bier und verzog ihr Gesicht zu einem Lächeln. »Wenn du nicht so von meiner Reportage geschwärmt hättest, würden wir jetzt hier wahrscheinlich nicht zusammensitzen.«

Er ergriff erneut ihre Hand. »Ich habe natürlich vor allem angerufen, weil ich in deiner Reportage so gut weggekommen bin. Wahrscheinlich habe ich gehofft, dass du mir noch mehr Nettigkeiten sagen würdest. Man könnte also fast sagen, dass uns unsere Eitelkeit zusammengeführt hat.«

»Klingt ja furchtbar. Nein, ich glaube, so negativ muss man das nicht sehen. Du kannst mir jedenfalls glauben, dass ich dich auch schon toll fand, bevor du meine Geschichte gelobt hast – und nicht nur wegen deiner Predigt.«

»Ich hoffe, ich habe dich nicht enttäuscht.«

»Ganz und gar nicht.«

Das Gespräch verebbte. Wichtiger als der Austausch von Sätzen war es den beiden in dieser Stunde sowieso, die Hand des anderen zu spüren. Und sie ließen sich nicht mehr los, bis sie auch das zweite Bier geleert und bezahlt hatten – selbstverständlich getrennt, darauf hatte Kathrin Wert gelegt.

Hand in Hand verließen sie weit nach Mitternacht die verqualmte Bar. Auf der Straße nahmen sie sich in die Arme und küssten sich lange und leidenschaftlich. Es sah sie ja keiner. Es war schließlich dunkel.

Auf dem Heimweg musste er an Dörthe denken, seine Fernbeziehung. Er kannte sie seit dem Theologiestudium, sie hatten überlegt, sich eine Pfarrstelle zu teilen, zu heiraten, Kinder in die Welt zu setzen. Aber dann hatten sie ihre gemeinsamen Zukunftspläne erst einmal verschoben. Dörthe war in der Nähe von Oldenburg eingesetzt worden, er selbst in der Heide. Sie telefonierten viel, besuchten sich so oft es ging und schliefen auch noch miteinander. Aber, darüber bestand für Linde an diesem Abend kein Zweifel, die Beziehung hatte sich abgekühlt. Er wollte sie ausklingen lassen.

## 24. März 2006, Sonnabend, früher Abend

### *Vermisst*

Die Haustür fiel krachend ins Schloss. Der Knall holte ihn in die Gegenwart zurück. Ehe er sich recht besinnen konnte, stand Anna vor ihm.

»Is' Mama immer noch nicht da?«

Er presste die Lippen zusammen, atmete tief durch. »Ich weiß auch nicht, wo die so lange bleibt. Eigentlich wollte sie längst zurück sein.«

Anna blickte ihn fragend an. Wie immer, wenn sie sich Sorgen machte, kniff sie ihre Augen zusammen. »Hoffentlich hat sie keinen Unfall gehabt.«

»Bestimmt nicht. Dann hätte sich die Polizei schon gemeldet, das geht ganz schnell, wenn jemand verunglückt ist.«

Er beobachtete, wie seine Tochter gedankenverloren eine blonde Haarsträhne zur Seite strich. Am Tag zuvor hatte sie Osterferien bekommen. Sie freute sich schon seit Wochen auf ihren Geburtstag, der in diesem Jahr auf Gründonnerstag fiel. Zehn Kerzen würden auf ihrer Torte brennen. Die Einladungen waren verschickt. Ein Kinobesuch in Celle war geplant – außerdem ein bisschen Tanzen. Anna hatte ihre Mutter gedrängt, in diesem Jahr an ihrem großen Tag auf jeden Fall zu Hause zu sein.

»Ich glaube, du brauchst dir keine Sorgen zu machen«, beruhigte sie nun ihr Vater. »Mama hat wahrscheinlich bei ihrer Freundin Petra übernachtet, die kennst du doch. Ich habe da auch schon angerufen. Aber es meldet sich niemand.«

Anna seufzte. »Wir können ja nach Celle fahren und Mama suchen.«

»Celle ist groß, und es wird auch schon bald dunkel. Das wird zu spät für dich.«

»Aber hier rumsitzen und warten ist auch Scheiße.«

»Bitte, Anna, achte auf deine Ausdrucksweise.«

»Entspann dich.«

Er stimmte seiner Tochter insgeheim zu. Eigentlich fand er die Idee gar nicht so abwegig.

»Was hältst du davon, wenn ich allein fahre und in Celle nach

Mama Ausschau halte. Ich rufe Anke an und frage, ob sie so lange bei dir bleiben kann.«

Ein Lachen huschte über Annas Gesicht. »Au ja, das wäre toll, wenn Anke kommt.«

Anke war das frühere Kindermädchen der Pastorentochter. Sie war 23, ausgebildete Erzieherin ohne festen Job. Schon mit 16 hatte sie sich um das Kind gekümmert. Anna betrachtete Anke als ältere Freundin. Sie mochte sie vor allem, weil bei ihr Fernsehen erlaubt war. Linde hatte die Dienste des Mädchens allerdings schon eine Weile nicht mehr in Anspruch genommen. Dabei hatten sich die beiden einmal sehr nahe gestanden. Zu nahe. Aber die Affäre lag lange zurück. Sie hatte das Pfarrhaus in Unruhe gestürzt. Nicht nur seine Beziehung zu Kathrin war dadurch in schweres Fahrwasser geraten, sondern auch die Beziehung zu seinem Sohn. Denn Markus war verliebt in Anke gewesen.

Doch an diesem Sonnabendabend dachte Christian Linde nicht an die zurückliegenden Turbulenzen. Ganz selbstverständlich wie in früheren Zeiten wählte er Ankes Nummer. Geschäftsmäßig fragte er, ob sie für zwei, drei Stunden rüber kommen könne. Anke sagte sofort zu – als hätte es nie eine Affäre gegeben.

Er hörte, wie die Kirchenglocken läuteten. Zuerst erschrak er. Um diese Zeit? Dann fiel ihm ein, dass der Küster das Glockenspiel wie gewöhnlich angestellt hatte, um den Sonntag einzuläuten.

Der Sonntagsgottesdienst! Daran hatte er gar nicht mehr gedacht. Er überlegte, sich krank zu melden, um eine Vertretung zu bitten. Aber dafür war es viel zu spät. Sollte er den Gottesdienst vielleicht einfach ausfallen lassen? Nein, das würde viel zu viel Wirbel verursachen – überflüssigen Wirbel. Er musste die Sache durchziehen. Irgendwie würde es schon gehen, neunzig Prozent waren doch sowieso Routine. Er rief die Organistin an und teilte ihr die Lieder mit, die gespielt werden sollten.

»Ist was? Sie klingen so bedrückt«, sagte die Frau am anderen Ende.

Er fühlte sich ertappt. »Das täuscht, ich bin einfach müde«, entgegnete er, fügte dann aber doch stammelnd hinzu, dass er Kathrin vermisse.

Eine Viertelstunde später setzte er sich in seinen blauen Golf und startete in Richtung Celle. Es war nicht einmal halb sieben, aber schon halb dunkel. Schwarzblaue Wolken waren aufgezogen. Während er über die Landstraße fuhr, fing es wieder an zu hageln. Die Eiskörner prasselten nur so aufs Autodach. Wie ein grauer Vorhang hing der Schauer über der Landstraße. Schon wenige Kilometer weiter brach wieder die Sonne durch. Das kräftig sprießende Getreide auf den Äckern leuchtete in sattem Grün.

Felder und Wälder flogen vorbei, ohne dass er darauf acht gab. Er schaltete das Autoradio ein. Im Klassikprogramm wurde gerade eine Mozart-Serenade gespielt. Sonst hatte er solch besänftigende Weisen während der Fahrt immer genossen. Doch an diesem Abend ging ihm das Gefiedel auf die Nerven. Alles kam ihm so süßlich vor, so aufdringlich schön und harmonisch. Er stellte das Radio wieder ab.

Nur wenige Autos kamen ihm entgegen. Am Straßenrand sah er Jugendliche, sie standen zwischen ihren geparkten Autos und lachten. Frisch geföhnt und modisch gekleidet. Er beneidete sie um ihre Sorglosigkeit.

Der Stadtrand von Celle. Eine Tankstelle hinter der anderen. Überall Fahnen. Auch die Baumärkte hatten geflaggt. Linde musste an eine Zeile in einem Hölderlin-Gedicht denken: »Die Fahnen klirren im Wind.«

Wieder Kiefernwald, durchmischt mit Birken- und Buchengrün. Auf der anderen Seite der Sportplatz. Hier sollte er Kathrin absetzen. Sollte?

Weiter. Das Ortsschild. Am Ende der Straße ragte eine Kirche auf. Ihm war, als fahre er geradewegs darauf zu. Mit dem Auto geradewegs in die Kirche. Unsinn! Die Straße machte eine Rechtskurve, und er ließ die Kirche links liegen.

Frauen mit dunklen Haaren und langen Röcken schoben mit Kinderwagen an der Hauptstraße entlang – vermutlich Kurdinnen. Durch die Unterführung und am Bahnhof vorbei. Linker Hand musste das Gefängnis liegen, »An der Trift«, Justizvollzugsanstalt mit herrschaftlicher Fassade. Er erinnerte sich an den Spruch, der in französischer Sprache über dem Eingang prangte: »Ein Schelm, der Böses dabei denkt.«

Er parkte schon einen halben Kilometer vor der Altstadt an der Bahnhofsstraße. Verstohlen blickte er in die Kneipen, die an seinem Weg lagen:

»Bierbar Treff 16« – Billardtische beherrschten das Bild. Nein, das war nichts für Kathrin.

»Anja's Lollipop«, ein Bistro mit raumgreifender Theke und gepolsterter Sitzecke im Hintergrund. Tische mit rotbraun polierten Platten. Laute Rockmusik. Nein, auch hier wäre Kathrin bestimmt nicht reingegangen.

Ein Möbelhaus. Wohnzimmer, Schlafzimmer. Aufgeräumter Wohnkomfort. Heile Welt, aber menschenleer.

Das pompöse Tagungszentrum »Union«. Auf dem Vorplatz plätscherte ein Springbrunnen. Fahnen auch hier, bewegt von einem kalten Wind.

Suppengeruch zog aus dem Küchenfenster, mischte sich mit Autoabgasen. Blaue Leuchtschrift – schick und kalt – wies den Weg zum angeschlossenen Bistro. Das wäre vielleicht was für Kathrin gewesen. Mal reingucken? Ach nein. Lieber weiter Richtung Altstadt.

Eine Ampel mit Tonsignal für Blinde. Er erschauerte: Puck, puck, puck, tönte es aus einem Lautsprecher. Puck, puck, puck. Das klang wie Herzklopfen.

Die Westcellertorstraße entlang, vorbei am öden Arno-Schmidt-Platz, in die Fußgängerzone. Bunte Fachwerkhäuser mit Erkern und Inschriften so weit das Auge reicht. Boutiquen, Apotheken und kleine Läden der gehobenen Preisklasse. Alles sehr gediegen. Aber geschlossen. Auch das Café Kiess hatte schon dicht gemacht. Kaffee- und Delikatessengeschäfte, Drogerie und Fotoladen, Feinbäckerei Rönitz – alles verrammelt. Er kam sich ausgesperrt vor.

Wind wehte über das Kopfsteinpflaster. Eine leere Coladose kullerte scheppernd durch die Gasse. Niemand war auf der Straße. Wo waren nur die Menschen?

Menschenleer die heimelige Puppenstubenwelt. Dabei hatten die Geschäfte doch erst vor einer halben Stunde Feierabend gemacht.

Wie verwaist der Große Plan war. Der Kopfsteinpflasterplatz, auf dem immer der Weihnachtsmarkt stattfand – der Weihnachtsmarkt mit Karussells und Glühwein, mit Lichterketten und Menschengedränge. Jetzt waren alle Bänke leer. Stiefmütterchen in Betonbehältern. Aus einer Nebengasse schallte Stimmengewirr. Das Auflachen von Jugendlichen, die unsichtbar blieben. Es klang geisterhaft. Ähnlich erging es ihm mit den Schritten, die durch die Fachwerkgassen hallten. Dieses Trippeln und Trappeln. Wie es sich näherte und wieder entfernte.

Wieder hatte sich der Himmel verfinstert. Um sich vor dem drohenden Schauer zu schützen, spannte er seinen Regenschirm auf. Er eilte auf ein Kaufhaus aus Stahlbeton mit grauer Fachwerkfassade zu, um Schutz unter dem Vordach zu suchen. Karstadt hatte sich in diesem hässlichen Neubau eingenistet. Hinter den großen Glasscheiben standen Schaufensterpuppen ohne Köpfe. Die Puppen in den Badeanzügen standen stramm. Kopflos stramm. Die Handtücher cool über die Schulter gelegt. Am Boden die Badelatschen. Alles da. Nur die Köpfe fehlten. Ein Kopf stand wie abgehackt in einem Badezimmerschrank, ein Handtuch wie ein Schal um den Hals gewickelt. Tote Augen starrten ihn aus dem Kunstgesicht an.

Unerträglicher als die kopf- und blicklosen Puppen aber war ihm ein Gesicht, das ihn immer wieder ungeniert anglotzte. Ein Gesicht, das sich hinter einem blonden Bart versteckte, hässlich gerötet und wenig vertrauenerweckend: sein eigenes Spiegelbild.

Auf der anderen Straßenseite spielte der Wind mit dem klappernden Blechschild einer Buchhandlung. Quer durch die Bergstraße zogen sich die Karstadt-Läden, zumeist getarnt hinter Fachwerkgemäuer. Auch etliche ausländische Restaurants gaben sich in den aufgeputzten Bürgerhäusern eine bodenständige Fassade: »China-Town«, »Pizzeria Roma«, »Taverna Kreta«, das Hinterhof-Lokal »Millenium« mit Fish and Chips als Hauptspeise und lärmenden englischen Gästen, Soldaten wahrscheinlich.

Verstohlen blickte er überall durch die Fenster, manchmal ging er sogar hinein. Beflissen schossen die Kellner auf ihn zu. Es war ihm peinlich, die Platzangebote immer wieder zurückweisen zu müssen.

»Na, Signore, womit können wir dienen?«, fragte ein italienischer Wirt, als er seinen flackernden Blick durchs Lokal schweifen ließ. Er fühlte sich ertappt, stammelte: »Oh, schon gut, schon gut. Ich suche jemand. Aber hier ist sie auch nicht, wie ich sehe.« Ohne die Antwort des Mannes, der mit gespieltem Bedauern die Augenbrauen hochriss, abzuwarten, stürmte er auf die Straße. Irgendwo klingelte ein Handy.

Die Bergstraße mündete auf den Kleinen Plan. Wieder ein Restaurant neben dem anderen. Sogar ein deutsches darunter, der »Gasthof zum blauen Engel« mit rustikaler Gemütlichkeit hinter bleiverglasten Buntglasscheiben und hausgemachtem Sauerfleisch auf der Speisekarte. Aber auch hier war Kathrin nicht. Natürlich nicht.

Über die Mauernstraße zurück in Richtung Schloss. Vorbei an einer Galerie mit einer modernen Variante der »Kreuzigung« im Schaufenster, ein Schrei auf Öl – reichlich kitschig, wie er fand. Ein Martinshorn riss ihn aus seiner Betrachtung. Alarm. Weiter, weiter.

Die Straßenlaternen leuchteten auf, romantisch dem Fachwerkidyll angepasst wie alte Gaslaternen. Eine Amsel flötete ihr Abendlied. Aus einem der oberen Fenster hörte er, wie eine Frau mit ihrem Kind schimpfte – vermutlich auf Kurdisch. Wahrscheinlich saß Anna gerade mit Anke vor der Glotze. Hoffentlich sorgte sie sich nicht mehr so um ihre Mutter. Vorbei an Strumpf-, Nähmaschinen- und Kurzwarenläden. Er marschierte über die Poststraße die Zöllnerstraße hinauf.

Alles so sinnlos. Was sollte diese Lauferei überhaupt noch? Bloß weg, bloß wieder nach Hause. Langsam füllten sich die Straßen. Leute in schicker Ausgehkleidung strebten den Restaurants zu. Die Turmuhr der Stadtkirche St. Marien begann zu schlagen. Er zählte mit: acht Uhr. So spät schon.

Alles so sinnlos. Aber tun musste man doch etwas. Anna wartete ja zu Hause. Blieb nur noch der Weg zur Polizei. Natürlich. Eine Vermisstenanzeige. Wenn man jemand vermisste, musste man das melden. Ganz klar. Er wunderte sich, warum er nicht schon früher darauf gekommen war. Vorher aber wollte er noch einmal im Pfarrhaus anrufen.

Er holte sein Handy aus der Tasche, drückte die eingespeicherte Nummer.

»Anna Linde?« Die kindliche Stimme klang fragend – fragend und atemlos. Man merkte, dass sie zum Telefon gerannt war.

»Papa hier. Ich wollte nur fragen, ob Mama schon zurück ist.«

»Nee, Mama is' immer noch nicht da. Ich dachte, du hättest sie gefunden.« Anna klang enttäuscht, ihre Bemerkung traf ihn.

»Keine Bange, Anna. Mama kommt schon wieder. Und ich bin auch bald zurück. Bis gleich, meine Kleine. Schlaf ruhig schon, wenn du müde bist.«

»Nein, ich bleibe so lange auf, bis du wieder da bist, und klein bin ich auch nicht mehr.«

»Also, dann bis gleich.«

»Okay.«

Nun hatte er endlich ein Ziel vor Augen. Mit energischen Schritten strebte er auf das angestrahlte Schloss zu, bog über den Schlossplatz links ab.

Als er die beschauliche Altstadt hinter sich gelassen hatte, empfand er den Autoverkehr viel lauter als zuvor. Es schien ihm, als wenn die Autofahrer befreit ihre Motoren aufheulen ließen, nachdem sie die Beschränkungen der verkehrsberuhigten Zone hinter sich gelassen hatten. »Brrramm, bramm, bramm ...« Mit wummernden Bässen raste ein BMW mit jungen Leuten an ihm vorbei. Wumm, wumm, wumm. Feindlich und kalt kam ihm diese Hauptstraße vor. Das Pochen der Ampel rief ihm ins Bewusstsein, wie sein eigenes Herz hämmerte.

Wieder ein Schauer. Es pladderte derart, dass sich sofort große Pfützen auf der Straße bildeten. Halbwegs geschützt durch seinen Regenschirm eilte er an der »Union« vorbei über die Hannoversche Straße. Schräg gegenüber warb das »Parkhotel Fürstenhof« um betuchte Gäste. Auch hier klirrten die Fahnen im Wind. Die Hotelgebäude duckten sich hinter kahlen Kastanien. Noblesse im Fachwerkstil. Er entdeckte, dass zu dem Hotelkomplex nicht nur das Restaurant »Endtenfang« gehörte, das sich vornehmerweise tatsächlich mit »dt« schrieb, sondern auch ein Edel-Italiener namens »Palio, Taverna & Trattoria«. Warm und einladend schimmerte das Licht aus den Fenstern des Lokals abseits der Straße. Das hätte auch Kathrin gefallen! Wie magisch angezogen steuerte er darauf zu. Er wagte es zwar nicht, hineinzugehen, starrte aber durch die Fenster – ängstlich bemüht, nicht gesehen zu werden. Kerzen flackerten auf nackten Holztischen. Größere Gesellschaften schienen in dem gedämpften Licht zu tafeln. Laute, lustige Leute, die Rotwein aus langstieligen, dickbauchigen Gläsern tranken. Kathrin aber konnte er nirgendwo entdecken. Natürlich nicht. Und wieder kribbelte es ihn im Magen.

Jetzt reicht's aber, zischte er leise vor sich hin. Mit beklommenem Herzen setzte er seinen Weg in Richtung Jägerstraße fort, Richtung Polizei. Die Füße taten ihm allmählich weh von der Rennerei.

Es hatte schon wieder aufgehört zu regnen. Im Dämmerlicht erblickte er eine kleine Kirche, die vollständig von Weinranken überzogen war. Er musste an seine Konfirmations-Predigt denken, an den abgestorbenen, efeuüberrankten Apfelbaum. Unwillkürlich kam ihm die Predigt-Metapher in den Sinn. Hier bot sich das Bild von der vergessenen Kirche ganz unmittelbar: eine Kirche im Dornröschenschlaf. Tröstlicherweise erhob sich nur wenige Schritte von dem kleinen alten Gotteshäuschen entfernt eine neue Kirche.

Wenige Minuten später blickte er auf ein anderes Gebäude: einen fünfstöckigen Plattenbau mit hässlicher Waschbetonfassade. Schon von weitem war in der weiß-blauen Leuchtschrift zu lesen, wer dahinter seines Amtes waltete: »Polizei«. Ohne auf Grün zu warten, überquerte er die Ampelkreuzung. Als er vor dem Eingang stand, zögerte er plötzlich, ließ seine Augen über die stacheldrahtbewehrte Mauer des Parkplatzes gleiten. Was wollte er hier eigentlich?

Er bemerkte, wie sich die Vorhänge der großen Fenster bewegten. Zwei Männer, die dahinter standen, blickten auf die Straße. Zu spät, dachte er. Die haben mich schon gesehen, verdammt. Er stieg die Außentreppe hoch, klingelte. Ein Klicken signalisierte, dass die Tür geöffnet worden war. Als er die Eingangstür passiert hatte, musterte ihn hinter einer Glasscheibe ein junger Polizist mit Schnauzbart.

»Guten Abend. Ich möchte gern eine Vermisstenanzeige erstatten.«

»Ja, dann kommen Se man erst mal rein. Geradeaus und dann zweite Tür links.«

Wieder hörte er ein Klicken. Er stieß die Tür auf und schritt über einen nur spärlich beleuchteten Gang. Er ging auf einen Lichtspalt zu, der aus einer angelehnten Tür fiel. Klopfte zaghaft und trat ein, obwohl niemand antwortete. Das spartanisch möblierte Büro war leer. Auf einem Schreibtisch flimmerte ein Computer-Bildschirm. Erst nach einer Weile trat ein Uniformierter ein.

»Was können wir für Sie tun?« Der Ton war nicht eben vertrauenerweckend.

»Ich wollte eine Vermisstenanzeige aufgeben.«

»Setzen Sie sich doch erst mal.«

Zaghaft nahm er dem Mann gegenüber Platz. Der rückte seine Brille zurecht und räusperte sich. »Na, dann schießen Sie los. Wen vermissen wir denn?«

»Meine Frau, Kathrin Fischer-Linde.«

Der Polizist lehnte sich zurück und faltete überlegen die Hände.

»Ich gehe davon aus, dass Ihre Frau volljährig ist«, mutmaßte er schmunzelnd. Da Linde nicht auf den Scherz reagierte, fuhr der Mann in ernstem Ton fort. »Das wird in Ihren Ohren lächerlich klingen, aber wer volljährig ist, kann in diesem Land seinen Aufenthaltsort selbst bestimmen. Für uns besteht nur Handlungsbedarf, wenn Hinweise auf ein Verbrechen vorliegen oder Selbstmordgefahr besteht.«

Er fühlte sich nicht ernst genommen von diesem Typen mit seinem Bürokratenjargon, geradezu verhöhnt fühlte er sich.

»Aber ich mache mir Sorgen um meine Frau«, wandte er ungeduldig ein. »Sie wollte schon gestern vom Einkaufen zurück sein. Wir haben die ganze Zeit auf sie gewartet, und am Abend bin ich nach Celle gefahren und habe sie überall gesucht.«

»Ich verstehe Sie ja. Aber es kommt leider nicht so selten vor, dass sich Frauen – oder auch Männer – entschließen, eigene Wege zu gehen. Entschuldigen Sie bitte, aber könnte das im Fall Ihrer Frau nicht vielleicht auch so sein? Hat Ihre Frau vielleicht einen Koffer mitgenommen? Irgendwelche Kleidungsstücke zusammengesucht und eingepackt?«

»Irgendwelche Kleidungsstücke eingepackt? Nein, natürlich nicht.« Er erschrak, als ihm bewusst wurde, wie gereizt seine Stimme klang. Aber er sah auch keinen Grund, hier klein beizugeben. »Dann wäre ich bestimmt nicht hergekommen. Sie hatte nur ihre Handtasche dabei, ich habe sie ja selbst in die Stadt gefahren. Aber wenn Sie mich nur abwimmeln wollen, dann muss ich eben wieder gehen.«

»Jetzt beruhigen Sie sich mal. Natürlich werde ich Ihnen helfen. Aber es ist doch klar, dass es die unterschiedlichsten Möglichkeiten gibt. Woher soll ich denn wissen, was los ist? Haben Sie schon mal bei Verwandten oder Freunden Ihrer Frau angerufen?«

»Sicher, überall.« Die Antwort kam ganz mechanisch. Und obwohl ihm gleich bewusst war, dass er damit die Unwahrheit sagte, fuhr Linde fort: »Bei allen möglichen Freundinnen und Kollegen, aber die wissen von nichts.«

»Auch bei den Eltern oder Geschwistern Ihrer Frau?«

»Nein, aber warum sollte sie da hinfahren?«

Der Polizist schien die Gegenfrage überhört zu haben und fragte leicht gereizt weiter: »Haben Sie im Krankenhaus angerufen? Vielleicht hat Ihre Frau einen Unfall gehabt.«

Linde seufzte entnervt. »Nein, das habe ich nicht gemacht. Aber

Sie haben Recht. Vielleicht sollte ich das jetzt tun.«

Er erhob sich.

»Na mal langsam, so war das nicht gemeint«, bremste ihn der Beamte. »Sie können da ja später noch mal anrufen. Aber wo Sie schon hier sind, will ich Ihre Vermisstenanzeige natürlich gern aufnehmen.«

Mit diesen Worten zog er die Tastatur seines Computers zu sich heran und klapperte darauf herum, bis auf seinem Bildschirm die erforderliche Maske erschien.

»Also, dann wollen wir mal der Reihe nach vorgehen. Name?«

»Christian Linde. Ich bin 52 Jahre alt und Gemeindepastor in Eichendorf.«

Er bemerkte, wie der Polizist aufhorchte und ihn betrachtete. Ohne auf die Information ausdrücklich einzugehen, setzte der Mann seine Vernehmung fort – spürbar höflicher und respektvoller, wie Linde fand. Er bot ihm sogar einen Kaffee an.

»Also, nun zu Ihrer Frau, Herr Linde.«

»Kathrin Fischer-Linde, wie gesagt. Geboren am 3. Februar 1957, in äh, Hannover, glaube ich. Sie ist Journalistin.«

Der Polizist faltete geduldig die Hände vor der Brust und ließ sich genau berichten, wann Kathrin das Haus verlassen hatte, mit welchem Ziel und wann und wo Linde sie zuletzt gesehen habe.

»Haben Sie ein Foto Ihrer Frau dabei, Herr Linde?«

Er schüttelte den Kopf. Er hatte es immer albern gefunden, wenn andere Männer Fotos von Frau und Kindern in ihren Portemonnaies spazieren führten.

»Leider nein, aber ich kann Ihnen natürlich so bald wie möglich eins bringen oder mailen.«

»Mailen wäre gut, dann haben wir's gleich verfügbar.« Der Polizist schob seine Brille hoch. »Aber vielleicht können Sie mir jetzt schon mal beschreiben, wie Ihre Frau aussieht, Größe, Haarfarbe und so weiter.«

Linde holte tief Luft und räusperte sich. Gar nicht so leicht. »Also sie hatte, Unsinn, sie hat mittelblondes schulterlanges Haar, ist etwas kleiner als ich, so ungefähr 1,75, ist schlank und sieht gut aus.«

Der Polizist lachte. »Klar, das sagen alle Männer von ihren Frauen. Aber Spaß beiseite: Können Sie mir sagen, was Ihre Frau angehabt hat, als Sie sie zuletzt gesehen haben?«

Linde schloss die Augen, hoffend, dass ihm das Bild Kathrins vor sein geistiges Auge treten möge. Aber da war nichts. Es war ihm peinlich, aber es wollte ihm einfach nicht einfallen, wie Kathrin gekleidet gewesen war. »Also, das gibt's doch gar nicht«, begann er. »Was hat sie denn angehabt? Das ist doch nicht so lange her.«

Der Polizist senkte besänftigend die Hände. »Lassen Sie sich ruhig Zeit. Das geht mir bei meiner Frau auch immer so.« Der Uniformierte blickte schmunzelnd zu Boden, bevor er Linde wieder ins Visier nahm. »Hatte Sie denn einen Mantel an?«

Das half.

»Einen Mantel? Ja natürlich. Sie hatte ihren Mantel an, ihren moosgrünen Mantel. Dazu ihre hellblauen Jeans und so kurze Stiefel. Schwarze Stiefel, ja genau. Natürlich. Und unter dem Mantel hat sie, glaube ich, einen gelben Pullover angehabt.«

»Wunderbar, das reicht schon, Herr Linde. Irgendwelchen Schmuck, ich meine, hat sie einen Ring oder so ge ...?«

»Ich glaube, Sie hatte ihre grüne Perlenkette um. Und klar: Ihren Ehering hat sie natürlich auch getragen. Einen goldenen Ring mit einer Gravur auf der Innenseite.« Was war da bloß noch eingraviert? Er spürte, wie er rot wurde. Aber es wollte ihm einfach nicht einfallen. »Ich könnte jetzt meinen Ring abziehen und nachgucken. Aber der sitzt so fest, dass das nicht so einfach ist«, sagte er mit einem entschuldigenden Lächeln.

»Lassen Sie man, Herr Linde.« Der Polizist winkte lächelnd ab. »Ich vermute mal, dass Ihr Name da im Ring Ihrer Frau eingraviert ist, so ist es jedenfalls üblich.«

Der Mann holte nachdenklich Luft und blickte aus dem Fenster. Nach einem Blick auf die Maske seines Bildschirms fuhr er in seiner Befragung fort, indem er sich nach auffälligen Körpermerkmalen erkundigte – Narben und so weiter. Linde musste wieder überlegen. Aber vergebens.

»Hat Ihre Frau Kinder zur Welt gebracht?«

Er nickte eifrig. »Ja natürlich, einen Sohn, der jetzt 23 ist und eine Tochter, Anna. Die ist neun – und wartet zu Hause auf Nachricht.«

»Wir sind gleich fertig. Ich brauch jetzt noch mal den Namen des Hausarztes und Zahnarztes Ihrer Frau.«

Linde musste schlucken. Nervös strich er sich über den Bart. »Was wollen Sie denn von denen?«

»Das sind Routinefragen, Herr Linde. Für den Fall, den wir uns nicht wünschen, dass Ihrer Frau doch etwas zugestoßen sein sollte und sie identifiziert werden muss, Sie verstehen?«

Linde nickte und nannte bereitwillig die verlangten Namen der Ärzte.

Damit war das Gespräch auch schon fast beendet. Wieder klapperte der Polizist auf seiner Tastatur herum und kreiste mit der Maus, um festzustellen, ob bereits irgendwo eine Frau gefunden worden war, auf die die Angaben zutrafen. Der Computer vermeldete »keine Treffer«.

Christian Linde atmete auf, als er das Polizeigebäude verließ. Er hatte das Gefühl, seine Pflicht erfüllt zu haben. Die Routinefragen des Polizeibeamten hatten ihm sogar gut getan. Er spürte, wie sich seine Unruhe legte. Irgendwie würde jetzt wohl alles seinen ordnungsgemäßen Gang gehen. Er drehte sein Autoradio auf, hatte nun keine Probleme mehr, klassische Musik zu hören.

Es war bereits deutlich nach zehn Uhr, als er zu Hause ankam. Schon von draußen sah er, dass Anna noch mit Anke vor dem Fernsehapparat hockte. Sonst hatte er es gar nicht gern, wenn seine Tochter vor der Glotze saß. Doch an diesem Abend war es ihm ganz recht. Als er die Tür aufschloss, sprang Anna gleich von ihrem Sessel auf und stürmte ihm entgegen.

»Na, du schläfst ja immer noch nicht«, begrüßte er sie, um ihrer Frage zuvor zu kommen.

»Wir gucken gerade 'Wetten dass ...'. Total spannend. Ich will auf jeden Fall noch sehen, wer gewinnt.«

Er schüttelte den Kopf und wies auf die fortgeschrittene Zeit hin. Doch während Anna fluchend protestierte, atmete er auf. Erleichtert, dass Anna noch Sinn für eine Fernsehshow hatte. »Ich bin gerade wegen Mama bei der Polizei gewesen«, berichtete er. »Die sagen, dass wir uns nicht zu viel Sorgen machen sollen. So was kommt öfter vor, sagen die, dass Leute mal längere Zeit abtauchen. Die meinen auch, dass Mama wahrscheinlich noch irgendeinen Auftrag von ihrer Zeitung gekriegt hat.«

Die Lüge kam ihm ohne jede Hemmung über die Lippen. Es kam darauf an, Anna zu beruhigen. Die Wahrheit hatte dahinter zurückzustehen. Doch Annas bedrückte Miene deutete darauf hin, dass die

Botschaft die beabsichtigte Wirkung verfehlte. »Aber ich denke, du hast schon bei der Zeitung angerufen«, wandte Anna ein. Als ihr Vater nicht darauf einging, fluchte sie. »Verdammt noch mal: Warum sagst du denn nichts, ich hab das Gefühl, du willst mich verarschen.«

In diesem Moment war bereits Anke aus der Tür getreten. Er fingerte in seinen Hosentaschen herum, um die Geldscheine herauszuziehen, die er sich schon vorsorglich eingesteckt hatte. Die junge Frau zeigte sich mit der großzügigen Bezahlung sehr zufrieden.

»Immer noch nichts Neues von Kathrin?«

»Leider nein.«

Als Anke gegangen war, ging Anna gleich zu Bett.

»Schlaf gut, meine Liebe«, flüsterte der Vater ihr zu und gab ihr einen Kuss auf die Wange.

Das Gespräch bei der Polizei trat ihm wieder ins Bewusstsein. Ob er schon bei Verwandten angerufen habe, hatte ihn dieser Polizist gefragt. Zumindest bei Kathrins Eltern musste er wohl mal anrufen. Er mochte diese Leute nicht besonders. Sie wohnten in einem schicken Haus in der Wedemark bei Hannover. Kathrins Vater, dieser eingebildete Professor, war seit drei Jahren pensioniert, veröffentlichte aber immer noch irgendwelche Bücher, gelehrten Schwachsinn, den kein Mensch verstand. Seinen Schwiegereltern war nicht verborgen geblieben, dass es in letzter Zeit zwischen Kathrin und ihm oft geknirscht hatte. Selbstverständlich hatten sie ihm, ihrem Schwiegersohn, die Schuld an der Ehekrise zugeschoben – natürlich unausgesprochen. Offen ins Gesicht sagten einem diese gelackten Typen nur selten etwas.

Kathrins Mutter war entgeistert, als er sich gegen halb elf bei ihr meldete und nach Kathrin fragte.

»Was? So lange ist sie schon weg? Warum hast du denn nicht schon früher angerufen? Da kann einem ja angst und bange werden.«

Als er erzählte, dass er bereits eine Vermisstenanzeige erstattet habe, war Kathrins Mutter ganz aus dem Häuschen. »Mein Gott«, rief sie. »Das ist ja furchtbar.« Und dann hörte er, wie sie die besorgniserregende Neuigkeit auch gleich an ihren Mann weitergab, der seinen Schwiegersohn immer schon mit Argwohn betrachtet hatte. Schwer atmend wandte sich die alte Frau wieder dem Anrufer zu.

»Da kann man ja gar nicht mehr ruhig schlafen. Und die arme

Anna – die macht sich doch bestimmt auch Sorgen.« Ohne die Antwort ihres Schwiegersohnes abzuwarten, bot sie gleich an, am nächsten Tag zu kommen, um sich des »armen Kindes« anzunehmen. Er wehrte zwar erst ab, nahm die Selbsteinladung dann aber dankend an. Er stieß einen Seufzer aus, als er aufgelegt hatte. Die hatte ihm gerade noch gefehlt. Müde zog er sich den Schlafanzug an. Als er endlich im Bett lag, warf er sich von einer Seite auf die andere.

## *Singet dem Herrn ein neues Lied*

Nach diesem Kinobesuch damals im April war alles anders geworden. Der Kuss zog weitere nach sich. Gut eine Woche aber musste Christian auf ihren Anruf warten. Auch er selbst hatte es nicht gewagt anzurufen, sich mit der Vorbereitung des Sonntagsgottesdienstes abgelenkt. Am Sonntagabend hatte er schließlich ihre Nummer gewählt. Aber niemand war ans Telefon gegangen.

Am Montag fand er in der Post einen Brief mit Kathrins Absender. Mit Magenkribbeln hatte er ihn in seinem Büro geöffnet. Ein feierlicher Moment. Obwohl die Maisonne so hell durchs Fenster schien, zündete er eine Kerze an. Und seine Erwartung wurde nicht enttäuscht.

»Lieber Christian!«, hatte sie in ihrer flüchtigen Schrift auf gelbes Briefpapier geschrieben. »Nach unserem wunderschönen Kinoabend sind meine Gefühle so durcheinander geraten, dass ich Probleme habe, sie in Worte zu fassen ...«

In diesem Stil ging es weiter. Der Brief wühlte ihn so auf, dass er nicht einfach zu seinem üblichen Schreibkram übergehen konnte. Ohne länger zu überlegen, wählte er darum gleich darauf die Redaktionsnummer, die Kathrin noch einmal unten auf den Briefbogen gekritzelt hatte. Dummerweise war zuerst Kathrins Kollege am Apparat. Aber das war ihm jetzt auch egal. Er machte es ganz kurz, als sich schließlich Kathrin Fischer meldete:

»Christian hier, ich habe gerade deinen Brief gekriegt. Ich wollte Dir nur sagen, dass ich ganz schön durcheinander bin.«

»Wie ist das denn zu verstehen?«

»Ich mache es mal einfach und zitiere aus deinem Brief:

»Ich glaube, ich habe mich in dich verliebt.«

Er hörte nur schwach Kathrins Atem, der von dem Stimmengewirr im Hintergrund fast übertönt wurde. Erst jetzt wurde ihm klar, in welche Verlegenheit er sie brachte. Womöglich konnten ihre Kollegen das Telefongespräch mithören – zumindest Kathrins Anteil. Und natürlich waren in dieser Lage keine Liebesbekenntnisse zu erwarten. So schaltete er schnell auf Sachlich um und stimmte ihrem Wunsch zu, gemeinsam spazieren zu gehen.

»Toll«, sagte Kathrin nur. »Ich freu' mich. Bis dann.«

»Ich melde mich heute Abend noch mal«, schloss Christian.

Am Abend holte sie alles nach, was sie am Morgen zurückgehalten hatte. Sie erzählte, wie schwer es für sie tagsüber gewesen sei, sich auf ihre Arbeit zu konzentrieren. Immer habe sie an ihn denken müssen. Es fiel ihm nicht leicht, Kathrins Liebeserklärung mit gleichem Überschwang zu erwidern. Aber er versicherte ihr, dass er noch nie eine Frau so wie sie geliebt habe. Er dachte zwar kurz an Dörthe, erwähnte sie aber nicht.

Es wurde ein langes Gespräch. Beide erzählten von ihrem Alltagsärger, ihren beruflichen Plänen und ihren Elternhäusern. Am nächsten Tag wollte Kathrin zu einer dreitägigen Dienstreise aufbrechen, mit einem Landesminister sollte es nach Polen gehen. Linde bedauerte dies zwar. Insgeheim aber war es ihm ganz recht, dass er erst einmal eine Verschnaufpause bekam, um den stürmischen Wandel seiner Lebensverhältnisse bedenken zu können und wieder zur Ruhe zu kommen. Auch mit Dörthe musste er unbedingt sprechen.

Nein, ganz eindeutig waren die Gefühle nicht, die er Kathrin entgegenbrachte. Einerseits freute er sich auf sie, sehnte sich nach ihrer seidigen Haut, ihrer Wärme, ihrem Duft, ihren Küssen, ihren Komplimenten und Liebesbeteuerungen. Andererseits aber graute ihm auch vor drohender Vereinnahmung. Wie sollte er sein Pastorenamt weiter mit so viel Arbeitsaufwand ausfüllen, wenn nun gleichzeitig Kathrin seine Zeit beanspruchte? Das war mit Dörthe anders gewesen. Einfacher. Irgendwie, das wurde ihm jetzt klar, war er doch mit seiner Gemeinde verheiratet.

Dieser Zwiespalt sollte sich noch vertiefen. Es kam zu dem verabredeten Spaziergang. Es war ein Maientag, wie er wonnevoller nicht sein konnte. Blau und strahlend wölbte sich der Himmel. Die beiden durchstreiften Wiesen und Wälder. Schmetterlinge tanzten vor ihnen her, Störche und Bussarde segelten über sie hinweg. Rapsfelder leuchteten, es roch nach Weißdorn und trockenem Gras. Ganz plötzlich war es warm geworden. Vogelgezwitscher tönte aus jedem Baum und Strauch. Sogar ein Kuckuck rief.

Hand in Hand und Arm in Arm durchquerten die beiden frisch Verliebten die Frühlingslandschaft. Fast drei Stunden gingen sie über Waldwege und Deiche, vorbei an Tümpeln, Mooren und Bächen.

Obwohl er eigentlich lieber weiter entfernt spazieren gegangen wäre, hatten sie sich für Winterburg entschieden, jene Gemeinde zwischen Marsch und Moor, die zu Christians Kirchspiel gehörte. »Warum sollen die Leute denn nicht sehen, dass wir zusammen sind?«, hatte Kathrin gesagt. »Ist doch nichts Schlimmes. Wir haben doch gar keinen Grund, uns zu verstecken.« Er hatte ihr recht gegeben. Als aber plötzlich drei Jungen mit Angelzeug auf sie zugeradelt kamen, ließ er Kathrins Hand sofort los und nahm mindestens einen Meter Abstand zu ihr ein.

»Hallo, Herr Linde«, riefen die vorbeifahrenden Jungen triumphierend, die der Pastor als seine Vorkonfirmanden erkannte.

»Warum hast du mich denn losgelassen?«, stellte ihn darauf Kathrin zur Rede. »Schämst du dich etwa mit mir?«

»Quatsch«, entgegnete er, indem er zur Bekräftigung ihre Hand drückte. »Aber ich hör' schon die blöden Sprüche, wenn sie sich über ihren Pastor lustig machen, der händchenhaltend mit seiner Geliebten durch die Gegend spaziert. Das sind die einfach nicht gewöhnt von mir.«

»Dann werden sie sich eben daran gewöhnen müssen«, sagte Kathrin, die in ihrem lindgrünen Sommerkleid wie eine Urlauberin aussah.

»Leichter gesagt als getan.«

Es war ihm, als sei eine Wolke über ihm aufgezogen. Er war ja selbst nicht glücklich mit seiner Verklemmtheit. Aber was sollte er tun? Wenige Minuten später, als ihm ein Kirchenvorsteher auf dem Trecker entgegenkam, ließ er erneut Kathrins Hand los und winkte dem Bauern in gebührendem Abstand von seiner Begleiterin zu. Die junge Frau hakte sich gleich darauf lächelnd bei ihm ein.

»Na, du bist mir ja ein mutiger Kavalier.«

»Du musst einfach ein bisschen Geduld mit mir haben.« Er nahm Kathrin fest in den Arm und gab ihr einen Kuss.

Die Vögel in den Bäumen und Büschen tirilierten um die Wette. Und als sich die beiden tief in den Wald bewegt hatten – jenseits aller befahrenen Feldwege und störenden Begegnungen –, ließ sich der Pastor von seiner Begleiterin in eine kleine Lichtung ziehen, und beide sanken ins weiche Moos.

Er hörte, wie in der Nähe in einem Tümpel die Frösche quakten

– wollüstig auf- und abschwellend, ganz ungeniert, immer wieder von vorn. Leider hatten mittlerweile Ameisen das nackte Liebespaar entdeckt. Zuerst wagte er nichts zu sagen. Aber dann hielt er das Kribbeln und Beißen nicht mehr aus, und auch Kathrin spürte jetzt, dass ihr die kleinen Tierchen über die Beine liefen. Auch Mücken umschwirrten inzwischen die verschwitzten Körper.

Die Liebenden zogen sich rasch an und setzten ihren Spaziergang Arm in Arm fort. Am liebsten hätte sich Kathrin gar nicht mehr von ihm getrennt. Doch er musste sich am Abend noch bei einer Goldenen Hochzeit sehen lassen. So verabredeten sich die beiden für den nächsten Abend. Sie wollten in Celle italienisch essen gehen – nach getaner Arbeit. Denn vorher musste Linde noch seinen Sonntagsgottesdienst vorbereiten.

Leider wurde er am Sonnabend durch etliche Anrufe, unter anderem wegen eines Trauerfalls, ständig unterbrochen, so dass er schließlich reichlich abgehetzt in Celle erschien und mit seiner Predigt immer noch nicht ganz fertig war.

Während ihm Psalmen und Bibelverse durch den Kopf spukten, erzählte Kathrin von ihrer Dienstreise nach Polen. Wie die Kollegen im Hotel bis tief in der Nacht gesoffen hatten. Wie eitel dieser Landesminister all die Ehrungen ausgekostet hatte, die ihm bei Empfängen und Gala-Essen zuteil geworden waren. Aber Kathrin war auch anzumerken, dass sie stolz war, dieser Regierungsdelegation angehört zu haben. Sie schwärmte von der Altstadt Warschaus und von der Schönheit der Masurischen Seen, die man besichtigt hatte. Die Worte sprudelten nur so aus ihr heraus. »Ist doch immer wieder gut, mal rauszukommen und über den Tellerrand zu gucken«, bilanzierte sie mit der Attitüde der weitgereisten Profi-Journalistin.

Er wusste gar nicht, was er dazu sagen sollte. Er saß ja gewissermaßen fest in seiner Kirchengemeinde. Sein Leben kreiste um Taufen und Beerdigungen, Goldene Konfirmationen und greise Geburtstagskinder. Seine Welt war im Großen und Ganzen auf zwei Dörfer beschränkt. Sicher, irgendwann, so hoffte er, wollte er schon noch mal die Gemeinde wechseln, vielleicht in die Stadt übersiedeln. Aber erst einmal spielte sich sein berufliches Leben in Eichendorf und Winterburg ab. Und das war ja auch gar nicht so schlecht. Anders als in der Stadt kannte man seine Schäfchen hier auf dem Lande und galt noch etwas als Pastor. Und seine Gottesdienste, das war ihm ja von allen Besuchern immer wieder bescheinigt worden, hatten doch auch durchaus Format. Großstädtisches Format. So mancher hatte ihm schon geraten, sich mal beim Kirchenfunk um eine Radioübertragung zu bewerben. Warum eigentlich nicht?

Aber jetzt musste er erst einmal den Gottesdienst des nächsten Tages über die Runden bringen. »Singet dem Herrn ein neues Lied, denn er tut Wunder«, war das Motto dieses vierten Sonntags nach Ostern mit Namen »Kantate«. Ein schönes Motto. Auch Kathrin zeigte sich angetan von dem Psalm. Und anders, als er befürchtet hatte, war sie ganz Ohr, als er ihr von seinem Predigtprojekt erzählte. Er wollte über das Wunder der Musik sprechen, über die befreiende und zusammenführende Kraft des Gesanges, über das Flöten der Amsel, das Kollern der Nachtigall und den Ruf des Kuckucks – diesen Musikanten des lieben Gottes. Er hatte bereits Auszüge aus einer Kassette mit Vogelstimmen vorbereitet, und außerdem wollte er auch ein bisschen auf seiner Klarinette spielen.

Kathrin war begeistert. Je mehr er ihr von seinem Vorhaben erzählte, desto mehr rundete sich die Predigt in seinem Kopf – sie musste nur noch aufgeschrieben werden. Aber wann?

Kathrin war fest entschlossen, ihn an diesem Abend ins Pfarrhaus zu begleiten, die Nacht bei ihm zu verbringen. Konnte er ihr da einen Korb geben? Natürlich nicht. Er nahm sich vor, am Sonntag schon in aller Frühe aufzustehen, um seine Vorbereitungen zu beenden. Sehr entspannend allerdings war diese Aussicht in seiner ersten gemeinsamen Liebesnacht mit Kathrin nicht.

Daran änderte auch der Rotwein nichts, den er im Kerzenschein mit Kathrin trank. Er musste an seine Ängste als Jugendlicher denken. Wie er gebetet hatte – hoffend, dass Gott ihn frei mache. Und es hatte ja geholfen.

Nun half Kathrin ihm über seine Beklemmungen hinweg.

»Hörst du eigentlich nur Kirchenlieder und Klassik?«, fragte sie ihn, als er beim zweiten Glas Wein wieder von seinen Gottesdienstvorbereitungen zu sprechen begann.

»Natürlich nicht.«

Und dann zeigte er ihr seinen Vorrat an alten Schallplatten – Musik, die ihn in seinen verschiedenen Lebensetappen begleitet hatte.

Auch eine Reihe von Platten der Rolling Stones fand sich in den angestaubten Stapeln. Kathrin war sofort begeistert und bestand darauf, »Let's spend the night together« aufzulegen. Die knisternde Platte, die er viele Jahre nicht mehr gehört hatte, rief in Christian Jugenderinnerungen wach, die vor seiner pastoralen Laufbahn lagen. Er taute förmlich auf, als er Kathrin von ersten Diskobesuchen und seiner rebellischen Pop-Phase erzählte. Gerührt war er, als er sein einstiges Lieblingsstück »Ruby Tuesday« in einer Version von Melanie wiederhörte und Kathrin in den Refrain einfiel.

»She would never say, where she comes from ...«

Wie von selbst begann er nun auch mitzusingen. Die beiden verschmolzen förmlich in den hymnischen Strophen.

»While the sun is bright
or in the darkest night,
no one knows,
she comes and goes ...«

Kaum war das Lied verklungen, ließ Kathrin die Platte noch einmal spielen. Diesmal nahm sie ihn in den Arm und tanzte mit ihm.

»Good bye, Ruby Tuesday,
who could hang a name on you,
when you change with every new day,
still I'm gonna miss you ...«

Beim Tanzen kamen sie sich so nahe, dass sich die Kleidung als störend erwies. Diesmal machte er den Anfang. Ermutigt durch einen Kuss knöpfte er Kathrins Bluse auf. Und bevor sie sich nackt auf den Teppich sinken ließen, ließ er die verkratzte Platte ein drittes Mal kreisen.

»Catch your dreams before they slip away ...«

Es war schön, und alle Versagensängste lösten sich auf in wilder Lust. Auch als sich der Plattenspieler längst abgeschaltet hatte, klang der Stones-Song weiter in ihm nach. »Singet dem Herrn ein neues Lied ...« Warum nicht »Ruby Tuesday« in den Kantate-Gottesdienst einbeziehen? Doch er verscheuchte die Abschweifung ins Dienstliche und küsste Kathrins pralle Brüste. Er war wie berauscht.

Als er sich allerdings am Sonntagmorgen um sieben Uhr aus dem Bett schraubte, um seinen Kirchenauftritt vorzubereiten, blickte er nicht ohne Neid auf die schlafende Bettgenossin. Mit Gewalt musste er sich dem Schlaf entreißen. Ganz benommen war er noch von Müdigkeit. Doch der Gedanke an die unvorbereitete Predigt ließ ihn schnell wach werden. Seine Gemeinde sollte ja nicht meinen, dass er nun nur noch an seine Freundin dachte. Und auch der wollte er sich natürlich von seiner besten Seite zeigen.

Als schließlich die Glocken den Gottesdienst einläuteten, war er zuversichtlich. »Singet dem Herrn ein neues Lied« – auch ohne »Ruby Tuesday« ließ sich aus diesem Motto etwas machen. Zufrieden mit sich und seinen Vorbereitungen blickte er in den Spiegel seiner Sakristei.

»Lob Gott getrost mit Singen«, stimmte er wenig später mit seiner Gemeinde an. Er ließ keine der sechs Strophen aus. Auch Kathrin hielt offensichtlich wacker mit.

Der Höhepunkt war erreicht, als er zu seiner Klarinette griff, nachdem er zum Entzücken der gnickernden Gottesdienstbesucher bereits die Vogelstimmen eingespielt hatte – die »Musikanten des Lieben Gottes«, wie er es nannte.

Er gab ein Klezmer-Stück auf der Klarinette zum besten, ein jüdisches Lied nach den Versen Salomons. Wäre es in der Eichendorfer Kirche üblich gewesen, seinen Gefühlen freien Lauf zu lassen, hätten die Leute bestimmt vor Begeisterung getrampelt. Christian sah, wie sich die gute Stimmung auf die Gesichter malte. Und so spielte er als Zugabe noch »Hava Nagila«. Und da geschah, was sich in dieser Dorfkirche wohl noch nie ereignet hatte: Die Kirchenvorstandsvorsitzende Ursula Kuchenbecker begann, schwungvoll und herausfordernd um sich blickend, den Takt mitzuklatschen, und fast alle Gottesdienstbesucher ließen sich mitreißen und fielen ein. Es war wie bei einem Gospelkonzert. Alle Steifheit schien für diesen Augenblick abgefallen von den Kirchgängern.

»War echt spitze, Herr Linde«, schwärmte beim Hinausgehen ein rothaariger Junge, der bisher eher widerwillig in die Kirche gekommen war. Auch ältere Dorfbewohner, die den neuen Gottesdienstformen reserviert gegenüberstanden, klopften dem Bärtigen im Talar auf die Schulter. »Nicht schlecht, dass Sie hier mal 'n bisschen frischen Wind 'reinbringen«, lobte ihn der Altbauer und Kirchenvorsteher Heini Feldmann – ein Kompliment aus konservativem Munde, dem er besonderes Gewicht zumessen durfte. Etwas erschrocken war er anfangs über die Bemerkung einer älteren Frau, die als Tratschtante verrufen war: »Sie waren ja heute wie ausgewechselt. Man merkt, dass Sie frisch verliebt sind.« Dann ergriff die Frau grinsend seine Hände. »Is' aber wirklich hübsch, die junge Dame. Die halten Sie sich man warm.«

Obwohl er hochrot wurde, musste er lächeln. Bei aller Scham freute er sich über die respektlose Unbekümmertheit. Er fand auch schon fast gar nichts mehr dabei, als Kathrin auf ihn zukam und ihn in die Arme schloss.

»Ich bin stolz auf dich«, raunte sie ihm zu. »Das war wirklich klasse, du Musikant des Lieben Gottes. Und ich hatte schon Angst, dass ich dich zu sehr ablenke.«

»Ganz im Gegenteil. Du inspirierst mich.«

In diesem Augenblick waren alle Bedenken wie weggeblasen. Ungeniert nahm er Kathrins Hand und führte sie zum Pfarrhaus. Leider hielt die Sorglosigkeit nicht lange vor. Am Nachmittag zogen erste Wolken auf, als er zu seinen Eltern aufbrach.

»Meine Mutter wartet schon die ganze Woche auf mich«, erklärte er Kathrin. »Obwohl sie krank ist, backt sie mir immer einen Kuchen. Die wäre todunglücklich, wenn ich heute nicht käme.«

Kathrin hatte vorgeschlagen, noch einen Spaziergang zu machen. So holterdipolter Christians Familie vorgestellt zu werden war ihr unheimlich. Und Christian war es auch gar nicht so unlieb, nach dem aufregenden Wochenende einen ruhigen Nachmittag bei seinen Eltern zu verbringen. Doch der Anflug von Enttäuschung in Kathrins Augen war ihm nicht verborgen geblieben.

In der nächsten Woche telefonierten sie wieder täglich miteinander. Da beide in ihrer Arbeit aufgingen, hatten sie sich am Abend viel zu erzählen. Kathrin stürzte sich von einer Reportage in die andere – begab sich in ein Gefängnis oder interviewte die Bewohner eines Altenheims. Christian hielt eine Beerdigung ab und mühte sich mit seinem Konfirmandenunterricht.

Schließlich überwand er sich auch, Dörthe aufzuklären. Er versicherte ihr in einem langen Brief noch einmal, wie schön es mit ihr gewesen sei, die große Entfernung nun aber doch zu einer Entfremdung geführt – und er sich verliebt habe. Die Antwort fiel sehr kurz und frostig aus. »Ich wünsche Dir alles Gute.«

Kathrin hatte ihren Eltern schon bald von Christian berichtet. Vor allem ihre Mutter brannte darauf, den vielversprechenden Theologen kennenzulernen. Am Sonnabendnachmittag fuhren die beiden daher zum Kaffeetrinken in die Wedemark. Christian fand Kathrins Mutter recht nett. Höflich interessiert erkundigte sie sich nach seiner Amtsführung und dem Gemeindeleben. Viel Geduld aber brachte sie für seine Antworten nicht auf. Nach drei oder vier Sätzen fiel sie ihm meist schon ins Wort. Kathrins Vater verhielt sich nahezu abweisend. Der Mathematikprofessor war schon »vor Jahren« aus der Kirche ausgetreten, wie er gleich zu Beginn verkündete. Herablassend bemerkte er, dass die Kirche wohl angesichts der Konkurrenz durch Rundfunk und Fernsehen einen schweren Stand habe und die Zahl der Kirchenaustritte sicher noch weiter ansteigen werde. Im übrigen wandte sich der dicklich gedrungene Mann mit der Stirnglatze und dem Namen Hans-Eberhard nahezu ausschließlich an seine Tochter – fast demonstrativ, wie Christian schien. Er atmete durch, als er Kathrins Elternhaus wieder verlassen konnte. Schon mehrfach hatte er zuvor durchblicken lassen, dass er nicht so lange bleiben könne, weil er noch seine Predigt vorbereiten müsse. Immerhin hatten sich Kathrins Eltern von ihm für Himmelfahrt zu seinem geplanten Waldgottesdienst einladen lassen.

Unkomplizierter verlief einen Tag später der Besuch bei seinen Eltern. Erstmals begleitete ihn Kathrin dabei.

»Das ist ja schön, dass Sie unserm Christian 'n bisschen Gesellschaft leisten«, sagte seine Mutter in herzlichem Ton. »Ich hab' immer schon gesagt, dass eine Frau ins Pfarrhaus gehört. So ganz allein, das is' doch auf Dauer nichts.«

Kathrin lächelte gequält mit Blick auf die Rolle, die ihr da zugedacht wurde. Doch sie blühte auf, als die alte Frau Linde auf ihre Arbeit zu sprechen kam und in den höchsten Tönen die Reportage lobte, die sie über ihren Sohn geschrieben hatte. »Wir lesen jetzt alles, was von Ihnen in der Zeitung steht«, verkündete sie stolz. »Erst gestern hat mein Mann was von Ihnen gefunden, nich' Heinrich?«

Damit hatte Christians Vater das Wort bekommen. »Sie sind im Gefängnis gewesen, was?«, bemerkte er etwas schwerfällig. »Sie kommen wohl überhaupt viel rum inner Welt. Letzte Woche waren Sie ja wohl sogar in Polen. Da war ich auch schon. Damals im Krieg.«

Und dann erzählte der alte Bauer eine seiner Kriegsgeschichten. Anders als bei Kathrins Eltern war das Kaffeetrinken hier schon nach einer guten halben Stunde beendet, so dass die beiden noch Zeit für einen Spaziergang fanden. Gut gelaunt führte Christian Linde seine Freundin über die Pfade seiner Kindheit und Jugend.

Auch der Himmelfahrtsgottesdienst im Freien wurde ein Erfolg. Er stieg in der Gunst von Kathrins Mutter, wie er in seiner feierlichen Amtstracht vor der Gemeinde stand, die Leute zum Beten, Singen und Aufstehen brachte. »Geh' aus, mein Herz, und suche Freud«, schallte es in den Wald hinein. Der Wind blätterte in der aufgeschlagenen Bibel, die Kerzen auf dem Altar im Grünen flackerten in Einweckgläsern, während der Pastor die Hände zum Segen erhob. Sogar Kathrins Vater sah sich am Ende zu einem Kompliment genötigt.

»Nicht schlecht«, bemerkte der Professor – deutlich weniger arrogant als bei der ersten Begegnung. »Wenn es bei uns im Gottesdienst immer so schön gewesen wäre, dann wäre ich vielleicht in der Kirche geblieben.«

Konnte man sich ein größeres Lob aus dem Munde dieses Mathematikprofessors und Nietzsche-Anhängers vorstellen?

Christian und Kathrin rückten immer näher zusammen. Sie verbrachten im Sommer eine Woche auf Norderney, sie gingen ins Kino oder Theater und radelten oder spazierten durch die Gegend. Bei aller Vertrautheit aber ließ Christian Linde immer noch Kathrins Hand los, wenn er in seinem Kirchspiel mit ihr unterwegs war und auf Dorfbewohner traf.

Nicht mehr nur am Sonnabend übernachtete die Journalistin nun im Pfarrhaus. Dies aber ging den meisten älteren Leuten in der Gemeinde dann doch bald zu weit. Und wenn sie ihren Pastor freundlich lächelnd fragten, wann denn Hochzeit sei, dann meinte dieser bald, eine gewisse Entrüstung aus der Frage herauszuhören.

24. März 2006, Sonnabend, am Abend

## *Gastspiel*

»Wo ist der gottverdammte Hund von einem Rittmeister, wo mir das Trinkgeld unterschlagt?«

»Halts Maul.«

»Komm heraus, du Dieb! Ich hau dich zu Koteletten.«

Streitgespräch unter Soldaten, Wortgefecht auf der Bühne des Kursaals in Bad Fallingbostel. Die Landesbühne gastierte mit »Mutter Courage und ihre Kinder«, und Markus Linde spielte den jungen Soldaten, der sich gerade so ereiferte.

»Ihr seids nur Hosenscheißer. Ich hab was Besonderes gemacht und will mein Trinkgeld haben.«

Der junge Mann in Stulpenstiefeln setzte sich breitbeinig in Szene, brüllte voll selbstgerechter Empörung seine Wut aus sich heraus. Markus bebte vor Spannung. Lange genug hatte er hinter den Kulissen auf diesen kurzen Auftritt gewartet. Da musste jedes Wort sitzen, jede Geste stimmen. Und der hoch aufgeschossene Nachwuchsschauspieler mit dem aschblonden Haar spürte, dass er seine Sache gut machte. Im Publikum war es mucksmäuschenstill. Das wollte schon etwas heißen. Denn zwischen den Erwachsenen saßen jede Menge Schüler, die zu dieser Klassikeraufführung zwangsverpflichtet worden waren und in den unpassendsten Momenten redeten, husteten, kicherten, raschelten oder mit ihren Handys herumspielten. Aber der Wutausbruch des jungen Soldaten ließ sie aufhorchen. Und Markus legte sich mächtig ins Zeug. Er wusste, dass er gleich wieder für längere Zeit hinter den Kulissen zu verschwinden hatte, bevor er gegen Ende noch einmal als Bauer in Erscheinung treten durfte. Eine noch kleinere Nebenrolle. Aber er hatte sich damit abgefunden, dass er in diesem Stück nicht viel mehr als ein Stichwortgeber war. Sein großer Auftritt stand ja erst noch bevor: die Rolle, die ihm vielleicht zum Durchbruch verhalf, die Rolle des jungen Dichters Treplev in Tschechows »Möwe«: eine wunderbare Rolle, eine riesige Chance. Jede freie Minute während seiner Gastspielreisen mit »Mutter Courage« hatte er den Text gebüffelt – im Bus, in der Umkleidekabine, in schäbigen Hinterzimmern. Mittlerweile war der Text für ihn kein Problem mehr. Jetzt ging es nur noch um Details.

Den richtigen Ton treffen, den richtigen Augenaufschlag, den Raum nutzen – und die Leichtigkeit bewahren trotz der Last der schweren Rolle. Es lief prima. Das Lob des Regisseurs wirkte immer noch nach.

Aber jetzt ging es erst einmal darum, »Mutter Courage« mit Anstand über die Bühne zu bringen, präsent zu sein im Hier und Jetzt. Doch genau daran mangelte es ihm in diesem Moment. Seine Gedanken hatten sich von seinem Auftritt als junger Soldat entfernt. Er hörte nicht zu, als Mutter Courage zu ihm sprach – verpasste sein Stichwort. Aber er war dran, keine Frage. Die Blicke der Mitspieler waren auf ihn gerichtet. Erwartungsvoll. Zum Überlegen blieb keine Zeit. Keine Frage: Er musste etwas sagen. Besser etwas Falsches, als nichts. So polterte er einfach los:

»Wollen Sie etwa sagen, wenn ich das Trinkgeld verlang, das ist nicht billig?«

Mutter Courage schmunzelte, bevor sie zu ihrer Erwiderung ansetzte. Damit war für Markus Linde klar, dass er sich vertan hatte. Denn an dieser Stelle hatte sie sonst nie geschmunzelt. Sie hatte den Dialog einfach um zwei Wortwechsel verkürzt. Aber das war kein Drama, denn der Text war sowieso gestrafft. Nur nicht nervös werden. Das Schwert ziehen, und noch einmal den Kraftmeier spielen:

»Wenn er kommt, zerhack ich ihn.«

Das machte Eindruck bei den Schülern. Und mit dem Lied von der »Großen Kapitulation« war der Auftritt des jungen Soldaten sowieso schon wieder fast vergessen.

»Einst im Lenze meiner jungen Jahre,
dacht auch ich, dass ich was ganz Besondres bin ...«

Das Klavier in diesem Kursaal war zwar reichlich verstimmt. Aber die musikalischen Einlagen hoben trotzdem die Stimmung.

»Leck mich am Arsch.«

Der Abgang des jungen Soldaten.

Für Markus war klar gewesen, dass die Abstecher in die Provinz dazugehörten, als er seinen Vertrag bei der Landesbühne Hannover unterschrieb. So klar war für ihn jedoch nicht, was das praktisch bedeutete. Das Herumreisen im Theaterbus, das Einstellen auf ganz verschiedene Bühnen in Stadthallen, Hotelsälen oder kleinen Stadttheatern, die Unzulänglichkeiten der Akustik und Bühnentechnik, der

Zeitaufwand. Und nebenbei immer auch noch die Proben für das nächste Stück. Immerhin kamen dann auch wieder Phasen, in denen ein Stück mehrere Abende hintereinander in Hannover im Stammhaus in der Bultstraße gespielt werden konnte. Nein, er hatte keinen Grund zu klagen – er hatte, wovon manche seiner früheren Kollegen von der Schauspielschule in Hamburg noch immer träumten: ein Engagement für zwei Spielzeiten in einem soliden Haus.

Die Rückfahrt im Bus. Es war schon kurz vor Mitternacht. Aber alle waren noch aufgekratzt. Auch die stumme Katrin plauderte jetzt munter drauflos. Markus bedauerte, dass sie so weit von ihm entfernt saß. Der Pastorensohn war heimlich verliebt in die junge Kollegin. Leider hatte Katja Petri schon einen Freund. Doch das musste kein unüberwindbares Hindernis sein. Immerhin traf Markus sie auch bei den Proben zur »Möwe«, wo sie die Rolle der Nina spielte. Für Kontakte zu Nichtschauspielern blieb wenig Zeit. Die Abende waren in der Regel blockiert, und bei den Zusammenkünften nach den Vorstellungen blieben die Theaterleute meistens unter sich. Im Bus sowieso.

Aus Plastikbechern wurde Wein geschlürft. Wanda Wolfen rauchte dazu eine Zigarette, was eigentlich im Bus streng verboten war, der Darstellerin der Mutter Courage aber stillschweigend genehmigt wurde. Die erfahrene Schauspielerin trug immer noch ihr Bühnen-Make-up. Auch sonst gab sie zu erkennen, dass sie sich ihrer Rolle nicht schämte. Sie schwärmte von der soeben gezeigten Vorstellung. Von den Kollegen, vom Publikum: »Fabelhaft, wirklich fabelhaft, ganz großartig.« Die Diva der Landesbühne, die gerade ihren sechzigsten Geburtstag im Kollegenkreis gefeiert hatte, kam Markus Linde wie die Personifikation positiven Denkens vor. Auch nach einem Pannen-Abend fand sie gemeinhin noch reichlich Gelegenheit, ihr Lieblingsprädikat »fabelhaft« anzubringen. Besonders viel steckte zwar meist nicht dahinter, aber es vertrieb die düsteren Gedanken. Immer hatte sie irgendwelche Leckereien dabei, mit denen sie die Kollegen nach getaner Arbeit verwöhnte – ob selbstgebackenen Kuchen oder irgendwelche Pasteten. Markus hatte Wanda sofort in ihr großes Divenherz geschlossen. Und der Nachwuchsschauspieler genoss es, sich von der Kollegin bemuttern zu lassen, die in der »Möwe« auch tatsächlich seine Bühnen-Mutter spielte.

So intensiv war der Kontakt zu seiner leiblichen Mutter derzeit nicht. Schon eine Weile hatte er seine Mutter nicht mehr gesehen, die ständig für ihre Zeitung in der Welt herumreiste. Immerhin hatte sie es geschafft, zur »Mutter Courage«-Premiere nach Hannover zu kommen und an der anschließenden Premierenfeier teilzunehmen. Markus´ Vater hatte es dagegen mal wieder nicht auf die Reihe gekriegt; irgendwelche kirchlichen Verpflichtungen waren in letzter Minute dazwischen gekommen. Typisch. Aber das Verhältnis zwischen Vater und Sohn hatte sich sowieso abgekühlt in letzter Zeit. Es war einfach zu viel geschehen, das Markus seinem Vater nicht verzeihen konnte. Vor allem die Sache mit Anke wirkte nach. Und seit der Geburt seiner Schwester hatte er sowieso das Gefühl, für seinen Vater nur noch zweite Wahl zu sein. Nicht eben begeistert hatte der Herr Pastor sich auch über die Berufswahl seines Sohnes geäußert. Schauspieler – das konnte doch nichts Rechtes sein, immer nur den Text zu sprechen, den sich jemand anders ausgedacht hatte. Da dachte Markus` Mutter ganz anders. Die hätte ihn vor Begeisterung fast erdrückt, als er ihr von seinem Engagement bei der Landesbühne erzählte. Die nahm Anteil an seinem Schauspielerleben, erkundigte sich jedes Mal eingehend nach dem Gang der Proben.

Im Bus gaben jetzt wieder die Anekdotenerzähler den Ton an. Mit tönendem Bass erzählte Frank Paulsen, wie er einst mit Harald Juhnke unterwegs auf Tournee war. Sturzbesoffen sei »Harald« in die Maske getorkelt, habe aber dann doch im »Hauptmann von Köpenick« eine sensationelle Vorstellung hingelegt. »Sensationell! Wahnsinn! Und kein Aas hat gemerkt, als er ins Torkeln geraten ist und ich ihn gerade noch auffangen konnte. Kein Aas. Wahnsinn.«

Alle im Bus kannten die Geschichte zwar schon in unterschiedlichsten Varianten, hörten aber geduldig zu. Und der alte Schauspieler nutzte jedes Stichwort, um seine altbekannten Anekdoten abzuspulen. Als Markus gähnte, nahm er dies zum Anlass, die Geschichte von Walter Giller zu erzählen, der es angeblich geschafft hatte, dass eigens für ihn ein Bett in den Tourneebus eingebaut wurde. Einen Bekanntheitsgrad, der ihm solche Privilegien verschafft hätte, hatte Paulsen nie erreicht. Der Ärmste hangelte sich auf Provinzbühnen von Stückvertrag zu Stückvertrag. Markus wusste, dass er schwul war – und sehr einsam. Er lebte ganz allein in seiner kleinen Wohnung.

Immerhin war es ihm noch gelungen, sich vom Alkohol fernzuhalten – im Gegensatz zu einem anderen älteren Kollegen im Bus, den Linde dabei beobachtete, wie er während der Rückfahrt einen Flachmann ansetzte. Als Feldprediger im Stück hatte er bereits immer wieder leichte Aussetzer. Markus Linde war nicht entgangen, dass er schon bei der Hinfahrt eine Fahne gehabt hatte.

Nein, bei aller Sympathie für diese knorrigen Theatergewächse – so wollte er nicht enden. Aber das stand wohl auch nicht zu befürchten. Das Glück war doch zum Greifen nahe: Der Pastorensohn hoffte auf die »Möwe«. Die Paraderolle des Treplev würde ihm den Durchbruch bescheren, das konnte gar nicht anders sein. Die Proben liefen schließlich nicht schlecht. »Großartig, fabelhaft«, hatte auch Wanda Wolfen immer wieder gesagt. Trotzdem raste ihm das Herz, wenn er an die Premiere dachte.

25. März 2006, Nacht zum Sonntag

*Nachtspaziergang*

Ein dumpfer Knall. Auf der Straße wurde eine Autotür zugeschlagen. Christian Linde fuhr aus seinem Bett hoch und stürzte zum Fenster. Er sah, wie ein Auto die Dorfstraße hinunterfuhr. Dann war es wieder dunkel. Dunkel und still. Weiter weg bellte ein Hund. Es begann zu regnen. Er hörte, wie die Tropfen im Garten auf einen umgekippten Eimer trommelten. Plock, plock, plock ... Im zitternden Schein der Straßenlampe erhob sich hinter dem Regenschleier die Eichendorfer Kirche. Plock, plock, plock.

Er rieb sich den Bart, faltete die Hände und versuchte zu beten. Aber es wollte ihm nicht gelingen. Er konnte sich einfach nicht konzentrieren. Beim besten Willen nicht.

Was konnte der da oben auch schon für ihn tun? Nein, er schaffte es einfach nicht, sich in ein Zwiegespräch mit dem Lieben Gott zu vertiefen. Es war ihm, als habe er schon vor langer Zeit den Kontakt verloren. Nun brauchte er jemanden, der ihm gegenübersaß. Und antwortete.

Er blickte auf seine Armbanduhr. Schon halb zwölf. Egal. Es musste sein. Er zog das Telefon vom Nachttisch auf die Bettdecke und wählte die vertraute Nummer. Das Freizeichen ging ins Leere. Das langgezogene Tuten wollte kein Ende nehmen. Schließlich ging es in den Besetztton über. Er versuchte es erneut. Endlich. Es knackte in der Leitung.

»Ja bitte?« Die heisere Frauenstimme klang unwirsch. Als habe das Klingeln die Dame aus einem schönen Traum gerissen. »Wer ist denn da?«

»Ich bin's, Christian. Entschuldige bitte, Inge, dass ich dich so spät noch störe. Aber ich muss dich sprechen. Unbedingt.«

»Sag mal, bist du eigentlich wahnsinnig, mich um halb zwölf aus dem Schlaf zu reißen.«

»Tut mir wirklich leid, Inge.« Er schluckte. »Aber ich muss einfach mit dir reden. Kathrin ist weg, spurlos verschwunden. Ich habe sie schon als vermisst gemeldet.«

Er hörte, wie seine Gesprächspartnerin Luft holte. »Ach mein Gott. Und da soll ich dich jetzt trösten, was? Weil du dich um deine verschwundene Frau sorgst? Meinst du wirklich, dass ich da die Richtige bin? Glaubst du das allen Ernstes?«

»Ich wüsste nicht, mit wem ich sonst sprechen könnte. Natürlich erwarte ich nicht von dir, dass du mich wegen Kathrin tröstest, keine Bange. Ich möchte einfach bei dir sein, ich brauche deine Nähe. Deine Wärme.«

Er merkte selbst, wie abgedroschen, wie kitschig seine Worte klangen, wie aus einem blöden Schlager. Wie unüberlegt er diese Sätze abspulte.

Die Frau am anderen Ende stöhnte.

»Ach Christian, ich hab' dich auch gern. Aber doch nicht jetzt. Doch nicht mitten in der Nacht.«

»Nacht oder Tag – das ist für mich schon ganz egal. Schlafen kann ich sowieso nicht.«

»Du tust mir ja so leid! Aber ich glaube, mich hast du auch um den Schlaf gebracht.«

»Also los. Dann raff dich auf. Lass uns einen Spaziergang machen. Was Besseres gibt es gar nicht, um die nötige Bettschwere zu kriegen. Es regnet zwar, aber mit Regenschirm ist das kein Problem. Die frische Luft wird dir auch gut tun.«

Inge gab dem Drängen nach. Sie kam nach Eichendorf, parkte ihr Auto aber nicht am Pfarrhaus, sondern hundert Meter entfernt.

Christian Linde hatte vor der Tür auf sie gewartet. Sie brachen sofort auf. Wenige Minuten später spazierten sie auch schon über den Allerdeich zwischen Eichendorf und Winterburg. Nur schwach blitzte das Mondlicht zwischen den schwarzen Wolkenbergen auf, die über den düsteren Himmel zogen. Der Regen hielt an. Doch Inge klappte ihren Regenschirm zu und ließ sich von ihm mit beschirmen. Arm in Arm stiefelten sie über den Deich. Nach und nach gewöhnten sich ihre Augen an die Finsternis. Schließlich konnten sie nicht nur Weiden und Büsche am Ufer unterscheiden, sondern auch die dünnen Pfähle der Stacheldrahtzäune, die zu überklettern waren. Von Wind und Regen aufgewühlt strömte der Fluss zu ihren Füßen.

Christian Linde fühlte sich gleich viel freier. Die nasskalte Luft tat ihm gut. Auch die Frau an seiner Seite schien den Nachtspaziergang zu genießen. Immer wieder fragte sie nach Kathrins Verschwinden.

Der Begleiter schüttelte nur müde den Kopf.

»Ich weiß es doch auch nicht.«

»Ich verstehe immer noch nicht ganz, warum du mich um Mitternacht aus dem Bett geholt hast.« Die Religionslehrerin klang nicht mehr vorwurfsvoll, sondern eher ratlos. »Man sieht doch, wie du an Kathrin hängst. Ich frage mich wirklich, welchen Sinn es hat, dass wir uns bei Nacht und Nebel treffen. Ich habe jedenfalls keine Lust, die Vertretung für deine vermisste Gemahlin zu übernehmen, verstehst du. Mir reichen die Vertretungsstunden, die ich in der Schule geben muss.«

»Das siehst du ganz falsch. Wir haben uns auseinandergelebt. Zwischen mir und Kathrin ist es aus – AUS, wirklich.«

Er wusste, dass dies nicht die ganze Wahrheit war.

Doch Inge hörte seine Beteuerungen nur zu gern.

Von einer Wiese kamen merkwürdige Klagelaute. Sie rührten von einem alten Melkstand her. Der Wind rüttelte an dem ramponierten Wellblechdach und verwandelte die rostige Melkvorrichtung in eine Äolsharfe.

»Wollen wir nicht langsam aufhören, hier wie Schlafwandler über den Deich zu latschen«, sagte Inge schließlich. »So langsam könnte ich im Stehen einschlafen.«

»Lass' uns die Nacht zusammen verbringen, bitte«, bettelte er. »Komm mit zu mir. Ich kann Anna nicht so lange allein lassen. Und Kathrin ist ja nicht da und wird wohl heute Nacht auch nicht zurück kommen.«

»Wer weiß. Ich verstehe nicht, wie du dir da so sicher sein kannst.«

Er legte besänftigend seine Hand auf ihre Schulter. »Wo sollte die denn mitten in der Nacht herkommen?«

»Aber die kann doch nicht einfach vom Erdboden verschluckt sein.«

»Natürlich nicht, ihr muss was passiert sein. Das ist es ja, was mir solche Sorgen macht. Ich habe Angst, Inge. Ich brauche dich.«

Seine Begleiterin seufzte. »Du bist verrückt, aber ich wahrscheinlich auch. Sonst würde ich hier ja nicht mit dir zu nachtschlafender Zeit durch die Marsch stiefeln. Also gut, ich komme mit. Aber in den Kleiderschrank gehe ich nicht, wenn deine Gattin doch noch kommen sollte.«

»Keine Bange, die kommt schon nicht. Aber selbst wenn, würde sie bestimmt verstehen, dass ich mir Beistand geholt habe.«

Beistand? Inge Rosenstrauch fehlten die Worte. Sie hatte auch keine Lust mehr zu widersprechen. Es war abgemacht. Im Sauseschritt eilten sie durch die regenschwere Nacht zurück zum Pfarrhaus.

Christian Linde hatte im Flur das Licht brennen lassen. Sonst war das Haus dunkel. Es wirkte wie ausgestorben. Er musste an Anna denken. Wahrscheinlich würde sie fest schlafen nach der Unruhe des Tages.

Dennoch mühte er sich, leise zu sein, als er mit seiner Begleiterin ins Haus huschte. Leider knarrte die Haustür – ein an sich unauffälliges Geräusch, das sich im stillen Pfarrhaus aber wie eine Maschinengewehrsalve ausnahm. Um geräuschlos über die Treppe nach oben zu schleichen, zogen sich die beiden in stiller Übereinkunft ihre Schuhe aus.

Er atmete auf, als sie endlich das Schlafzimmer erreicht hatten.

»Wie aufregend«, flüsterte Inge.

»In jeder Hinsicht.« Er nahm seine Begleiterin in den Arm und drückte sie fest an sich. Er zog seine Regenjacke aus und ließ sich von der Geliebten die Hose öffnen.

Plötzlich hörte er, wie unten eine Tür ging. Im nächsten Moment war schon ein Trippeln auf der Treppe vernehmbar. Kaum dass er seine Hose wieder geschlossen hatte, trat Anna ins Schlafzimmer. Zuerst schien es, als wollte sie auf Inge zustürmen – in der Annahme, dass es ihre Mutter sei. Doch als sie die unvermutete Frau mit ihren verschlafenen Augen ins Visier genommen hatte, bremste sie ab. Und erschauerte.

»Anna, was machst du denn noch so spät hier?«, herrschte ihr Vater sie an. Es klang strenger, als es gemeint war.

»Ich hab gedacht, Mama wäre nach Hause gekommen«, antwortete das Mädchen schlaftrunken.

Die Besucherin erstarrte, wagte kaum zu atmen.

»Ist ja gut«, stammelte Linde, bemüht, seine Tochter zu beruhigen. »Ich habe mit Frau Rosenstrauch noch nach Mama gesucht, weißt Du. Ich bringe dich jetzt ins Bett und dann schläfst du. Morgen sieht die Welt schon wieder anders aus. Komm, Anna.«

»Toll.« Anna war anzusehen, dass sie gern noch mehr gesagt hätte, wäre diese Frau nicht gewesen. Nachdem sie einen scheuen, irgendwie auch vorwurfsvollen Blick auf die Dame im Schlafzimmer geworfen hatte, ließ sie sich widerstandslos von ihrem Vater hinausführen.

Inge Rosenstrauch hätte sich vor Scham am liebsten in Luft aufgelöst. Nur mühsam gelang es ihr, ihren Groll unter Kontrolle zu halten, als der Hausherr ins Schlafzimmer zurückkehrte.

»Na, das ist ja wunderbar«, begrüßte sie ihn. »Da will ich euch mal schnell allein lassen.«

Sie griff nach ihrem Regenmantel.

»Tut mir wirklich leid, Liebes. Damit habe ich nicht gerechnet. Das war bestimmt furchtbar für dich.«

Er verlieh seinen Worten Nachdruck, indem er sie reumütig umarmte. Die Freundin wies die Umarmung gekränkt zurück.

»Furchtbar? Ja, das kann man wohl sagen.« Ihr Flüsterton gewann an Schärfe. »Ach Scheiße. Aber ich bin natürlich selbst schuld, dass ich mich darauf eingelassen habe. Ich muss verrückt gewesen sein. Total abgedreht.«

»Nun beruhig dich mal wieder. Anna wird sich auch wieder beruhigen. Ich habe ihr doch erklärt, warum du hier bist. Das wird sie schon einsehen.«

»Das glaubst du ja wohl selbst nicht. Deine Tochter ist doch nicht blöd.«

»Ich werde morgen noch mal mit ihr reden.«

Inge zischte verächtlich.

»Mit ihr reden! Das ändert auch nichts. Ich gehe jetzt. Auf jeden Fall.«

»Bleib doch noch, Inge. Schlimmer kann's nicht mehr werden.«

Bevor sie antworten konnte, nahm er sie wieder in den Arm. Sie ließ es geschehen. Auch als er ihr den Pullover auszog, setzte sie ihm keinen Widerstand mehr entgegen.

»Du bist wahnsinnig«, hauchte sie nur. »Aber ich wahrscheinlich auch.«

Wenig später lagen sie im Bett. Inges Unsicherheit und Verwirrung bestärkten ihn in seinem Selbstbewusstsein. Ein Gefühl der Überlegenheit trug ihn hinweg über seine Sorgen. Er fühlte sich stark. Mit aller Kraft umschlang er seine Geliebte. Und indem er sie an sich presste, presste er die quälenden Sorgen aus sich heraus. Unversehens kam dann aber doch bald der Schlaf über ihn.

Inge dagegen lag lange Zeit wach. Sie horchte in die Dunkelheit. Was, wenn Kathrin doch noch zurückkam?

Plötzlich Schritte. Klappern. Da musste jemand im Garten sein. Kathrin? Inge fuhr auf. Sie zitterte am ganzen Leibe.

»Hör doch, da unten ist jemand«, flüsterte sie ihrem Bettgenossen zu.

»Was ist los?«

»Das ist bestimmt Kathrin. Deine Frau kommt zurück.«

Er war plötzlich hellwach geworden, starrte auf seinen Wecker. »Nein, nein, keine Sorge. Das war die Zeitungsfrau, die bringt die Sonntagszeitung.«

»Woher willst du das denn so genau wissen?«

»Die kommt immer um diese Zeit.«

Als er spürte, dass sie immer noch nicht beruhigt war, fügte er an: »Es war die Nachtigall und nicht die Lerche, meine kleine Julia.«

Die Tatsache, dass es ruhig im Haus blieb, schien ihm Recht zu geben. Dennoch kam Inge nicht mehr zur Ruhe. Sie nahm die Störung zum Anlass, Bett und Pfarrhaus zu verlassen.

Nur eine frühe Amsel flötete ihr ein Morgenständchen. Im Übrigen schlief das Dorf noch, als die Religionslehrerin zu ihrem Auto eilte. Der Friseursalon, die Schaufenster der Tischlerei mit den ausgestellten Haustüren und den repräsentativen Eichensärgen im angeschlossenen Beerdigungsinstitut. Alles noch finster.

Christian Linde war schon wieder eingeschlafen. Es war seine Tochter Anna, die ihn vier Stunden später weckte. Er fühlte sich bleischwer, als er die Augen aufschlug.

»Oh nein, so spät schon«, grummelte er nach einem Blick auf den Wecker verschlafen. »Gut, dass du gekommen bist. In einer Stunde fängt der Gottesdienst an, und jeden Moment müsste deine Oma ankommen.«

»Ist die Frau wieder weg?«

Er fühlte sich ertappt.

»Welche Frau?«

»Na tu doch nicht so bescheuert. Diese dumme Tusse, die hier heute Nacht bei dir war natürlich, diese Inge.«

»Ach die, ja, das habe ich dir doch schon gesagt. Inge hat mir geholfen, Mama zu suchen. Leider haben wir sie nicht gefunden.«

Das Gestammel hatte Anna offensichtlich nicht überzeugt. Doch die Erwähnung ihrer Mutter brachte sie auf andere Gedanken.

»Hoffentlich kommt Mama bald.«

»Ja hoffentlich. Aber jetzt lass uns erst mal frühstücken.«

Kaum hatte er den Frühstückstisch gedeckt, klingelte es an der Haustür. Annas Gesicht hellte sich auf. Doch es verdüsterte sich gleich wieder, als ihr Vater seine Vermutung äußerte: »Das ist bestimmt deine Oma.«

So war es. Kalt war die Hand, die ihm die alte Dame entgegenstreckte. Sorgenvoll der Blick – sorgenvoll und argwöhnisch, wie er fand. Schon seit er sie kannte, hatte er die überschwänglichen Umarmungen nicht erwidert, die in Kathrins Familie zum Begrüßungsritual gehörten. Und als seine Schwiegereltern von seinen Affären Wind bekommen hatten, waren sie ohnehin von sich aus zum distanzierten Händedruck übergegangen. Anna wurde dafür umso herzlicher umarmt. Auch an diesem Sonntagmorgen.

»Ihr macht Sachen«, begrüßte ihn die alte Frau Fischer nur. »Hast du inzwischen schon was gehört?«

Als er die Frage verneinte, fuhr sich seine Schwiegermuter mit der Hand über die Augen und stieß einen Klagelaut aus.

»Gott im Himmel, was kann da nur passiert sein?«

Ohne darauf einzugehen lud er sie zum Frühstück ein.

»Danke nein«, wehrte die Frau in der weißen Hose und der dunkelblauen Bluse bitter ab. »Wir haben längst gefrühstückt. Wo denkst du hin?«

Es klang, als habe sie gesagt: »Wir haben dich längst durchschaut.« Glücklicherweise blieb für ein längeres Geplänkel keine Zeit mehr.

»Tut mir leid, aber ich muss gleich rüber in die Kirche«, teilte er nach einem Blick auf seine Armbanduhr mit und verschwand in seinem Arbeitszimmer.

Dann läuteten auch schon die Glocken, laut und aufdringlich wie jeden Sonntagmorgen.

Das Orgelvorspiel, die Begrüßung der Gemeinde, das erste Lied, die Bibellesung durch einen Kirchenvorsteher. Er fühlte sich müde, total übernächtigt, schlecht vorbereitet. Aber die Rituale gaben ihm einen gewissen Halt. Die Orgel leitete das zweite Lied ein. »Liebe, die du Kraft und Leben, Licht und Wahrheit, Geist und Wort ...«

Das gleiche Lied war bei seiner Hochzeit gesungen worden.

September 1982

## *Nun aber bleiben Glaube, Liebe, Hoffnung*

Voll wie am Heiligen Abend war die Kirche gewesen an diesem warmen Septembersonnabend. Vor der Kirche hatten wohl mehr als hundert Leute aus Eichendorf und Winterburg Spalier gestanden. So viele lächelnde Gesichter. Er meinte zu schweben. Gefeiert und geehrt. Doppelt stark fühlte er sich jetzt mit Kathrin an seiner Seite. Wie eine Märchenprinzessin sah sie aus mit dem blumengeschmückten Sommerhut und ihrem cremefarbenen Kleid aus Wildseide, das ihr bis auf die Fußknöchel reichte. Er spürte, dass die Leute bewundernd zu ihr aufblickten. Es hatte sich herumgesprochen, dass sie bereits im dritten Monat war. Da war es aus Sicht manch konservativer Leute in der Gemeinde Zeit, die wilde Ehe zu beenden.

Der Ansicht war offenbar auch der Superintendent. Ohne lange über Terminzwänge nachzugrübeln, hatte er sofort zugesagt, die Trauung zu übernehmen. Und nun erwartete der kleine Mann im Talar das Hochzeitspaar mit ausgebreiteten Armen vor dem Altar. Welche Ehre! Selbst Kathrins Eltern waren gerührt von dem triumphalen Einzug, den ihr Fleisch und Blut in das schlichte Gotteshaus hielt.

Für Christians Eltern war es fast ein wenig zu viel des Guten. Seine Mutter wagte gar nicht aufzublicken, sein Vater hüstelte in einem fort. All die vornehmen Leute – nein, das war nicht die Welt dieser einfachen Heidebauern, die immer noch nicht fassen konnten, dass ihr Sohn aufgerückt war zu den feinen Leuten.

»Ich will dich lieben, meine Stärke, ich will dich lieben, meine Zier«, sang die Gemeinde. Christian stimmte laut mit ein: »Ich will dich lieben mit dem Werke und immerwährender Begier.« Natürlich stand ihm in diesem Augenblick nicht Gottes Lamm vor Augen, sondern Kathrin. Er musste an den ersten Waldspaziergang denken, als er mit ihr auf dem Moosbett »ein Fleisch« geworden war, wie es in der Bibel hieß.

Er sah, wie Kathrins Brust sich unter dem Seidenkleid hob und senkte. Per Händedruck teilte er ihr seine Empfindungen mit. Sie antwortete in der gleichen stummen Sprache. »Und Gott der Herr sprach: Es ist nicht gut, dass der Mensch allein ist; ich will ihm eine Gehilfin machen, die um ihn sei.«

Mehr scherzend hatte Kathrin ihm zuvor zu verstehen gegeben, wie furchtbar sie die Verse fand.

Zum Glück verzichtete der Superintendent darauf, auszubreiten, wie Gott, der Herr, dem Mann das Weib aus den Rippen schneidet.

»Darum wird ein Mann Vater und Mutter verlassen und an seinem Weibe hangen, und sie werden sein ein Fleisch«, fuhr er fort.

Christian Linde musste an seine Mutter denken. Was wohl in ihr vorging? Ob sie weinte?

»Und sie werden sein ein Fleisch.« Das entsprach ja ganz seinen wollüstigen Phantasien!

»Und sie waren beide nackt, der Mensch und sein Weib, und sie schämten sich nicht.«

In seiner Predigt umkreiste der Superintendent den Trauspruch. »Nun aber bleiben Glaube, Liebe, Hoffnung – diese drei, aber die Liebe ist die größte unter ihnen.« Anfangs hatte er sich gegen »den kitschig schönen Allerweltsspruch« gewehrt. »Alle suchen sich diesen abgedroschenen Vers aus«, hatte er geklagt. »Mühsam führe ich den Leuten vor Augen, dass es auch noch andere schöne Trausprüche in der Bibel gibt. Und jetzt nehmen wir den Spruch selbst. Da lachen ja die Hühner.« Am Ende hatte er sich von Kathrin überzeugen lassen, dass die Verse für sich genommen wirklich schön waren. Und der Superintendent machte das Beste daraus, zitierte den Liebesbegriff von Max Frisch, der dazu auffordert, im geliebten Anderen das Göttliche zu sehen – das Göttliche, das aus jeglichem Bildnis befreit.

»Morgenlicht leuchte«, stimmte der Superintendent wacker an. Doch nur wenige sangen mit. Auch Kathrin bewegte nur still die Lippen.

»... in guten wie in bösen Tagen, bis dass der Tod Euch scheidet?«

»Ja, mit Gottes Hilfe.«

Der Bräutigam, der es doch gewohnt war, in der Kirche laut zu sprechen, kam sich komisch vor, als er das Treuebekenntnis wiederholte. Er fühlte sich wie zu Beginn des Vikariats, als ihn der Hall seiner eigenen Stimme noch erschreckt hatte.

»Was Gott zusammengefügt hat, soll der Mensch nicht scheiden.«

Sie knieten nieder und empfingen den Segen – demütig und schüchtern, wie wohl alle anderen Brautleute, die in dieser Dorfkirche die Ringe gewechselt hatten.

Endlos das finale Händeschütteln vor der Kirche. Rührend, wie sich die Leute aus dem Dorf in eine Schlange einreihten – jovial bis schamhaft verlegen.

»Na, der Superintendent macht es auch nicht besser als Sie, Herr Linde«, grummelte Altbauer Heini Feldmann. »Man gut, dass Sie sich jetzt hier festgesetzt haben.«

Er genoss das Händeschütteln.

In gebührendem Abstand warteten die angereisten Hochzeitsgäste, um sich dem Glückwunschreigen anzuschließen. Etwas verstört hörte er, wie eine Frau aus Kathrins Kollegenkreis schrill auflachte. Zusammenreißen musste er sich, als ihm seine beiden Schwägerinnen mit ihren Männern die Hände entgegenstreckten.

»Na, als Dorfpastor fühlt man sich wie so'n König, was, hahaha. Aber ich schließe mich den Wünschen natürlich aus vollem Herzen an«, tönte von oben herab der Mann von Schwägerin Sigrid – ein Zahnarzt, den er nur oberflächlich beim Geburtstag seiner Schwiegermutter kennengelernt hatte. Aus vollem Herzen! Dreiste Lüge! Er setzte ein gequältes Lächeln auf. Die Überheblichkeit widerte ihn an.

Nicht anders erging es ihm bei Amadore, der drei Jahre älteren Schwester Kathrins. »Herzlichen Glückwunsch, Herr Pastor«, raunte sie ihm affektiert zu. Die Anrede war wahrscheinlich nicht nur als Gag gedacht, sondern auch aus der Verlegenheit geboren. Denn das »Du« kam weder ihm noch seinen Schwägerinnen selbstverständlich über die Lippen. So ließ es Amadores Mann, ein früh ergrauter Rechtsanwalt, einfach beim stummen Händedruck bewenden.

Auch die anschließende Hochzeitstafel blieb nicht von atmosphärischen Störungen verschont. Schon nach der Suppe ging es los. Christians Bruder Olaf schob scharrend seinen Stuhl zurück und brachte die Hochzeitsgesellschaft zum Verstummen, indem er mit dem Suppenlöffel gegen sein Weinglas hämmerte.

»Zum Ehrentage meines älteren Bruders habe ich es mir nicht nehmen lassen, ein paar Strophen zu Papier zu bringen«, hob er lautstark an. Alles horchte auf. »Die Damen und Herren von der schreibenden Zunft mögen mir nachsehen, wenn es nicht ganz so druckreif ausgefallen ist. Das Schreiben und das Lesen ist nie mein Fall gewesen, hahaha. Aber bei einem Polizeibeamten kommt es ja normalerweise auf die Poesie auch nicht so an«, schickte der blonde Hüne vorweg. Christian atmete tief durch. Die Wangen glühten, je mehr sein Bruder zum Besten gab.

»Wir waren schon alle sehr beklommen,
dass er keine Frau würd' abbekommen.
Da waren am Ende wir glücklich und froh,
Dass er mit Kathrin ging ins Stroh.«

»Blödmann«, durchfuhr es den Bräutigam. Es entging ihm nicht, wie Kathrins Kollegen an ihren Tischen feixten. Schwer atmend starrte seine Schwiegermutter auf die Tischkante und tauschte Blicke der Entrüstung mit ihrem Mann, der mit dezentem Kopfschütteln reagierte.

»Die Liebe trägt ja nun Früchte schon.
Und der Tag ist nicht mehr fern,
Dass ein süßer kleiner Pastorensohn,
Landet auf unserem Stern.«

Er hörte mit Entsetzen, wie seine Schwägerinnen und Schwager laut auflachten – und zwar nicht über die Reime, sondern über eine Zwischenbemerkung des Zahnarztes. »Hoffentlich ist es kein Mädchen«, hatte der Mann gewitzelt. Sehr komisch. Alles sehr komisch. Christians Miene versteinerte sich. Er konnte noch so sehr dagegen anarbeiten.

Kathrin, die ihn von der Seite beobachtete, schien das zu spüren. »Ärger dich doch nicht«, flüsterte sie ihm zu, als Olaf sich stolz und strahlend unter donnerndem Applaus endlich wieder gesetzt hatte. »War doch süß.« Dankbar ergriff er ihre Hand.

Nach dem nächsten Gang erhob sich ein jüngerer Kollege aus Kathrins Redaktion und trug ein Gedicht von Kurt Tucholsky vor: »Happy End«. Es handelte davon, wie sich eine Ehe nach der Heirat in Stumpfsinn und Langeweile auflöst. Kathrins Gäste schienen sich zu amüsieren. Christians Mutter dagegen war anzusehen, dass sie den Spott kränkend fand. Und sie wirkte nicht glücklicher, als später Kathrins Ressortleiter auch noch einige spitze Bemerkungen zur Ehe im Allgemeinen und der »Liaison« zwischen Kathrin und Christian im Besonderen nachtrug – zur »Verbindung zwischen Kirche und Journaille«, wie er es nannte. Es wimmelte in dem Vortrag von Fremdwörtern und bildungsbürgerlichem Blendwerk. Christians Verwandtschaft schien nur wenig davon zu verstehen. Mit rosigen

Gesichtern saßen sie eingeschüchtert über den weißen Tischdecken und klammerten sich an ihre Weingläser, die sie aus lauter Verlegenheit öfter leerten, als ihnen gut tat. An den glasigen Blicken seiner bäuerlichen Onkel und Cousins erkannte Christian Linde schon bald, das sie abgetaucht waren in einen gnädigen Riesling-Rausch.

Auch im weiteren Verlauf der Hochzeit blieb seine Familie unter sich. Es kränkte ihn, wie alle linkischen Versuche der Kontaktaufnahme seiner Mutter an Kathrins Eltern abprallten. Denen indessen fehlte es an Gesprächspartnern nicht. Zuerst hatten sie längere Zeit mit dem Superintendenten parliert, dann wandten sie sich – ebenso anbiedernd – Kathrins Redaktionskollegen zu.

Christian Linde war hin- und hergerissen. Einerseits taten ihm seine Eltern und Verwandten leid, andererseits fühlte er sich verpflichtet, mit dem Superintendenten geistvolle Worte zu wechseln, seine Studienfreunde zu unterhalten und vor allem Kathrins Freunden seine Aufwartung zu machen. Irgendwie hatte er ja doch das Bedürfnis, diesen Leuten zu beweisen, dass ein Dorfpastor nicht ganz so beschränkt war, wie sie glaubten.

Da war er froh, wenn der eine oder andere auf die Reportage zu sprechen kam, die Kathrin über ihn geschrieben hatte. Ihre Redaktionskollegen hatten sie vergrößert und gerahmt. Ein Geschenk, das ihn zuerst etwas verunsichert hatte: Wollten sich diese Leute etwa über seine Eitelkeit lustig machen?

Nein, entspannt feiern konnte er an diesem Tag nicht. Immer musste er auf Giftpfeile gefasst sein, die ihm aus Kathrins Kreisen drohten. »Pastoren hab' ich immer schon beneidet«, feixte einer dieser Zeitungsschnösel. »Ist schon toll, wenn man ein ganzes Berufsleben lang mit einem einzigen Buch auskommt.«

»Na, bei manchen Ihrer Kollegen hab' ich das Gefühl, dass sie überhaupt noch nie ein Buch gelesen haben«, gab der Bräutigam bissig zurück – etwas zu bissig, wie er im nächsten Moment selbst fand. Vor allem so humorlos.

Zum Glück hatte er Kathrin an seiner Seite. Ihr schien dieser Konversationszirkus kaum etwas auszumachen. Leichtfüßig bewegte sie sich in ihrem Traum aus Wildseide von einer Gästefront zur anderen und erntete mit ihrem Geplauder manchen Lacherfolg. Wenn sie spürte, dass er angespannt war und gekränkt wirkte, nahm sie ihn in den Arm und drückte ihm einen Kuss auf. Und ehe er sich versah, hatte sie ihn auch schon auf die Tanzfläche gezogen.

Obwohl er nicht einmal die einfachsten Tänze beherrschte, war es mit ihr ganz leicht, sich im Takt der Musik durch den Saal zu bewegen. Mehr denn je fühlte er sich an diesem Tag zu dieser Frau hingezogen – wenn ihm ihre Welt auch nicht geheuer war.

Der Hochzeit folgte der Herbst. Krähengekrächz lärmte nun über den Wiesen und abgeernteten Feldern. Schon einige Wochen vor der Trauung war Kathrin ins Pfarrhaus übergesiedelt. Wie bisher war sie als Reporterin für ihre Zeitung unterwegs. Linde hatte sich damit abgefunden, dass sie nicht gewillt war, die Rolle der Pfarrersfrau zu spielen und Kindergottesdienst abzuhalten oder Basare vorzubereiten. Gleichwohl war absehbar, dass sie bald mehr Zeit im Pastorenhaus verbringen würde. Denn ihr Bauch wölbte sich immer mehr.

Er freute sich auf das Baby. Gleichzeitig überkam ihn hin und wieder auch Unbehagen, wenn er daran dachte, künftig Frau und Kind umsorgen zu müssen. Wo sollte er die Zeit hernehmen? Schon jetzt empfand er sich oft als Gehetzter – getrieben zwischen Geburtstagen und Gottesdiensten, zwischen Taufen und Trauerfeiern, Konfirmandenunterricht und Kirchenkreisbürokratie. Der Freiraum, den er früher abends zum Lesen oder Schreiben gehabt hatte, war ihm durch Kathrins Einzug stark beschnitten. Zusätzliche Freiheitsberaubung drohte mit der Geburt des Babys.

Und mit wachsender Verbitterung fand er sich damit ab, dass es mit der ersehnten Versetzung in eine größere Gemeinde wohl nun nichts mehr werden würde. Das Kind, fürchtete er, würde seinen Zukunftsplänen Grenzen setzen. Enge Grenzen. Kathrin hatte ihm schließlich charmant, aber bestimmt zu verstehen gegeben, dass sie nicht daran dachte, ihren Beruf an den Nagel zu hängen, um sich von morgens bis abends um das Baby zu kümmern.

Mit Blick auf die nahe Zukunft wollte er daher noch einmal seine Freiheit nutzen. Der frisch verheiratete Pastor brachte einen friedenspolitischen Jugendkreis auf den Weg, unterstützte Asylbewerber im Kirchenkreis, rief einen monatlichen Seniorennachmittag ins Leben, blies mit im Posaunenchor und feierte Familiengottesdienste, zu denen die Leute aus dem ganzen Kirchenkreis zusammenströmten. Mal übte er Gospels mit den Erwachsenen ein, mal führte er mit den Konfirmanden Mini-Theaterstücke auf, mal kam er verkleidet als abgerissener Flüchtling von hinten in die Kirche. Es gelang ihm, auch die Kirchenvorsteher mit seinem Elan anzustecken. So war es bald gar keine Frage mehr, dass sie freiwillig die biblischen Lesungen im Gottesdienst übernahmen, mit verteilten Stimmen Gebete und Fürbitten sprachen, den Kindergottesdienst vorbereiteten, Laternenumzüge, Weihnachtsbasare oder abendliche Kirchenkonzerte organisierten.

Das Gemeindeleben blühte. Und alle nahmen Anteil daran, als Kathrins Bauch dicker und dicker wurde. Die Pastorenfrau genoss es, sich während ihres Schwangerschaftsurlaubs an dem regen Gemeindeleben zu beteiligen. Sie erzählte beim Seniorennachmittag und im Jugendkreis von ihrer Arbeit als Journalistin, versäumte kaum einen Gottesdienst. Um nicht ganz aus der Übung zu kommen, schrieb sie, wenn es sich irgendwie machen ließ, außerdem bisweilen eine Reportage. Dabei verknüpfte sie Privatleben und Beruf, indem sie sich verstärkt kirchlichen Themen zuwandte. Sie schrieb über Fragen der Landessynode, über geschiedene Seelsorger und Kirchenaustritte.

Die Schwangerschaft verlief planmäßig. Kathrins Bauch hatte am Ende zwar einen gewaltigen Umfang angenommen, und das Schlafen fiel ihr immer schwerer. Aber Schmerzen hatte sie kaum.

An einem warmen Apriltag, eine Woche nach Ostern, platzte die Fruchtblase. Kathrin wollte gerade mit Christian zu einem Spaziergang aufbrechen, als ihr auf einmal etwas Feuchtes die Beine herunterlief. Hals über Kopf stürzten die beiden daraufhin zum Auto und rasten nach Celle zum Kreiskrankenhaus. So schnell, wie sich das Kind angekündigt hatte, kam es aber doch nicht. Stunde um Stunde harrten die beiden in der Geburtsstation aus. Blätterten in Illustrierten, starrten aus dem Fenster oder die weißen Wände an.

Wehen und Schmerzen wurden heftiger. Aber das Kind ließ sich Zeit.

Anfangs war er noch ungeheuer aufgeregt gewesen. Doch als Mitternacht vorüber war, überkam ihn eine solche Müdigkeit, dass er für kurze Zeit einschlummerte. Erst Kathrins Schmerzensschreie weckten ihn.

Dann ging es plötzlich schnell. Ein blonder Haarschopf wurde sichtbar. Kathrin schrie vor Schmerz. »Pressen, pressen«, feuerte die Hebamme sie an. »Pressen, pressen. Ja, ja, ja. Gut, guuuut. Schön so.«

Und ehe er begriffen hatte, was geschehen war, hielt er das Baby auch schon im Arm. Ein Sohn: Markus. Der Name stand seit Wochen fest.

Wie eine Puppe kam ihm das winzige Geschöpf vor. Es schrie und atmete hastig. Ein Wunder. Dass er aber schon heftige Zuneigung zu diesem blutigen Winzling verspürt hätte, wäre gelogen gewesen.

Das änderte sich. Da Kathrin sich für eine ambulante Entbindung entschieden hatte, konnte er Frau und Kind schon am frühen Montagmorgen mit nach Hause nehmen. Und als Klein-Markus dann zwischen ihm und seiner erschöpften Frau im Ehebett lag, regte sich sein Vaterstolz.

Von Tag zu Tag wuchs ihm Markus mehr ans Herz. Er nahm sich Urlaub, um Kathrin bei der täglichen Pflege zu helfen. Er wechselte dem Baby die Windeln, mühte sich, es in den Schlaf zu wiegen und schob es im Kinderwagen durch die Gegend. Und als er seinen Dienst wieder aufnahm, machte er Markus zum Hauptthema seines Konfirmandenunterrichts und seiner Predigt.

Kathrin dagegen hatte mehr mit den praktischen Problemen zu tun. Da sie stillte, war sie sehr gebunden. Noch nachts verlangte Markus nach ihrer Brust. Schon bald fühlte sie sich als Gefangene ihres Sohnes. An Schreiben war jetzt nicht mehr zu denken. So riss auch der Kontakt zu den Kollegen ab. Stattdessen erhielt sie Besuch von der Verwandtschaft. Alle schienen sich bemüßigt zu fühlen, den süßen Sohn zu bestaunen – nicht nur Eltern, Schwiegereltern und Geschwister, sondern auch Cousins und Cousinen, die sie schon lange nicht mehr gesehen hatte.

Was Kathrin dabei besonders ärgerte, war, dass Christian jederzeit Gelegenheiten zu finden schien, sich zu drücken. Er war schließlich der Ernährer der Familie, der fleißige Herr Pastor Linde, o natürlich. Und es war klar, dass der Herr Pastor zahllose Verpflichtungen hatte. Kümmerte er sich ausnahmsweise einmal um den kleinen Sohn, klatschten alle entzückt in die Hände.

»Das ist ja toll, dass Sie dafür auch noch Zeit finden«, lobte ihn zum Beispiel die Kirchenvorsteherin Kuchenbecker. »Da kann ihre Frau aber froh sein.«

Wie reizend! Dass Kathrin wegen ihrer selbstverständlichen Mutterpflichten ans Haus gefesselt war, würdigte niemand. Sie war es bald leid, die aufopferungsvolle Mutter zu spielen.

Christian dagegen freundete sich immer mehr mit seiner Vaterrolle an. Es kam nun auch schon mal vor, dass er Einladungen zu Goldenen Hochzeiten absagte oder Kirchenvorsteher abwimmelte. Anders als noch wenige Monate zuvor lastete auch nicht mehr die Angst auf ihm, in Eichendorf zu versauern. Es war doch schön, sein Kind aufwachsen zu sehen – selbst geachtet und geehrt als Diener Gottes. In welcher Stadtgemeinde gab es das denn noch? Die wussten doch gar nicht mehr, wie ihr Pastor hieß.

Auch mit Kathrins Mutter ging es seit Markus' Geburt besser. Die alte Dame kam jetzt häufiger im Pfarrhaus vorbei. Sie war vernarrt in Markus. Und sie liebte es, den Kinderwagen durch die Allermarsch zu schieben.

Im Unterschied zu ihrem Mann zeigte sie wenig Verständnis für die Unzufriedenheit ihrer Tochter. Auch damit stand sie gewissermaßen auf der Seite des Schwiegersohns. Doch schließlich musste auch dieser anerkennen, dass es so nicht weitergehen konnte. Nicht selten warf ihm Kathrin wütende Blicke zu, wenn er von einem Trau- oder Taufgespräch nur wenige Minuten später zurückkam als angekündigt. Und sie machte kein Hehl daraus, dass sie sich lebendig begraben fühlte in dem rotgeklinkerten Pfarrhaus.

Schließlich stand fest, dass sie ihren Erziehungsurlaub, der ursprünglich auf drei Jahre angelegt war, um zwei Jahre verkürzen würde. Eine Kinderfrau wurde eingestellt. Auch Kathrins Zeitung war einverstanden. Und so stillte Kathrin Markus ab und kehrte zurück in die Welt des Journalismus – nunmehr als Expertin für Familienfragen.

Eigentlich sollte es bei dem einen Kind bleiben. Dass Kathrin dreizehn Jahre nach der Geburt von Markus ein zweites Mal schwanger wurde, war nicht geplant. Anfangs waren beide sehr unsicher, ob sie sich noch auf ein zweites Kind einlassen könnten. Aber nach der Entbindung verflogen die Zweifel. Sie schlossen Anna schnell ins Herz. Doch wie nach der Geburt von Markus sehnte sich Kathrin bei aller Liebe bald danach, ins Berufsleben zurückzukehren. Astrid Brix, ihrer treuen, aber schlichtgestrickten Haushaltshilfe, wollte sie Anna jedoch nicht anvertrauen. Sie suchte daher gemeinsam mit Christian nach einer Tagesmutter, die gleichzeitig kochen sollte. Die Wahl fiel auf eine Endvierzigerin aus dem Nachbarort, deren Kinder gerade aus dem Haus waren. Da Kathrin aber auch öfter bis spät in die Nacht unterwegs war, musste zusätzlich eine Babysitterin für die Abendstunden her. Da traf es sich gut, dass Anke gerade einen Job suchte, ein aufgewecktes sechzehn Jahre altes Mädchen, das vom Gymnasium abgegangen war und irgendwann eine Ausbildung zur Erzieherin beginnen wollte – eine gute Freundin von Markus. Christian Linde fand die Schülerin auf Anhieb sympathisch.

25. März 2006, Sonntag

*Ein Geflüster geht durchs Dorf*

Als Christian Linde am Kirchenausgang Aufstellung nahm, um die Gottesdienstbesucher zu verabschieden, war er fast ein bisschen stolz. Es war gut gelaufen, trotz der chaotischen Umstände. Sogar Altbauer Feldmann lobte seine »schöne Predigt«. Im gleichen Atemzug erkundigte sich der Mann nach Kathrin.

»Kathrin? Die kommt schon wieder.«

Ihm war, als habe ein anderer für ihn geantwortet – von weit her. Eine panische Angst befiel ihn. Er spürte, dass seine Hand feucht war, als er eine weitere Gottesdienstbesucherin verabschiedete. Ihn beschlich das Gefühl, dass alle Bescheid wussten – dass sie beratschlagten, wie sie ihn töteten, wie es in der Bibelstelle hieß, die gerade gelesen worden war. Wie am Pranger kam er sich vor – mochten ihm die Leute auch noch so mitleidige Blicke zuwerfen. Pastor am Pranger. So plötzlich aber wie die Unruhe über ihn gekommen war, verflog sie wieder. Sie wich einem Gefühl, das an Taubheit grenzte.

»Alles, alles Gute, lieber Herr Linde«, säuselte die Kirchenvorstandsvorsitzende Ursula Kuchenbecker. »Bestimmt wird sich alles zum Besten wenden. Da bin ich ganz sicher. Ich bete für Sie, Herr Linde.«

Er lächelte gequält. »Danke, Frau Kuchenbecker.«

Auch die Backshop-Verkäuferin sprach ihn an. »Wie lang ist sie denn schon weg?«

»Ach, erst seit gestern«, log er.

Treuherzig klopfte ihm der alte Küster auf den Rücken. »Wird schon werden, Herr Linde. Die kommt wieder.«

Nicht so freundlich klang, was der dicke Tischler ihm mit auf den Weg gab. »Das hört sich ja gar nich' gut an«, tönte der alte Griesgram so lautstark, dass es mehrere Kirchgänger mithören konnten. »Ja, ja is' alles nich' mehr so wie früher, alles nich' mehr so wie früher. Heute ziehen die Frauen einfach allein los, und keiner weiß, wo sie bleiben.« Triumph schwang mit in dem Gebrabbel. Christian konnte sich lebhaft vorstellen, wie der ungehobelte Sargtischler sich gleich das Maul über ihn zerreißen würde. Aber irgendwie ging ihn das alles plötzlich gar nichts mehr an.

Mit einer gewissen Genugtuung betrachtete er die Konfirmanden. Sie lachten albern wie eh und je. Die erwachsenen Kirchgänger dagegen sahen nach wie vor ernst aus. Ihre Blicke klebten förmlich an ihm.

Er war froh, als er die Pfarrhaustür hinter sich zumachen konnte. Doch auch hier war die Stimmung nicht eben gelöst. Dicke Luft wallte ihm entgegen.

»Das Mittagessen ist dann gleich fertig«, empfing ihn seine Schwiegermutter in eisigem Ton.

Er atmete tief durch, bevor er antwortete. »Eigentlich hab' ich gar keinen Hunger.«

»Mir ist die Sache mit Kathrin auch auf den Magen geschlagen, das kannst du mir glauben«, erwiderte die alte Dame mit der weißen Schürze gereizt. »Aber wenigstens das Kind muss ja was essen.«

Das Kind. Obwohl sie Anna angeblich so ins Herz geschlossen hatte, nannte sie sie immer nur »das Kind«. Für ihn war dies auch der Ausdruck dafür, dass sie Anna als eigenständige Persönlichkeit in Wirklichkeit gar nicht ernst nahm.

»Was willst du denn jetzt unternehmen?«

Er zuckte die Achseln. »Ich weiß es auch nicht. Nachher fahre ich noch mal zur Polizei. Vielleicht sind die ja inzwischen weiter. Außerdem muss ich da noch ein Foto von Kathrin vorbeibringen.«

Oh ja, das war eine gute Idee. Bloß raus hier.

Erst einmal ging er in sein Arbeitszimmer. Der Garten leuchtete im Sonnenschein. Ihm fiel auf, dass sich die Knospen des Kirschbaums zu öffnen begannen. Es war milder geworden. Plötzlich musste er an den Dänemark-Urlaub denken. Daraus würde ja nun wohl nichts mehr werden. Die Buchung musste storniert werden. Sofort fischte er aus dem Papierstoß auf seinem Schreibtisch den Prospekt der Ferienhausanlage heraus. Wie nur sollte er die Absage begründen? Er scheute sich zu sagen, dass seine Frau spurlos verschwunden sei. Er zog es vor, eine Grippe vorzuschieben. Um seine Glaubwürdigkeit zu erhöhen, meldete er sich mit »Pastor Linde«. Ein »Amtsmissbrauch«, den er sonst bei privaten Angelegenheiten eher vermied. Doch jetzt war ihm das alles egal. Glücklicherweise fragte die Frau von der Ferienhausverwaltung nicht lange nach, sondern zeigte Verständnis. Kaum hatte er den Hörer aufgelegt, klingelte es. Gespannt nahm er ab.

»Fischer«, meldete sich eine verärgert klingende Stimme. »Ist denn bei Euch ewig besetzt?«

Es war sein Schwiegervater.

»Ich habe eben in dem Ferienhaus-Park in Dänemark angerufen und abgesagt. Wir wollten ja eigentlich Dienstag los.«

Kaum hatte er den Satz beendet, bereute er ihn auch schon. Was ging das eigentlich seinen Schwiegervater an. Prompt nutzte der die Information auch gleich gegen ihn aus.

»Wie bitte?«, hakte Fischer nach. »Du hast euer Ferienhaus abbestellt? War das nicht ein bisschen voreilig? Woher nimmst du denn die Sicherheit, dass Kathrin nicht gleich zurückkommt?«

»Ich habe kein' gutes Gefühl bei der Sache.«

»Kein gutes Gefühl? Was soll das heißen?«

Er musste sich räuspern. »Das kenn' ich nicht von Kathrin. Die verschwindet nicht so mir nichts dir nichts. Und wenn sie überraschend von der Zeitung irgendwo hinkommandiert wird, dann ruft sie an.«

»Also, mein lieber Christian, tu mir bitte einen Gefallen«, unterbrach ihn sein Schwiegervater. Linde kannte diesen rhetorischen Aufgalopp schon von anderen Zusammenstößen. Er verhieß nichts Gutes. »Tu mir bitte den Gefallen und spiele hier nicht den arglosen Ehemann. Ich weiß genau, wie es um eure Ehe bestellt ist. Nur zu gut weiß ich das.«

Beim letzten Satz war er schon deutlich lauter geworden.

»Also bitte, ich glaube, dazu hast du kein Recht.«

»Von dir lasse ich mir nicht sagen, welche Rechte ich habe«, entgegnete der Pensionär in seiner herablassenden Art. »Du kannst deine Leute aus der Gemeinde abkanzeln, aber nicht mich, ich gehöre deiner Sekte nämlich nicht an, das solltest du dir ein für alle Mal merken.«

Die Feindseligkeit nahm immer schroffere Formen an.

»Also ich weiß nicht, warum ich mir das hier anhören muss«, fuhr Linde schließlich dazwischen.

»So so, das weißt du nicht?«, entgegnete sein Schwiegervater sarkastisch. »Dann will ich es dir jetzt klipp und klar sagen: Sie haben die Ehe gebrochen, Herr Pastor. Welches Gebot war es noch mal, das den Ehebruch zur Sünde erklärt? Du kennst dich da ja besser aus als ich.

Solltest du jedenfalls als Dorfpapst. Mir ist es auch vollkommen egal, ehrlich gesagt, welche Gebote du verletzt, vollkommen. Deine Kirche kann mich mal, und so ein Pastor wie du bestärkt mich jeden Tag neu in meiner Heidenhaltung. Was mir aber gar nicht egal ist, ist, was du mit Kathrin anstellst. Mit deinen peinlichen Affären hast du sie oft genug ins Unglück gestürzt. Glaub ja nicht, dass uns das hier verborgen geblieben ist. Das pfeifen die Spatzen doch längst von jedem Misthaufen in deinen Kirchenkäffern. Und da dürfte es dich eigentlich nicht wundern, dass Kathrin sich irgendwo ein anderes Bett sucht, wenn du dir deine leichten Mädchen in euer Ehebett ziehst.«

»Unglaublich. Also ich habe jetzt wirklich keine Lust mehr, mir länger deine Unverschämtheiten anzuhören. Schönen Tag noch.« Damit knallte Christian den Hörer auf.

Nach diesem Streit hielt es ihn nicht mehr länger auf seinem Schreibtischstuhl. Seine Hände zitterten. Wie ein Tiger im Käfig lief er in seinem Zimmer auf und ab. Die nächtliche Begegnung mit seiner Tochter fiel ihm wieder ein. Wahrscheinlich hatte sie längst ihrer Oma davon erzählt. Wie peinlich. Er biss sich vor Unruhe auf die Lippen. Schließlich fasste er den Entschluss, das Haus zu verlassen. Er musste etwas tun, Zeichen setzen. Hastig stürmte er in Kathrins Zimmer, kramte aus einer ihrer Schubladen ein Passfoto seiner Frau hervor und rannte die Treppe hinunter.

»Ich fahr jetzt nach Celle«, rief er Anna und seiner Schwiegermutter im Weggehen zu. »Ihr braucht mir von euerm Mittagessen nichts übrig zu lassen.«

Während er sein Auto durch dünn besiedelte Waldgebiete steuerte, bereute er, sich nicht wenigstens von Anna verabschiedet zu haben. Die konnte doch nun wirklich nichts dafür. Was hatte er ihr nur zugemutet? Was würde sie von ihm denken? Ihm war zum Weinen zumute. Diesmal steuerte er den Plattenbau mit der Waschbetonfassade auf direktem Wege an. Der Gang vorbei an der Glasfront der Wache kam ihm nun schon vertraut vor.

»Linde, guten Tag. Ich komme wegen der Vermisstenanzeige, wegen meiner Frau.«

»Ja, dann kommen Sie doch bitte gleich rein.«

Der junge Polizist schien bereits über seinen Fall informiert zu sein. Glücklicherweise saß der gleiche Kriminalbeamte wie am Vortag im Nebenzimmer. So musste er nicht noch einmal zur Erklärung ansetzen.

»Guten Tag, Herr Linde«, begrüßte ihn der Mann mit der Brille nachdenklich. »Was Neues von Ihrer Frau?«

»Leider nein, ich wollte Ihnen das Passfoto bringen.«

Er kramte in seiner Manteltasche und legte das Foto auf den Schreibtisch.

»Ah, das ist gut. Aber setzen Sie sich doch erst einmal.«

Fast ein wenig dankbar, dass ihm endlich jemand sagte, was er zu tun hatte, kam er der Aufforderung nach.

»Sie haben wahrscheinlich auch keine Neuigkeiten für mich?«

Der Polizist, der heute eine rote Krawatte trug, schüttelte nachdenklich den Kopf und verschränkte herausfordernd die Arme vor der Brust. »Tut mir leid, Herr Linde.« Nachdem er kurz aus dem Fenster geblickt hatte, holte er Luft zu einer offenbar gewichtigen Frage.

»Ich kann mir vorstellen, wie man sich in so einer Situation fühlt. Wahrscheinlich ist Ihre Tochter auch schon ganz unruhig.«

Ohne die Antwort abzuwarten, schob der Mann gleich die Frage nach, die Linde bereits erwartet hatte. »Entschuldigen Sie bitte, dass ich danach frage, Herr Linde. Aber bei solchen Vermisstenfällen gehört das einfach zur Routine: Gab es in Ihrer Ehe irgendwelche größeren Probleme? Könnte es sein, dass Ihre Frau Sie verlassen hat?«

Linde ruckte ungeduldig auf seinem Stuhl hin und her. »Das haben Sie mich doch schon gestern gefragt.« Er richtete seinen Blick auf den Boden und strich sich über den Bart. »Also noch einmal: In unserer Ehe war alles in Ordnung. Kleine Kabbeleien vielleicht, wie in jeder Ehe, aber nichts Gravierendes. Kein Grund jedenfalls, so Knall auf Fall das Weite zu suchen.«

»Verstehe.« Versonnen betrachtete der Uniformierte seinen Kugelschreiber – und bohrte weiter. »Klar, da haben Sie schon recht. So kleine Kabbeleien kommen natürlich in jeder Ehe vor. Ich zanke mich auch jeden Tag mit meiner Frau, hahaha. Aber Ihre Frau kommt ja schließlich viel 'rum in der Weltgeschichte.«

Der Polizist schob sich die Brille hoch. »Ohne Ihnen nahe treten zu wollen: Könnte es nicht sein, dass sie irgendwo jemanden kennen gelernt hat, den sie jetzt besucht?«

Linde musste schlucken, ehe er zur Antwort ansetzen konnte.

»Es gibt ja nichts, was unmöglich ist. Aber das passt einfach nicht zu meiner Frau.« Er hielt kurz inne und schüttelte den Kopf. Er fühlte sich in eine Verteidigungshaltung gedrängt. Ärger wallte in ihm auf. »Also, ich habe so langsam das Gefühl, Sie haben sich da etwas zusammenkonstruiert, von dem Sie nicht mehr loskommen. Wollen Sie mir jetzt helfen, meine Frau wiederzufinden oder nicht?«

Die Frage klang zorniger, als es seine Absicht gewesen war. Er spürte, dass sich die Miene des Polizisten verfinsterte. Der Beamte faltete die Hände, augenscheinlich bemüht, sich zu beherrschen.

»Also, Herr Linde, Sie können wirklich sicher sein, dass wir alles Erdenkliche unternehmen, um Ihnen zu helfen. Aber zaubern können wir auch nicht. Und ohne Ihre Hilfe geht gar nichts. Also, mein Vorschlag: Wir warten jetzt noch mal bis morgen früh ab. Und wenn sich Ihre Frau dann immer noch nicht gemeldet hat, lassen wir die Fahndung anlaufen. Mit allen Schikanen. Das Foto haben wir ja jetzt.«

Mit diesen Worten war der Polizist bereits aufgestanden. Auch Linde erhob sich, noch mehr verärgert: »Wie bitte?«, fragte er empört nach. »Erst morgen früh wollen Sie mit der Fahndung loslegen? Ich dachte, die läuft längst.«

»Also, nun beruhigen Sie sich mal«, erwiderte der Beamte schroff. »Wir haben natürlich Ihre Angaben bei uns im Computer schon gestern aufgenommen. Und wenn irgendwo eine Frau gefunden worden wäre, dann würde uns das natürlich nicht entgangen sein. Aber mit der aktiven Suche haben wir noch nicht begonnen, da haben Sie Recht. Das scheint mir in diesem Stadium auch nicht angemessen.«

Er räusperte sich, streckte Linde die Hand zum Abschiedsgruß entgegen und fuhr besänftigend fort:. »Also, Herr Linde, nun machen Sie sich mal nicht so große Sorgen. In den allermeisten Fällen lösen sich solche Vermisstensachen wirklich in Wohlgefallen auf, glauben Sie mir.«

Linde nickte versöhnt. »Ich hoffe, dass Sie Recht behalten. Aber leider kann ich Ihre Zuversicht nicht ganz teilen.«

Damit wandte er sich auch schon zur Tür. »Also dann, auf Wiedersehen.«

»Auf Wiedersehen, Herr Linde.«

Er atmete auf, als er wieder auf die Straße zurückgekehrt war.

Diese Polizeiatmosphäre hatte etwas Bedrückendes. Warum habe ich mich eigentlich so skeptisch gegeben?, durchfuhr es ihn. Was die wohl für Schlüsse daraus ziehen?

Er beschloss, einen Spaziergang zu machen, um wieder zu sich zu finden. Ziellos lief er durch die nicht besonders schmucken Straßen am Rande der Celler Altstadt. Es war zwar windig geworden, aber die Sonne schien immer noch. Schließlich landete er im Französischen Garten, einer kleinen Parkanlage mit Teichen, auf denen Enten nach Brotstückchen tauchten. Es war mittlerweile Nachmittag geworden. Erste Zitronenfalter flatterten durch die Frühlingsluft. Junge Familien waren mit ihren Kindern unterwegs.

Er musste wieder an Anna denken, die sich zu Hause wahrscheinlich sorgen würde. Aufgehetzt von ihrer Großmutter. Der Gedanke schnürte ihm die Kehle zu. Auch Markus musste er dringend anrufen. Nicht auszudenken, wenn der von anderer Seite erfuhr, dass seine Mutter verschwunden war. Sofort wenn er zuhause war, musste er mit seinem Sohn telefonieren.

Aber so konnte er nicht nach Hause zurückkehren. Die Polizei hatte seine Vermisstenanzeige offensichtlich nicht sehr ernst genommen. Die dachten bestimmt, dass Kathrin sich einen andern gesucht hatte. Nein, von dieser Fahndung hatte er nicht viel zu erwarten. Er musste selbst aktiv werden. In die Offensive gehen. In die Öffentlichkeit. Seine Gedanken überschlugen sich, purzelten durcheinander. Fast hätte er einen kleinen Jungen überrannt, der ihm über den Weg lief, um Enten aufzuscheuchen.

»Entschuldigung, entschuldigen Sie vielmals«, murmelte er der Mutter zu, die aber gleich in dumpfer Strenge ihren Sohn anherrschte, ohne Linde eines Blickes zu würdigen: »Kevin, pass doch auf!«

Ja, die Öffentlichkeit musste eingeschaltet werden, daran führte kein Weg vorbei. Sein Entschluss war gefasst: Er wollte eine Anzeige bei der Zeitung aufgeben. Sofort lenkte er seine Schritte zur Redaktion des Celler Tageblatts. Die Büros waren nur schwach besetzt. Es war ja auch Sonntag. Die Anzeigenannahme war geschlossen. Eine Sekretärin erklärte sich dennoch bereit, seine Anzeige aufzunehmen, als er sich vorgestellt hatte.

»Vielleicht können wir sie ja noch irgendwo zwischenschieben. Haben Sie denn den Text schon fertig?«

Gute Frage. Natürlich hatte er die Anzeige noch nicht formuliert. Er bat um einen Stift und ein Stück Papier und setzte sich an einen freien Tisch. Überraschenderweise gingen ihm die Sätze schneller als erwartet von der Hand.

»Vermisst«, sollte die fettgedruckte Überschrift lauten. »Wer hat Kathrin Linde gesehen? Die 49 Jahre alte Journalistin aus Eichendorf ist seit Freitagvormittag spurlos verschwunden. Sie wurde zuletzt am westlichen Stadtrand von Celle in der Nähe des Fußballstadions gesehen. Sie ist schlank, ca. 1,75 cm groß und trägt mittelblondes schulterlanges Haar. Sie war zuletzt bekleidet mit einem moosgrünen Mantel, hellblauen Jeans und schwarzen kurzen Stiefeln. Hinweise bitte an ...« Er fürchtete, in einen Polizeijargon verfallen zu sein. Aber egal. Er überlegte: Sollte er seinen Namen nennen? Die Telefonnummer angeben? Wer weiß, wer sich da meldete. Außerdem bekam er nun doch etwas Angst vor seiner eigenen Courage. Mit dieser Anzeige würde er garantiert Aufsehen erregen. Aber das war jetzt auch nicht mehr zu ändern. Es war ihm, als sei er in einen Sog geraten, der ihn immer tiefer hinabzog. Aber übertreiben musste man es vielleicht auch nicht. Also dann doch lieber nur mit Chiffre.

Während er noch überlegte, trat ein jüngerer Redakteur auf ihn zu, der oft schon bei seinen Gottesdiensten oder Veranstaltungen in Eichendorf gewesen war.

»Herr Linde? Sie hier?« Der freudige Ton klang gekünstelt. »Was treibt Sie denn zu uns am Tag des Herrn?«

Zuerst erschrak er. Dann aber nahm er sich zusammen und erklärte, wieso er sich veranlasst sah, mit einer Anzeige nach seiner Frau zu suchen. Er spürte, wie der Zeitungsmensch hellhörig wurde.

»Aber da brauchen Sie doch keine Anzeige zu schalten. Wenn Sie wollen, nehme ich Ihre Vermisstenmeldung im redaktionellen Teil auf.«

Linde zeigte sich einverstanden. Was sollte er auch anderes tun.

»Aber machen Sie es mal nicht zu groß«, bat er. »Vielleicht entpuppt sich das Ganze ja doch noch als harmlose Geschichte.«

»Keine Bange, Herr Linde. So viel Platz haben wir gar nicht. Und ich hoffe natürlich, dass da nichts Schlimmes passiert ist.«

Linde spürte, wie es in seinem Gegenüber hinter dem aufgesetzten Lächeln arbeitete. Kathrin war schließlich keine Unbekannte. Immer hatten sich die Lokalredakteure nach ihr erkundigt, wenn sie zu ihm nach Eichendorf gekommen waren. Immer waren sie des Lobes voll gewesen für ihre großartigen Geschichten. Unterhalb solcher Bewunderung hatte er allerdings oft auch Neid herausgehört. Verständlich. Er selbst war sich ja auch häufig ganz klein vorgekommen, wenn Kathrin von ihren weltbewegenden Reportagen erzählt hatte.

Als er die Redaktion verlassen hatte, war seine Unruhe nicht geringer geworden. Dumpf spürte er, dass er da etwas losgetreten hatte, was er möglicherweise bald nicht mehr beherrschen konnte. Er hatte das dringende Bedürfnis, mit jemandem zu sprechen. Sofort fiel ihm wieder Inge Rosenstrauch ein. Mit eiligen Schritten ging er zu seinem Auto, das immer noch vor dem Polizeigebäude stand, und steuerte die Wohnung seiner Freundin an.

»Christian? Du? Am helllichten Tage?« Die Lehrerin zeigte sich erstaunt über seinen Besuch. Sie war gerade in einen Roman vertieft und nicht besonders erfreut, so unvorbereitet wieder mit der komplizierten Realität konfrontiert zu werden.

»Wie hat Anna denn den Schock von heute Nacht verkraftet?«, begann sie, noch ehe er Platz genommen hatte.

»Anna? Ach, ich glaube, das war gar nicht so schlimm. Ich hab ihr das ja schon heute Nacht erklärt.«

»Na, ich finde das schon ziemlich schlimm. Total peinlich. Wie stehe ich denn jetzt da? Ich weiß wirklich nicht, was mit mir los war, dass ich zu dir nach Hause mitgekommen bin.«

»Jetzt mach du mir auch noch Vorhaltungen, ist sowieso schon alles schwer genug.« Er ließ sich in einen beigefarbenen Sessel fallen. »Ich weiß langsam nicht mehr, wo mir der Kopf steht. Von Kathrin fehlt immer noch jede Spur. Die Polizei scheint die Sache nicht besonders ernst zu nehmen.« Er seufzte schwer. »Ich habe gerade eine Vermisstenanzeige bei der Zeitung aufgegeben.«

Als Inge ihn fragend anblickte, zuckte er die Achseln. »Irgendwas muss man doch machen.«

»Bei der Zeitung? Ja bist du denn wahnsinnig? Dann weiß doch bald alle Welt, was bei euch los ist.«

»Natürlich: Alles, was ich mache, ist ja sowieso falsch. Und ich hatte gehofft, dass wenigstens du ein bisschen Verständnis für mich hast. Wenigstens du.«

Inge schüttelte den Kopf. Einerseits wehrte sie sich dagegen, in Christians Ehedrama hineingezogen zu werden, andererseits empfand sie Mitleid, seine Hilflosigkeit weckte mütterliche Gefühle in ihr. Sie strich ihm zärtlich übers Haar.

»Ärmster.«

Er schluchzte auf. »Ich brauch' dich, Inge. Ich brauche dich mehr denn je.«

Und dann schlang sie ihre Arme um seinen Hals und setzte sich zu ihm auf den Schoß.

»Ich glaube, ich koche uns erst mal einen Kaffee. Paar Kekse hab' ich auch noch.«

Er atmete auf. Während Inge die Kaffeefilter füllte und die Tassen auf den Tisch stellte, sprudelte es nur so aus ihm heraus. Mit heiligem Zorn erzählte er von dem unverschämten Anruf seines Schwiegervaters, von der beklemmenden Atmosphäre im Pfarrhaus, seit seine Schwiegermutter Einzug gehalten hatte.

Inge signalisierte Verständnis und Anteilnahme, und Christian bedankte sich, indem er ihre Hände streichelte.

»Ich glaube, du bist der einzige Mensch, mit dem ich noch reden kann. Ich liebe dich, Inge.«

Die sonst eher kühle Frau schmolz dahin.

»Mein Ärmster«, flüsterte sie, während die Kaffeemaschine fauchte. »Wenn du mir doch immer so nah wärst. Ehrlich gesagt, sehne ich deine Frau nicht so zurück wie du.«

Er zog die Geliebte schweigend zu sich auf den Sessel, umarmte und küsste sie, strich ihr über Nacken und Brüste. Ein unerwartetes Glücksgefühl durchströmte ihn. Und Lust. Ganz selbstverständlich schob er die Bluse der Lehrerin hoch und löste ihren Büstenhalter. Sie ließ es geschehen.

Es war schon früher Abend, als er nach Eichendorf zurückkehrte. Anna ließ ihn ins Haus. Fragend blickte sie zu ihm auf. Er strich ihr übers Haar und schüttelte fast unmerklich den Kopf. Anna verstand.

Nach dieser stummen Begrüßung erzählte er, was er alles unternommen habe. Polizei. Zeitung. Kathrins Freunde abgeklappert.

»Mehr können wir im Augenblick einfach nicht tun, Anna«, tröstete er seine Tochter. »Ich glaube ja auch immer noch, dass Mama ganz plötzlich von ihrer Zeitung irgendeinen blöden Termin aufgedrückt gekriegt hat. Wahrscheinlich hat sie einfach in aller Eile vergessen, uns Bescheid zu sagen. Ich werde morgen noch mal in ihrer Redaktion anrufen. Am Wochenende ist das einfach zu schwierig. Da hat bei der Zeitung keiner einen Überblick.«

Er hörte, wie im hinteren Teil des Hauses eine Toilettenspülung rauschte. Türen wurden geschlagen. Dass seine Schwiegermutter sich nicht blicken ließ, verhieß nichts Gutes. Wahrscheinlich hatte sie in der Zwischenzeit mit ihrem Mann gesprochen. Hoffentlich hatte Anna ihr nichts von der nächtlichen Besucherin erzählt. Er ließ sich von seiner Tochter in die Küche führen. Der Tisch war gedeckt. Mit Mittagsgeschirr.

»Wir hatten dich schon vor einigen Stunden erwartet«, empfing ihn seine Schwiegermutter, nachdem sie grußlos den Raum betreten hatte.

»Ich hab' noch bei der Zeitung eine Vermisstenanzeige aufgegeben und außerdem verschiedene Freundinnen von Kathrin aufgesucht.«

Es war ihm schon nicht mehr bewusst, dass der zweite Teil seiner Entschuldigung erfunden war. Doch er kam erst gar nicht in Verlegenheit, peinliche Nachfragen beantworten zu müssen. Schon als er ansetzen wollte, das negative Ergebnis seiner Nachforschungen vorzutragen, schnitt ihm die alte Dame das Wort ab.

»Dann werd' ich jetzt das Essen aufwärmen. Ihr könnt euch schon hinsetzen.«

Es war ihm recht. Er verspürte auf einmal einen mächtigen Appetit. Schließlich hatte er ja zuletzt am Morgen etwas gegessen – von den Keksen bei Inge einmal abgesehen. Schweigend setzte er sich neben seine Tochter und nahm ihre Hand. Doch Anna zog ihre Hand zurück. So hastig, als fühle sie sich von ihrem Vater belästigt. Die Geste traf ihn wie ein stummer Schuldvorwurf. Ohne ein Wort zu sprechen löffelten wenig später alle drei ihre Suppe.

»Ich will noch mal in Kathrins Zimmer gucken, ob ich ihren Kalender mit den Telefonnummern finde«, kündigte er nach dem Essen an. »Dann will ich versuchen, ein paar Freunde und Kollegen von ihr anzurufen.«

Die Mitteilung wurde mit Zustimmung aufgenommen. Wieder keimte so etwas wie Hoffnung auf.

Während Anna und ihre Großmutter noch eine Runde durchs Dorf drehten, setzte er die Ankündigung in die Tat um. Er kramte Kathrins Telefonliste hervor, und mechanisch wählte er eine Nummer nach der anderen und stellte immer wieder die gleiche stereotype Frage: »Guten Abend, Linde hier, ich hoffe ich störe nicht. Aus irgendwelchen Gründen ist meine Frau nicht nach Hause zurück gekommen. Haben Sie vielleicht eine Idee, wo sie sein könnte?«

Niemand hatte eine Idee. Schließlich fiel ihm ein, dass er seinen Sohn ganz vergessen hatte. Sofort wählte er die Nummer, die er immerhin noch im Kopf hatte. Aber nur der Anrufbeantworter meldete sich. Natürlich, Markus war schon wieder im Theater oder auf dem Weg dorthin. Das war ihm gar nicht so unrecht. Er verspürte keinerlei Neigung, seinem Sohn in dieser Lage Auskünfte über Kathrin zu erteilen. Er beschränkte sich auf eine lapidare Mitteilung: »Hallo Markus. Ich bin's. Wäre schön, wenn du mich zurückrufen könntest, wenn du wieder da bist. Tschüss. Papa.«

Nach einer Stunde beendete er den Anrufmarathon. Inzwischen war auch Anna mit ihrer Großmutter vom Spaziergang zurückgekehrt. Mit ihren großen blauen Augen blickte sie ihn fragend an, worauf er nur stumm den Kopf schüttelte.

»Scheiße«, war das einzige Wort, das ihr entfuhr, bevor sie sich umdrehte und eilig die Treppe hinaufstürmte, um sich in ihrem Zimmer zu verrammeln.

Frühjahr 1998

## *Das Kindermädchen*

Ein Jahr nach Annas Geburt war Kathrin in die Redaktion zurückgekehrt. Mit ganzer Kraft hatte sie sich wieder auf ihre Arbeit als Journalistin gestürzt, aufwändige Reportagethemen übernommen, die sie oft mehrere Tage von Eichendorf wegführten, auch ins Ausland. Christian Linde hatte das Gefühl, dass sie mit aller Macht nachholen wollte, was sie im zurückliegenden Jahr versäumt hatte. Er sprach nicht darüber, nein. Aber irgendwie hatte sich in ihm doch die konservative Vorstellung festgesetzt, dass zu einem Pfarrhaus eine Frau gehörte wie Luthers tatkräftige Katharina eine gewesen war. Etwas anderes kam noch hinzu. Es kränkte ihn, dass Kathrin ihm, Markus und vor allem Anna anscheinend so schnell den Rücken zukehren wollte. Kathrin indessen verkniff sich in Wirklichkeit manche Träne, wenn sie aus dem Haus ging. Sie hatte selbst ein schlechtes Gewissen, sah sich oft als böse Mutter. Merkte, dass Christian ihr insgeheim Vorwürfe machte. Markus machte gar kein Hehl aus seiner Enttäuschung, wenn sie mal wieder ins Auto stieg. »Dir ist es wohl zu langweilig hier bei uns«, frotzelte der dann. »Ich kann dich ja gut verstehen. Am liebsten würde ich mitfahren.«

»Mein Schatz«, pflegte sie dann gerührt zu antworten. »Ich würde dich wirklich gern mitnehmen. Aber das geht leider nicht.«

Die Abschiedsszenen schlugen ihr auf den Magen. Aber sollte sie in diesem Kaff versauern?

Linde war jetzt auf die kochende Tagesmutter angewiesen. Zudem benötigte er oft eine Babysitterin. Anke ging daher nun bald im Pfarrhaus ein und aus. Linde freute sich, wie gut die frühere Mitschülerin von Markus mit Anna zurechtkam. Und Anna hatte ihre Betreuerin schnell ins Herz geschlossen. Oft war Anke viele Stunden mit dem Kind unterwegs – schob es mit der Karre durchs Dorf, machte Station bei Freundinnen. Sie war eine Frohnatur, unbekümmert und sorglos. Es ergab sich fast von selbst, dass sie auch Markus immer näher kam. Die beiden kannten sich ja von Kindesbeinen an, waren in die gleiche Schule gegangen, hatten die gleichen Partys und Kinovorstellungen besucht. Und nun sahen sie sich fast täglich im Pfarrhaus, tauschten Szenetratsch aus und hörten Musik. Interessiert nahm Anke auch Anteil an der Leidenschaft für das Theater, die gerade in Markus erwacht war. Er hatte sich der Schultheatergruppe angeschlossen und spielte die Rolle des Dr. Gibbs in Thornton Wilders »Unsere kleine Stadt«. Nach der Premiere hatte es zwischen den beiden gefunkt. Bei einer Premierenfeier in einer Schülerkneipe hatte Anke Markus ganz spontan einen Kuss aufgedrückt. Damit war das Eis gebrochen. Wie ein junges Ehepaar zogen die beiden nun bisweilen mit Anna durch die Gegend. Und Kathrin und Christian Linde gewöhnten sich daran, dass Anke zuerst Anna ein Küsschen gab, wenn sie kam, und dann Markus.

Mit ihrer heiteren, unkomplizierten Art brachte das Kindermädchen eine ungewohnte Leichtigkeit ins Pfarrhaus, »Sonne und Licht«, wie der Pastor gegenüber seinem Kollegen aus der Nachbargemeinde schwärmte. Bisweilen beneidete er seinen Sohn.

Doch Anke beschränkte ihre Flirts durchaus nicht auf Markus. Sie scherzte und schäkerte auch mit seinem Vater. Fast jeden Wunsch erfüllte sie ihm. Da die Tagesmutter einen Nebenjob als Verkäuferin gefunden hatte, übernahm sie einen Teil von deren Stunden. Bisweilen kochte sie sogar. Es war zwar zumeist Fastfood, was sie auftischte – Pizza, Pasta, Pommes –, aber es schmeckte. Besonders abends, wenn er noch irgendwelche Verabredungen hatte oder dringend etwas schreiben musste, stand sie zur Verfügung. Dass sie manchmal mehr mit Markus als mit Anna beschäftigt war, störte ihn nicht. Ob Kindermädchen oder Freundin – ganz egal, sie gehörte einfach mit zur Familie.

Bald war er gar nicht mehr unglücklich, wenn seine Frau ihn abends allein ließ. Wenn Anke da war, war sein Freiraum ja viel größer als im Beisein Kathrins, die ihm ständig vorschrieb, was er zu tun hatte.

An einem regnerischen Oktoberabend ereignete sich dann etwas, was die Beziehung zu Anke auf eine neue Ebene hob. Kathrin war mehrere Tage an der deutsch-tschechischen Grenze, um Material über Menschenhandel und den böhmischen »Babystrich« zusammenzutragen, und Markus war auf einer Klassenfahrt in den Alpen. Christian Linde war am Abend bei einem Traugespräch in Winterburg gewesen.

Suse, eine erst 20 Jahre alte Arzthelferin aus der Gemeinde, wollte einem Gleichaltrigen namens Frank aus der Nähe von Hamburg das Jawort geben. Die beiden hatten sich bei seiner ersten Jugendfreizeit an der Ostsee kennen gelernt. Eigentlich fand der Pastor die beiden noch zu jung für die Ehe. Doch als Suse ihm gebeichtet hatte, dass sie unsterblich verliebt und bereits im dritten Monat schwanger sei, hatte er seine Bedenken zurückgezogen. Am liebsten hätte er diese Suse in den Arm genommen. So sehr hatte ihn ihre naive Verliebtheit gerührt. Auch beim Traugespräch war er tief bewegt, als die beiden ihm Hand in Hand gegenübersaßen. Suse wohnte noch bei ihren Eltern. Die beiden hockten auf der Couch in Suses altem Kinderzimmer, das mit Pferdepostern geschmückt war und nach Jungmädchenträumen roch. Wovon sie ihr Kind großziehen wollten?

»Och, kein Thema«, hatte Frank in seinem breiten Hamburger Tonfall geantwortet. »In einem halben Jahr hab' ich meinen Gesellenbrief als Kfz-Mechaniker in der Tasche. Da sieht es anders auf meinem Konto aus.«

Bei Licht betrachtet musste Linde immer noch am Sinn dieser frühen Eheschließung zweifeln. Aber sollte er die Zuversicht dieser beiden jungen Leute erschüttern?

Als er von dem Gespräch zurückkehrte, war er noch so voll von den rosaroten Heiratsträumen, dass er unbedingt mit jemandem sprechen musste. Anke, die zuvor Anna ins Bett gebracht hatte, kam ihm gerade recht. Suse war zwar zwei Jahre älter als sie, die beiden kannten sich aber natürlich gut. Außerdem hatte Anke erst wenige Tage zuvor Geburtstag gehabt, achtzehn war sie geworden. Er hatte ihr das neue Buch von Stephen King gekauft, ihrem Lieblingsautor. Dummerweise hatte er immer wieder vergessen, ihr das Geschenk zu überreichen. Jetzt war eine gute Gelegenheit.

Anke jubelte. »Mensch super, Herr Linde, das reicht wieder für eine Woche Gänsehaut.«

Zur Feier des Tages öffnete er auch eine Flasche Wein.

»Jetzt, wo du schon achtzehn bist, darfst du ja schon mal ein Gläschen mittrinken«, scherzte er. »Aber wenn du möchtest, kannst du natürlich auch Saft haben.«

»Sekt ist schließlich auch 'ne Art Saft«, antwortete das Mädchen mit dem braunen Pferdeschwanz keck. »Ich glaube, Sie halten mich immer noch für ein Kleinkind.«

»Quatsch, ich sehe schon, dass du einige Jährchen älter als Anna bist.«

Er brachte das Gespräch auf Suse und Frank. Anke fand es »Wahnsinn«, schon so früh zu heiraten.

»Ich werde wahrscheinlich sowieso nie heiraten. Wozu denn?«

»Das haben schon ganz andere gesagt.«

»Na ja, wenn ich daran denke, dass Sie mich trauen würden, könnte ich vielleicht doch schwach werden. Sie machen das bestimmt toll. Bei Ihnen in der Kirche ist es überhaupt ganz anders als sonst in der Kirche, richtig cool, echt. Sagen alle.«

»Du machst mich ja richtig verlegen.«

Natürlich aber genoss er die Komplimente. So war er schon lange nicht mehr gelobt worden. Der Wind peitschte den Oktoberregen gegen die Fensterscheiben. Umso gemütlicher war die Wärme, die der Kachelofen verbreitete. Der Schein einer Tischkerze tauchte das Kiefernholzmobiliar in warmes Licht. Der Wein, der Kachelofen, das Kerzenlicht – all dies verschmolz zu einer Atmosphäre der Nähe, die Linde fast schon zu aufdringlich erschien. Um sich von der Stimmung nicht völlig einlullen zu lassen, nahm er den Gesprächsfaden wieder auf.

»Ach, ich glaube, du hast Recht, dass du jetzt noch nicht ans Heiraten denkst, Anke. Ihr seid ja auch noch viel zu jung. Und wie heißt es doch bei Schiller: »Drum prüfe, wer sich ewig bindet, ob sich nicht noch was Besseres findet. Die Wahl ist kurz, die Reih ist lang.«

Anke errötete.

»Ach, ich glaube, mit mir und Markus wird es sowieso nie was Richtiges«, sagte sie plötzlich in ernstem Ton. »Wir sind eigentlich mehr wie Bruder und Schwester, nicht so wie, äh, wie Mann und Frau.«

»Das habe ich bisher aber anders gesehen.«

»Ach, das täuscht.«

»Aber ich, ich weiß nicht, wie ich es sagen soll. Ich habe bisher immer gedacht, ihr beide liebt euch.«

»Ach, ich weiß nicht. Ich glaube, Markus nimmt mich gar nicht ernst. Wenn er über Politik oder Theater reden will, dann sucht er sich lieber Mädels von seiner Schule. Da bin ich ihm einfach nicht gebildet genug.«

»Ich glaube, das bildest du dir nur ein.« Er strich ihr über den Kopf.

Anke blickte auf ihre Hände. Plötzlich begann ihr ganzer Körper zu beben. Tränen sickerten ihr aus den Augen. Sie wippte mit ihrem Oberkörper auf und ab und weinte. Er verspürte einen unwiderstehlichen Drang, das verstörte Mädchen in die Arme zu schließen. Stattdessen stand er auf und reichte ihr ein Papiertaschentuch. Sie nahm es dankend an, tupfte ihre Tränen ab und putzte sich die Nase.

Doch der Tränenstrom wollte nicht versiegen. Da gab Linde seinem Empfinden nach, strich dem Mädchen übers Haar und nahm es in den Arm.

»Ich verstehe dich wirklich nicht, Anke«, sagte er leise. »Du hast doch gar keinen Grund, dich wertlos zu fühlen. Du bist ein hellwaches Mädchen, hast Witz und Charme. Mit dir kann man doch über alles reden. Wer das nicht spürt, ist selber blöd.«

Anke schniefte ihren Schnodder hoch und drückte ihrem Tröster die Hand.

»Das ist nett, dass Sie das sagen«, hauchte sie, schon spürbar ruhiger. »Sie sind überhaupt so nett zu mir.«

Sanft zog er Ankes Kopf zu sich herüber. »Dich muss man doch gern haben«, murmelte er und drückte sie noch einmal fest an sich. Als sei ihm schlagartig bewusst geworden, dass er sich auf gefährlichem Terrain bewegte, ließ er sie dann aber unvermittelt los und setzte sich auf seinen Sessel zurück.

»Noch ein Glas Wein?«

Das Mädchen nickte. Er schenkte nach. Anke seufzte auf.

»Tut wirklich gut, Herr Linde.« Sie nahm einen Schluck. »Echt gut. Aber irgendwie is' mir schon ganz komisch. Ich glaube, der Alkohol ist mir zu Kopf gestiegen.«

»Dann lass' den Rest einfach stehen.«

Sie kicherte. »Als Sie mir gerade den Wein eingeschenkt haben, da musste ich an das Abendmahl denken. Wie Sie da den Wein in den silbernen Becher gießen und 'rumreichen.«

»Das ist nicht nur Wein, ich biete auch Traubensaft an. Ich will ja niemanden zum Saufen verführen. Und bei manchen muss man, glaube ich sehr aufpassen, dass sie nicht wieder auf den Geschmack kommen.«

»O ja, davon gibt es einige.«

Er errötete. Das Verlegenheitsgeplauder wurde ihm unangenehm.

Anke dagegen taute wieder auf.

»Ganz toll finde ich es, wenn Sie in der Kirche Klarinette spielen«, gestand sie, nachdem sie noch einen Schluck getrunken hatte. »Ich fänd' es wirklich wunderbar, wenn Sie mir zum Abschied noch ein Stück vorspielen könnten. O ja, das wäre toll. Bitte, bitte.«

»Wie sollte ich dir einen Wunsch abschlagen, noch dazu, wo du gerade Geburtstag gehabt hast.« Linde war froh war, dass die Begegnung auf diese Weise ausklingen würde. Er spielte ein Stück nach dem anderen. Die Klarinettentöne klangen heiser, fröhlich und traurig zugleich. Ein Zauber ging von dem Spiel aus. Anke lehnte sich entspannt auf ihrem Sessel zurück.

Das Feuer im Kachelofen war längst erloschen, nur noch wenig Glut glomm unter der Asche. Die Temperatur sank deutlich ab. Doch weder der Pastor noch seine Babysitterin froren. Es war schon kurz vor Mitternacht, als Linde die Klarinette zur Seite legte.

»So, damit ist das Geburtstagskonzert beendet. Jetzt wird es auch langsam Zeit für kleine Mädchen, ins Bett zu gehen.«

»Schade«, sagte Anke. »Ich hätte Ihnen noch stundenlang zuhören können. Aber Sie haben natürlich recht: Ich muss unbedingt nach Hause. Sonst macht sich meine Mama Sorgen.«

In diesem Moment sprangen beide auch schon auf, und er half seinem Kindermädchen in den Mantel.

Es goss nach wie vor in Strömen. Er gab Anke daher seinen Schirm mit. Dabei drückte er noch einmal ihre Hand. Ehe er sich versah, hatte sie auch schon seinen Kopf zu sich herangezogen und ihn auf die Wange geküsst.

»War schön bei Ihnen«, sagte sie beim Weggehen.

»Bis morgen, Anke.«

Der Abend hatte das Klima zwischen den beiden grundlegend verändert. Anfangs empfand Linde den Austausch von Zärtlichkeiten als äußerst belastend für das Verhältnis zu seinem Kindermädchen. Verkrampft war er in den nächsten Tagen um Distanz bemüht – vermied es, Anke in die Augen zu blicken, verschanzte sich hinter Schreibtisch und Telefon. Auch Anke schien ihre Unbekümmertheit verloren zu haben. Sie wirkte bedrückt, verunsichert, besonders wenn Kathrin da war. Bei jeder noch so harmlosen Frage der Pastorenfrau blühten rote Punkte auf ihren Wangen auf, und ihre Antworten fielen so knapp aus wie nur irgend möglich.

Als Markus von seiner Klassenfahrt zurückkehrte, verhielt sie sich zunächst, als sei nichts geschehen. Sie fiel ihm in die Arme, küsste ihn, fragte, wie es gewesen sei, ließ ihn erzählen. Und er gab ihr einen detaillierten Bericht von dem Besichtigungsprogramm und den Erlebnissen an den warmen Abenden. Dabei steigerte er sich in eine derartige Begeisterung, dass ihm entging, wie Anke gelangweilt aus dem Fenster blickte und gähnte. Erst als sie schon lange nichts mehr gefragt hatte, erkundigte er sich – eher pflichtschuldig –, wie es ihr ergangen war. Sie zuckte die Achseln.

»Ach, wie immer.«

»Und was ist so passiert.«

»Das Übliche, nichts Besonderes halt.«

Eine zarte Röte huschte über ihr Gesicht. Markus achtete nicht darauf, spürte aber an dem folgenden Schweigen, dass sich eine Irritation im Raum ausbreitete. Er sah, dass Anke schluckte.

»Is irgendwas?«

»Was soll schon sein?«

»Du bist irgendwie so komisch.«

»Ach Quatsch.«

Er nahm sie in den Arm, wollte ihr einen Kuss geben, doch sie wandte sich ab.

»Was ist denn?«

»Nichts, ich bin einfach müde.«

Daraufhin verabschiedete sie sich hastig. Auch an den nächsten Abenden wollte sich die alte Vertrautheit nicht wieder einstellen. Markus spürte, dass Anke seine Zärtlichkeiten nicht mehr erwiderte. Ein Verdacht keimte in ihm auf – der Verdacht, dass Anke sich in seiner Abwesenheit in einen anderen verliebt haben könnte. Er überwand sich, sie zur Rede zu stellen. Doch sie schüttelte den Kopf und versicherte ihm, dass er sich täusche.

Auch die Begegnungen zwischen Anke und dem Pastor hatten ihre Leichtigkeit verloren. Das Kindermädchen errötete in der Gegenwart seines Arbeitgebers. Als Anke jedoch einmal wieder an einem Abend mit Christian Linde allein war, überwand sie ihre Scheu. Wie in den vergangenen Tagen winkte der Pastor wie abwesend, als sie ihren Abschied angekündigt hatte. Doch unversehens ging sie einen Schritt auf ihn zu, senkte den Blick und murmelte:

»Ich glaube, ich habe mich in Sie verliebt.«

Er war wie vom Schlag gerührt, gewann aber schnell seine Fassung zurück.

»Anke«, stammelte er unsicher lächelnd. »Wie stellst du dir das denn vor?«

»Dass Sie mich noch mal so fest in den Arm nehmen wie neulich«, antwortete sie plötzlich ganz selbstbewusst.

Diesmal blieb es nicht beim Kuss auf die Wange, und als er seine Zweifel und Bedenken hinter sich gelassen hatte, überkam ihn eine Lust, die er bei Kathrin schon lange nicht mehr empfunden hatte.

Er war hin- und hergerissen zwischen seinen Verpflichtungen als Gemeindepfarrer und Ehemann und seiner Liebe zu diesem wunderbaren Geschöpf. Und er gab seiner Verliebtheit nach und schob die Gebote beiseite – immer öfter. Es kam eine Zeit, da konnte er es gar nicht mehr abwarten, dass Kathrin sich auf neue Reportagereisen begab.

Die Pastorenfrau merkte nichts. Sie vertiefte sich in die Schicksale von Prostituierten und Strafgefangenen, von Bürgerkriegsflüchtlingen und Eltern todkranker Kinder. Sie tauchte ein in die Welt von Altenheimen und Fitnessstudios, schnupperte den Duft von Bällen und Adelshäusern. Voll von solchen Eindrücken, zermürbt von den Strapazen des Reisens und Schreibens kehrte sie ins Pastorenhaus zurück und übersah, was sich hier tat. Sie bemerkte nicht, dass Anke in ihrer Gegenwart stotterte, dass Christian dem Kindermädchen heimliche Blicke zuwarf. Sie hörte auch nur mit halbem Ohr hin, wenn Christian ihr von Meinungsverschiedenheiten mit der Kirchenleitung, Auseinandersetzungen mit dem Kirchenvorstand, von Gottesdienstideen oder Dorfintrigen, Dachreparaturen oder Friedhofsquerelen erzählte.

Nur Anna gelang es, sie aus ihren Gedanken-Gespinsten herauszureißen. Begeistert stellte Kathrin fest, dass die Kleine immer mehr zu erzählen begann. Dabei plapperte das Kind auch Dinge aus, die eigentlich nicht für die Ohren ihrer Mutter bestimmt waren.

»Anke Fernsehen, bumm, bumm, bumm«, berichtete sie ihr zum Beispiel an einem Winterabend. Kathrin war erbost. Hatte diese Anke etwa mit Anna zusammen vor dem Fernsehapparat gehockt? Sie stellte Christian zur Rede. Der schüttelte, ohne lange zu überlegen, den Kopf, konnte den Verdacht seiner Frau allerdings auch nicht entkräften.

»Das kann ich mir nicht vorstellen«, murmelte er nach einer Schrecksekunde. »Na ja, kann schon sein, dass sie Anna vielleicht abends auf den Schoß genommen hat, wenn sie aufgewacht ist und Anke vor der Glotze gesessen hat. Aber dann ist sie bestimmt gleich wieder eingeschlafen.«

Da Kathrin schwieg, fügte er an: »Ist natürlich nicht so toll, wenn Anna da irgendwelche Gewaltszenen aufschnappt.«

»Allerdings. Redest du mal mit ihr?«

Er fuhr sich fahrig mit der Hand über die Stirn.

»In Ordnung, Kathrin. Aber du darfst jetzt keine falschen Schlüsse ziehen. Ich könnte mir kein besseres Kindermädchen vorstellen als Anke. Anna liebt sie heiß und innig. Und dass Markus sie auch mag, muss ich dir ja wohl nicht erzählen.«

Bei diesen Worten war er rot geworden. Das hatte auch Kathrin bemerkt.

»Na, du scheinst sie ja auch ganz gern zu mögen.«

Er musste schlucken. »Wer mag Anke nicht?«

Aber dann war Kathrin mit ihren Gedanken auch bereits wieder bei viel aufregenderen Menschen – Leuten, die sie bei ihrer letzten Reportagereise kennengelernt hatte. Übergangslos begann sie, davon zu erzählen. Er war dankbar, dass sich das Gespräch von dem kitzligen Gegenstand entfernte.

Auch Anna blieb nicht verborgen, dass etwas im Busche war zwischen Anke und ihrem Vater – etwas, das schon aufgrund seiner Heimlichkeit spannend sein musste. Und obwohl sich die beiden alle Mühe gaben, ihr Verhältnis gegenüber dem Kind zu verbergen, konnten sie doch nicht verhindern, dass Anna das eine oder andere mitbekam. So tapste sie ausgerechnet in dem Moment ins Wohnzimmer, als ihr Vater Anke übers Haar strich. Dass er seine Hand sofort zurückzog, machte Anna noch stutziger.

»Anna auch schmusen«, war die prompte Reaktion. Verstört nahm er das selig lächelnde Kind in den Arm und drückte ihm ein Küsschen auf.

Noch schockierter war er, als Anna eines Abends aus dem Bett gekrochen war und ihn mit Anke auf der Wohnzimmercouch entdeckt hatte – unbekleidet unter einer Decke liegend.

»Anke krank?«, hatte sie in aller Unschuld gefragt.

»Anna«, fuhr ihr Vater sie an. »Geh ins Bett, ich komm gleich noch mal.«

»Anke auch kommen«, verlangte Anna, bevor sie verschreckt in ihr Zimmer zurücktrottete.

Ihm schwante Unheil. Garantiert würde Anna ihre Beobachtungen ausplaudern.

So kam es auch. »Papa, Anke schmusen«, berichtete Anna stolz ihrem großen Bruder. Der war wie gelähmt. »Schmusen?«, fragte er entgeistert nach.

Dem Schock folgte die Wut. Bebend vor Zorn stellte Markus seinen Vater zur Rede, sowie er nach Hause kam.

»Was kleine Kinder reden«, erwiderte der, bemüht sachlich. »Darauf darf man doch nichts geben. Anke hatte Kopfschmerzen. Da habe ich ihr gesagt, sie soll sich ein bisschen hinlegen. Ja, und dann habe ich ihr die Stirn gefühlt. Die war ganz heiß. Sie hatte wahrscheinlich Fieber. Das war aber auch schon alles.«

»Wer's glaubt, wird selig.«

»Markus, du kannst mir wirklich glauben, dass da nichts ...«

»Ach, hör doch auf. Ich lass mich doch nicht für blöd verkaufen.«

Mit diesen Worten rannte der aufgewühlte Pastorensohn aus dem Raum. Um sich aus seiner Unsicherheit zu befreien, rief er sofort bei Anke an. Und die war nicht in der Lage, den Anschuldigungen etwas entgegenzusetzen. Sie brach sofort in Tränen aus. »Es tut mir ja so leid, Markus«, wimmerte sie. »Ich weiß auch nicht.«

Markus fehlten die Worte. Irgendwann legte er einfach auf. Ein Gefühl grenzenloser Enttäuschung warf ihn nieder. Eine Weile lag er fassungslos auf seinem Bett. Dann kehrte die Wut zurück. Er bäumte sich förmlich auf, stürmte in das Arbeitszimmer seines Vaters und brüllte ihn an:

»Du verdammtes Schwein, du Lügner und Heuchler. Ich hasse dich, ich kann dir gar nicht beschreiben, wie ich dich HASSE.«

»Markus bitte.« Der Pastor wollte zu einer Erwiderung ansetzen. Doch dazu gab ihm sein Sohn keine Chance.

»Markus bitte«, wiederholte er spöttisch. »Lass mich bloß in Ruhe. Du bist für mich gestorben, erledigt. Du WIDERST mich an. Aus, aus und vorbei.«

Damit verließ er den Raum und knallte die Tür hinter sich zu.

In den nächsten Tagen hüllte er sich in Schweigen. Alle Gesprächsversuche wehrte er brüsk ab. Fortan sprach er mit niemandem mehr über die Geschichte. Weder mit Anke noch mit seiner Mutter. Kathrin Fischer-Linde erfuhr so aus dem Munde ihres Mannes, was Markus so niederwarf. Sie erschrak, ließ sich dann aber von Christian durch dessen Version bereitwillig besänftigen.

Sie war ja in diesen Tagen viel zu sehr mit ihrer Arbeit beschäftigt. Ein Anruf von der »Szene« hatte sie vollends aus dem Häuschen gebracht. Die renommierte Wochenzeitung in Hamburg hatte Interesse an ihrer Mitarbeit bekundet. So war sie zu einem Vorstellungsgespräch eingeladen worden. Und schon eine Woche später hatten sie ihr den Vertrag angeboten: eine Festanstellung als Reporterin mit fast doppelt so hohem Gehalt wie bisher.

Wer konnte da Nein sagen? Auch Christian wagte es nicht, Bedenken anzumelden. Kathrin war so berauscht von Stolz und Glück, dass alle Zweifel und Ängste zusammenschmolzen und das stumme Elend ihres Sohnes nicht mehr zu ihr vordrang.

Auch alle praktischen Probleme, die sich auftaten, wischte sie beiseite. Der längere Weg zur Redaktion in Hamburg? Keine ernstzunehmende Hürde, diese hundert Autobahnkilometer! Eine gute Stunde Fahrzeit? Was machte das schon! Sie musste ja gar nicht jeden Tag in der Redaktion sein. Sie konnte doch auch zu Hause schreiben. Und viel unterwegs gewesen war sie ja bisher auch schon.

Nein, da gab es nichts zu überlegen. So eine Chance bot sich nicht jeden Tag. Auch Christian war stolz auf den Aufstieg seiner Frau. Er machte kein Hehl daraus bei Gesprächen mit Gemeindegliedern oder Kollegen. Es schmeichelte ihm, wenn die Leute vor Anerkennung die Augenbrauen hochzogen und ins Schwärmen gerieten: »Ja, diese Kathrin. Wer so schreiben kann, der muss einfach groß rauskommen.«

Er schloss sich, dankbar für die willkommene Ablenkung, den Lobeshymnen an. Gern hätte er Ähnliches auch über seine Arbeit als Mann Gottes gehört. Doch irgendwie schienen seine Predigten niemandem mehr aufzufallen. Dabei waren sie doch nicht weniger einfallsreich als bisher. Man hatte sich offenbar daran gewöhnt. Der alte Glanz war verblasst. Auch Kathrin nahm kaum mehr Notiz davon. Nur noch selten besuchte sie seine Gottesdienste.

»Wo ich die ganze Woche auf Achse bin, will ich wenigstens sonntags mal meine Ruhe haben und ganz für Anna da sein«, sagte sie.

Wer wollte da widersprechen? Markus, so schien es, stand längst auf eigenen Füßen. Linde hätte seiner Frau sagen können, welche Qualen Markus in diesen Tagen durchlebte. Es zerriss ihm das Herz, zu sehen, wie der Junge ihm aus dem Weg ging. Jeder Blick ein stummer Vorwurf, alles Schweigen eine einzige brüllende Anklage. Aber er konnte doch nicht darauf eingehen, ohne alles noch schlimmer zu machen. Natürlich hatte er sich von Anke als Kindermädchen trennen müssen – in aller Freundschaft, versteht sich. Es war auch in ihrem Interesse gewesen. Aber gleichzeitig hatte er sie beschworen, sich seiner beschwichtigenden Version anzuschließen und vor allem nur ja nichts nach draußen dringen zu lassen.

Nach außen hin war die Ehe damit vorerst gerettet. Doch seine Zärtlichkeit gegenüber Kathrin erlahmte weiter. Willkommen und Abschied – die Küsse verkamen zum Ritual, kalte Küsse wurden das. Nur noch selten drückte er seine Frau fest an sich, und die Liebe im Ehebett verkümmerte zur Pflichtübung. Der Nachklang von Ruby Tuesday war endgültig verhallt, so schien es. Die zerkratzte Platte verstaubte in der Nostalgie-Ecke.

Mehr und mehr beschlich ihn das Gefühl, Ansprüche an sich selbst nicht erfüllen zu können. Zu versagen. Beruflich wie sexuell. Es gab Tage, da fühlte er sich wie ein kleines schlaffes Würstchen.

Auch Kathrin spürte das. Sie liebte ihn ja immer noch. Sie legte sich neue Unterwäsche zu, ging zu einem Hamburger Prominentenfriseur, ließ einen Haufen Geld bei einer Kosmetikerin, aber er bemerkte es nicht. Sie flüchtete sich daher immer mehr in ihre Arbeit, bestärkte Markus in seinem Traum, Schauspieler zu werden und wärmte sich an Anna, ihrem Schmusekind.

Christian Linde beobachtete es mit Argwohn. Wie ein Püppchen benutzte sie das Mädchen – überhäufte Anna mit Bilderbüchern, Stofftieren, Spielsachen und schicken Kleidungsstücken. Bei jeder Heimkehr bedachte sie das Kind mit Küssen, Koseworten und Umarmungen. Wer Augen hatte, konnte deutlich sehen, dass Anna sich von solchen stürmischen Liebesbeweisen erdrückt fühlte.

Gleichzeitig verlor Kathrin schnell die Geduld, wenn Anna etwas von ihr wollte. Begann sie, ihr in ihrer Kindersprache etwas zu erzählen, fiel sie ihr nicht selten ins Wort oder amüsierte sich nur über das drollige Gebrabbel, anstatt ernsthaft darauf einzugehen. Es tat ihm in der Seele weh, zu sehen, wie Anna sich in solchen Fällen enttäuscht zurückzog. Trotzdem konnte sie schon am nächsten Tag wieder stündlich fragen, wann denn ihre Mutter endlich nach Hause komme. Und abends weigerte sie sich nicht selten, einzuschlafen, bevor Kathrin ihr einen Gutenachtkuss gegeben hatte. Leider hoffte sie meist vergeblich.

Er hatte Verständnis für seine Tochter. Bei aller Entfremdung fühlte er sich seiner Frau doch tief verbunden. Hart traf es ihn daher nun, dass sie wegen ihrer Hamburger Arbeitsstelle noch später nach Hause kam, oft erst lange nach Mitternacht. Einmal abgesehen davon, dass er sich nun eine neue Babysitterin suchen musste, fühlte er sich auch zurückgewiesen. Im Stich gelassen in seinem Dorf.

Hinzu kam die Angst, dass die Affäre mit Anke früher oder später ans Licht kommen würde. Von Markus war wohl nichts zu befürchten. Der hatte das Thema offensichtlich in sich begraben, sich tief in sich selbst zurückgezogen und verschanzte sich hinter der Schauspielerei in der Amateurtheatertruppe, die ihn immer mehr einnahm. Nein, der würde seinen Schmerz niemals in die Welt hinausposaunen. Aber Anke. Die war ein wandelndes Risiko. Sie war zwar ein liebes Kind, von ihrem Naturell her aber unbekümmert. Und es fehlte ihr nicht an Freundinnen, denen sie sicher schon manches »Geheimnis« anvertraut hatte. Was, wenn sie bald wieder einen Freund fand? Immer deutlicher trat ihm ins Bewusstsein, dass er als Gemeindepastor erledigt war, wenn sich seine Affäre mit ihr herumsprechen würde. Ein Seelsorger, der die Ehe bricht und ein junges Mädchen verführt. Was hatte er bloß getan?

*Amtsgeschäfte*

Das Telefon. Er lief ins Schlafzimmer und nahm eilig ab. Es war Petra, Kathrins Freundin aus Celle. Sie wollte wissen, ob Kathrin wieder aufgetaucht sei. Als er die Frage verneinte, berichtete sie lang und breit, dass sie in Würzburg gewesen sei, um eine Studienfreundin zu besuchen. Er hörte gar nicht hin. Erst als sie wieder auf Kathrin zu sprechen kam, horchte er auf.

»Merkwürdig, die macht sich doch nicht so einfach aus dem Staub. Oder habt ihr wieder Streit gehabt?«

»Streit? Quatsch! Wir wollten zusammen in Urlaub fahren, nach Dänemark.«

Erst jetzt ging ihm die ganze Anmaßung auf, die sich mit der Frage verband. Was sollte das denn heißen: »Wieder Streit gehabt?« »Bei uns war alles in Ordnung«, setzte er gereizt nach.

»Entschuldige, ich dachte nur. Tut mir leid, ich wollte dich nicht noch zusätzlich durcheinander bringen. Ich kann mir vorstellen, dass du Sorgen genug hast. Also dann will ich dich nicht länger belästigen. Alles Gute, Christian.«

Er kam nicht mehr dazu, noch eine Höflichkeitsformel anzubringen, da hatte die Anruferin auch schon aufgelegt. Der unverhohlene Argwohn verstörte ihn. »Habt ihr wieder Streit gehabt?« Was für eine Unverschämtheit!

Er verspürte das Bedürfnis, mit jemandem zu reden, der unzweifelhaft auf seiner Seite stand. Seine Mutter. Es ging zwar schon auf halb elf zu. Aber die alte Frau war sicher noch wach. Seit dem Tode ihres Mannes vor zwei Jahren saß sie abends immer lange vor dem Fernsehapparat. Er war froh, dass sie diesen Zeitvertreib für sich entdeckt hatte. Überhaupt kam sie über den Tod ihres Mannes besser hinweg, als er zunächst befürchtet hatte. Irgendwie schien sie sogar erleichtert zu sein. Sein Vater hatte nach einem Schlaganfall den Verstand verloren, es war nicht leicht mit ihm gewesen. Als er dann schließlich nach dem zweiten Schlaganfall verstorben war, war eine Last von seiner Mutter abgefallen. Zum Glück musste sie nicht allein leben. Olaf, Christians Bruder, war mit seiner Familie schon vor einigen Jahren in sein Elternhaus eingezogen.

Als er von Kathrins Verschwinden berichtete, fiel seine Mutter aus allen Wolken.

»Was? So lange schon weg? Mein Gott, da bleibt einem ja das Herz stehen. Bei so viel Mord und Totschlag in der Welt rechnet man doch immer gleich mit dem Schlimmsten. Zeitung und Fernsehen sind doch jeden Tag voll davon. Und Kathrin schreibt ja wohl auch darüber. Ich hab' immer schon Angst gehabt, dass sie da mal selbst irgendwann 'reingerät. Für eine Frau ist das doch nicht ungefährlich. Na, hoffentlich ist ihr nichts passiert.«

Daran hatte er noch gar nicht gedacht. Feinde hatte Kathrin sich bestimmt mit manchen ihrer Reportagen gemacht. Durchaus denkbar, dass sich da mal einer an ihr rächen würde. Vielleicht so ein PKK-Führer aus der Celler Kurdenszene. Doch er wollte den dumpfen Ängsten seiner Mutter nicht noch zusätzlich Auftrieb geben.

»Kathrin weiß schon, was sie macht«, erwiderte er. »Und so schlimme Dinge hat sie noch nie über einen geschrieben, dass sie Angst vor Racheaktionen haben müsste. So schnell wie im Fernsehen wird in Wirklichkeit nicht geschossen.«

»Aber was ist denn dann mit ihr passiert? So mir nichts dir nichts kann doch ein Mensch nicht verschwinden!«

»Da hast du wohl Recht, aber ich glaube immer noch, dass sie vielleicht doch von ihrer Zeitung einen Anruf gekriegt hat und keine Zeit hatte, Bescheid zu sagen.«

Er merkte, wie er sich im Kreis drehte. Seine Mutter fragte nach Markus und Anna. Er erzählte von dem Besuch seiner Schwiegermutter, von der gespannten Atmosphäre im Haus.

»Armer Junge. Und dann hast du ja auch noch die ganze Kirche am Hals.«

Das tat gut, endlich auch einmal bemitleidet zu werden. »Das ist nicht einfach, da hast du recht. Zum Glück lief der Gottesdienst ganz gut.«

»Und die Beerdigung kommt ja morgen auch noch auf dich zu. Ich habe in der Zeitung gelesen, dass bei euch im Dorf eine Frau gestorben ist. Ich habe es mir gemerkt, weil sie genau in meinem Alter war.«

»Ach du großer Gott. Das hätte ich fast vergessen. Gut, dass du mich erinnerst.«

»Dann will ich mal nicht länger stören. Alles Gute, Christian. Ich bete für dich.«

»Danke Mama, dir auch alles Gute.«

Als er aufgelegt hatte, zog er seinen Terminkalender hervor, um die genaue Uhrzeit der Beerdigung festzustellen. Dabei entdeckte er, dass er für Montag noch weitere Termine eingetragen hatte: morgens ein neunzigster Geburtstag und abends noch ein Traugespräch. Üblicherweise war Montag sein freier Tag. Aber da am Dienstag die Urlaubreise beginnen sollte, hatte er vorher noch alles mögliche erledigen wollen.

Die Beerdigung hatte ihm gerade noch gefehlt. Aber es half nichts, er musste sich darauf vorbereiten. Vielleicht ja auch eine gute Ablenkung.

Er fischte die Aufzeichnungen des Trauergesprächs aus seinem Schreibtisch und führte sich die Verstorbene vor Augen. Therese Rosinski, geboren am 3. Februar 1927 in einem kleinen Dorf in Pommern. Die kleine Frau mit dem zittrigen Kopf war noch vor einigen Wochen in die Kirche gekommen. Sie hatte wohl schon die letzten zwanzig Lebensjahre im Obergeschoss des Einfamilienhauses verbracht, das ihr Sohn, ein Maurer, selbst gebaut hatte. Es war im Dorf kein Geheimnis, dass sie sich mit ihrer Schwiegertochter nicht verstand. Es war einsam um sie geworden, nachdem ihre beiden Töchter das Haus verlassen hatten.

Selbstverständlich war beim Trauergespräch nichts davon erwähnt worden. Während der Sohn der Toten kaum ein Wort herausbrachte, listete die Schwiegertochter nur die angeblich schönen Dinge auf, die »Oma« den Lebensabend versüßt hatten – neben Ausflugsfahrten mit dem Roten Kreuz und irgendwelchen Fernsehserien waren das vor allem die Enkelkinder gewesen.

Linde war klar, dass er darüber nicht hinwegpredigen konnte. Sinn der Trauerfeier war schließlich nicht, irgendeine absolute Wahrheit zu verkünden, sondern vor allem Trost zu spenden. Gleichwohl sah er es als seine Verpflichtung an, eben auch das Leben der Toten zu würdigen. Und das war meistens spannender, als es schien. Denn bei näherem Hinsehen lagen hinter jeder noch so spießigen Dorfgestalt Abgründe und Geheimnisse. Im Angesicht des Todes traten diese Risse plötzlich hervor. Auch verschlossene Menschen ließen sich durch die erschütternde Erfahrung der Endlichkeit gewöhnlich aus der Reserve locken. Manch verschüttete Erinnerung kam dabei zutage.

Nebenan bellte ein Hund. Wütend fielen die Köter aus der Nachbarschaft ein. Das Gekläff riss ihn aus seinen Grübeleien. Sicher wieder so ein blinder Alarm, ausgelöst von einem Igel oder einer Katze.

Doch irgendwie fühlte er sich ertappt, aufgescheucht von diesen Wachhunden. Er musste an Kathrin denken. Ein diffuses Bild erschien vor seinem inneren Auge. Ein Bild, das ihm Angst machte. Er faltete die Hände. »Lieber Gott, hilf, dass ich zur Ruhe komme«, betete er tonlos. »Hilf, dass sich alles zum Guten wendet.« Aber er empfand keinen Trost dabei. Es war ihm, als habe er den Kontakt nach oben verloren. Früher hatte er in ähnlich beklemmenden Stimmungen Klarinette gespielt. Meditative Tonfolgen, Improvisationen. Meistens mit Erfolg. Doch dazu konnte er sich in dieser Nacht nicht aufraffen. Lieber wollte er sich noch einmal das Programm für den nächsten Tag durch den Kopf gehen lassen. Er zwang sich, seine Gedanken auf das Traugespräch zu konzentrieren, das er am Abend zu führen hatte. Eine frühere Konfirmandin wollte heiraten: Nicole, die kleine Nicole. Das war doch eigentlich was Schönes, Aufbauendes.

Aber auf einmal legte sich eine bleischwere Müdigkeit über seine Gedanken. Er war froh, endlich Ruhe zu finden, zog seinen Schlafanzug an und legte sich hin. Dabei fiel sein Blick auf das Kissen seiner Frau: weiß und anklagend. Seine Eingeweide verkrampften sich bei dem Anblick.

Am nächsten Morgen schlief er, bis seine Tochter ihn kurz vor neun weckte. Wieder fragte Anna nach ihrer Mutter, wieder antwortete er mit den gleichen Beschwichtigungsformeln.

Als er am Frühstückstisch Platz nahm, lag schon die Zeitung neben seinem Gedeck. Er musste schlucken, als er die Überschrift in der Polizei-Rubrik überflog: »Pastorenfrau vermisst«. Der Text war sachlich, beschränkte sich weitgehend auf die Informationen, die er dem Redakteur selbst gegeben hatte – nur bereichert um eine knappe, nichtssagende Stellungnahme der Polizei. Dennoch traf ihn die Meldung. Als habe ihn jemand auf eine Bühne gestoßen, unfreiwillig einem geifernden Publikum ausgesetzt. Was bisher sein Privatproblem gewesen war, war zum Ereignis geworden.

Kaum hatte er sein Frühstück beendet, fuhr sein Schwiegervater vor. Wut überkam ihn schon, als er die Stimme des alten Zausels erkannte. Doch die Stimme klang anders als jene, die aus dem Telefon zu ihm gesprochen hatte. Sanft, einfühlsam redete der Professor auf seine Frau und Enkeltochter ein. Mit Grabesstimme dagegen erwiderte der alte Herr den Morgengruß seines Schwiegersohnes.

Linde war dankbar, dass ihn seine beruflichen Pflichten aus dem Haus führten.

»Ich muss gleich zu einem Geburtstag«, rief er gegen die geschlossene Küchentür. »Ihr braucht nicht mit dem Mittagessen auf mich zu warten.«

Nur ein lautes Räuspern war die Antwort. Das Schweigen seiner Schwiegereltern sprach Bände. Nur Anna kam zu ihm auf den Flur gelaufen.

»Tschüss, Papa.«

»Tschüss, meine Liebe.«

Der Geburtstagsbesuch bei der greisen Martha Möller lenkte ihn anfangs ab von seinen Sorgen. Wie ein kleines Mädchen streckte ihm die Jubilarin ihre welke Hand entgegen, freute sich über Glückwünsche und Blumen, bot dem Ehrengast einen Schnaps an.

»Nicht schon am frühen Morgen«, wehrte er jovial ab. »Sonst kippen wir noch um, wenn es abends mit dem Tanzen losgeht.«

»Ach, Herr Pastor, Sie machen wieder Witze.«

Da die Tochter der Alten in der Küche Schnittchen schmierte, war er zunächst allein mit dem Geburtstagskind. Bald trafen aber weitere Gäste ein: Enkel und Urenkel, Nachbarn, Gemeindevertreter. Unfreiwillig wurde der Pastor zum Mittelpunkt der Geburtstagsgesellschaft. Schon bevor sie den Mut aufbrachten, den Zeitungsartikel anzusprechen, spürte er, wie sie ihn mit ihren Blicken ausforschten. Ein Nachbar drängte sich an ihn und fragte in mitleidig witterndem Flüsterton: »Immer noch nichts Neues?«

Der Angesprochene schüttelte den Kopf.

Die Frage war nicht unbemerkt geblieben. Alle fühlten sich jetzt bemüßigt, ihre Anteilnahme auszudrücken.

»Ist bestimmt nicht leicht für Sie, diese furchtbare Ungewissheit«, murmelte kopfschüttelnd die Tochter des Geburtstagskindes, die auch schon im Rentenalter war.

»Das gibt's doch einfach nicht, dass ein Mensch so mir nichts dir nichts verschwindet, verflixt noch mal«, brabbelte ein Nachbar.

»Was sagt denn die Polizei?«, fragte der schwergewichtige Bürgermeister.

»Sie hat auch keinen leichten Beruf«, kommentierte die DRK-Ortsvorsitzende.

Er kam gar nicht zum Antworten, beschränkte sich darauf, sorgenvoll zu nicken und einfach nur »ja, ja« zu sagen. Ja, ja. Voller Unbehagen beobachtete er, wie sich im Nebenraum eine weitere kleine Runde versammelte, in der gestenreich getuschelt wurde. Auffällig unauffällig warfen ihm diese Verschwörer abschätzige Blicke zu. Auch der dicke Tischler hatte sich dazugesellt. Der Mann mit der selbstgerechten Miene bemühte sich nicht einmal, besonders leise zu sprechen. Vor allem eine Bemerkung war es, die Linde deutlich verstand:

»Das konnte ja nicht gut gehen.«

»Denn greifen Sie man erst mal zu, Herr Linde«, forderte ihn die Tochter des Geburtstagskindes auf. »Nützt ja nix.«

Er kam der Aufforderung gern nach. So war er wenigstens beschäftigt. Am liebsten hätte er sich mit dem angebotenen Kümmelschnaps benebelt, um der Geburtstagsgesellschaft zumindest geistig zu entfliehen. Doch er musste einen klaren Kopf für die Beerdigung bewahren.

Er atmete auf, als er endlich die verräucherten Räume verlassen hatte, in denen es nach Mottenkugeln und Alte-Leute-Medizin roch. Er hatte es nicht eilig, wieder nach Hause zu kommen, schlenderte am Friedhof vorbei, wo der Gärtner gerade mit der Anlieferung der Blumen und Kränze beschäftigt war. Schneller ging er, als er in Sichtweise des Backwarenladens kam. Er merkte, wie sich durch das österlich dekorierte Schaufenster die Blicke der Kundinnen auf ihn richteten.

Der Geruch von Blumenkohl stieg ihm in die Nase, als er das Pfarrhaus betrat. Es wurde ihm ganz übel davon. Es war ihm, als müsste er sich übergeben. Aus der Küche hörte er das Geklapper von Geschirr. Offenbar aßen sie gerade zu Mittag. »Ich mach mich gleich für die Beerdigung fertig«, rief er den Essenden zu. Wie am Morgen blieb seine Mitteilung auch jetzt unbeantwortet. Nur Anna huschte aus der Küche heraus und schmiegte sich kurz bei ihm an.

»Du stinkst nach Qualm«, begrüßte sie ihn augenzwinkernd.

»Dir bleibt aber auch nichts verborgen.« Er war erleichtert, dass Anna nicht gleich wieder nach ihrer Mutter gefragt und auch den nächtlichen Besuch offenbar vergessen hatte.

Innerlich gestärkt ging er in sein Arbeitszimmer, überflog noch einmal Liturgie und Predigt für die Trauerfeier und zog sich seinen schwarzen Anzug an. Kurze Zeit später radelte er auch schon in Richtung Friedhof – den Talar wie üblich in einer Stofftasche auf dem Gepäckträger.

Über dem Sarg flackerten bereits die Kerzen, als er durch den Hintereingang in die Friedhofskapelle eintrat. Die Bankreihen waren zur Hälfte besetzt. Dieses gedämpfte Gemurmel und Gehüstel, dieser Duft von Kerzen, Blumen und Tannenzweigen, der sich auf so unverwechselbare Weise mit dem bitteren Mottenkugel-Aroma der Trauerkleidung mischte – wie oft war er schon eingetaucht in diese Beerdigungs-Atmosphäre. Doch an diesem Tag lag etwas Störendes in der Luft. Er hatte das Gefühl, dass sich die Gedanken der Trauergemeinde nicht auf die Verstorbene richteten, sondern auf ihn. Dass sie alle ihn durchbohrten mit ihren Blicken.

Wie immer gab er der Organistin ein Zeichen für das Vorspiel, erhob sich und begrüßte die Gemeinde: »Der Friede des Herrn sei mit Euch allen.« Und nach dem Eröffnungslied (»Warum sollt ich mich denn grämen?«) sprach er das gewohnte Psalmgebet:

»Aus der Tiefe rufe ich, Herr, zu dir. Herr, höre meine Stimme! Lass Deine Ohren merken auf die Stimme meines Flehens.«

Die Lesung aus dem Evangelium, das zweite Lied: »So nimm denn meine Hände und führe mich ...«

Alles lief ab wie gewöhnlich. Marionettenhaft waltete er seines Amtes. Mechanisch, so war es ihm, kamen ihm die Worte über die Lippen. Während die Gemeinde sang, schweiften seine Gedanken ab. Weit ab. Er konnte sich nicht dagegen wehren: Er stellte sich vor, dass Kathrin in dem Sarg lag. Kathrin. Sie schlief aber nur, sie war ja gar nicht tot. Schön sah sie aus, wunderschön. So wächsern weiß die Wangen. Wie Schneewittchen.

Das Orgelspiel brach ab, der Gesang verstummte. Erschrocken schob er die wirren Bilder beiseite, ein Kälteschauer durchrieselte ihn, er meinte zu frieren, mühte sich aber, all seine Kraft auf die Predigt zu lenken. Er schritt zum Redepult, ordnete seine Notizen.

»Der Herr ist mein Hirte, mir wird nichts mangeln.« Wie immer zitierte er den Konfirmationsspruch der Verstorbenen und listete die Lebensstationen auf – verknüpft durch ein übergeordnetes Thema. Die Sehnsucht nach Heimat und Geborgenheit, die so lange unerfüllt bleibt, wie sie sich nicht mit unverbrüchlichem Glauben verbindet – das war das Leitmotiv, das er sich diesmal gewählt hatte. Während er den vorbereiteten Text vortrug, sah er, wie die Schwiegertochter der Toten schamhaft auf ihre Handtasche starrte, die sie sich auf den Schoß presste. Rissen seine Worte alte Wunden auf?

Das hatte er nicht gewollt, aber er nahm es in Kauf. Er war selbst erstaunt, dass er keinerlei Hemmungen verspürte. Alles ging ihm so glatt über die Lippen. Als wäre er ein Schauspieler, der einen fremden Text rezitierte.

Wieder ein Lied, wieder ein Spruch: »Lasst uns nun in der Hoffnung auf die Auferstehung den Leib unserer Schwester Therese Rosinski zu ihrer letzten Ruhestätte bringen.«

War er es, der da sprach?

Das Signal zur Grablegung. Die Tür der Friedhofskapelle öffnet sich, die Sargträger schreiten zur Tat.

Die vertraute Prozession zur Grabstelle. Das eingespielte Ritual. Niemand weint, lauter gefasste Blicke voll pflichtgemäßer Pietät. Die Frühlingssonne knallt auf das rot geflammte Verbundpflaster, die Vögel zwitschern ihre aufmunternden Beileidsbekundungen.

Christian Linde, bemüht den Blicken der Trauergemeinde auszuweichen, lässt seine Augen über den Komposthaufen hinter der Kapelle schweifen. Da modert das schmückende Beiwerk früherer Beerdigungen vor sich hin – Kränze, Blumen, Gestecke. Vergängliche Trauer. Langsam bewegt sich der Trauerzug vorbei an den hässlichen Lebensbaumhecken. Gestutzter Lebensbaum, durchfährt es ihn. Was für ein passendes Bild für einen Friedhof!

»Jesus spricht: Ich bin die Auferstehung und das Leben ...«

Irgendwie ist es ihm ganz recht, dass er sich jetzt, am Grab angekommen, wieder auf die vertrauten Formeln stützen kann.

»Legen wir ihren Leib nun in Gottes Acker. Erde zu Erde, Asche zu Asche, Staub zu Staub ...«

Der Sarg wird abgeseilt, die üblichen Tränen.

»Wir befehlen unsere Schwester in Gottes Hand ...«

Vaterunser, Segen, Schluss, aus.

Wie immer war der Pastor der Erste, der den Hinterbliebenen die Hände drückte.

»Vielen Dank«, presste der Sohn der Toten hervor. »Sie kommen doch gleich noch mit zum Kaffee?«

Er konnte gar nicht anders, als zu nicken. »Ja gern doch.«

Letztlich war er auch nicht unglücklich über die Einladung: Was sollte er zu Hause? In das Pfarrhaus waren Menschen eingezogen, die ihm nicht wohlgesonnen waren. Er radelte daher gleich weiter zur »Deichschenke«, wo es auf dem Saal schon nach Kaffee duftete. Übelkeit wallte in ihm auf, als er die belegten Schnitten sah: Mettbrötchen – rohes Fleisch nach einer Grablegung. Der Anblick drehte ihm den Magen um. Wie wohltuend dagegen dieser frische Butterkuchen – oben knusprig von Zucker und Mandeln, darunter butterweich und hefeflockig. So leckeren Butterkuchen kriegte man nur noch bei Beerdigungen.

Anders als bei der vorangegangenen Geburtstagsfeier waren die Gäste des Beerdigungs-Kaffees offenbar so durchdrungen von rücksichtsvollem Mitgefühl, dass niemand nach Kathrin zu fragen wagte. Trotzdem spürte er, dass die Fragen im Raum standen. Unausgesprochen. Anklagend.

Gleich nach seiner Rückkehr ins Pfarrhaus zog er sich in sein Arbeitszimmer zurück, um noch einmal bei der Polizei anzurufen. Nach wie vor nichts Neues. Doch irgendwie schien man die Sache dort ernster zu nehmen. Mehrere Polizeibeamte waren, so schien es, jetzt mit dem Fall beschäftigt. Er wurde von dem Polizisten, den er bereits kannte, gleich an dessen Vorgesetzten weitergeleitet. Noch einmal fragte ihn der leitende Hauptkommissar, wo und wann er seine Frau das letzte Mal gesehen habe und ob es dafür irgendwelche Zeugen gebe. Außerdem wurde er für den nächsten Vormittag ins Polizeirevier bestellt.

»Das hört sich ja nach einer Vorladung an.«

»Wir wollen schließlich Ihre Frau wiederfinden.«

»Aber ich kann Ihnen doch auch nicht mehr sagen, als Sie schon wissen.«

»Wenn wir uns gemeinsam anstrengen, fällt uns vielleicht noch was ein. Also, wär gut, wenn Sie kämen.«

Im Pastorenhaus hatte nun endgültig Kathrins Mutter die Regie übernommen. Sie putzte Staub, stopfte Wäsche in die Waschmaschine und bügelte, als wollte sie mit ihrer Betriebsamkeit die gestörte Ordnung wiederherstellen. Astrid Brix hatte sie eigenmächtig frei gegeben. Zum Glück war Kathrins Vater wieder abgefahren.

»Markus hat vorhin angerufen«, teilte ihm seine Schwiegermutter mit. »Der wusste ja noch gar nicht, was los ist. Der war ganz verdattert, als ich ihm gesagt habe, dass wir Kathrin vermissen. Ich verstehe gar nicht, warum du ihm das noch nicht selbst gesagt hast.«

Linde war entsetzt, dass seine Schwiegermutter ihm zuvorgekommen war. Er schlug sich auf die Stirn. »Ja, das ist wirklich zu dumm«, stammelte er. »Ich hab ihn nicht erreicht, nur auf seinen Anrufbeantworter gesprochen. Und dann hab' ich ihn total vergessen bei all der Aufregung.«

Die alte Frau seufzte. »Jetzt komm erst mal zum Abendessen.«

Wieder stieg eine Welle von Übelkeit in ihm auf, als er Wurst und Käse auf dem Tisch stehen sah. Um den Anschein von Normalität zu wahren, zwang er sich aber, eine Scheibe Brot zu essen. Annas Appetit schien nicht größer zu sein. Wie ein Mäuschen knabberte sie an einer Knäckebrotscheibe herum. Und dann stellte sie die Frage, auf die ihr Vater schon lange gewartet hatte: »Was Mama jetzt wohl macht? Hoffentlich ist ihr nichts passiert.«

Er war wie gelähmt. Die alte Frau Fischer blickte ihn erwartungsvoll an, wohl in der Hoffnung, dass er Annas Angst zerstreuen würde. Als er schwieg, begann sie zu weinen.

»O, mein Schatz, arme Anna«, begann sie, gegen die eigenen Tränen ankämpfend. »Mama geht es bestimmt gut. Die musste sicher schnell für ihre Zeitung irgendwo hin. Sollst mal sehen, bald ist sie wieder da. Sollst mal sehn, meine Kleine.«

Linde hatte nur noch das dringende Bedürfnis, diese Abendbrotstafel zu verlassen. Glücklicherweise stand ja noch das Traugespräch aus.

Und wirklich verschaffte ihm die sonst eher lästige Pflichtübung an diesem Abend etwas Luft. Auch die Braut, seine frühere Konfirmandin Nicole, erkundigte sich zu Beginn seines Besuches zwar fürsorglich nach Kathrin, als er aber den Ernst der Lage mit Phrasen geheuchelter Zuversicht heruntergespielt hatte, schien Nicole dankbar zu sein. Dankbar, dass der Pastor das Gespräch auf ihren bevorstehenden großen Tag lenkte – ihr Bräutigam schien sich sowieso für die Privatprobleme des Gemeindegeistlichen nicht sonderlich zu interessieren. Er war froh, dass es nun nur noch um Routinefragen ging: Ringetausch und Jawort, Lieder und Stichworte für die Predigt – und natürlich der Trauspruch. Die Brautleute hatten sich schon festgelegt. »Glaube, Liebe, Hoffnung, diese drei ...« sollte es sein. Immer die gleiche Leier, als ob es keine anderen Sprüche gibt, dachte er. Aber er fühlte sich zu müde, einen anderen Vorschlag zu unterbreiten. Und schließlich hatte damals ja auch Kathrin diesen Allerweltsvers durchgesetzt.

Kathrin. Wieder erfasste ihn diese Beklemmung, während er den Trauspruch lobte und pflichtschuldig nach den Zukunftsplänen fragte. Da er es vermied, das Gespräch durch Nachfragen zu beleben, war es schon nach einer knappen Stunde leer gelaufen. Er atmete auf, als er das Haus verließ.

Die Dämmerung war bereits über Eichendorf hereingebrochen. Sowie die Sonne untergegangen war, wurde es eiskalt. Der Wind kam aus östlicher Richtung. Doch die kalte Frühlingsluft war auch belebend. Er beschloss, noch ein bisschen weiter zu radeln. Zu Inge.

Die aber zeigte sich gar nicht erfreut über seinen Besuch. Trotz der Ferien hatte die Zeitungsnotiz auch im Kreise der Lehrer Wellen geschlagen. Kolleginnen hatten bei ihr angerufen. Denn ihre Affäre mit dem Pastor war ein offenes Geheimnis. Furchtbar peinlich war es Inge daher gewesen, nun direkt auf die vermisste Pastorenfrau angesprochen zu werden. Entsprechend gereizt empfing sie ihn. Sie fertigte ihn schon an der Haustür ab.

»Christian? Mit dir hatte ich gar nicht gerechnet.«

Es klang nicht eben erfreut.

»Keine Sorge, ich bleib nicht lange. Aber es ist alles so kompliziert, und du bist wirklich der einzige Mensch, mit dem ich noch reden kann.«

»Ich verstehe dich ja, aber heute Abend passt es mir wirklich nicht, ich hab noch jede Menge zu tun, ich hoffe, du kannst das verstehen.«

»Schon gut, Inge. Mach's gut, tschüss.«

Die Abschiedsworte klangen im Hausflur nach. Schroff, von Kränkung durchsäuert. Abrupt wandte er sich zum Gehen – ohne Abschiedskuss oder Umarmung. Beleidigt strampelte er nach Eichendorf zurück. Er fühlte sich wie ein Ausgestoßener.

In Annas Zimmer brannte noch Licht. Aber er wagte es nicht, seiner Tochter einen Gutenachtkuss zu geben. Er war noch zu aufgewühlt, um ins Bett zu gehen und sah sich daher im Fernsehen eine Afrika-Reportage an. Trotz all des Elends wünschte er sich, dort zu sein – weit, weit weg.

Da klingelte das Telefon. Der Reporter vom Celler Tageblatt.

»Entschuldigen Sie bitte die späte Störung. Aber ich habe gerade meinen Spätdienst hinter mich gebracht und wollte noch mal fragen, ob es was Neues von Ihrer Frau gibt?«

»Nein tut mir leid, gar nichts. Alles beim Alten.«

»Haben Sie denn immer noch keine Idee, was da vorgefallen ist?«

»Ach, wissen Sie, Ideen hat man natürlich viele. Aber es fehlt eben jede Spur.« Er hörte, wie sich der Anrufer räusperte.

»Ich habe gehört, dass Sie heute schon wieder eine Beerdigung gemacht haben. Ich hatte daraus geschlossen, dass es Ihnen vielleicht ein bisschen besser geht.«

»Also wissen Sie«, entgegnete Linde gereizt. »Sie haben vielleicht vergessen, dass ich nebenbei auch noch ein Amt auszufüllen habe. Da findet sich eben nicht für alles von heute auf morgen ein Vertreter. Aber wenn Sie aus der Beerdigung schließen, dass es mir wieder besser geht, dann sind Sie schon sehr auf dem Holzweg. Und jetzt entschuldigen Sie bitte, ...«

»Ich hab mich zu entschuldigen«, unterbrach ihn der Journalist bußfertig. »Also dann alles Gute. Ich melde mich vielleicht in den nächsten Tagen noch mal.«

Nun wollte es ihm einfach nicht mehr gelingen, sich auf die Fernsehreportage zu konzentrieren. Er legte sich ins Bett.

*Sinfonie der Krachmacher*

Die Presse war nicht immer nur an seinen Privatangelegenheiten interessiert gewesen. Im Frühjahr 1991, als die Deutschen den Golfkrieg der Amerikaner unterstützt hatten, war er zu einer Art Sprecher der »Pastorenopposition« geworden, einer innerkirchlichen Friedensbewegung, die sich gegen den zögerlichen, beschwichtigenden Kurs des Landesbischofs richtete. Die »Pastorenopposition« hatte sogar zu einer »Friedenskonferenz« geladen. Nach Eichendorf! Mehrere Fernsehteams waren gekommen. Kathrins Zeitung hatte seine »Zivilcourage« sogar in einem Porträt gewürdigt. Zustimmende Briefe und Anrufe aus ganz Deutschland hatte er bekommen.

Wie ein Friedensengel schwebte er damals über den Niederungen seiner Amtsgeschäfte. Doch in Eichendorf begegnete ihm jetzt die Mehrheit mit wachsender Skepsis. Es schien, als sei sein Stern unwiderruflich erloschen, mochte er machen, was er wollte.

Nicht einmal bei den Jugendfreizeiten, die ihm einst große Verehrung unter den Konfirmanden eingetragen hatten, war es wie früher. Wenn er sich um ein heimwehkrankes Mädchen kümmerte, wurde hinter seinem Rücken gleich getuschelt.

Doch je mehr er sich von der Mehrheit ins Abseits gedrängt fühlte, desto dankbarer war er für kleine Liebesbeweise. Auch wenn sie von einer Sechzehnjährigen kamen – wie bei dieser Jugendfreizeit auf Usedom. Er ließ sich einfach treiben. Nein, nicht er, der Pastor von Eichendorf, hatte das »Kind« verführt, sondern das Mädchen ihn. Er fühlte sich unschuldig, schrieb die Affäre einer vorübergehenden Schwachheit des Fleisches zu, beschloss, sie wieder zu vergessen. Das hatte er auch dem Mädchen geraten in jener Nacht. »Das war wie ein Traum«, hatte er ihr gesagt. »Und so wollen wir es auch behandeln. Bloß nicht darüber reden, das bringt nur Unglück.« So hatten sie es gemacht. Das Geheimnis war gewahrt worden.

Anders war es mit Anke. Seine Befürchtungen erfüllten sich. Schon nach wenigen Tagen vertraute sie sich ihrer Freundin an – unter dem Siegel der strengsten Verschwiegenheit selbstverständlich. Dennoch sprach sich die Geschichte herum. Er spürte, wie ihm Kirchenvorsteher aus dem Weg gingen. Niemand wagte es zwar, ihn direkt auf »die Sache« anzusprechen, doch sie trübte die Atmosphäre. Anke selbst schien es gar nicht so sehr zu belasten, im Mittelpunkt des Dorfklatsches zu stehen. Sie hatte ohnehin vorgehabt, ihre Erzieherinnenausbildung in Hannover zu beginnen. Schlimm war es dagegen für Markus. Der zog sich aus dem Dorfleben völlig zurück, konzentrierte sich auf sein Abitur, flüchtete sich in seine Theatergruppe.

Solche Fluchtmöglichkeiten standen seinem Vater nicht zur Verfügung. Der war in seiner Kirchengemeinde festgenagelt. Es war wie ein Sog. Die Gemeindearbeit litt. Obwohl er nach wie vor mit originellen Predigten und munteren Familiengottesdiensten auftrumpfte, leerte sich die Kirche.

Hinzu kam, dass ein Nachbarhaus den Besitzer wechselte und eine lärmende Familie mit vier Hunden einzog. Jeder schöne Sommerabend wurde ihm nun dadurch vergällt, dass die Nachbarn sich im Garten bei lauter Popmusik vergnügten. Und wenn der CD-Spieler leiser gestellt wurde, übertönten die Hunde die unvermutete Stille. Zu jeder Tages- und Nachtzeit verbellten sie jeden, der sich dem Haus näherte. Sogar gegen die Kirchenglocken kläfften sie an. Es war, als hätten sie den Teufel im Leib. Nicht einmal die Totenglocke war ihnen heilig. Wäre es nicht so nervtötend gewesen, man hätte darüber lachen können.

Linde wurde zum Hundehasser. Bei nahezu jedem Spaziergang fanden sich Vierbeiner, die ihn ansprangen oder wütend hinter Zäunen ankläfften. Ihm war, als ob sich die Feindseligkeit der Dorfbewohner in ihren Wachhunden austobte.

Auch sonst erschien ihm das Landleben neuerdings alles andere als beschaulich. Hier ein Hochdruckreiniger, da eine Kreissäge. Rasenmäher knatterten, Randkantenschneider sirrten, Motorräder donnerten und Autofahrer hupten, dass es ihm zur Qual wurde, im Pfarrgarten zu sitzen.

Und zwischendurch dieses ewige Gekläffe! Eine wahre Sinfonie der Krachmacher.

Der dörfliche Lärm erboste ihn derart, dass er den Krach in einer Sonntagspredigt als Verhöhnung der Schöpfung geißelte. Wie befürchtet, macht er sich damit noch unbeliebter.

»Dieser eingebildete Affe regt sich ja schon darüber auf, wenn die

Kirchenmäuse husten«, ereiferten sie sich im Frisiersalon. »Will er uns das Arbeiten verbieten? Soll er doch in die Wüste gehen, wenn es ihm hier zu laut ist.«

Immer kleiner wurde der Kreis, auf den er noch zählen konnte. Ursula Kuchenbecker, die Kirchenvorstandsvorsitzende, stand weiter treu zu ihm. Aber einige der Kirchenvorsteher waren auf die Seite des alten Tischlers übergewechselt, der Linde von Anfang an nicht getraut hatte. Der Sargmacher erhielt plötzlich breiten Zuspruch, wenn er über den Pastor herzog. Die »Affäre« mit Anke bestätigte alle, die die offenen Gottesdienste immer schon als »Affenzirkus« betrachtet hatten. Nicht einmal seine Gottesdienste im Freien fanden mehr Anklang. Niemand hatte nun angeblich mehr Zeit, Bänke in den Wald zu transportieren und Kaffee und Kuchen auszuschenken. »Wald- und Wiesengottesdienste« – so abschätzig sprachen die Leute auf einmal von den Zusammenkünften unter freiem Himmel, die einst so beliebt gewesen waren.

Sein Elan erlahmte. Das Podest, auf dem er als erfolgreicher Dorfpastor gestanden hatte, war brüchig geworden. Nicht einmal gegenüber seiner Mutter konnte er mehr glänzen. Es war ihm peinlich, wenn sie zu seinen schlecht besuchten Gottesdiensten kam.

Einen Stich versetzte es ihm, als er hörte, dass Eltern aus Eichendorf ihr Kind im Nachbarkirchspiel taufen lassen wollten. Schockiert war er vor allem, als ihm der Kollege den Grund nannte: Wie sollen wir einen Pastor respektieren, der es mit den zehn Geboten selbst nicht ernst meint, hatten diese Spießer geklagt.

Er stürzte in Selbstzweifel. Während der Ruhm seiner Frau mit ihren spektakulären Reportagen immer heller strahlte, schrumpfte seine Verehrergemeinde unaufhörlich. Es demütigte ihn, dass seine Kollegen nur noch von Kathrins »tollen Geschichten« schwärmten und nicht mehr von seinen Gottesdiensten. Und je kürzer und dunkler die Herbsttage wurden, desto mehr verdüsterte sich auch seine Stimmung. In der Adventszeit erreichte sie ihren Tiefpunkt. Kathrin war wieder einmal zu einer Reportagereise aufgebrochen. Er hatte das Gefühl, in seiner Kirchengemeinde gestrandet zu sein wie ein leckgeschlagenes Frachtschiff. Nicht einmal Anna, die oft einen witzigen Spruch auf Lager hatte, konnte ihn aufheitern. Lieblos wehrte er ihre Annährungsversuche ab. So lieblos, dass es ihm schnell selbst leid tat. Schon kurze Zeit später war er immer völlig zerknirscht und machte sich die schlimmsten Vorwürfe.

Vorwürfe machte er sich auch weiterhin wegen Markus. Inzwischen sprach sein Sohn zwar wieder mit ihm über Alltägliches. Doch das Verhältnis war belastet. Da war etwas zerbrochen, irreparabel, er kam an Markus einfach nicht mehr heran. Der zeigte ihm die kalte Schulter, strafte ihn mit Verachtung. Da war es fast schon eine Erleichterung, als der Junge nach dem Abitur auszog und sich in Hamburg, wo er seine Schauspielausbildung begann, ein Zimmer nahm.

Im gleichen Jahr lernte Linde Inge Rosenstrauch kennen. Die Religionslehrerin übte mit Kindern aus seiner Gemeinde ein modernes Krippenspiel ein. Sie begleitete die Kinder auf der Gitarre. Als sie hörte, dass der Eichendorfer Pastor Klarinette spielte, bat sie ihn, sich zu beteiligen. Nach der Probe lud er die Lehrerin zu einer Tasse Tee ins Pfarrhaus ein. Inge war erst nach den Sommerferien an das Gymnasium der Kreisstadt versetzt worden, ihre erste Stelle nach dem Referendariat. Sie war noch fremd.

»Wahrscheinlich haben Sie gar nicht gemerkt, dass ich letzten Sonntag bei Ihnen im Gottesdienst gewesen bin«, gestand sie ihm verlegen. »Meine Kollegen haben von Ihnen so geschwärmt, dass Sie eigentlich rote Ohren davon hätten kriegen müssen. Und ich muss sagen: Sie haben mich nicht enttäuscht.«

Er war gerührt. Das hatte ihm schon lange niemand mehr gesagt. Und diese Frau Rosenstrauch sollte ihn noch glücklicher machen. Seine Predigt über das Prinzip Hoffnung, das schöne Klarinettenspiel – all das habe ihr sehr gefallen, sagte sie in ihrer eher unterkühlten Art. Sie bat ihn, ihr doch noch einmal die wunderschöne Motette vorzuspielen: »O Heiland, reiß die Himmel auf.«

Er ließ sich nicht zweimal bitten, und Inge Rosenstrauch war beeindruckt.

»Wir sollten uns zusammentun«, schlug er vor, plötzlich ganz euphorisch. »Sie spielen Gitarre und ich Klarinette, wir könnten noch in der Woche vor Weihnachten ein Kirchenkonzert geben. Gemeinsam. Was halten Sie davon?«

»Warum nicht?«

Schon am nächsten Tag übten sie zusammen. Es harmonierte zwischen ihnen – nicht nur musikalisch. Er bot seiner Besucherin das

»Du« an und lud sie für den selben Abend zum Essen ein. Annas neues Kindermädchen war sofort bereit, für ein kleines Extra am Abend im Pfarrhaus einzuhüten.

Er holte Inge ab, und sie fuhren nach Celle zum Kurden. Im Restaurant erzählte die Lehrerin von sich. Sie war Anfang dreißig und solo. Vor dem Studium hatte sie eine Banklehre gemacht. Dann war ihr Freund mit dem Motorrad verunglückt. Schlimme Sache. Alles sei ihr daraufhin so flach vorgekommen. Daher habe sie sich zum Theologiestudium entschlossen.

»Du gefällst mir«, entfuhr es Linde.

»Du mir auch«, gab sie zurück.

Nach diesen Geständnissen knisterte es auf einmal zwischen den beiden. Die Konversation litt ein wenig darunter, bekam etwas Abgerissenes. Selbstverständlich konnte er es sich als öffentliche Person nicht leisten, seine Begleiterin schon im Lokal zu berühren. Wer wusste denn, wer unter den Gästen war? Aber im Auto scheute er sich nicht, ihren Handrücken zu streicheln. Inge schien schon darauf gewartet zu haben. Sie lud ihn ein, mit zu ihr in die Wohnung zu kommen, um noch »einen Schluck« zu trinken. Es regnete. Als er das Haus zwei Stunden später wieder verließ, war der Regen in Schnee übergegangen. Es dauerte eine Weile, bis er sein Auto freigefegt hatte.

Während der Rückfahrt war alles wie verwandelt. Die Schneelandschaft schimmerte im fahlen Mondlicht. Wie verzaubert. Auch innerlich war er wie verzaubert. Es war nicht nur das Glas Wein. Sie hatte ihn zu sich herangezogen, ihre weichen Arme um seinen Hals geschlungen. Und er hatte sie geküsst – auf den Mund, auf die Brüste, auf den Bauch.

Kein schlechtes Gewissen plagte ihn, als er in sein verschneites Dorf einbog. Jetzt ging es erst einmal darum, dem Kindermädchen eine einleuchtende Erklärung für seine Verspätung zu geben. Ein Blick aus dem Fenster lieferte sie ihm: Natürlich, die Witterungsverhältnisse. Die Abiturientin, die noch gebannt vor dem Fernsehapparat hockte, stellte auch keine Fragen. Sie war beglückt über den Zuschuss zum sowieso schon üppig bemessenen Lohn.

Als am übernächsten Tag Kathrin zurückkehrte, spürte sie gleich, dass etwas in der Luft lag. Christian wirkte so befangen, so in sich gekehrt. Während Anna ihr um den Hals fiel, stand Christian daneben und grinste artig. Der Kuss, den er ihr zur Begrüßung gab, war kein Zärtlichkeitsbeweis, sondern ein lauer Akt der Höflichkeit. Eigentlich eine Beleidigung. Pflichtschuldig fragte er sie nach ihrer Reise, warf ihr Stichworte zu, um selbst nicht reden zu müssen. An seinen blöden, völlig unpassenden Nachfragen merkte sie schnell, dass er gar nicht hinhörte.

»Und du?«, fragte sie schließlich unvermittelt. »Was hast du die ganze Zeit ohne mich gemacht?«

»Ach«, antwortete er. »Du weißt ja, was hier los ist. Weihnachten rückt näher, da jagt eine Adventsfeier die nächste, und der Pastor muss immer dabei sein. Und beim Krippenspiel mach ich in diesem Jahr auch mit.«

Kathrin horchte auf. »Das ist ja ganz was Neues. Spielst du den Josef?«

»Nur Klarinette.«

»Wie kommst du denn dazu? Ich dachte immer, du weißt in der Weihnachtszeit so schon nicht, wo dir der Kopf steht.«

»Ja, ich weiß auch nicht, ob das so weise ist«, gab er drucksend zur Antwort. »Diese Lehrerin hat mich gefragt, und da konnte ich nicht Nein sagen. Du kennst mich ja.«

»Diese Lehrerin scheint dich ja sehr beeindruckt zu haben«, entgegnete Kathrin mit einem feinen Lächeln. »Wie sieht sie denn aus?«

Er spürte, wie ihm das Blut in die Wangen stieg. »Du willst mich wohl aushorchen, wie?«, antwortete er bemüht locker. »Aber ich muss dich enttäuschen: Ich hab sie mir noch gar nicht so genau angeguckt.«

Aber da mischte sich Anna ein. »Ich weiß aber, wie Inge aussieht. Die hat ganz helle Haare, fast weiß, und dann hat sie einen roten Mantel und eine schicke grüne Kette. Und die kann toll Gitarre spielen. Die hat hier schon mit Papa geübt, und mir hat sie einen Weihnachtsmann aus Schokolade mitgebracht.«

Sein Gesicht erhitzte sich wie ein Heizstrahler. Kathrin war anzusehen, dass die Neuigkeiten sie nicht kalt ließen. Ein Zucken lief über ihre Augen, ihr Lächeln erstarb.

»Das ist aber lieb, dass du mir das erzählst«, sagte sie zu Anna. »Na, da scheinst du dich ja nicht gelangweilt zu haben, während ich weg war«, fuhr sie mit Blick auf Christian weniger herzlich fort. »Inge heißt sie also, deine Lehrerin.«

»Ja, sie ist sehr nett, wirklich«, erwiderte er trotzig. »Du wirst sie ja auch bald kennen lernen. Wir wollen Sonntag vor Weihnachten ein kleines Kirchenkonzert geben. Da mussten wir natürlich noch ein bisschen üben.«

»Verstehe, aber warum wirst du denn so rot?«

»Na, du bist kaum in der Tür, und schon fragst du mich aus, als wäre ich ein Verbrecher.«

Er atmete tief durch, um seine Fassung zurückzugewinnen.

»Entschuldige«, antwortete Kathrin knapp. »Irgendwie hatte ich mir wohl etwas mehr Wiedersehensfreude erhofft. Ich jedenfalls freue mich, dass ich wieder bei euch bin.«

»Na denkst du, wir nicht«, setzte Christian versöhnlich nach. »Wir freuen uns doch auch. Jetzt lass uns erst mal Kaffee trinken.«

Die Wogen glätteten sich ein wenig. Am Abend aber war es um den Pfarrhausfrieden endgültig geschehen. Als Kathrin mit einer Celler Freundin telefonierte, berichtete die ihr, sie habe Christian abends mit einer fremden Frau durch Celle spazieren sehen.

»Ich glaube, du hast mir was verschwiegen«, platzte es daraufhin aus Kathrin heraus. »Ihr seid in Celle beobachtet worden.«

»Wie bitte?«

»Ach tu doch nicht so. Ich kann mir lebhaft vorstellen, wie ihr euch aufeinander eingespielt habt.«

»Jetzt geht das schon wieder los. Wie oft läufst du mit anderen Männern durch die Gegend?« Nach kurzem Innehalten kehrte er zu seiner versöhnlichen Redeweise zurück. »Okay, tut mir leid. Wir waren zusammen essen. Beim Kurden, klar. Das hatte ich schon vergessen. Aber nicht, weil ich was vor dir verbergen wollte, sondern weil es so unbedeutend war. Das kannst du mir ruhig glauben.«

»Total unbedeutend, natürlich«, höhnte Kathrin. »Aber dann hast du ja auch Verständnis dafür, wenn ich dir von einer unbedeutenden Affäre erzähle. Ja, ich war auch mit jemandem essen. Mit einem Kollegen – wie das bei der Recherche in einer fremden Stadt eben so üblich ist, wenn man darauf angewiesen ist, dass einem ein Ortskundiger hilft. Auch wir haben uns gut verstanden. Und, na ja, nach dem Essen hat mich der Mann ins Hotel gefahren, und da ist er eben auch noch mit aufs Zimmer gekommen. Alles Weitere kannst du dir vielleicht selbst ausmalen.«

Er war völlig perplex – empört, tief verletzt. Aber er hatte kein Recht, seiner Frau Vorwürfe zu machen. Sie war ja viel ehrlicher als er selbst. Er zog es daher vor zu schweigen.

»Also für mich ist die Sache abgeschlossen«, fuhr Kathrin fort. »Tut mir leid, ich muss besoffen gewesen sein.«

Sie atmete tief durch.

»Aber du kannst mir glauben, dass ich mich wirklich auf dich gefreut habe.«

Dumpf registrierte er das Versöhnungsangebot. Doch er war nicht in der Lage, darauf einzugehen. Er schwieg beharrlich weiter, nahm kaum zur Kenntnis, dass seine Frau ins Bett ging. Ihn beschlich das Gefühl, am Rande eines Scherbenhaufens zu stehen. Seine Ehe, so schien es ihm, war nicht mehr viel mehr als ein äußerer Schein. Die Grundlage war erschüttert, die Vertrauensbasis hatte Risse bekommen. Er malte sich aus, wie Kathrin mit fremden Männern über ihn herzog, auf ihn herabblickte. Auf den albernen Dorfpastor, diesen Versager. Ja, so fühlte er sich: als Versager. Gescheitert war seine Ehe, gescheitert sein Bemühen, ein guter Vater zu sein, gescheitert der Traum von einer Gemeindearbeit, die weit ins Land ausstrahlte. Alles erstarrte in Routine. Der kleine Apfelbaum, den er einst bei dieser Konfirmationsfeier gepflanzt hatte – als Sinnbild für die Kirche der Zukunft, als Symbol für Zuversicht –, spiegelte wie ein Abbild seiner Seelenlage die Enttäuschung wider: Wie abgestorben stand das Bäumchen im winterlichen Pfarrgarten. Ein Bild der Trostlosigkeit.

Kathrin hatte es gut. Die konnte wieder nach Hamburg fahren und sich neuen Themen zuwenden, frei wie ein Vogel. Theoretisch hätte auch er sich um eine neue Stelle bewerben können – wenn auch nicht in Hamburg, so doch zumindest in einem Vorort der Hansestadt. Aber dazu fehlte ihm die Kraft. Schließlich musste er sich auch noch um Anna kümmern, während Kathrin ihrer ruhmreichen Arbeit nachging.

Er machte seine Frau verantwortlich für seine Misere, begann, sie zu hassen. So frostig wie die Dezemberluft waren denn auch die Gespräche, wenn sie abends zurückkehrte. Traurige Adventstage waren das. Nur die Klarinette half ihm, seine Niedergeschlagenheit für kurze Zeit zu überwinden. Trauer klang in jedem Ton mit. Auch die weihnachtlichen Motetten, die ja eigentlich Vorfreude und Aufbruchstimmung ausdrücken sollten, waren durchtränkt von Melancholie. Dadurch klangen sie allerdings nicht weniger schön. Das Konzert mit Inge Rosenstrauch wurde ein Erfolg. Ein großer Erfolg. Alle Gemeindeglieder, aber auch die angerückten Lehrerkollegen seiner Partnerin, schwärmten von der Musikalität des Dorfpastors.

Dabei hatte seine Ehekrise natürlich auch sein Verhältnis zu Inge belastet. Unter diesen Voraussetzungen war es gar nicht mehr so leicht, sich außerhalb der Proben zu treffen. Andauernd meinte er, beobachtet zu werden. Kein zärtliches Wort kam ihm mehr über die Lippen. Immer empfand er in Inges Gegenwart eine vage Angst, etwas Verbotenes zu tun. Dabei bereute er die kurze Liebesnacht nicht. Und insgeheim sehnte er sich weiter nach der Nähe dieser Frau, nach den starken Momenten, die ihm für kurze Zeit seine Selbstachtung zurückgegeben hatten.

*Theaterprobe*

»Sie liebt mich – sie liebt mich nicht – sie liebt mich – sie liebt mich nicht ...«

Der junge Schauspieler lachte über seine eigenen Worte. Aber sie klangen hohl, falsch. Es sollte ein Lachen der Verzweiflung sein. Doch dem jungen Schauspieler war nicht nach Lachen zumute, und es fiel ihm schwer, sich auf seine Rolle zu konzentrieren, furchtbar schwer. Seine Gedanken gingen eigene Wege, zerflossen in Mutmaßungen, Spekulationen, dumpfen Ängsten. Sie umkreisten seine Mutter.

Ein Anruf hatte Markus Linde aus dem Gleichgewicht geworfen. Vor zwei Stunden hatte der Pastorensohn von seiner Großmutter erfahren, dass seine Mutter vermisst werde. Spurlos verschwunden sollte sie sein. Was war da geschehen? Hatte sie sich einfach abgesetzt? Sang- und klanglos das Weite gesucht? Hatte sie das Rollenspiel, das Theater im Pfarrhaus nicht mehr ausgehalten? Verständlich wäre es, aber andererseits auch wieder nicht ihre Art, so mir nichts, dir nichts abzuhauen. Was sonst konnte passiert sein? Ein Unfall? Ein Verbrechen?

Müßige Fragen. Markus wusste, dass er sich auf die Probe konzentrieren musste – auf den Park eines russischen Gutshofs im ausgehenden neunzehnten Jahrhundert, auf einen lauen Sommerabend mit problembeladenen Menschen, die sich gleich bei einer Theateraufführung unter freiem Himmel furchtbar langweilen würden, auf Gestalten aus Tschechows »Möwe«. Markus wusste, dass er jetzt nicht mehr der Pastorensohn sein durfte, der er im wirklichen Leben war, sondern Konstantin Gavrilovic Treplev, ein junger, erfolgloser Dichter, Sohn der erfolgreichen Schauspielerin Arkadina. An sie, an seine Bühnen-Mutter, hatte er jetzt zu denken, und nicht an seine leibliche Mama:

»Sie möchte leben, lieben, helle Blusen tragen, aber ich bin schon fünfundzwanzig und erinnere sie ständig daran, dass sie nicht mehr jung ist. Wenn ich nicht da bin, ist sie erst zweiunddreißig, aber so ...«

»Halt, Moment, so hat das doch keinen Sinn. Du leierst deinen Text ja heute runter, als ob du ein Mantra runterbetest. Was ist denn los, Markus? Das haben wir doch schon viel besser von dir gehört?«

Regisseur Lutz Kühn unterbrach seinen jungen Darsteller an diesem Tag nicht zum ersten Mal. Es war unüberhörbar, dass der sonst meist so ruhige Theatermann unzufrieden mit ihm war, vielleicht schon bald die Geduld verlor. Dabei hatte er ihn selbst für die Rolle des Treplev ausgewählt, beim Intendanten in den höchsten Tönen von seinem Talent geschwärmt.

Selbstverständlich hatte Markus hart an seiner Rolle zu arbeiten – noch zu lernen, wie man sich in bestimmten Konstellationen auf der Bühne bewegt, wie man geht, gähnt, trinkt, die Stimme modelliert, aber auch ausdrucksstark schweigt. Doch er hatte seine Sache trotz mancher Anfängerschwächen gut gemacht, es sah aus, als könne es etwas werden. Aber bei dieser Abendprobe auf der großen Bühne des Theaters in der Bultstraße war wieder alles in Frage gestellt. Markus Linde zwang sich in seine Rolle, spürte aber, dass er dadurch nur umso mehr verkrampfte. Die Leichtigkeit fehlte. Auch wenn er die Gedanken an seine Mutter aus seinem Kopf verbannte, drückten sie ihn nieder, lasteten auf ihm wie eine Bleiweste. Mühsam, mit äußerster Anstrengung musste er sich durch den Text arbeiten.

»Wir brauchen neue Formen. Wir brauchen neue Formen, und wenn es sie nicht gibt, dann brauchen wir besser gar nichts ...«

Zu allem Überfluss hatte er jetzt auch noch einen Hänger. »Ich liebe meine Mutter«, rief ihm die Souffleuse zu. Aber die Worte kamen bei ihm nicht an.

»Ich glaube, das hat jetzt echt keinen Sinn mehr«, rief der Regisseur entnervt. »Pause!« Und noch ungeduldiger als zuvor wiederholte er die Frage an seinen Treplev-Darsteller: »Was ist denn mit dir los, Markus? Du bist ja total von der Rolle. Wenn das nicht anders wird, können wir die Premiere vergessen.«

»Ach, der macht das schon«, fuhr Wanda Wolfen großmütig dazwischen. »Wahrscheinlich hat er Liebeskummer, das Jungchen. Katja, kannst du nicht mal ein bisschen netter zu Markus sein?«

Die junge Schauspielerin errötete. Markus vermied es, die Nina-Darstellerin, in die er nicht nur als Bühnenfigur verknallt war, anzusehen, und lief ebenfalls rot an. Er spürte, dass er selbst eine Erklärung für seine Aussetzer geben musste. Aber es war ihm peinlich, furchtbar peinlich.

»Tut mir leid, ich merke ja selbst, dass ich hier die Probe schmeiße, aber ich weiß auch nicht, woran das liegt«, stammelte er. Und dann brach es doch auf einmal aus ihm heraus. »Wahrscheinlich ist mir dieser blöde Anruf auf den Magen geschlagen.«

Alles blickte ihn fragend an.

»Ja, ich weiß auch nicht, was ich davon halten soll. Aber meine Oma sagt, meine Mutter ist weg.«

»Zum Glück hast du ja noch mich«, witzelte seine Bühnen-Mutter Wanda Wolfen etwas zu schlagfertig. »Aber Scherz beiseite: Die findet sich schon wieder ein. Das kommt in den besten Familien vor, dass Frauen mal eigene Wege gehen müssen – auch in Pfarrhäusern, glaub mir.«

Alles schmunzelte. Damit war das Thema für die Theaterrunde erledigt. Auch Markus schien es, als sei eine Last von ihm abgefallen. Vermutlich hatte Wanda recht: Das alles war wirklich noch kein Grund zur Panik. Ich habe mich einfach zu sehr von Oma anstecken lassen, ging es ihm durch den Kopf. Die war ja regelrecht von den Socken. Natürlich aber riss die Geschichte auch alte Wunden in ihm auf – und darüber bestand kein Zweifel: Gründe, ihren Mann zu verlassen, hätte seine Mutter genug gehabt.

27. März 2006, Dienstag

## *Die Vorladung*

In der Nacht war Nebel aufgezogen. Weiße Schleier hingen über dem Pfarrhausgarten. Alles schlief. Das Ticken der großen Wanduhr prägte der Stille ihren Rhythmus auf. Christian Linde wurde von einem fernen Weinen geweckt. Es musste aus Annas Zimmer kommen. Schlaftrunken rappelte er sich auf. Anna saß in ihrem Bett. Sie schluchzte, dass ihr ganzer Körper bebte. Das Weinen klang, als käme es aus einer anderen Welt.

Es schnürte ihm die Brust zu.

»Was ist denn, meine Kleine?«

»Das war schrecklich«, antwortete Anna zitternd. »Wir sind mit einem fliegenden Teppich geflogen und abgestürzt. Und jetzt sind alle tot, alle tot.«

»Das ist doch nur ein Traum.«

»Ich weiß, aber es ist trotzdem furchtbar.«

Er strich seiner Tochter übers Haar, küsste ihr die Tränen aus dem Gesicht.

»Ist alles gut, Anna, alles in Ordnung. Du kannst in Ruhe weiterschlafen.«

Die Worte wirkten offenbar. Die Traum-Katastrophe schien sich zu verflüchtigen. Nach einem Stoßseufzer legte Anna ihren Kopf aufs Kissen, drehte sich und schloss die Augen. Ihr Atem wurde ruhiger.

»Jetzt schlaf schön«, flüsterte ihr Vater ihr zu, bevor er aus dem Zimmer schlich und leise die Tür hinter sich schloss.

Ob ihr immer noch seine nächtliche Besucherin zu schaffen machte? Ob sie Argwohn gegen ihn hegte? Es dauerte eine Weile, bis er wieder eingeschlafen war.

Am Morgen weckte ihn Anna erneut. Der Albtraum war verflogen, die Sorge um ihre Mutter nicht.

Die Sonne hatte sich durch den Morgennebel gekämpft. Auf dem Hausdach flötete eine Amsel. Das Thermometer zeigte acht Grad.

Ein schöner Tag schien sich anzukündigen.

Lindes Schwiegervater war zurückgekehrt. Der Professor saß mit seiner Frau bereits am Frühstückstisch, während Linde duschte. Es war kurz nach neun. In einer Stunde wurde er in der Polizeidirektion erwartet. So blieb ihm wenigstens die Peinlichkeit eines Gesprächs mit seinen Schwiegereltern erspart. Es reichte nur noch für einen Marmeladentoast und eine Tasse Kaffee. Dann saß er auch schon im Auto und startete in Richtung Celle. Während der Fahrt wurde ihm bewusst, dass er immer noch nicht bei Markus angerufen hatte.

Der leitende Hauptkommissar war überraschend jung, vielleicht Mitte dreißig. Der sportliche Mann mit dem kurzgeschnittenen Blondhaar war gekleidet, als wollte er das Klischeebild des biederen Polizeibeamten widerlegen: rotes Jackett, schwarzes Hemd mit buntem Blümchenschlips, dazu verwaschene Bluejeans. Er begrüßte Linde wie einen alten Bekannten.

»Hereinspaziert, Herr Linde, machen Sie es sich gemütlich. Was dürfen wir Ihnen anbieten? Kaffee? Tee? Whisky Soda?«

»Kaffee bitte«, antwortete er betont ernst, um den forschen Gute-Laune-Ton dieses Kommissars zu bremsen, der offenbar bei der letzten Fortbildung zu viele Lockerungsübungen gemacht hatte. Schließlich war er hier, weil seine Frau verschwunden war.

Doch so leicht ließ sich diese Stimmungskanone nicht bremsen. »Ihr Wunsch ist uns Befehl.« Und dann rief er in den Nachbarraum: »Frau Teichert? Bringen Sie uns doch bitte einen Kaffee.«

»Schon viel von Ihnen gehört«, fuhr der Spaßvogel namens Peters fort. »Soll ja richtig die Post abgehen bei Ihren Gottesdiensten. Echt krass. Wenn ich nicht so ein gottloser Heide wäre, wäre ich vielleicht schon mal vorbeigekommen. Vielleicht würde ich dann auch noch in der Kirche sein. Wer weiß? Aber bei unserm Pastor auf dem Dorf bin ich früher immer eingenickt. Ja, Entschuldigung, da war jeder Gottesdienst so traurig wie eine Beerdigung. Sehe ich ja gar nicht ein, dass ich so was noch mit meinen Steuergroschen unterstütze.«

Warming up nennt man das wohl, dachte Linde. Entspanntes Begrüßungsgeplauder, so dass der Gesprächspartner locker wird, aus sich herauskommt. Lernt man wahrscheinlich auf der Polizeihochschule. Erst jetzt bemerkte er, was ihn unterschwellig schon die ganze Zeit irritiert hatte: Dieser Polizeibeamte roch penetrant nach Rasierwasser. War es Lavendel? Minze? Zitrone? Egal.

»Wie kann ich Ihnen helfen, Herr Kommissar?« Er war nicht gewillt, sich auf das Geplänkel seines Gegenübers einzulassen.

»Entschuldigen Sie mein Geschwafel. So oft hat man hier nicht die Gelegenheit, mit einem studierten Theologen zu plaudern. Aber ich verstehe, dass Sie andere Sorgen haben.«

Und dann holte der Mann tief Luft, presste konzentriert die Lippen aufeinander und blickte seinem Gegenüber unverhohlen in die Augen. »Also, warum ich Sie hergebeten habe: Uns ist noch nicht ganz klar, wie das am Freitagvormittag genau abgelaufen ist, als Sie Ihre Frau nach Celle gebracht haben.« Er räusperte sich. »Wenn Sie nichts dagegen haben, dann schalte ich jetzt das Aufnahmegerät ein. Meine Sekretärin kann Ihre Angaben dann später abtippen. In Ordnung?«

Er nickte. Er wurde das Gefühl nicht los, verhört zu werden, sah aber keinen Sinn darin zu widersprechen. Nachdem Peters das Tonbandgerät eingeschaltet hatte, fischte er einen Kugelschreiber aus einem Porzellanbecher und drehte ihn zwischen den Fingern.

»Also, wann sind Sie denn genau in Eichendorf losgefahren, Herr Linde?«

Plötzlich klang die Stimme des Polizisten ernst, bedrohlich ernst.

Linde musste kurz überlegen. »Das wird so gegen halb elf gewesen sein.«

»Gut, und dann sind Sie auf direktem Wege über die Bundesstraße nach Celle gefahren, nicht wahr? Und wann ist Ihre Frau auf die Idee mit dem Spaziergang gekommen? So ganz spontan?«

»Ja, schon gleich nachdem wir losgefahren sind. Die Sonne schien gerade, und da hat sie gesagt: 'Wer weiß, wie lange das schöne Wetter anhält, ich würde gern noch ein bisschen frische Luft schnappen.' Genau, und da habe ich ihr den Vorschlag gemacht, sie am Stadtrand von Celle abzusetzen, und sie war auch gleich einverstanden.«

Die Sekretärin brachte den Kaffee. Als sie Tassen, Kanne und Milchdöschen abgestellt hatte, forderte der Hauptkommissar ihn mit der Geste des großzügigen Gastgebers auf, sich zu bedienen. Noch bevor Linde von dem Kaffee genippt hatte, stellte Peters die nächste Frage: »Haben Sie Ihrer Frau denn nicht angeboten, sie bei dem Spaziergang zu begleiten?«

Linde meinte plötzlich, einen Kloß im Hals zu spüren. Er musste kräftig schlucken, bevor er sprechen konnte. »Das ging ja leider nicht, Herr Kommissar.«

»Nicht diese Förmlichkeiten, Herr Linde.

Ich heiße Peters.«

»Also, Herr Peters, ich hatte keine Zeit, meine Frau beim Spaziergang zu begleiten, weil ich im Celler Krankenhaus erwartet wurde. Ich besuche da jeden Freitag die Patienten aus meiner Gemeinde.«

Er schenkte sich Kaffee ein, goss einen Schuss Milch dazu und nahm einen Schluck. »Die Leute rechnen fest damit. Die werden unruhig, wenn man sich verspätet, verstehen Sie?«

»Verstehe. Dann haben Sie also Ihre Frau abgesetzt und sind danach zum Krankenhaus gefahren.«

»Genau.«

Peters legte den Kugelschreiber zur Seite und vollführte mit Zeige- und Mittelfinger der rechten Hand einen Trommelwirbel auf der Schreibtischplatte.

»Können Sie mir noch mal genau sagen, wo Sie Ihre Frau abgesetzt haben? Wir haben hier eine sehr gute Karte.«

Daraufhin breitete er auf seinem Schreibtisch eine Landkarte aus und erläuterte die Bezugspunkte. »Also, hier ist der Sportplatz, und da erstreckt sich ein Waldgebiet. War es vielleicht dieser Parkplatz hier, an dem Sie gehalten haben?«

Linde strich sich über den Bart und massierte sich die Stirn. »Ja, könnte sein. Man konnte das Fußballstadion sehen. Ja, das muss es gewesen sein.«

»Da hab ich auch oft gekickt«, sagte der Mann im roten Jackett wieder ganz leutselig. »Lange her, heute würde es bei mir nur noch zu den Alten Herren reichen, und für Seniorensport fühle ich mich noch zu jung, hehehe.«

Er bremste sich selbst. »Tschuldigung, ich fang schon wieder an zu quasseln. Also, zurück zum Thema: Wurde eigentlich gerade gespielt, als Sie da am Waldparkplatz gehalten haben? Ich meine, haben Sie Anfeuerungsrufe gehört oder so was?«

Linde war verdutzt über die Frage. »Nicht dass ich wüsste«, sagte er nach kurzem Überlegen.

Der Kommissar lehnte sich leger zurück und rieb sich das Kinn, während er gedankenverloren aus dem Fenster blickte. »Ich glaube, mein Kollege hat schon mit Ihnen darüber gesprochen«, begann er wieder, während er Linde blinzelnd musterte. »Wenn erwachsene

Menschen urplötzlich verschwinden, dann sind oft Eheprobleme der Grund. Also ganz direkt gefragt: Halten Sie es für denkbar, dass Ihre Frau Sie verlassen hat?«

Christian Linde schüttelte den Kopf. »Nein, das kann ich mir nicht vorstellen.«

»Verzeihen Sie dass ich danach frage, aber für uns gehört das zur Routine: Kann es sein, dass Ihre Frau einen Freund hatte? So was soll ja in den besten Familien vorkommen.«

»Nein, das kann ich mir nicht vorstellen.«

»Sie war ja viel unterwegs als Journalistin.« Hastig nahm der Polizist einen Schluck Kaffee.

»Aber da hat sie hart recherchiert und war nicht auf Abenteuer aus. Ich glaube, Sie machen sich da falsche Vorstellungen, Herr Peters.«

»Man hat schon Pferde kotzen sehen. Entschuldigen Sie bitte meine derbe Ausdrucksweise. Aber in unserem Arbeitsbereich geht es leider nicht so vornehm zu wie unter Pastorentöchtern.« Er wippte mit dem Stuhl, dass man Angst haben musste, er würde jeden Moment umkippen. »Ich will Ihnen wirklich nicht zu nahe treten, Herr Linde«, fuhr er bemüht behutsam fort. »Aber in Ihrer Ehe gab es wirklich keine Probleme?«

Der Angesprochene seufzte und hob abwehrend die Arme.

»Kleine Probleme wie in jeder Familie hat es natürlich auch bei uns gegeben«, räumte er zögernd ein. »So der übliche Alltagsstreit – über meine Unordentlichkeit oder die Frage, ob das Schlafzimmerfenster geöffnet oder geschlossen wird, solche Kleinigkeiten eben, wissen Sie. Das bleibt ja nicht aus, aber nichts Ernstes.«

»Ja, das kenne ich«, erwiderte der Polizist mit komplizenhaftem Grinsen. »Ich kabbel mich auch dauernd mit meiner Frau. Da haben Sie recht: Das gehört dazu. Natürlich.«

Linde trank einen Schluck Kaffee und blickte demonstrativ auf die Uhr.

Peters ignorierte den Blick, drehte wieder den Kugelschreiber zwischen den Fingern. »Wie war das denn während der Autofahrt?«, bohrte er weiter. »Haben Sie sich da vielleicht auch gekabbelt? Über irgendwelche Kleinigkeiten gestritten?«

»Nicht dass ich wüsste. Ich habe meiner Frau erzählt, was ich noch alles vor unserem Urlaub erledigen muss, und Kathrin hat mir vorgehalten, dass ich unbelehrbar bin und mich vor jeder Urlaubsreise bis zur letzten Minute mit Terminen vollsauge. Da habe ich ihr nicht widersprochen. Denn da hat sie wohl recht gehabt. Aber was soll man machen?«

Er zuckte mit den Achseln.

»Kenn ich, klar.« Der Polizist nickte aufmunternd. Er blickte zur Seite, hielt einen Moment inne. »Also dann habe ich keine Fragen mehr. Aber wenn ich noch was für Sie tun kann?«

»Sie, äh, Sie tappen weiter im Dunkeln? Es gibt keinen, der Kathrin gesehen hat?«

Der Polizist nickte. »So ist es leider. Wir haben Ihre Frau bundesweit zur Fahndung ausgeschrieben. Und bisher hat sich noch nichts getan. Leider. Mit gezielten Maßnahmen können wir erst beginnen, wenn sich die Hinweise verdichten, dass hier ein Verbrechen vorliegt. Aber so weit ist es noch nicht. Zum Glück.«

Linde seufzte. »Zum Glück.«

Damit war das Gespräch beendet. Erleichtert ging Linde zu seinem Auto. Auf der Heimfahrt aber kamen ihm doch Zweifel: Warum hatte der Mann so hartnäckig nach seinem Eheleben gefragt? Was unterstellte ihm der Kerl? Er fragte sich, ob er vielleicht doch besser ehrlicher den Knatsch mit Kathrin hätte ansprechen sollen, anstatt alles so herunterzuspielen.

Die argwöhnischen Fragen des Polizisten kreisten ihm weiter im Kopf herum und ließen sein Herz rasen. Als er im Pfarrhaus ankam, empfingen ihn die erwartungsvollen Blicke seiner Schwiegereltern.

»Haben sie was gefunden?«, fragte ihn Kathrins Mutter.

Er schüttelte müde den Kopf. »Nicht das Geringste«, raunte er.

»Aber die gehen immer noch nicht von einem Verbrechen aus.«

»Schwacher Trost.«, kommentierte Kathrins Vater bitter.

»Markus hat übrigens noch mal angerufen«, teilte seine Schwiegermutter mit. »Der Junge macht sich furchtbare Sorgen. Er wäre gern gekommen, hat aber leider heute Abend Vorstellung in Hannover. Ich versteh nicht, dass du dich nicht längst bei ihm gemeldet hast.«

»Ich hab ihn nie erreicht«, log Linde. »Aber ich versuch's gleich noch mal.«

Die Nachricht von dem Anruf versetzte ihm einen Stich.

Astrid Brix, die heute die Küche gegen die alte Frau Fischer verteidigt hatte, rief zum Mittagessen. Das ganze Haus roch bereits nach Kartoffelpuffern. Lindes Lieblingsspeise. Er verspürte plötzlich einen Bärenhunger. Er verschlang drei Puffer hintereinander. Als er aufblickte, sah er, wie ihn seine Schwiegereltern angewidert beäugten. Nur Anna kaute ebenso genüsslich wie er an den fettigen Fladen. Was dem Kind selbstverständlich zugebilligt wurde, wurde dem Vater offenbar als Geschmacklosigkeit verübelt. So jedenfalls deutete er die Blicke, die sich auf ihn richteten. Prompt legte er Messer und Gabel auf den Tisch und verließ mit einer hingemurmelten Entschuldigungsfloskel den Raum.

Jetzt war es höchste Zeit, Markus anzurufen. Vermutlich war er längst ins Theater entschwebt. Doch er täuschte sich. Sein Sohn nahm ab.

»Hallo, ich bin's, Papa.«

»Hallo.«

»Du hast ja schon von Oma gehört, was passiert ist. Wir vermissen Mama. Du kannst dir auch nicht erklären, wo sie stecken könnte?«

»Ich? Natürlich nicht, ich habe schon eine ganze Weile nichts mehr von ihr gehört. Du hast sie doch zuletzt gesehen. Was war denn Freitag eigentlich los? Das kommt mir alles so merkwürdig vor.«

Linde schilderte seinem Sohn den Ablauf der Ereignisse, wie er ihn bereits der Polizei und seinen Schwiegereltern geschildert hatte.

»Wirklich sehr komisch das Ganze«, kommentierte Markus. »Ihr habt euch nicht vielleicht wieder gestritten?«

»Wieder gestritten? Willst du schon wieder mit deinen Vorhaltungen und Schuldvorwürfen über mich herfallen. Dazu bin ich jetzt wirklich nicht in der Verfassung.«

»Entschuldigung, ich wollte dir nicht zu nahe treten. Mir ist klar, dass du grundsätzlich unschuldig bist und als Seelenhirt sowieso über allen menschlichen Niederungen stehst.«

»Ich weiß nicht, was diese Ironie jetzt soll! Oder stammt das aus irgendeinem Stück?«

»Nee, das ist schon sehr ernst gemeint.«

»Ach, hör auf. Das hat mir gerade noch gefehlt, mich von dir moralisch runterputzen zu lassen. Dazu hast du kein Recht.«

»Ich sag ja gar nichts. Ich weiß nicht, warum du so empfindlich bist. Aber ich glaube, wir beenden das Gespräch jetzt lieber, ich müsste sowieso schon weg sein. Übrigens, sehr nett, dass du dich nach meiner Arbeit am Theater erkundigt hast. Ist doch wirklich schön, wenn ein Vater solchen Anteil am Leben seines Sohnes nimmt.«

»Jetzt reicht 's aber langsam! Hast du denn nach meiner Arbeit gefragt? Auch nur mit einem Halbsatz? Aber ich glaube, das hat jetzt keinen Sinn, darüber zu streiten. Also, lass es dir gut gehen.«

»Ebenso.«

Damit hatte Markus auch schon aufgelegt. Das Telefonat wühlte Linde zusätzlich auf. Vor diesen mehr oder weniger offenen Angriffen seines Sohnes hatte er sich bereits die ganze Zeit gefürchtet. Nun wusste er, dass seine Vorahnungen nicht grundlos gewesen waren. Der telefonische Schlagabtausch arbeitete weiter in ihm – ebenso das morgendliche Verhör, seine Darstellung zum Zustand seiner Ehe. Er wählte die Nummer von Inge Rosenstrauch – hoffend, Zuspruch zu finden. Aber auch Inge konnte ihn nicht beruhigen.

»Was soll der Unsinn? Die werden schnell rausfinden, dass eure Ehe nicht eitel Sonnenschein war, und dann stehst du als Lügner da.«

»Wenn ich gesagt hätte, wie es bei uns knirscht, dann hätten sie mich womöglich gleich dabehalten.«

»Warum sollten sie dich denn verdächtigen? Das ist doch Quatsch. Aber wenn du ihnen klaren Wein eingeschenkt hättest, würden sie jetzt vielleicht endlich bei den richtigen Leuten nach Kathrin suchen.«

»Was soll das heißen? Glaubst du etwa, Kathrin ist mit einem Liebhaber durchgebrannt?«

»So was Ähnliches wird es wohl sein. Oder hast du eine bessere Erklärung?«

Wieder drehte sich alles im Kreis. Nein, dieses Telefonat half ihm auch nicht, seiner Unruhe Herr zu werden. Dieses ewige Gerede! Das war doch alles so oberflächlich, so falsch. Am liebsten wäre er aus dem Haus gelaufen. Tief in den Wald. Weit, weit weg. Aber es gab vielleicht noch eine andere Möglichkeit, dieses lähmende Grübeln abzuschütteln. Er kam auf die Idee, Klarinette zu spielen. Mochten die doch da unten denken, was sie wollten.

Er spielte Kirchenlieder. »Bewahre uns Gott, behüte uns Gott, sei mit uns auf allen Wegen ...« Dagegen konnten sie ja wohl nichts haben. Es half. Während er sich in den tröstlichen Harmonien wiegte, wurde ihm leichter. Bilder stiegen in ihm auf. Erinnerungen an eine Geburtstagsfeier, bei der er ebenfalls Klarinette gespielt hatte – einige Stücke sogar zusammen mit Anna, die mittlerweile schon in die erste Klasse ging. Es war Kathrins 45. Geburtstag gewesen, ein nasskalter Februartag.

Abgesehen von Pastor Menzel aus der Nachbargemeinde waren ausschließlich Kathrins Kollegen und Freunde gekommen. Herablassend hatten sie sich nach seiner Arbeit als »Dorfpastor« erkundigt. Es machte ihn immer noch wütend, wenn er an diese Schnösel dachte. Am stärksten hatte es ihn verletzt, dass Kathrin die Unverfrorenheit besessen hatte, einen Fotografen einzuladen, mit dem sie bekanntermaßen schlief. Nahm sie überhaupt keine Rücksicht mehr auf ihn?

Trotz der Verstimmung hatte er sich dazu aufgerafft, seiner Frau nach dem Abendessen ein kleines Ständchen auf der Klarinette zu geben. Anna begleitete ihn auf der Flöte, sie hatten für diesen Anlass eigens drei leichte Stücke einstudiert. Er war stolz gewesen, wie schnell Anna die Lieder gelernt hatte und wie schön sie mit ihm harmonierte. Trotz des großen Publikums klappte es auch beim Geburtstag anfangs ganz prächtig. Nach dem obligaten »Happy Birthday« spielten sie »Es tönen die Lieder, der Frühling kehrt wieder« und »Der Winter ist vergangen«. Doch als er seine Augen über das Publikum schweifen ließ, sah er, dass die meisten gar nicht zuhörten. Sie tuschelten und kicherten miteinander, als würden sie auf die Eröffnung des Büfetts warten. Kathrin ließ es geschehen. Mit ihrem milden Lächeln folgte sie dem musikalischen Vortrag mit derselben Gleichgültigkeit wie dem allgemeinen Palaver. Ihr Hauptanliegen war offenbar, eine gute Figur zu machen – in diesem engen Hosenanzug, der genauso knallrot war wie ihr Lippenstiftt. Sie beschränkte sich am Ende darauf, mit erhobenen Klatschehänden das Signal zum Applaus zu geben. Aber der Beifall klang so herablassend wie zuvor die überheblichen Fragen.

Nach dieser enttäuschenden Resonanz auf das Konzert mit Anna war ihm die Geburtstagsfeier endgültig vergällt. »Musikant des Lieben Gottes« – so hatte sie ihn am Beginn ihrer Bekanntschaft genannt. Von solcher Bewunderung war schon lange nichts mehr zu spüren. Natürlich war jetzt nicht mehr daran zu denken, noch Solostücke zum Besten zu geben, wie er es eigentlich geplant hatte. Nur noch Hohn und Spott hörte er aus Kathrins Komplimenten heraus. Er wendete sich brüsk ab, schenkte sich ein Glas Wein ein und zog sich damit auf einen abseits stehenden Ohrensessel zurück. An diesem Abend wollte er mit niemanden mehr ein Wort wechseln – nicht mal mit dem Kollegen Menzel, der sich in dieser Geburtstagsgesellschaft genauso verloren fühlen musste wie er selbst. Tief gekränkt saß er nur noch die Zeit ab, beobachtete, wie seine Frau mit ihren eitlen Gästen plauderte und so ausgelassen lachte, als sei er Luft. O ja, das verstand sie: Sie war eine exzellente Gastgeberin, schlagfertig und charmant. Er selbst dagegen war, auch in besserer Verfassung als an diesem Abend, schwerblütig und langweilig.

Stumm schenkte er sich ein neues Glas Wein ein, flüchtete zurück in seinen Ohrensessel. Markus hatte schon recht gehabt, diese alberne Feier zu boykottieren. Heimlich richtete er wieder den Blick auf seine Frau. Das musste ihr der Neid lassen: Die konnte mit ihren Pfunden wuchern. Sehr anziehend sah sie aus in dem roten Hosenanzug – eine gepflegte Erscheinung, eine feine Dame mit dem starken Drang nach oben, aber gleichzeitig auch ziemlich hohl. Hohl, ehrgeizig und berechnend. Die wusste, wer und was ihr nützlich war.

Er hasste sie in diesem Augenblick, fühlte sich von ihr verraten. Undenkbar, dieser Frau jemals wieder so nahe zu kommen wie in der ersten Zeit. Der eheliche Sex war schon seit einiger Zeit zum Ritual erstarrt, er gab sein Bestes, ohne größeren Lustgewinn daraus zu ziehen. Das war bei Inge ganz anders. Aber leider kam er ja nur noch sehr selten dazu, sich mit dieser wunderbaren Frau zu treffen, seitdem Kathrin Wind von der Geschichte bekommen hatte. An eine Trennung war trotz all der Lüge und Lieblosigkeit nicht zu denken. Natürlich nicht. Nicht nur seine Stellung als Gemeindepastor würde dadurch in Mitleidenschaft gezogen werden, sondern eben auch seine Beziehung zu Anna und Markus. Nein, den Kindern wollte er eine Scheidung nicht zumuten. Markus hatte ihm schon genug Vorwürfe gemacht, als die Sache mit Anke aufgeflogen war.

Er holte sich die Weinflasche in seine Schmollecke und füllte erneut sein Glas. Nach und nach verflüchtigte sich der Zorn. Der Alkoholrausch trübte seine Sinne, stimmte ihn heiter. Mit einem Mal kam ihm alles nur noch grotesk und lächerlich vor. Diese widerlichen Schauspieler, ging es ihm durch den Kopf, diese Komiker müssten doch eigentlich selbst merken, dass alles nur ein einziges Theater ist. Billiges, albernes Schmierentheater. Scheiß drauf!

So in sich gekehrt, dem Wein ergeben, wartete er ab, bis nahezu alle Gäste gegangen waren. Dann verließ er leicht taumelnd seinen Beobachtungsposten und ging grußlos aus den Raum. Ohne ein Wort mit Kathrin zu wechseln, legte er sich gleich ins Bett.

## 27. März 2006, Dienstag

*Treibgut*

In das Klarinettenspiel mischte sich Klingeln. Er war so in sich versunken, dass ihn die ungewöhnlichen Klänge erstaunten, die sein Instrument da plötzlich hervorbrachte. Erst als er die Klarinette abgesetzt hatte, hörte er, dass es das Telefon war, das die merkwürdige Musik machte. Verärgert, aus seinem Spiel gerissen zu werden, nahm er ab.

»Linde.«

»Ja, hier ist noch mal Peters, Polizei Celle, hallo«, meldete sich der Anrufer beflissen.

Er schrak zusammen.

»Tut mir leid, Herr Linde, dass ich Sie schon wieder störe. Ich hoffe, es geht Ihnen einigermaßen gut. Es könnte nämlich sein, dass jetzt einiges auf Sie einstürmt. Also, ich kann auch vorbeikommen.«

Linde war wie erstarrt. »Schon gut. Was ist denn?«

»Also, ich habe Sie vorgewarnt: Wir haben am Allerufer eine Frauenleiche gefunden. Tut mir leid, aber es kann sein, dass es sich um Ihre Frau handelt.«

Er schloss die Augen, ein Schwindel überkam ihn.

»Wären Sie so freundlich, sich den Leichnam mal anzusehen, Herr Linde? Ist sicher kein schöner Anblick, aber Sie würden uns sehr helfen.«

»Ja natürlich, sicher helfe ich Ihnen. Ich will ja auch wissen, was los ist.«

»Gut, dann lasse ich Sie gleich abholen, wir sehen uns.«

»Ja, bis gleich, Herr Peters.«

Als er aufgelegt hatte, spürte er, wie ihm der Schweiß in die Achselhöhlen schoss. Dieser Unruhe aber stand ein Gefühl gegenüber, das einer Erleichterung nahe kam. Es war, als fiele eine Last von ihm ab. Der Nebel begann sich zu lichten. Schon nach kurzer Zeit fühlte er sich ganz ruhig. Es stand für ihn gleich fest, dass es sich bei der Toten um Kathrin handeln musste.

Unaufgeregt berichtete er seinen Schwiegereltern von dem Anruf. Deren Bestürzung ließ ihn nur noch selbstsicherer werden. Als handle es sich um einen neuen Fall in seiner professionellen Arbeit als

Seelsorger, mühte er sich, Kathrins Eltern zu besänftigen.

»Noch haben wir ja keinen Grund, die Hoffnung aufzugeben«, sagte er, während er sich über den Bart strich. »Die wissen doch gar nicht, wer das ist. Ich kann natürlich gut verstehen, dass das jetzt nicht leicht ist für Euch. Aber wir brauchen alle viel Kraft in diesen Tagen.«

Im nächsten Moment klingelte es auch schon an der Haustür. Ein Polizist in Uniform holte ihn wie besprochen ab. Während er mit dem Beamten zum Polizeiauto ging, sah er, wie im Nachbarhaus eine Gardine zurückgezogen wurde. Hinter dem Fenster zeigte sich das runzlige Gesicht einer alten Frau. Die neugierigen Augen starrten ihn ungeniert an.

Es hatte wieder aufgefrischt, war erneut kühler geworden. Doch davon merkte er im Polizeiauto nichts mehr. Der Streifenwagen war überheizt. Er nahm auf der Rückbank Platz. Vorn auf dem Beifahrersitz saß der Polizist, der ihn aus dem Haus geholt hatte. Der Mann mit der Stirnglatze sagte während der Fahrt kein einziges Wort. Linde merkte aber, dass er hin und wieder durch den Rückspiegel verstohlen beäugt wurde. Der Polizeifunk füllte quäkend die Stille aus.

Peters hatte ihm schon am Telefon den Fundort der Leiche beschrieben. Es war etwa zehn Kilometer flussabwärts von Eichendorf. Das letzte Stück mussten sie über einen holprigen Marschweg fahren. Das Auto hüpfte und schaukelte zwischen den Wiesen hindurch.

Ihm wurde übel davon. Er vertrug es sowieso nicht gut, hinten im Auto zu sitzen, spürte, wie ihm der kalte Schweiß auf die Stirn trat, wie der Magen rumorte. Ihm wurde schwindlig.

»Können Sie bitte kurz mal anhalten«, sagte er schließlich. »Mir ist schlecht.«

Sowie das Auto hielt, riss er auch schon die Tür auf und stürzte hinaus. Er kotzte alles aus sich heraus, was er seit dem Morgen gegessen und getrunken hatte. Die Kartoffelpuffer vom Mittag waren noch fast unverdaut. Als er seinen Magen entleert hatte, war ihm, als müsse er seine Eingeweide herauswürgen. Hustend kämpfte er so lange, bis nur noch dünner Speichel kam. Danach ging es ihm besser. Er sog die frische Luft ein. Sie roch nach Schlamm und Frühling.

»Na Herr Linde, kann's weitergehen?«, fragte einer der Polizisten, die sich rücksichtsvoll auf Distanz gehalten hatten.

»Natürlich, sofort. Entschuldigen Sie, aber ich vertrage es nicht, auf der Rückbank zu sitzen.«

»Warum sagen Sie das nicht gleich«, sagte der Polizist auf dem Beifahrersitz. »Dann kommen Sie doch nach vorn.«

»Sehr freundlich.«

Linde, immer noch kreidebleich, hatte irgendwie das Gefühl, als läge das Schlimmste schon hinter ihm. Er fühlte sich wieder ganz ruhig. Völlig unwirklich kam ihm die Fahrt jetzt vor. Wie die bleigrauen Wolken schwer und tief über den Marschwiesen hingen. Wie immer wieder mal die Sonne durchbrach und die sonst eher trostlosen Weiden in sattem Grün leuchten ließ.

Besonders unwirklich erschienen ihm dann aber die vielen Autos, die vor dem Deich parkten. Mehrere Streifenwagen, zwei Zivilfahrzeuge. Und ein schwarzer Mercedes mit Palmenzweig auf der milchglasgetrübten Heckscheibe.

Als er ausstieg, schoss gleich der leitende Hauptkommissar auf ihn zu, jetzt mit einer abgewetzten schwarzen Lederjacke bekleidet. Wieder verströmte der Mann diesen penetranten Rasierwassergeruch.

»Schön, dass Sie gekommen sind, Herr Linde«, begrüßte Peters ihn.

»Ist doch klar.« Linde sagte es so beiläufig, als ginge es nur darum, eben mal ein Auto anzuschieben. Schon von weitem sah er das weiße Bündel im Gras.

»Kommen Sie bitte«, sagte der Kommissar.

Ein Mann im weißen Kittel, der gerade noch vor dem Bündel gekniet hat, trat zurück. Er begrüßte Linde mit angedeutetem Nicken. Peters bückte sich und zog das Laken zur Seite.

Der Anblick ließ ihn innerlich taumeln. Dieses aufgequollene, blau verfärbte Gesicht. Die glasigen Augen. Sollte das wirklich Kathrin sein? Die schöne Frau, die er so geliebt hatte? Der Mund war leicht geöffnet. Als wollte sie ihm etwas zuflüstern. Aber das war natürlich nur Einbildung. Die Frau war ja tot. Er konnte den Anblick nicht mehr ertragen, schloss die Augen, wünschte sich weit weg, spürte aber, dass sie ihn alle anstarrten und schlug die Augen wieder auf. Wie nasses Heu hingen die Haare dieser Frau über dem Gras. Die Frau war mit Jeans und Bluse bekleidet, bräunlich grau von Schlick und Schlamm. Die Füße steckten in gelblichen Socken, von Algen überzogen wie alles übrige.

»O mein Gott«, brach es aus ihm hervor. Doch gleich darauf fuhr er sachlich fort: »Aber sie ist es, keine Frage, sie ist es.«

»Sie sind sich wirklich sicher?«

»Absolut.«

Er starrte auf die verschmierte Uhr mit dem roten Lederarmband. Wann die wohl stehen geblieben war? Der Ehering an dem bläulichen Finger – das Gold matt und stumpf.

Genug. Hastig wandte er seine Augen ab von dem Leichnam, starrte in den wolkenschweren Himmel. Ein Bussard segelte über der Allermarsch. Er war wie betäubt. Die Umstehenden wunderten sich, warum er seiner Frau nicht wenigstens einmal übers Haar strich. Doch er empfand nicht das geringste Bedürfnis, die Wasserleiche zu berühren, wollte nur weg, möglichst schnell weg. Keine Träne sickerte aus seinen Augen, kein Gebet kam ihm über die Lippen.

Hauptkommissar Peters war erstaunt: Große Trauer schien der Pastor nicht zu empfinden. Nein, auf alles hatte sich der Kriminalbeamte eingestellt. Aber nicht auf eine solche Kälte.

»Ja, ich glaube, mehr können wir hier für den Augenblick nicht tun«, sagte er schließlich und schlug das Laken zurück.

»Wer hat sie denn gefunden«, fragte Linde, als sie sich einige Schritte von dem weißen Bündel entfernt hatten.

»Ein Kanufahrer.« Distanzierte Sachlichkeit klang aus der Antwort heraus. »Die Leiche hat sich in den Zweigen einer Weide verfangen«, sagte Peters. »Aber gucken Sie doch selbst.«

Er führte Linde zu der kleinen Bucht, die mit Schilf und Brennnesseln zugewachsen war. Polizisten hatten bereits den Weg zum Leichenfundort freigemäht. Friedlich gurgelte das Wasser durch die Weidenzweige, auf der gegenüberliegenden Seite flog eine Ente auf. Strudel und Drehkuhlen deuteten auf Untiefen hin.

»Vom Land aus war nichts zu sehen von der Leiche«, erläuterte der Polizist, der nun keine Veranlassung mehr sah, auf die Gefühlslage des Pastors Rücksicht zu nehmen. »Wenn der Mann mit seinem Boot nicht zufällig in diese Bucht geraten wäre, hätte sie hier noch lange festhängen können.«

»Wahrscheinlich hätten sich noch irgendwelche Wasserratten an ihr zu schaffen gemacht«, warf Linde ein, um überhaupt irgendetwas zu sagen. Als er seinen Satz beendet hatte, sah er, wie ihn der

Kommissar irgendwie missbilligend anstarrte. Wahrscheinlich hatte er nicht die passende Tonlage getroffen, die ein Polizist von einem Mann erwartete, der gerade erfahren hat, dass seine Frau tot ist. Aber sollte er vor diesen Leuten in Tränen ausbrechen?

Er strich sich nervös über den Bart, ließ den Blick über die Aller schweifen. Die Flusslandschaft erschien ihm wie gemalt. Die gegenüberliegende Böschung mit ihren Erlen, Eschen und Weiden spiegelte sich in den zitternden Wellen. Ein abgestorbener Baum ragte über dem Ufer auf. Eine Krähe saß darauf.

Er ließ sich von seinem Begleiter in Richtung Auto lenken. Willenlos. Da sah er, wie ihn ein Mann mit Kamera ins Visier nahm.

»Muss das sein?«, fuhr Peters den Fotografen an.

Erst als es klickte, registrierte Linde, dass ein Pressefotograf vor ihm stand. Er fühlte sich überrumpelt, aber gleichzeitig viel zu kraftlos, um sich zur Wehr zu setzten. »Wie kommen die denn so schnell hierher?«, fragte er den Kommissar – dankbar, das stockende Gespräch auf ein unverfängliches Nebengleis zu lenken.

»Ach, die Brüder hören doch unsern Polizeifunk ab. Zwecklos, was dagegen zu machen.« Müde lächelnd zuckte Peters die Achseln. Linde atmete auf, froh, dass sich diese entsetzliche Spannung für einen kurzen Moment löste.

»Was passiert denn nun weiter mit der Leiche meiner Frau?«, fragte er, als er bereits im Auto saß, durch die offene Tür.

Peters war so überrascht von der an sich naheliegenden Frage, dass er einige Sekunden benötigte, um zur Antwort ansetzen zu können: »Also, in solchen Fällen ist es üblich, dass der Leichnam erst einmal gerichtsmedizinisch untersucht wird. Wir werden Ihre Frau also erst mal zur Medizinischen Hochschule nach Hannover bringen. Die haben da Experten für diese Dinge. Wir halten Sie auf jeden Fall auf dem Laufenden und melden uns, wenn wir Sie brauchen.«

»Ist gut, Herr Peters, ist gut.«

Er wollte schon die Tür zuschlagen, als er bemerkte, dass der Kriminalbeamte sich ihm noch einmal zuwandte: »Komisch«, sinnierte der Mann in der Lederjacke, indem er sich leger auf der Autotür abstützte, »komisch, dass wir Ihre Frau hier finden, wo Sie doch sagen, dass Sie sie in Celle abgesetzt haben.«

Linde schüttelte nachdenklich den Kopf. »Ja, merkwürdig. Das verstehe ich auch nicht. Aber das ist doch das Wenigste. Ich verstehe das hier alles nicht. Das kommt mir hier alles vor wie ein Traum – wie ein einziger Albtraum.«

Auch während der Rückfahrt vergoss er keine Träne. Dankend nahm er die Beileidsbekundungen der beiden Polizisten entgegen und hüllte sich im übrigen in Schweigen. Seine Hauptsorge war, wie er seinen Schwiegereltern die traurige Nachricht schonend beibringen konnte. Und Markus? Der steckte doch mitten in den Premierenvorbereitungen. Mal abgesehen von diesen Vorhaltungen und unterschwelligen Verdächtigungen, die jetzt wahrscheinlich eine neue Qualität annehmen würden. Seine Mutter war doch immer sein Ein und Alles gewesen.

Und Anna. Was sollte er ihr sagen? Sie wartete doch schon so lange auf ein Lebenszeichen ihrer Mutter. Immer hatte sie sich geweigert, ins Bett zu gehen, bevor Kathrin von der Arbeit zurückgekehrt war. Oft war es Anna in den vergangenen Jahren zu danken gewesen, dass er sich mit Kathrin wieder versöhnt hatte. Auch seine Arbeit als Pastor hatte sie neu befruchtet.

Das Verhältnis zu Markus hatte sich unterdessen stark abgekühlt in den vergangenen Jahren. Es kränkte ihn, dass sein Sohn sich bei allen Konflikten auf die Seite seiner Mutter stellte. Wie sollte er Markus jetzt sagen, dass seine Mutter nicht mehr am Leben war? Sein Magen krampfte sich zusammen, die Gedanken drehten sich im Kreis.

27. März 2006, Dienstag, später Nachmittag

*Gewissheit*

Er kippte mit dem Oberkörper nach vorn und riss verwirrt die Augen auf. Das Polizeiauto war zum Stehen gekommen. Er hatte gar nicht mehr auf die Fahrt geachtet. Überrascht stellte er fest, dass der Streifenwagen schon vor dem Pfarrhaus hielt.

»Da wären wir«, teilte der Polizist am Steuer mit.

»Ja, besten Dank«, antwortete Linde fahrig. »Besten Dank und auf Wiedersehen.« Er räusperte sich. Jetzt gibt es kein Zurück mehr, ging es ihm durch den Kopf. So wie sich die Haustür geöffnet hat, muss ich es ihnen sagen, ihnen die letzten Hoffnungen rauben.

»Ist bestimmt nicht leicht«, sagte der schon ältere Polizeibeamte, als habe er seine Gedanken erraten. »Ich bin froh, dass wir das nicht machen müssen. Aber Sie als Pastor finden bestimmt die richtigen Worte.«

Er öffnete die Autotür. Stumm nickte er den Polizisten zu, bevor sie wieder abfuhren – so behutsam, als fürchteten sie, die Totenruhe zu stören.

Die richtigen Worte. Leicht gesagt. Die bleigrauen Wolken hingen immer noch schwer über dem Dorf, während er die Eisenpforte öffnete. Die Temperatur war wieder auf vier Grad gefallen. Spatzen schilpten. Die verblühten Osterglocken gaben dem Garten ein trauriges Aussehen. Wind und Kälte hatten ihnen derart zugesetzt, dass die gelben Blüten schlaff herabhingen. Hinter den Butzenglasscheiben der braunen Haustür schien sich nichts zu regen. Doch sowie er in den Flur eingetreten war, kam ihm seine Schwiegermutter entgegen. Dieser Blick. So niedergeschlagen. Als würde sie die schlimme Botschaft schon kennen.

Er ging schweigend auf sie zu und legte ihr seine Hand auf die Schulter.

»Sie ist es.«

Mehr sagte er nicht. Aber es reichte ja auch. Die alte Frau schüttelte fast unmerklich den Kopf. Kein Wort, keine Träne. Wie versteinert nahm sie die Nachricht entgegen. Kathrins Vater kam dazu. Es erübrigte sich, Fragen zu stellen. Im Gesicht seiner Frau konnte er unschwer lesen, wer die Tote aus der Aller war.

Die alte Frau ließ den Schwiegersohn stehen, fiel ihrem Mann in die Arme. Der war der erste, der aufschluchzte. Er keuchte, als schnüre ihm der Schmerz die Kehle zu. Jetzt endlich lösten sich auch bei Kathrins Mutter die Tränen. Sie bebte und wimmerte, schien immer tiefer hinabzugleiten in ihr inneres Chaos.

Er stand stumm daneben. Was sollte er tun? »Das darf doch alles nicht wahr sein«, stieß die alte Frau mit erstickter Stimme hervor. »Man fällt doch nicht einfach so ins Wasser. Wie geht denn das an? Die hat sich doch nicht umgebracht. Warum sollte sie das machen? Sie hatte es ja so gut, und dann die Kinder ...«

»Nein«, sagte er kühl. »Sie hat sich bestimmt nicht umgebracht. Die von der Polizei wissen noch nicht, wie es passiert ist. Aber es kann sein, dass sie überfallen worden ist.«

»O mein Gott, mein Gott«, klagte seine Schwiegermutter. »Die armen Kinder. Wie soll Markus bloß damit fertig werden? Und Anna – die ist doch noch so klein.« Linde dachte daran, dass Kathrin sich ja bisher auch nur eher selten um Anna gekümmert hatte, hütete sich aber, seine Gedanken auszusprechen.

»Wer macht denn so was?«, fuhr seine Schwiegermutter hilflos fort. »Sie hat doch keinem was getan.«

»Nein, das hat sie bestimmt nicht«, sagte er tonlos.

Plötzlich sah er, dass Anna hinter der angelehnten Küchentür stand. Ohne sich weiter um seine Schwiegereltern zu kümmern, ging er zu ihr in die Küche. Er beugte sich zu seiner Tochter herab, strich ihr übers Haar. Er spürte, dass sie es nicht wagte, Fragen zu stellen. Er nahm sie auf den Schoß und schlang seine Arme um ihren Körper.

»Du kannst dir wohl schon denken, dass mit Mama was Schlimmes passiert ist«, begann er. Doch dann schwieg er. Anna würde auch so begreifen. Er spürte, wie seine Hände nass wurden von einem Tränenstrom.

»Ja, wein nur, meine Liebste«, stammelte er. »Wenn man traurig ist, muss man weinen, dann wird es einem am ehesten wieder leichter ums Herz.« Er stöhnte. Seine eigenen Augen waren immer noch trocken.

»Ich versteh das nicht«, sagte Anna nach einiger Zeit fast tonlos. »Wieso ist Mama denn in die Aller gefallen?«

»Ja, das ist schwer zu verstehen. Ich weiß es auch nicht, mein Kind«, sagte Linde. »Aber vielleicht wollte der Liebe Gott deine Mutter einfach zu sich holen. Bestimmt ist sie jetzt im Himmel und guckt zu uns runter und denkt: Hoffentlich ist meine kleine Anna nicht so traurig. Denn mir geht es doch eigentlich ganz gut hier oben.«

Anna schnupfte ihren Schnodder auf und schmiegte sich fest bei ihrem Vater an. Und der schloss seine Arme noch fester um das Mädchen.

Eine Weile saßen Vater und Tochter schweigend nebeneinander. Dann schüttelte ein neuer Weinkrampf das Kind.

»Meine Kleine.«

»Mama soll wiederkommen«, stieß Anna unter krampfhaftem Schluchzen hervor.

»Arme Anna, ich bin doch bei dir.«

Anna atmete tief durch und schwieg für einen Moment. »Aber was denkt denn die Polizei?«, bohrte sie weiter. »Was sagen die denn, wie Mama ins Wasser gekommen ist?«

»Die Polizei weiß das auch nicht so genau«, begann er. »Aber fest steht wohl, dass sie nicht selbst ins Wasser gegangen ist. Es hat sie einer reingeworfen.«

Er spürte, wie seine Tochter zusammenzuckte. »Das glaube ich nicht«, entgegnete sie nach einer Schrecksekunde. »So was macht doch keiner.«

Ihm brach der kalte Schweiß aus. Schweigend strich er seiner Tochter wieder übers Haar, drückte sie fest an sich. Er merkte, wie es weiter in ihr arbeitete. Gern hätte er ihr eine beruhigende Antwort gegeben. Aber es wollte ihm nichts einfallen. Ein ungeheurer Druck lag auf ihm.

»Dann muss es ja ein Mörder gewesen sein, der Mama ins Wasser gestoßen hat«, setzte Anna nach. »Hier bei uns gibt es doch aber gar keine Mörder.«

»Es gibt vieles, wovon nur Gott weiß«, erwiderte er düster. »Das hat gar keinen Sinn, darüber nachzugrübeln. Besser wäre es, wenn wir beide jetzt die Hände falten und ganz fest an Mama denken. Dann lebt sie nämlich in unseren Gedanken weiter.«

Er hörte, wie Anna laut ausatmete. Etwas Befreiendes ging von diesem Luftstoß aus. Im nächsten Augenblick faltete sie auch schon die Hände. Ihr Vater folgte seinem eigenen Vorschlag und tat es ihr nach. Seine Schwiegereltern schienen sich mit ihrem Schmerz zurückgezogen haben. Im Haus war es still. Nur die Wanduhr verschaffte sich mit ihrem monotonen Ticketacke Gehör. In früheren Zeiten wurden die Uhren angehalten, wenn jemand gestorben war, dachte er. Die alten Leute im Dorf hatten ihm von dieser Sitte erzählt.

Er lauschte auf die ruhigen Atemzüge seiner Tochter. Woran sie wohl gerade dachte?

»Für dich ist es ja nicht so schlimm, dass Mama tot ist«, sagte sie plötzlich.

Er war wie elektrisiert. Als wollte er diesen schweren Vorwurf ausblenden, schloss er die Augen. Mühsam zwang er sich, seine Fassung zurückzugewinnen – und die richtigen Worte zu finden. Doch es gelang ihm nur, eine Frage zu formulieren.

»Wie meinst du das denn, Anna?«

»Ach, das kannst du dir ja wohl denken.« Er sah, wie ihr ganzer Körper zitterte. »Du hast doch schon eine andere Frau, diese komische Inge. Die war doch neulich bei dir im Schlafzimmer.«

Er richtete sich auf, faltete die Hände.

»Ach Anna, das verstehst du falsch«, stammelte er. »Ich, ich habe dir doch schon gesagt, dass mir Inge geholfen hat, Mama zu suchen.«

»Habt ihr denn gedacht, dass sie sich im Schlafzimmerschrank versteckt hat? Oder unterm Bett?«

»Anna! Du reimst dir da was zusammen, glaub mir.«

Anna reagierte mit erneutem Weinen, erwiderte dann aber schluchzend: »Du musst mir versprechen, dass du diese Frau auf keinen Fall heiratest.«

»Nein, natürlich nicht. Wie kommst du darauf?«

Im nächsten Moment schon bereute er die Frage und fürchtete die Antwort. Sie blieb zum Glück aus. Er zog seine Tochter zu sich auf den Schoß. Zuerst sträubte sie sich, dann gab sie nach. Während sie weiter vor sich hin weinte, strich er ihr besänftigend übers Haar. Nach kurzer Zeit ging ihr Atem ruhiger. Sie befreite sich aus der Umklammerung ihres Vaters und ließ sich vom Schoß gleiten.

»Ich will mir jetzt die Fotos von Mama angucken«, kündigte sie an.

Kurze Zeit später kam sie schon mit einem Stapel Fotoalben aus dem Wohnzimmer zurück. Sie hockte sich damit auf den Boden und blätterte in den bunten Bänden.

Ihr Vater folgte ihrem Beispiel.

Kathrin in allen Altersstufen und Lebenslagen. Ihre wachen Augen, die sie schon als Kind gehabt hatte. Ihre Natürlichkeit, die sich mit den Jahren verlor. Es war nicht zu übersehen, dass sie sich fast immer in Posen warf, wenn sie fotografiert wurde. Intellektuelle Herablassung spiegelte sich in diesen Blicken der letzten Jahre, so schien es ihm. Nur selten sah man sie auf den Fotos unbekümmert lachen, meistens wirkte ihr Lächeln aufgesetzt.

Bilder vom Urlaub am Bodensee, dem letzten gemeinsamen Familienurlaub in den Herbstferien – Markus war schon nach Hamburg gezogen, um sein Schauspielstudium zu beginnen.

Ruderpartie auf dem Bodensee. Kathrin mit Sonnenbrille, wie sie sich in die Riemen wirft, um das Boot in die richtige Richtung zu steuern. Kathrin, wie sie sich sonnt. Etliche Aufnahmen, die Anna am Ruder zeigen, aber auch ein etwas verwackeltes Foto, das Anna selbst fotografiert hatte: Christian und Kathrin Arm in Arm in einem Boot.

Kathrin und Anna auf dem Ausflugsdampfer inmitten von Urlaubern auf dem Oberdeck. Während Anna ein Eis schleckt, lächelt Kathrin in die Kamera. Es ist ein liebevolles Lächeln, das sich offenkundig an den Fotografen richtet.

Er konnte seinen Blick kaum lösen von dem schönen Bild.

Oktober 2005

*Die tote Möwe*

Ein warmer Herbsttag war es gewesen, ja außergewöhnlich mild war dieser Oktobertag. Er erinnerte sich, wie am Morgen Nebel über dem Bodensee gelegen hatte, der später von der Sonne aufgesogen wurde. Am Mittag war er mit Anna und Kathrin vom Hotel in Nonnenhorn aufgebrochen, um mit dem Schiff nach Bregenz zu fahren. Da war der Himmel schon so klar, dass sich die schneebedeckten Gipfel der Alpen in der Ferne abzeichneten. Mit der Seilbahn den Pfänder hoch, danach ein kleiner Stadtbummel – das sollte das Tagesprogramm sein, das dann aber später wegen eines Streits bei der Bergwanderung geplatzt war. Aus einem ganz nichtigen Anlass heraus war es zu dieser Unstimmigkeit gekommen: Anna und Kathrin hatten in einem fort über die anstrengende Wanderung geklagt, bis er schließlich nachgegeben hatte. Entnervt und nachhaltig beleidigt.

Zu dem Zeitpunkt, als er das Foto gemacht hatte, war die Stimmung dagegen noch so heiter wie der blaue Herbsthimmel gewesen. Entspannt hatte er sich in die vorbeiziehende Uferlandschaft versenkt: die Hotels und Seniorenresidenzen mit den Liegestühlen und Sonnenschirmen am Strand, die vornehmen Villen mit den verwitterten Pavillons, die Obstbaumplantagen mit den kleinen Apfelbäumen, die Weinhänge, auf denen gerade die Spätlese geerntet wurde.

Unwillkürlich schob sich ein Gesicht in die Ufer-Impressionen. Eine alte Frau reckte auf dem Deck ihr welkes Gesicht der Sonne entgegen. Die Augen geschlossen, es schien, als schliefe sie. Plötzlich aber begann die Unterlippe der Frau zu zittern. Tränen liefen ihr übers Gesicht. Trauer, die von innen kommt, aus der Tiefe der Seele, hatte er gedacht.

Nur einen kurzen Moment lang hatte er Gelegenheit gehabt, seinen Empfindungen nachzuhängen. Dann war auf einmal eine Schulklasse lärmend aufs Oberdeck gestürmt. Viele dicke Kinder mit Coladosen oder Eiswaffeln in der Hand. Zu allem Überfluss hatten sie auch noch Möwen gefüttert. Immer größer war die krächzende Schar geworden.

»Na, Anna, würdest du auch lieber mit den Kindern da unterwegs sein?«, hatte er scherzhaft gefragt.

»Hör auf zu nerven«, hatte Anna nur geantwortet.

Der Hafen von Lindau. Fotografiert vom Schiff aus, das sich gerade seinen Weg zwischen einem Steinlöwen und einem Leuchtturm bahnt, Blick auf den Bayerischen Hof, der in strahlendem Weiß in der Sonne glänzt: neoklassizistisch prunkvoll. Erst später hatte er mit Anna die Stadt auf dem Landwege besucht, war über die Autobrücke auf die Insel spaziert. Wie in Italien hatte er sich gefühlt in den sonnenwarmen Gassen, auf den kopfsteingepflasterten Plätzen mit den vielen Brunnen. Warum war eigentlich Kathrin nicht dabei gewesen? Ach, richtig, die hatte sich ja an diesem Tag in einem Schönheitssalon verwöhnen lassen.

Kathrin beim Platzkonzert in Nonnenhorn. Lachend. So ausgelassen wie selten. Wahrscheinlich amüsierte sie sich gerade über die Laienmusiker, die vermutlich mal wieder einen Marsch zum Besten gaben. Schier aus dem Häuschen waren die Leute, als sich das Orchester mit den »Alten Kameraden« verabschiedete.

Aufnahmen vom Bodenseestrand: Kathrin lesend im Liegestuhl, Kathrin, wie sie mit nassen Haaren aus dem Wasser watet. Kathrin, wie sie Hand in Hand mit Anna über den Kiesstrand spaziert – im Hintergrund pflügt ein Ausflugsdampfer durchs Wasser.

Dann ein sehr schönes Foto, das Kathrin in einem Café zeigt, während sie gerade gedankenverloren eine Kaffeetasse zum Mund führt. Vor ihr auf dem Tisch liegt irgendeiner der vielen Reiseführer, die sie während des Urlaubs studierte. Als die Kellnerin den Apfelkuchen in den Kaffeegarten brachte, hatte der Kies geknirscht.

Etliche Aufnahmen von glücklichen Kühen im Hochgebirge – ohne Anna und Kathrin. Er war nach den schlechten Erfahrungen der ersten Bergtour allein zu dieser Wanderung in der Nähe von Oberstaufen aufgebrochen. Wunderbare Erinnerungen verbanden sich damit, wie er sich den Gipfel hochgekämpft hatte. Schwitzend, keuchend, aber glücklich. Die Hänge und Täler waren erfüllt gewesen vom Glöckeln der Kühe. Es hatte ihn an das Läuten von Kirchenglocken erinnert. Wie der Ruf zu einem Gottesdienst in freier Natur. Schöpferlob. Gejubelt hatte er innerlich, als er schließlich den Gipfel erreicht und die Rundum-Aussicht genossen hatte, den Vierländerblick: Welch feierliche Schönheit von diesen Wolkenkratzern ausging.

Zurückgekehrt in die Niederungen des Bodensee-Umlandes, empfand er das Einerlei des Urlaubsalltags immer häufiger als öde und langweilig. Erschwerend hinzu kam, dass auch das Wetter umschlug. Sie waren gerade in einem Gartenlokal beim Abendessen, da sahen sie, wie Blitze über dem See aufzuckten. Donnerschläge folgten; zuerst noch grummelnd, dann laut krachend. Wind kam auf. Es rauschte in den Kastanienkronen. Abgerissene Blätter und Zweige wirbelten über die Tische. Die Serviererinnen hatten ihre Not, die Speisekarten und Servietten wieder einzusammeln, die die Windböen von den Tischen fegten. Außerdem wollten mit einem Mal alle Gäste zahlen.

Auch die Pastorenfamilie war aufgebrochen, als das Gewitter immer bedrohlicher geworden war. Mit einem Schlag hatte sich das Lokal geleert. Während Christian mit seiner Familie dem Hotel zustrebte, hatte der Sturm den See bereits derart in Aufruhr versetzt, dass die Wellen über die Uferbefestigung klatschten. Stühle und Tische in den verlassenen Biergärten kippten um, polterten über Steinplatten. Nur der Regen ließ zum Glück noch auf sich warten.

Erst als sie im Hotelzimmer angekommen waren, konnten sie hören, wie es gegen das Fenster prasselte. Ein Gefühl der Behaglichkeit breitete sich in ihnen aus, während sie im Trockenen saßen, geschützt vor Blitz und Donner. Auf Vorschlag von Anna hatten sie den Rest des Abends mit Kartenspielen verbracht.

Doch leider hielt der Regen auch an den folgenden Tagen an. Tapfer hatte er mit Anna und Kathrin ein aus der Not geborenes Besichtigungsprogramm abgewickelt und viel Zeit in dem winzigen »Badeland« des Hotels verbracht. Doch ungetrübte Urlaubsfreude wollte nicht mehr aufkommen.

Es war gar nicht so sehr der Wetterumschwung, der seine Stimmung verdüsterte. Es war vor allem die Beobachtung, dass Kathrin endlos lange Handy-Gespräche führte, plötzlich wieder überall erreichbar sein musste. In seiner Fantasie hatte er dieses furchtbare Mobiltelefon schon manches Mal in den Bodensee geschleudert. Die Kollegen hätten noch Fragen zu einer Reportage gehabt, die sie kurz vor dem Urlaub geschrieben habe, gab sie anfangs noch vor. Doch bald schon machte sie kein Hehl mehr daraus, dass ihre Telefonate um ein neues Projekt kreisten. Am drittletzten Urlaubstag eröffnete sie ihrem Mann, dass sie sofort nach der Rückkehr mit einem Kollegen zu einer längeren Reportagereise nach Israel aufbrechen werde. Es sei schon alles vorbereitet. Es hatte ihm die Sprache verschlagen. Wie die Aufkündigung des Familienfriedens kam ihm die Eröffnung vor.

»Da kann man ja froh sein, dass du es so lange mit uns ausgehalten hast. Klar, dass du jetzt erst mal wieder was Spannenderes erleben musst«, höhnte er. An den restlichen Urlaubstagen sprach er fast gar nicht mehr mit seiner Frau. Enttäuschung breitete sich in ihm aus wie bitteres Gift. Er fühlte sich gedemütigt. Während Kathrin ihre »Dienstgespräche« führte, fiel ihm nun wieder die Aufgabe zu, Anna zu betreuen. Wie zu Hause in Eichendorf.

Kathrin schien seine Verstimmung zu ignorieren. Ihre Stimme klang arglos und freundlich, wenn sie ihn ansprach. »Wollt ihr nicht noch mal schwimmen gehen?«

Für ihn war klar, dass sie nur ihre Ruhe haben wollte. Aber er hatte ja keine Wahl. Anna sollte schließlich nicht darunter leiden, dass Kathrin diesen Urlaub für sich schon abgehakt hatte. Und da seine Tochter die Frage ihrer Mutter freudig bejahte, blieb ihm nichts Anderes übrig, als sie murrend ins »Badeland« zu begleiten.

Am letzten Tag kurz vor der Abreise war es noch einmal schön geworden. Der Regen hatte aufgehört. Ein Himmel, der sich gewaschen hatte, strahlte über dem See. Wehmut erfüllte Linde, als er auf der Bank am Strand saß, um noch einmal vor der langen Autofahrt diese herbstlich kühle Seeluft in sich aufzusaugen. Gelbrote Blätter lagen an der Uferpromenade. Ein einsamer Fischer tuckerte mit seinem Kahn über den See. Allerlei Strandgut war während des Sturm- und Regenwetters der vergangenen Tage angetrieben. Ganze Bäume, vermutlich von irgendwelchen Berghängen entwurzelt, trieben in der Bucht. Ganz nah am Ufer schwappte auch ein kleiner weißlicher Gegenstand. Er hatte zuerst an Müll gedacht. Aber irgendetwas an diesem zerzausten Bündel fesselte seine Aufmerksamkeit. Dann war ihm plötzlich, als wenn es sich um einen toten Vogel handelte. Als er näher herantrat, schrak er zusammen. Seine Ahnung bestätigte sich: eine tote Möwe. Schlapp und aufgedunsen schwappte das Tier im Wasser. Er ekelte sich vor dem Anblick und ging zum Hotel.

Gleich nach der Rückkehr machte Kathrin ihre Ankündigung wahr. Schon am nächsten Tag ging sie auf Dienstreise. Ein junger

Fotograf mit Pferdeschwanz, mit dem sie schon häufiger unterwegs gewesen war, holte sie ab. Eiseskälte lag über dem Abschied. Kein Kuss, keine Umarmung. Nur ein pflichtschuldiges »Tschüss« und »Komm heil wieder«.

In den folgenden Tagen hatte er sich mit ganzer Kraft auf seine Gemeindearbeit gestürzt und Trost und Anerkennung bei Inge Rosenstrauch gesucht.

Die Beziehung war wieder aufgelebt. Zu Rücksichtnahme sah er nun keinerlei Grund mehr. Ganz im Gegenteil: Was Kathrin sich herausnahm, das stand ihm doch wohl auch zu. Bis tief in die Nacht hielt er sich wieder in der Wohnung der Religionslehrerin auf. Alle guten Vorsätze schmolzen im Feuer der aufgeflammten Liebe.

## 27. März 2006, Dienstagabend

*Schlechte Nachrichten*

Der Sonnenuntergang hatte am Himmel einen rötlichen Schimmer hinterlassen. Der Theaterbus bewegte sich direkt darauf zu. Go West. Nach Nordwesten, in die Kleinstadt Syke ging an diesem Märzabend die Fahrt des Landesbühnenensembles. Die Schauspieler und ihre Begleiter dösten oder plauderten im Halbdunkel, nur hin und wieder geblendet von den Scheinwerfern entgegenkommender Autos. Im Autoradio lief wie üblich ein Klassiksender. Irgendwann wurde die gefällige Barockmusik von Nachrichten unterbrochen. Markus Linde hörte nur mit einem Ohr hin. Plötzlich aber fiel alle Schläfrigkeit von ihm ab:

»Celle. Ein Kanufahrer hat am heutigen Morgen am Ufer der Aller im Raum Celle den Leichnam einer Frau entdeckt. Dabei handelt es sich offenbar um eine renommierte Journalistin, die seit mehreren Tagen vermisst wird. Nach Angaben der Polizei ist die 49-Jährige aus Eichendorf im Kreis Celle vermutlich einem Verbrechen zum Opfer gefallen. Näheres soll eine Obduktion ergeben.«

Markus stockte der Atem. Er wunderte sich, dass die Nachrichtensprecherin nach dieser ungeheuerlichen Mitteilung ganz selbstverständlich zum Wetterbericht übergehen konnte, dass wieder Musik einsetzte, der Bus weiterfuhr, als sei nichts geschehen. Doch im Bus erstarben alle Gespräche nach und nach, eine beklemmende Stille breitete sich aus, unterbrochen nur durch gelegentliches Wispern und Flüstern.

Es war nur ein einziges Wort, das die Lippen von Markus Linde formte, aber so leise, dass es niemand verstand, nicht mehr als ein Hauch: »Mama.« Wirre Gedanken schossen ihm durch den Kopf: Wieso saß er hier in diesem verdammten Bus, während sich fremde Menschen irgendwo an seiner Mutter zu schaffen machten? Wie war der Körper seiner Mutter überhaupt in die Aller gekommen? Was für einem Verbrechen war sie zum Opfer gefallen? Wirre, lähmende Gedanken.

Plötzlich stand Wanda Wolfen vor ihm. Stumm legte sie die Hand auf seine Schulter, stumm schloss sie ihn in ihre Arme. »Das tut mir ja so leid, mein Jungchen«, flüsterte die warmherzige Provinzdiva.

»Muss ein furchtbarer Schock für dich sein. Du hast deine Mutter bestimmt sehr gern gehabt.«

Markus schwieg. »Du musst natürlich heute Abend nicht auf die Bühne. Alle werden Verständnis dafür haben, dass du nach so einer Nachricht nicht spielen kannst. Wir können deinen Text lesen. Kein Problem, mach dir also bitte darüber keine Gedanken, mein Lieber.«

»Danke, das ist nett. Aber diese kleine Rolle werde ich wohl noch bewältigen. Vielleicht besser, als nichts tun.«

»Damit könntest du recht haben. Aber du musst dich zu nichts verpflichtet fühlen. Du hast wirklich alles Recht der Welt zu sagen, es geht nicht. Hörst du?«

»Vielen Dank, Wanda.«

Auch die anderen Kollegen kamen. Die einen nahmen ihn nur schweigend in den Arm, die anderen versicherten ihm ihr Mitgefühl – in wohltönenden, klischeehaften Schauspielerworten. Auch schüchterne Fragen mischten sich in die Beileidsbekundungen:

»Wie ist so etwas nur möglich? Wer macht denn so was? Hat sie sich vielleicht als Journalistin Feinde gemacht?«

»Ich weiß es nicht«, konnte Markus Linde immer wieder nur antworten. »Ich weiß es doch auch nicht. Das kommt mir alles vor wie aus einem Film.«

Olaf, der Darsteller des Schweizerkas, bot dem noch jüngeren Kollegen sein Handy an. Markus nahm dankend an und wählte sofort die Nummer seines Vaters. Doch er bekam keinen Empfang. Olaf ermunterte ihn, den Anrufversuch gleich nach der Ankunft in Syke zu wiederholen. Aber Markus war sich nicht sicher, ob es gut war, so kurz vor der Vorstellung noch mit seinem Vater zu sprechen. Denn spielen wollte er, das stand für ihn fest. Er konnte doch die Kollegen, die sich so rührend um ihn kümmerten, nicht sitzen lassen. Außerdem war es besser, in fremde Rollen zu schlüpfen, als die eigene Rolle weiterzuspielen. Denn hinter der Nachricht von der toten Frau lag etwas, das ihm Angst machte.

Wie üblich ließ er sich daher schminken und schlüpfte in die Montur der Brecht-Figur. Tatsächlich gelang es ihm auf diese Weise, sich für knapp drei Stunden aus seiner Trauer herauszukatapultieren.

*Deichläufer*

Anna hatte sich auf ihr Zimmer zurückgezogen, ihr Vater war allein im Wohnzimmer zurückgeblieben. Jetzt, nachdem Kathrins Tod feststand, fühlte er sich seiner Tochter noch näher. Am liebsten hätte er sich zu ihr ins Bett gelegt, sich an sie gekuschelt wie früher, als sie noch klein war. Aber das ging natürlich nicht. Anna war kein Kleinkind mehr. Es kam noch etwas Anderes dazu, das ihn von Anna zu trennen drohte. Es war schwer zu fassen, aber gleichwohl beängstigend. Ihm war, als sei Kathrins Schatten über Anna gefallen.

Hinzu kam die Angst vor dem unvermeidbaren Gespräch mit Markus. Es stand vor ihm wie eine Felswand, zu steil und glitschig, um sie gefahrlos zu bezwingen.

Inzwischen war es dunkel geworden. Die Straßenlaterne vor dem Pfarrhaus warf ihr fahles Licht in die Düsternis. Beklommen strich er sich über den Bart. Ob Kathrins Eltern nach Hause gefahren waren? Er wagte es nicht, der Frage auf den Grund zu gehen, verspürte keine Lust, mit seinen Schwiegereltern zu sprechen. Es war aber auch nicht gut, allein zu sein. Er wollte seine Mutter anrufen. Es ging erst auf halb zehn zu, da sah sie sicher noch fern. Sie nahm gleich ab.

»Hallo Mama, ich hoffe, ich stör dich nicht gerade bei einem spannenden Film.«

»Ach wo, du störst doch nicht.«

»Etwas Schlimmes ist passiert, was ganz Furchtbares: Kathrin ist tot. Sie haben sie heute morgen aus der Aller gefischt.«

»Was? Tot? Kathrin?«

»Ja. Die Polizei hat mich gleich angerufen, und ich musste sie dann identifizieren. War kein schöner Anblick, das kannst du dir wohl vorstellen.«

Einen Moment lang tönte nur ein trockener Husten aus dem Telefonhörer.

»O mein Gott. Warum hat sie das denn gemacht?«

»Wie? Was gemacht?«

Offenbar ging seine Mutter davon aus, dass Kathrin ins Wasser gegangen war. Das wäre zumindest eine Erklärung gewesen, die den schrecklichen Druck von ihm genommen hätte. Aber diese Todesursache war mit der Art der schweren Kopfverletzungen völlig unvereinbar. Das stand ja schon vor der Obduktion fest. Es half also gar nichts, seine Mutter in ihrem Irrglauben zu bestärken.

»Nein, Mama. Ich glaube, du irrst dich«, erwiderte er daher gleich. »Kathrin ist nicht ins Wasser gegangen. Wahrscheinlich hat sie einer umgebracht.«

Er hörte, wie seine Mutter aufstöhnte. »Was sagst du? Umgebracht? Das ist doch nicht möglich.«

»Ich verstehe das ja auch alles nicht. Aber sie ist wohl schon tot gewesen, bevor sie im Wasser war. Erwürgt wahrscheinlich.«

»Das ist ja furchtbar, mein Gott noch mal. Ich dachte immer, so was gibt es bloß im Fernsehen. Wer macht denn hier so was?«

»Tja, wer weiß.«

»Nee, nee, nee. Die arme Anna. Und Markus, der ist doch bestimmt auch ganz fertig. Was soll denn jetzt bloß werden? Was sagen denn ihre Eltern?«

»Die sind beide hier. Ich weiß gar nicht, wie ich sie trösten soll.«

»Na, für dich ist es ja auch nicht leicht.« Wieder seufzte sie tief auf. »Ach, ich hab' immer schon gedacht, dass es viel zu gefährlich ist für eine Frau, über all diese Schlechtigkeiten zu schreiben, so wie es Kathrin gemacht hat. Bestimmt hat sich einer von diesen Verbrechern gerächt an ihr. Oder vielleicht hatte einer Angst, dass sie was schreibt, was ihn in ein schlechtes Licht setzt.«

»Wer weiß.«

Er erinnerte sich, dass er diese Spekulationen seiner Mutter bei dem letzten Telefonat noch zurückgewiesen hatte. Aber nun erschienen sie ihm gar nicht mehr so abwegig.

»Ausgeschlossen ist das sicher nicht«, fuhr er fort. »Sie hat ja keinem nach dem Mund geschrieben. Bestimmt hat sie sich mit ihren Reportagen auch Feinde gemacht. Und das sind doch wirklich nicht immer die Ehrenwertesten gewesen, über die sie berichtet hat. Das lohnt sich bestimmt, dass die Polizei da mal nachfasst. Mal sehen, ob ich rausfinden kann, mit welchen Leuten sie zuletzt zu tun hatte.«

»Damit warte mal noch ein bisschen, Christian. Erst mal kümmere dich um Anna. Weißt du denn schon, wann die Beerdigung ist?«

»Ach, das ist alles noch unklar. Bislang ist sie ja noch gar nicht freigegeben. Sie muss jetzt erst mal obduziert werden.«

»Schlimm! Ich weiß gar nicht, wie ich dir helfen soll. Auf jeden Fall will ich morgen mal mit Olaf bei euch vorbeikommen.«

»Das mach man«, erwiderte Linde, der froh war, dass das Telefongespräch dem Ende zuging. »Dann muss ich ja Olaf auch nicht mehr extra Bescheid sagen.«

»Nee, nee das mach ich schon. Aber erst mal muss ich wieder zu mir kommen.« Sie stöhnte. »Mein Kreislauf spielt wieder verrückt.« Sie hustete erneut.

»Dann will ich dich jetzt auch nicht mehr länger quälen. Ruh dich ein bisschen aus. Also dann: Tschüss.«

»Ja, tschüss, Christian.«

Die Vermutungen seiner Mutter beschäftigten ihn. Könnte Kathrin nicht tatsächlich Opfer ihrer kritischen Reportagen geworden sein? Denkbar, gut denkbar. Er wollte unbedingt mit der Polizei darüber sprechen. Aber natürlich nicht jetzt.

Gerade wollte er sich ein Glas Wein einschenken, da klingelte das Telefon. Unwillig nahm er ab.

»Ja bitte.«

»Markus hier. Ich hab's vorhin im Radio gehört.«

Christian Linde zuckte unwillkürlich zusammen.

»O Markus, gut dass du anrufst. Ich hab's auch schon probiert. Wo bist du denn?«

»In Syke, mit der Theatertruppe. Wir hatten gerade Vorstellung. Ich wollte mich nicht drücken, ich habe mir gedacht: besser spielen als rumgrübeln.«

»Vollkommen richtig.«

Er hörte, wie sein Sohn Atem holte.

»Furchtbar. Ich hatte es während der Vorstellung weggeschoben, aber jetzt haut es mich wirklich um.«

»Ja, das verstehe ich. Das ist schlimm.«

Er hörte ein Seufzen in der Leitung. »Weiß man denn schon Näheres?«

»Nein, gar nicht, überhaupt nichts. Die Polizei tappt im Dunkeln.«

»Und es ist wirklich sicher, dass sie jemand ...«

»Ja, so sieht es im Moment aus.«

»Wie hat es denn Anna aufgenommen?«

»Na ja, kannst du dir ja vorstellen. Aber sie hat sich schnell beruhigt, und jetzt schläft sie zum Glück.«

»Grüß sie bitte von mir. Wissen es Oma und Opa schon?«

»Ja, die sind hier.«

»Ich komme auch. Ich habe morgen tagsüber frei. So gegen Mittag werde ich da sein.«

»Das ist gut, Markus.«

»Ja, dann sollten wir uns dann auch weiter unterhalten. Am Telefon ist das alles doch ziemlich schwierig.«

»Das sehe ich auch so. Dann machen wir also erst mal Schluss. Alles Gute, Markus. Ich hoffe, dass du doch noch irgendwie zur Ruhe kommst.«

»Danke, tschüss, Papa.«

»Tschüss, mein Lieber.«

Christian Linde atmete auf. Endlich hatte er dieses Gespräch, hinter sich gebracht. Und es war besser verlaufen als gedacht. Viel besser.

Er trank ein Glas Wein. Was ihn zuvor noch so bedrückt hatte, begann sich aufzulösen. Er hatte das Gefühl, wieder freier atmen zu können. Aber er empfand das starke Bedürfnis, etwas zu unternehmen. Er musste etwas tun. Bloß nicht weiter herumgrübeln. Inge kam ihn in den Sinn. Das letzte Telefongespräch war eher unerfreulich gewesen. Sie hatte ihm Vorwürfe wegen seiner Unehrlichkeit beim Polizeiverhör gemacht. Er hätte seine Eheprobleme nicht verschweigen dürfen, hatte sie ihm vorgehalten. Doch jetzt war eine neue Lage eingetreten.

»Rosenstrauch?« Wie oft klang es wie eine Frage, als sie sich meldete.

»Christian hier. Leider mit keiner guten Neuigkeit: Sie haben Kathrin gefunden. Tot. Sie lag in der Aller. Sah böse aus. Wahrscheinlich hat sie jemand überfallen.«

Um quälende Nachfragen zu vermeiden, spulte er gleich in Kurzform den kompletten Sachstand ab. Es dauerte eine Weile, bis es seiner Gesprächspartnerin gelang, ihre Bestürzung in Worte zu fassen.

»Das ist ja furchtbar. Tut mir wirklich leid, Christian.«

»Danke.« Die Beileidsfloskel tat ihm gut. Wie im Gespräch mit Markus und seiner Mutter erläuterte er auch jetzt noch einmal die ungeklärte Situation.

»Da bist du ja wirklich nicht zu beneiden«, erwiderte Inge unsicher. Die Bemerkung ermutigte ihn zu einer Frage, die er kurz zuvor noch als völlig ungehörig empfunden hätte:

»Wollen wir nicht noch mal einen Spaziergang machen? Mir fällt hier langsam die Bude auf den Kopf.«

»Ich weiß nicht, ist doch schon spät.«

»Was soll's? Schlafen kann ich sowieso nicht.«

»Das dürfte mir auch schwer fallen.«

Damit war die Entscheidung gefallen. Leise schlich er sich aus dem Haus. Eine halbe Stunde später trafen sich die beiden am Allerdeich zwischen Winterburg und Eichendorf. Der Wind war nicht mehr so kalt wie tagsüber. Die dünne Sichel des Mondes spendete nur wenig Licht. Dennoch gewöhnten sich die Augen der Nachtwanderer allmählich an die Dunkelheit, so dass sie Schilf und Stacheldrahtzäune unterscheiden konnten. Hin und wieder hörte Linde die Aller gurgeln. Das Geräusch erinnerte ihn dumpf an die Ereignisse des Morgens, die bereits in eine nebelhafte Ferne entrückt waren.

Sie spazierten Hand in Hand über den Deich. Die Frau, die bisher zwischen ihnen gestanden hatte, war zwar tot, dennoch trübte sie das Klima zwischen den beiden stärker denn je. Er malte Inge die öffentliche Reaktion aus, die Kathrins Tod in den nächsten Tagen nach sich ziehen werde.

»Markus sagt, dass sie es schon im Radio gebracht haben. Kathrin war schließlich bekannt. Ihre Geschichten haben doch alle möglichen Leute gelesen, bis rauf in die Regierung. Auch unser Bischof hat von ihr geschwärmt. Und zu Recht.«

»Ich hab auch immer gern gelesen, was sie geschrieben hat«, sagte seine Begleiterin. »Als Journalistin war sie wirklich klasse. Vielleicht hätte sie nie aufs Dorf ziehen sollen, da passte sie einfach nicht hin.«

Er überhörte die Bemerkung. »Mir graut schon vor dem ganzen Presserummel«, fuhr er fort.

Es roch nach Schlick. In der Nähe schrie ein Nachtvogel, quäkend wie eine Kröte. Kurz darauf meinte Linde, einen Kiebitz zu hören. Kiebitz mit Schlafstörungen, ging es ihm durch den Kopf. Plötzlich glaubte er, ein Licht aufblitzen zu sehen – gut zweihundert Meter entfernt. Doch so kurz, dass es auch eine Sinnestäuschung gewesen sein konnte. Er setzte seinen Spaziergang mit Inge daher unbesorgt fort.

Das Gespräch der beiden war beherrscht von dem drohenden

Medienrummel. Auf einmal hörten sie es am Ufer rascheln. Im nächsten Moment blickten sie in den Lichtkegel einer Taschenlampe. Linde, ebenso geblendet wie Inge, gefror das Blut.

»N' Abend«, grüßte er mechanisch.

»N' Abend.« Die Antwort klang wie ein Echo. Hart. Abweisend.

Als das Licht der Taschenlampe erloschen war, erkannte er die Umrisse eines Mannes mit Hut, Windjacke und Angel. Offenbar war der Mann selbst überrascht, dass zu dieser späten Stunde Spaziergänger auf dem Deich unterwegs waren. Wahrscheinlich hat er eher mit einem Tier gerechnet, dachte Linde. Erschrocken wandte er seinen Blick von der Nachtgestalt ab und setzte seinen Weg mit Inge fort.

»Wer das wohl gewesen ist? Hoffentlich hat er uns nicht erkannt«, vertraute er seiner Begleiterin an.

»Das hoffe ich auch. Sonst können wir uns, glaube ich, auf was gefasst machen.«

Die Lust am Spazierengehen war beiden schlagartig vergangen. Über einen matschigen Wiesenweg strebten sie zu ihren Autos zurück.

»Mach's gut«, flüsterte Inge ihm zu, als er ihr einen Abschiedskuss gegeben hatte.

Doch so wollte er nicht ins Pfarrhaus zurückkehren. Er zog die Geliebte zu sich heran, so dass er ihre warmen Brüste spüren konnte.

»Ich brauch dich. Du kannst mich doch so nicht allein lassen. Komm mit ins Auto, lass uns noch ein bisschen schmusen.«

»Du hast Nerven.« Doch die Begleiterin setzte seinem Drängen keinen ernsthaften Widerstand entgegen.

Er lotste sie auf den Rücksitz seines Autos und half ihr beim Ausziehen der Jacke. Ungeachtet der Absurdität dieser nächtlichen Szenerie fühlte er sich auf einmal wieder stark – und frei. Es konnte ihm gar nicht schnell genug gehen. Keine zehn Minuten vergingen, bis sich die Spannung löste und alle Lust aus ihm herausschoss. Danach kehrten sofort die Ängste zurück, und er hatte es plötzlich eilig, den Heimweg anzutreten. Inge, die wenig Befriedigung bei diesem Schnelldurchlauf gefunden hatte, war es recht. Ihr war die Situation ohnehin nicht geheuer.

Bei der Rückfahrt zum Pfarrhaus musste er wieder an den Angler denken. Der hat mir gerade noch gefehlt, dachte er. Wer kann das bloß gewesen sein? Ohne dass er sich dagegen wehren konnte, wirbelten ihm die Bilder eines drohenden Skandals durch den Kopf. Wie in einem Allerstrudel kreisten die Gedanken- und Bilderfetzen in seinem Kopf. Um die Hirngespinste wegzuspülen, goss er sich gleich ein neues Glas Wein ein, als er ins Haus zurückgeschlichen war. Niedergeschlagen ließ er sich in seinen Ledersessel sacken. Das Pfarrhaus schlief, doch es war nicht leise. Auf dem Dachboden rumorte etwas. Ratten? Marder? Ein Gespenst?

Er setzte sich seine Kopfhörer auf und schaltete den CD-Spieler ein – ganz willkürlich, ohne eine neue CD einzulegen. Es war die Matthäus-Passion, die ihm unvermutet ins Ohr schallte. Willenlos ließ er sich berauschen von der Musik, während er sich das nächste Glas Wein eingoss. Die Musik stimmte ihn ruhig. Was hatte man zu befürchten, wenn Leid und Trauer sich auf so wunderbare Weise in Töne verwandeln ließen? Dann aber erschauerte er. Ein Choral riss ihn aus seinem Dämmer: »Wer hat dich so geschlagen, mein Heil und dich mit Plagen, so übel zugericht?«

Ihm war, als schlüge der Chorgesang eine Saite in seinem Inneren an. Nein, das wollte er sich nicht länger anhören. Er schaltete den CD-Spieler aus, trank noch ein letztes Glas Wein und ging zu Bett – hoffend, dass der Alkohol ihm einen gnädigen Schlaf bescherte. Doch er täuschte sich. Er blieb wach, hörte, wie es wieder zu regnen begann, wie die Tropfen aufs Dachfenster trommelten. Er wälzte sich hin und her, aber der Schlaf wollte nicht kommen.

Wer Kathrin wohl beerdigen würde? Er nahm sich vor, den Kollegen Menzel zu bitten, wenn die Leiche freigegeben war. Er fragte sich, wie er selbst die Beerdigungspredigt abgefasst hätte. Natürlich, er wusste viel mehr über seine Frau als über die vielen anderen, die er schon unter die Erde gebracht hatte. Aber vieles war doch bei genau er Betrachtung sehr vage geblieben. Er hatte ja nie nachgefragt, wenn sie über ihre Eltern, ihre Freunde, ihre Arbeit oder ihre Kollegen gesprochen hatte. Sie hatten in getrennten Welten gelebt. Stundenlang hatte sie sich oft in ihrem Arbeitszimmer verschanzt. Wie es da wohl aussah? Was sie dort wohl zurückgelassen hatte? Möglicherweise würde die Polizei bald eine Hausdurchsuchung machen, um Hinweise auf ihren gewaltsamen Tod zu finden. Der Schreck fuhr ihm in die Glieder bei dem Gedanken.

Zu Kathrins Lebzeiten war das Arbeitszimmer tabu für ihn gewesen, doch jetzt hatte sich die Lage verändert, jetzt musste er keine Rücksicht mehr auf ihre Intimsphäre nehmen. Wer wusste denn, welche Offenbarungen sie da hinterlassen hatte. Nicht auszudenken, wenn die Polizei darin herumstöberte. Nein, diesen Schnüfflern musste er zuvorkommen. Sofort. Es hielt ihn nicht mehr länger im Bett bei dem Gedanken.

Der Raum lag gleich neben dem Schlafzimmer. Auf dem Schreibtisch türmten sich Notizblocks, Broschüren, Pressemitteilungen, ausgedruckte Manuskripte. Über dem Schreibtischstuhl hing ihr dunkelrotes Jackett. Die beiden Regale reichten nicht aus, die vielen Bücher zu bergen. Sie stapelten sich auch auf dem Boden. Man musste aufpassen, dass man nicht darüber stolperte. Der Kleiderschrank war so voll, dass die Tür aufgesprungen war. Auf dem Boden stand ein Schminkkoffer. Alles erweckte den Anschein, als könnte die Bewohnerin jeden Moment zur Tür hereinschneien.

Verstohlen zog er Schubladen auf, entdeckte Schmuckkassetten und Visitenkarten, Briefpapier und Geldscheine. Er blätterte in abgelegten Versicherungs- und Lohnbescheinigungen, in Zeugnissen und Fotoalben. Die vielen Briefe waren ihm heilig. Sie stammten sowieso alle aus früheren Jahren und waren daher wohl für die Gegenwart unerheblich.

Ein Büchlein mit schwarzem Pappdeckel dagegen klappte er auf. Ein Tagebuch. Es war ihm, als breche er ein Sakrileg. Sein Puls beschleunigte sich.

»Urlaub in Schweden«, stand über der ersten Seite. Darunter: »19. Juli 2002, Orust«.

Er wunderte sich, dass der Urlaub keine vier Jahre zurücklag. Und er wunderte sich, dass Kathrin ihr Privatleben für wert befunden hatte, darüber zu schreiben. Was wohl? Wie ein Dieb nahm er das schwarze Buch an sich und schlich zurück ins Schlafzimmer.

19. Juli 2002, Orust

*Kathrins Tagebuch*

»Wieder ein schöner Sonnentag. Wenn man aus dem Fenster guckt, kommt man sich vor wie im Süden. Im Meer spiegelt sich der blaue Himmel, mittags ist es richtig heiß. Dabei sind wir hier nicht in Spanien oder Griechenland, sondern im hohen Norden. Seit zehn Tagen bewohnen wir – Anna, Christian und ich – ein hübsches Ferienhaus auf der Insel Orust, in der Provinz Bohuslän an der schwedischen Westküste. Unser Ferienhaus liegt auf einer felsigen Anhöhe, so dass man zu beiden Seiten das Meer sehen kann.

Das Schöne ist, dass unser Sommerhaus große Glasfenster hat, die bis auf den Fußboden reichen. Wenn man morgens aufwacht, ist es, als ob man im Freien liegt – draußen auf den Klippen, die mit Heide, Krüppelkiefern und Blaubeersträuchern bewachsen sind. Vom Bett aus kann man die großen Schiffe sehen, die vor der Küste kreuzen. Fast durchsichtig ist unser Ferienhaus, und doch fühle ich mich darin geschützter als in diesem Klinkerpalast in Eichendorf. Auf unserer Klippe nämlich leben wir ganz abgeschieden. Leider kann davon in Eichendorf keine Rede sein. Ständig kommen irgendwelche Leute ins Haus, die etwas von ihrem Pastor wollen: Küster, Kirchenvorsteher, Konfirmanden. Von unserer Haushaltshilfe Frau Brix, dieser Tratschtante, ganz abgesehen. Nein, ich hätte mir nicht ausgemalt, dass man im Pfarrhaus ein derart öffentliches Leben zu führen gezwungen ist. Immer fühlt man sich irgendwie beobachtet.

Hier dagegen kann man aufatmen. Hier herrscht Freiheit. Ich sitze gerade draußen an einem kleinen Gartentisch im Schatten. Es ist später Nachmittag. Man hört das Meer rauschen, übertönt vom Gekreisch einzelner Möwen. Christian ist mit Anna zum Felsenstrand angeln gegangen. Hoffentlich passt er gut auf sie auf. Das Angeln scheint ihn ganz in Anspruch zu nehmen. Ständig verheddert sich seine Schnur oder der Haken sitzt irgendwo fest. Es ist zum Schreien. Er angelt fast jeden Tag, hat aber erst zwei kleine Dorsche gefangen. Er hatte gehofft, dass ich sie ihm braten würde. Aber leider kann ich das gar nicht. Er war sehr enttäuscht, schien mal wieder darunter zu leiden, dass ich nicht die Rolle seiner Mama übernehme – und auch nicht bereit bin, die Hausfrauenrolle zu spielen, die er sich von seiner Ehefrau doch wohl insgeheim erträumt hat.

Leider war die Sache mit den Fischen nicht die einzige Verstimmung, die einen Schatten auf unseren sonst so schönen Urlaub geworfen hat. Schon am dritten Tag hatten wir hier unseren ersten Zoff. Es begann harmlos. Anna war gerade im Bett, und wir hatten uns eine Flasche von dem mitgebrachten Rotwein aufgemacht, da fing Christian wieder an, von seiner Kirchengemeinde zu erzählen. Wie schwer es sei, die Leute zur aktiven Mitgestaltung zu bewegen. Stöhn, stöhn, stöhn ...

Ich hatte einfach keine Lust, auf sein Gejammer einzugehen. Das kannte ich doch alles schon. Da hat er noch einmal neu angesetzt und über die Enge und Miefigkeit des Dorflebens gestöhnt und den Mangel an Zeit beklagt, der ihn daran hindere, sich an überregionalen Kirchentagsinitiativen zu beteiligen oder wie früher politische Aktionen zu starten. Daraufhin ist mir der Kragen geplatzt.«

Peinlich berührt legte Christian Linde das aufgeklappte Tagebuch auf den Tisch. Als wäre es gestern gewesen, trat ihm der Urlaubsstreit wieder ins Bewusstsein.

»Jetzt fang doch bitte nicht schon wieder an, dich zu bemitleiden«, hatte Kathrin ihm entgegengehalten. »Versuche doch einfach mal, die Zeit hier zu genießen. Geh ans Meer, ich glaube, du brauchst nichts Dringenderes als Abstand von deiner Arbeit. Du predigst doch immer, dass man sich nicht zu sehr vereinnahmen lassen soll. Versuch doch mal selbst danach zu leben. Eichendorf ist schließlich nicht die Welt, und das ganze Leben schon gar nicht.«

»Eichendorf ist schließlich nicht die Welt«. Die Bemerkung hatte ihn getroffen. »Ich versteh' schon«, hatte er verbittert geantwortet. »Das interessiert dich alles einen Dreck. Klar, das ist dir viel zu miefig und zu piefig, was mich in meiner Gemeinde umtreibt. Ich weiß ja, dass du mit anderen Sachen beschäftigt bist. Aber du könntest vielleicht wenigstens so tun, als würdest du dich für meine kleine Welt interessieren.«

Kathrin hatte antworten wollen. Doch er ließ sie nicht zu Wort kommen. »Entschuldige, ich weiß, dass du das als Zumutung empfindest und dich mit mir zu Tode langweilst«, war er fortgefahren. »Muss ja furchtbar für dich sein, hier so allein mit deiner öden Kleinfamilie rumzuhängen.«

»Und ich weiß gar nicht, was das soll«, erwiderte Kathrin. »Wenn du nicht ständig rumjammern würdest, ginge es mir ganz gut. Oder willst du mir schon wieder vorhalten, dass ich immer so spät nach Hause komme? Man sieht ja jetzt, dass du sowieso nichts mit mir anzufangen weißt.«

»Dein Kollege hat scheinbar eine bessere Verwendung für dich.«

Mit dieser Spitze hatte er einen wunden Punkt bei Kathrin getroffen. Sie war verstummt und blass geworden. Es war ihr sichtlich unangenehm gewesen, an die Affäre mit diesem Frank erinnert zu werden.

»Jetzt fang doch nicht schon wieder damit an«, schrie sie ihn an, als sie sich gefasst hatte. »Das haben wir doch längst durch. Im Vergleich zu deiner Geschichte mit Anke war das bei mir doch wohl eher eine harmlose Freizeitbeschäftigung.«

»Harmlose Freizeitbeschäftigung«, hatte er empört wiederholt.

»So nennt man das wohl in Journalistenkreisen.«

»Und wie nennt man das in Pastorenkreisen, wenn ein Seelsorger Minderjährige verführt? Denkst du, mir ist es entgangen, dass du mit Anke ins Bett gegangen bist, während ich gearbeitet habe? Glaubst du, ich habe nicht gemerkt, wie Markus darunter gelitten hat? Dass du dich nicht schämst!«

Ein Kälteschauer war ihm über den Rücken gelaufen. Er hatte sich dagegen gewehrt, das ganze Ausmaß dieses Anwurfs zu begreifen, doch die Worte hallten in ihm nach: Kathrin hatte ihn durchschaut. Die ganze Zeit.

Die Tränen waren ihr nur so aus den Augen geschossen. Sie hatte sich immer mehr in Rage geredet. »Du warst doch froh, wenn ich unterwegs gewesen bin und du mit diesem Kindermädchen rumpoussieren konntest. Denkst du, das habe ich nicht gemerkt? Ihr habt es ja nicht mal für nötig gehalten, eure Liebesspiele vor Anna zu verbergen. Glaubst du im Ernst, Anke hätte dicht gehalten? Das pfeifen doch in Eichendorf schon die Spatzen vom Dach, was du für einer bist. Du kannst froh sein, dass es noch keiner an die große Glocke gehängt hat. Der arme Markus!«

Er war vollkommen verdattert gewesen, hatte nur noch hilflos den Kopf geschüttelt und gestammelt: »Das sind doch alles alte Kamellen. Erstens war es längst nicht so schlimm, wie du hier tust, und zweitens weißt du ja wohl, dass das lange vorbei ist mit Anke.«

»Nach außen hin«, hatte Kathrin spitz nachgesetzt. Sie hatte sich immer mehr in Rage geredet. »Die Außenwirkung hat dich ja auch nur gestört. Nur weil die Leute getuschelt haben, hast du Schluss gemacht mit Anke und ein anderes Kindermädchen genommen. An mich hast du dabei natürlich ganz zuletzt gedacht. Wenn überhaupt! Aber wahrscheinlich brauchst du die kleinen Mädchen, weil du bei erwachsenen Frauen keinen mehr hochkriegst, du Schlappschwanz. Ja, brauchst gar nicht so entgeistert zu gucken, das ist mein voller Ernst: Du brauchst kleine Mädchen, die dich bewundern, die zu dir emporblicken, damit du in Schwung kommst. Gib 's doch zu, du, du Versager, du.«

»Halt dein dreckiges Maul«, hatte er ihr entgegengeschrieen, gezittert vor Zorn, drauf und dran, ihr ins Gesicht zu schlagen. »Du bist doch nur eifersüchtig. Aber natürlich, wenn du es wirklich wissen willst. Du hast Recht, du machst mich wirklich nicht mehr an. Es fällt mir immer schwerer, in dir noch eine begehrenswerte Frau zu sehen.«

Sie hatte die Augen geschlossen und die Fäuste geballt. »Du scheinheiliger Hund«, hatte sie zurückgefaucht. Dann hatte sie die Hände vor die Augen gehalten und geweint – hemmungslos. Dadurch war die Wut in ihm allmählich verraucht und einem schlechten Gewissen gewichen.

»Tut mir leid. Aber wenn du mich bis zur Weißglut reizt, dann darfst du dich nicht wundern, wenn ich explodiere.«

»Ach, hör doch auf, hat doch alles keinen Sinn mehr. Was du mir da eben an den Kopf geworfen hast, das kommt doch nicht von ungefähr.«

»Tut mir leid, ich hab doch schon gesagt, dass du das nicht so wörtlich nehmen darfst. Was du mir vorher an den Kopf geschmissen hast, war auch nicht ohne. Weißt du noch, wie du mich genannt hast?«

»Unglaublich, diese Selbstgerechtigkeit, diese Ichbezogenheit! Interessierst du dich etwa für meine Arbeit? Hast du dir mal überlegt, was ich so den lieben langen Tag mache? Mal im Ernst: Mir würde es auch sehr gut tun, mal mit jemandem darüber zu reden, woran ich gerade arbeite. Aber ich wage es ja gar nicht mehr, dich mit meiner Arbeit zu behelligen. Ich weiß ja, dass der Herr Pastor den Kopf voll hat mit anderen Dingen und schwer an seiner Verantwortung als Seelsorger trägt.«

Nun hatte sie ihre Fassung zurückgewonnen und die Gegenoffensive eröffnet. Bevor er antworten konnte, fuhr sie fort:

»Dabei würde es dir, glaube ich, auch mal gut tun, die Augen zu öffnen und zu sehen, dass es auch noch außerhalb von Eichendorf und Winterburg Probleme gibt. Du liest ja nicht mal mehr die Zeitung. Was ist eigentlich aus dem politischen Engagement geworden, mit dem du dich früher immer so gebrüstet hast?«

»Ich weiß, ich weiß. Ich mauer mich ein in meinem Kaff, während du die große Welt bereist, was? Klar, dass du dir da andere Gesprächspartner suchen musst, weil du dich mit so einem Dorftrottel wie mir langweilst.«

Im nächsten Moment war er auch schon aus dem Haus gestürmt – in die helle schwedische Sommernacht.

Er erinnerte sich, wie er ziellos über die Klippen gelaufen war und die aufspritzende Gischt ihm die Hose durchnässt hatte. Als Schlappschwanz hatte sie ihn beschimpft. Schlappschwanz. Versager.

Fast mechanisch zog er das Tagebuch wieder zu sich heran und las, was Kathrin über den Streit geschrieben hatte:

»Welche Rolle spiele ich eigentlich noch in seinem Leben? Wahrscheinlich war er in seiner Wut ehrlicher als sonst: Ich bedeute ihm nichts mehr. Es war furchtbar, das aus seinem Munde zu hören. Aber natürlich habe ich ihn in meinem Ärger auch verletzt. Schlappschwanz, Versager ... So weit hätte ich nicht gehen dürfen. Aber es macht mich einfach wahnsinnig, dass sich bei ihm alles nur um seine kleine Welt dreht. Auch seine tollen Gottesdienste dienten ihm letztlich wahrscheinlich nur dazu, sein Ego zu befriedigen.

Immer hat er nur an sich gedacht. Das war natürlich auch der einzige Grund, warum er sich von Anke getrennt hat: Nicht etwa aus Liebe zu mir oder Markus und Anna, sondern nur weil er um seine Stellung als Dorfpastor gebangt hat. Seine Stellung!

Das könnte mir ja ganz egal sein, wenn mir Christian gleichgültig wäre. Aber ausgerechnet an diesem Sommerabend ist mir aufgegangen, wie sehr ich an ihm hänge. Sonst hätte ich doch nach seinen Beleidigungen sagen können: Schluss, aus. Aber ich habe gespürt, dass ich das gerade nicht will.

Sicher, ich habe auch noch mit Frank geschlafen, nachdem Christian seine Affäre mit Anke schon beendet hatte. Ich brauche das einfach – dieses Gefühl, dass ich noch für einen Mann begehrenswert bin.

An dem Abend habe ich mich weinend ins Bett gelegt. Christian muss spät zurückgekommen sein. Ich habe ihn nicht mehr gehört. Auch am nächsten Morgen haben wir anfangs nur das Nötigste miteinander gesprochen. Furchtbar. Ich ertrage das nicht, dieses Schweigen. Gut, dass wenigstens Anna ihr Recht verlangte und ein Minimum an Familienkommunikation erzwang. Ihre unbekümmerte Art war es denn auch wohl, die mich ermutigte, irgendwann meine Hand auf Christians Hand zu legen. Glücklicherweise hat er sie nicht zurückgezogen.

Zu einer größeren Aussprache ist es nicht gekommen, immerhin aber hat sich Christian am Abend ausdrücklich entschuldigt. Zur Bekräftigung gab er mir einen Kuss. Ich hätte jubeln können.

Aber nun will ich wirklich Schluss machen mit dieser Schreiberei. Dafür ist das Wetter einfach zu schön. Bevor Christian mit Anna vom Angeln zurückkommt (hoffentlich ohne Fisch), will ich noch ein bisschen schwimmen. Vielleicht haben sich die Quallen ja wieder verzogen.«

Er klappte das Tagebuch zu. Schwerer noch als die Vorwürfe trafen ihn die letzten Sätze: die Zuneigung, ja die Liebe, die daraus sprach. Damit hatte er nicht gerechnet. Erstmals überkam ihn so etwas wie Wehmut, das Gefühl, etwas unwiederbringlich verloren zu haben. Good bye, Ruby Tuesday? War wirklich nichts geblieben von dieser Ruby-Tuesday-Stimmung?

Sein Blick fiel wieder auf das schwarze Büchlein. Er machte sich Vorwürfe, darin gelesen zu haben – eingedrungen zu sein in die geheimen Aufzeichnungen seiner Frau. Gleichzeitig sagte er sich, dass Kathrin ja nun nicht mehr am Leben sei und das Tagebuch ihm vielleicht helfe, sie besser zu verstehen. Er beschloss, mit der Lektüre fortzufahren, ließ die Seiten an seinem Daumen vorbeistreichen. Dabei sprang ihm ein Datum ins Auge, das sein Interesse weckte:

»27. Dezember 2000

Wieder einmal geht ein Jahr zu Ende. Zeit für eine kurze Momentaufnahme. Seit zehn Tagen habe ich mich nun schon in Eichendorf vergraben – weit abseits der Zeitung, ganz nahe bei Christian, Markus und Anna. Wie ein kleines Kind habe ich mich in diesem Jahr auf Weihnachten gefreut – nach all dem Stress in der Redaktion und dem Streit mit Christian. Aber leider war es wie so oft, wenn man zu viel von einem Tag erwartet: ziemlich enttäuschend. Dabei fing der Heilige Abend so schön an.

Es lag zwar kein Schnee. Aber bis Mittag glitzerte Raureif auf Bäumen und Sträuchern. Das Dorf war wie verzaubert. Ein kalter und klarer Tag mit einem glutroten Sonnenuntergang. Fantastisch.

Während ich nach dem Mittagessen mit Anna einen Spaziergang gemacht habe, hat Christian den Tannenbaum geschmückt. Dabei hatte er weiß Gott genug zu tun. Um vier begann ja schon das Krippenspiel – eine absehbare Katastrophe. Aber er wollte sich das Schmücken des Christbaums unter keinen Umständen nehmen lassen. 'Das gehört für mich einfach zu Weihnachten', hat er gesagt – in einem gereizten Ton, der keinen Widerspruch duldete. Dabei ist mir natürlich klar, dass er mir diese 'ehrenvolle Aufgabe' nicht zutraut. Und ich muss auch gestehen: Ich war nicht besonders traurig. Denn erstens macht mir diese Dekoriererei sowieso keinen Spaß, und zweitens hätte ich schwören können, dass Christian unzufrieden mit meinem Baum gewesen wäre.

Er sah schon sehr gehetzt aus, als er nach einer flüchtigen Tasse Kaffee aus dem Haus gestürmt ist, um rechtzeitig das Krippenspiel zu eröffnen. Anna hat ihn begleitet, während ich noch Geschenke verpackt und unterm Baum drapiert habe.

Wir sind kaum dazu gekommen, ein Wort miteinander zu sprechen, als Christian nach dem Nachmittagsgottesdienst kurz ins Haus gekommen ist. Das Krippenspiel muss grauenhaft gewesen sein. 'Ziemlich furchtbar', kommentierte er. 'Ein Mädchen hat uns das Christuskind aus der Krippe gemopst. Für die Kleine war es einfach nicht mehr als eine Puppe, und die blöde Mutter hat es geschehen lassen. Die Leute fanden es superkomisch, es gab sogar Szenenapplaus. Und das war dann auch schon der Höhepunkt.'

Nach dem Kurzbericht ist er sofort in seinem Arbeitszimmer verschwunden, um noch mal schnell seine Weihnachtspredigt zu überfliegen, wie er es ausdrückte. Markus, der inzwischen dazu gekommen war, hat er kaum beachtet. Ich habe währenddessen den Abendbrotstisch gedeckt und Anna zwei Märchen vorgelesen. So nach dem Motto: 'Wir warten aufs Christkind'. Dann habe ich mich in Schale geworfen und bin mit Mann und Kindern zur Kirche gezogen. Anna hat mir maulend zu verstehen gegeben, dass sie nicht besonders begeistert davon war, ein zweites Mal mitzukommen. Aber natürlich konnten wir sie nicht allein zu Hause lassen. Denn Markus wollte unbedingt zur Kirche – bei all seiner Kirchenferne scheinen Kirche und Weihnachten für ihn immer noch zusammenzugehören. Vielleicht ist er – trotz allem – auch immer noch ein bisschen stolz, seinen Vater in der Kirche predigen zu hören. Für mich war es eine Selbstverständlichkeit, meinen Gemahl zum Heiligabend-Gottesdienst zu begleiten. Und ich musste mich auch überhaupt nicht dazu zwingen. Ich höre ihn ja gern predigen. Wie immer am Heiligen Abend war die Kirche bis auf den letzten Platz gefüllt. Es war wunderschön. Christian hat über die Hoffnung gepredigt, die die Geburt eines Kindes in die Welt bringt. Jedes Neugeborene sollte als Geschenk des Himmels gewürdigt werden, als Ausdruck der Liebe Gottes, hat er gesagt. Mir ist ganz warm geworden dabei. Dazu der riesige Weihnachtsbaum, der Posaunenchor und die schönen Lieder. Es war wirklich schön.

Ich habe Christian in den höchsten Tönen gelobt, als wir wieder zu Hause waren. Auch Markus fand die Predigt 'gar nicht so schlecht' – was bei ihm schon einiges heißt. Christian war selig. Abgesehen von unseren Lobpreisungen spürte man auch, dass eine große Last von ihm abgefallen war. Erschöpft, aber glücklich, ließ er sich auf seinen Küchenstuhl sinken. Leider hat sich die Stimmung dann schnell verdüstert.

'Haben wir gar nichts Warmes?', fragte er, nachdem er Käse, Wurst und Butter auf dem Abendbrotstisch mit einem abschätzigen Blick gestreift hatte.

'Ich dachte, dass wir morgen essen gehen, und außerdem haben wir doch auch die vielen Süßigkeiten', habe ich geantwortet, bereits ahnend, was sich da wieder zusammenbraute.

'Wenn du meinst', hat er darauf beleidigt gegrummelt. Dann ist er auch gleich wieder in dieses vorwurfsvolle Brüten verfallen. Er hat nicht einmal mehr darauf geachtet, wenn Anna ihn angesprochen hat. Auch wenn er seinen Ärger für sich behalten hat, war mir klar, dass er mich wieder mal im Stillen als miserable Hausfrau verflucht hat. Auch mir ist es angesichts meiner Hintergedanken schwer gefallen, die Verstimmung mit Weihnachtsgeplänkel zu überspielen. Aber ich habe mich zumindest bemüht, auf Anna und Markus einzugehen – und mich gleichzeitig darüber geärgert, dass Christian wieder mal den Totalverweigerer gemimt hat.

Ein wenig hellte sich die Stimmung auf, als wir zur Bescherung übergingen. Anna jubelte über die Berge von Büchern, Kassetten und Puppenutensilien, die sie aus dem Weihnachtspapier schälte. Auch die Brecht-Gesamtausgabe, die wir Markus geschenkt hatten, kam gut an. Ich habe mich über die goldene Kette von Christian gefreut, und Christian schien Gefallen an der Armbanduhr zu finden, die ich ihm – wunschgemäß – besorgt hatte. Nach der Bescherung fand ich sogar wieder den Mut, ihn um ein Klarinettenkonzert zu bitten. Und er zierte sich auch nicht lange. Andächtig spielte er uns ein Weihnachtslied nach dem anderen vor.

Leider mischte sich irgendwann das Bimmeln des Telefons in das Konzert, und ich beging den Fehler, den Hörer abzunehmen. Meine Mutter. Nachdem sie mir 'Fröhliche Weihnachten' gewünscht hatte, erneuerte sie ihre Einladung für den zweiten Weihnachtstag, schilderte mir umständlich ihre Weihnachtsvorbereitungen und die Pläne meiner Schwestern. Nur der Form halber gab sie mir kurz Gelegenheit, von unserem unterbrochenen Weihnachtsfest zu berichten. Ich war noch mitten im Satz, da fuhr sie auch schon wieder selbst fort: mit Rezeptvorschlägen und Nachbarschaftsklatsch, mit Krankengeschichten und Urlaubsplänen. Ich kam fast gar nicht zu Wort – auch nicht, um darauf hinzuweisen, dass meine Familie auf mich wartete. Schließlich verlangte sie auch noch Anna und Markus, um ihnen gleichfalls 'Fröhliche Weihnachten' zu wünschen. Und selbstverständlich ließ es sich mein Vater nicht nehmen, sich den Segenswünschen anzuschließen und noch ein paar Worte mit mir zu wechseln. Als ich am Ende aufgelegt hatte, merkte ich an Christians eisigem Blick, dass der Abend nun endgültig gelaufen war.

'Entschuldige bitte, aber wenn meine Eltern schon mal anrufen, kann ich natürlich nicht gleich wieder auflegen', habe ich gesagt – schon in Erwartung bitterer Klagen.

'Na, so selten rufen die hier auch wieder nicht an', entgegnete Christian kühl. Und damit ist er auch schon aufgesprungen, um 'frische Luft zu schnappen', wie er es ausdrückte. 'Damit ich nicht gleich bei der Kerzenandacht einschlafe. Meine Anwesenheit scheint dir ja sowieso nicht wichtig zu sein.'

Diese ungerechte Attacke brachte nun wieder mich in Rage. Ich forderte ihn auf, nicht schon wieder die beleidigte Leberwurst zu spielen und auch mal an Anna und Markus zu denken. Daraus zog er dann die Konsequenz, Markus zu fragen, ob der ihn beim Spazierengehen begleiten wolle. Und der hat überraschenderweise sofort Ja gesagt, und ich bin mit Anna und einem miesen Gefühl in der Weihnachtsstube zurückgeblieben.

Nur für ein eiliges Gläschen Wein hat sich Christian später noch einmal kurz zu mir gesetzt, bevor er wieder in die Kirche entschwebte, um seine Kerzenandacht abzuhalten. Als er kurz vor Mitternacht zurückkam, lagen Anna und ich schon im Bett – Markus hat in seinem Zimmer noch gelesen. Ich habe oben vom Schlafzimmer aus gehört, dass Bachs Weihnachtsoratorium aus den Lautsprechern schallte. Und obwohl ich schon fast schlief, habe ich mich wieder aufgerappelt und bin zu Christian gegangen. Doch mein Erscheinen schien ihn nicht besonders zu beglücken. 'Ich dachte, du schläfst schon', begrüßte er mich – mit einem Glas Wein in der Hand. 'Ich denke gerade noch mal über den Weihnachtsgottesdienst nach. Morgen früh um zehn geht's ja für mich schon wieder weiter.'

Es klang nicht eben so, als wollte er mich an seinen Gottesdienstvorbereitungen teilhaben lassen.

'Dann will ich auch nicht länger stören', habe ich daraufhin gesagt und bin wieder ins Bett gegangen.«

## 28. März 2006, Mittwochmorgen

## *Alte Wunden*

Es hätte ein schöner Tag werden können. Die Märzsonne ließ das Thermometer schon gegen neun Uhr auf sieben Grad ansteigen. Die Vögel jubelten.

»Journalistin ermordet«. Die Schlagzeile erschreckte ihn, als er am Frühstückstisch die Zeitung aufschlug. »Pastorenfrau aus Eichendorf tot aus der Aller geborgen«, verkündete die Unterzeile. Neben dem Text ein großes Foto von der Allerbucht, darin eingeklinkt ein Porträt Kathrins. Es widerstrebte ihm zu lesen, was der Lokalredakteur des »Celler Tageblatts« über den »grausigen Leichenfund« zusammengetragen hatte. Warum sollte er sich damit belasten? Die Polizei würde ihn schon auf dem Laufenden halten. Außerdem saß Anna neben ihm – appetitlos wie er selbst. Ihr wollte er auf jeden Fall den Medienrummel ersparen, der nun sicher über das Pfarrhaus hinwegbranden würde. Kommentarlos faltete er die Zeitung gleich wieder zusammen und nippte an seinem Kaffee. Irgendwie schien ihm dieser Mordfall, über den die Zeitung so groß berichtete, auf einmal weit weg zu sein.

Kathrins Eltern waren zum Glück abgereist. Auf einem Zettel hatte seine Schwiegermutter notiert, dass sie lieber erst einmal für sich sein wollten, jederzeit aber bereit wären, sich um »das Kind« zu kümmern.

»Das Kind« war schon früh am Morgen zu seinem Vater ins Bett gekrochen. Es hatte ihm gut getan, wie sich Anna zärtlich bei ihm angekuschelt hatte. Peinlich war es ihm nur gewesen, als sie das Tagebuch auf dem Nachttisch entdeckt hatte.

»Ist das von Mama?«, hatte sie gefragt. Sie kannte ja Kathrins Schrift.

»Ja, meine Liebe, das ist Mamas Tagebuch«, hatte er geantwortet. »Ich habe ein bisschen darin geblättert. Eigentlich sollte man das ja nicht, aber ich wollte einfach wissen, was Mama so durch den Kopf gegangen ist.«

»Und?«

»Ach, das lässt sich nicht so einfach sagen. Vielleicht können wir später mal darüber sprechen. Im Moment schaffe ich das einfach nicht.«

Anna hatte nicht widersprochen. Er hatte daraufhin stumm ihre Hand gedrückt und das Tagebuch in die Nachttischschublade gelegt. Am besten wäre es, das Buch zu verbrennen, war es ihm durch den Kopf gegangen. Was sollte Anna denken, wenn sie einmal las, wie es um die Ehe ihrer Eltern bestellt war.

Am Frühstückstisch war sie wieder ins Grübeln verfallen. »Wo Mama jetzt wohl ist?«, fragte sie matt. »Ich kann mir einfach nicht vorstellen, dass sie nie mehr zurückkommt.«

»Ja, das fällt mir auch schwer«, erwiderte ihr Vater, während er sich über den Bart fuhr. »Aber wenn wir sie in Erinnerung behalten, dann bleibt sie bei uns.«

Wie oft hatte er mit Familienangehörigen Trauergespräche geführt. Doch nun, im Gespräch mit seiner eigenen Tochter, wollten ihm die richtigen Worte einfach nicht einfallen. Der Auferstehungsmythos kam ihm so naiv vor. So konstruiert. Er konnte ja selbst nicht recht daran glauben. Kein Wunder, dass Anna zweifelnd den Kopf schüttelte und wieder zu weinen begann.

»Ich versteh das alles nicht, ich kann das einfach nicht verstehen, Papa.«

»Arme Anna. Es gibt Dinge, die können wir Menschen auch nicht verstehen – und trotzdem haben sie vielleicht einen höheren Sinn. Ich glaube jedenfalls fest daran, dass es eine höhere Macht gibt, die unser Schicksal sanft in ihren Händen hält, unendlich sanft, wie es in einem Gedicht heißt – und das Wunderbare ist ja, dass wir diese höhere Macht, die wir Gott nennen, anrufen können, um Trost und Stärkung zu finden. Wenn du möchtest, können wir das jetzt zusammen tun und beten.«

Er spürte, dass seine Worte irgendwie hohl klangen, hohl und formelhaft. Er war daher nicht überrascht, als Anna den Kopf schüttelte.

Hilflos strich er ihr übers Haar. »Mama geht es bestimmt gut. Die ist im Himmel und wacht über dich. Ich habe mal gelesen, dass sich die Menschen in Sterne verwandeln, wenn sie in den Himmel kommen, weißt du. Das ist doch eine schöne Vorstellung, findest du nicht?«

Anna schwieg nachdenklich.

Unterdessen rief er auf dem Laptop seine neuen E-Mails auf.

Darunter fanden sich auch Beileidsbekundungen von Kathrins Chefredakteur. »Mit tiefer Bestürzung haben wir vom Tod Ihrer Frau erfahren. Kathrin hinterlässt eine große Lücke in unserer Redaktion, wir werden sie sehr vermissen. Weitaus größer aber natürlich muss der Verlust für Sie sein. Wir wünschen Ihnen und Ihren Kindern viel Kraft in dieser schweren Zeit.«

Ihm fiel ein, dass der Chefredakteur von Kathrins Tod aus der Zeitung erfahren hatte. Besser wäre es gewesen, er hätte alle Bekannten und Verwandten persönlich informiert. Aus seiner Erfahrung als Pastor wusste er, dass das örtliche Beerdigungsinstitut diese Aufgabe übernahm, wenn man eine entsprechende Namensliste zusammenstellte. Aber welchen Sinn machte die Versendung der Todesbotschaften, wenn der Termin der Beerdigung noch gar nicht feststand? Die Obduktion konnte sich ja noch hinziehen.

Eine Traueranzeige aber war wohl trotzdem nötig. Was sollten denn die Leute denken, wenn er einfach schwieg! Außerdem war es gar nicht so schlecht, irgendetwas zu tun. Alles war doch besser, als nur herumzusitzen, als diese lähmende Untätigkeit. Auch Anna musste beschäftigt werden. Ihr Vater schlug ihr vor, zu malen, wie sie sich den Tod vorstellte. Sie malte ja gern und zeigte großes Talent dabei. Anfangs hatte sie Bedenken, aber dann ließ sie sich überreden und zog sich in ihr Zimmer zurück.

Er grübelte unterdessen über einen geeigneten Anzeigentext nach. Psalmen und Bibelverse schwirrten ihm durch den Kopf. Aber nichts wollte passen. Schließlich entschied er sich für einen Vers aus dem Psalm 38: »Verlass mich nicht, Herr, mein Gott, sei nicht ferne von mir!« Darüber sollte stehen: »Ein unfassbares Geschick hat meine liebe Frau, meine liebe Mutter, unsere liebe Tochter und Schwester aus unserer Mitte gerissen.« Ziemlich konventionell zwar, aber für kreative Ideen hatte er jetzt einfach den Kopf nicht frei.

Als er den Anzeigentext an die Zeitung gemailt hatte, war ihm leichter zumute. Er hatte das Seine getan.

Es war die ganze Zeit über still im Haus gewesen, ungewohnt still. Nur Astrid Brix, die Haushaltshilfe, war kurz vorbeigekommen, um zu fragen, ob sie sich nützlich machen könne. Doch er hatte sie dankend wieder weggeschickt, die treue Seele.

Niemand wagte offenbar anzurufen. Selbst die Reporter hielten sich noch zurück. Dabei hätte er gar nichts dagegen gehabt, mit jemandem zu sprechen. Er fühlte sich eingesperrt in seinem Pfarrhaus, sehnte sich nach frischer Luft. Markus wollte erst gegen Mittag kommen. Da war noch Zeit für einen Spaziergang.

»Ich drehe eben mal ne Runde, bin gleich zurück«, teilte er Anna durch die geschlossene Tür ihres Zimmers mit.

Als er hinaustrat, fühlte er sich sofort in eine andere Welt versetzt. Es war spürbar wärmer geworden. Die Sonne schien aus einem strahlend blauen Himmel. Der Rasen im Pfarrgarten war sichtbar gewachsen. Er ließ sich von der Frühlingsstimmung treiben wie ein Schmetterling. Erleichtert, dass sich die düsteren Gedanken wie von selbst auflösten. Er ging in Richtung Marsch. Eilig huschte er an der »Deichschenke« vorbei. Zwei Autos parkten vor dem Dorfgasthaus. Ihm war, als wenn die bräunlichen Gardinen im »Schmierigen Lappen« zur Seite geschoben wurden. Bloß schnell weiter. Er war ängstlich bestrebt, niemandem zu begegnen. Das gelang ihm auch nahezu. Sah er einen Trecker oder Radfahrer auf sich zukommen, bog er schnell ab.

Nur Lene Albers wich er nicht aus. Schon von Weitem hatte er sie mit ihrem klapprigen Kinderwagen entdeckt. Sofort erinnerte er sich an ihren erst kurz zurückliegenden Besuch im Pfarrhaus.

»Oh, Herr Linde, gut, dass ich Sie treffe«, rief sie ihm zu. »Ich wollte sowieso in den nächsten Tagen zu Ihnen ins Pfarrhaus kommen. Wir haben uns nämlich jetzt entschlossen, unsere Paula taufen zu lassen.«

Einen kurzen Moment lang sah er sie fragend an, erinnerte sich dann aber, dass Lene die Tiere, die sie im Kinderwagen spazieren fuhr, als ihre Babys betrachtete. Und er sah keinen Grund, ihre harmlosen Wahnvorstellungen in Frage zu stellen. »Na, hoffentlich ist Paula nicht wasserscheu«, scherzte er.

»Ach wo«, entgegnete Lene kichernd. »Der Pastor macht wieder mal Witze.«

Darauf ließ sie Linde einen Blick in ihren Kinderwagen werfen. Wäre er in einer anderen Verfassung gewesen, hätte er laut losgelacht: Unter einem Sofakissen döste ein gelbes Kätzchen, ungewöhnlich fett für sein Alter.

»Na, die hast du aber gut gefüttert«, flüsterte er.

»Ja, die hat ja auch den ganzen Tag Hunger«, antwortete Lene mit der größten Selbstverständlichkeit der Welt.

»Verwöhn sie mal nicht zu sehr«, erwiderte er ernst. Die absurde Konversation wurde ihm allmählich lästig. »Also dann fahr Paula noch 'n bisschen spazieren«, fuhr er fort. »Das herrliche Wetter tut ihr sicher gut. Ich muss leider zurück, also bis bald.«

»Bis bald, Herr Linde. Vergessen Sie die Taufe nicht.«

Ohne auf die letzte Bemerkung einzugehen, machte er sich auf den Heimweg. Noch eine ganze Weile lauschte er Lenes Kindergesängen, die der Wind ihm hinterher wehte: »Summ, summ, summ, Bienchen summ herum ...«

Endlich war er wieder mit sich allein in der Marsch. Umgeben nur vom Gesang der Lerchen, den unsichtbaren Musikanten des Himmels.

Plötzlich fiel ihm ein, dass Markus jeden Moment eintreffen konnte. Hoffentlich war er nicht schon da! Widerstreitende Gefühle von Beklemmung und Wiedersehensfreude beschlichen ihn, er beschleunigte seinen Schritt.

Kurz bevor er das Pfarrhaus erreichte, wurden zwei Schäferhunde auf ihn aufmerksam. Wie verrückt kläfften ihn die beiden Köter hinterm Zaun an, so dass auch gleich die Herrin alarmiert wurde. Der Mund der Frau wollte sich gar nicht wieder schließen, als sie den Pastor erkannte. Sein Gruß blieb unerwidert.

Er kam nicht dazu, darüber nachzugrübeln. Denn keine hundert Meter vom Pfarrhaus entfernt parkte ein weißer Mercedes. Darin saßen zwei Männer, die so abrupt in eine andere Richtung blickten, als er sie bemerkte, dass ihm klar war, dass sie ihn vorher beobachtet haben mussten. Polizei, durchfuhr es ihn. Die beschatten mich scheinbar schon.

Schlaglichtartig fiel ihm der Mann mit der Taschenlampe ein. Der hat mich bestimmt erkannt und angeschwärzt, dachte er. Und jetzt haben sie mich natürlich auf dem Kieker, kein Wunder. Er spürte, wie Angst in ihm aufwallte.

Anna hatte gleich mehrere Bilder gemalt. Eines spiegelte seine Stern-Geschichte wider: Ein großer Stern mit einem freundlichen Gesicht strahlte am Nachthimmel, unten waren eine Kirche, ein Haus und ein Mann mit einem Kind an der Hand zu erkennen.

Ein weiteres Bild stellte bunte Schmetterlinge über einer Wiese dar. Auf einem anderen schwebten Wolken über einem Kirchturm, und auf den Wolken saßen menschliche Gestalten mit Sonnenbrillen, die wie Urlauber aussahen.

»Schön, wunderschön«, lobte er seine Tochter. »Ganz schwerelos wirken deine Gestalten ja. Man hat das Gefühl, dass sie aufgestiegen sind, nachdem sie ihr Leben abgeschüttelt haben wie einen Rucksack mit schwerem Gepäck.«

Anna zuckte verlegen die Achseln. »Ach, ich weiß nicht.«

Draußen fuhr ein Auto vor. Er sah, dass es der klapprige Peugeot seines Sohnes war. »Markus, komm, wir gehen ihm entgegen, Anna.«

Das ließ Anna sich nicht zweimal sagen. Sie liebte ihren Bruder. Sie drängte sich an ihrem Vater vorbei und schoss aus dem Haus – geradewegs auf den Besucher zu.

»Hallo, Markus.«

»Hallo, Anna.« Markus streckte ihr die Arme entgegen, als wollte er sie wie früher auf den Arm nehmen. Doch dann stellte er wohl fest, dass sie dafür zu groß war und beschränkte sich darauf, sie in die Arme zu schließen. Dabei brach er plötzlich in stoßhaftes Schluchzen aus. Es war spürbar, dass er lange dagegen angekämpft hatte. Doch jetzt gab es kein Halten mehr. Auch Anna begann zu weinen. Schon nach kurzer Zeit aber hatten sich die beiden wieder gefasst und lösten sich allmählich aus ihrer Umarmung.

Ihr Vater stand daneben, gleichzeitig verlegen und gerührt. Markus wischte sich die Tränen aus dem Gesicht und zwang sich zu einem Lächeln.

»Hallo, Papa.«

»Hallo, Markus.«

Obwohl es sonst nicht seine Art war, folgte Christian Linde jetzt dem Beispiel seiner Kinder. Ohne zu zögern nahm er Markus in den Arm. Der junge Schauspieler, der ihn um einen Kopf überragte, fühlte sich an wie der kleine Junge, der er einmal gewesen war. Genauso zerbrechlich und zart. Linde fühlte sich seinem Sohn plötzlich wieder nah.

»Schön, dass du gekommen bist, Markus.«

Er sah, dass sein Sohn schluckte. Mit sanftem Druck gegen die Schulter führte er ihn ins Haus. Er befüllte die Kaffeemaschine mit Wasser und Kaffeepulver und stellte Tassen und Kekse auf den

Tisch. Während die Kaffeemaschine dampfend röchelte, betrachtete Markus die Bilder, die seine Schwester gemalt hatte.

»Für Mama«, erläuterte sie ernst. Die Erklärung war überflüssig.

Der große Bruder kämpfte mit den Tränen. »Schön, Anna, toll.«

Christian Linde stellte Milch auf den Tisch, fragte Anna, ob sie Mineralwasser oder Orangensaft trinken wolle und lief in die Speisekammer, nachdem sie sich für Wasser entschieden hatte. Darauf schenkte er Markus und sich Kaffee ein.

Markus betrachtete immer noch Annas Bilder. Er räusperte sich. »Wo ist sie eigentlich?«

Sein Vater verstand erst nicht, antwortete dann aber doch – mit Rücksicht auf Anna ausweichend: »Sie wird noch untersucht.«

Markus goss sich einen Schuss Milch in die Kaffeetasse und rührte mit dem Teelöffel darin herum – länger als nötig. »Ich würd sie gern sehen.«

Anna sah ihren Vater erwartungsvoll an.

»Ich glaube, das wäre jetzt nicht so gut«, antwortete er. »Du solltest sie lieber so in Erinnerung behalten, wie du sie zuletzt gesehen hast.«

»Mir ist egal, wie sie aussieht. Ich, ich möchte ihr einfach noch mal nahe sein.«

»Ich glaube, das wäre der falsche Weg, Markus. Du kommst ihr wahrscheinlich näher, wenn du die Augen schließt und dir noch einmal die schönsten Augenblicke mit ihr wachrufst.«

»Das habe ich sowieso schon gemacht. Aber ich möchte einfach von ihr Abschied nehmen. Man kann sie doch nicht einfach so verscharren.«

Anna begann zu zittern, Tränen liefen ihr aus den Augen. Ihr Vater nahm sie in den Arm und wandte sich vorwurfsvoll an seinen Sohn. »Bitte Markus, ich glaube, das ist jetzt nicht der richtige Moment.«

»Ja Entschuldigung. Aber manchmal kann es auch besser sein, der Wirklichkeit ins Auge zu blicken, anstatt sich mit Phantasiegebilden zu trösten.«

Linde strich seiner Tochter übers Haar und schwieg. Eine beklemmende Stille erfüllte den Raum.

»Ist schon absehbar, wann sie beerdigt wird?«, fragte Markus schließlich.

»Nein, das steht noch in den Sternen«, antwortete sein Vater. »Das hängt von der Polizei ab, beziehungsweise von der Staatsanwaltschaft. Die müssen den Leichnam erst freigeben in so einem Fall.«

»Haben sie denn schon eine Spur?«

»Ich glaube nicht.«

»Für mich ist das immer noch total unbegreiflich. Forschend sah Markus seinem Vater in die Augen. Und dir ist überhaupt nichts aufgefallen, als du sie am Freitag in Celle abgesetzt hast? Sie fühlte sich nicht irgendwie bedroht, hatte keine Angst vor jemandem oder so?«

Linde schüttelte den Kopf. »Sie hat jedenfalls nichts gesagt.«

»War für euch sicher auch nicht leicht, diese Ungewissheit die ganzen Tage«, erwiderte Markus in verständnisvollem Ton.

»Das kannst du wohl sagen. Aber für dich war es bestimmt auch nicht einfach. Du hast ja nebenbei noch Theater gespielt. Wie läuft es übrigens mit den Proben für die 'Möwe'? Ihr habt ja bald Premiere.«

»Leider. Zur Zeit kann ich mir noch gar nicht vorstellen, wie das gehen soll. Meine Rolle ist schon schwierig genug. Und wie soll ich mich darauf konzentrieren, wenn Mamas Mörder frei rumläuft.«

»Du musst dich zwingen dazu. Diese Rolle ist doch eine riesige Chance für dich, Markus. Deine Mutter hätte sich ganz bestimmt auch gewünscht, dass du die nutzt. Außerdem hilft es dir sicher auch, deinen Kummer ein bisschen zu überwinden, wenn du dich in diese Rolle hineinbegibst. Worum geht es dabei noch mal?«

»Ach, um den Sohn einer erfolgreichen Schauspielerin, der ganz groß als Dichter herauskommen will – unter anderem um eine junge Frau zu beeindrucken, in die er sich verliebt hat.«

»Klingt sehr interessant.«

»Ist es auch. Ein tolles Stück.«

»Und wie geht es dir sonst?«

»Ach, irgendwie bin ich nur noch mit Theaterleuten zusammen. Man kann ja gar kein normales Leben mehr führen, wenn die Abende immer blockiert sind.«

»Triffst du denn deine alten Kumpels nicht mehr?«

»Selten.«

Anna, die sich wieder beruhigt hatte, mischte sich in das Gespräch. »Anke hat übrigens nach dir gefragt«, sagte sie mit Blick auf ihren Bruder. »Ich soll dich von ihr grüßen.«

»Anke? Wo hast du die denn getroffen?«

»Die war hier – als Papa in Celle war und Mama gesucht hat.«

Linde schenkte seinem Sohn unaufgefordert Kaffee nach. Ihm war anzusehen, dass ihm das Thema unangenehm war. »Sie ist gerade wieder mal in Eichendorf«, erläuterte er, als müsste er Markus um Verständnis bitten. »Sie hat zur Zeit keinen Job, und da habe ich sie gefragt, ob sie nicht Lust und Zeit hätte, Anna Gesellschaft zu leisten, während ich in Celle war.«

Markus schien die Erklärung nicht zu befriedigen. »Na, das finde ich, ehrlich gesagt, schon ein bisschen komisch nach allem, was hier vorgefallen ist.«

Anna horchte verständnislos auf. Ihr Vater schüttelte abwehrend den Kopf. »Ich weiß nicht, was daran komisch sein soll. Anna versteht sich mit Anke immer noch prima – alles andere spielt doch in dem Zusammenhang gar keine Rolle.«

»Wenn du meinst.«

Das Telefon klingelte, aber Linde dachte gar nicht daran abzunehmen.

»Bitte Markus, jetzt fange nicht auch noch an, die alten Sachen aufzuwühlen. Ich glaube, es reicht so schon.«

Doch die alte Wunde war aufgebrochen und ließ sich so leicht nicht wieder schließen. Argwohn keimte auf, Markus konnte gar nicht anders, als seinen Vater mit sarkastischen Bemerkungen aus der Reserve zu locken. »Na, ist ja immerhin nett, zu hören, dass du dir Gesellschaft ins Haus geholt hast, wo Mama nicht mehr da ist.«

»Was soll das denn heißen? Anke hat Anna Gesellschaft geleistet. Nicht mir.«

»Das stimmt«, bestätigte Anna. »Sie ist gleich gegangen, als Papa zurückgekommen ist.«

Markus überlegte bereits, ob er zu weit gegangen war und nicht besser wieder einlenken sollte, da schob Anna nach: »Aber Papa hat von Inge Besuch gehabt, die war sogar bei ihm im Schlafzimmer.«

»Anna«, fuhr ihr Vater verärgert dazwischen. »Ich habe dir doch erklärt, warum Inge da war.«

»Inge Rosenstrauch?«, wiederholte Markus fassungslos. »Im Schlafzimmer? Na, das ist ja lustig.«

»Das, das ist überhaupt nichts Besonderes gewesen. Inge hat mir geholfen, nach Mama zu suchen. Das habe ich Anna alles schon erklärt.«

»Und warum wirst du jetzt so nervös?«

»Nervös? Also bitte: Ich bin nicht nervös, verdammt noch mal. Ich ärgere mich nur, dass du schon wieder anfängst, im Trüben zu fischen und gegen mich rumzusticheln.«

»Man wird sich ja noch wundern dürfen!«

»Können wir das Thema jetzt bitte beenden. Ich finde wirklich nicht, dass dies hier der richtige Zeitpunkt für deine Verdächtigungen ist. Ich habe, weiß Gott, Sorgen genug.«

»Oh, sorry, da will ich dich natürlich nicht länger quälen. Ich glaube, ich fahr dann jetzt lieber, bevor ich dir noch mehr Sorgen mache.« Mit diesen Worten war Markus bereits aufgesprungen. Sein Vater streckte die Arme aus, als wollte er ihn aufhalten.

»So war das natürlich nicht gemeint, Markus. Wir freuen uns, dass du hier bist. Wir freuen uns wirklich! Versuch dich doch ein bisschen zu entspannen. Nimm ein Bad, leg dich hin. Du bist doch hier immer noch zuhause, mein Junge.«

»Lass gut sein, Papa. Mir ist hier die Luft einfach zu schlecht. Ich glaube, ich vertrage dieses Pfarrhausklima nicht mehr so.«

Er tätschelte seiner Schwester die Wange. »Tschüss Anna, mein Schwesterherz, mach's gut. Mal weiter so schöne Bilder und sei nicht so traurig.«

Christian Linde sprang auf und packte seinen Sohn an der Schulter. »Markus, bitte, bleib hier. Glaub mir, du verrennst dich da in was. Das sind alles Hirngespinste, nichts als Hirngespinste. Bleib bei uns, Oma und Opa kommen wahrscheinlich auch bald wieder. Die freuen sich doch immer, dich zu sehen. Von Anna mal ganz abgesehen.«

Linde sah, dass Markus die Fäuste ballte und gegen seine Tränen ankämpfte.

»Worüber sollen wir denn reden«, stieß er hervor. »Du blockst doch alles ab. Du hast doch gerade selbst gesagt, dass du schon Sorgen genug hast. Da will ich ...«

»Markus, mein Lieber. Du drehst mir die Worte im Mund um.«

»Papa bitte, das hat jetzt einfach keinen Sinn mehr.«

Damit stürzte Markus aus dem Raum, riss seine Jacke von der Garderobe und rannte aus dem Haus. Linde sah, dass er sich Tränen aus den Augen wischte, während er auf sein Auto zulief.

# 28. März 2006, Mittwochnachmittag
## *Hausbesuch*

Christian Linde war allein im Pfarrhaus. Anna war zu ihrer Freundin Britta gegangen. Er hatte sie dazu gedrängt. Er spürte, wie sie unter der drückenden Atmosphäre im Haus litt. Und nach dem Streit mit Markus meinte er, in ihren Augen auch Argwohn zu lesen. Auf jeden Fall war sie verstört. Sie machte ihrem Vater Vorhaltungen, dass er Markus vertrieben habe; war nicht bereit, auf seine Argumente einzugehen. Da war es besser, erst einmal Abstand voneinander zu gewinnen.

Abstand. Abstand benötigte er auch zu sich selbst. Die Auseinandersetzung mit Markus hatte ihn so aufgewühlt, dass es ihm schwer fiel, zu den konkreten Herausforderungen des Tages zurückzukehren.

Er sah, dass der Anrufbeantworter blinkte. Wie befürchtet, war der erste Anruf von der Presse gekommen. Eine Reporterin der »Bild-Zeitung« hatte ihm »Herzliches Beileid« gewünscht und um einen Besuchstermin gebeten. Das könnte denen so passen, murmelte er vor sich hin.

Auch der Superintendent und sein Bruder Olaf hatten auf den Anrufbeantworter gesprochen. In beiden Fällen musste er natürlich zurückrufen. Bevor er dazu kam, klingelte es aber erneut. Inge war am anderen Ende – ganz aufgeregt.

»Die Polizei ist bei mir gewesen. Die haben mich nach unserem Verhältnis ausgefragt.«

»Was? Nach unserm Verhältnis? Hat sich etwa dieser Angler bei denen gemeldet?«

»Das habe ich ja auch gleich gedacht. Aber davon haben sie nichts gesagt. Unser Verhältnis sei im Dorf ja wohl ein offenes Geheimnis, hat mir der Kommissar eröffnet. Da war ich natürlich von den Socken, wie du dir vorstellen kannst. Ich habe alles runtergespielt: gesagt, dass wir uns gut kennen, uns gegenseitig schätzen und gelegentlich Musik zusammen machen. Aber weiter sei nichts. Was die Leute so reden! Der Polizeibeamte hat zwar immer freundlich und verständnisvoll genickt, aber irgendwie habe ich das blöde Gefühl, dass er mir nicht geglaubt hat.«

»Ach, ich glaube, das bildest du dir ein.«

»Schön wär's. Ich fürchte, die lassen so schnell nicht locker. Hoffentlich kriegen die den Kerl bald, der das gemacht hat. Vorher werden die uns bestimmt nicht in Ruhe lassen.«

»Wir dürfen jetzt einfach nicht die Nerven verlieren, Inge.« Er rieb sich nervös den Kinnbart. »Unsere Beziehung geht die Polizei doch überhaupt nichts an. Ich werde mich beschweren. Diese Schnüffelei muss man sich nicht bieten lassen. Wer sind wir denn?!«

»Ach, hör auf, das macht die Sache nur noch schlimmer.«

»Wenn wir jetzt den Kopf in den Sand stecken, denken die doch erst recht, dass wir was zu verbergen haben.«

»Mach, was du willst«, entgegnete Inge resigniert.

»Hauptsache, dass die mich in Ruhe lassen. Ich habe einfach keine Lust, noch einmal zu lügen. Und wenn der Angler zur Polizei geht, dann kommt sowieso alles raus.«

»Was? Was soll denn das heißen? Was kommt raus?« Die Fragen klangen fahrig. Verwirrt. »Woher soll der dich denn kennen?«, setzte er etwas zielgerichteter nach.

»Was weiß ich?«

So ging es noch eine Weile hin und her, bevor die beiden übereinkamen, dass es vorerst besser war, sich nicht mehr zu treffen und auch nicht mehr zu telefonieren. Am Ende hörte die Polizei schon das Telefon ab.

Inges Anruf hatte ihn wieder in Unruhe versetzt. Er war in Verdacht geraten. Kathrins Todesengel, schoss es ihm durch den Kopf, schwebte über ihm wie ein Racheengel und warf einen langen Schatten. Er sah keinen anderen Ausweg, als in die Offensive zu gehen. Die Flucht nach vorn. Er wählte die Nummer der Celler Kriminalpolizei. Barsch und selbstgerecht verlangte er Peters.

»Also, ich bin wirklich stocksauer, Herr Peters. Gestern erfahre ich, dass meine Frau tot ist und heute dichten Sie mir eine Liebesaffäre an und schnüffeln mir hinterher. Das ist wirklich geschmacklos, unverschämt. Ich werde mir einen Anwalt nehmen.«

»Das können Sie gern tun«, erwiderte Peters. »Aber Sie müssen natürlich verstehen, dass wir unsere Arbeit machen. Und es gehört eben zur Routine, dass wir bei einem Mord auch die familiäre Situation mit beleuchten. Das ist üblich so, das müssen Sie schon einsehen.«

»Aber wieso ziehen Sie denn dann Frau Rosenstrauch da mit rein, die gehört doch gar nicht mit zur Familie.«

»Sie können sich wahrscheinlich vorstellen, dass wir nicht aus Jux und Dollerei bei dieser Lehrerin angefragt haben. Wir haben bestimmte Erkenntnisse gewonnen, über die wir auch mit Ihnen noch sprechen müssen. Aber das müssen wir ja nicht übers Knie brechen.«

Die Hand, in der er das Telefon hielt, fühlte sich auf einmal ganz taub an.

Bestimmte Erkenntnisse? Was sich wohl dahinter verbarg?

»Ich habe keine Probleme, mit Ihnen zu sprechen«, beteuerte er forsch. »Je früher, desto besser.«

»Na, das ist doch wunderbar. Wir werden uns bei Ihnen melden, Herr Linde.«

Damit war das Gespräch beendet. Das dumpfe Gefühl im Magen hatte sich aber nicht gelegt. Er kämpfte dagegen an, aber es half nichts. Er beschloss, seinen Bruder anzurufen. Sonst pflegte er zwar keinen allzu innigen Kontakt zu Olaf, aber schließlich war der Kriminalbeamter von Beruf.

Schon als Kind war Olaf anders gewesen als er selbst. Während Christian viel Zeit im christlichen Jugendkreis verbrachte, Aufklärungsaktionen zur Ausbeutung der Dritten Welt oder Fahrten zum Kirchentag organisierte, tat Olaf alles, um ein guter Fußballspieler zu werden. Von all dem langweiligen Kirchenkram und den Politzirkeln wollte er genauso wenig wissen wie von den Büchern, die sein Bruder verschlang. Christian hatte ihn oft wegen seiner sportlichen Erfolge beneidet – er kickte immerhin in der Landesliga. Auch wegen seiner vielen Freunde und seines selbstbewussten Auftretens bewunderte er ihn. O ja, das war ein Kerl. Schon mit siebzehn hatte der die Jungjägerprüfung gemacht und zur Begeisterung des Vaters bald Hasen, Sauen und manche Ente zu Hause angeschleppt.

Er selbst kam sich dagegen manchmal etwas mädchenhaft vor in seiner Kirchentruppe. Dabei war er kräftiger gebaut als Olaf. Beim Ringen unschlagbar. Und sah gut aus. War begehrt bei den Mädchen. Immer aber hatte er Angst, sich zu blamieren, wenn es denn mal ernst wurde. Lange hatte er es darum vermieden, einem Mädchen die Hand zu reichen oder gar einen Kuss zu geben wie die anderen seines Alters.

Schließlich hatte er dann aber doch Martina kennengelernt – und beim Nachhausebringen einen Abschiedskuss aufgedrückt. Es hatte gefunkt, alle Angst war auf einmal wie weggeblasen. Bereits drei Wochen später war er mit ihr ins Bett gegangen. Nein, eigentlich musste er keinen Grund haben, Olaf wegen seiner forschen Art zu beneiden. Vor allem konnte er viel besser reden als sein Bruder. Auch bei öffentlichen Anlässen – ob in der Schülermitverwaltung, bei Treffen der Kirchenjugend oder später in den Friedensinitiativen, immer hatte er Applaus für seine Ansprachen geerntet. So war er zum Lieblingskonfirmanden seines Pastors geworden. Da hatte es für ihn bereits ein Jahr vor dem Abitur festgestanden, dass er Theologie studieren und Pastor werden wollte. Sein Vater war anfangs gar nicht begeistert gewesen. Seine Mutter aber hatte ihn bestärkt. Sie hatte schnell gemerkt, dass er für die Landwirtschaft ohnehin nicht geeignet war. Wozu auch? Olaf zeigte ja großes Interesse an Ackerbau und Viehzucht. Schon mit dreizehn tuckerte der mit dem Trecker übers Feld und stiefelte großspurig spuckend durch Rinder- und Schweinestall. Sollte der doch Bauer werden.

Am Ende war alles anders gekommen. Olaf hatte mit wachsendem Alter die Lust an der Landwirtschaft verloren. Und so hatten sich die alten Lindes schließlich genötigt gesehen, den Hof aufzugeben und das Land zu verpachten. Immerhin war Olaf auf dem Hof geblieben – mittlerweile mit einer Frau und zwei Kindern.

Olaf war sofort am Apparat. Es war ungewohnt für Christian, in einer derart ernsten Angelegenheit mit seinem Bruder zu sprechen. Üblicherweise machte der in seinem Frotzelton nur blöde Witze, wenn er mit dem »Herrn Pastor« oder »Bruder Christian« telefonierte. Jetzt klang seine Stimme ernst. Erschreckend ernst.

»Dafür musst du Verständnis haben, Christian«, sagte er. »Die ermitteln am Anfang in alle Richtungen. Das ist Routine. Die werden dir schon nichts anhängen, was du nicht gemacht hast. Hauptsache, dass du selbst ein gutes Gewissen hast. Deine Frauengeschichten werden dir schon nicht das Genick brechen, alter Junge.«

»Alter Spinner«, entfuhr es Christian. Schon im nächsten Moment hatte er das Gefühl, dass sich ein solch lockerer Ton für einen trauernden Ehemann nicht gehörte. Auch Olaf schien seine spitze Bemerkung zu bedauern.

»Entschuldige bitte, Christian. Ich weiß ja, wie du an Kathrin gehangen hast. Tut mir leid, war dumm von mir, der Schnack.«

Linde nahm die Entschuldigung dankbar an und fühlte sich gestärkt nach dem Telefonat mit seinem Bruder. »Alles Routine.« Ja, so musste man diese polizeilichen Nachforschungen wohl sehen. Doch Olaf hatte ihm auch empfohlen, sich vorsorglich schon mal einen Anwalt zu nehmen. Er überlegte, an wen er sich am besten wenden sollte. Dann fiel ihm ein Rechtsanwalt aus Hamburg ein, den er einmal bei einer Party über Kathrin kennengelernt hatte. Tobias Mertens. Guter Mann, einer der sich für seine Mandanten einsetzte, keine Angst vor Polizei und Justiz hatte. Aber bei näherem Überlegen erschien es ihm doch etwas voreilig, jetzt schon einen Verteidiger einzuschalten. Vielleicht waren das ja alles nur Hirngespinste. Um wieder mehr Boden unter die Füße zu bekommen, rief er auch gleich noch beim Superintendenten an. Gerührt hörte er sich die Beileidswünsche seines Vorgesetzten an und ging bereitwillig auf das Angebot ein, seinen Urlaub um eine Woche zu verlängern.

»Ich denke, es wäre in unser aller Interesse, wenn wir den Presseleuten nicht noch zusätzlich Futter geben würden«, ermahnte ihn der Superintendent abschließend. »Ich an Ihrer Stelle würde also mit den Journalisten erst einmal überhaupt nicht sprechen. Sie wissen ja, wie schnell die einem das Wort im Munde umdrehen.«

Die Empfehlung bestärkte ihn darin, den Anrufbeantworter angeschaltet zu lassen. So konnte er selbst entscheiden, mit wem er sprechen würde und mit wem nicht. Und nach Pressegesprächen stand ihm wirklich nicht der Sinn.

Es klingelte. Die Kirchenvorsteherin Ursula Kuchenbecker stand mit einem Trauerbrief vor der Haustür. Sie drückte ihm die Hand, nahm ihn mütterlich in den Arm. »Herzliches Beileid, Herr Linde. Muss ja schlimm für Sie sein. Unfassbar, dass in unserer Gegend so was passiert.«

»Vielen Dank, schön, dass Sie vorbeigekommen sind.«

Er überlegte kurz, ob er sie ins Haus bitten sollte, entschied sich dann aber dagegen. Worüber sollte er mit der Frau in dieser Situation denn reden?

Die Besucherin schien dies zu spüren und verabschiedete sich gleich wieder. »Also, dann viel Kraft für die nächsten Tage, und wenn Sie meine Hilfe brauchen, rufen Sie mich bitte an.«

Als er die Haustür geschlossen hatte, bereute er, die nette Frau nicht doch hereingebeten zu haben. Er fühlte sich wieder wie ein Gefangener in seinem eigenen Haus.

Er hörte, wie das Telefon läutete. Der Anrufbeantworter schaltete sich ein. Da er den Lautsprecher angestellt hatte, konnte er hören, wer sich meldete. Jetzt war es der Polizeireporter des »Celler Tageblatts« – mit der gleichen geheuchelten Mitleidsfloskel wie zuvor die Kollegin von der »Bild-Zeitung«. Aber davon ließ er sich nicht beeindrucken. Er bekam plötzlich Hunger, schmierte sich zwei Scheiben Toastbrot mit Frischkäse und setzte einen Tee auf. Während er in der Küche seine Mahlzeit einnahm, klingelte erneut das Telefon. Jetzt war der Regionalsender von SAT 1 dran. Kaum hatte der Anrufer aufgelegt, meldete sich die Deutsche Presse Agentur. Oh ja, das Karussell drehte sich und würde wohl immer mehr an Fahrt gewinnen. Er war in den Mittelpunkt des Medieninteresses gerückt, zum begehrten Gesprächspartner geworden. Es stand in seiner Macht, die öffentliche Meinung in seinem Sinne zu beeinflussen. Bei aller Gefahr und Dramatik, die sich damit verbanden, doch auch ein verführerischer Gedanke. Auf einmal konnte er hundertmal, ja tausendmal mehr Menschen erreichen als mit seinen größten Auftritten als Pastor. Aber er hatte ja mit seinem Superintendenten Stillschweigen vereinbart. Außerdem war es wohl auch reichlich absurd, seine Medienauftritte als Pastor mit den Interviews in diesem Mordfall zu vergleichen, in dem er vermutlich keine übermäßig rühmliche Rolle spielen würde. Er erschrak vor den eigenen Fantasien: War er etwa schon dabei, den Verstand zu verlieren? Nein, diese ewigen Presseanfragen wollte er nicht länger mit anhören. Er schaltete einfach den Lautsprecher ab.

Besser ein bisschen lesen. Erst vor wenigen Tagen hatte er sich einen Krimi von Henning Mankell gekauft – als Reiselektüre für den geplanten Ostsee-Urlaub: »Mörder ohne Gesicht«. Er machte es sich im Ledersessel vor dem Kachelofen gemütlich. Fest entschlossen, alles zu vergessen, was ihn seit dem Verschwinden Kathrins umgetrieben hatte. Doch als er acht Seiten gelesen hatte, fragte er sich, worum es eigentlich ging. Er war mit seinen Gedanken woanders. Der Verdacht, der auf ihm lastete, umnebelte ihn – veranlasste ihn fortwährend, Entlastungsentwürfe auszufantasieren.

Nein, unter diesen Umständen hatte es keinen Sinn, weiter zu lesen. Er beschloss, Klarinette zu spielen. Damit hatte er so oft zu innerer Ruhe gefunden. Doch als er das Instrument gerade hervorgeholt hatte, läutete es schon wieder. Zuerst hörte er darüber hinweg. Er vermutete einen neuen Anruf irgendwelcher Presseheinis. Dann stellte er fest, dass das Läuten von der Haustür kam. Seufzend erhob er sich. Wahrscheinlich noch ein Kondolenzbesuch aus der Kirchengemeinde.

Doch als er die Tür öffnete, standen zwei junge Männer davor, die er noch nie gesehen hatte.

»Polizei Celle, entschuldigen Sie bitte die Störung«, begrüßten ihn die Herren. »Aber wir haben den Auftrag, das Zimmer Ihrer Frau zu durchsuchen.«

Um deutlich zu machen, dass alles seine Ordnung hatte, hielten sie ihm Dienstausweis und Durchsuchungsbefehl unter die Nase.

»Na, dagegen kann ich mich ja wohl kaum wehren«, sagte er schicksalsergeben. »Dann kommen Sie mal rein. Hoffentlich finden Sie was Brauchbares.«

Die Männer holten mehrere Plastikkisten aus ihrem Dienstwagen und ließen sich Kathrins Zimmer zeigen. Zwischendurch rief Kathrins Ressortleiter an, um noch einmal persönlich sein Mitgefühl auszusprechen und nach den näheren Umständen dieses rätselhaften Todesfalles zu fragen. »Ich bin genauso schockiert und ratlos wie Sie«, antwortete er. Obwohl er mit seinem Vorgesetzten Stillschweigen vereinbart habe, werde er aber bei Interesse ausnahmsweise eventuell die eine oder andere Frage beantworten, bot er an.

»Wir kommen sicher schon bald auf Ihr Angebot zurück«, bedankte sich Kathrins Ressortchef.

Nach einer guten halben Stunde gingen die beiden Polizisten wieder. Er sah, dass ihre Kisten vollgepackt waren mit Stapeln von Aktenordnern, Artikeln, Notizblöcken und Briefen. Wie gut, dass Kathrins Tagebuch in meiner Nachttischschublade liegt, dachte er. Hoffentlich hat sie nicht noch andere Tagebücher in ihrem Zimmer aufbewahrt. Oder irgendwelche Liebesbriefe ...

Egal – irgendwann würde die Polizei doch herausfinden, dass es mit der Ehe im Pfarrhaus nicht zum Besten gestanden hatte. Aber was sagte das schon aus?

Während die beiden Polizisten ihre Kisten im Auto verstauten, kam

Anna zurück. Verstört nickte sie den Männern zu und fragte ihren Vater, was der Besuch zu bedeuten habe.

»Die Polizei hat sich in Mamas Zimmer umgesehen. Die untersuchen, ob Mama sich mit ihren Artikeln vielleicht Feinde gemacht hat.«

»Du meinst, dass sie deswegen einer umgebracht hat? Das kann ich mir nicht vorstellen.«

Ihre Stimme klang auf einmal ganz sachlich, gar nicht mehr so matt und tränenschwer wie am Vormittag. Offensichtlich hatte ihr das Gespräch mit ihrer Freundin gut getan.

»Wir haben im Fernsehen was über Mama gesehen«, sagte sie, ohne die Antwort ihres Vaters abzuwarten. »Von dir haben sie auch ein Bild gezeigt.«

Er fuhr sich erschrocken über den Bart. »Was? Von mir? Und das hat Brittas Mutter erlaubt?«

»Nee, die wusste gar nichts davon, Britta hat ja einen eigenen Fernseher.«

Er schüttelte missbilligend den Kopf. Immerhin war seine Tochter jetzt in halbwegs guter Verfassung. Er aß zusammen mit ihr Abendbrot und nahm sie in den Arm, als sie sich in ihr Zimmer zurückzog. Plötzlich wehte feierliche Musik durchs Pfarrhaus. Im benachbarten Gemeindesaal probte der Posaunenchor. Wie von selbst fielen ihm die Verse dazu ein.

»Großer Gott, wir loben dich,
Herr, wir prei-eisen dei-eine Stärke ...«

Als er darauf den Anrufbeantworter abhörte, meldete sich auch die Stimme seines Schwiegervaters. »Stell doch endlich das verdammte Ding ab«, schrie der alte Herr. »Die Polizei hat bei uns angerufen. Wir müssen unbedingt mit dir sprechen.«

Der aggressive Ton bestärkte ihn in seinem Groll gegen den Professor im Ruhestand. Er dachte gar nicht daran, so einen unverschämten Anruf zu beantworten.

Er legte eine CD mit Serenaden von Mozart ein. Entspannende, harmonische Klänge, die ihn zu innerer Ruhe zurückführen sollten. Er zündete eine Kerze an, löschte das Licht und schenkte sich ein Glas Rotwein ein. Er atmete tief durch. Alles vergessen, alles abschütteln, das wäre schön. Allmählich spürte er, wie der Wein seine Wirkung tat.

Ihm wurde leichter zumute. Er schenkte sich daher noch ein Glas nach. Kathrins Tod schien auf einmal wieder weit weg zu sein. Die Bilder des Tages tanzten in irrem Reigen durch seinen Kopf: die Katze im Kinderwagen, Annas Schmetterlinge, die Polizisten im Haus, die Todesanzeige. Die Bilder verschmolzen mit der Kleinen Nachtmusik zum Wahnsinnsballett.

Als die CD zu Ende war, fühlte er sich zerschlagen und matt. Ohne sich wie üblich die Zähne zu putzen, zog er sich aus und legte sich ins Bett. Als er das Licht gelöscht hatte, trat ihm auf einmal ins Bewusstsein, dass er allein im großen Doppelbett lag. Flach verhüllte die Bettdecke Kathrins Hälfte. Nie mehr würde sich ihr warmer Körper darunter strecken, ihre Hand sich zärtlich auf ihn zubewegen. Er hätte weinen mögen. Aber er konnte nicht.

29. März 2006, Donnerstag

## *Erzwungener Abgang*

Der Himmel hatte sich bezogen. Er war schon früh aufgewacht. Wie sie ihn beäugt hatten, als er die Brötchen geholt hatte. Kein freundliches Wort, kein Ausdruck der Anteilnahme. Die Ladeninhaberin hatte ihre Backwarentheke in eine Mauer des Schweigens verwandelt. »Eins achtzig« und ein tonloses »Wiedersehen« – das war das Einzige gewesen, was die sonst so gesprächige Frau Meyer von sich gegeben hatte.

Schwindelgefühle und Kopfschmerzen setzten ihm zu, als er am Frühstückstisch saß. Die Folgen seines ungewohnt starken Alkoholkonsums. Die Zeitung hatte er an diesem Morgen erst gar nicht aufgeschlagen. Ihm war so schon schlecht. Er atmete auf, als Anna in ihrem Nachthemd in die Küche gehuscht kam. Gut, dass er wenigstens noch seine Tochter hatte. Zärtlichkeit erfüllte ihn, als sie ihm ihr verschlafenes »Morgen, Papa« zuhauchte.

»Morgen, meine Kleine«, antwortete er und gab ihr einen Kuss. Wie am Morgen zuvor knabberten beide appetitlos an ihrem Toastbrot. Es klingelte. Astrid Brix war gekommen, um nach dem Rechten zu sehen, wie sie es ausdrückte. Er ließ sie herein. Er war froh, dass sie etwas Leben ins Haus brachte und mit Staubtuch und Besen der beginnenden Verwahrlosung Einhalt gebot.

Während Anna es sich vor dem Fernsehapparat gemütlich gemacht hatte, leerte ihr Vater den Briefkasten. Dutzende von Trauerbriefen. Zerstreut überflog er die Beileidsbekundungen und sammelte die beiliegenden Geldscheine für den Grabschmuck. Er sah, dass der Anrufbeantworter wieder blinkte, machte sich jedoch nicht die Mühe, das Band abzuhören.

Die Frühlingsstimmung des Vortages war verflogen. Grau, trostlos und abweisend zeigte sich der Garten. Westwind strich durch die noch unbelaubten Bäume und Büsche.

Er spürte, wie wieder die Angst in ihm hochkroch. Diese lähmende Ungewissheit.

Um ein wenig Klarheit zu gewinnen, fragte er bei der Polizei an, wann die Leiche seiner Frau zur Beerdigung freigegeben werde. Peters war gerade nicht zu sprechen. Ein Kollege vertröstete ihn auf später.

Als ihr das Morgenprogramm langweilig geworden war, ging Anna zu ihrer Freundin Britta. Auch Astrid Brix verließ das Pfarrhaus, nachdem Linde ihr Angebot, Mittagessen zu machen, dankend zurückgewiesen hatte.

Er lauschte auf die Geräusche des Dorfes: Hunde kläfften, Trecker tuckerten, Hähne krähten, dazu der auf- und abschwellende Motorenlärm von der Landstraße. Die Zeit kroch dahin. Unverplante Zeit – wie hatte er sich immer danach gesehnt. Jetzt, da sie ihm zur Verfügung stand, wusste er nichts damit anzufangen. Seinen Krimi hatte er schon nach einer halben Seite wieder zugeklappt. Er beschloss, sich einfach berieseln zu lassen, entschied sich für eine Fernsehreportage über die Sahara. Das war genau das Richtige. Schön weit weg.

Da läutete es an der Haustür. Er schrak zusammen. Als er die Tür öffnete, sah er sich in seiner dumpfen Vorahnung bestätigt. Zwei Männer standen ihm gegenüber: unverkennbar Polizisten. Der eine in Zivil, der andere in Uniform.

»Wir müssen Sie mitnehmen, es liegt ein dringender Tatverdacht gegen Sie vor«, sagte der Mann in Zivil.

»Wie bitte?«

Er war außerstande, einen klaren Gedanken zu fassen. Es war ihm, als habe ihm jemand einen Stromstoß versetzt.

»Sie werden beschuldigt, Ihre Frau getötet zu haben, die Einzelheiten können Sie hier auf diesem vorläufigen Haftbefehl nachlesen.«

Zitternd nahm er das weiße Blatt entgegen, das der Beamte ihm hinhielt. »Amtsgericht«, stand fett gedruckt darüber, darunter in noch größerer Schrift das Wort »Haftbefehl«.

Wie betäubt begann er zu lesen: »Gegen den Beschuldigten Christian Linde ... wird Untersuchungshaft angeordnet.« Die Einzelheiten der Paragraphen und Beschuldigungen verschwammen ihm vor den Augen. Er brachte auch nicht die Geduld auf, sich darauf zu konzentrieren. Er weigerte sich schlicht, auf dieses Spiel einzugehen.

»Das können Sie doch nicht machen mit mir, das ist ja vollkommen wahnsinnig«, polterte er los, als er sich aus seiner Erstarrung gelöst hatte. »Wenn Sie mit mir reden wollen, dann kommen Sie rein und fragen. Bitte schön. Aber ich lass mich nicht einsperren, ich bin doch kein Verbrecher. Was bilden Sie sich eigentlich ein? Außerdem kann ich meine Tochter ja wohl nicht einfach allein lassen.«

»Dann rufen Sie bitte Ihre Schwiegereltern an, die sind sicher gerne bereit, sich um Ihre Tochter zu kümmern.«

Der Rat brachte ihn zusätzlich in Rage. »Gern bereit, verstehe. Das haben Sie ja wunderbar eingefädelt«, schimpfte er. »Alles schon vorbereitet, was? Schon hinter meinem Rücken organisiert, wie? Warum haben Sie denn meine Schwiegereltern nicht gleich mitgebracht? Nicht zu glauben, einfach nicht zu glauben! Aber so einfach geht das nicht. Anna ist nämlich gar nicht zu Hause. Und ich werde Ihnen auch nicht verraten, wo sie sich aufhält. Gar nichts werde ich ohne meinen Anwalt tun, gar nichts. Haben Sie verstanden?«

»Nehmen Sie doch Vernunft an«, herrschte ihn der Kriminalbeamte an. »Selbstverständlich können Sie einen Anwalt benachrichtigen. Aber das ändert nichts daran, dass Sie mitkommen müssen. Das bleibt Ihnen nicht erspart. Und wenn Sie hier Theater machen, wird es für Sie nur noch unangenehmer.«

»Theater?«, wiederholte er empört. »Theater! Wie reden Sie eigentlich mit mir? Was erlauben Sie sich? Was glauben Sie denn, wen Sie vor sich haben? Ich bin kein Eierdieb oder Drogendealer, sondern Gemeindepfarrer hier. Haben Sie mich verstanden, Sie Knilch?«

Mit diesen Worten stieß er den Uniformierten zurück und fasste nach der Klinke, um den Männern die Tür vor der Nase zuzuschlagen. Doch dazu kam es nicht. Blitzschnell stürzten die beiden Polizisten auf ihn zu, drückten ihn gegen die Mauer, und ehe er sich versah, hatten sie ihm Handschellen angelegt.

»Wir hätten es gern friedlich geregelt, aber wenn Sie nicht anders wollen, müssen wir es eben so machen«, fuhr ihn der Kriminalbeamte an. »Ich gebe Ihnen eine letzte Chance. Wenn Sie möchten, suchen Sie sich ein paar Sachen zusammen. Es könnte etwas länger dauern.

Helfen Sie uns, dass wir das mit Ihrer Tochter regeln. Es kann ja auch wohl nicht in Ihrem Interesse sein, dass die hier allein zurückbleibt.«

»Ich habe Ihnen schon mal gesagt, dass Anna gar nicht zu Hause ist«, schrie er den Polizisten an.

»Dann sagen Sie uns, wo Sie abgeholt werden kann, verdammt noch mal.«

»Was heißt hier abholen? Wollen Sie meine Tochter auch ins Loch stecken?«

»Also, wenn Sie nicht zur Zusammenarbeit bereit sind, müssen wir eben das Jugendamt einschalten. Möchten Sie das? Möchten Sie das wirklich, Herr Linde?«

Er blickte gehetzt zu Boden, strich sich nervös über den Bart.

»Ich weiß langsam gar nichts mehr. Wahrscheinlich kommt es darauf aber auch sowieso nicht an«, stöhnte er. »Also gut. Anna ist bei ihrer Freundin, das ist die Tochter unserer Dorfärztin. Ich rufe da jetzt an und frage, ob sie bis zum Abend dort bleiben kann. Wahrscheinlich hat sich diese wahnsinnige Angelegenheit ja bis dahin erledigt.«

Der Kriminalbeamte nickte. »Okay.«

Damit hatte sich die Atmosphäre etwas entspannt. Die Polizisten befreiten ihn von seinen Handschellen und gaben ihm Gelegenheit zu telefonieren. Dummerweise meldete sich zuerst die Sprechstundenhilfe. Seine Nerven waren zum Zerbersten angespannt, während er wartete, dass Brittas Mutter endlich ans Telefon kam.

»Herr Linde? Wo brennt's denn?«, fragte die Ärztin gewohnt locker.

Er bemühte sich, die Angelegenheit herunterzuspielen.

»Ich habe noch etwas bei der Polizei zu erledigen, spätestens heute Abend werde ich Anna abholen. Geht das klar?«

»Aber natürlich.«

»Bestellen Sie ihr bitte ganz liebe Grüße von mir. Ja?«

Ihm war, als schnüre ihm eine unsichtbare Macht die Kehle zu.

Seine Stimme versagte. Er musste mehrmals Luft holen, bevor er das Gespräch zu Ende bringen konnte.

»Also dann vielen Dank und tschüss.«

Als er den Hörer aufgelegt hatte, war ihm auf einmal alles egal. Er fühlte sich unsagbar erschöpft. Resigniert suchte er Schlafanzug, Wechselzeug, Wasch- und Zahnputzsachen zusammen, stopfte alles in seine schwarze Reisetasche und folgte den Polizisten zu ihrem schwarzen Dienstwagen. Er blickte sich nicht einmal mehr um, als sich das Auto in Bewegung setzte. Bloß weg, nur nicht noch mehr Aufhebens machen.

Während der Fahrt nach Celle wehrte er mit aller Kraft die Vorstellung ab, für längere Zeit in Haft bleiben zu müssen. Er würde diesen Hauptkommissar Peters schon von seiner Unschuld überzeugen. Er war doch kein Mörder. Um Himmels willen.

»Dies ist mein lieber Sohn, an dem ich Wohlgefallen habe.« Nicht umsonst hatte er sich diesen Bibelvers damals zum Ordinationsspruch erkoren.

## Januar 1983

*»Dies ist mein lieber Sohn ...«*

Hoher Schnee lag an diesem letzten Sonntag im Januar des Jahres 1983 auf den Straßen und Dächern. Noch am frühen Morgen hatte es stark geschneit. Dicke Flocken waren zur Erde herabgeschwebt. Eine weiche Decke polsterte die Welt. Jeder Laut war wie in Watte gehüllt. Stille lag über dem Heidedorf, feierliche Stille. Lautlos glitten die Autos im Schneckentempo über die Hauptstraße. Seine Eltern waren schon in aller Frühe gestartet, um sich nicht zu verspäten. Der alte Linde hatte seinen schwarzen Anzug angezogen, den er sonst nur bei Hochzeiten und Beerdigungen trug. Christians Bruder Olaf hatte ihm dazu eine rote Krawatte gekauft – »damit er nicht so nach Beerdigung aussieht«. Auch seine Mutter zeigte sich in ihrem besten Kleid, diesem dunkelgrünen Kostüm mit der unvermeidlichen weißen Rüschenbluse darunter. Christian war ganz gerührt gewesen, als sie ihren Mantel abgelegt hatte. Deutlich zeichnete sich die wollene Unterwäsche unter dem Sonntagsstaat ab. Immer hatte sie Angst zu frieren. Natürlich wirkte dieser Aufzug lächerlich nach den Maßstäben städtischer Eleganz. Aber es war doch überdeutlich, dass sich die alten Bauersleute bemühten, ihrem Sohn keine Schande zu machen.

Während der angehende Pastor mit seinen Eltern und Olaf in der Küche bei einem zweiten Frühstück zusammensaß, schuftete draußen der Küster, um den Weg zwischen Pfarrhaus und Kirche freizuschaufeln. Durch das beschlagene Küchenfenster konnte Christian sehen, wie der Schnee von der Schaufel aufstob und sich an den Wegrändern zu Wällen auftürmte. Alles seinetwegen.

Hoher Besuch hatte sich angekündigt. Der Landessuperintendent persönlich musste die Zeremonie leiten. Als Vertreter des Bischofs. Ganz aus Lüneburg sollte Robert Schottmann dafür anreisen. Eine Weltreise bei dem Wetter. Seine Assistenten hatten es nicht ganz so weit. Sie kamen aus dem Kirchenkreis: Zwei Pastoren aus der Umgebung, die sich wegen der Ordination an diesem Tag in ihren eigenen Gemeinden vertreten ließen.

Um halb zehn sollten sich alle im Pfarrhaus versammeln, so dass man von dort aus gemeinsam zur Kirche gehen konnte. Das Warten war unerträglich.

»Na, hoffentlich, ist dein Boss nicht im Schnee stecken geblieben«, ulkte Christians Bruder und zündete sich eine neue Zigarette an.

»Rauch doch nich' so viel, Junge«, klagte seine Mutter. »Wir stinken ja alle nach Qualm, wenn wir in der Kirche sitzen.«

Vor der Tür begann es zu poltern. Heini Feldmann, Kirchenvorsteher und Altbauer aus dem Nachbardorf Winterburg, trampelte sich den Schnee von den Schuhen. Der junge Pastor sprang auf, eilte zur Tür, um den Gast in seinem dunkelgrauen Beerdigungsmantel gleich in den Gemeinderaum zu lotsen. Dort warteten schon Kaffee und Butterkuchen auf die Ehrengäste – als kleine Stärkung vor dem Gottesdienst. Martha Schönfeld, die bereits Christians Vorgänger im Pastorenhaus als Haushaltshilfe gedient hatte, übernahm es, die Herrschaften zu bewirten.

»Morgen Herr Pastor. Da haben Se sich ja kein schönes Wetter für Ihren Ehrentag ausgesucht«, tönte Heini Feldmann.

Linde fühlte sich außerordentlich geschmeichelt durch die Anrede.

»Herr Pastor« – so hatte ihn bisher kaum einer angesprochen. Während seiner zweijährigen Vikarszeit war er immer nur so eine Art Lehrling gewesen. Auch in der Gemeinde, in der er den praktischen Teil seiner Ausbildung absolviert hatte, war er bisher nie für voll genommen worden. Und hier in Eichendorf war er ja noch ein Fremder. Er selbst fühlte sich so. Das große, leere Pastorenhaus. Es machte ihm Angst. Er zweifelte daran, es jemals ausfüllen zu können.

Immer mehr Gäste trafen ein und reichten ihm ihre kalten Hände. Auch die Pastoren aus der Nachbarschaft hatten es geschafft, über die verschneiten Straßen anzurollen. Zum Glück bot das Wetter genügend Gesprächsstoff, so dass sich die Verlegenheit beim Begrüßungsplausch schnell legte. Erst zehn Minuten vor zehn fuhr der Landessuperintendent vor. Den Talar über den Arm gehängt, eilte der kleine Mann ins Haus, klopfte Linde jovial auf die Schulter und lobte den frischen Butterkuchen, den er sich gleich in den Mund stopfte. Hastig nahm er noch einen Schluck aus der Kaffeetasse, bevor er sich zum Umziehen in den Nebenraum zurückzog. Auch für Christian war es jetzt Zeit, den Talar überzustreifen.

Und dann setzte sich der Zug vom Pfarrhaus aus auch schon in Bewegung. Die Kirchenvorsteher vorneweg, dahinter die geistlichen

Herren in ihren Talaren: die beiden Amtsbrüder aus den Nachbargemeinden, und am Schluss der Prozession Christian Linde neben dem Landessuperintendenten.

Er kam sich wie verkleidet vor in seinem schwarzen Gewand, das fast auf die blank polierten Schuhe fiel. Mütterlich hatte ihm die Kirchenvorstandsvorsitzende Ursula Kuchenbecker noch den weißen Kragen zurechtgerückt, der ihm beim Aufsetzen verrutscht war.

Feierlich läuteten die Glocken. Ihm, Christian Linde, zu Ehren. Der Schnee knirschte unter seinen Schuhsohlen, während er auf das Gotteshaus zuschritt. Wie bei einer Trauung bildeten die Leute rechts und links vor dem Eingang ein Spalier. Der angehende Pastor nickte dankbar nach beiden Seiten.

Er war froh, als er in die Kirche eingetaucht war und zwischen den Assistenten des Landessuperintendenten in der ersten Reihe Platz nehmen konnte. Nicht ohne Stolz hörte er, wie sich die Kirche hinter ihm füllte. Dieses Murmeln und Trippeln erhöhte die Spannung noch.

Die Orgel brauste auf. Die Feier nahm ihren Lauf.

»Tut mir auf die schöne Pforte, führt in Gottes Haus mich ein.«

Mit selbstverständlicher Amtsautorität nahm der Landessuperintendent nach dem ersten Lied Aufstellung vor der Kanzel und sang das Gloria Deo: »Ehre sei dem Vater und dem Sohn und dem Heiligen Geist.«

Kyrie, Gloria in Excelsis, der Gruß: »Der Herr sei mit Euch.« Die Gemeinde antwortete im gewohnten Wechselspiel.

Wie praktisch, dass es so ein Gerüst gibt, an das man sich halten kann, dachte er. Ein Kirchenvorsteher verlas den alttestamentarischen Bibelabschnitt, der Landessuperintendent den Predigttext aus dem Evangelium.

Von der anschließenden Predigt bekam er nur wenig mit. Seine Aufregung wuchs. Er hatte nichts Großartiges zu leisten, nein. Aber das war doch schon etwas Anderes, auf einmal so mit der ganzen Würde und Bürde des neuen Amtes vor den Leuten zu stehen. Hoffentlich, dachte er, hoffentlich verhaspele ich mich nicht. Als Kind hatte er schließlich eine Weile gestottert. Dass er dann so ein guter Redner geworden war, lag wahrscheinlich mit daran, dass er sich besonders geübt und diszipliniert hatte beim Sprechen, um die peinliche Behinderung in Schach zu halten.

»Dies ist mein lieber Sohn, an dem ich Wohlgefallen habe: Den sollt ihr hören.« Während der Landessuperintendent in seiner Ordinationsansprache die Bibelworte auf den Anlass hin befragte, kamen ihm Zweifel, ob der Spruch nicht doch eine Nummer zu groß für ihn sei, gar als Akt der Selbstüberhöhung gewertet werden könne. Schließlich hatte Gott die Worte auf Jesus bezogen. Grenzte es nicht an Größenwahn, sich auf diese Weise mit Gottes Sohn gleichzusetzen? Da konnte der Landessuperintendent zehnmal sagen, jeder Mensch sei berufen, Gottes Sohn nachzufolgen.

Er kam nicht dazu, seinen inneren Disput zu Ende zu denken. Denn nach dem nächsten Lied richtete der untersetzte Herr vor dem Altar seinen Blick auf ihn und verkündete, worauf alle warteten: »Lasst uns nun Christian Linde unter Gebet und Auflegen der Hände zum Amt der öffentlichen Verkündigung und Sakramentsverwaltung im Dienst der Kirche ordinieren und dazu den Beistand des Heiligen Geistes erbitten.«

Wieder ein Lied. Und auf ein Zeichen des Vorgesetzten hin mussten sich Christian und die beiden Assistenten erheben und Aufstellung unter dem Kreuz Christi nehmen.

Die Assistenten lasen die verabredeten Bibelstellen: »Gehet hin und machet zu Jüngern alle Völker: Taufet sie auf den Namen des Vaters und des Sohnes und des Heiligen Geistes, und lehret sie halten alles, was ich euch befohlen habe ...«

Nach dieser Lesung wandte sich der Landessuperintendent mit seinen vorgegebenen Fragen an Christian:

»Willst du das Amt, das dir befohlen wird, nach Gottes Willen in Treue führen ...?«

»Ja, dazu helfe mir Gott durch Jesum Christum in Kraft des Heiligen Geistes.«

Es kam ihm seltsam vor, wie seine Stimme plötzlich das Kirchenschiff ausfüllte. Hatte da einer gehüstelt?

Als er nach dem Segen aufstand, drehte er sich um und überblickte kurz die Reihen seiner künftigen Gemeinde. Da sah er, wie sie ihn anstarrten: freundlich, feindlich, dumpf und dreist. Die Konfirmanden indessen knufften sich und kicherten wie an einem x-beliebigen Sonntag.

Geradezu schmerzlich empfand er in diesem Augenblick das

plötzliche Ausgeliefertsein. Um Halt zu finden, suchte er seine Eltern und alten Freunde im Kirchenschiff. Für einen kurzen Moment gelang es ihm sogar, einen Blick mit seinem Freund und Kollegen Markus Menzel zu wechseln. Er meinte, ein ermutigendes Augenzwinkern zu erspähen. Aber schon im nächsten Moment verschwammen diese freundlichen Augen wieder im Meer der skeptischen Gaffer. Was erwarteten die Leute von ihrem neuen Pastor?

Angst und Unsicherheit überkamen ihn. Er war froh, als er sich wieder setzen und seiner Gemeinde einstweilen den Rücken zukehren konnte.

Mit voller Lautstärke stimmte er in das nächste Lied ein. Singen konnte er ja. Oh ja. Das hatte ihm im Vikariat schon viel Lob eingebracht. Ebenso sein Klarinettenspiel.

Schließlich war es so weit. Orgel und Gemeinde verstummten. Er erhob sich, nahm Aufstellung und sprach das auswendig gelernte Fürbittengebet:

»Allmächtiger, barmherziger Gott,
wir bitten dich für deine Kirche:
Leite alle, die ihr dienen,
und erneure dein Volk ...«

In umgekehrter Reihenfolge wie zu Beginn marschierten sie am Ende wieder aus der Kirche heraus: Christian mit dem Landessuperintendenten vorneweg. Diesmal Richtung Pfarrhaus. Kaffee, Wein und belegte Schnitten warteten im Gemeindesaal auf die komplette Gemeinde. Kerzen leuchteten auf den Tischen mit den weißen Leinendecken. Alle kamen, um ihm zu gratulieren.

Auch einige Leute aus seinem Heimatdorf waren gekommen. Zum Glück waren die meisten schnell wieder gefahren. Auch der Landessuperintendent verabschiedete sich, nachdem er sein Glas Wein geleert und noch zwei Stücke Butterkuchen verspeist hatte. »Sie machen das schon, Herr Linde«, sagte er mümmelnd zum Abschied.

»Da habe ich keine Bange.«

29. März 2006, Donnerstagnachmittag

## *Das Verhör*

Die erzwungene Fahrt mit dem schwarzen Polizeiwagen ging ihrem Ende entgegen. Das Haus mit der Waschbetonfassade war erreicht. Diesmal betrat Christian Linde das Celler Polizeigebäude durch den Hintereingang, geführt von seinen Begleitern. Kommissar Peters kam ihm schon auf dem Gang entgegen. In seinen verwaschenen Jeans und dem dunkelblauen Hemd mit dem gelben Schlips sah er so jungenhaft aus wie bei der ersten Begegnung.

»Herzlich willkommen, Herr Linde«, begrüßte er den Pastor aus Eichendorf. Der Sarkasmus war unüberhörbar. »Dass wir uns unter diesen Umständen wiedertreffen würden, hätte ich mir auch nicht träumen lassen«, fuhr er ernsthafter fort. »Aber nach unserem Stand der Ermittlungen hatten wir keine andere Wahl.«

»Das ist doch vollkommen absurd, grotesk.«

»Ach, kommen Sie doch erst mal rein.«

Peters forderte ihn mit einer einladenden Handbewegung auf, Platz zu nehmen, höflich wie bei seinem ersten Besuch. »Darf ich Ihnen etwas zu trinken anbieten?«

»Danke.«

»Den Haftbefehl kennen Sie ja sicher schon.«

»Das sind doch alles vollkommen haltlose Behauptungen. Ungeheuerlich, dass Sie mir so was unterstellen können.«

»Nu mal langsam. Zunächst mal muss ich Sie darüber belehren, dass es Ihnen als Beschuldigtem natürlich frei steht, sich zu äußern oder nichts zu sagen. Auch wenn Sie sich entschließen, zu schweigen, dürfte das nicht gegen Sie verwendet werden. Außerdem können Sie selbstverständlich einen Anwalt beauftragen.«

»Wie nett von Ihnen, dass Sie mich darauf hinweisen«, fauchte Linde zurück. »Sehr freundlich. Aber ein Rechtsanwalt würde Ihnen wahrscheinlich auch nichts anderes sagen: Ich bin unschuldig, fertig.«

»So leicht ist das nicht, Herr Linde. Wir haben in kurzer Zeit zahlreiche Erkenntnisse gewonnen, die Sie belasten.«

»Na, dann bin ich aber mal gespannt.«

»Sie wollen sich also äußern? Dann haben Sie sicher auch nichts dagegen, dass ich jetzt diesen Rekorder mitlaufen lasse.«

»Tun Sie, was Sie nicht lassen können. Ich habe nichts zu verheimlichen.«

Peters machte ein Kreuz auf einem Formular, drückte auf die Taste eines kleinen Gerätes und lehnte sich zurück.

»Also gut: Sie haben uns die Unwahrheit gesagt, Herr Linde. Sie sind Freitag nicht im Krankenhaus gewesen, um Gemeindeglieder zu besuchen, wie Sie uns erzählt haben. Wir haben das überprüft. Niemand aus Ihrer Gemeinde hat Sie dort gesehen, auch Schwestern oder Ärzte nicht. Was sagen Sie dazu?«

Er schüttelte den Kopf. »Ach, darauf wollen Sie raus«, hob er an, nachdem er die Beherrschung wiedergewonnen hatte. »Herrgott, das sind alles alte Leute. Wenn man mit denen spricht, haben Sie es eine Stunde später wieder vergessen. Die sind oft verwirrt. Gar nicht ganz da. Auf deren Gerede können Sie doch nichts geben.«

»Da sind wir anderer Meinung. Außerdem war auch ein jüngerer Bauer im Krankenhaus, der hätte sich bestimmt an Sie erinnert.«

»Wie bitte? Ein jüngerer Bauer? Wer soll das denn gewesen sein? Mir hat keiner was von einem Jungbauern gesagt.«

»Wie viele Leute haben Sie denn im Krankenhaus besucht?«

»Wie viele? Na ja, so drei, vier Patienten werden es wohl gewesen sein.«

»Und Sie wollen uns weismachen, dass die alle vergessen haben, dass Sie bei Ihnen waren? Sie müssen zugeben, dass das sehr unwahrscheinlich klingt.«

»Ich habe Ihnen bereits gesagt, wie ich darüber denke«, entgegnete er hart. »Und was haben Sie sonst noch auf Lager?«

»Also, bitte nicht in diesem Ton, ja«, erwiderte der Mann mit dem kurzgeschnittenen Blondhaar, der von seinem Rasierwasser wieder reichlich Gebrauch gemacht hatte. »Ich könnte Ihnen schon noch einiges vorhalten. Aber vielleicht beschränken wir uns erst einmal auf die Hauptsache. Bei Ihrer Vernehmung neulich haben Sie mir gesagt, dass es in Ihrer Ehe nur den üblichen Alltagsstreit gegeben hat, über Ihre Unordentlichkeit und so weiter. Wir haben uns in der Zwischenzeit mal ein wenig umgehört. Danach stellt sich Ihr Eheleben ein bisschen anders dar. Ihre Ehe muss zeitweise ganz schön kaputt gewesen sein, und Seitensprünge hat es wohl auch gegeben.«

»Unverschämtheit. Was erlauben Sie sich eigentlich? Was denken

Sie, wen Sie hier vor sich haben? Meine Ehe ist meine Privatsache, die geht Sie gar nichts an. Außerdem ist doch wohl klar, dass auf dem Dorf jede Menge getratscht wird. Natürlich richten sich da alle Augen auf den Lebenswandel des Pastors, und ganz schnell wird die Mücke zum Elefanten. Da können Sie sich ja wohl vorstellen, wie schnell einem da eine Affäre angedichtet wird. Aber das ist doch alles nur Gequatsche. Sie müssten eigentlich als erfahrener Polizeibeamter wissen, wie wenig man darauf geben kann.«

»Den Eindruck haben wir nicht. Ihre Frau soll sogar schon mal das Haus verlassen haben.«

»Die hat sogar sehr oft das Haus verlassen, sie war ja ein freier Mensch und beruflich viel unterwegs.«

»Das meine ich nicht.« Peters verschränkte die Arme vor der Brust und strich sich übers Kinn. »Sie soll zeitweise ausgezogen sein. Nach einem Ehestreit, meine ich.«

»Quatsch.«

»Wie würden Sie denn Ihr Verhältnis zu Frau Rosenstrauch beschreiben?«

Obwohl er mit der Frage gerechnet hatte, musste er schlucken. Er spürte, wie der Polizist ihn belauerte, in nervöser Erwartungshaltung mit den Augenlidern zuckte.

»Frau Rosenstrauch? Die Frage musste ja kommen. Die haben Sie ja schon verhört, und ich habe Ihnen bereits gesagt, was ich davon halte. Also, ein für allemal: Da war nichts.« Er holte tief Luft, bevor er fortfuhr. »Frau Rosenstrauch hat schon genug unter dem Getratsche der Leute zu leiden gehabt. Alles Unsinn, alles aufgebauscht. Das war ganz harmlos, das können Sie mir ruhig glauben: Wir haben uns gut verstanden, über religiöse Fragen diskutiert, Musik gemacht. Sie hat Klavier gespielt und ich Klarinette. Frau Rosenstrauch hat in meiner Gemeinde ein musikalisches Krippenspiel einstudiert, und da hat man sich natürlich auch mal getroffen.«

»Wann haben Sie sich denn zuletzt gesehen?«

»Wann ich sie zuletzt gesehen habe? Ach, wissen Sie, das ist schon eine Weile her, das kann ich gar nicht mehr so genau sagen.«

Scheinbar gedankenverloren spielte Peters mit seinem Kugelschreiber. »Kann es nicht sein, dass Sie vorgestern Abend am Deich spazieren gegangen sind?«

Linde mühte sich, seinen Schreck durch künstliches Lächeln zu überspielen. Entsetzt sah er, dass seine Hände zitterten.

»Am Deich? Also gut.« Er sprach nun plötzlich aus der fatalistischen Überzeugung heraus, dass Leugnen in diesem Fall zwecklos war. »Das müssen Sie verstehen, ich habe das nicht erwähnt, weil ich Frau Rosenstrauch nicht noch tiefer in diesen Schlamassel reinreißen wollte. Aber der Spaziergang ändert nichts an dem, was ich Ihnen gerade gesagt habe: Wir haben uns gut verstanden. Und Sie können sich vielleicht vorstellen, dass ich nach dem Tod meiner Frau jemanden brauchte, mit dem ich sprechen konnte. Besonders in der Nacht habe ich mich allein gefühlt. Da ist doch wohl nichts Amoralisches dabei, wenn man sich mit einem Menschen verabredet, der einem nahe steht. Ich weiß wirklich nicht, was so Schlimmes daran sein soll.«

»Aber warum haben Sie es mir denn dann verschwiegen, wenn es so harmlos ist?«

»Das habe ich Ihnen doch gerade zu erklären versucht, Herrgott noch mal: Ich wollte Frau Rosenstrauch nicht reinziehen in diese Geschichte.« Wütend blickte er zur Seite. »Also ich habe langsam den Eindruck, dass Sie sowieso alles gegen mich auslegen, was ich sage. Da ist es besser, ich sage gar nichts mehr.«

»Das ist Ihr gutes Recht, das habe ich Ihnen ja schon gesagt.«

Das höfliche Entgegenkommen verwirrte ihn etwas, so dass ihm vorübergehend die Worte fehlten. Er setzte sich auf dem Stuhl zurück und faltete die Hände.

»Und was passiert jetzt weiter?«

»Sie werden so bald wie möglich dem Haftrichter vorgeführt.«

»Aber das geht doch nicht. Sie können mich hier doch nicht festhalten. Was soll denn aus meiner Tochter werden?«

»Darüber wollte ich mit Ihnen auch schon sprechen. Das Einfachste wird sein, wir verständigen Ihre Schwiegereltern. Ich glaube, die Kollegen haben Ihnen schon gesagt, dass die alten Leute bereit wären, sich um Anna einstweilen zu kümmern.«

Er strich sich entsetzt über den Bart. Anna in den Händen seiner Schwiegereltern. Da konnte man sich ja vorstellen, wie die sie gegen ihn aufhetzen würden. Was sollte sie denn von ihm denken? Der Gedanke schnitt ihm in die Seele: Sie wollten ihm Anna wegnehmen, das Liebste, was er auf Erden hatte. Schon genug, dass sich sein eigener Sohn von ihm abwandte. Ja, Markus. Ob der ihn belastet hatte? Er schloss die Augen, schüttelte ohnmächtig den Kopf.

»Ich kann mir gut vorstellen, wie schmerzhaft das für Sie sein muss. Aber wenn Sie einen anderen Weg wissen, dann sagen Sie es«, redete Peters ihm zu.

Er sah sich außerstande, einen klaren Gedanken zu fassen. Was sollte nur aus Anna werden? Er dachte daran, seine Mutter zu fragen. Aber die war viel zu alt und gebrechlich, um sich um das Kind zu kümmern. Dann schon eher Olaf und dessen Frau. Da waren auch Kinder im Haus, und vor allem war Anna da bei seinen Leuten. Aber so gut kannte Anna natürlich die Familie seines Bruders auch wieder nicht. Sie würde sich wie eine Fremde fühlen. Nein, er schob auch diese Idee wieder beiseite, nein, nein.

Er weigerte sich, jetzt schon über die Unterbringung seiner Tochter nachzudenken. Dafür war es viel zu früh. So kampflos wollte er sich nicht ergeben.

»Also ich bin sicher, dass sich dieser ungeheuerliche Verdacht schon bald in Nichts auflösen wird«, teilte er seinem Gegenüber schließlich mit. »Sie müssen doch gespürt haben, welche Sorgen ich mir um meine Frau gemacht habe. Ich bin ja zuerst zu Ihnen gekommen, um eine Vermisstenanzeige zu erstatten, nicht Sie zu mir. Das würde doch alles überhaupt keinen Sinn machen, wenn ich es gewesen wäre. Das müssen Sie ja wohl zugeben.«

Er faltete die Hände, blickte dem Kommissar trotzig in die Augen. Peters schien unbeeindruckt. Das verunsicherte ihn.

»Also, ich werde jetzt erst einmal gar nichts mehr sagen«, fuhr er fort. »Ich muss mich erst mit meinem Anwalt beraten.«

»Selbstverständlich«, sagte Peters. »Haben Sie denn schon einen?«

Er verneinte die Frage, nannte aber gleich den Namen des Rechtsanwalts aus Hamburg, der ihm schon am Vormittag eingefallen war. Damit wurde die Vernehmung unterbrochen.

Obwohl es bereits auf sechs Uhr abends zuging, war Tobias Mertens glücklicherweise noch in seiner Kanzlei. Als Peters die Anfrage des Pastors an ihn herantrug, horchte er gleich interessiert auf und ließ sich mit dem Inhaftierten verbinden. Schon nach wenigen Minuten waren sich die beiden einig. Mertens versprach, Linde noch am Abend im Polizeigebäude zu besuchen.

»Also, was machen wir jetzt mit Ihrer Tochter?«, bohrte Peters nach, als die Sache mit dem Anwalt geklärt war.

Wieder legte sich dieser Nebel aus Ohnmacht und Selbstmitleid über ihn. Er starrte wütend auf die Tischkante.

»Dann rufen Sie doch meinetwegen an bei meinen Schwiegereltern«, sagte er nach einer Weile dumpfen Brütens resigniert. »Aber vielleicht können Sie Ihnen deutlich machen, dass es ganz schlimm für Anna wäre, wenn sie erfährt, was Sie mir hier vorhalten. Anna hängt an mir, und ich will sie auch nicht verlieren, verstehen Sie?«

»Ich verstehe, Herr Linde. Wir tun, was in unserer Macht steht. Aber es wird wohl letztlich nicht möglich sein, Ihrer Tochter die ganze Sache hier vorzuenthalten. Die Medien werden sich wahrscheinlich auf den Fall stürzen, das können wir nicht verhindern.« Er räusperte sich. »Wie stehen Sie übrigens zu Ihrem Sohn?«

»Meinem Sohn?« Er war irritiert. »Ja, wir haben keine Probleme miteinander. Markus wohnt nicht mehr bei uns im Pfarrhaus, sondern in Hannover. Er ist Schauspieler, hat gerade ein Engagement bei der Landesbühne bekommen. Nicht leicht für ihn, diese Sache mit seiner Mutter. Er hat uns gestern gerade besucht.«

»Da kann man ja nur hoffen, dass ihn die Medien aus der Sache heraushalten. Denn als Schauspieler steht er ja sowieso schon im Rampenlicht.«

»Das hoffe ich natürlich auch. Aber ich bin immer noch felsenfest davon überzeugt, dass sich diese absurde Beschuldigung sehr, sehr bald in Luft aufgelöst.« Er atmete tief durch. »Mein Anwalt wird Ihnen schon klarmachen, dass Sie sich da vergaloppiert haben.«

»Wir werden sehen.«

Damit griff Peters zum Telefon, um den Tatverdächtigen durch einen Uniformierten in seine Zelle abführen zu lassen.

Linde fühlte sich vollends seiner Würde beraubt, als ihn ein Polizist im Vorraum der Gewahrsamszellen in flapsigem Ton aufforderte, sich auszuziehen.

»Nu machen Se sich bitte mal frei, Herr Pastor«, höhnte der Mann. »Sie brauchen sich nicht zu genieren, ich guck Ihnen nichts ab, keine Angst. Und die Unterhose können Se sowieso anlassen.«

Welch erhebendes Gefühl das wohl für diesen kleinen Polizeibeamten war, einem Pastor Befehle zu erteilen, ging es ihm durch den

Kopf. Doch schweigend gehorchte er. Nachdem der Polizist ihn kurz gemustert hatte, durfte er sich wieder anziehen. Armbanduhr, Brieftasche und Gürtel allerdings behielt der Beamte. Akkurat trug er alles in eine Liste ein, die von Linde zu unterschreiben war. »Ordnung ist das halbe Leben«, murmelte der Mann. Ähnlich ordentlich war es wahrscheinlich auch im KZ zugegangen, dachte Linde. Bevor er in seine Zelle geführt wurde, musste er auch noch seine Schuhe ausziehen. »Aus hygienischen Gründen«, wurde ihm auf Nachfrage erklärt.

Er musste an eine Stelle im zweiten Buch Mose denken: »Zieh deine Schuhe von deinen Füßen, denn der Ort, worauf du stehst, ist heiliges Land«, ruft da Gott aus einem brennenden Busch. »Ich habe das Elend meines Volks in Ägypten gesehen und ihr Geschrei über ihre Bedränger.«

Hier in dieser Gewahrsamszelle war von Gottes Nähe nichts zu spüren. Von oben bis unten gefliest war der Raum. Wie eine Kühlkammer, mit Glasbausteinen als Fensterersatz. Doch für eine Kühlkammer war es viel zu warm. Miefig warm. Auf einem Betonsockel lag eine Schaumstoffmatte. Der Gefangene hatte sie selbst zu beziehen. Das Bettzeug war ihm quasi als Tauschobjekt für seine Wertsachen in die Hand gedrückt worden.

»Wenn Sie Probleme haben oder auf Toilette müssen, drücken Sie hier auf den Knopf und sprechen da rein«, erklärte ihm der Beamte. »Das ist eine Sprechanlage, die mit dem Wachzimmer verbunden ist. Alles klar?«

»In Ordnung«, antwortete er brav. Er hatte sich schon fast damit abgefunden, wie ein Kind behandelt zu werden.

Dann schloss sich die schwere Stahltür hinter ihm. Nur gedämpft noch drangen die Geräusche aus dem Polizeigebäude in seine sterile Fliesengruft vor. Ein Gefühl der Verlassenheit legte sich um ihn wie eine eisige Pranke. Er fühlte sich ausgesperrt aus der Welt der Lebenden. Wie ein Seziertisch im Leichenschauhaus kam ihm die Schlafstelle aus Beton vor. Die spartanische Raumausstattung, das war ihm klar, sollte der Hygiene ebenso dienen wie der Selbstmordvorbeugung. Die kalte Schlachthofatmosphäre aber ließ ja erst den Wunsch in einem hochkommen, mit dem Kopf gegen die Stahltür zu rennen. Doch dazu fehlte ihm die Kraft. Erschöpft legte er sich auf die Matratze. Lenkte seine Gedanken auf das bevorstehende Gesprāch mit dem Verteidiger – zwang sich, plausible Argumente für seine Unschuld zu sammeln. Mit Erfolg. Immer empörender erschien ihm die Verhaftung, immer absurder. Sicher, seine Ehe war ins Schlingern geraten. Und Peters lag natürlich richtig: Kathrin hatte ihn wirklich einmal verlassen.

Wie war es dazu nur gekommen? Seine Streitereien mit Kathrin erschienen ihm auf einmal ganz unwirklich, wie hinter einer Milchglasscheibe. Mühsam rief er sich jenen Tag vor zwei Monaten in Erinnerung, als er mit Kathrin beim Superintendenten zum Geburtstag eingeladen war.

*Exodus*

Von morgens bis zum frühen Abend hatte er sich abgehetzt: Gespräche mit Heizungsbauern und Dachdeckern wegen dringender Renovierungsarbeiten an der Winterburger Friedhofskapelle, Konfirmandenunterricht, ein Anruf nach dem anderen. Zwischendurch musste er sich schließlich auch noch um Anna kümmern, die ihr Mittagessen zwar von Frau Brix vorgesetzt bekam, aber eben auch Hausaufgaben zu machen hatte und zum Flötenunterricht ins Nachbardorf gefahren werden wollte. Und das bei diesem nasskalten Wetter. Schneeregen verschleierte die Sicht und überzog die Straßen mit Matsch.

Er fühlte sich müde und ausgebrannt, als Kathrin gegen halb sieben nach Hause kam und sich an den Küchentisch setzte. Doch gleichzeitig freute er sich auf die abendliche Einladung, den Glanzpunkt des Tages. Kathrin dagegen hatte schon gar nicht mehr daran gedacht.

»Das hat mir gerade noch gefehlt«, stöhnte sie. »Du kannst dir nicht vorstellen, wie hektisch das heute bei uns in der Redaktion war. Die Fotos zu meiner Geschichte waren eine Katastrophe. Am Ende blieb uns nichts Anderes übrig, als den Fotografen noch mal loszuschicken. Und dann musste ich zu allem Überfluss meinen Text auch noch zusammenstreichen, weil wir plötzlich eine Seite weniger hatten.«

»Denkst du, ich habe hier faul vor dem Kachelofen gelegen«, erwiderte Christian beleidigt.

»Nein natürlich nicht«, konterte Kathrin mit leichter Ironie in der Stimme. »Aber du bist hier wenigstens dein eigener Herr. Und von dir verlangt auch keiner, dass du deine Frau abends noch zu einem Arbeitsessen begleitest.«

Damit war der Streit mal wieder entflammt.

»Arbeitsessen«, wiederholte er ärgerlich. »Das ist eine Geburtstagsfeier. Dir scheint ja neuerdings alles zuwider zu sein, was auch nur entfernt mit mir und meinem Beruf zu tun hat. Dabei haben wir doch schon wochenlang nichts mehr zusammen unternommen.«

»Ich wäre gern mit dir zu der Premiere mit Markus gegangen. Aber dazu hattest du ja leider keine Zeit. Nein, du willst in Wirklichkeit nichts mit mir unternehmen, du bist nur an meiner Begleitung für deine Auftritte als Kirchenfutzi interessiert. Die Pastorenfrau an der Seite ihres lieben Gatten – das ist es wahrscheinlich, was dir vorschwebt. Aber dazu habe ich wirklich keine Lust mehr. Mir ist meine Freizeit tatsächlich zu kostbar, als dass ich Lust hätte, mich da zum Beispiel heute Abend bei diesem Kirchenhengst zu langweilen.«

»Ach, schon wieder die alte Leier. Alles, was nach Kirche riecht, langweilt dich offenbar nur noch. Wahrscheinlich meine Wenigkeit eingeschlossen. Dann bleib doch ganz bei deinen blasierten Affen, diesen Pressefutzis.«

»Das wär vielleicht wirklich das Beste.«

Keiner der beiden hatte bei dem immer bissiger werdenden Wortwechsel auf Anna geachtet, die auf ihrem Handy herumtippte. Schließlich mischte sie sich selbst ein.

»Hört doch mal endlich mit dem blöden Scheiß auf, ihr seid ja wie Babys.«

»Du hast recht, Anna«, sagte ihr Vater. »Aber wenn deine Mutter zur Tür reinkommt und gleich anfängt rumzunölen, wie öde das hier alles ist, dann kann man schon mal die Nerven verlieren.«

»Das ist doch die Höhe«, platzte es da aus Kathrin heraus. »Jetzt auch noch das Kind gegen mich aufzuhetzen! Hast du überhaupt kein Schamgefühl mehr?«

»Das kannst du gerade sagen«, erwiderte er lautstark. »Gerade du.«

Er bemerkte, wie Anna verstört um sich blickte, und wandte sich ihr zu – sehr viel leiser und zärtlicher. »Ich glaube, es ist besser, wenn du erst mal auf dein Zimmer gehst. Irgendwann muss deine Mutter ja wieder zur Vernunft kommen.«

»Merkst du eigentlich gar nichts mehr? Ist dir nicht klar, dass du mich immer noch weiter schlecht machst vor Anna?«, herrschte Kathrin ihren Mann wütend an, nachdem Anna den Raum verlassen hatte. »Aber wenn du dich so rüpelhaft benimmst, dann sehe ich auch nicht ein, wieso ich noch irgendwelche Rücksichten nehmen soll. Also, letzte Durchsage: Dein Pope kann mich mal. Du kannst dich ja von mir aus ruhig anschleimen bei diesem Superintendenten. Ich bleibe zu Hause. Du kannst ihm sagen, dass ich krank bin.«

»Krank? Durchgeknallt bist du. Du kreist doch nur noch um dein Ego. Alles dreht sich bei dir um deine journalistische Eitelkeit.«

Wütend sprang er vom Stuhl auf und lief in der Küche auf und ab.

»Dass ich nicht lache«, schoss Kathrin zurück. »Wer im Glashaus sitzt, sollte nicht mit Steinen schmeißen. So einen eitlen Menschen wie dich muss man erst mal suchen. Den ganzen Zinnober hier veranstaltest du doch nur, um dich wichtig zu machen. Christliche Nächstenliebe? Haha! Wenn ich das schon höre. Mit diesem Gefasel bemäntelst du ja nur deine Eigenliebe. Und die Leute in der Gemeinde betrachtest du doch nur noch als deine Claqueure, von mir mal ganz abgesehen.«

»Also ich weiß wirklich nicht, warum ich mir diese wüsten Schimpftiraden von dir hier anhören muss. Du hast es gerade nötig! Gerade du! Wer kümmert sich denn um Anna? Wer denn? Du doch wohl nicht, du hast doch nur deine Karriere im Kopf.«

»So, ich glaube, das war's jetzt«, stellte Kathrin trocken fest. »Mir reicht 's.«

»Mir schon lange«, schrie Christian. »Dann pack doch deine Sachen, geh doch endlich zu deinen Zeitungsheinis.«

»Worauf du dich verlassen kannst.« Im nächsten Moment hatte Kathrin das Zimmer auch schon verlassen. Versteinert ließ Christian Linde sich wieder auf seinen Stuhl sacken. Nachdem er sich etwas gefangen hatte, rief er beim Superintendenten an und sagte ab. Kathrin gehe es nicht gut. Damit hatte er ja nicht einmal die Unwahrheit gesagt.

Nach dem Telefonat unternahm er einen kleinen Spaziergang. Immer noch rieselte zwar dieser feuchte Schlackerschnee vom Himmel, aber er musste einfach an die frische Luft – seine Wut in Bewegung umsetzen, sich abreagieren, wie er es selbst nannte. Nicht einmal einen Schirm hatte er dabei. So kam er eine Viertelstunde später durchnässt zurück. Ohne sich umzuziehen, ging er zu seiner Tochter aufs Zimmer.

Anna lag auf dem Bett und weinte. Kathrin sei gerade bei ihr gewesen, erzählte sie ihrem Vater unter Tränen. Sie habe angekündigt, dass sie einige Tage verreise. Sie fürchtete, sie würde nie mehr zurückkehren.

Er musste schlucken. Er begann, die Heftigkeit seines Wutausbruchs zu bereuen. Während er Anna eine Gutenachtgeschichte vorlas, hörte er, wie das Garagentor quietschte und schepperte. Wenig später startete ein Auto und brauste mit Vollgas vom Hof. Kathrins Auto.

Erst am nächsten Abend meldete sie sich aus einem Hotel in Hamburg.

»Ich glaube, es hat keinen Sinn mehr mit uns«, teilte sie ihm sachlich kühl mit. »Ich werde mir in den nächsten Tagen noch ein paar Sachen abholen.«

»Denkst du denn gar nicht an Anna?«

»Ständig. Aber für das Kind ist es ja wohl auch nicht gerade toll, wenn es in diesem vergifteten Klima aufwächst. Du hast mal wieder neue Grenzen der Schamlosigkeit überschritten. Du hast dich nicht geschämt, Anna in meiner Gegenwart gegen mich aufzuhetzen.«

»Das habe ich aus einer momentanen Verärgerung heraus gesagt, das musst du ja wohl verstehen. Du warst auch nicht gerade besonders rücksichtsvoll.«

»Warum auch? Ich habe langsam das Gefühl, dass dieser ständige Streit einfach deutlich macht, dass unsere Beziehung kaputt ist. Wir sollten uns da nichts mehr vormachen. Auch sexuell läuft doch schon lange nichts mehr zwischen uns, wenn wir mal ehrlich sind. Du hast mir ja auch selbst schon zu verstehen gegeben, wie langweilig du mich findest. So kann ich nicht weiter. Ich kann nicht mit einem Mann zusammenleben, der mich gar nicht begehrenswert findet und der sich stattdessen kleine Mädchen ins Bett holt oder mit irgendwelchen Frauen rumvögelt, die ihn anhimmeln.«

»Jetzt fang doch bitte nicht schon wieder damit an, verdammt noch mal. In einem fort denkst du nur an dich, immer nur dieses: Ich kann nicht mehr. Ich, ich, ich. Hast du schon mal darüber nachgedacht, wie du mich behandelst! In deinen Augen bin ich doch nur ein beschränkter Provinzpfarrer, der sich um deine Tochter kümmert, so dass du in der Weltgeschichte herumreisen kannst. Erinnerst du dich noch, wie du mich mal beschimpft hast? Weißt du es noch? Versager, Schlappschwanz, hast du mich genannt. Und das war nicht so dahergeredet. Nein, nein, ich hab schon gemerkt, wie du dich mehr und mehr deinem Vater angenähert hast. Für den war ich doch von Anfang an ein viel zu kleines Licht. Dieser arrogante Spinner. Für den fängt doch der Mensch erst mit dem Doktortitel an.«

»Ach jetzt fang auch noch an, meinen Vater zu beleidigen. Ich habe nicht den Eindruck, dass uns solche Gespräche weiterbringen. Dafür ist die Zeit wirklich zu schade.«

»Ja, das ist schon sehr traurig, dass dir deine Zeit zu schade ist, mit mir zu reden. Tut mir leid, dass ich dich dabei gestört habe, irgendeine preisverdächtige Reportage vorzubereiten. Tut mir wirklich schrecklich leid.«

»Ach, hör doch auf mit dem ironischen Getue. Aber du hast recht. Ich habe wirklich keine Lust mehr, mich weiter von dir anpöbeln zu lassen.«

»Das will ich auch nicht mehr, also nochmals: Entschuldigung, Entschuldigung, dass ich dir deine wertvolle Zeit gestohlen habe.«

Ohne die Antwort abzuwarten, knallte er den Hörer auf.

Noch Stunden nach dem Telefonat hatte er eine unbändige Wut im Bauch.

Da Anna ihrer Freundin von dem Krach erzählte, sprach sich der Auszug der Pastorenfrau bald in der Gemeinde herum. Niemand sprach ihn darauf an. Doch er spürte die atmosphärische Störung. Auch im Gottesdienst.

Aber er vermisste seine Frau auch. Mit Inge Rosenstrauch lief es zwar sexuell besser, aber von Liebe konnte eigentlich keine Rede sein – was immer das sein mochte. Liebte er Kathrin? Liebe! Was für ein bombastisches Wort. In der ersten Zeit hatte er sich in ihrer Gegenwart geborgen und angenommen gefühlt, hatte gar nicht genug bekommen von ihren Küssen und Zärtlichkeiten. Wie ein Luftschiff hatte ihn diese Ruby-Tuesday-Stimmung getragen. So war es natürlich schon lange nicht mehr gewesen. Doch zumindest eine Erinnerung davon war zurückgeblieben. Hinzu kam Anna. Sie war nicht nur Streitobjekt, sondern vor allem Bindeglied. Die Liebe, die ihn einst mit Kathrin verband, hatte in ihr konkrete Gestalt angenommen. Doch Anna war es eben auch, die in ihm immer wieder das Gefühl wachrief, im Stich gelassen worden zu sein. Dieses demütigende Gefühl der Kränkung.

Schließlich entschloss er sich, Kathrin einen Brief zu schreiben. Er schilderte ihr, wie er sich nach ihr sehne, nahm alle Schuld auf sich. Schon am nächsten Abend rief sie an. »Willst du mich wirklich wieder aufnehmen?« Das Eis war schnell gebrochen. Noch in der gleichen

Nacht kehrte Kathrin ins Pfarrhaus zurück. Die beiden gelobten, sich künftig mehr Zeit füreinander zu nehmen und beschlossen, in den Osterferien nach Dänemark zu fahren. Anna jubelte.

Christian Linde war die Euphorie des wiedererwachten Ehe- und Familienglücks aber auch ein wenig unheimlich. Er hatte das ungute Gefühl, dass es auf einer Lüge gründete.

29. März 2006 Donnerstagabend

## *Ein feste Burg*

In der Gewahrsamszelle war es dunkel geworden. Linde hörte, wie im Türschloss ein Schlüssel gedreht wurde. Er richtete sich auf. Wie spät es wohl war? Er hatte jedes Gefühl für Zeit verloren.

»Ihr Anwalt ist gekommen, er erwartet Sie oben im Besprechungszimmer«, teilte ihm derselbe Polizist mit, der ihn zuvor eingeschlossen hatte. »Kommen Sie bitte, Ihre Schuhe stehen vor der Tür.«

Mit einem Schlag war er in die Gegenwart zurückgekehrt. Sein Herz hämmerte. In den nächsten Minuten musste sich zeigen, wie lange dieser wahnsinnige Verdacht noch auf ihm lasten würde. Immer noch etwas benommen kletterte er von seinem Beton-Bett und torkelte zur Tür. Kaltes Neonlicht blendete ihn, als er auf den Gang trat.

»Dann wollen wir mal.«

Der Wachtmeister zeigte ihm die Richtung. Wie ein kleines Kind ließ er sich von dem Beamten durch das Labyrinth des scheinbar menschenleeren Polizeigebäudes schleusen. Unvorstellbar, dass er noch wenige Tage zuvor bei der Beerdigung selbst die Regieanweisungen erteilt hatte. Jetzt war er gefangen, nicht mehr Herr seiner selbst. Aber vielleicht nicht mehr lange. Irgendwann musste dieser Wahnsinn ja ein Ende haben.

Der Anwalt aus Hamburg dämpfte seine Zuversicht. Mertens empfing ihn mit bedenklicher Miene.

»Tag, Herr Linde. Muss ja alles furchtbar für Sie sein«, begrüßte ihn der Mann in dem hellgrauen Anzug teilnahmsvoll. »Zuerst verlieren Sie Ihre Frau und dann auch noch Ihre Freiheit.«

»Ja, es ist wirklich zum Verzweifeln. Manchmal denke ich, dass ich das alles nur träume. Das kann, das darf doch alles nicht wahr sein.«

Ein Polizeibeamter schenkte ihm eine Tasse Kaffee ein, dann war er mit seinem Verteidiger allein. Dieser Star-Anwalt sah viel jünger aus, als er ihn sich vorgestellt hatte. Schon die Frisur verriet, dass der eher kleine Mann Wert auf seine äußere Erscheinung legte. Das lange mittelblonde Haar war künstlich gelockt. Der modische Anzug und die orangefarbene Krawatte verliehen ihm geckenhafte Züge. Die tiefe Gesichtsbräune ließ auf einen erst kurz zurückliegenden Urlaub schließen. Wahrscheinlich Skiurlaub. Als wollte er sich ein seriöseres Aussehen geben, setzte der Jurist seine randlose Brille auf – schlicht, aber kunstvoll geschwungen und mit Sicherheit kein Kassenprodukt. Während Linde einen Schluck Kaffee nahm, überflog Mertens noch einmal Haftbefehl und Festnahme-Anzeige.

»Tja«, begann der Verteidiger nachdenklich, nachdem er mit feierlicher Geste seine Brille wieder abgenommen und zur Seite gelegt hatte. »Also, ich will Sie ja nicht entmutigen, Herr Linde. Aber es sieht, ehrlich gesagt, nicht besonders gut aus.«

»Aber das ist doch alles absurd. Ich habe das nicht getan. Warum sollte ich denn meine Frau totschlagen? Ich verabscheue jede Form von Gewalt, ich habe mich in der Friedensbewegung engagiert. Ich habe meine Frau während der ganzen Zeit unserer Ehe nicht ein einziges Mal geschlagen. Nicht ein einziges Mal. Verstehen Sie? Das ist alles völlig verrückt, was mir die Polizei hier unterschieben will.«

»Das will ich Ihnen gern glauben, Herr Linde«, erwiderte Mertens, der nach edlem Parfüm mit holziger Note duftete. »Aber entscheidend ist jetzt, dass wir die Dinge entkräften, die die Polizei Ihnen vorhält. Da ist es wichtig, dass wir gut zusammenarbeiten und dass Sie keine unbedachten Äußerungen machen, die Sie möglicherweise noch tiefer reinreißen. Das muss von vornherein klar sein. Sonst hat es gar keinen Sinn, dass ich Ihre Verteidigung übernehme.«

»Verstehe«, antwortete er nickend. Der verbindliche Ton des Verteidigers beeindruckte ihn.

»Noch was, bevor wir in die Einzelheiten einsteigen: Das sieht mir hier nicht danach aus, als ob wir Sie morgen schon wieder freikriegen. Mit anderen Worten: Wir müssen der Polizei und dem Staatsanwalt wahrscheinlich einiges an Futter entgegensetzen, um unsere Chancen zu wahren. Das alles kostet. Am Ende, wenn Sie, wie ich annehme, freigesprochen werden, übernimmt zwar die Staatskasse die Kosten, aber vorher müssen wir das Geld vorstrecken. In Ihrem Fall sehe ich allerdings eine Möglichkeit, einem finanziellen Fiasko vorzubeugen. Sie können sich vorstellen, dass die Medien sich die Finger nach Ihrer Geschichte lecken. Meine Meinung ist: Wenn die sich schon auf die Schicksale von Angeklagten stürzen wie die Aasgeier, dann sollen sie auch zahlen dafür. In anderen Fällen bin ich immer gut damit gefahren, wenn ich mit einem bestimmten Verlag oder einem Sender einen

Exklusivvertrag gemacht habe. Der Vorteil für Sie ist, dass die andern Sie in Ruhe lassen und dass Sie die Berichterstattung einigermaßen steuern können – kann man ja schriftlich fixieren. Obendrein kassieren Sie auch noch einen Haufen Knete. Das sollten Sie sich mal durch den Kopf gehen lassen.«

Er strich sich irritiert über den Bart. Bevor dieser Lockenkopf zur Sache kam, sprach er schon von Geld und winkte mit einem Exklusivvertrag? Das behagte ihm nicht. Gleichwohl wollte er den renommierten Anwalt nicht verprellen.

»Das muss ich mir wirklich genau überlegen«, erwiderte er. »Ich habe mit meinem Superintendenten vereinbart, dass ich erst mal gegenüber der Presse überhaupt nichts sage.«

»Ist auch in Ordnung. Aber ob Sie wollen oder nicht: Die Presse wird natürlich rauf und runter über Ihren Fall berichten. Das können Sie gar nicht verhindern. Da muss man sich schon fragen, ob man die Sache nicht lieber selbst in die Hand nimmt, anstatt sich nur zum Objekt machen zu lassen. Denken Sie darüber nach.«

Daraufhin setzte Mertens wieder seine Brille auf und studierte erneut die vor ihm liegenden Schriftstücke. »Also, wichtig wird es natürlich für Sie sein, nachzuweisen, dass Sie wirklich im Krankenhaus waren. Gibt es denn niemanden, der das bezeugen kann? Das dürfte doch nicht so schwer sein. Sind Sie denn von keiner Schwester gesehen worden?«

»Ach, freitags sind doch kaum Krankenschwestern auf der Station. Und diese alten Leute, die da liegen, sind schon viel zu vergesslich, um sich irgendwas zu merken. Die wissen doch gar nicht mehr, wie sie heißen. Aber eine Frau kenne ich ganz gut, die hat mich immer als eine Art Sohn betrachtet. Vielleicht kann ich der mal schreiben und klar machen, wie wichtig es für mich ist, dass sie sich erinnert.«

»Nicht schlecht, das tun Sie mal. Aber Sie müssen natürlich den Eindruck der Zeugenbeeinflussung vermeiden, Herr Linde.«

»Klar.«

»Wenn ich es recht sehe, dürfte im Mittelpunkt der Ermittlungen der Zustand Ihrer Ehe stehen. Da ist die Polizei, wie Sie wissen, auf Ihre außerehelichen Beziehungen gestoßen. Daraus könnten die sich natürlich ein hübsches Tatmotiv zusammenbasteln.«

»Das ist doch alles Unsinn. Ich habe meine Frau geliebt, aber wir haben eine offene Ehe geführt, Punkt. Ich bin zwar Dorfpastor, aber kein Spießer. Kathrin wusste doch schon seit Jahren von meiner Beziehung zu Frau Rosenstrauch, und ich wusste, dass Sie auch mal mit ihren Kollegen ins Bett geht. Das war vielleicht nicht alles im Sinne der zehn Gebote, und das war auch nicht immer einfach. Aber wir haben gelernt, damit zu leben, natürlich nicht in der Öffentlichkeit. Ein Pastor ist für die Leute eben immer noch eine Art Heiliger, einer, der sittenstrenger dastehen muss als sie selbst. Besonders auf dem Dorf. Da ist es dann klar, dass man nicht sein gesamtes Privatleben an die große Kirchenglocke hängen darf. Sexualität und Kirche, das ist sowieso ein Thema für sich. Und damit tun sich nicht nur die Katholiken schwer, glauben Sie mir. Die Protestanten muten ihren Pastoren zwar kein Zölibat zu, aber dass ihre Seelsorger auch so etwas wie ein Sexualleben haben, soll trotzdem nicht nach außen dringen.«

»Verstehe«, antwortete der Anwalt, der bereits ungeduldig zu werden schien. »Aber Sie müssen natürlich jetzt damit rechnen, dass die Polizei und Staatsanwaltschaft Ihre gesamte Intimsphäre durchleuchtet, um ihre Beschuldigungen zu unterfüttern. Entschuldigen Sie die direkte Frage: Aber könnte es sein, dass sich Ihre Frau in letzter Zeit bei ihren Bekannten oder Freunden ausgeweint hat über Sie?«

Er schüttelte den Kopf. »Glaub ich nicht, dazu hatte sie eigentlich keinen Grund. Aber was sie ihren Kollegen oder Freunden gesagt hat, weiß ich natürlich nicht.«

»Verstehe, da bleibt uns nichts übrig als abzuwarten. Wichtig ist, dass Sie der Polizei nichts erzählen, woraus Ihnen später ein Strick gedreht werden könnte. Lieber gar nichts sagen. Es steht Ihnen als Beschuldigtem frei, die Aussage zu verweigern. Daraus dürfen Ihnen keine Nachteile erwachsen.«

»Aber ich habe gar keinen Grund, die Aussage zu verweigern, ich weiß doch, dass ich es nicht war.«

Mertens legte ihm besänftigend die Hand auf die Schulter. »Ich glaub Ihnen ja, aber darauf kommt es nicht an. Wir müssen die Polizei und Staatsanwaltschaft überzeugen. Und da müssen Sie einfach vorsichtig sein.«

Linde atmete tief ein und presste die Luft mit einem Stoßseufzer wieder aus sich heraus.

»Und jetzt erzählen Sie mir bitte noch einmal genau, wie sich das alles am letzten Freitag abgespielt hat«, fuhr Mertens fort, während er bedeutungsvoll seine Designerbrille hochschob.

Linde berichtete ihm das gleiche, was er zuvor schon der Polizei dargelegt hatte. Wie der Hauptkommissar zeichnete auch der Anwalt das Gespräch mit einem Diktiergerät auf. Unvermittelt fragte Mertens plötzlich dazwischen:

»Haben Sie eigentlich eine Idee, wer es gewesen sein könnte?« Da er von der Frage überrascht war, setze der Anwalt nach: »Hatte Ihre Frau vielleicht irgendwelche Feinde?« Er stützte nachdenklich sein Kinn auf. »Feinde? Nicht dass ich wüsste. Sie war ja allgemein beliebt. Kann höchstens sein, dass sie den einen oder anderen mal mit ihren kritischen Reportagen vor den Kopf gestoßen und verärgert hat, das ist schon denkbar, sicher.«

»Gab es da in der letzten Zeit Geschichten oder Recherchen, die den einen oder anderen ernsthaft in Verlegenheit gebracht haben könnten?«

Linde schloss die Augen. Plötzlich fuhr er aufgeregt auf. »Ja sicher. Dass mir das nicht gleich eingefallen ist: Kathrin hat sich mit Börsenbetrügereien beschäftigt, so mit verbotenen Kursmanipulationen. Sie hatte da irgendeinen heißen Tipp von einem Rechtsanwalt aus Frankfurt gekriegt und war den Geschäftsführern einer Softwarefirma auf der Spur. Die hatten angeblich getürkte Unternehmensmeldungen rausgegeben, um ihren Aktienkurs hochzujubeln. Irgendwie haben die gemeinsame Sache mit Börsen-Zockern gemacht. Genaueres weiß ich aber auch nicht.«

»Das hört sich doch sehr spannend an«, warf Mertens ein. »Da müssen wir unbedingt nachhaken.«

In diesem Moment öffnete sich die Tür. Hauptkommissar Peters trat herein. »Also wenn's geht, würde ich jetzt gerne noch ein bisschen mit der Vernehmung weitermachen«, sagte er in höflichem Ton. »Wir sollten die Gelegenheit nutzen, dass Ihr Anwalt gerade da ist. Wie lange brauchen Sie denn hier noch?«

Mertens blickte auf seine Armbanduhr. Zum Erstaunen seines Mandanten antwortete er: »Wir sind eigentlich jetzt so weit durch hier. Von mir aus können wir noch eine Stunde Vernehmung dranhängen. Aber dann muss ich unbedingt los.«

Auch Linde erklärte sich einverstanden. Er hatte ja nichts zu verlieren. Immer noch hoffte er auf eine neue Wendung. Immerhin stand ihm jetzt dieser Tobias Mertens zur Seite, dem der Ruf vorausging, schon Angeklagte in vollkommen aussichtslosen Fällen rausgehauen zu haben. Aber auch Peters kam diesmal nicht allein zum Verhör. Er brachte einen älteren dicklichen Herrn mit, der sich knapp mit »Braun« vorstellte und dann mit überkreuzten Armen und übereinander geschlagenen Beinen hüstelnd im Hintergrund Platz nahm. Linde musste unwillkürlich an die alte Frau Braun aus Winterburg denken, die ihn vor einigen Tagen zu ihrem 75. eingeladen hatte. Bei näherem Hinsehen ließ sich sogar eine gewisse Ähnlichkeit erahnen. Vielleicht verwandt? Vielleicht sogar der Sohn von Alma Braun? Der Kommissar machte natürlich keinerlei Andeutungen in dieser Richtung.

Die Anwesenheit des zweiten Kriminalbeamten, der auf unangenehme Weise nach Knoblauch roch, verunsicherte Linde. Brauns Blick hatte etwas Lauerndes. Und seine Fragen kamen nicht nur räumlich betrachtet aus dem Hinterhalt.

Die zweite Vernehmung entwickelte sich so zu einem Kreuzverhör. Noch einmal musste er minutiös darstellen, was an jenem Freitag geschehen war. Es zeigte sich, dass die Polizei bereits eigene Nachforschungen angestellt hatte.

»Sie haben mir neulich erzählt, dass Sie auf einem Parkplatz gestanden haben, von dem aus Sie den Fußballplatz gesehen haben«, bohrte Peters nach. »Wir haben uns da mal umgesehen und festgestellt, dass es überhaupt keinen Parkplatz mit Blick auf das Stadion gibt.«

Linde leitete seine Antwort mit einer wegwerfenden Handbewegung ein. »Also ich merke schon, Sie geben sich wirklich alle Mühe, mich hier als Lügner hinzustellen. Aber in diesem Fall geht Ihr Insistieren doch wohl etwas an der Realität vorbei«, polterte er los. »Ich habe dieses Stadion gesehen, als ich da geparkt habe. Wenn nicht vom Parkplatz aus, dann eben bei der Anfahrt auf den Parkplatz von der Straße aus. So genau habe ich mich natürlich nicht auf das Stadion konzentriert. Da ist es doch wohl klar, dass die Perspektive nachträglich ein bisschen verrutschen kann. Wirklich absurd, mir daraus einen Strick drehen zu wollen.«

»Mein Mandant hat vollkommen recht«, sprang ihm Mertens bei.

»Wirklich albern, was Sie hier machen. Eine solche Beweisführung haut Ihnen jedes Gericht um die Ohren.«

Der arrogante Ton seines Verteidigers war Linde unangenehm. Gleichzeitig tat es ihm gut, dass Mertens die Polizisten so abkanzelte und damit in die Defensive zwang.

»Also, keiner will Ihnen hier einen Strick drehen«, setzte Peters wieder neu an, während Mertens süffisant lächelte. »Aber Sie müssen es sich schon gefallen lassen, dass wir Sie mit der Wirklichkeit konfrontieren.« Wieder zog der Kommissar den Krankenhausbesuch in Zweifel, bedrängte den Beschuldigten, Details zu nennen.

Doch Mertens bremste seinen Mandanten.

»Also, Sie sollten sich hier nicht ins Bockshorn jagen lassen«, empfahl er Linde. Und mit einem herausfordernden Blick auf Peters fuhr er fort: »Bevor Sie Herrn Linde hier wieder Dinge entlocken, die Sie dann später gegen ihn ausspielen, sagt er erst einmal überhaupt nichts mehr zu dieser nicht so ganz unbedeutenden Alibi-Frage. Okay?«

Linde folgte dem Rat. Es war ihm ganz lieb, bei diesen verwirrenden Fragen nicht mehr selbst entscheiden zu müssen.

»Sind Sie eigentlich während der Rückfahrt von Celle immer auf der Hauptstraße geblieben?«, fragte Braun dazwischen.

»Na sicher, ich verstehe die Frage nicht«, antwortete Linde, ohne zu zögern.

Der Dicke hustete, bevor er weiter ausholte. »Den Hintergrund meiner Frage will ich Ihnen gern erläutern: Sie sind zwischen elf und zwölf auf einem Wiesenweg bei Brodersen gesehen worden, der zur Aller führt. Was sagen Sie dazu?«

»Unsinn, das kann gar nicht sein.«

»Also wirklich«, protestierte Mertens kopfschüttelnd. »Man weiß doch, was von solch windigen Zeugenaussagen zu halten ist. Wenn alle Zeitungen voll sind vom Foto unseres Pastors und bekannt ist, dass die Leiche seiner Frau irgendwie in die Aller gekommen sein muss, dann ist es doch klar, dass irgendwelche Wichtigtuer solche Geschichten ausfantasieren.«

»Können Sie uns bitte beschreiben, wie Sie an diesem Freitag gekleidet waren«, wandte sich Peters wieder freundlich an Linde.

»Ich will es versuchen«, antwortete der Angesprochene. »Also, ich hatte, glaube ich, schwarze Jeans an, habe einen dunkelroten Pulli und meine schwarze Jacke getragen.«

»Da bin ich ja mal gespannt, wie unser Zeuge den Mann am Steuer beschrieben hat.«

»Da bin ich auch sehr gespannt«, konterte Mertens spitz. »Das wäre ja phänomenal, wenn der Mann im Vorbeifahren auch noch die Hemdfarbe gespeichert hätte.«

»Warten wir's ab«, sagte Peters schroff. »Wir müssen Sie übrigens darauf hinweisen, dass wir heute Abend Ihr Auto beschlagnahmt haben, Herr Linde. Wir haben vor, uns den Kofferraum mal näher anzugucken. Denken Sie, dass wir da fündig werden könnten?«

»Unglaublich, was man sich hier bieten lassen muss.«

»Vollkommen richtig«, setzte Mertens nach. »Ich werde Beschwerde einlegen. Es gibt doch nicht den geringsten Anhaltspunkt dafür, dass mein Mandant die getötete Frau Fischer-Linde in seinem Auto befördert hat.«

»Da sind wir anderer Meinung, lieber Herr Mertens«, sagte Peters. »Darum sehen wir Ihrer Beschwerde auch mit großer Gelassenheit entgegen.«

»Sie reden in Rätseln«, erwiderte der Anwalt gereizt. »Könnten sie sich vielleicht etwas präziser ausdrücken?«

»Wir hatten gehofft, dem Erinnerungsvermögen von Herrn Linde mit diesen Hinweisen etwas auf die Sprünge zu helfen«, knurrte der ältere Herr im Hintergrund. »Aber wir können auch deutlicher werden: Wir haben auf jenem Marschweg, von dem der Zeuge spricht, Reifenspuren entdeckt – Reifenspuren, die offenbar mit dem Profil des Pastorenautos übereinstimmen.«

»Das muss ich mir alles erst mal näher anschauen«, wehrte Mertens ab. »In dieser Situation habe ich, ehrlich gesagt, eher den Eindruck, dass Sie meinen Mandanten schocken wollen. Überhaupt habe ich die ganze Zeit schon das dumme Gefühl, dass Sie sich völlig verrannt haben, total festgelegt. Dass Sie ganz einseitig in eine Richtung ermitteln, ohne nach rechts oder links zu gucken.« Der Anwalt lehnte sich zurück und nahm seine Brille in die Hand. »Was macht Sie eigentlich so sicher, dass nicht jemand anders als Herr Linde als Täter in Frage kommt? Haben Sie mal in Erwägung gezogen, ob Frau Fischer-Linde sich im Rahmen ihrer journalistischen Arbeit nicht auch Feinde gemacht haben könnte?«

»Dazu haben wir bisher keine Veranlassung gesehen«, erwiderte Peters leise. »Aber wenn wir entsprechende Hinweise haben, gehen wir denen natürlich nach.«

»Bisher keine Veranlassung gesehen«, äffte Mertens nach. »Sie sind ja goldig. Aber vielleicht erkundigen Sie sich mal bei Herrn Linde oder bei der 'Szene', mit welchen Enthüllungsgeschichten sich Frau Fischer-Linde in jüngster Zeit befasst hat.«

»Wir werden das prüfen, verehrter Herr Mertens, da können Sie ganz sicher sein«, entgegnete Braun gereizt. »Aber bevor wir jetzt nach dem großen Unbekannten suchen, erlauben Sie uns doch bitte, dass wir erst einmal den Tatmotiven nachforschen, die sich geradezu aufdrängen.«

Er blickte Linde an. »Sie wissen, wovon ich spreche, Herr Linde. Ihre Ehe war zerrüttet, ziemlich kaputt, das ist allgemein bekannt. Wollte sich Ihre Frau eigentlich von Ihnen trennen?«

»Zerrüttet? Meine Ehe war nicht zerrüttet. Absurd.«

»Wie ist eigentlich die Beziehung zu Ihrem Sohn?«, fragte Peters.

»Gut, aber ich weiß nicht, was mein Sohn mit dieser Geschichte zu tun haben sollte.«

»Es heißt, dass Sie einmal was mit der Freundin Ihres Sohnes hatten – einer gewissen Anke, die soll bei Ihnen als Kindermädchen gejobbt haben.«

»Ach, diese alte Geschichte. Das ist alles total verdreht und aufgebauscht worden. Richtig ist: Anke war bei uns Babysitterin, und wir haben uns auch sehr gut verstanden. Aber alles, was daraus dann gemacht worden ist, ist erlogen und erstunken.«

»Da bin ich aber mal gespannt, was Ihr Sohn dazu sagen wird.«

»Wollen Sie den also auch noch mit in die Sache hineinziehen?«

»Das wird sich kaum vermeiden lassen.«

Linde stieß einen resignierten Seufzer aus. »Alles, was zu meiner Ehe zu sagen ist, habe ich Ihnen erzählt. Mehr ist da nicht, glauben Sie mir.«

Die beiden Vernehmungsbeamten ließen nicht locker. Peters brachte das Gespräch noch einmal auf den zeitweiligen Auszug der Pastorenfrau, Braun fragte Linde nach den Liebhabern seiner Frau. Schließlich räumte der Beschuldigte ein, dass seine Frau bei ihren Reportagereisen wohl auch mal mit Kollegen geschlafen habe. Das sei aber nichts Ernstes gewesen. Als der Mann aus dem Hinterhalt erneut nachsetzen wollte, verlor er die Geduld.

»Also, mir reicht das hier allmählich«, schimpfte er. »Ich hatte auf ein faires Verhör gehofft. Aber Sie wollen ja nur noch hören, was Sie sowieso schon zu wissen glauben. Sie haben sich ein Bild von mir gemacht und bemühen sich jetzt nur noch, Bestätigungen dafür zu finden. 'Du sollst dir kein Bildnis machen', das hat schon seinen tieferen Sinn. Ich habe als Seelsorger immer wieder gepredigt, dass dieses Gebot nicht nur in Bezug auf Gott gilt, sondern auch in Bezug auf unsere Mitmenschen.«

»Ich glaube, mit solchen theologischen Spitzfindigkeiten kommen wir hier nicht weiter«, warf Peters ein.

»Theologische Spitzfindigkeiten«, wiederholte Linde empört. »Ich glaube, Sie sollten sich schon gelegentlich daran erinnern, wen Sie hier vor sich haben. Aber für Sie ist der Fall wahrscheinlich längst erledigt. Und darum hat es meines Erachtens auch gar keinen Sinn mehr, dass wir uns hier weiter die Nacht um die Ohren schlagen. Also noch einmal: Was ich zu sagen hatte, habe ich Ihnen gesagt. Jetzt ist Schluss, endgültig Schluss. Ich werden Ihnen keine einzige Frage mehr beantworten, fertig.«

Mertens, der schon mehrmals auf die Uhr geguckt hatte, stimmte ihm zu und wies die Polizeibeamten auf die Erschöpfung seines Mandanten hin.

»Ich gebe Ihnen die dringende Empfehlung, Herrn Linde zu entlassen«, sagte er, als er sich bereits vom Stuhl erhoben hatte. »Sie wissen so gut wie ich, dass es nicht statthaft ist, einen Beschuldigten in die Erschöpfung zu treiben. Im Übrigen kann ich mir auch nicht vorstellen, dass der Haftrichter morgen früh ihren Argumenten folgen wird. Und wenn sich meine Vorahnung bestätigt, könnte es sehr unangenehm für Sie werden. Das habe ich oft genug durchexerziert.«

»Keine Drohungen, Herr Mertens«, entgegnete Peters gelassen.

»Wir wissen schon, was wir tun.«

»Das will ich hoffen«, setzte der Anwalt nach, bevor er seinem Mandanten etwas unvermittelt zum Abschied die Hand reichte. Linde hatte nicht den Eindruck, dass sein Verteidiger aus wirklicher Überzeugung heraus gesprochen hatte. Mertens Machtworte klangen in seinen Ohren eher wie eine rhetorische Pflichtübung, Verteidiger-

Routine. Er ließ daher auch nur wenig Begeisterung erkennen, als Mertens ankündigte, dass er spätestens in zwei Tagen zum Haftprüfungstermin wiederkomme.

Niedergeschlagen ließ sich Linde in seine Zelle zurückführen. Alle Hoffnungen, die mit dem Anwaltsbesuch in ihm aufgeblüht waren, waren erschlafft wie Narzissen nach einem Nachtfrost. Was bisher noch sein Vorstellungsvermögen gesprengt hatte, war zur Gewissheit geworden. Er würde die Nacht in der furchtbaren Zelle verbringen, eingekerkert wie ein Schwerverbrecher.

An Schlaf war nicht zu denken. Der Kaffee und die Vernehmung hatten ihn aufgeputscht. Das Schlimmste war das Gefühl dieser totalen Ohnmacht. Dieses Ausgeliefertsein. Gab es denn gar nichts mehr, was er tun konnte, um sich aus eigener Kraft zu helfen?

Das Gespräch mit dem Anwalt ging ihm durch den Kopf: die Krankenhausbesuche, ja diese Alibi-Geschichte musste er auf die Reihe bringen. Es konnte doch nicht so schwer sein, dieser Adele Trautmann in Erinnerung zu rufen, dass er bei ihr gewesen war. Zumindest gegenüber der Polizei konnte sie ja wohl sagen, dass er sie besucht hatte. Er wollte ihr schreiben. Sofort. Er klingelte den Wachtmeister herbei und bat um Papier und Stift.

»Sie sollten lieber bisschen was essen«, entgegnete der Mann. Linde hatte kurz zuvor das Abendessen zurückgegeben.

»Ich hab Ihnen doch schon gesagt, dass ich hier keinen Bissen herunterbekomme«, wehrte er ab. »Aber es müsste doch auch im Interesse der Polizei sein, dass ich die Gedanken, die mir durch den Kopf schwirren, ein bisschen ordne, indem ich sie aufschreibe.«

»Da muss ich erst mal nachfragen.«

Wenige Minuten später kehrte der Wachtmeister mit Kugelschreiber und Schreibblock zurück.

»Geht in Ordnung.«

Sowie der Mann das Zimmer verlassen hatte, hockte sich Linde aufs Bett und begann mit dem Brief an Adele Trautmann.

»Liebe Frau Trautmann,

Sie werden vermutlich schon von meiner misslichen Lage gehört haben. Die Polizei verdächtigt mich, für den Tod meiner Frau verantwortlich zu sein. Ein ungeheuerlicher Vorwurf. Es steht Ihnen natürlich frei, sich Ihr eigenes Urteil zu bilden. Dennoch hoffe ich,

dass mein Wort nicht gänzlich für Sie an Gewicht verloren hat. Ich versichere Ihnen, dass ich zu Unrecht beschuldigt werde. Sie werden sich wahrscheinlich ausmalen können, wie dieser ungeheure Vorwurf auf mir lastet und wie gern ich nach Eichendorf zurückkehren würde. Ich wende mich an Sie, weil Sie dazu beitragen können, dass sich die Sache vielleicht doch noch zum Guten wendet. Von entscheidender Bedeutung für die Ermittlungen ist die Frage, wo ich mich aufgehalten habe, während Kathrin starb. Ich habe der Polizei gesagt, dass ich in der fraglichen Zeit Gemeindemitglieder im Krankenhaus besucht habe. Doch niemand kann sich anscheinend an mich erinnern. Auch Sie waren doch in dieser Zeit im Krankenhaus. Möglicherweise waren sie nicht klar bei Bewusstsein, als ich in Ihrem Zimmer war. Doch ich erinnere mich noch genau, dass wir unter anderem über die Scheidung Ihrer Tochter gesprochen haben. Bitte gehen Sie doch noch einmal in sich. Kann es nicht sein, dass Sie vergessen haben, dass ich am vergangenen Freitag bei Ihnen war? Vielleicht fällt es Ihnen ja wieder ein. Aber auch wenn es Ihnen nicht wieder einfallen sollte, bitte ich Sie, mir behilflich zu sein. Niemand wird es Ihnen übel nehmen, wenn Sie der Polizei sagen, dass Ihnen mein Besuch entfallen war und nun plötzlich wieder eingefallen ist. Für Sie ist es doch gleichgültig, aber für mich hängt so ungeheuer viel davon ab. Für Ihr Verständnis danke ich Ihnen schon jetzt. Ich bin sicher, dass ich an Ihrem 75. Geburtstag, der ja wohl im Herbst ansteht, längst wieder auf freiem Fuß sein werde. Natürlich würde ich mich dann freuen, Ihr Gast sein zu dürfen. Ich hoffe aber, dass sich schon vorher die Gelegenheit zu einem Gespräch ergibt.
Mit freundlichen Grüßen,
Ihr Pastor Christian Linde.«

Er faltete den Briefbogen zusammen und steckte ihn in seine Jackentasche. Er wollte seinem Anwalt den Brief mitgeben. Mit der Post schicken konnte er ihn wohl kaum. Befriedigt legte er den Briefblock zur Seite und klingelte den Wachtmeister herbei, um den Kugelschreiber wieder abholen zu lassen. Er war darauf hingewiesen worden, dass er den Stift keinesfalls nachts in der Zelle behalten dürfe. Selbstmordgefahr.

Er nutzte das Erscheinen des Beamten, um Vorbereitungen für seine erste Nacht hinter Gittern zu treffen. Er verlangte die Kulturtasche, die er sich bei seiner Festnahme noch in letzter Minute eingepackt hatte. Waschen, Zähneputzen, Toilette. Wenigstens ein Minimum gewohnter Rituale. Im Nebenraum gab es eine sogenannte Sanitärzelle. Von dort aus hörte er, wie ein Betrunkener in seiner Zelle randalierte: »Lasst mich raus hier, ihr verdammten Schweine. Ich hau euch alles kurz und klein, darauf könnt ihr euch verlassen. Ich mach ’n Trümmerhaufen aus dem scheiß Puff hier.«

Ein Knall – wahrscheinlich hatte der Betrunkene gegen die Metalltür getreten – bekräftigte die Worte. Gar nicht so schlecht, seiner Wut so Luft machen zu können, dachte er. Besser als sich selbst zu martern.

Aber es lag ihm einfach nicht, seinen Zorn aus sich herauszubrüllen. Er fühlte sich einsam und verloren, als er in seine Zelle zurückgeführt worden war. Anna kam ihm wieder in den Sinn. Anna. Was mochten ihr ihre Großeltern erzählt haben? Was würde sie von ihm denken? Was hatte sie der Polizei erzählt? Und vor allem: Was würde Markus der Polizei erzählen? Würde er ihn anschwärzen? Belasten? Zuzutrauen wäre es ihm nach den Vorhaltungen, die er ihm bei der letzten Begegnung gemacht hatte. Ein schmerzliches Gefühl durchfuhr ihn. Wie hatte er seinen Sohn geliebt! Wie schön war es gewesen, wenn Markus als kleiner Junge auf seinem Schoß gesessen hatte.

Er presste sich die Hände vors Gesicht. Doch die Tränen wollten nicht fließen. »Markus, mein Markus«, murmelte er vor sich hin. Und: »Anna, liebe Anna.« Ob er sie wohl noch mal in den Arm nehmen konnte?

Es hielt ihn nicht mehr auf dem Bett. Er sprang auf, lief in der Zelle auf und ab wie ein gefangener Tiger. Gern hätte er jetzt ein Glas Wein getrunken, um die quälenden Gedanken hinunter zu spülen. Aber hier gab es ja höchstens Wasser. Er spürte, dass sein Körper nach Alkohol verlangte. Wie sollte er so jemals zur Ruhe kommen? Jesu Worte im Angesicht des Todes gingen ihm durch den Kopf: »Mein Gott, mein Gott, warum hast du mich verlassen?« Doch hatte er das Recht, sich diesen Verzweiflungsschrei des Heilands zu eigen zu machen? Schamhaft wurde ihm bewusst, dass er sich ja schon mit seinem Ordinationsspruch an die Stelle des Erlösers gesetzt hatte. »Dies ist mein lieber Sohn, an dem ich Wohlgefallen habe.« Schon damals, als er sich diesen Spruch gewählt hatte, war das eine Anmaßung gewesen. Mit Blick auf seine gegenwärtige Lage grenzte der

Spruch an Hohn und Gotteslästerung.

Dann rief er sich wieder ins Bewusstsein zurück, dass er ja zu Unrecht in diesen keimfreien Kerker eingebunkert worden war. Die Menschen versündigten sich doch an ihm.

Er griff zur Bibel, die man ihm in die Zelle gelegt hatte, blätterte in der Hoffnung auf Trost in den Psalmen. Er stieß auf den »Hilferuf eines Unschuldigen«. Dieser 17. Psalm las sich wie ein Wink des Himmels:

»Herr, höre die gerechte Sache, merk auf mein Schreien«, las er im Flüsterton. Gierig nach weiteren Bestärkungen blätterte er weiter. Psalm 70, »Hilferuf gegen Widersacher«, noch besser: »Eile Gott, mich zu erretten, Herr mir zu helfen. Es sollen sich schämen und zuschanden werden, die mir nach dem Leben trachten.«

Er spürte, wie es etwas ruhiger in ihm wurde, während er sich durch die Psalmen fraß. Doch sowie er die Bibel zugeklappt hatte, bestürmten ihn wieder die Zweifel, die dumpfen, furchtbaren Ängste. Er kam einfach nicht zur Ruhe. Noch einmal klingelte er den Wachtmeister herbei. Diesmal bat er um Schlaftabletten. Sein Wunsch wurde ihm erfüllt.

Hoffend, dass ihn nun der Schlaf auch gleich aus seinem Jammertal entführe, legte er sich aufs Betonbett. Doch seine inneren Kämpfe tobten weiter. Um Halt zu finden, faltete er die Hände und murmelte den Namen seiner Tochter vor sich hin: »Anna, Anna.«

Er wünschte sich, die Zeit zurückdrehen zu können. Wie sie immer gedrängelt hatte, mit ihm zu schaukeln. Immer hatte er sie anschubsen müssen, nie hatte sie genug bekommen. Er sah die Schaukel im Pfarrgarten vor sich, wie sie knarrte und quietschte, während Anna juchzte und sich immer höher schwang. Immer höher und höher. Wie dumm war er nur gewesen, dass er diese Schaukel-Assistenz damals nur als vertane Zeit betrachtet hatte. Was konnte es Schöneres geben? Aber irgendwann hatte auch Anna die Lust verloren, und jetzt rostete die Schaukel schon eine Weile unbeachtet im Garten vor sich hin. Schaukeln, das war für Anna jetzt nur noch »Babykram«. Der größte Wunsch von Kindern schien überhaupt darin zu liegen, die Kindheit möglichst schnell hinter sich zu lassen. Wir sehnen uns nach dem Paradies und wissen es gar nicht zu schätzen, wenn wir drin sind.

Ihm fiel ein, dass Annas zehnter Geburtstag näherrückte. Der Tag, auf den sie sich schon so lange gefreut hatte. An eine Feier war nun natürlich nicht zu denken. Ob sie ihn dafür verfluchte? Ob sie es ihm immer noch übel nahm, dass er sich Inge ins Schlafzimmer geholt hatte?

*Reise ans Ende der Welt*

Er schlief noch so fest, dass ihn der diensthabende Wachtmeister wachrütteln musste.

»Aufstehen, Frühstück«, weckte ihn der Mann brummig. »Aufstehen.«

Als er die Augen aufschlug, brauchte er erst einige Sekunden, um sich in Erinnerung zu rufen, wie er in diesen merkwürdig kahlen Raum mit den Glasbausteinen gekommen war. Am liebsten hätte er die Augen gleich wieder geschlossen und die Decke über den Kopf gezogen. Aber der Wachtmeister ließ nicht locker, bis er sich aufrichtete. Auf dem Boden fand er ein Tablett mit Weißbrot, Marmelade, Margarine und einem Becher Kaffee. Als der Polizeibeamte die Zelle verlassen hatte, hob er das Tablett auf seinen Schlafsockel und nahm einen Schluck Kaffee. Fast hätte er sich die Zunge verbrannt. Denn der Kaffee war überraschend heiß.

Ein furchtbarer Druck lag auf seinen Schläfen. Dennoch aß er ein Marmeladenbrot. Er hatte plötzlich wieder Hunger.

Er atmete tief durch. Trotz der Kopfschmerzen blickte er zuversichtlich auf den Tag. Ein Freitag. Das Wochenende rückte näher, vielleicht würde er ja am Sonntag schon auf freiem Fuß sein.

Der Tag begann mit der »erkennungsdienstlichen Behandlung«. Foto, Fingerabdrücke.

»Herzlich willkommen in der Verbrecherdatei«, beglückwünschte er sich selbst, bevor er in die Zelle zurückgeführt wurde. Doch so niedergeschlagen wie in der Nacht war er nicht mehr.

»In einer halben Stunde geht's zum Haftrichter, Herr Pastor«, teilte ihm der Wachtmeister mit. Der spöttische Unterton war unüberhörbar, aber die Nachricht beflügelte ihn. Wieder schöpfte er Hoffnung, diesem Albtraum vielleicht noch entrinnen zu können. Ein Richter war schließlich ein gebildeter Mensch. Einer, der seine Sprache sprach. Der musste doch einsehen, was die Polizei sich da für ein Lügengebäude zusammengezimmert hatte – was für ein infames Lügengebäude.

Aber er sah sich bald getäuscht. Aus der halben Stunde wurden fast zwei Stunden. Und als er nach der langen, entnervenden Wartezeit endlich zum Richter geführt wurde, musste er erkennen, dass Hauptkommissar Peters ganze Arbeit geleistet hatte: Der Amtsrichter schien völlig überzeugt von der Polizeiversion. Linde bot die gesamte Palette seiner pastoralen Rhetorik auf, um die Beweiskette zu zerreißen, das vermeintliche Tatmotiv zu erschüttern. Er beharrte auf dem Krankenhaus-Alibi, beteuerte wortreich die Harmlosigkeit seiner Eheprobleme, warf sein Amt als christlich gefestigter Gemeindepfarrer in die Waagschale Justitias. Doch vergebens. Die belastenden Indizien wogen schwerer. Auch Mertens war machtlos, und alle Strategien der Selbstverteidigung prallten ab an der Voreingenommenheit dieses betagten Richters, wie es Linde schien. Es schmerzte ihn, dass der Mann in ihm schon keinen Theologen mehr zu sehen schien, sondern nur noch einen Verbrecher. Einen gemeinen Totschläger. Am Ende überraschte es ihn nicht, als der Richter die Fortdauer der Haft anordnete – wenn auch mit gewissen Vergünstigungen wie einer großzügigen Besuchs- und Telefonierregelung.

Gleich nach dieser »Vorführung« wurde er in ein richtiges Gefängnis verlegt. Salinenmoor. Er hatte immer wieder mal in der Zeitung etwas über diesen Schwerverbrecher-Knast im Celler Hinterland gelesen, nun fuhr er selbst ein in die abgelegene Festung, dieses Schattenreich. Obwohl die Justizvollzugsanstalt keine zwanzig Kilometer entfernt war, kam ihm die Fahrt vor wie die Reise ans Ende der Welt. Immer neue Wälder ließ der Gefangenentransporter hinter sich. Felder, die trotz der aufkeimenden Saat so grau wie nach einem Ascheregen wirkten.

Weit ab der menschlichen Zivilisation, so schien es ihm, parkte die »grüne Minna« schließlich vor einer hohen Mauer, hinter der ein alleinstehender Schornstein aufragte. Drohend signalisierten Stacheldrahtrollen über der Mauer dem Neuankömmling, dass es hier kein Entrinnen gab.

Es regnete, goss aus einem kalten, grauen Himmel. Im Laufschritt führten die beiden Polizeibeamten ihn zum Metallgittertor, das sich wie von Geisterhand bewegt öffnete und wieder schloss. Wie um das Endgültige des Einzugs zu bekräftigen, hallte das metallische Krachen nach.

## 30. März 2006, Freitagmorgen

### *Zuspruch*

Theaterprobe in Hannover. Ein langer Tisch in der Mitte, an der Seite ein Büffet, dazwischen Koffer und Kartons – ein feudales Speisezimmer zeugte von Reisevorbereitungen. Die große Bühne in der Bultstraße war ganz in Weiß gehalten und sparsam möbliert, ausgestattet für den dritten Akt der »Möwe«. Menschen voll von unerfüllter Sehnsucht standen sich gegenüber, machten sich das Leben zur Hölle, anstatt einander zu stützen, in den Arm zu nehmen. Müde und einsame Menschen, die vom Leben nur redeten. Ein Sohn buhlte um die Liebe und Anerkennung seiner Mutter, die Mutter, die erfolgreiche Schauspielerin Arkadina, wies ihren Sohn, den erfolglosen Dichter Treplev, lieblos zurück.

»Nur Sorgen hat man mit dem«, vertraute sie ihrem Bruder an.

»Vielleicht sollte er in den Staatsdienst treten.«

Der Regisseur war zufrieden. »Wunderbar Wanda, ganz toll, Frank«, lobte er. »Das war jetzt genau der Ton, den ich hören wollte. Wow! Ich glaube, es wird, Leute. Ich bin sicher, wir schaffen das.«

Auch für Markus Linde hatte der Regisseur an diesem Probentag nur lobende Worte, nur aufbauenden Zuspruch. Fast schien es, als sei Lutz Kühn wild entschlossen, alle Ängste und Zweifel niederzukämpfen, der drohenden Katastrophe zu trotzen. Denn die Premierenvorbereitungen standen unter keinem guten Stern. Einer der Hauptdarsteller durchlebte die schwerste Krise seines jungen Lebens.

Kaum hatte Markus Linde sich von dem Schock über den Tod seiner Mutter erholt, da brach die Nachricht über ihn herein, dass sein Vater unter Mordverdacht stehe und festgenommen worden sei. Er hatte die Nachricht auf der Rückfahrt vom Theater im Autoradio gehört. Wie benommen war er daraufhin. Dem ersten Entsetzen folgte die Erkenntnis, dass die Festnahme nur seine eigenen dumpfen Ahnungen bestätige, somit nur eine konsequente Fortsetzung der Tragödie sei. Aber dann überkamen ihn wieder Zweifel, und das Mitgefühl für seinen Vater wurde stärker als der Hass und die aufgeflammte Wut über dessen Seitensprünge und Beschönigungen. Er musste daran denken, dass er am frühen Freitagnachmittag noch mit seinem Vater telefonierte hatte. Wegen der Autoreparatur. Ein ganz normales

Gespräch. Nichts war ihm dabei an seinem Vater aufgefallen. Unvorstellbar, dass ... Er hatte wie immer geklungen. Oder doch nicht?

Der Zwiespalt raubte ihm den Schlaf, er wälzte sich im Bett, trank ein Bier, um müde zu werden und schaffte es trotzdem nicht, diesen wahnsinnigmachenden Gedanken zu entkommen.

Zermartert schleppte er sich am nächsten Morgen zur Probe. Die Kollegen klopften ihm aufmunternd auf die Schulter, versicherten ihm ihr Mitgefühl, beteuerten, dass sie volles Verständnis dafür hätten, wenn er wieder nach Hause fahre. An so einem Tag.

Aber das wollte er nicht. Er kämpfte an gegen die Gespenster in seinem Innern, und er schaffte es. Es gelang ihm, seine Rolle mit so viel Verzweiflung aufzuladen, dass sie eine Eindringlichkeit gewann wie nie zuvor. Er transformierte sein Elend in das Leid von Konstantin Gavrilovic Treplev. Der junge Dichter ging mit verbundenem Kopf auf seine Mutter zu.

Treplev: »Mama, mach mir einen neuen Verband. Du kannst das so gut.«

Arkadina erfüllte ihrem Sohn die Bitte eher widerwillig: »Der Doktor kommt wieder mal zu spät ...«

So lieblos sprach Wanda Wolfen nur auf der Bühne mit ihrem jungen Partner. Außerhalb ihrer Rolle umsorgte sie ihn mit mütterlicher Wärme, lobte sein Spiel, nahm ihn in den Arm, holte ihm einen Kaffee. Auch Katja Petri bemühte sich an diesem Tag rührend um ihn. Zur Begrüßung hatte die Nina-Darstellerin ihm sogar einen Wangenkuss gegeben. Zu allem Überfluss fragte sie Markus auch noch, ob er nicht Lust habe, mit ihr am Abend essen zu gehen. Er war so verdutzt, dass er gar nicht auf die Idee kam, nein zu sagen.

Nur als er in seiner Rolle als Treplev leise vor sich hin zu weinen hatte, spürte er, dass echte Tränen aus seinen Augen sickerten.

Arkadina: »Du Nichts.« Erregt ging sie auf und ab. »Weine nicht.
Nicht weinen.« Sie küsste ihn auf Stirn und Wangen.
»Mein liebes Kind, verzeih ... Verzeih deiner sündigen Mutter.
Verzeih ihr, deiner unglücklichen Mutter.«

Treplev umarmte sie: »Wenn du wüsstest! Ich habe alles verloren! Sie liebt mich nicht, ich kann nicht mehr schreiben ... alle meine Hoffnungen sind dahin.«

Arkadina: »Nicht verzweifeln ... Es wird alles wieder gut.«

Treplev küsste ihr die Hände: »Ja, Mama ...«

Der Regisseur ließ die Szene laufen, auch die nachfolgenden, bis zum Ende des dritten Akts. Dann sprang er auf. »Wunderbar, es knistert. Man hört euch wie gebannt zu. Es wird, Leute! Es wird! Ihr habt alle einen qualitativen Sprung gemacht, wie man so sagt. Vor allem du, Markus. Ich bin richtig begeistert.«

Der Angesprochene lächelte versonnen vor sich hin. In seinen Hirnwindungen hatte sich ein Satz aus den letzten Szenen verhakt: »Wenn du mein Leben willst, so komm und nimm es.«

Da machte sich der Inspizient bemerkbar, ein allseits beliebter älterer Herr mit eisgrauer Mähne, der zum Stottern neigte. »Ent-ent-entschuldigung, Herr Kühn, ich mö-möchte nicht stören. Aber dr-draußen sind zwei Herr-herrschaften von der Po-polizei. Die fragen, ob sie Herrn Li-linde sprechen können.«

Markus zuckte zusammen.

»Das muss ja wohl nicht sein«, polterte der Regisseur los. »Die können doch wohl warten, bis die Probe zu Ende ist, verdammt noch mal.«

»Ach, lassen Sie, Herr Kühn«, fuhr Markus dazwischen. »Ich geh kurz raus und rede mit den Leuten. Sie können ja mit den Szenen weitermachen, in denen ich nicht drin bin.«

Der Regisseur seufzte. »Wenn du meinst.«

Markus Linde setzte sich mit den Besuchern in die Kantine – einem Mann und einer Frau, die nur unwesentlich älter zu sein schienen als er selbst.

»Was proben Sie denn gerade?«, fragte die gut aussehende Frau, deren dunkelblondes Haar sich über die Schultern ringelte.

»Die Möwe, ein Stück von Tschechow.«

»Kenn ich gar nicht. Worum geht's denn?«

Die Kommissarin, die sich als Corinna Neumann vorgestellt hatte, schlürfte ihren Capuccino, während Markus den Inhalt umriss. »Und welche Rolle spielen Sie«, hakte sie nach.

»Treplev, den jungen Dichter.«

»Das ist ja toll, ich glaube, das guck ich mir an.« Die Polizistin lächelte aufmunternd.

Der rothaarige Kollege mit dem Schnauzbart und der blauen Sportjacke dagegen faltete ernst die Hände. Dann ergriff er das Wort.

»Wir sind natürlich nicht gekommen, um mit Ihnen über Theater zu sprechen. Sie können sich denken, worum es geht. Das muss ja alles ziemlich schlimm sein für Sie?«

»Das können Sie sich wohl vorstellen.«

»Natürlich, vollkommen klar. Trotzdem hoffen wir, dass Sie uns die eine oder andere Frage beantworten können.«

Markus stützte sich erwartungsvoll das Kinn und beobachtete eine Kollegin, die sich am Büfett mit Kaffee und einem belegten Käsebrötchen bediente und verschämt zu ihm hinüberblinzelte.

»Wann haben Sie eigentlich Ihre Mutter zuletzt gesehen?«

»Oh, das ist schon eine Weile her. So vor drei, vier Wochen. Wir hatten beide viel zu tun.«

»Und was hatten Sie für einen Eindruck?«

»Ja, was soll ich sagen? Sie war wie immer. Sie, sie hat mir von ihrer Arbeit erzählt und mich nach dem Theater gefragt. Nichts Besonderes.«

»Woran hat sie denn gerade gearbeitet?«

»Ach, sie hat sich da mit irgendwelchen Börsenmanipulationen beschäftigt. Aber so genau weiß ich das auch nicht mehr ...«

Das Gespräch schleppte sich, die beiden Kriminalbeamten stellten ihre vorbereiteten Fragen und Markus antwortete, es waren zumeist nichtssagende Antworten – bis der kritische Punkt erreicht war.

Die theaterinteressierte Kommissarin stellte die Frage: »Wie haben sich Ihre Eltern eigentlich verstanden? Hatten Sie den Eindruck, dass es in der Ehe gekriselt hat?«

Markus schüttelte den Kopf, bevor er zur Antwort ansetzte.

»Nicht dass ich wüsste. Aber so tiefen Einblick in die Beziehung meiner Eltern hatte ich natürlich auch nicht.«

»Klar. Aber uns ist zu Ohren gekommen, dass es da bei Ihren Eltern in letzter Zeit schon hin und wieder mal kräftig gekracht hat. Da war auch von außerehelichen Beziehungen Ihres Vaters die Rede.«

Der junge Schauspieler spürte, wie ihm die Röte ins Gesicht schoss, wie seine Hände feucht wurden. »Ach, da wird viel geredet, wenn der Tag lang ist. Das ist in so einem kleinen Kaff wie Eichendorf ganz normal.«

Die Kommissarin lächelte ihr berufsmäßiges Dafür-habe-ich-doch-Verständnis-Lächeln. »Ja, das kann ich mir lebhaft vorstellen.

Und Sie meinen wirklich, da war absolut nichts dran?«

»Ich weiß von nichts.«

Der rothaarige Polizist räusperte sich und entgegnete gewichtig: »Es wird aber sogar erzählt, dass Ihr Vater ein Verhältnis mit Ihrer früheren Freundin hatte – einer Anke, die als Babysitterin im Pfarrhaus tätig gewesen sein soll.«

Markus schluckte unwillkürlich, hob abwehrend die Hände. »Quatsch, das sind doch alles alte Kamellen. Gerüchte, da ist nichts dran. Das können Sie mir glauben.«

Seine Rede nahm einen hektischen, gereizten Tonfall an. Er wurde sich dessen selbst bewusst und dadurch noch nervöser.

Corinna Neumann lächelte immer noch. »Das ist sicher furchtbar, wenn so was über einen verbreitet wird. Aber so vollkommen aus der Luft gegriffen ist das ja meistens auch nicht.«

»Was soll denn das heißen? Glauben Sie, ich verheimliche Ihnen etwas?«

Die Kommissarin legte ihm besänftigend ihre Hand auf die Schulter. »Bitte, Herr Linde. So dürfen Sie das nicht sehen. Aber ich könnte mir schon vorstellen, dass es Ihnen nicht so leicht fällt, über diese Dinge zu sprechen. Es geht schließlich um Ihren Vater. Wenn Sie möchten, lassen Sie sich alles noch einmal durch den Kopf gehen und wir setzen unser Gespräch später fort. Okay?«

»Da gibt es nichts zu überlegen. Da war nichts, verstehen Sie?«

Nun fühlte sich wieder der Kollege in der blauen Sportjacke bemüßigt, einzuhaken. »Herr Linde, ich glaube, meine Kollegin hat Recht. Ich kann mir auch nicht vorstellen, dass solche Gerüchte jeglicher Grundlage entbehren. Und ich meine, Sie tun sich keinen Gefallen damit, die Dinge mit sich rumzutragen. Auf kurz oder lang kommen wir sowieso dahinter.«

Markus schüttelte empört den Kopf. »Dann können wir das Gespräch auch gleich beenden. Offenbar halten Sie mich sowieso nicht für glaubwürdig. So nach dem Motto: Der Apfel fällt nicht weit vom Stamm.«

Das Dauerlächeln der Kommissarin nahm nun schon einen etwas gequälten Ausdruck an. »Herr Linde, bitte. Das finde ich jetzt ungerecht.«

»Was heißt hier ungerecht? Ist es etwa gerecht, dass Sie meinen

Vater einsperren? Sie glauben doch wohl selbst nicht, dass der meine Mutter ermordet hat! Der Pastor als Totschläger – da werfen Sie ja den Zeitungen ein tolles Futter vor. Wirklich toll! Mein Vater mag ja manchen Fehler haben, aber gewalttätig ist der noch nie geworden. Niemals! Das ist eine Verschwörung, die da jetzt gegen ihn angezettelt worden ist. Da sind einige dabei, alte Rechnungen zu begleichen. Feinde hat sich mein Vater sicher genug gemacht, sogar mehr als genug. Er hat ja nie mit seiner Meinung hinterm Berg gehalten. Aber dass die Polizei auf so eine perfide Schmutzkampagne reinfällt, hätte ich nicht gedacht.«

Die Kommissarin seufzte. »Ich glaube, Sie beruhigen sich erst mal. Melden Sie sich doch einfach, wenn Sie glauben, dass Sie uns noch was zu sagen haben.«

Sie schob ihm – wieder mit gequältem Lächeln – ihre Karte hinüber. »Ansonsten könnte es natürlich sein, dass wir noch einmal auf Sie zukommen.«

Die beiden Polizisten erhoben sich. »Auf jeden Fall viel Erfolg bei Ihrer Premiere, toi, toi, toi, wie man so schön sagt«, rief ihm die junge Frau beim Weggehen zu. »Und ich werde mir das Stück auf jeden Fall auch angucken. Bin schon ganz gespannt.«

An Proben war nun nicht mehr zu denken. Aufgewühlt verließ Markus Linde das Theater. »Bis heute Abend«, rief ihm Katja nach. »Ich freu mich schon.«

»Ich auch«, erwiderte Markus. Aber von wirklicher Vorfreude war seine Gefühlslage weit entfernt.

*Auf dem Weg nach Lumpenbüttel*

Die Polizisten meldeten ihren Gefangenen über eine Sprechanlage beim Gefängnispförtner an. Wenige Minuten später wurde Christian Linde von zwei Justizbediensteten in Empfang genommen.

»Guten Morgen, Herr Pastor«, begrüßte ihn schmunzelnd einer der beiden Männer, während der andere ihm Handschellen anlegte. Ehe er es sich versah, klickte es.

»Muss das sein?«

»Muss, Vorschrift, da machen wir keine Unterschiede«, sagte der jüngere der beiden Uniformierten. Und bevor Linde in die erste Gefängniszelle eingeschlossen wurde, musste er noch eine weitere Demütigung über sich ergehen lassen.

»Ziehen Sie sich bitte aus, wir müssen Ihre Kleidung durchsuchen«, forderte ihn ein Bediensteter auf. Anders als im Polizeigebäude durfte er nicht einmal seine Unterhose anbehalten. Auch als er wieder angekleidet war, fühlte er sich noch nackt – jeglicher Würde beraubt. Immerhin durfte er während der Untersuchungshaft seine Privatkleidung anbehalten.

Er war schon froh, endlich in seiner Zelle allein zu sein. Nur mit einer Holzpritsche und einem zerschrammten Tisch war der kleine Raum mit dem integrierten Toilettenverschlag möbliert. Immerhin gab es in diesem Aufnahmezimmer ein Fenster. Wenn die Sicht auch durch eine vergitterte Milchglasscheibe versperrt war. Offenbar hatte einer seiner Vorgänger mit einem Feuerzeug ein kleines Loch ins trübe Glas gebrannt. Aber es war viel zu klein, um dem Eingeschlossenen einen Ausblick auf den Gefängnisinnenhof zu gestatten.

Die einstmals weißen Wände waren an mehreren Stellen angesengt. Er horchte auf die Geräusche vom Gang. Schritte näherten sich und verhallten wieder. Rollwagen klapperten an der Zellentür vorbei. In einem fort hörte er das Rasseln und Klirren von Schlüsselbunden, hörte, wie weiter entfernt Türen auf- und abgeschlossen wurden. Oft klang es, als sei es seine eigene Zellentür, in der sich ein Schlüssel drehte. Aber da täuschte er sich. Er blieb mit sich allein. Wie lange? Er hätte es nicht sagen können. Seine Uhr war ihm wieder abgenommen worden. Warten. Das war das einzige, was man tun konnte. Unvorstellbar, wie er noch wenige Tage zuvor von einem Termin zum anderen gehetzt war. Hier war sein Leben zum Stillstand gekommen, er war aus der Zeit gefallen, fühlte sich ausgeliefert, einem undurchschaubaren Getriebe überantwortet. Nicht mal zum Beten fand er die Kraft.

Ein frischer Luftzug wehte durch das geöffnete Gitterfenster. Es regnete immer noch. Er sah, wie die Tropfen auf dem blechernen Fenstersims zerplatzten. Plock, plock, plock. Es klang, wie das Ticken einer Uhr – nur nicht so regelmäßig.

Er bedauerte, kein Buch dabei zu haben. Ersatzweise entzifferte er die Inschriften, die seine Vorgänger an den Wänden hinterlassen hatten. »Klaus aus Hannover (der Außerirdische) grüßt alle Celler«, stand da, »gezeichn. der Mann mit dem schwarzen Hut«. Er war verblüfft über den Galgenhumor, der sich in einigen der Sprüche ausdrückte, zum Beispiel in dem von »Pimo«: »Pimo, auf dem Weg nach Lumpenbüttel, grüßt alle, die man so kennt.«

Merkwürdige Selbstbekenntnisse waren da zu lesen. »Ich scheiße gern Leute an«, hatte einer an die Wand gekritzelt. »Warum weiß ich nicht, eventuell, vorzeitige Entlassung, Ausgänge, Urlaub etc.«

Manche der Botschaften ließen auch den sexuellen Notstand erahnen, der hier hinter den hohen Mauern herrschen musste. »Ich bin der beste Schwanz-Lutscher, melde dich bei mir.«

Die unverblümte Obszönität schockierte den Pastor. Das waren schließlich seine künftigen Haftgenossen, die solche Offerten unterbreiteten. Beängstigender noch die dumpfen Drohungen. »He, fetter Bubi, ich krieg dich.«

Und mit den Verfassern solcher Sprüche sollte er nun seinen Alltag teilen?

Die Kopfschmerzen machten ihm wieder zu schaffen. Um sich die Stirn zu kühlen, drehte er den Wasserhahn in der winzigen Nasszelle auf. Dabei sah er sich im Spiegel. Er erschrak. Eine hässliche Fratze starrte ihn aus dem Plastikspiegel an, der von der Feuchtigkeit aufgequollen und stumpf geworden war. Die Gesichtshaut war bläulich rot, eine steile Falte oberhalb der Nase spaltete die Stirn. Wie aufgedunsen wirkte das Gesicht, umrahmt von fettigen Haaren und einem struppigen Vollbart. Verschlagenheit, spiegelte sich in den Augen, so schien es ihm. Kein Wunder, dass ihm keiner glaubte.

Entsetzt wandte er sich von seinem Zerrbild ab. Er versuchte sich damit zu trösten, dass nur der verformte Spiegel seine Gesichtszüge so entstellte. Aber es wollte ihm nicht gelingen.

Klopfen aus der Nachbarzelle. Ob sich ein Zellennachbar verständlich machen wollte? Und wieder rasselte ein Schlüsselbund. Doch seine Zellentür blieb verschlossen. Hatten sie ihn etwa vergessen? Er war versucht, den schwarzen Klingelknopf neben der Tür zu drücken. Aber wozu? Es war doch alles egal. Ganz egal.

Sein Blick fiel auf ein wassergefülltes Marmeladenglas auf der Fensterbank, das als Aschenbecher diente. Das mussten sie bei ihrer Suizidprävention übersehen haben. Er malte sich aus, wie es wäre, das Glas am Fenstergitter zu zertrümmern und sich mit den Scherben die Pulsadern aufzuschneiden. Er hatte mal gehört, dass es gar nicht so schmerzhaft war zu verbluten. Müde und kraftlos machte es einen angeblich, wenn der Lebenssaft den Körper verließ. Abtauchen in den Todesschlaf. Eine verlockende Vorstellung. Aber wahrscheinlich würde es viel zu lange dauern. Außerdem graute ihm vor dem hässlichen Anblick, den er als Leichnam bieten würde.

Endlich drehte sich auch in seinem Schloss ein Schlüssel.

»Dann wollen wir mal.«

Der junge Bedienstete in dem dunkelblauen Anstaltspullover, der ihn schon in die Zelle geführt hatte, brachte ihn zur »Aufnahme«.

Name? Verheiratet? Kinder? Bekenntnis? Beruf? Zuletzt ausgeübte Tätigkeit? Routinemäßig ging der Mann hinter dem Schreibtisch Zeile für Zeile des Standard-Fragebogens durch und gab die Angaben gleich in seinen Computer ein. Dass er einen Pastor vor sich hatte, war ihm bereits bekannt. Er verriet daher kein Erstaunen, als Linde die Frage nach der »zuletzt ausgeübten Tätigkeit« beantwortete. Immerhin bat er verlegen lächelnd um Verständnis, bevor er die obligate Frage nach den Vorstrafen stellte. »Routine, Herr Pastor.« Ansonsten zog der Bedienstete weiter stur das gewohnte Aufnahmeritual durch: Personenbeschreibung mit Angaben zur Größe, Gestalt, Haartracht und Augenfarbe, Lichtbild, Belehrung über die Befreiung von der Rundfunkgebührenpflicht und die Auswirkungen der Inhaftierung auf die Sozialversicherung ...

Linde ließ alles teilnahmslos über sich ergehen. Erst die Frage, ob er ein Telefongespräch mit einem Angehörigen führen wolle, riss ihn aus seiner Lethargie. Wen sollte er anrufen? Markus? Nein, das wollte er sich und seinem Sohn nicht zumuten. Seine Mutter fiel ihm ein. Wahrscheinlich hatte die bereits von seiner Festnahme gehört. Vielleicht sogar schon in der Zeitung davon gelesen. Er hatte das Bedürfnis, die alte Frau zu beruhigen. Das Problem war, dass er nur in Anwesenheit des Justizbediensteten telefonieren durfte. Doch er hatte ja keine Wahl. Und die Sehnsucht, mit einem vertrauten Menschen zu sprechen, war größer als die Scham. Die Hand zitterte ihm, als er den Hörer entgegennahm.

»Ja? Linde.«

Eine Stimme wie aus einer anderen Welt, so weich, gedehnt und ängstlich.

»Ich bin's, Mama.«

»Was? Du? Christian?«

Ein Tränenstrom schien sich hinter den Fragen zu stauen.

»Wo bist du denn?«

»In der Justizvollzugsanstalt. Salinenmoor.« Bewusst vermied er es, die alte Frau am andern Ende der Leitung mit dem Klang des Wortes »Gefängnis« zu schockieren. »Alles in Ordnung, brauchst dir keine Sorgen zu machen.«

Er hörte ein Stöhnen in der Leitung.

»Ich weiß gar nicht mehr, was ich denken soll«, wimmerte seine Mutter. »Olaf hat erzählt, dass die Polizei dich abgeholt hat. Dass sie denken, dass du Kathrin ... Das ist doch alles nicht wahr. Sag, dass das alles nicht wahr ist, Christian, Christian. Du konntest doch früher keine Maus totschlagen.«

Ihre Stimme erstarb in einem Hustenanfall.

»Natürlich ist das Unsinn. Vollkommen wahnsinnig ist das. Aber wenn eine Frau umgebracht wird, dann denkt die Polizei eben immer zuerst, dass es der eigene Mann war.« Er holte tief Luft. »Aber das wird sich schon aufklären.«

»Herrgott im Himmel. Dass ich das erleben muss.«

»Wird schon wieder«, entgegnete er besänftigend. »Vielleicht kannst du Olaf sagen, dass er mich mal besuchen kommt. Der ist ja selbst bei der Polizei und weiß vielleicht am besten, was ich machen kann, damit sie mir endlich glauben und diese wahnsinnigen Beschuldigungen zurücknehmen. Er muss nur beim Gericht einen Besuchsantrag stellen. Dann kann er gleich kommen. Das hat der Haftrichter erlaubt.«

»Ja, das soll er«, antwortete seine Mutter, die zwar sicher nicht alles verstanden hatte, aber so etwas wie einen Hoffnungsschimmer zu erblicken schien. »Das soll er. Das muss er. Ich will ihn gleich anrufen.«

»Sag ihm, dass er mir ein paar Sachen von zu Hause mitbringt. Vielleicht schreibst du das am besten auf.« Und dann diktierte er seiner Mutter verschiedene Buchtitel, nannte Kleidungsstücke, bat um Schreibutensilien und beschrieb mühsam, wo die Dinge zu finden waren. Die alte Frau war viel zu aufgeregt, um alles auf Anhieb zu verstehen. Immer wieder musste sie nachfragen. Dadurch zog sich das Telefongespräch in die Länge, und der Justizbedienstete drängte mit immer deutlicheren Zeichen, zum Ende zu kommen.

Als er aufgelegt hatte, war ihm leichter ums Herz: Er hatte so etwas wie eine Brücke zu seiner gewohnten Welt geschlagen, spürte, dass es immer noch Menschen gab, die zu ihm hielten. Bereitwillig nahm er Bettzeug in Empfang und ließ sich in die nächste Zelle führen, seine zweite Station im Aufnahmetrakt.

Ein Etagenbett aus Rohrgestänge beherrschte den schmalen Raum, der eigentlich für zwei Gefangene gedacht, zum Glück aber noch nicht belegt war. Bei der Aufnahme war ihm eröffnet worden, dass der Haftrichter wegen möglicher Suizidgefahr eine Mehrbettzelle angeordnet hatte. Wie versteinert hatte er die Nachricht aufgenommen. Nun konnte er zumindest aufatmen, dass ihm die unfreiwillige Gesellschaft einstweilen erspart blieb. Er hoffte inständig, dass sein Anwalt die drohende Zusammenlegung abwenden würde. Resigniert bezog er die muffige Matratze und legte sich darauf.

»Heidi, ich liebe dich«, stand in einem Herz, das auf die Wand gezeichnet war.

Er musste an Kathrin denken. Natürlich hätte er ihr nie eine solche Liebeserklärung gemacht. Aber geliebt hatte er sie schon. Sonst hätte sie ihn ja nicht so verletzen können. Wehmut überkam ihn bei dem Gedanken.

Olaf kam schon nach wenigen Stunden. Das Abendessen war bereits ausgeteilt worden, als ihm das Erscheinen seines Bruders gemeldet wurde. Durch ein Labyrinth von schwach beleuchteten, durch Gittertüren unterteilten Gängen wurde er zum Besuchszimmer geführt, neugierig beäugt von Mitgefangenen. Sein Bruder saß in dem freundlich möblierten Raum mit dem Kaffeeautomaten bereits an einem der Tische.

»Hallo, alter Knabe«, begrüßte ihn Olaf mit gequältem Lächeln. »Dass ich dich mal im Knast besuchen würde, hätte ich mir auch nicht träumen lassen.«

»Schön, dass du so schnell gekommen bist«, erwiderte Christian, ohne auf den Scherz einzugehen.

Skeptisch beäugt von einem Gefängnisbediensteten, der mit im Besuchszimmer saß, packte Olaf ein halbes Dutzend Bücher aus seiner Tasche. »War 'ne ganz schöne Aktion, die Schinken in deinem Pfarrhaus zusammenzusuchen. Wahrscheinlich werden sie die hier erst mal auf Koks untersuchen. Aber da wird ja wohl kein Stoff drin sein. Die Klamotten musste ich schon an der Pforte abliefern. Aber die wirst du schon kriegen. Ich hoffe, du brauchst nicht noch mehr Wechselzeug.«

»Danke Olaf. Ich hoffe ja auch, dass der Irrtum sich bald aufklärt.«

Sein Bruder rieb sich die Stirn. »Sieht nicht so gut aus, ehrlich gesagt. Ich habe mal bei den Kollegen vorgefühlt. Alles konnten sie mir natürlich nicht sagen – nur, was du auch schon weißt.«

»Die Geschichten sind doch alle an den Haaren herbeigezogen. Ich bin zur Tatzeit im Krankenhaus gewesen.«

»Aber es kann sich keiner erinnern.«

»Man muss den alten Leuten einfach ein bisschen Zeit geben.«

»Auf der anderen Seite haben sie natürlich ein ziemlich überzeugendes Tatmotiv«, fuhr Olaf fort. »Und eure Ehe war ja nun wirklich auch alles andere als vorbildlich.«

»Ach, fang du auch noch an. Wir haben eine offene Ehe geführt. Das war natürlich nicht immer leicht. Aber wir haben uns immer wieder zusammengerauft, das weißt du doch.«

Wohl um das verkrampfte Gespräch ein wenig zu entspannen, holte Olaf für seinen Bruder und sich aus dem Kaffeeautomaten zwei Becher Capuccino. Christian umschloss gleich den heißen Becher mit beiden Händen und nahm einen Schluck. Er schmeckte künstlich, tat aber dennoch gut.

»Ob man hier rauchen kann?«, fragte Olaf und gab sich die Antwort selbst. »Na, da steht ja sogar ein Aschenbecher. Wenn das keine direkte Aufforderung ist.«

Daraufhin holte er sich den vergilbten Aschenbecher vom

Nebentisch und zündete sich nach einem Blickwechsel mit dem verständnisvoll lächelnden Justizbeamten eine Zigarette an. Er nahm einen tiefen Lungenzug und blies den dünnen Rauch an die Decke.

»Was sagt denn dein Anwalt, dieser Tobias Mertens? Soll ja ein toller Hecht sein.«

»Bisher habe ich noch nicht so viel davon gemerkt«, sagte Christian, während er den Capuccino abstellte. »Vor einer halben Stunde hat er hier angerufen und mitgeteilt, dass irgendeine Zeitung einen Exklusivvertrag mit mir abschließen will, angeblich bieten die 50.000 Euro.«

»Wow! Dann bist du ja bald ein reicher Mann. Wichtiger für dich wäre es, wenn sich dein Anwalt mal verschärft Gedanken über Entlastungsmaterial machen würde. Hast du eigentlich eine Ahnung, was passiert sein könnte?«

»Das hat mich dieser Mertens auch schon gefragt. Aber natürlich kann ich auch keinen Täter aus dem Ärmel schütteln. Ich habe deinen Kollegen schon gesagt, dass es durchaus Leute geben könnte, denen Kathrin ein Dorn im Auge war.«

Er berichtete seinem Bruder von Kathrins Recherchen im Dunstkreis des Börsenmilieus. »Da muss es Typen geben, die immer schon etwas früher als die anderen wissen, wie es um bestimmte Unternehmen steht. Ob sie mehr oder weniger Gewinn machen als erwartet. Ob ein Großauftrag winkt oder eine Zusammenlegung geplant ist. Kathrin hat erzählt, dass da sogar Sabotageakte, Brände und so weiter manchmal schon vorher bekannt sind, wenn sie nicht gar inszeniert werden. Denn das Entscheidende ist ja, dass sich durch diese Dinge der Aktienkurs ändert, nach oben oder nach unten ausschlägt. Und wenn man eher Wind von den Geschichten kriegt als die Öffentlichkeit und rechtzeitig Aktien kauft oder verkauft, kann man ein Vermögen damit machen.«

Er griff erneut nach dem Kaffeebecher und schlürfte ein wenig von dem immer noch heißen Pulver-Capuccino.

»Hört sich spannend an. Hat Kathrin Namen genannt?«

»Nicht dass ich wüsste. Wir haben ja nicht viel darüber gesprochen, und ich habe leider auch keinen Schimmer von der Tragweite dieser Geschichten. Aber da steht bestimmt was in ihrem Terminkalender. Außerdem müsste der Fotograf was wissen, der Kathrin immer begleitet hat. Wie hieß der bloß noch?«

Er rieb sich angestrengt nachdenkend das Kinn. Er war wie berauscht von seiner Idee. Ja, aus dem Kreis dieser Börsenganoven musste Kathrins Mörder kommen. Dem konnte sich wohl auch die Polizei nicht länger verschließen. Wie bloß dieser dämliche Fotograf hieß?

»Thomas«, rief er plötzlich. »Thomas Wassermann, glaube ich.«

Sein Bruder zückte sofort seinen Notizblock, um sich den Namen zu notieren. »Ich kümmere mich drum«, versprach er, während er seine Zigarette ausdrückte. »Dass bei diesen Börsenzockern was faul ist, habe ich mir immer schon gedacht. Aber dass die, entschuldige, dass die sich die Finger blutig machen und jemanden abschlachten, das wäre doch schon ein Hammer. Irgendwie kann ich mir das noch nicht vorstellen. Aber, wie gesagt, ich kümmer mich drum.«

»Das werde ich dir nie vergessen, Olaf«, sagte Christian bewegt.

»Die Mafia hat doch heute überall ihre Hände drin. Die handeln doch nicht mehr nur mit Rauschgift, die legen ihr schmutziges Geld doch auch gewinnbringend an. Ich kann mir nicht vorstellen, dass die lange fackeln. Ein Menschenleben bedeutet denen doch nichts.«

»Ich werde mich darum kümmern«, wiederholte Olaf.

»Aber wir sollten uns auch nicht zu sehr darauf versteifen. Du darfst nicht vergessen, dass sie einiges gegen dich in der Hand haben.«

»Das ist alles an den Haaren herbeigezogen. Du kennst mich doch, Olaf. Bin ich ein Schlägertyp? Ich fasse es nicht! Das ist doch alles grotesk, was die sich da zusammengereimt haben. Völlig absurd.«

»Aber wir müssen uns schon damit auseinandersetzen.«

Daraufhin ließ Olaf sich noch einmal von seinem Bruder detailliert erzählen, was am vergangenen Freitag geschehen war.

»Ich habe, ehrlich gesagt, noch immer nicht ganz kapiert, wie die Situation bei euch zu Hause war, bevor du Kathrin nach Celle gefahren hast. Kannst du mir das nicht noch mal erzählen?«

Christian Linde strich sich nachdenklich über den Bart.

»Also gut.«

Er senkte den Blick und drückte die Finger gegen die Stirn, als wollte er seine Erinnerungen herauspressen. Zögernd begann er.

»Es hat gehagelt, ganz düster war's. Aber schon kurze Zeit später ist die Sonne wieder durchgekommen. 'Hoffentlich wird es nächste Woche besser, wenn wir in Dänemark sind', habe ich zu Kathrin gesagt. 'Bestimmt', hat sie geantwortet. 'An der See hält sich schlechtes Wetter ja sowieso nicht lange. Außerdem finde ich es auch mal ganz schön, wenn es am Meer so richtig stürmt und die Wellen krachen.' Ja, sie war richtig gut gelaunt, voller Vorfreude. Und dann hat sie mich auch gefragt, ob sie mir was mitbringen soll beim Einkaufen. Ich habe ihr ein Buch genannt, und sie hat sich den Titel aufgeschrieben. Als Anna das mitbekommen hat, hat sie auch einen Wunsch geäußert. Sie wollte unbedingt die neueste 'Bravo' haben. Ich weiß noch genau, wie ich den Kopf geschüttelt habe: 'Für diesen Schund bist du doch noch viel zu klein', habe ich gesagt. Zum Glück hat sich Kathrin auf meine Seite geschlagen und versucht, unserer Tochter ihren Wunsch auszureden. Ich sage 'zum Glück', weil das nicht immer so war. Oft hat Kathrin Anna auch in Schutz genommen, wenn ich es gewagt habe, ihr etwas abzuschlagen. Aber an diesem Freitagmorgen war es anders. Anna hat darum ziemlich gemault und über ihre 'blöden Eltern' geflucht.

Mittendrin, das Frühstücksgeschirr war noch nicht abgeräumt, hat es auf einmal geklingelt. Telefon. Ich habe abgenommen, meistens war es ja auch für mich. Aber diesmal war es für Kathrin. Ein Kollege. Kathrin hat das Gespräch gleich auf ihren Apparat umgelegt und ist in ihr Zimmer gegangen. 'Bin gleich wieder da', hat sie gesagt. Aber es hat mindestens eine halbe Stunde gedauert. Wie üblich bei ihr. Du kannst dir vorstellen, dass ich da etwas ungeduldig geworden bin. Wir wollten doch gleich losfahren. Außerdem war ich, ehrlich gesagt, auch nicht so erbaut, als ich gehört habe, wer da am Apparat war: Frank Kruse, der gleiche Typ, mit dem sie vorher schon mal was hatte.

Ich war ziemlich sauer, dass sich Kathrin so viel Zeit für ihren früheren Freund genommen hat, wo wir mitten im Gespräch über unseren Urlaub waren, das kannst du mir glauben. Ja, ich habe es einfach nicht geschafft, meinen Ärger runterzuschlucken, wie ich das sonst meistens gemacht habe. Mir ist, wie man so sagt, die Galle übergelaufen. Wahrscheinlich habe ich Kathrin sehr deutlich zu verstehen gegeben, wie mich das alles nervt. Sie hat dann auch gleich auf stur geschaltet und sich nicht mal die Mühe gemacht, sich eine Entschuldigung oder Erklärung für das lange Telefonat auszudenken. Kein

Wort, worüber sie mit ihrem Kollegen gesprochen hat. Wir haben überhaupt nur noch wenig miteinander geredet, bevor wir endlich gestartet sind.«

Er hatte während seiner Schilderung fortwährend auf die abgewetzte Resopaltischplatte gestarrt. Erst als er zum Ende gekommen war, blickte er seinem Bruder in die Augen – plötzlich besorgt, sich selbst belastet zu haben.

Olaf rieb sich nachdenklich das Kinn, eine Geste, die ihn an Kommissar Peters erinnerte. Überhaupt wurde ihm in diesem Augenblick bewusst, dass er nicht nur seinem Bruder gegenübersaß, sondern auch einem Polizisten.

»Habt ihr euch dann wieder versöhnt?«, fragte Olaf nach einer Schweigeminute.

»Ja natürlich«, versicherte er abwehrend. »Das war wie so oft: Irgendwann hat Kathrin mir im Auto ihre Hand rübergestreckt, und ich habe sie fest gedrückt. Da war es dann wieder gut. Ohne dass wir groß darüber gesprochen haben.«

Er atmete tief durch. »Na klar. Was soll ich sagen? Wir haben uns gestritten, aber wir haben uns auch wieder vertragen. Das kam öfter vor, das kannst du mir ruhig glauben. Das war letztlich absolut undramatisch.«

»Ich will dir das gern glauben, Christian. Aber wichtig ist, was dir die Kollegen hier glauben«, entgegnete sein Bruder, während er sich eine neue Zigarette anzündete. »Wie hieß denn der Mann noch mal, mit dem Kathrin zuletzt telefoniert hat? Das ist nicht ganz unwichtig.«

»Frank Kruse. Bei der 'Szene' werden sie dir bestimmt die Telefonnummer geben, wenn du sagst, dass du von der Polizei bist.«

»Hast du denn den Kollegen hier schon von dem Telefonat erzählt?«

»Nein, habe ich nicht.« Christians Stimme klang gekränkt. »Ist doch klar, was die daraus für Schlüsse gezogen hätten.«

Indem er seine Ansicht mit einer wegwerfenden Handbewegung unterstrich, kippte er seinen Capuccinobecher um. Glücklicherweise war der Becher fast leer. Wortlos reichte ihm sein Bruder ein Papiertaschentuch. Dem zuvor Gesagten nachhängend, schüttelte Olaf den Kopf.

»Ich verstehe dich nicht, wirklich Christian. Früher oder später hätten die das mit dem Kruse doch sowieso spitz gekriegt. Und ich weiß auch gar nicht, warum dich dieses Telefongespräch unbedingt belasten sollte. Wer weiß, was die beiden besprochen haben? Vielleicht haben sie sich in Celle verabredet. Und dann kommt dieser Kruse möglicherweise sogar als Tatverdächtiger in Frage.«

Erleichtert lehnte sich Linde auf dem knarrenden Stuhl zurück.

»Entschuldige, Olaf, aber langsam hat man hier das Gefühl, dass einem gar keiner mehr traut.«

»Wird schon wieder werden, Christian.« Mit diesen Worten drückte der Besucher seine Kippe aus, stand auf und klopfte seinem Bruder aufmunternd auf die Schulter. »Ich glaube, ich muss jetzt langsam gehen. Aber ich verspreche dir, dass ich alles tue, was in meiner Macht steht. Ich halte dich auf dem Laufenden, alter Junge.«

Als er auf seine Zelle zurückgebracht worden war, musste er Licht anmachen. Es war dunkel geworden. Aus dem Nebenraum tönte das Gequäke eines Fernsehapparates. Wieder diese hallenden Schritte im Gang. Auch Gelächter meinte er zu hören. Unvorstellbar, wie man hier lachen kann, dachte er. Eine zweite Nacht hinter Gittern. Eine zweite Nacht in diesem Albtraum.

Wie es wohl Anna ging? Wie würde sie über ihren Vater denken? Und Markus? Wie würde der über ihn reden? Die Vorstellung machte ihm Angst.

In diesem Augenblick öffnete sich die Zellentür. Ein Bediensteter kam mit dem Frühstück für den nächsten Morgen: zwei Scheiben Brot, Margarine, Marmelade, einem Teebeutel. Außerdem hatte er die Bücher dabei, die Olaf für ihn mitgebracht hatte, Krimis und die Bibel.

»Hab ich auch schon mal was von gelesen«, sagte der Mann in der blauen Anstaltsuniform und deutete auf ein Taschenbuch von Henning Mankell. »Nicht schlecht.«

Linde überraschte der freundliche Ton. Es war das erste Mal, dass ihn einer der Bediensteten wie einen guten Bekannten ansprach. »Ja, der versteht sein Handwerk«, antwortete er freundlich. Und während er eines der Taschenbücher herausgriff und auf den Titel zeigte, fügte er an: »Und das hier könnte auch als Überschrift über meinem Fall stehen.« Der Titel lautete »Mörder ohne Gesicht«. Der Bedienstete, bemüht, keine Reaktion zu zeigen, wünschte eine gute Nacht.

Er war dankbar für die Lektüre, froh über die Ablenkung. Gleichzeitig kehrte auch die Zuversicht zurück, die während des Gesprächs mit seinem Bruder kurze Zeit in ihm aufgeflammt war. Ja, diese Börsenschurken, Olaf würde schon dafür sorgen, dass die Polizei nicht länger über diese Spekulanten hinweggehen konnte. Interessant könnte vielleicht auch die Vernehmung Frank Kruses werden.

Er klammerte sich an die nebelhaften Entlastungsvisionen, um seine Gespinste zu vertreiben. Und um sich auf andere Gedanken zu bringen, schlug er den Krimi auf und begab sich mit Kommissar Wallander auf Verbrecherjagd in Schweden, bis er bleischwer vor Müdigkeit war. Ohne sich auszuziehen oder die Zähne zu putzen, schlief er am Ende ein.

Schon um sechs Uhr am nächsten Morgen wurde er unsanft geweckt. Nach einem hämmernden Klopfen trat ein Bediensteter in seine Zelle und knipste das Licht an. »Morgen, Herr Linde.«

Kaum hatte der Gefangene die Augen aufgeschlagen, war der Störenfried auch schon wieder verschwunden. »Lebendkontrolle«, erfuhr er später, hieß dieser frühe Zellenbesuch im Anstaltsjargon.

Er sah keine Veranlassung aufzustehen. Er bemühte sich, wieder in den Traum zurückzufinden, aus dem ihn der Mann herausgerissen hatte. Es war ein Gottesdienst gewesen. Er hatte im Talar vor der Gemeinde gestanden und plötzlich das Vaterunser vergessen. Alle hatten ihn erwartungsvoll angestarrt, aber es wollte ihm beim besten Willen kein Wort über die Lippen kommen. Kein Sterbenswörtchen. Er versuchte, zurückzukehren in die Traumwelt, aber es ging nicht. Die Traumbilder zerplatzten wie Seifenblasen. An Einschlafen war sowieso nicht mehr zu denken. So stand er auf, schmierte sich ein Marmeladenbrot, trank ein Glas Wasser dazu. Wasser und Brot, durchfuhr es ihn. Fast so wie man es sich vorstellt, nur ein bisschen süßer.

Sonnabend. Der Tag, an dem er sonst immer seine Sonntagspredigt vorbereitet hatte. Vor gut einer Woche schon hatte sich dieser Abgrund geöffnet, in den er immer tiefer hinabgerutscht war.

Allmählich wurde es lauter auf dem Gang. Der Wärter kam zurück, um seine Zelle aufzuschließen. Er könne jetzt eine Stunde lang auf den Gang gehen, wurde ihm erklärt – auch duschen oder Teewasser aufsetzen. Anfangs zögerte er, ob er wirklich seine Höhle verlassen sollte, um sich in die Gesellschaft der Mitgefangenen zu begeben. Aber dann hielt er es nicht mehr aus, weiter untätig in der Zelle herumzuhocken. Heißer Tee? Dusche? Das würde ihn vielleicht auf andere Gedanken bringen. Ihm fiel ein, wie lange er sich nicht mehr gewaschen hatte. Er musste stinken, besonders nach der letzten Nacht, die er schwitzend in seinen Kleidern verbracht hatte. Ja, eine Dusche würde bestimmt gut tun.

Er erschrak, als er in den gefliesten Nassraum eintrat. Ein stämmiger Mann stand schon breitbeinig unter einer der drei Duschen. Von den Schultern bis zu den Fußgelenken tätowiert, Schlangen krochen über den muskulösen Körper, Monsterköpfe bleckten auf den Pobacken die Zähne. Er wandte seinen Blick sofort wieder ab – schamhaft, aber auch aus Angst, der Mann könne sein Entsetzen erkennen. Vielleicht gar als feindseligen Akt empfinden.

»Na, Meister? Neu hier?« Der Tätowierte mit dem Seehundsbart grinste ihn herausfordernd an. »Alles 'ne Frage der Gewohnheit, Kollege. Willkommen im Club.«

Er sah sich außerstande, die Begrüßungsworte zu erwidern. Beschränkte sich darauf zu nicken. Es war ihm peinlich, sich vor dem Mann, der mittlerweile beim Abtrocknen war, zu entkleiden. Er spürte, wie der Kerl abschätzig seinen vergleichsweise mickrigen Körper musterte. Kein Talar, kein Anzug trennte ihn mehr von diesem Knacki. Wie tief war er gesunken.

»Hochstapler oder Frauenmörder?«

»Wie bitte?«

Er hatte die Frage durchaus verstanden. Doch sie traf ihn wie ein Faustschlag, und er war nicht bereit, darauf zu antworten.

»Nichts von beiden«, murmelte er schließlich, als er bereits unter der Dusche stand und der Stämmige ihn immer noch fixierte. Mittlerweile drohend.

»Denkst wohl, bist was besseres, Chef, wie? Aber dich werden se hier auch noch klein kriegen, wart mal ab«, sagte er im Weggehen. »Ganz klein mit Hut wirste noch. Pass mal gut auf, du feiner Pinkel du, du Arsch.«

Der wenig erfreuliche Wortwechsel trübte das Duschvergnügen empfindlich. Von Entspannung konnte an diesem öffentlichen Ort ohnehin keine Rede sein.

Bevor er in die Zelle zurückkehrte, fragte ihn ein Bediensteter, ob er sich zu rasieren wünsche. Er befühlte seinen Vollbart. Er hatte das Gefühl, dass es nicht schaden könne, den Wildwuchs ein bisschen zu stutzen. Er bat um eine Schere und wurde darüber aufgeklärt, dass die Benutzung nur unter Aufsicht gestattet sei. Er zuckte resigniert die Achseln. Während er sich darauf den Bart beschnitt, hockte ein Justizbediensteter neben ihm. Wieder erschrak er, als er in sein Gesicht blickte.

Er war froh, in seine Zelle zurückkehren zu können. Die Ankündigung, dass die Tür nun bis mittags geschlossen blieb, schreckte ihn nicht. So konnte er wenigstens wieder lesen. Ungestört.

Doch sein bescheidenes Glück währte nicht lange. Er erhielt Gesellschaft. Ein zweiter Gefangener bezog in seiner Zelle Quartier. Schon an den Händen des jungen Mannes zeichneten sich die geheimnisvollen Ornamente ab, die sich über die Unterarme fortsetzten – die knastübliche Tätowierung. Auch so ein Gezeichneter, durchfuhr es ihn. Aber er mühte sich, sein Entsetzen zu verbergen.

Zu allem Überfluss hatte der junge Mann in dem hellgrauen T-Shirt auch ein tragbares Fernsehgerät dabei.

»Axel«, stellte er sich vor. »Axel Kawelka, aber meine Kumpels nennen mich Kralle.« Er streckte dem Mitgefangenen kameradschaftlich seine Hand entgegen.

## 31. März 2006, Sonnabendvormittag

*Der Verrat*

Eine Zweizimmer-Altbauwohnung in der hannoverschen Nordstadt. Sonnabendvormittag, kurz nach halb elf. Ein junger Mann im schwarzen Leinenhemd saß am Küchentisch und las Zeitung, den Kopf tief gebeugt. Der Wasserhahn tropfte. Aber er achtete nicht darauf. Auch die Sirene des Rettungswagens, der draußen vorbeiraste, hörte er nicht. Erst als es an der Haustür klingelte, ließ der junge Mann die Zeitung sinken und sprang auf. Sie waren da.

Nach seinem Anruf war ihm klar gewesen, dass sie kommen würden – die beiden jungen Polizeibeamten aus Celle, die ihn schon im Theater aufgesucht hatten. Markus Linde ballte die Fäuste. Nicht etwa, um zum Angriff zu schreiten, sondern um seine innere Unruhe zu bändigen.

Das Gespräch mit Katja hatte den Ausschlag gegeben. Er hatte ihr beim Griechen sein Herz ausgeschüttet, ihr von dem letzten Gespräch erzählt, das er mit seiner Mutter geführt hatte. Von wegen offene Ehe!

»Ich halte das nicht mehr aus«, hatte ihm seine Mutter anvertraut.

»Unsere Ehe hat sich zu einer einzigen Lüge entwickelt – nach innen und nach außen. Ich habe deinen Vater geliebt, wahrscheinlich liebe ich ihn immer noch. Aber so geht es nicht weiter. Ich ertrage das nicht, nach außen hin die wackere Pastorenfrau zu spielen und in Wirklichkeit bei deinem Vater längst abgeschrieben zu sein.«

Sie hatte schluchzend geweint. Es war ihm nicht leicht gefallen, sie zu trösten, schließlich hatte sie sich aber doch wieder gefangen und lächelnd das Thema gewechselt. Er war dankbar dafür gewesen und hatte den Vorfall verdrängt. Als er nun aber Katja davon erzählte, ermahnte die ihn sofort, sich zu melden. »Das darfst du nicht für dich behalten, Markus. Das musst du der Polizei anvertrauen. Sonst gehst du daran zugrunde. Und du musst es auch für deine Mutter tun, das bist du ihr einfach schuldig.«

»Wahrscheinlich hast du Recht«, hatte er geantwortet – am nächsten Tag aber lange mit sich gerungen, bis er die Nummer schließlich gewählt hatte, die auf der Visitenkarte dieser Kommissarin mit dem Dauerlächeln stand. In der Nacht hatte er kaum Schlaf gefunden, sich immer wieder die gleiche Frage gestellt: Konnte er es auf sich nehmen, seinen Vater, mit dem ihn trotz allem auch viele schöne Erinnerungen verbanden, durch seine eigene Aussage so zu belasten? Es war zu spät.

Gerade hatte er noch in der Zeitung einen Bericht über den »Tod der Pastorenfrau« gelesen. Es ärgerte ihn, mit welcher Selbstgerechtigkeit sich sein Vater aus der Affäre zog.

Er betätigte den Haustüröffner und trat in den Flur des Treppenhauses, um die Besucher zu begrüßen. Das gleiche Gespann, die gleiche Rollenverteilung: die dunkelblonde Kommissarin mit dem kumpelhaften Lächeln und der rothaarige Kollege mit dem Schnauzbart und dem ernsten Blick.

Wie beim ersten Mal übernahm Corinna Neumann die Begrüßung. »Hallo, das ist aber schön, dass Sie trotz der Premierenvorbereitungen noch Zeit für uns haben. Wie läuft 's denn?«

»Geht so. Die Nerven liegen natürlich blank. Aber wenn man es mal geschafft hat, sich auf die Rolle zu konzentrieren, dann ist es auch ganz schön. Dann kann man den ganzen Schlamassel wunderbar wegspielen. Und es ist ja zum Glück keine Frohnatur, die ich da spiele.«

Er wunderte sich selbst über seine Redseligkeit, spürte, dass es ihm gut tat, über das Theater und nicht über seinen Vater zu sprechen.

»Toll. Das muss wirklich ein schöner Beruf sein, ich beneide Sie. Auf jeden Fall werde ich mir die Premiere angucken. Die Karte habe ich schon vorbestellt. Die Premiere war schon fast ausverkauft, wurde mir gesagt.«

»Das hört man gern.«

Corinna Neumann beschränkte sich darauf, die Bemerkung mit lächelndem Kopfnicken zu erwidern. Der Polizist mit dem Schnauzbart räusperte sich. »Wir sind natürlich nicht nur gekommen, um mit Ihnen über Theater zu diskutieren«, setzte er an. »Sie haben uns angerufen, weil Sie uns etwas sagen wollten.«

»Das ist richtig«, begann Markus mit klopfendem Herzen. »Mir ist etwas eingefallen, dass für Sie vielleicht von Interesse ist.« Und dann berichtete er, was er bereits Katja beim Griechen anvertraut hatte, fügte hinzu, was Anna bei seinem letzten Besuch in Eichendorf erzählt hatte – zuerst stockend, dann immer flüssiger. Der Rothaarige hatte seine Arme vor der Brust verschränkt, die Kommissarin machte sich Notizen. Sie ließen ihn reden – hörten einfach nur aufmerksam zu. Er spürte, wie er sich in Rage redete, wie sein Zorn auf seinen Vater größer und größer wurde. Als sein Redestrom versiegt war, breitete sich knisterndes Schweigen in der Küche aus. Ihm fiel ein, dass er den beiden Besuchern eigentlich einen Kaffee hätte anbieten müssen. Unsicher versuchte er, den Fehler zu korrigieren. Doch die beiden Polizisten wehrten dankend ab. Nach kurzer Verschnaufpause ergriff Corinna Neumann das Wort.

»Ich finde das unheimlich toll, dass Sie uns das alles erzählt haben. Das ist Ihnen bestimmt nicht leicht gefallen, das ist ja völlig klar. Es geht immerhin um Ihren Vater. Aber es geht eben auch um Ihre Mutter, und ich habe den Eindruck, dass Sie sie sehr geliebt haben.«

Jetzt schaltete sich der ernste Kollege wieder ein. »Haben Sie eigentlich mal mitbekommen, dass es zwischen ihren Eltern zum Streit gekommen ist?«

»Na ja, gestritten haben sich die beiden öfter, klar. Aber dass es so ernst war, hätte ich nicht gedacht.«

»Was meinen Sie mit 'ernst'?«

»Na ja, dass die Ehe auf des Messers Schneide stand, wie man so sagt. Dass es auf eine Trennung rauslaufen könnte.«

»Ist Ihr Vater bei diesen Streitereien eigentlich mal ausgerastet?«, bohrte Kommissarin Neumann nach.

Er schüttelte den Kopf. »Nein, ausgerastet ist er eigentlich nie. Eher schon meine Mutter. Die ist öfter mal heftig geworden.«

»Und wie hat Ihr Vater sich da verhalten?«

Er zuckte die Achseln. »Wie hat er sich verhalten? Gute Frage. Er hat vielleicht eine bissige Antwort gegeben, ist aber im Übrigen nicht darauf eingestiegen. Meistens hat er das Weite gesucht, den Raum verlassen. Manchmal hat er es sogar geschafft, nach einem Streit Klarinette zu spielen. Ich glaube, das hat dann meine Mutter ganz besonders gewurmt. Das muss wie Hohn geklungen haben in ihren Ohren.«

Der Mann mit dem Schnauzbart stemmte sich mit beiden Händen auf der Tischkante auf und setzte zu einer neuen Frage an: »Haben Sie eigentlich mal beobachtet, dass Ihr Vater die Kontrolle über sich verloren hat? Dass er gewalttätig geworden ist und Ihre Mutter geschlagen hat?«

»Nein nie, niemals. Das hätte einfach nicht zu ihm gepasst. Er war ja die Friedfertigkeit in Person, hat doch allen Leuten Gewaltlosigkeit gepredigt, für den Dialog geworben, für wechselseitiges Verständnis. Frieden schaffen ohne Waffen und so. Das war auch privat seine Devise.« Als Markus spürte, wie er sich ereiferte, bremste er sich selbst. »Entschuldigen Sie, aber ich glaube, Sie machen sich da ein völlig falsches Bild von meinem Vater. Das ist kein Gewaltmensch, kein Mördermonster.«

Die Kommissarin legte ihm ihre Hand auf seine Schulter. »Keine Angst, wir haben Sie schon verstanden. Und wir wollen Ihrem Vater auch nichts Böses. Unsere Aufgabe ist es schlicht, ein Verbrechen aufzuklären. Ich denke, das müsste auch in Ihrem Sinne sein.«

Sie wechselte einen kurzen Blick mit ihrem Kollegen. »Aber ich glaube, wir sollten Sie jetzt nicht länger quälen. Das alles war sicher furchtbar anstrengend für Sie. Sie sollten sich jetzt entspannen. Wahrscheinlich haben Sie heute auch noch Probe.«

Er ließ die Frage unbeantwortet, die Verteidigung seines Vaters hatte einen Stimmungswandel in ihm bewirkt. Er kam sich schmutzig vor, ekelte sich vor sich selbst, bereute es, der Anklage Futter geliefert zu haben.

Die beiden Besucher erhoben sich, reichten ihm die Hand zum Abschied. Und während er selbst ihnen zögerlich seine Hand entgegenstreckte, hatte er das Gefühl, als würde er mit diesem Händedruck den Verrat auch noch feierlich besiegeln.

Da fiel ihm plötzlich wieder das Telefonat ein, das er an jenem Freitagnachmittag noch mit seinem Vater geführt hatte – dem Tag der Tat. »Entschuldigen Sie, aber ich muss noch was ergänzen«, begann er und berichtete von dem entspannten Gespräch, der Bitte um einen Zuschuss. »Da war mein Vater total locker, unmöglich, dass er vorher ...«

»Schon gut, wir werden das überprüfen«, sagte die freundliche Kommissarin. »Also dann nochmals, toi, toi, toi für die Premiere.« Doch die Worte erreichten ihn nicht. Eine bleischwere, unsichtbare Last drückte ihn nieder. Er kam sich schuldig vor, schuldig und schäbig. Er überlegte, seinem Vater einen Brief zu schreiben. Ihn um Verzeihung zu bitten. Um Verzeihung?

*Ernste Gespräche*

Er legte sein Buch beiseite und richtete sich von der Pritsche auf. Der Händedruck fiel erwartet hart aus.

»Linde, Christian Linde.«

»Was? Linde? Moment. Doch nicht etwa dieser Pastor Linde?«

Durch sein Schweigen bestätigte der Angesprochene die Vermutung.

»Ich werd nich wieder«, fuhr Kawelka mit dem Ausdruck freudiger Überraschung fort. »Der Sex-Pastor? Na klar, ich erkenn dich wieder. Ich hab doch dein Bild im Fernsehen gesehen. Mensch, das darf ja wohl nicht wahr sein.«

Linde schloss seufzend die Augen. »Jetzt ist aber gut.«

»Tut mir leid, dass ich so lospolter, ist einfach so meine Art. Aber das läuft echt groß im Fernsehen, ganz groß. Mann, was sie dir da anhängen! Tschuldigung: Was die Ihnen da anhängen, Herr Pastor.«

»Schon gut, von mir aus können wir ruhig beim Du bleiben«, erwiderte Linde. »Ist denn im Fernsehen nicht deutlich geworden, wie wahnsinnig die Vorwürfe sind? Wie absurd? Das ist doch alles gar nicht wahr!«

»Wem sagst du das, Junge. Ich weiß doch selbst, wie schnell man von denen zum Verbrecher gestempelt wird, wie schnell die einem was andichten. Aber was der Bulle da im Fernsehen gesagt hat, das hörte sich schon verdammt so an, als hättest du deine Frau wirklich, äh, totgemacht.«

Er war wie versteinert, unfähig, die Polizeiversion zu korrigieren.

»Au Mann, das scheint dich ja ganz schön mitzunehmen. Aber man kennt das doch: Wenn die Bullen einen festnageln wollen, dann kannste dich noch so abstrampeln. Dann sitzte fest wie mit Pattex angeklebt. Da kommste so schnell nich' mehr von weg. Is bei mir doch dasselbe, genau die gleiche Leier.«

Und dann erzählte Axel Kawelka dem berühmten Zellengenossen in verwirrenden Einzelheiten, dass er beschuldigt werde, einen früheren Komplizen beraubt und erschossen zu haben.

»Alles kalter Kaffee, bloß weil ich mal 'n bisschen mehr Geld hatte als sonst. Die wollen mir einfach nicht glauben, dass ich die

Knete beim Zocken auf der Pferderennbahn gewonnen habe. Bloß weil ich die Quittung verloren habe, nehmen die mir das nicht ab und lochen mich ein. Normal ist das Freiheitsberaubung! Oder was sagst du dazu als studierter Mann der Kirche?«

Er hätte am liebsten gar nichts gesagt. Da er aber direkt angesprochen wurde, nickte er: »Ja, ich kann dich gut verstehen, ich habe in den letzten Tagen auch den Glauben an die Justiz verloren.«

Axel Kawelka stieß einen höhnischen Lacher aus. »Glauben an die was? Justiz? Ich hab's nicht so mit dem Glauben, weißte. Und mit der Justiz sowieso nicht. Aber man merkt, dass du ein Studierter bist. Nee, nee, der Glaube an die Justiz, der ist mir schon lange abhanden gekommen, glaub mir. Gerechtigkeit und diesen ganzen Kawumms, das kannste alles inner Pfeife rauchen. Dies vornehme Gefasel. Alles Affentheater.«

Daraufhin begann er, das untere Bett zu beziehen. Linde graute vor der Vorstellung, künftig über seinen Mitbewohner steigen zu müssen.

»Aber dass ich mal mit einem Pastor auf 'ner Zelle liege! Laus mich der Affe: Das hätte ich mir auch nicht träumen lassen«, tönte der Mitbewohner weiter. »Aber glaub bloß nicht, dass du mich hier zum Singen bringst, Alter. Nach meiner Taufe bin ich kein einziges Mal mehr in der Kirche gewesen.«

»Keine Bange. Ich werde hier schon nicht missionieren, da habe ich andere Sorgen.« Er holte tief Luft, bevor er zu einer Frage ansetzte. »Wie lange bist du denn schon hier, Axel?«

»Ach, so drei, vier Monate, können auch paar Wochen mehr sein. Irgendwann zählt man die Tage nicht mehr.«

Erneut begann »Kralle«, seine Unschuld zu beteuern. Immer sei es dasselbe, lamentierte er. Immer werde er durch andere in irgendwelche krummen Dinger hineingerissen oder zu Unrecht beschuldigt – »gefickt«, wie er es ausdrückte. Dabei habe auch er eine Tochter. Ein Kind, das ihn vermisse.

Die Bemerkung versetzte Linde einen Stich. Anna kam ihm wieder in den Sinn. Was sie wohl gerade machte? Was sie wohl über ihn dachte? Ihr Geburtstag am Gründonnerstag. Alle Freude darauf hatte sich wahrscheinlich ins Gegenteil verkehrt. Aber vielleicht würden Kathrins Eltern sie ja ein bisschen trösten. Hoffentlich hatten die ihr nicht zu viel erzählt über seinen Fall. Hoffentlich hatten sie Anna nicht auch diese furchtbaren Fernsehberichte über seine Festnahme sehen lassen. Und hoffentlich hatte Anna ihrerseits nichts von seiner nächtlichen Besucherin erzählt. Die Vorhaltungen, die Markus ihm gemacht hatte, reichten schon. Seine Tochter sollte den Glauben an ihren Vater nicht auch noch verlieren, wenigstens Anna sollte ihm vertrauen.

Axel Kawelka schaltete seinen Fernsehapparat ein. Ein Werbespot jagte den nächsten, zwischendurch lief eine blödsinnige Talkshow. Linde versuchte zu lesen. Doch mit einem Ohr hing er immer wieder an dem Gequassel und Gekreische, das aus der kleinen Folterkiste herausblubberte. Entsetzlich. Er war froh, als »Kralle« in der Mittagszeit die Zelle verließ, um mit den Kumpels im Gemeinschaftsraum zu speisen.

Am frühen Nachmittag traf Lindes Verteidiger ein. Anders als beim Besuch von Olaf fand das Gespräch unbeaufsichtigt im sogenannten Besprechungszimmer statt. Gleich zu Beginn drängte Mertens seinen Mandanten, auf den Exklusivvertrag einzugehen.

»50.000 Euro, das ist doch 'ne schöne Stange Geld. Und jetzt sind alle noch ganz heiß auf Ihre Geschichte. Das kann sich schon in ein paar Wochen ändern. Die Blätter sind voll davon. Aber gucken Sie sich den Quatsch lieber gar nicht an, das macht die Sache für Sie nur noch schlimmer.«

Linde schwante Böses. Wahrscheinlich hatte er wirklich nichts zu verlieren, wenn er auf das Angebot einging. Wenigstens konnte er auf diese Weise seine Version der Dinge an die Öffentlichkeit bringen. Ganz geheuer war ihm das Angebot dennoch nicht. Schon der Name dieser Illustrierten: »Echo des Herzens«. Da war sicher mit dem Schlimmsten zu rechnen. Aber für so viel Geld musste man wohl Kompromisse machen. Schweren Herzens willigte er daher ein und unterschrieb den Vertrag, den der braungebrannte Herr mit dem Lockenkopf gleich mitgebracht hatte.

Er berichtete vom Besuch seines Bruders und den unterschiedlichen Spuren, die Olaf zu seiner Entlastung verfolgen wollte.

»Ist doch prima«, sagte Mertens. »Dann müssen wir jetzt bloß alles daran setzen, diese Zeugenaussage zu zerpflücken. Ganz entscheidend wird sein, wie glaubwürdig der Mann ist, der Sie da auf dem

Marschweg gesehen haben will. Eine Gegenüberstellung kommt natürlich jetzt nicht mehr in Frage. Ihr Foto war ja in allen Zeitungen. Und das ist auch gar nicht so schlecht für uns. Eine andere Sache ist das Alibi. Dieser Krankenhausbesuch. Ist Ihnen da was eingefallen?«

Linde zog den Brief aus der Tasche. »Können Sie den bitte abschicken? Ich habe mich bemüht, einer älteren Frau aus meiner Gemeinde auf die Sprünge zu helfen, der ich letzten Freitag einen Besuch im Krankenhaus abgestattet habe.«

Mertens, stilsicher leger bekleidet mit schwarzen Jeans und grauem Kaschmirpullover, lächelte komplizenhaft. »Strenggenommen dürfte ich das nicht. Aber wenn die Polizei so schlampig ermittelt, bleibt uns gar keine andere Wahl, als was Eigenes dagegen zu setzen.« Mit diesen Worten steckte der Anwalt den Brief ein. »Natürlich dürfen Sie keinem sagen, dass Sie mir den Brief mitgegeben haben. Ehrenwort?«

»Natürlich nicht.«

Im Anschluss an das Verteidigergespräch fand ein neues Verhör statt. Peters hatte wieder diesen undurchsichtigen Kommissar Braun dabei, der sich genau wie tags zuvor hustend im Hintergrund platzierte.

»Na, nicht gerade gemütlich hier in der JVA, was?«, sagte Peters, während er Linde zur Begrüßung die Hand reichte.

»Ich hoffe, Sie haben auch mal Gelegenheit, in einer Gefängniszelle zu übernachten, obwohl sie unschuldig sind«, gab Linde gereizt zurück.

»Ich hoffe nicht«, erwiderte Peters. »Aber ich denke, Ihre Situation könnte wesentlich erträglicher werden, wenn Sie endlich reinen Tisch machen würden.«

»Wollen Sie meinen Mandanten erpressen«, fuhr Mertens dazwischen.

»Gott bewahre, betrachten Sie das als Empfehlung. Von mir aus auch als seelsorgerlichen Rat. Legen Sie eine Beichte ab, Herr Pastor.«

»Werden Sie bitte nicht zynisch«, herrschte ihn der Verteidiger an.

»Also, eigentlich war es nicht meine Absicht, hier gleich einen Streit vom Zaun zu brechen«, sagte Peters. »Ich wollte einfach nur wissen, ob Sie Ihre Aussagen noch mal überdacht haben.«

»In einem fort, aber ich bin zu keinem neuen Ergebnis gekommen. Ich kann doch nicht plötzlich die Schuld für eine Sache übernehmen, die ich gar nicht begangen habe. Vielleicht wäre es das Einfachste für alle Beteiligten. Aber ich glaube, ich bin es meiner Frau schuldig, alles zu tun, damit die Umstände ihres Todes aufgeklärt werden – und auch meinen Kindern.«

»Ich denke, in diesem Punkt sind wir uns einig. Dann also noch mal von vorn.«

Peters krempelte seine Hemdsärmel auf. Er duftete wieder nach Rasierwasser, das heute ein herbes Zitrus-Aroma verströmte. »Sie haben gestern eingeräumt, dass Sie ein außereheliches Verhältnis mit Frau Rosenstrauch hatten. Sie sprachen von 'offener Ehe'. Haben sich Ihre Seitensprünge eigentlich auf diese Religionslehrerin beschränkt?«

»Also bitte. Ich weiß wirklich nicht, worauf Sie hinauswollen.«

»Ich möchte schlicht wissen, ob Sie noch mit anderen Frauen intimen Verkehr hatten?«

Entrüstet stemmte Linde seine Hände in die Hüfte. »Also, ich glaube langsam, Ihre Fantasie geht mit Ihnen durch: Ich bin Pastor und kein Playboy.«

Der dicke Herr im Hintergrund räusperte sich. »Ich möchte noch mal auf Anke zurückkommen«, sagte er, ohne Linde anzublicken.

»Unser Kindermädchen? Das hatten wir doch schon.«

»Egal. Also: Wie nahe standen Sie Ihrem Kindermädchen?«

Er merkte, wie ihm die Wangen heiß wurden. Unruhig strich er sich über den Bart. »Wir haben uns gut verstanden, auch mal über private Dinge geplaudert, wenn Sie das meinen.«

»Uns ist zu Ohren gekommen, dass Sie mit Anke hin und wieder auch mal geschlafen haben«, hakte Peters ein.

»Was heißt denn hier 'zu Ohren gekommen?' Nennen Sie Ross und Reiter oder verkneifen Sie sich bitte diese haltlosen Behauptungen«, fuhr Mertens dazwischen. »Wenn Sie damit fortfahren möchten, müsste ich mich erst einmal allein mit Herrn Linde unterhalten.«

»Gut, wenden wir uns einem anderen Thema zu«, entschied Peters gelassen. »Sie haben uns beim letzten Mal erzählt, zwischen Ihnen und Ihrer Frau habe alles gestimmt am Freitag vergangener Woche. Ihre Tochter hatte da einen anderen Eindruck.«

Linde erstarrte. »Meine Tochter? Sie haben Anna verhört? Meine neun Jahre alte Tochter? Das ist ja unglaublich. Wollen Sie mir das Kind auch noch nehmen?«

»Sie können sicher sein, dass wir Ihre Tochter so vorsichtig wie nur irgend möglich befragt haben. Aber Sie müssen doch wohl zugeben, dass sie eine unverzichtbare Zeugin ist. Von Ihnen einmal abgesehen ist Anna diejenige, die Ihre Frau zuletzt gesehen hat.«

»Ich halte das langsam nicht mehr aus«, stieß Linde hervor.

Mertens legte ihm eine Hand auf die Schulter. »Ist gleich vorbei.«

»Also, der Hintergrund meiner Frage«, fuhr Peters fort. »Anna hat uns erzählt, Sie hätten sich mit Ihrer Frau gestritten, bevor sie dann mit ihr in Richtung Celle aufgebrochen sind. Was sagen Sie dazu?«

»Ich bleibe dabei: Das war kein Streit. Eine Meinungsverschiedenheit vielleicht, mehr nicht.«

»Ein Telefongespräch stand nicht damit in Zusammenhang?«, bohrte der Mann im Hintergrund nach.

»Nein«, antwortete Linde barsch und schloss die Augen mit dem Gefühl, möglicherweise einen Fehler gemacht zu haben.

»Dann noch was Anderes«, fuhr Peters fort. »Ihre Tochter hat uns noch ...«

»Also jetzt ist aber langsam mal Schluss«, polterte Linde dazwischen. »Sie können doch mein Kind hier nicht zur Belastungszeugin machen. Was denken Sie sich eigentlich?«

»Ganz recht. Unerhört«, pflichtete ihm Mertens bei. »Wirklich unerhört, das wird Konsequenzen haben, das garantiere ich Ihnen. Ich hoffe, Sie haben das Mädchen über ihr Aussageverweigerungsrecht als Angehörige belehrt – und zwar in Gegenwart ihrer Großeltern.«

»Selbstverständlich. Wofür halten Sie mich? Aber nun lassen Sie mich doch bitte mal ausreden.« Zur Bekräftigung schlug Peters mit der flachen Hand auf den Tisch. »Ich habe Ihre Tochter keineswegs genötigt, gegen Sie auszusagen. Ich hatte das Gefühl, dass Sie das sehr belastet hat, was sie mir erzählt hat.«

»Da bin ich aber mal gespannt«, warf Linde ein.

»Wenn Sie mich nicht dauernd unterbrechen würden, hätte ich es Ihnen schon gesagt«, sagte Peters. Er biss sich auf die Unterlippe. Offenbar genoss er es, ihn noch ein wenig auf die Folter zu spannen.

»Also, Ihre Tochter hat uns erzählt, dass Sie in der Nacht nach dem Tod ihrer Frau Damenbesuch hatten.«

Linde zuckte zusammen.

»Damenbesuch?« In dem Bemühen, seine Erschütterung zu überspielen, ging er in die Offensive. »Na wenn schon?«, entgegnete er aufgebracht. »Ist das denn verboten? Ist doch wohl verständlich, dass man in so einer Lage Trost sucht und Menschen, die einem zur Seite stehen, trifft.«

»Aber ob man diese Tröster nun gerade in seinem Schlafzimmer empfangen muss, das möchte ich doch sehr bezweifeln«, erwiderte Peters. »Also, ganz direkte Frage: Haben Sie mit Frau Rosenstrauch geschlafen, Herr Linde? Hatten Sie mit Frau Rosenstrauch Verkehr, nachdem Sie bereits – nach außen hin – nach Ihrer Frau gesucht haben?«

»Sie müssen die Frage nicht beantworten«, fuhr Mertens dazwischen.

Linde seufzte. »Das hat doch alles keinen Sinn.«

Er legte eine Hand auf die Stirn und senkte das Kinn auf die Brust. Wenige Sekunden später setzte er zu einer Erklärung an.

»Warum soll ich hier Dinge bestreiten, die Sie sowieso schon wissen. Also, Sie haben Recht: Wir waren zusammen im Bett. Ich habe einfach die Wärme eines Menschen gesucht, der mir nahe stand.«

Er starrte auf den Boden.

»Sexualität ist für mich eine Form von Zuwendung und Zärtlichkeit. Nichts Schmutziges. Ich habe da nie so strikt getrennt und befinde mich in dieser Sichtweise übrigens auch in Übereinstimmung mit dem Evangelium. Wenn es Sie interessiert, kann ich Ihnen entsprechende Bibelstellen gern nennen.«

Peters lächelte. »Nee, lassen Sie mal, das glaub ich Ihnen auch so.«

Die Befriedigung über den Punkterfolg war Peters anzusehen. Er hielt es offenbar nicht mehr für nötig, weiter auf den Nachtbesuch einzugehen, sondern kam noch einmal auf Lindes Tagesablauf am Tattag zu sprechen. Noch einmal ließen sich die Polizeibeamten von Linde auf einer Karte zeigen, wo er Kathrin abgesetzt hatte. Noch einmal wurde er nach seinen Krankenhausbesuchen befragt. Erstmals erkundigten sich die beiden Polizisten auch näher nach Kathrins Recherchen über Börsenschieber und ließen sich die Nummer des Fotografen geben. Dann war die Vernehmung beendet.

Als die Kriminalbeamten gegangen waren, wechselte Linde noch einige Worte mit seinem Anwalt unter vier Augen. Sorgenfalten legten sich über seine Stirn, während er begründete, warum er zum nächtlichen Damenbesuch nicht geschwiegen hatte. Mertens gab ihm Recht. Der Anwalt ließ sich zudem von dem Telefongespräch berichten, das Kathrin kurz vor der Fahrt nach Celle geführt hatte. Er schüttelte unwillig den Kopf. »Das ist doch völlig idiotisch, damit reißen Sie sich doch selbst rein. Früher oder später kommen die sowieso darauf, und Sie machen sich unglaubwürdig, ganz überflüssigerweise, glauben Sie mir. Wahrscheinlich wissen die jetzt schon Bescheid. Also, lieber gar nichts sagen, als etwas Nachweisbares abstreiten, hören Sie, Herr Linde.«

Linde nickte stumm.

»Ich war einfach völlig geschockt, als der von Anna angefangen hat.«

Die Stimme versagte ihm.

»Schon gut, das ist ja alles zu verstehen. Und was war mit dieser Anke?«

Er schüttelte den Kopf. »Ach, das liegt alles schon so lange zurück. Das war natürlich eine blöde Geschichte. Da hätte ich mich ganz sicher mehr beherrschen müssen. Aber ich bin eben auch nur ein Mensch. Und ich habe es einfach nicht übers Herz gebracht, das Mädchen zurückzuweisen. Diese Anke hat für mich geschwärmt, so wie junge Mädchen für ihren Lehrer schwärmen. Und dann ist es eben irgendwann passiert. Aber mittlerweile ist die Sache längst vergessen. Da ist absolut nichts zurückgeblieben. Kein bisschen, auch Kathrin hatte mir die Affäre verziehen.«

»Das müssen Sie der Polizei unbedingt sagen. Die wissen das doch und ziehen jetzt möglicherweise bereits ihre Schlüsse daraus. Falsche Schlüsse.«

Der Anwalt mit dem Lockenkopf blickte gedankenschwer zu Boden. »Das einzig Positive ist, dass die jetzt hoffentlich auch mal im Dunstkreis dieser kriminellen Aktienspekulanten ermitteln«, fuhr er fort. »Da müssen wir Ihnen ein bisschen Futter geben. Mal sehen, was Ihr Bruder rausfindet.«

Damit war das Gespräch beendet.

Linde kehrte zu seinem Zellengenossen zurück, der immer noch im Bett lag und sich von dem kreischenden Fernsehprogramm unterhalten ließ.

»Na, wie war's, alter Knabe?«, begrüßte ihn »Kralle«.

Er zuckte die Schultern. »Wie gehabt.«

Glücklicherweise war bereits Abendbrotszeit, so dass die Zellen für zwei Stunden geöffnet wurden und Axel Kawelka wieder zu seinen Kumpels in den Gemeinschaftsraum verschwand. Linde genoss fast die Zeit, die er allein in der Zelle verbringen konnte. Um sich abzulenken, vertiefte er sich wieder in seinen Krimi. Er wollte unbedingt um Ohrstöpsel bitten, wenn Olaf ihn besuchte. Dieser Fernsehlärm war ja nicht auszuhalten.

Auch nachts fand er kaum Ruhe. Sein Mitbewohner schnarchte, redete im Schlaf, schrie sogar hin und wieder auf. Immerhin schlief »Kralle« so fest, dass er ohne Bedenken das Licht anknipsen und lesen konnte.

*Es war ein Mann im Lande Uz*

Als ihn am nächsten Morgen um sechs Uhr die »Lebendkontrolle« aus dem kurzen Schlaf riss, war er wie gerädert. Während er noch weiter auf seiner Matratze lag, hörte er, wie sich ein Pinkelstrahl ins Toilettenbecken ergoss. Seine Qual steigerte sich noch, als Axel Kawelka stöhnend und pressend seine Notdurft verrichtete. Verzweifelt hielt er sich die Ohren zu. Als sein Mitbewohner die Toilettentür öffnete und der Gestank seiner Exkremente durch die Zelle zog, wurde ihm speiübel. Demonstrativ sprang er aus dem Bett und klappte das Kippfenster auf.

»Geht ja nu mal nich anders«, murmelte »Kralle« schlaftrunken. »Stell dich bloß nicht so an. Du musst schließlich auch mal scheißen.«

»Schon gut«, flüsterte Linde versöhnlich. »Schon gut.«

Es war Sonntag, Palmsonntag – der letzte Sonntag vor Ostern. Der Gedanke daran machte ihn noch bedrückter. Wer wohl den Gottesdienst in Eichendorf hielt? Wie sie wohl über ihn redeten? Er beschloss, an der Gefängnisandacht teilzunehmen. Vielleicht würde er auf diese Weise wieder in seine alte Welt zurückfinden. Wenigstens für kurze Zeit.

Er wurde enttäuscht. Bunte Bleiglasfenster spiegelten so etwas wie einen Kirchenraum vor. Ein Gefangener spielte Orgel, der Gefängnisgeistliche nickte ihm freundlich zu. Doch als der Mann dann vor dem improvisierten Altar die kleine Knastgemeinde begrüßte und das Eröffnungslied anstimmte, wäre er am liebsten hinausgelaufen.

»Oh Welt, sieh hier dein Leben,
am Stamm des Kreuzes schweben ...«

Das war ja schwerer zu ertragen als der Toilettengang seines Zellennachbarn. Schmerzlicher als alles, was er bisher im Gefängnis erlebt hatte, führte ihm dieser Gottesdienst vor Augen, wie tief er gesunken war. Sein Platz war nicht mehr vor dem Altar, sondern in den Reihen der Mörder und Totschläger.

Dabei nahm er durchaus einiges auf. Einige Sprüche verhakten sich regelrecht in seinen Gedanken.

»Darum habe ich mein Angesicht hart gemacht wie einen Kieselstein; denn ich weiß, dass ich nicht zuschanden werde«, hieß es zum Beispiel im alttestamentarischen Predigttext, Jesaja, 50, Vers 5. Ja, das war wohl nicht die schlechteste Einstellung: Sich hart machen wie ein Kieselstein, damit das Elend nicht so leicht in einen eindringt.

Auch die Tageslesung aus dem Evangelium ging ihm nahe. Wie sie Jesus erst gefeiert und bejubelt hatten, um ihn dann ans Kreuz zu schlagen. Erst »Hosianna« und dann »Kreuziget ihn«. Die alte Geschichte hatte ihn nie zuvor so berührt. Das Auf und Ab seines eigenen Lebensweges spiegelte sich darin wider: Zuerst als Prediger bewundert, dann als Mörder ins Gefängnis geworfen.

Er war froh, als der Gottesdienst vorbei war. Er vermied es, dem Knast-Geistlichen in die Augen zu blicken, als der ihm zum Abschied die Hand reichte. Bloß weg, bloß schnell zurück in die Zelle. Zum Glück war sogar das Fernsehgerät ausgeschaltet.

»Na, Alter, war bestimmt 'n komisches Gefühl, hinten auf der Bank zu sitzen«, begrüßte ihn der Zellengenosse.

Er war so gerührt von der Anteilnahme, dass er seinen Empfindungen freien Lauf ließ. Worauf auch »Kralle« aus sich herauskam. »Verdammt verlassen«, habe er sich gefühlt, nachdem er nach dem Säufertod seines Vaters in ein Heim gesteckt worden sei, erzählte er. Seine Mutter, die noch zwei jüngere Kinder gehabt habe, sei total überfordert gewesen, sich weiter um den Ältesten zu kümmern. »Verdammt verlassen.« Auch später, als er das erste Mal »eingeflogen« sei, habe er sich wieder so gefühlt.

Das Gespräch, der vorangegangene Gottesdienst, die melancholische Palmsonntagsstimmung – all dies belebte in Linde das Bedürfnis, sich in die Bibel zu vertiefen.

Während »Kralle« das Fernsehgerät wieder anschaltete, schlug er das »Buch Hiob« auf. Dieser Hiob war schließlich auch so einer, der sich »verdammt verlassen« gefühlt hatte.

»Es war ein Mann im Lande Uz, der hieß Hiob. Der war fromm und rechtschaffen, gottesfürchtig und mied das Böse.«

Er wunderte sich, dass die Geschichte wie ein Märchen begann. Er hatte so oft gepredigt über diese Glaubensprüfung. Jetzt verstand er die Geschichte plötzlich neu. Er stand nicht mehr darüber, schlüpfte hinein, wurde eins mit der Hauptfigur. Besonders »Hiobs

Klage« war es, die zum Ausdruck brachte, was auch ihn bewegte. Diese Niedergeschlagenheit. Das war ihm aus der Seele gesprochen. Er berauschte sich an der Schönheit der Sprache, an der Poesie der Verzweiflung: »Die Nacht hoffe aufs Licht, doch es komme nicht, und sie sehe nicht die Wimpern der Morgenröte.«

Die Zellentür wurde aufgeschlossen.

»Sie kriegen Besuch, Herr Linde«, teilte der Bedienstete mit. »Hohen Besuch. Der Landesbischof möchte mit Ihnen sprechen, so gegen fünf will er heute Nachmittag hier sein. Ist Ihnen das recht?«

Was für eine Frage? Hatte er denn überhaupt noch etwas zu entscheiden? Natürlich war er einverstanden. Er fühlte sich sogar ein wenig geehrt – spürte, dass er in der Achtung des Gefängnispersonals stieg durch einen solchen Besucher.

Doch die Ankündigung versetzte ihn gleichzeitig auch in Unruhe, so dass er nicht mehr länger in der Lage war, sich auf das »Buch Hiob« zu konzentrieren. Was der Bischof ihm wohl zu sagen hatte? Was wollte dieser Walter Horstmann von ihm hören? Hatte der bereits seinen Hirtenstab über ihn gebrochen? Die Stunden krochen dahin, während er dem Besuch entgegengrübelte.

Der Bischof wurde ausnahmsweise in das Besprechungszimmer geführt, das eigentlich Vernehmungen oder Anwaltsgesprächen vorbehalten war. Kaffee und Streuselkuchen standen auf dem Tisch, man konnte meinen, in einem Hotel zu sein.

Die Begrüßung fiel jedoch außerordentlich verkrampft aus. Mit bekümmerter Miene schüttelte der beleibte Besucher in dem anthrazitgrauen Anzug dem Gefangenen die Hand. Linde war dem Landesbischof in der Zeit seiner friedenspolitischen Aktivitäten häufiger begegnet, hatte ihm sogar schon mal bei einer Podiumsdiskussion gegenüber gesessen. Eine Begegnung auf Augenhöhe, wie man so sagte. Damals war er stolz gewesen, dem um Ausgleich bedachten Vorgesetzten Paroli bieten zu können, mit dem hochgestellten Kirchenmann zu diskutieren. Jetzt kam er sich sehr klein vor im Verhältnis zu dem Besucher, der in etwa seine Körpergröße hatte.

»Guten Tag, Herr Linde. Ich hätte mir gewünscht, dass wir uns unter anderen Umständen wiedergetroffen hätten«, begrüßte ihn Horstmann.

Welch überflüssige Bemerkung, durchfuhr es Linde, während er dem Bischof und sich selbst aus der bereitstehenden Thermoskanne Kaffee einschenkte.

Horstmann dankte höflich. Doch er wirkte unsicher. Er zog ein weißes Stofftaschentuch aus der Tasche und putzte sich geräuschvoll die Nase.

»Entschuldigung, aber ich werde diesen blöden Schnupfen einfach nicht los, seit fast zwei Wochen verfolgt der mich schon. Aber bei den Kapriolen, die das Wetter schlägt, ist das auch wohl kein Wunder.«

Sein schütteres Haar war schlohweiß geworden, die graue Anzugjacke spannte sich unter einem mächtigen Altmännerbauch.

»Vom Wetter kriege ich hier gar nichts mit«, antwortete Linde schroffer, als es seine Absicht gewesen war.

Der Bischof seufzte. »Ja, ja, das ist eine böse Sache, in die Sie da hineingeraten sind, schlimm.« Er schnäuzte sich erneut. Nachdem er die »großartigen Gottesdienste« des Eichendorfer Gemeindepfarrers gewürdigt hatte, kam er schließlich auf den Grund seines Besuches.

»Das ist leider gar nicht schön, was da jetzt über Sie in der Zeitung steht«, begann er mit bekümmerter Miene, »'Sex-Pastor', schreiben sie. Wo die das bloß alles herhaben?«

»Wahrscheinlich von der Polizei, die tun doch alles, um mich so schlecht zu machen, dass ich in dieses Zerrbild passe, das sie sich von mir gemacht haben.«

»Aber haben die sich das denn aus den Fingern gesogen? Wenn ja, dann muss man dagegen was tun, Herr Linde. Das ist doch Verleumdung.«

Linde setzte sich auf seinem Stuhl zurecht und trank einen Schluck Kaffee. »Da ist schon vieles aufgebauscht und in ein schiefes Licht gerückt worden, das ist wohl wahr.«

Der Bischof nahm ein Stück Streuselkuchen. »Aber stimmt es denn, dass Sie außereheliche Beziehungen hatten?«

»Das kann man natürlich so ausdrücken.« Während sich der Bischof den Kuchen in den Mund stopfte, strich Linde sich nervös über den Bart. Dann setzte er zu einer kurzen Verteidigungsrede an. »Also, da war absolut nichts Schmutziges dabei, das können Sie mir wirklich glauben. Ich habe meine Frau trotzdem geliebt. Wir haben eine offene Ehe geführt und uns akzeptiert – mit unseren Schwächen.«

»Offene Ehe«, wiederholte der Bischof mit unverhohlenem Missfallen. »Ich muss gestehen, dass ich meine Probleme mit ihrer 'offenen Ehe' habe. Bei aller Toleranz und Freizügigkeit, Herr Linde. Sie müssen sich den Vorwurf gefallen lassen, dass Sie die Ehe gebrochen haben – und zwar ziemlich ungeniert. Das steht natürlich in absolutem Gegensatz zu dem, was Sie im Gottesdienst zu verkünden haben. Von einem Gemeindepastor muss man, meine ich, in solch elementaren Fragen schon verlangen, dass er ein Vorbild für die Gemeinde ist und nicht im Gegenteil seine Botschaft durch seinen eigenen Lebenswandel selbst in Frage stellt. Wer soll Ihnen denn dann noch glauben? Das mag in Ihren Ohren altmodisch klingen, aber als Dorfpastor können Sie sich nicht aufführen wie ein Playboy.«

Er zog seinen Schnodder auf und griff mit dem Ausdruck unanfechtbarer Ehrbarkeit zur Kaffeetasse. Linde kämpfte unterdessen gegen den Kloß an, der ihm im Hals steckte. »Natürlich, Sie haben ja Recht. Irgendwie, irgendwie muss ein Pastor immer auch ein Vorbild sein, gerade in einer Dorfgemeinde, sicher. Aber ein Pastor ist eben auch kein Engel, sondern genauso mit Fehlern und Schwächen behaftet wie jeder andere. Entscheidend ist, wie er damit umgeht. Wichtig ist, dass er eben keine Selbstgerechtigkeit an den Tag legt, sondern Demut. Und ich habe, das können Sie mir wirklich abnehmen, nicht Wasser gepredigt und Wein getrunken. Oh nein, ich habe nicht gepredigt, dass Ehebrecher zu steinigen sind, sondern deutlich gemacht, was Jesus dazu gesagt hat: 'Wer unter euch ohne Sünde ist, der werfe den ersten Stein'. Damit ist jeder angesprochen, Herr Horstmann, da klingt Gnade durch und Erbarmen. Nein, nein, ich habe zu den Brautleuten, die ich getraut habe, nie gesagt: Wehe, wenn ihr die Ehe brecht! Natürlich, ich habe ihnen gewünscht, dass es klappt. Selbstverständlich. Aber ich habe immer auch ins Kalkül gezogen, dass es zu – na sagen wir – Seitensprüngen, zu Irritationen, auch ernsten Spannungen, kommen kann. Und darum habe ich auch schon von vornherein mit den Brautleuten darüber gesprochen, was man in so einem Fall macht. Natürlich habe ich keine Patentrezepte verteilt. Wer bin ich denn? Ich habe einfach nur den Rat gegeben, möglichst ehrlich miteinander zu sein. Einfach ist das alles natürlich nicht.«

Er räusperte sich und spülte seinen Hals mit einem Schluck Kaffee, während der Bischof schon wieder seine Nase putzte.

»Nein, nein, ich habe nie selbstgerecht den Zeigefinger erhoben, Herr Horstmann, das können Sie mir glauben. Ich habe immer mit einbezogen, dass das Fleisch schwach ist und wir trotzdem von Gott geliebt werden. Das ist doch der Geist des Neuen Testaments oder irre ich mich?«

Der Bischof knüllte sein Taschentuch zusammen und schüttelte den Kopf. »Sicher. Aber daraus können Sie doch keinen Freibrief ableiten. Damit sind die Zehn Gebote ja nicht aufgehoben. Und im Übrigen ...«

Der alte Mann stockte. »Im Übrigen wird Ihnen ja eben leider auch der Verstoß gegen mindestens ein weiteres Gebot vorgehalten: Du sollst nicht töten.«

»Ja, deswegen bin ich hier.« Resigniert führte Linde erneut die Kaffeetasse zum Mund. »Dessen werde ich beschuldigt. Aber noch bin ich nicht verurteilt, und ich bin sicher, dass sich am Ende die Wahrheit durchsetzt. Die Polizei fängt ja erst jetzt damit an, auch mal in andere Richtungen zu ermitteln. Da gibt es möglicherweise durchaus welche, die einen Grund hätten, Kathrin aus dem Weg zu räumen. Ich bin sicher, dass wir da noch einige Überraschungen erleben werden.«

»Hoffentlich haben Sie Recht«, erwiderte Horstmann mit zweifelndem Blick. »Im Moment spricht aber leider einiges gegen Sie.«

Er hüstelte, nahm sich ein zweites Stück Kuchen. »Und ich muss Ihnen sagen, ich selbst bin auch hin- und hergerissen: Einerseits würde ich Ihnen nie so etwas zutrauen, ich schätze Sie, das wissen Sie. Ich schätze Sie sogar außerordentlich. Wir hatten seinerzeit unseren Disput über den Golfkrieg und die Stellung des Militärs. Aber das habe ich Ihnen selbstverständlich nie verübelt. Diese Fragen bewegen die Menschen. Und deswegen müssen sie eben auch von der Kirche aufgegriffen werden, darum müssen wir ihnen ein Forum bieten, kein Zweifel. Aber dieser Fall hier liegt völlig anders. Hier geht es um Ihren Lebenswandel. Und bei aller Wertschätzung, bei allem Vertrauen Ihnen gegenüber kann ich mich natürlich der erdrückenden Beweislage auch nicht verschließen, das müssen Sie verstehen. Auf jeden Fall möchte ich, dass Sie dieses wissen: Es wäre zwar furchtbar, wenn Sie es getan hätten. Aber es gibt Ausnahmesituationen – Gemütsverfassungen, in denen der Mensch zu fast allem fähig ist. Ich meine, ich könnte Ihnen durchaus Verständnis entgegenbringen. Aber dabei müssen Sie natürlich den ersten Schritt tun, lieber Herr Linde.«

Damit ergriff der Bischof die Hand des Gefangenen, dem der Wechsel von der Vorgesetzten- in die Seelsorgerrolle etwas plötzlich kam.

»Das bedeutet, dass Sie zu dem stehen, was Sie gemacht haben, lieber Herr Linde. Es würde bestimmt auch für Sie selbst leichter werden, glauben Sie mir.«

Linde erboste die Ermahnung. Kühl zog er seine Hand zurück. »Dann haben Sie sich ja Ihr Urteil schon gebildet«, entgegnete er schroff. »Dann können wir das Gespräch auch beenden.«

»Lieber Herr Linde, nun seien Sie doch nicht gleich so gekränkt. Ich habe nicht gesagt, dass ich Sie für schuldig halte. Ich habe Ihnen nur einen Rat gegeben, das ist alles.«

Nach einem kurzen Moment fuhr er wieder ganz als Vorgesetzter fort: »Aber wir sollten auf jeden Fall noch mal darüber sprechen, wie es nun in Ihrer Gemeinde weitergeht. In dieser Situation haben wir wohl keine andere Wahl, als Sie erst einmal zu beurlauben. Dafür werden Sie Verständnis haben.«

»Ich bin also suspendiert. Das heißt das ja wohl?«, erwiderte Linde. Und mit bitterer Miene murmelte er: »Das war sicher auch nicht anders zu erwarten. Aber ich muss gestehen: Ich bin ziemlich enttäuscht. Das Ganze erinnert mich schon sehr an Ihre Position in der Golfkriegsdiskussion.«

»Ich glaube, das ist ein völlig anderes Thema.« Beleidigt griff der Bischof zum Taschentuch, um sich erneut zu schnäuzen. Dann ein unruhiger Blick auf die Armbanduhr.

»Ich habe leider gleich noch einen anderen Termin«, fuhr er gereizt fort. »Lassen Sie uns also bitte noch einmal kurz über das Dienstliche sprechen.« Daraufhin teilte er mit, dass zunächst an eine Vertretungsregelung gedacht sei, so dass Linde gegebenenfalls jederzeit seinen Dienst wieder aufnehmen könne. Als er nochmals auf die »schlimmen Presseberichte« zu sprechen kam, sagte der Pastor, dass er gegenüber einer Zeitung nun auch mal seine Sicht der Dinge darlegen wolle. Dabei erwähnte er weder seinen Exklusivvertrag noch den Namen der Illustrierten »Echo des Herzens«. Zu seiner Überraschung bestärkte ihn der Bischof in dem Vorhaben. Es sei gut, sagte Horstmann, offensiv in die Öffentlichkeit zu gehen. Nur so könne man dem Presserummel den Nährboden entziehen. Halbwegs versöhnt reichte ihm der Besucher am Ende die Hand.

Sein Bedarf an theologischer Auseinandersetzung war für diesen Tag gedeckt. Wie sich dieser Kerl aufgespielt hatte! »Lieber Herr Linde.« Dieser Heuchler! Was für ein aufgeblasener Moralapostel! Eigentlich, dachte er, müsste man darüber lachen. Es müsste überhaupt mehr gelacht werden in der Kirche. Denn Lachen hatte doch etwas Befreiendes. Der christliche Glaube sollte doch befreiend sein. Von quälenden Ängsten befreien. Warum also die Ängste nicht einfach weglachen? Nur leider bot die Bibel dafür kein Material, es fehlte an Witzen in der Heiligen Schrift. Das ganze Christentum, fiel ihm ein, war überhaupt furchtbar humorlos. Das war bei den Juden anders. Die hatten ihre Rabbi-Geschichten, durften lachen im Gottesdienst. Ja, an dieser Leichtigkeit fehlte es in der christlichen Kirche.

Nach dem anstrengenden Gespräch mit dem Bischof fand er es geradezu entspannend, mit seinem Zellennachbarn zu plaudern. Gebannt lauschte er den Schilderungen aus der Welt der verkrachten Existenzen und krummen Geschäfte, aus dem Teufelskreis von Knast und Kriminalität. Immer kindlicher erschien ihm dieser Axel Kawelka, der es wohl nie geschafft hatte, erwachsen zu werden. Er begann, den tätowierten Mitgefangenen zu mögen. »Kralles« trotziges Aufbäumen gegen seine Verlassenheit rührte ihn. Sogar seine drastische Ausdrucksweise begann er zu schätzen. Die war doch viel ehrlicher als das diplomatische Gerede des Landesbischofs. Als Kawelka sich wieder zu seinen Kumpels auf den Gang begab und er allein in der Zelle war, wechselte er von den Kriminalgeschichten des Zellengenossen zu seinem Kriminalroman. Ob Roman oder Realität – was wirklich war, das war doch sowieso unwichtig geworden, total unwichtig. Die Einsicht ließ ihn ein wenig zur Ruhe kommen.

Allmählich, ganz allmählich passte er sich dem lähmenden Trott an, der den Gefängnisalltag bestimmte.

Nachdem er am Montagmorgen wieder um sechs Uhr geweckt worden war und sein bescheidenes Frühstück eingenommen hatte, verfiel er in eine apathische, aber irgendwie auch besänftigende

Gleichgültigkeit. Man konnte zwar nichts mehr tun, musste sich aber eben auch um nichts mehr kümmern. Was hatte es also für einen Sinn, sich gegen das Unvermeidliche aufzubäumen?

Dann erreichte ihn eine Nachricht, die ihn hellwach werden ließ: Für Mittwochnachmittag war Kathrins Beerdigung angesetzt worden. Das Gericht hatte ihm die Teilnahme an der »Beisetzungsfeier« bereits genehmigt. Sein Herz begann zu rasen, als er sich ausmalte, wie ihm seine Schwiegereltern entgegentreten würden, dem mutmaßlichen Mörder ihrer Tochter. Und die Leute aus seiner Gemeinde! Wie dachten sie über ihn? Oh, das würde ein schwerer Gang werden. Aber eine Absage kam natürlich nicht in Frage. Dann würde ja der Eindruck entstehen, er wage es nicht, dem Tod seiner Frau ins Auge zu sehen.

Er war froh, als ihn eine neue Vernehmung aus seinen Grübeleien riss. Zunächst waren es fast ausschließlich die alten Vorhaltungen, mit denen Peters und dessen Kollege ihn wieder aus der Reserve zu locken versuchten. Doch dann fuhren sie ein neues Geschütz gegen ihn auf.

»Uns ist da zu Ohren gekommen, dass Ihre Frau sich von Ihnen trennen wollte«, streute Peters scheinbar beiläufig ein. »Davon haben Sie uns ja noch gar nichts gesagt.«

»Wo haben Sie das denn schon wieder her?«

»Wichtiger als die Quelle ist doch wohl der Wahrheitsgehalt.«

»Sie erwarten doch nicht im Ernst, dass ich mich zu diesen üblen Verleumdungen äußere. Das sind doch wieder nur die haltlosen Behauptungen dieser Torfköpfe, die ihrem linken Pastor eins auswischen wollen.«

»Ich glaube, da irren Sie sich.«

»So? Na, dann nennen Sie doch Ross und Reiter.«

»Wenn Sie unbedingt darauf bestehen: Die Information haben wir von Ihrem Sohn.«

Die Nachricht traf ihn wie ein Schlag in die Magengrube. Er atmete schwer – und schwieg. Benommen wie ein Boxer nach dem KO-Schlag bemerkte er, wie sich die beiden Polizisten vielsagende Blicke zuwarfen.

»Es scheint, die Nachricht hat Sie etwas aus der Fassung gebracht«, stichelte Kommissar Braun. »Bleiben Sie immer noch dabei, dass das alles nur Verleumdungen sind?«

»Ich glaube, es ist völlig egal, was ich sage. Sie haben sich ja sowieso schon ihr Bild gemacht – und alles getan, um Ihre ungeheuerlichen Anschuldigungen zu untermauern. Sie benutzen meine eigenen Kinder gegen mich, Sie haben meinen Sohn zum Belastungszeugen gegen seinen Vater gemacht. Wahrscheinlich haben Sie seine Aussagen total verdreht. Was soll ich dazu sagen? Kein Wort! Kein Wort mehr.«

»Eine Frage habe ich aber doch noch«, fuhr Peters fort. »Wir haben erfahren, dass Sie schon am Sonntag Ihren Urlaub in Dänemark storniert haben. Wieso konnten Sie eigentlich zu dem Zeitpunkt schon sicher sein, dass Ihre Frau nicht mehr wiederkommt?«

Linde hob abwehrend die Hände. »Schluss. Ich sag nichts mehr. Kein Wort!«

Damit war die Vernehmung beendet. Niedergeschlagen ließ er sich in seine Zelle führen. Dumpf hallten die Schritte in den düsteren Gängen, dumpf tönte das Rollen des Essenwagens, den ein müder Knastbruder an ihm vorbeischob. Nun war es also wahr geworden, jetzt hatte sich also auch seine schlimmste Befürchtung erfüllt: Markus stellte sich öffentlich gegen ihn. Sein eigen Fleisch und Blut lieferte seinen Anklägern zusätzliche Munition. Sein Sohn, den er einst auf seinen Armen in den Schlaf gewiegt hatte. Es war nicht zu fassen.

Viel Zeit, sich seinen Grübeleien hinzugeben, blieb ihm nicht. Die Redakteurin von »Echo des Herzens« erschien zu ihrem angekündigten Besuch. Eine modisch gekleidete Frau im dunkelgrünen Hosenanzug. Er schätzte sie auf Mitte dreißig. Mitfühlend erkundigte sich die Journalistin nach seinem Befinden. Höflich bat sie darum, das Gespräch mit einem Diktiergerät aufzeichnen zu dürfen. Er hatte nichts dagegen, es war ihm alles egal.

»Ich möchte mir erst einmal ein Bild von Ihrer Persönlichkeit machen«, begann die Frau, die sich als »Klein« vorstellte. »Ich habe mir sagen lassen, dass Ihre Gottesdienste in weitem Umkreis für Aufsehen gesorgt haben. Sie sollen die Leute richtig begeistert haben mit ihren tollen Predigten.«

Er fühlte sich geehrt und griff das Stichwort dankbar auf. Stolz, dass seine Leistung als Pastor immer noch gewürdigt wurde – noch dazu von einer überregionalen Illustrierten. Er hatte daher auch keine Hemmungen, über seine »offene Ehe« zu sprechen, die möglicherweise manchen in der Gemeinde irritiert habe, wie er einräumte. Vehement wies er die gegen ihn erhobenen Beschuldigungen zurück. »Wahnsinnig, absurd, grotesk«, nannte er die Vorwürfe wieder und warf der Polizei vor, einseitig nur gegen ihn zu ermitteln. »Die haben sich vollkommen auf mich eingeschossen. Stattdessen sollten die lieber mal gucken, wer wirklich ein Interesse daran gehabt haben könnte, Kathrin zu beseitigen. Meine Frau hat sich mit ihren kritischen Reportagen über die Stützen unserer Gesellschaft bestimmt nicht nur Freunde gemacht, glauben Sie mir.«

Als Frau Klein interessiert nachfragte, schilderte er bereitwillig Kathrins gefährliche Recherchen in der Börsenszene. So dramatisch, als sei er felsenfest davon überzeugt, dass nur hier und nirgendwo sonst der Mörder zu suchen sei.

Auch die Journalistin schien die Version zu überzeugen. Mitfühlend erkundigte sie sich nach seiner Haftsituation. Und er erzählte von der entwürdigenden Prozedur bei der Aufnahme in der Gewahrsamszelle, vom Transport nach Salinenmoor, von den Inschriften an den Zellenwänden, vom Knastalltag, von der »Lebendkontrolle« und von seinem Zellennachbarn. Er vergaß völlig die Enttäuschung über seinen Sohn, die Frage nach dem stornierten Urlaub, vergaß, dass ein Aufzeichnungsgerät mitlief und seine Plaudereien schon in Kürze in »Echo des Herzens« nachzulesen sein würden.

Frau Klein war außerordentlich zufrieden. Sie kündigte an, bald wiederzukommen, auch beim Prozess zugegen zu sein.

»Na, ich hoffe, dass es dazu erst gar nicht kommt«, entgegnete er.

Tatsächlich hatte er nach diesem Gespräch wieder den Eindruck, dass es völlig undenkbar war, dass sie ihn längere Zeit festhalten könnten.

In dieser Zuversicht fühlte er sich noch bestärkt, als gegen Abend sein Bruder wieder auftauchte. Olaf hatte sich drei Tage freigenommen, um entlastende Spuren zu verfolgen. Der Fotograf hatte bestätigt, dass die Aktien-Gangster tatsächlich gute Gründe gehabt hätten, Kathrin aus dem Weg zu räumen. Von »finsteren Gestalten« sei Kathrin bei ihren Recherchen in Frankfurt beäugt worden. Sogar von Drohanrufen habe sie erzählt. Olaf war daher fest entschlossen, nach Frankfurt zu fahren – auch um mit den Kollegen dort zu sprechen. Er selbst würde wohl an diese halbseidene Börsen-Szene so schnell nicht herankommen. Christian Linde war gerührt.

Weniger erbaut war er von Olafs Absicht, noch am Abend mit Frank Kruse zusammenzutreffen, Kathrins früherem Liebhaber. Doch Olaf ließ sich das Treffen nicht ausreden.

2. April 2006, Montagabend

*Tischgespräch*

Sie hatten sich etwa auf halber Strecke zwischen Hamburg und Hannover beim »Italiener« in Soltau verabredet, im »Cosa Nostra«, einem Ristorante mit Mafia-Touch. An den Wänden hingen Porträts von Al Capone, Lucky Luciano und Frank Castello, und auf der Speisekarte gab es Pizza Palermo oder »Massaker« statt Insalata Mista. Auch die Kellner waren wie Mafiatypen gestylt.

Frank Kruse schien großes Interesse daran zu haben, sein Verhältnis zu Kathrin zu erklären, das hatte Olaf Linde bereits am Telefon gemerkt. Er wurde nicht enttäuscht. Der Journalist war schon vor ihm im Restaurant. Olaf erkannte auf Anhieb den Mann mit der Stirnglatze, der allein an einem Tisch saß und den Blick erwartungsvoll auf die Tür richtete. Mit aufgestütztem Kinn hockte der Journalist in einer Ecke im Halbdunkel. Der blasse Mann hatte nichts gemein mit einem Frauenhelden oder Verführer. Eher schüchtern begrüßte er Olaf. Umstandslos ließ er seiner Trauer über den Tod Kathrins freien Lauf.

»Ich kann es immer noch nicht fassen, dass sie nicht mehr da sein soll«, brach es aus ihm hervor. »Ich begreif das einfach nicht, entschuldigen Sie bitte.«

Kruse schluckte, Olaf merkte, dass er mit den Tränen kämpfte.

»Sie war so voller Energie, so voll von Ideen. Voller Leben! Und gerade jetzt hatte sie ja die Chance, sich einen langgehegten Traum zu erfüllen. Wir hatten von der russischen Regierung die Erlaubnis für den Besuch einer Strafkolonie in Sibirien erhalten, verstehen Sie? So ein Lager, wie es Dostojewski oder Solschenizyn beschrieben haben. Das soll immer noch ganz furchtbar sein.« Kruse lächelte. »Sie hatte es schon so lange versucht, und jetzt endlich hatte es geklappt. Leider ganz kurzfristig, Knall auf Fall oder gar nicht. Wir hatten doch keine Wahl. Wahrscheinlich hat ihr Mann wieder verrückt gespielt, als sie es ihm gesagt hat.«

Olaf Linde hätte sich gern eine Zigarette angesteckt. Er verfluchte im Stillen das Rauchverbot, das seit einigen Jahren den Restaurantbesuch für ihn zur Folter machte. Er sah, wie seinem Gegenüber Tränen aus den Augen liefen. Die Trauer musste tief sitzen. Erst in diesem Moment wurde ihm klar, dass er bei seinem Bruder derartigen Schmerz nicht beobachtet hatte. Kathrins Tod ließ Christian offenbar ziemlich kalt. Er hatte mit keinem Wort davon gesprochen, dass ihm seine Frau fehlte.

»Wieso kommen Sie darauf, dass mein Bruder verrückt spielen würde?«

Kruse faltete nervös die Hände. »Na, er hatte wohl andere Pläne mit ihr. Sie wollten doch Urlaub in Dänemark machen, verstehen Sie? Kathrin war auch ganz hin- und hergerissen. Sie hat mir schon am Telefon gesagt, dass es ihr nicht leicht fällt, die Urlaubspläne wieder umzustoßen. Aber es ging ja nun mal nicht anders. Der Termin in Russland ließ sich einfach nicht verschieben. Das war Kathrin klar. Und darum wollte sie mit ihrem Mann darüber reden, ihm die Sache erklären. Aber sie hat schon geahnt, wie schwer das werden würde. Er ist schließlich nicht das erste Mal ausgeflippt, wenn sie spontan auf Dienstreise gegangen ist. Immer hat er ihr Vorhaltungen gemacht, manchmal wochenlang nicht mit ihr gesprochen. Er hatte einfach kein Verständnis für ihren Job.«

Der Kellner war an den Tisch herangetreten. Zerstreut klappte der Journalist die Speisekarte auf und bestellte einen Salat, nachdem Olaf sich bereits für »Pizza Scampi« entschieden hatte. Er nippte an seinem Rotwein und fuhr fort. »Und es war eben nicht nur fehlendes Verständnis, es war auch Neid im Spiel, verstehen Sie? Er konnte es einfach nicht ertragen, dass Kathrin durch die Welt jettet und Ruhm einheimst, während er da in seinem Nest festsitzt und die Erfahrung macht, dass seine Gottesdienste leer laufen, an Attraktivität einbüßen. Er hatte wohl immer mehr das Gefühl, auf verlorenem Posten zu sitzen. Kathrin hat mir oft erzählt, wie leid er ihr tat. Aber auf die Dauer war es für sie einfach auch nicht so toll, dass sich alle Ehegespräche nur noch um sein Pastorenamt gedreht haben. Er soll richtig persönlich beleidigt gewesen sein, wenn er bei einem Sonntagsgottesdienst vor fast leeren Bänken predigen musste. Das hat ihm furchtbar zu schaffen gemacht.«

Kruse schüttelte schweigend den Kopf.

»Andererseits hat er dann auch wieder tagelang davon geschwärmt, wenn ihm mal was gelungen war. Eine originelle Trauung oder auch eine bewegende Beerdigung – das konnte er wohl wirklich.

Er war bestimmt kein schlechter Pastor, was heißt war. Entschuldigen Sie bitte.«

»Kein Problem«, erwiderte Olaf. »Erzählen Sie nur weiter.«

Kruse atmete tief durch und spielte mit der Speisekarte. »Nein, er ist wahrscheinlich sogar ein hervorragender Pastor. Aber Kathrin hat immer gesagt, dass er sich selbst im Weg steht. Will sagen: Dass er zu selbstverliebt ist, um wirklich seine Gemeinde zu sehen und ihre Bedürfnisse richtig einzuschätzen. Verstehen Sie? Sie hat immer mehr den Eindruck gewonnen, dass er seinen Job benutzt hat, um seine Eitelkeit zu befriedigen. Und am Ende soll er andauernd das Gefühl gehabt haben, dass sich alle Welt gegen ihn verschworen hat. Alles hat sich nur noch um sein verletztes Ego gedreht. Er hat sich für den eigentlichen Mittelpunkt in seinem persönlichen Sonnensystem gehalten, er war seine eigene Sonne. Da kann man sich vorstellen, dass er sich für Kathrins Arbeit gar nicht mehr interessiert hat. Die war somit mit all ihren Problemen und Aufregungen allein. Und auch in unserem Job braucht man jemanden, bei dem man sich ausweinen kann.«

Er räusperte sich. »Und natürlich auch jemanden, der einem mal auf die Schulter klopft.«

Kruse hüstelte. Er schenkte sich Wein nach und nahm gedankenverloren einen Schluck.

»Das war dann auch wohl einer der Gründe, warum wir uns so gut verstanden haben. Hinzu kam, dass Christian fremd gegangen ist. Das war für Kathrin anfangs ein Schock, eine schlimme Zurückweisung. Sie wollte zuerst gar nicht darüber sprechen. Aber ich habe ihr angesehen, wie mies es ihr damit ging. Und irgendwann hat sie dann angefangen, ihrem Herzen Luft zu machen. Ein furchtbarer Vertrauensbruch war das für sie. Verstehen Sie? Vor allem die Sache mit dem Kindermädchen. Ich glaube, seither ist es ihr nicht mehr gelungen, wirkliches Vertrauen zu ihrem Mann zu fassen. Da ist was kaputt gegangen.«

»Hat sie ihm denn mal Vorhaltungen deswegen gemacht, eine Szene, wie man so sagt?«

Kruse legte den Kopf zurück und nahm wieder die Speisekarte in die Hand. »Ich glaube, sie hatte einfach viel zu viel Respekt vor ihm, um ihm wirklich ernsthaft Vorhaltungen zu machen. Er war doch trotz allem für sie immer noch der tolle Pastor. Anfangs war sie wahrscheinlich auch viel zu geschockt, um ihm kräftig die Leviten zu lesen. Ja später, als er dann auch noch mit dieser Religionslehrerin angebändelt hat, war das wohl anders. Da ist sie sicher auch mal lauter geworden.«

Er nippte an seinem Glas Chianti und sprach ins Leere. »Aber irgendwann ist sie eben ihre eigenen Wege gegangen und hat sich die Liebe und Aufmerksamkeit bei anderen Männern geholt. Auch in sexueller Hinsicht lief ja zwischen den beiden schon seit einiger Zeit nicht mehr viel. Er soll immer mehr das Gefühl entwickelt haben, ein Versager zu sein – als Pastor und als Liebhaber. Versager auf der ganzen Linie. So soll er selbst über sich geredet haben. Verstehen Sie? Vielleicht war das ja der Grund, warum er zu anderen Frauen gegangen ist, zu dieser Religionslehrerin zum Beispiel. Was weiß ich?«

Olaf Linde spürte, wie der Journalist versuchte, sich selbst Klarheit über diesen eigenartigen Pastor und seine Frau zu verschaffen. Dieses ständige »Verstehen Sie?« war auch Ausdruck seiner Selbstvergewisserung.

Mit einem gedehnten »Jaaa« fuhr Kruse fort: »Da kann man doch wirklich verstehen, dass auch Kathrin keine Rücksichten mehr genommen hat. Und so sind wir uns dann eben auch, äh, nahegekommen. Da hatte sie dann natürlich kein moralisches Recht mehr, die Seitensprünge ihres Mannes zu kritisieren. Aber gleichgültig war ihr das trotzdem nie. Denn irgendwie hat sie ihn immer noch geliebt. Vor allem waren da auch noch die beiden Kinder. Auf Markus zum Beispiel war sie unheimlich stolz, hat regelrecht mitgefiebert, wenn der auf der Bühne stand. Und Anna war ihr ein und alles. Sie hat das Kind immer furchtbar vermisst, wenn sie längere Zeit unterwegs war. Der Gedanke, sich von ihrer Tochter zu trennen, war ihr sicher noch unerträglicher, als ihren Mann zu verlassen. Markus war ja schon aus dem Gröbsten raus, der stand schon auf eigenen Füßen. Der hatte vielleicht sogar Verständnis für ihre Situation.«

Niedergeschlagen bestellte Kruse ein Mineralwasser. Olaf Linde beugte sich, hellhörig geworden, zu ihm hinüber.

»Hatte sie denn mal irgendwann vor, das Pfarrhaus zu verlassen?«

»Gesprochen hat sie öfter davon, klar. Einmal war sie ja auch schon ausgezogen. Also, warum soll ich länger darum herumreden:

Wir hatten schon darüber nachgedacht, zusammenzuziehen. Aber dann war ihr Drang, zu Mann und Tochter zurückzukehren, letztlich doch immer stärker.«

»Hat Kathrin auch bei ihrem letzten Telefongespräch gesagt, dass sie sich von Christian trennen wollte?«

»Nein, ich glaube nicht. Jedenfalls nicht so direkt. Beherrschend war einfach ihre Unsicherheit, wie Christian auf diesen kurzfristigen Sibirien-Trip reagieren würde. Da war sie ganz verzweifelt vor Angst, wie er das aufnehmen würde.«

Olaf Linde seufzte. »Ja, das kann ich mir gut vorstellen, nach all dem, was Sie mir erzählt haben.«

Lauter und durchdringender als zuvor schallte eine Italo-Schnulze durchs »Cosa Nostra«. Schweigend betrachteten die beiden Männer eine muntere Runde, die am Nachbartisch Platz nahm. Olaf überlegte, ob er mal draußen vor der Tür eine Zigarette rauchen könnte, bremste sich dann aber, indem er eine neue Frage stellte: »Haben Sie eigentlich meinen Bruder mal persönlich kennen gelernt?«

»Nicht richtig, aber gesehen habe ich ihn schon öfter«, antwortete Kruse. »Zuletzt habe ich ihn längere Zeit bei Kathrins Geburtstag beobachtet. Da hat er die beleidigte Leberwurst gespielt. Hat stundenlang im Sessel herumgehockt und mit keinem gesprochen. Wir, das heißt Kathrins Freunde und Kollegen, wir haben uns alle gefragt, was mit ihm los war. Erst später hat Kathrin uns erzählt, dass er sich geärgert hat, weil sein Klarinettenkonzert nicht richtig gewürdigt worden war. Ich glaube, Anna hatte ihn dabei auf der Flöte begleitet.« Kruse musste husten. »War ja vielleicht wirklich ’n bisschen unruhig, zugegeben. Aber bei einem Geburtstag ist es nun mal nicht so mucksmäuschenstill wie im Konzertsaal, das ist doch vollkommen klar. Tagelang soll er danach Kathrin stumme Vorhaltungen gemacht haben. Furchtbar. Verstehen Sie?«

Das Essen wurde serviert. »Ja, ich würde sagen, dann lassen wir es uns einfach erst mal schmecken«, sagte Olaf, dem die von ihm selbst herbeigeführte Verhörsituation langsam peinlich zu werden begann. Er musste daran denken, wie sein Bruder Christian als Jugendlicher zu Hause immer von seinen persönlichen Erfolgen in der Kirchenarbeit geprahlt hatte. Wie stolz er gewesen war, wenn der Dorfpastor wieder einmal seine Redekunst gelobt hatte. Wie er seine schulischen

Triumphe ausgekostet hatte. Die Arbeit auf dem Bauernhof dagegen hatte er immer schon als derb und schmutzig verachtet – entsprechend auch ihn, Olaf, seinen Bruder, wenn er etwa seinem Vater beim Ausmisten geholfen hatte.

Ja, er konnte gut nachvollziehen, was dieser Journalist da über Christian sagte: Stets hatte sich fast alles um ihn selbst gedreht. Seine eigene Sonne. Da war etwas dran.

Um das schwierige Gesprächsthema während des Essens beiseite zu schieben, erkundigte sich Olaf nach dem Journalistenleben. Sein Gesprächspartner war offensichtlich froh über die Ablenkung. Freimütig erzählte er von Redaktionszoff, Schreibhemmungen und aufregenden Reportagen, während er scheinbar appetitlos in seinem Salat herumstocherte. Und er revanchierte sich, indem er Olaf nach seiner Arbeit bei der Polizei fragte.

Auf diese Weise kehrte das Gespräch dann aber doch zum »Fall Kathrin Fischer-Linde« zurück. Frank Kruse ließ sich von Olaf den Ermittlungsstand schildern. Und der Polizeibeamte stellte die Frage, die ihm schon den ganzen Abend auf der Zunge brannte: »Warum haben Sie sich eigentlich nicht schon längst an die Polizei gewandt? Sie können sich doch wohl vorstellen, dass die Kollegen in Celle allergrößtes Interesse an Ihrem letzten Telefongespräch mit Kathrin gehabt hätten. Wenn ich Sie richtig verstanden habe, hatten Sie ja wohl keinen Grund, Rücksicht auf meinen Bruder zu nehmen.«

Kruse legte feierlich Messer und Gabel beiseite und wischte sich den Mund mit einer Serviette ab. »Ja, da haben Sie natürlich Recht. Aber leider ist meine Situation auch nicht so einfach.« Er nippte an seinem Wasser. »Wissen Sie, ich bin nämlich auch verheiratet. Wir haben drei Kinder, und an denen hänge ich. Also kurz und knapp: Meine Frau weiß bisher nichts von meiner Beziehung zu Kathrin. Und Sie können sich vorstellen, dass ich große Sorgen habe, dass sich das schlagartig ändern könnte, wenn ich zur Polizei ginge. Wenn schon, denn schon. Wenn ich von unserem Telefongespräch berichten würde, müsste ich auch über unser Verhältnis sprechen.«

Olaf Linde nickte verständnisvoll. »Verstehe, aber es sollte Ihnen klar sein, dass die Polizei früher oder später sowieso darauf stößt. So was lässt sich auf Dauer nicht geheim halten.«

Kruse antwortete mit einem Stoßseufzer. »Wahrscheinlich haben

Sie Recht. Klar.«

Nachdenklich schob er seinen Salatteller zur Seite. »Also ich werde jetzt mit meiner Frau sprechen«, fuhr er in bestimmtem Ton fort. »Und von mir aus können Sie gern Gebrauch von dem machen, was ich Ihnen gerade erzählt habe, Herr Linde.«

»Mal sehen.«

Damit hatte sich das Gespräch erschöpft. Olaf Linde blickte auf die Uhr und sah, dass es schon auf elf zuging. Auch Frank Kruse drängte zum Aufbruch. So war man sich einig, den Kellner heranzuwinken und zu zahlen.

Quälende Gedanken bestürmten Olaf Linde während der Rückfahrt. Eigentlich hatte er gehofft, Entlastungsmaterial zusammenzutragen. Doch nun überkam ihn das Gefühl, Christian auch nicht mehr helfen zu können. Trotzdem wollte er, wie geplant, noch nach Frankfurt fahren.

3. April 2006, Dienstag

## *Die Offenbarung*

Dienstagnachmittag in Hannover. Die Autos fuhren mit Licht. Peitschend fegte ein Regenschauer durch die Stadt. Windböen mit Sturmstärke rüttelten am Balkongeländer. Ohne auf den Verkehr zu achten hasteten die Menschen über die Straße – fluchend, durchnässt, fröstelnd.

Markus Linde saß im Trockenen und beobachtete die Szenerie durch das Fenster seiner Küche im dritten Stock. Jeden Moment musste sich eine Reporterin aus dem Grau dieses Apriltages abzeichnen – eine Reporterin des »Hannoverschen Anzeigers«. Sie hatte mehrfach bei ihm angerufen, höflich um ein Gespräch gebeten. Zuerst hatte er es abgelehnt, mit ihr zu sprechen, schließlich aber dem freundlichen Drängen, den Seriositätsbekundungen nachgegeben. »Ich würde sehr gern Ihre Mutter in den Mittelpunkt meiner Reportage rücken«, hatte sie ihn gelockt. »Wär' toll, wenn Sie mir dabei helfen.« Das hatte ihn überzeugt: Viel zu sehr, fand er, war seine Mutter in all den Berichten in den Hintergrund getreten – als stummes Opfer, als tote Pastorengattin. Dabei war sie doch so eine starke Frau gewesen, so lebendig.

Markus dachte nicht nur daran, seiner Mutter ein Denkmal zu setzen. Er wollte auch seine Aussagen, die er gegenüber der Polizei gemacht hatte, zurechtrücken. Seinen Vater rehabilitieren. Jedenfalls ein bisschen. Deutlich machen, dass man dem Pastor aus den Seitensprüngen und Streitereien noch keinen Strick drehen durfte – dass er es ernst gemeint hatte mit seiner »offenen Ehe«.

Eine Frau mit blau-gelbem Regenschirm bewegte sich zögernd auf den Hauseingang zu. Das musste sie sein. Der erwartete Klingelton. Anders als beim Besuch der Polizeibeamten hatte er ein eher gutes Gefühl, freute sich fast darauf, die Chance der Wiedergutmachung zu nutzen. Und gleich nachdem er den elektrischen Türöffner betätigt hatte, öffnete er die Wohnungstür, um der Besucherin überflüssiges Suchen oder gar ein zweites Klingeln zu ersparen.

»Hallo, Marlen Stolze.«

»Markus Linde, guten Tag.«

Er schätzte die dunkelhaarige Frau in der grünen Wachsjacke auf

Mitte dreißig. »Eine regelrechte Sintflut ist das«, sagte sie, während sie ihren nassen Schirm mit einem Spritzer zuklappte und in die Ecke des Wohnungsflurs stellte.

»Aber bei mir ist es trocken«, erwiderte Markus und bat die Besucherin in die Küche an den gleichen Tisch, an dem einige Tage zuvor die Polizisten gesessen hatten. Er bot seinem Gast Kaffee an, und die Reporterin ließ sich gern eine Tasse einschenken.

»Das muss ja alles unheimlich schlimm für Sie sein«, begann die Frau. Markus schien es, als habe die Kommissarin den gleichen Satz gesagt. Er nickte nur.

»Und dann müssen Sie sich auch noch auf die Premiere vorbereiten. 'Die Möwe', nicht? Wann ist es denn so weit?«

»Übermorgen. Wir haben heute Abend Generalprobe.«

»Wahnsinn.«

»Ja, ich glaube, das ist der richtige Ausdruck.«

»Wie läuft es denn?«

»Ach, eigentlich besser als man meinen würde. Man lebt einfach zwei Leben. Hier bin ich Markus Linde, der Sohn der getöteten Pastorenfrau, und auf der Bühne Treplev, der Sohn der alternden Schauspielerin Arkadina. Ich wundere mich ja selbst, dass es möglich ist, die beiden Rollen auseinander zu halten. Aber das geht, es funktioniert. Theaterspielen ist eine Art Hexerei. Wenn man auf der Bühne steht, verflüchtigen sich die privaten Sorgen, Nöte und Gebrechen. Da findet eine Art Verwandlung statt. Man wird kein anderer Mensch, das nicht, die eigene Persönlichkeit und Befindlichkeit fließen natürlich ein. Aber wenn es einem gelingt, sich voll auf die Rolle zu konzentrieren, ist die Imagination so stark, dass man alles andere vergisst. Und das hilft mir im Moment ganz ungemein.«

Markus beobachtete, dass sich seine Besucherin bereits emsig Notizen machte. Während sie noch einen Moment lang schweigend weiterkritzelte, fragte er sich, wie er dazu kam, derart ungefiltert drauflos zu reden. Aber das etwas schüchterne, so wenig auftrumpfende Auftreten der Reporterin flößte ihm Vertrauen ein.

»Wie haben denn Ihre Kollegen im Theater reagiert?«

»Oh, unheimlich nett und mitfühlend. Das ist schon eine sehr schöne Erfahrung für mich in dieser Zeit.«

»Haben Sie eigentlich Kontakt zu Ihrem Vater?«

Er fühlte sich von der Frage überrumpelt. »Wie meinen Sie das?«

»Haben Sie Ihren Vater im Gefängnis besucht?«

»Nein, das ist sehr schwierig. Aber ich habe ihm geschrieben.«

Kaum hatte er den Satz ausgesprochen, wurde ihm bewusst, in welche Falle er sich damit gebracht hatte. Denn er hatte zwar einen Brief an seinen Vater geschrieben, ihn bisher aber noch nicht abgeschickt.

»Und können Sie mir ganz grob sagen, was in dem Brief steht? Natürlich keine privaten Details.«

»Nein, das möchte ich, ehrlich gesagt, nicht.«

»Wie man hört, haben Sie Ihren Vater bei der Polizei ja ganz schön belastet.«

»Das ist ziemlich schief wiedergegeben worden. Ich habe von Problemen erzählt, die es in der Ehe meiner Eltern gegeben hat. Aber daraus lässt sich meiner Ansicht nach kein Motiv für einen Mord ableiten.«

Damit hatte er exakt das gesagt, was er sich vorgenommen hatte. Befriedigt atmete er aus, während die Reporterin wie gehetzt in ihren Block schrieb.

»Das heißt, Sie halten Ihren Vater für unschuldig?«

»Ich weiß es nicht, ich weiß es wirklich nicht.« Er fühlte sich bedrängt, bereute, sich auf dieses Interview eingelassen zu haben.

»Die Polizei hat ja einiges gegen Ihren Vater aufgefahren, das sind doch ziemlich hieb- und stichfeste Indizien. Was sagen Sie ...«

»Ich sage dazu gar nichts, und wenn Sie so weiterbohren wollen, dann beenden wir das Gespräch jetzt lieber.« Es hielt ihn nicht mehr auf seinem Stuhl. Er sprang auf, wurde immer lauter. »Sie haben mir im Vorgespräch gesagt, dass Sie meine Mutter in den Mittelpunkt stellen wollen. Und jetzt gehen Ihre Fragen in eine ganz andere Richtung. Ich fühle mich, offen gestanden, von Ihnen verarscht.«

Er sah, dass die Reporterin rot wurde, nervös mit ihrem Kugelschreiber spielte. »Das tut mir wirklich leid, Herr Linde«, sagte sie eingeschüchtert. »Aber zu Ihrer Mutter wollte ich noch kommen. Was wir bis jetzt besprochen haben, war für mich mehr so eine Art Vorgeplänkel.«

»Vorgeplänkel? Den Eindruck hatte ich ganz und gar nicht. Ich glaube, Sie wissen genau, worauf Sie hinauswollen.«

»Also gut, dann werde ich Sie jetzt nicht mehr in Verlegenheit bringen. Sprechen wir über Ihre Mutter.«

»Ich weiß nicht, ob ich Ihnen noch vertrauen kann.«

»Warten Sie doch einfach meine Fragen ab.«

Tief durchatmen. »Also gut, ich kann ja selbst entscheiden, worauf ich Ihnen antworte und worauf nicht.«

»Genau.«

Daraufhin schenkte er sich und der Reporterin Kaffee nach und setzte sich wieder.

»Wie war denn eigentlich Ihr Verhältnis zu Ihrer Mutter?«

»Gut. Wir haben uns wunderbar verstanden. Natürlich hat man sich in der letzten Zeit nicht mehr so viel gesehen. Wir hatten ja beide einiges zu tun. Aber die Inszenierungen, in denen ich drin war, hat sich meine Mutter immer angeguckt. Auch die 'Möwe' wollte sie sehen – nach der Rückkehr aus dem Urlaub.«

Und dann löste die Reporterin ihre Ankündigung ein und stellte Fragen zum Leben von Kathrin Fischer-Linde. Allmählich versöhnt mühte Markus sich, jede Frage zu beantworten und dabei ein positives Bild von seiner Mutter zu zeichnen. Als die Frau am Ende noch einmal auf das Verhältnis seiner Eltern zurückkommen wollte, schüttelte er fest entschlossen den Kopf: »Tut mir leid, kein Kommentar.«

In größere Verlegenheit stürzte ihn aber dann eine Frage, die ihm die Besucherin beim Weggehen stellte: »Sie sind ja morgen sicher auch auf der Beerdigung Ihrer Mutter. Werden Sie da mit Ihrem Vater sprechen?«

## *Begegnungen am offenen Grab*

Keine Wolke trübte nach dem großen Regen den Himmel. Ein schöner Frühlingstag. Es war strahlend klar, wenn auch noch etwas kühl. Die Felder und Wiesen protzten mit ihrem Grün.

Grün war auch das Auto, das Christian Linde an diesem frühen Mittwochnachmittag in Richtung Eichendorf beförderte. Ein Gefangenentransporter der Justizvollzugsanstalt Salinenmoor. Hinter den vergitterten Fenstern zog die Landschaft vorbei, die ihm so vertraut war: die Kiefernwälder und Getreideäcker, die Heidedörfer, die Allermarsch mit ihren Hecken und Deichen. Die Sonne blendete. Er beschattete seine Augen und blickte zu Boden.

Der Frühlingstag stimmte ihn ohnehin nicht froh. Schließlich war ein Friedhof der Zielpunkt seiner Reise – der Friedhof von Eichendorf. Kathrins Beerdigung hatte ihn für einige Stunden aus seiner Zelle befreit. Aus »Sicherheitsgründen«, wie es hieß, waren seine Hände aber in Handschellen gelegt worden. Es war, als wolle man ihn zum Gebet zwingen.

Aus »Sicherheitsgründen« wurde er auch von zwei Wachleuten begleitet. Die Männer sprachen während der gesamten Fahrt kein Wort. Und die Fahrt dauerte eine Dreiviertelstunde. Einer der Beamten hockte neben ihm auf der Rückbank, der andere saß am Steuer und warf immer wieder über den Rückspiegel einen verstohlenen Blick auf den Gefangenen. Zum Glück, wie Linde fand, waren sie zivil gekleidet, so dass ihre Funktion bei der Trauerfeier nicht so deutlich in Erscheinung treten würde. Hoffentlich. Die Männer trugen, dem Anlass entsprechend, schwarze Anzüge und schwarze Krawatten und unterschieden sich damit äußerlich kaum von ihrem Bewachungsobjekt.

Seinen Trauerstaat hatte er sich von Ursula Kuchenbecker ins Gefängnis bringen lassen. Er hatte der Kirchenvorsteherin telefonisch erklärt, wo die Sachen zu finden waren. »Ach, wie traurig das alles ist, man darf gar nicht darüber nachdenken«, hatte die in ihrem Klageton lamentiert, im Übrigen aber vermieden, ihn nach seinem Befinden zu befragen.

Sie hege keinerlei Zweifel an seiner Unschuld, hatte sie ihm zuvor in einem Brief geschrieben, auch die Mehrheit des Kirchenvorstands stehe hinter ihm.

Die Mehrheit? Er rätselte, wer dem Kreis der Treuen wohl nicht angehörte. Der dicke Tischler? Selbstverständlich war der unter den Abtrünnigen. Wer hatte sich sonst noch von ihm abgewandt?

Auch Inge Rosenstrauch und Anke hatten geschrieben. Kühl war der Brief von Inge ausgefallen. Äußerst kühl. Die Lehrerin hatte ihn wissen lassen, dass sie nicht an der Beerdigung teilnehme. »Viel Kraft« hatte sie ihm gewünscht. Die üblichen Sprüche. Abgegriffen und herzlos. Unverhohlen hatte sie zudem darüber geklagt, dass die Polizei sie nicht in Ruhe lasse. Wollte sie ihm das etwa noch vorwerfen? Das hatte ihm gerade noch gefehlt. Es tat weh, dass seine Freundin offensichtlich ganz beherrscht war von dem Ärger, ohne eigenes Zutun in »diese böse Sache« hineingezogen worden zu sein. Dachte sie an ihn, den verfemten Pastor, überhaupt nicht mehr?

Herzlicher las sich der kurze Brief von Anke. »Mir tut ganz schrecklich weh, was da jetzt alles über Dich geschrieben und geredet wird. Ich habe viel geweint. Bitte glaube mir, dass ich weiter zu Dir stehe. Ich bete für Dich.«

Der Gefangenentransporter rumpelte über die Allerbrücke. Nur noch wenige Kilometer, dann würde er am Ziel sein. Was erwartete ihn auf dem Friedhof? Er spürte, wie sich seine Eingeweide verkrampften. Quälende Fragen trockneten ihm den Hals aus: Werden sie mich anstarren wie ein Ungeheuer? Werden sie mich beschimpfen?

Kommissar Peters hatte ihm versichert, dass die Presse vom Friedhof fern gehalten werde. »Alles wird weiträumig abgesperrt. Nur geladene Gäste erhalten Zutritt.«

Doch es waren noch genügend zu erwarten, deren Begegnung er fürchtete. Seine Schwiegereltern hatten gemeinsam mit Ursula Kuchenbecker die Einladungen verschickt. Selbstverständlich hatte man Kathrins Kollegen nicht übergehen können, womit durch die Hintertür eben wohl auch die Presse einsickerte. Aber mehr noch als die Journalisten fürchtete der Witwer die Verwandten. Vor allem Kathrins Eltern. Nicht auszudenken, welcher Hass sich in den alten Leuten angestaut hatte – Hass, der sich gegen ihn richtete, den verdächtigen Ehemann.

Weit mehr als alles andere aber beschäftigten ihn seine Kinder:

Markus und Anna. Anna! Einen Tag nach der Beerdigung hatte sie Geburtstag. Was für ein furchtbares Zusammentreffen! Und Markus. Hatte der es tatsächlich über sich gebracht, ihn bei der Polizei anzuschwärzen? Der Gedanke daran machte ihn immer noch mutlos.

Der Transporter passierte das gelbe Ortsschild von Eichendorf. Das Wirtshaus. Die Backsteinkirche. Das verwaiste Pfarrhaus. Wieder dieses beklemmende Gefühl im Magen. Verstohlen blickte er aus dem Fenster.

Er sah mehrere Autos, die nicht zum Dorfbild passten. Presse, schoss es ihm durch den Kopf. Schon im nächsten Moment bemerkte er, wie ein Mann mit Pferdeschwanz sein langes Kameraobjektiv auf ihn richtete, martialisch wie eine Panzerfaust. Verschreckt legte er beide Hände übers Gesicht.

Der Transporter kam zum Stehen. Der Begleiter, der neben ihm auf der Rückbank saß, nahm ihm die Handschellen ab. Die Bustür wurde entriegelt und aufgeschoben. Er erschrak von dem lauten Knall. Die Bewacher eskortierten ihn zur Friedhofskapelle. Unter den Schritten knirschte der Kies, eine Schwarzdrossel flötete. Im Übrigen war es merkwürdig still.

Am Eingang zur Kapelle hatte sich eine Schlange vor dem Kondolenzbuch gebildet. Dorfbewohner, darunter eine Kirchenvorsteherin. Er hatte das Gefühl, dass alle den Atem anhielten, als er in ihr Blickfeld trat. Aber anders als befürchtet traf ihn das auf einmal gar nicht mehr. Es war ihm, als sei er in eine Wolke eingetaucht. Er fühlte sich wie entrückt, wie unter Narkose. Er nickte den Leuten zu, nahm ausdruckslos zur Kenntnis, wie sie stumm zurückgrüßten. Unvorstellbar, dass er hier erst vor einer guten Woche selbst einen Menschen beerdigt hatte. Nun musste er sich von seinen Wächtern einen Platz anweisen lassen. Mit diskreten Zeichen forderten sie ihn auf, in der ersten Reihe Platz zu nehmen.

Ihm stockte das Herz, als er seine Kinder bemerkte. Die Narkoseglocke platzte: Anna – und zu ihrer Rechten Markus. Gut sah er aus in seinem dunkelgrauen Anzug, stolz ragte er mit seinem schlanken Oberkörper neben seiner kleinen Schwester auf, nur erschreckend blass wirkte er, regelrecht bleich.

Er nickte seinem Sohn zu, doch der senkte den Kopf und vermied es so, in Blickkontakt mit seinem Vater zu treten. Auch Anna hielt ihren Kopf gesenkt. Ihr weißblondes Haar bildete einen scharfen Kontrast zu dem dunkelblauen Kleid, das augenscheinlich neu war. Vermutlich von ihren Großeltern eigens angeschafft für den feierlich-traurigen Anlass. Sie sah darin aus wie eine Puppe. Neben Anna war ein Stuhl für ihn freigehalten worden. Er wagte es nicht, seine Tochter anzublicken; auch Anna tat, als sähe sie ihn nicht. Sie starrte zu Boden. Olaf, der ihm zur Linken saß, erwiderte dagegen sein Nicken.

Als er Platz genommen hatte, schloss er die Augen. Wie kleine Kinder, die meinen, auf diese Weise unsichtbar zu werden. Tastend bewegte er seine rechte Hand in Annas Richtung. Entsetzt spürte er aber, wie Anna ihre Hand zurückzog. Hatte auch sie sich von ihm abgewandt? Am liebsten hätte er ihren Namen geflüstert. Aber es galt, alles zu vermeiden, was Aufmerksamkeit erregte. Noch einmal versuchte er zaghaft, ihre Hand zu berühren. Wieder aber griff er ins Leere. Doch er zog seine Hand nicht zurück, sondern hielt sie mit dem ganzen Mut der Verzweiflung weiter ausgestreckt.

Seine Geduld wurde belohnt: Anna erwiderte die Geste. Warm und zerbrechlich fühlte sich ihre kleine Hand an, eine Welle von Zärtlichkeit durchströmte ihn. Er spürte, wie ein Beben durch Annas Körper lief.

»Papa«, wisperte sie. »Papa«.

In seinem Innern brach ein Damm. Seine Hände zitterten. »Anna, mein Liebes«, erwiderte er leise. Gern hätte er seine Tochter auf den Schoß genommen, sie an sich gedrückt – so wie früher. Aber das war ja mit dem Trauerfeier-Protokoll nicht zu vereinbaren. Und schließlich war er mit Anna nicht mehr so allein wie einst im Pfarrhaus. Schon das Wispern war offenkundig registriert worden. Hüsteln, leises Murmeln und Rascheln wurde hinter ihm vernehmbar. Missbilligend blickte auch Markus auf seine Schwester herab.

Als Ersatz für die verhinderte Umarmung drückte er Annas Hand. Ganz fest. Erst jetzt fiel sein Blick auf den aufgebahrten Kiefernsarg. Frühlingsblumen schmückten die Holzkiste: Narzissen, Tulpen, Hyazinthen. So hell und fröhlich, als sollte der Tod verbannt werden von diesem Ort. Der Blumenduft mischte sich mit dem Geruch des Kiefernholzes und der Kerzen. Dass in dieser bunt dekorierten Kiste Kathrin liegen sollte, überstieg seine Vorstellungskraft.

Was er sah, war ein kunstvolles Arrangement aus Blumen und Kerzen. Nicht mehr. Nicht mehr.

Als Anna sich beruhigt hatte, hörte er, wie Kathrins Vater neben ihr röchelte. Er spürte, dass der Professor im Ruhestand seinen Blicken auswich. Trauer und Hass schienen die Gesichtszüge des Pensionärs zu verzerren. Aber vielleicht bildete er sich das auch nur ein.

Endlich setzte das Orgelvorspiel ein. Das »Largo« von Händel. Fast zu schön für den traurigen Anlass. Man konnte sich emporgehoben fühlen, getragen von dem feierlichen Pathos. Pastor Markus Menzel kam aus der Sakristei. Er ging auf alle Angehörigen in der ersten Reihe zu, drückte ihnen die Hand. Ernst und mitfühlend. Christian Linde war gerührt, als ihm der alte Kollege zusätzlich aufmunternd auf die Schulter klopfte.

»So sann ich nach, ob ich's begreifen könnte, aber es war mir zu schwer.« Mit diesen Worten aus dem Psalm 73 leitete Menzel seine Predigt ein. »Wir sind hier zusammengekommen mit unserem Schmerz und unseren Fragen«, sagte der Mann im Talar. »Möglicherweise werden wir das Geheimnis dieses Todes nie ergründen. Sicher aber können wir sein, dass Gottes allmächtige Liebe nicht aufhört, wo unser Begreifen endet.«

Noch einmal Psalm 73: »So sann ich nach, ob ich's begreifen könnte, aber es war mir zu schwer.« Menzel wies die Trauergemeinde darauf hin, dass Kathrins Konfirmationsspruch dem gleichen Psalm entstammte: »Aber das ist meine Freude, dass ich mich zu Gott halte und meine Zuversicht setze auf Gott, den Herrn.« Fassungslosigkeit auf der einen, Gottvertrauen auf der anderen Seite – zwischen diesen Polen bewege sich auch das Spannungsfeld dieser Trauerfeier, sagte Menzel.

Linde war beeindruckt vom beruhigenden, tröstlichen Predigtstil des Kollegen. Nach dem Eingangslied zitierte Menzel den Vergänglichkeits-Psalm 39:

»Siehe, meine Tage sind eine Handbreit bei dir, sie gehen dahin wie Schatten und machen sich viel vergebliche Unruhe.«

Linde musste sich immer wieder zwingen, seine Aufmerksamkeit auf die Predigt zu richten. Es erschien ihm gänzlich unwirklich, nach den Tagen der Haft wieder in dieser Kapelle zu sein. Vor ihm das Blumenarrangement mit den flackernden Kerzen, neben ihm seine

Kinder, hinter ihm die unberechenbare Masse, die heute »Hosianna« und morgen »Kreuziget ihn« schrie. Wirklich, im Wortsinne greifbar war nur die kleine schweißnasse Hand Annas, die er am liebsten nie mehr losgelassen hätte.

»O Welt ich muss dich lassen,
ich fahr dahin mein Straßen,
ins ewig Vaterland ...«

Ihm fiel auf, dass außergewöhnlich schöne Stimmen aus dem Gemeindegesang hervortraten. Ob Menzel Chorsängerinnen aus seiner Gemeinde mitgebracht hatte?

Der Prediger zeichnete das Leben der Toten nach. Natürlich hatte er mit Kathrins Eltern gesprochen. Er entwarf das Bild einer Journalistin, die schon als kleines Mädchen voller Wissbegierde und Entdeckerdrang ihre Umwelt erkundet hatte. Dem Konfirmationsspruch getreu war die Frau, die im Mittelpunkt der Predigt stand, geprägt von einem geradezu unerschütterlichen Gottvertrauen.

Christian Linde hörte, wie Kathrins Vater keuchte, als ringe er um Luft. Gespannt wartete er darauf, welche Rolle ihm selbst zufiel in Kathrins Lebensbild – ihm, dem tatverdächtigen Ehemann. Ganz ausgeklammert werden konnte er wohl nicht, das würde die Leute ja erst recht hellhörig machen. Und natürlich kam er vor. Menzel rief den Konfirmationsgottesdienst in Erinnerung, über den Kathrin einst geschrieben hatte. Spontan habe sie sich hingezogen gefühlt zu dem Mann, der so schön predigen konnte, sagte der Pastor. Bei aller Liebe zu ihrem Mann und den Kindern habe sie sich aber nicht darauf beschränken können, die Rolle der assistierenden Pfarrersfrau zu übernehmen. Ihr Journalistenberuf sei für sie mehr gewesen als nur ein Job. »Sie fühlte sich im besten Sinne berufen. Dazu berufen, der Wahrheit nachzuspüren, sich unterschiedliche Lebenswelten und Lebensschicksale zu erschließen und so zu schildern, dass die Leser daran teilhaben konnten«, predigte der Mann im Talar. »Da war viel Leidenschaft im Spiel. Neben Begeisterung eben auch eine große Fähigkeit zum Mitleiden, Passion im vollen Wortsinn.«

Je bunter und facettenreicher Menzel dieses Lebensbild ausmalte, desto mehr beschlich Linde das Gefühl, dass es sich entfernte von der Frau, mit der er so viele Jahre verbracht hatte. Allzu poliert war ihm diese Biografie, allzu idealtypisch auf die behaupteten Grundtugenden zugeschnitzt.

Wo blieb Kathrins Eitelkeit? War ihr beruflicher Ehrgeiz nicht auch gepaart mit sehr viel Egoismus?

Er musste an ihre Geburtstagsfeier denken, als er ihr ein Ständchen gespielt hatte. Wie beschämend wenig Aufmerksamkeit hatte sie da in Anwesenheit ihrer hochnäsigen Kollegen diesem Liebesbeweis geschenkt! Menzel war doch dabei gewesen. Warum sagte er nichts von all diesen Dingen? Natürlich, das passte nicht ins Bild. Es war eben der kunstvoll gestylte Lebenslauf einer Toten, nicht die Charakterisierung einer Lebenden.

»Wachet auf, ruft uns die Stimme, der Wächter sehr hoch auf der Zinne«, sang die Gemeinde unter Anleitung des Pastors. Ein irgendwie unpassender Hymnus für eine Beerdigung, fand Linde. Gottvertrauen schön und gut. ...

Ein anderes Lied ging ihm durch den Kopf:

»Goodbye, Ruby Tuesday,
who could hang a name on you ...«

Unwillkürlich mischten sich Verse des Stones-Songs in den Gemeindegesang.

»Dying all the time,
Loose your dreams and you
Will loose your mind ...«

Je mehr sich die Trauerfeier in der Kapelle dem Ende näherte, desto beklemmender wurde wieder dieses Magengrummeln. Ihm graute vor den Blicken, vor den Begegnungen am offenen Grab.

Das Gebet wurde gesprochen: »Herr, wende dich zu mir und sei mir gnädig, denn ich bin einsam und elend. Die Angst meines Herzens ist groß; führe mich aus meinen Nöten.«

Wie oft hatte er selbst diese schönen Verse aus dem Psalm 25 rezitiert. Nun war es ihm, als würde ihm das Gebet von außen aufgezwungen. Als er die Hände faltete, kam es ihm vor, als schlössen sich wieder Handschellen um seine Handgelenke.

Etwas in ihm wehrte sich gegen das Gebet, das übermäßig direkt, fast plump, auf seine persönliche Notlage bezogen zu sein schien:

»Sieh, wie meiner Feinde so viel sind und zu Unrecht mich hassen ...«

Erleichtert spürte er, wie ein frischer Luftzug durch die Kapelle wehte und Vogelgezwitscher sich mit den Orgelklängen mischte. Die Kapellentür war geöffnet worden. Luft, frische Luft. Die Sargträger. Sie räumten Blumen und Kerzen beiseite, schulterten die Kiefernkiste.

Christian Linde hielt Annas Hand weiter fest umschlossen. Er erhob sich, zog seine Tochter mit, folgte gemeinsam mit ihr dem Mann im Talar und den Sargträgern. Plötzlich spürte er, wie sich jemand an seine linke Seite schob. Markus. Unwillkürlich griff er auch nach seiner Hand. Und der ließ es geschehen. So nimm denn meine Hände ... Mit Anna an der Rechten und Markus an der Linken fühlte er sich gestärkt. Mochten die Totenglocken noch so laut läuten, mochten sie seine angebliche Schuld noch so weit ins Land tragen und von seinem angeblich grausamen Verbrechen künden, Anna und Markus waren bei ihm. Das hob ihn heraus aus diesem Jammer, das machte ihm Mut. Anna und Markus waren bei ihm. Mochten die, die da hinter ihm hertrotteten, noch so böse gucken, er spürte die Wärme seiner Kinder, das konnte ihm keiner nehmen. Es betrübte ihn auch nicht, als Markus seine Hand kurz darauf wieder losließ. Er schämte sich vermutlich, Hand in Hand mit seinem Vater zu gehen, wie ein kleines Kind. Das war doch zu verstehen.

Der vertraute Weg vorbei an den toten Lebensbäumen. Immer noch ließ die Frühlingssonne den Friedhof in leuchtenden Farben erstrahlen. Dann war die Grabstelle erreicht. Das übliche Ritual. Erde zu Erde, Asche zu Asche, Vater unser im Himmel. Und wieder läuteten die Glocken. Was die Amsel aber nur zu ermuntern schien, noch kräftiger zu flöten. Menzel beschloss das Zeremoniell, indem er eine Schaufel Erde ins Grab rieseln ließ.

Linde verzichtete auf die symbolische Geste, beschränkte sich darauf, gemeinsam mit seinen Kindern einen Moment lang andächtig vor dem Grab zu verharren. Er sah, wie Anna Tränen aus den Augen sickerten, hörte, wie sie leise vor sich hin schniefte. Er bemerkte, wie Markus die Lippen aufeinander presste, zitterte bei dem verzweifelten Versuch, die Tränen zurückzuhalten. Warum ließ er ihnen nicht einfach freien Lauf wie seine Schwester? »Leid, das nicht spricht, drückt das Herz bis es bricht.« Das Shakespeare-Zitat schoss ihm durch den Kopf. Doch ihm selbst war gar nicht nach Weinen zumute. Er fühlte sich wieder merkwürdig taub. Narkotisiert.

Beschützend legte er seinen Arm über die Schultern seiner Tochter. Und als sie schließlich zur Seite getreten waren, drückte er sie fest an sich. Damit bot Anna ihm gleichzeitig auch Schutz vor Kathrins Eltern, Schwestern und Schwägern, die nun der Reihe nach am Grab vorbeidefilierten. Er schloss die Augen, wollte nichts mehr sehen. Nur noch eins sein mit Anna. Verstohlen tastete er auch nach der Hand seines Sohnes, den jetzt doch noch ein heftiger Weinkrampf schüttelte. Und es gelang ihm abermals. Nur fühlte sich die Hand seines Sohnes diesmal merkwürdig kalt an.

Plötzlich kam Unruhe auf. Eine Katze war ins Grab gesprungen. Jämmerlich miauend hockte das Tier auf Kathrins Sarg. Er glaubte, seinen Augen nicht zu trauen. Dann sah er, dass Lene Albers vor dem Grab stand. Die »verrückte Lene«! Die Katze war ihr aus dem Körbchen gesprungen, während sie sich nach dem Sand gebückt hatte. Die gelb-graue Katze, die er eigentlich taufen sollte.

»Komm, Paula, komm Miez, Miez«, lockte Lene verzweifelt. Aber die kleine Paula rutschte immer wieder ab, wenn sie versuchte, an der steilen Grabwand hochzuklettern. »Helft ihr doch, helft ihr doch«, jammerte die alte Frau in dem abgewetzten dunkelblauen Mantel. »Ihr könnt meine Paula doch nicht lebendig begraben.«

Aber alle waren so überrascht, dass niemand dem Hilferuf folgte. Wie versteinert beobachtete die Trauergemeinde, wie Lene immer mehr die Beherrschung verlor.

»Sie wollten Paula doch taufen«, fuhr sie Linde mit flackernden Augen an. »Dann können Sie sie doch nicht einfach einbuddeln. Die ist doch nicht tot.«

»Sei still, Lene«, zischte ihr ein Sargträger zu, der sich als erster aus der Erstarrung gelöst hatte. »Wir holen deine blöde Katze da schon wieder raus.«

Doch so ließ sich Lene Albers nicht zum Schweigen bringen, so nicht.

»Blöde Katze? Oh, dass du es wagst, so was zu sagen«, kreischte sie zurück. »Ihr wollt hier Gottes Geschöpf lebendig unter die Erde bringen? Ihr Unmenschen!«

Unterdessen streckte der Sargträger der Katze eine Schaufel entgegen. Zuerst sprang sie weg und versteckte sich neben dem Sarg. Als der Mann die Schaufel aber noch einmal langsam auf sie zu bewegte, schien sie Vertrauen zu fassen. Mit einer schnellen Bewegung steckte der Sargträger daraufhin die Schaufel in die Erde unter der Katze und schleuderte das Tier in die Höhe. Ein Aufatmen ging durch die Umstehenden, als das gelb-grau getigerte Tier in einem Regen von Dreckspritzern am Rand des Nachbargrabes landete.

Lene Albers stürzte sofort darauf zu, nahm ihr Kätzchen auf den Arm und murmelte: »Arme Paula, meine Kleine, ist ja alles gut, brauchst keine Angst mehr zu haben.« Nun ging Pastor Menzel auf die Frau zu, legte besänftigend seine Hand auf ihre Schulter und führte sie, ruhig auf sie einredend, vom Friedhof.

Zögernd begaben sich jetzt die Trauergäste zum Grab, eine Blume nach der anderen fiel auf den Sarg. Auch Anke, das frühere Kindermädchen der Pastorenfamilie, trat an die Gruft. Man sah, dass ihre Wangen feucht waren. Diskret blickte sie in Lindes Richtung, scheu ließ sie ihren Blick auch über Markus wandern – so scheu, dass niemand es bemerkte.

Christian Linde war unterdessen damit beschäftigt, Anna zu trösten, die nach dem Katzen-Zwischenfall in heftiges Weinen ausgebrochen war. Krampfhaftes Zucken erschütterte ihren kleinen Körper. Nachdem sie sich beruhigt hatte, sah ihr Vater, dass die Kirchenvorstandsvorsitzende Ursula Kuchenbecker vor ihm stand, um ihm die Hand entgegenzustrecken. Dankbar und gerührt nahm er die Beileidsbekundung entgegen. Andere Gemeindeglieder schlossen sich an. Wie bei einem ganz normalen Trauerfall schüttelte einer nach dem anderen dem Witwer und seinem Sohn die Hand und strich der kleinen Anna übers Haar.

Plötzlich kam Bewegung auf. Kathrins Vater hatte die anderen Trauergäste beiseite geschoben und sich zum Grab gedrängt. »Scheinheiliger Heuchler«, polterte der dicke Mann mit dem weißen Haarkranz los. Verschreckt wichen die Gemeindeglieder, die sich zuerst noch vor dem Pastor und seinen Kindern angestellt hatten, zur Seite.

»Dass du dich nicht schämst, hier den trauernden Gatten zu spielen«, schrie der alte Mann. »Dass du dich nicht schämst. Du hast sie doch auf dem Gewissen, du und kein anderer.«

»Hans-Eberhard«, fuhr seine Frau flehend dazwischen. »Doch nicht vor den Kindern.«

»Ach was«, entgegnete der Professor außer sich vor Wut. »Sollen ruhig alle wissen, was das für einer ist. Erst seine Frau totschlagen und sich dann hier noch bemitleiden lassen. Das ist doch nicht zum Aushalten, diese Heuchelei.«

»Hans-Eberhard, beherrsch dich bitte, denk an Anna und Markus«, redete seine Frau auf ihn ein.

»Ach, lasst mich doch alle in Ruhe, lasst mich doch bloß in Frieden, ihr verdammten Heuchler, ihr Pharisäer«, brüllte der alte Fischer. »Dass der es wagt, hier den trauernden Witwer zu spielen. Dass sie den rausgelassen haben aus dem Zuchthaus, diesen Schwerverbrecher. Aber so ungeschoren sollst du nicht davonkommen, du Hund: Hier, ein bisschen Proviant für den Rückweg ins Gefängnis.«

Mit diesen Worten griff der Wütende in die bereitstehende Kiste und warf dem Schwiegersohn Erde ins Gesicht.

»Dreck sollst du fressen«, schrie er ihn an, während sich seine Frau vor ihn stellte und ihn anflehte, sich zu mäßigen. Der Zorn schien mit der Sandattacke auch verraucht zu sein. Er brach ihn lautes Weinen aus.

Linde war wie gelähmt. Benommen wischte er sich den Sand aus den Augen und klopfte seine Anzugjacke ab. Jetzt entdeckte er auch Kathrins Schwestern, die ihm mit ihren Männern gegenüber standen. Voller Verachtung starrten sie ihn an. Ihre zusammengekniffenen Augen signalisierten Genugtuung.

Aus seiner Familie war offenbar nur Olaf zur Beerdigung gekommen. Der blickte betreten zu Boden – unternahm keine Anstalten, sich auf die Seite seines Bruders zu schlagen.

Christian Linde fühlte sich von aller Welt verlassen. Ängstlich waren bereits seine Getreuen aus dem Dorf von ihm zurückgewichen. Und das Schrecklichste: Er spürte, wie sich Anna von seiner Hand freimachte. Sie war völlig verstört. Weinend trat sie zur Seite. Er beobachtete, wie seine Schwiegermutter die Gelegenheit nutzte und das Mädchen in ihre Arme schloss. Nur Markus blieb neben ihm stehen. Und jetzt ging die Initiative von seinem Sohn aus, der seine Hand ergriff und fest drückte. »Tut mir leid, Papa«, flüsterte er ihm zu. »Tut mir leid.«

»Danke«, erwiderte Linde ebenso leise. Am liebsten hätte er die Hand nie mehr losgelassen. Doch schließlich kam sein Bruder auf ihn zu, und Markus ließ ihn los.

»Das muss ja alles furchtbar für dich sein«, flüsterte Olaf. »Ich glaube, das Beste für dich ist, wenn du hier schnell verschwindest.«

Er beobachtete, dass Markus sich bereits von ihm entfernte und sah nun auch keinen Grund mehr, länger am Grab zu verweilen. Anna hatte sich von ihm abgewandt und in die Arme seiner Gegner begeben! Erst jetzt trat ihm die ganze Tragweite dieses Vorfalls vor Augen. Willenlos ließ er sich von Olaf zum Ausgang führen. Dort standen schon die beiden Herren bereit, die zu seiner Begleitung abgestellt waren. Niedergeschlagen vertraute er sich ihnen an. Weg, bloß weg, das war der einzige Wunsch, den er jetzt noch hatte. Als er einen letzten Blick zurück zum Grab seiner Frau warf, beobachtete er, wie seine Schwiegereltern und Schwägerinnen Anna in ihre Mitte genommen hatten.

## *Lebendig begraben*

Gründonnerstag am späten Vormittag. Der Himmel hatte sich wieder eingetrübt. Die Luft stand still. Er war allein in seiner Zelle. Schon gleich nach dem Frühstück hatten sie Axel Kawelka zu einer Vernehmung abgeholt.

Christian Linde lag auf seinem Bett und las im Buch Hiob. Immer wieder hatte er in den vergangenen Tagen die Geschichte dieses Gerechten studiert, der von Gott auf so harte Proben gestellt wurde. Der gepeinigte und gedemütigte Bauer sprach ihm aus der Seele: »Nun aber hat Er mich müde gemacht und alles verstört, was um mich ist.« Die Klage Hiobs fasste in Worte, was er tags zuvor auf dem Friedhof erlebt hatte: »Sie haben ihren Mund aufgesperrt wider mich und haben mich schmählich auf meine Backen geschlagen.«

Sterben. Er sehnte sich danach. Einschlafen, nie mehr aufwachen – ganz beseelt war er von dem Verlangen während der Rückfahrt im Gefangenenbus gewesen. Anna hatte sich von ihm abgewandt. Anna. Seine Tochter, die ihm das Liebste war auf Erden, hielt ihn für den Mörder ihrer Mutter. Und wie Markus zu ihm stand, war auch unsicher. Der geflüsterte Zuspruch am Grab war nicht eindeutig. Dass es ihm leid tat, konnte auch auf den Angriff seines Großvaters bezogen sein – und nicht auf seine belastende Aussage gegenüber der Polizei. Warum schließlich war er ohne jedes Abschiedswort verschwunden?

»Ich bin unschuldig«, las er im Buche Hiob. »Ich möchte nicht mehr leben. Ich verachte mein Leben.«

Ich bin unschuldig. Er kam nicht los von diesem Satz. Unschuldig. Herrgott noch mal. Wut überfiel ihn, bei dem Gedanken, zu Unrecht zum Verbrecher abgestempelt zu werden. Hilflose Wut. Dass sie ihm einfach nicht glauben wollten! Dabei hatte er ihnen doch so überzeugende Tatmotive geliefert. An diesen Börsenschurken konnten sie doch nicht vorbeigehen!

Er strich sich fahrig über den Bart. Vielleicht würde sich doch noch alles zum Guten wenden. Olaf war ja in Frankfurt gewesen, um die Spekulanten-Szene ins Visier zu nehmen. Dem war sicher nicht verborgen geblieben, mit welcher Erbarmungslosigkeit diese Aktienschieber allen nachstellten, die ihnen auf die Schliche kamen. Olaf war schließlich Profi, dem machte keiner was vor, diesem gewieften Jäger.

Sein Bruder hatte seinen Besuch angekündigt. Jeden Moment musste er da sein. Er wollte zuerst mit Kommissar Peters sprechen. Ja, da war etwas im Busche. Da winkte vielleicht das rettende Seil, das ihn aus diesem Abgrund wieder ans Licht ziehen würde. Er klammerte sich fest an die Vision vom rettenden Seil, kämpfte gegen seine Verzagtheit. Schließlich wollte Olaf seine Mutter mit ins Gefängnis bringen. Die stand ja noch zu ihm. Immerhin.

Nur gedämpft drangen an diesem grauen Gründonnerstag die Außengeräusche in die Zelle. Die Vögel schienen zu flüstern. Karfreitags-Melancholie hing in der Luft. Er musste daran denken, wie er sonst in dieser Zeit von einer Abendmahlsfeier zur anderen gehetzt war. Hier hatte er wenigstens seine Ruhe. Ruhe sanft. So war es auf den alten Grabsteinen zu lesen. Man hätte es auch vor die Zellentür schreiben können. Ruhe sanft. Denn was anderes war dieses Gefängnis als ein großes Grabgewölbe?

Er musste an die verrückte Lene denken. Die Aufregung am offenen Grab. Die Katze auf dem Sarg. Wie vollkommen unwirklich das alles war. Was für ein Wahnsinn!

Von außen wurde die Zellentür aufgeschlossen.

»Ihre Mutter ist da, Herr Linde. Kommen Sie bitte mit ins Besuchszimmer.« Die Stimme des Justizbediensteten klang ungewöhnlich freundlich. Als freue er sich, dem »Pastor« endlich einmal eine gute Nachricht zu überbringen. Doch echte Freude über den Besuch wollte sich nicht einstellen. Er schämte sich, seiner Mutter als Gefangener vorgeführt zu werden. Wie entwürdigend.

Sie saß schon auf einem der weißen Stühle, als er in den schäbigen Raum mit den Resopalplattentischen und dem Kaffeeautomaten geführt wurde. Ängstlich hockte sie da, ganz vorn auf der Stuhlkante, die Handtasche fest umklammert, gebeugt und irgendwie zum Sprung bereit. Ihren grauen Wintermantel mit dem Pelzbesatz hatte sie anbehalten. Sie fror ja immer so leicht.

»Tach, Mama.« Er legte seine Hand auf ihre Schulter, bevor er sich setzte.

»Christian«, sagte die alte Frau fassungslos. »Was machen die hier mit dir?«

»Ja, das weiß ich auch nicht«, antwortete er matt. »Aber das wird sich schon alles aufklären. Mach dir mal keine Sorgen, Mama.«

»Ach, das sagt sich so leicht. Aber ich komme einfach nicht mehr zur Ruhe, seitdem das mit Kathrin passiert ist. Keine Nacht krieg ich mehr ein Auge zu. Und tagsüber bin ich wie gerädert.«

Sie schüttelte müde den Kopf, holte sich ein blütenweißes Stofftaschentuch aus ihrer Handtasche, um sich die Tränen abzuwischen.

»Dass die dir hier so was anhängen! Ich kann das einfach nicht begreifen. Dass die so was von dir denken können. Das will mir einfach nicht in den Kopf. Gut, dass dein Vater das nicht mehr erleben muss.«

Sie knüllte das Taschentuch zusammen und umschloss es in ihrer Faust.

»Ach, ich weiß doch auch nicht, warum die mich verdächtigen«, erwiderte ihr Sohn. »Aber ich habe dir ja schon am Telefon gesagt, dass die immer zuerst an den Mann denken, wenn eine Frau aus unerfindlichen Gründen umgebracht wird.« Er musste sich räuspern. »Aber Kathrin ist nicht aus unerfindlichen Gründen umgebracht worden, da gibt es welche, die gute Gründe hatten, sie zu beseitigen. Ich bin sicher, dass Olaf da bald Genaueres rausbekommt.«

»Hoffentlich, hoffentlich«, bestärkte ihn seine Mutter. »Für Anna muss es auch schlimm sein, furchtbar für das Kind. Ich muss immer weinen, wenn ich an das arme Mädchen denke. Und heute hat sie auch noch Geburtstag. Ich hab' ihr gestern bisschen was geschickt. Aber das ist natürlich auch kein Ersatz für 'ne richtige Geburtstagsfeier und ihre Eltern.«

Die alte Frau begann zu schluchzen. »Ich hätte sie so gern zu mir geholt, aber die Fischers lassen sie ja nicht. Das wär' zuviel Aufregung für das Kind, sagen sie.«

Alle Lethargie fiel mit der Erwähnung Annas von ihm ab. Bei all der Aufregung hatte er gar nicht mehr an ihren Geburtstag gedacht. Wie sie sich fühlen musste. Mutterseelenallein bei ihren Großeltern. Er nickte, strich sich bekümmert über den Bart. So schnell wie möglich wollte er telefonieren, um seiner Tochter zu gratulieren. Was aber, wenn seine Schwiegereltern ihn gar nicht erst mit ihr sprechen ließen?

»Besucht Markus sie denn mal?«, hakte seine Mutter nach. »Zu ihrem Geburtstag könnte er doch kommen.«

»Ich weiß nicht, Mama. Aber der hat natürlich auch viel um die Ohren im Theater. Ich glaube, heute Abend haben sie sogar Premiere. Da spielt er das erste Mal eine Hauptrolle vor großem Publikum. Das ist eine große Chance für ihn, da muss er sich natürlich drauf konzentrieren.«

»Ach ja, der hat es auch nicht leicht«, erwiderte seine Mutter, ohne genau zu verstehen.

Gern hätte er die alte Frau mit einem Kaffee bewirtet. Aber für den Kaffeeautomaten fehlten ihm die nötigen Münzen. Er hatte es bisher versäumt, sich Geld mitbringen zu lassen. Und seine Mutter wagte er nicht, darum zu bitten.

»Mir ging es gestern so schlecht, dass ich nicht mal zur Beerdigung kommen konnte«, fuhr die alte Bäuerin fort. »Wie ist es denn gewesen? Olaf hat gar nicht viel erzählt.«

Er schluckte, bevor er antwortete. »Ach, der Menzel hat das wirklich gut gemacht. War gar nicht leicht, die richtigen Worte zu finden. Aber seine Predigt hat, glaube ich, alle ein bisschen getröstet. Nein, das war wirklich ganz schön.«

Er hoffte inständig, dass sein Bruder keine Andeutungen über die Zwischenfälle am Rande des Grabes gemacht hatte.

»Und wie hat es Anna verkraftet?«, hakte seine Mutter weinerlich nach.

»Ja, leicht war das bestimmt nicht für sie.« Er blickte ins Leere, atmete tief durch. »Aber sie hat sich schnell gefangen, und ich glaube, dass es gut war, dass sie dabei gewesen ist und von ihrer Mutter Abschied genommen hat.«

Während er die Ereignisse solcherart beschönigte, vergaß er fast selbst, was sich ereignet hatte. Erst als sich der Justizbedienstete gähnend auf seinem knarrenden Stuhl zurücklehnte, fühlte er sich einen Moment lang ertappt. Irritiert blickte er dem jungen Mann in die Augen. Doch lächelnd gab der zu verstehen, dass er sich durch seine Gegenwart nicht gestört fühlen sollte.

Das Gespräch plätscherte weiter. Er war seiner Mutter dankbar, dass sie keinen Versuch unternahm, die pikanten Details seiner Affären anzusprechen. Ohne auf die Frauengeschichten einzugehen klagte sie nur sehr vage über die »gemeinen Berichte in den Zeitungen« und versicherte ihm, dass niemand aus ihrem Bekanntenkreis daran glaube. Wirklich keiner! Wie bei einem Krankenhausbesuch kramte sie schließlich zwei Tafeln Schokolade und Eukalyptusbonbons aus ihrer Handtasche. Auch eine Tragetasche mit Weintrauben und Bananen ließ sie ihrem Sohn als Mitbringsel zurück.

»Lass es dir gut gehen, Christian«, sagte sie zum Abschied, fest entschlossen, nicht mehr zu weinen. »Nimm es man nicht so schwer.«

»Du auch nicht, Mama. Komm gut nach Hause. Vielleicht sehen wir uns schon bald woanders wieder. Vielleicht bin ich ja Ostern schon wieder draußen.«

Das folgende Gespräch mit Olaf bestärkte ihn nicht in dieser Zuversicht. Gleich nachdem seine Mutter aus dem Raum gegangen war, hatte sein Bruder ihren Stuhl eingenommen.

»Muss ja schlimm für dich gewesen sein, gestern«, begann sein Bruder.

»Ja, leicht war das nicht. Aber tu mir bitte einen Gefallen: Erzähl auf keinen Fall Mama was davon.«

»Keine Sorge, Christian.«

»Vielleicht klärt sich ja auch alles bald auf«, begann er zögernd. »Was hast du denn in Frankfurt rausbekommen?«

Olaf stemmte sich auf seinem Stuhl hoch. Er ließ die Frage zunächst unbeantwortet.

»Möchtest du einen Kaffee?«, fragte er stattdessen zurück.

»Nein, danke, Olaf.«

»Ja. Meine Erkundungen in Frankfurt.« Olaf atmete tief durch, bevor er zur Antwort ansetzte. »Darüber wollte ich mit dir sprechen. Es war leider nicht so wie erwartet. Für die Kollegen da ist es undenkbar, dass diese Börsengangster jemanden umlegen könnten. 'Das haben die doch gar nicht nötig', haben sie mir gesagt. 'Denen kann doch keiner was nachweisen. Auch die geschickteste Reporterin nicht. Und selbst wenn, haben die nicht viel mehr zu befürchten als ein Bußgeld. Und dafür machen die doch keinen tot. Dafür machen die sich doch die Hände nicht schmutzig.'«

Christian schloss verzweifelt die Augen. Das Fundament, auf das sich seine letzte Hoffnung gründete, drohte einzubrechen wie dünnes Eis in der Frühlingssonne.

»Da bin ich nicht so sicher«, widersprach er nach einer Schrecksekunde. »Ein Menschenleben zählt bei denen doch nicht viel.«

Sein Bruder schüttelte bedauernd den Kopf.

»Vergiss er, da machst du dir was vor, Christian. Warum sollten die so ein Risiko eingehen. Es gibt keinen vernünftigen Grund dafür.« Nachdenklich starrte er aus dem Fenster. »Ich glaube, wir müssen langsam mal der Wahrheit ins Auge sehen. Es sieht nicht gut aus für dich, Christian.«

Ihm war, als habe sein Bruder ihm eine Ohrfeige verpasst. »Was soll das heißen?«, entgegnete er. »Hältst du mich jetzt auch für den Mörder? Hast du die Seiten gewechselt?«

»Christian«, entgegnete Olaf flehend. »Jetzt nimm doch endlich Vernunft an. Kein vernünftiger Mensch kann sich vor den Indizien verschließen, die die Kollegen in Celle zusammengetragen haben.«

»Ach ja? Auf einmal! Die Kollegen in Celle!«, entgegnete sein Bruder spöttisch. »Ich verstehe. Ich hatte ganz vergessen, dass du auch zu denen gehörst. Und ich war so blöd zu glauben, dass dein Bruderherz stärker ist als dein Bullenblut.«

»Jetzt mach aber mal 'n Punkt«, polterte Olaf los. »So lass ich mich nicht von dir beschimpfen. Du kannst mir wirklich abnehmen, dass ich alles getan habe, was in meiner Macht stand. Aber schon das Gespräch mit diesem Frank Kruse hat mir die Augen geöffnet. Von wegen offene Ehe! So harmlos, wie du das immer hingestellt hast, waren deine Frauengeschichten anscheinend nicht.«

»Spiel dich hier bloß nicht zum Moralapostel auf, du falscher Fuffziger du«, brüllte ihn Linde mit rotem Kopf an. »Du, du Polizeispitzel.«

Jetzt mischte sich der Justizbedienstete ein. »Also, wenn Sie sich nicht beherrschen können, muss ich das Gespräch abbrechen«, drohte der Uniformierte.

»Nicht nötig, ich wollte sowieso gerade gehen«, unterbrach ihn Olaf. »Aber eins will ich dir noch sagen: Wenn du mich hier so abkanzelst, dann solltest du mal mit deinem Sohn sprechen. Was der der Polizei gesagt hat, trägt nicht gerade zu deiner Entlastung bei. Damit haben Sie nämlich glasklar, wonach sie so lange gesucht haben: ein Motiv. Ich glaube, ich muss dir nicht erklären, was ich meine.« Im selben Atemzug hatte er sich auch schon erhoben. »Tut mir leid, dass das hier so zu Ende geht«, sagte er zu seinem Bruder. »Ich verstehe natürlich deine Lage. Aber man kann nicht einfach den Kopf in den

Sand stecken, Junge. Das hat keinen Sinn, glaub mir.«

Christian Linde blickte zur Seite und schwieg demonstrativ.

»Mach's gut«, sagte Olaf im Weggehen. »Ich werde Mama nichts sagen.«

Niedergeschlagen ließ Linde sich aus dem Raum führen. Auf dem Weg zurück in die Zelle musste er sich wieder manch bösen Zuruf seiner Mitgefangenen anhören. Die Berichte über den Tod der Pastorenfrau hatten längst im Gefängnis die Runde gemacht.

»Hey, guckt mal, der Sex-Pastor«, rief einer, indem er in obszöner Absicht seinen rechten Zeigefinger in die Faust der anderen Hand einführte. Die Gruppe von Häftlingen in der Umgebung des Mannes brach in meckerndes Gelächter aus. »Halleluja, Halleluja«, sang einer, höhnisch dirigierend. »Kann man bei dir auch beichten?« rief ihm ein anderer grinsend zu. »Doch nicht bei so einem«, konterte ein stämmiger Glatzkopf. Und alle taten, als müssten sie platzen vor Lachen.

»Die beruhigen sich schon wieder«, raunte der Justizbedienstete dem Schutzbefohlenen väterlich zu. »Primitivlinge.«

Er fühlte sich am Ende seiner Kräfte, als er seine Zelle erreicht hatte.

»Wenn ich bloß sterben könnte«, dachte er. »Aber nicht mal das erlauben sie einem hier.«

»Hier sind 'n paar Briefe gekommen«, teilte ihm wenige Minuten später der Justizbedienstete mit. »Die bringen Sie vielleicht wieder auf andere Gedanken.«

Eher widerwillig nahm er die Post in Empfang. Er machte sich nicht einmal die Mühe, die Absender zu entziffern. Was hatte er schon noch zu erwarten. Er wollte nichts mehr wissen von der Welt. Erst nachdem er eine ganze Weile wie betäubt auf seiner Pritsche gelegen hatte, zog er den Briefstapel zu sich heran. Sofort sprang ihm die Schrift von Markus ins Auge. Das Herz begann ihm zu rasen, als er das Kuvert aufriss und den Brief auseinander faltete. Ihm stockte der Atem.

»Lieber Papa,
ich hoffe, dass ich die richtigen Worte finde. Denn es ist sehr schwer für mich, in Worte zu fassen, was mich bewegt. Vorweg: Es tut mir leid, wenn ich dich durch meine Aussagen bei der Polizei belastet

haben sollte. Aber ich fand einfach, dass jetzt alles auf den Tisch muss. Es ist zu lange geschwiegen und um die Wahrheit herumgeredet worden. Es ist, sprechen wir es ruhig aus, zuviel gelogen worden. Und die Lüge hat unser Leben vergiftet und wahrscheinlich auch unsere Familie zerstört. Damit muss Schluss sein, endgültig Schluss. So schrecklich alles ist, aber vielleicht gibt Mamas Tod uns, die wir noch leben, ja auch die Chance für einen Neuanfang. Ich kann mir vorstellen, dass Dir dies wie Hohn in den Ohren klingt. Denn natürlich musst Du Dir vorkommen wie am Rande eines Scherbenhaufens, mit einer möglicherweise langen Gefängnisstrafe vor Augen. Das tut mir, glaub es mir bitte, in der Seele weh. Denn bei allem, was Du getan haben magst: Du bist immer noch mein Vater und wirst es immer bleiben, und ich empfinde eine tiefe Liebe zu Dir. Darum tut es mir ja so leid, dass meine Aussage Deine Lage noch verschlechtert. Aber andererseits könnte ich den Gedanken auch nicht ertragen, dass Du Dich aus der Verantwortung stiehlst. Dass Du Mama tötest und Dich einer anderen Frau zuwendest, als würdest Du Dir ein neues Auto kaufen. Sehr gern möchte ich glauben, dass Du unschuldig bist. Aber bei allem, was ich weiß, fällt mir das ehrlich gesagt sehr, sehr schwer. Verstehe mich bitte recht: Ich will Dich nicht zum Mörder stempeln! Ich könnte mir gut vorstellen, dass Du in einer bestimmten Situation explodiert bist. Das kann ich natürlich nicht billigen, vielleicht hasse ich Dich sogar dafür. Aber ich glaube, ich könnte damit leben und Dir vielleicht sogar – irgendwann einmal – Verständnis entgegenbringen. Wofür ich kein Verständnis hätte, wäre Deine selbstgerechte Leugnung. Das macht mich einfach nur wütend. Aber vielleicht bin ich ja ungerecht. Vielleicht bist Du wirklich unschuldig. Du merkst, dass sich in meinem Kopf alles dreht. Diese Ungewissheit macht mich verrückt. Das einzige, was mir im Moment noch so etwas wie Halt gibt, ist das Theater. Aber das ist natürlich ein Gehen auf dünnem Eis. Aber ich will nicht so viel über meine Gefühlslage schreiben. Du hast genug mit Dir selbst zu tun. Ich hoffe inständig, dass die Wahrheit ans Licht kommt – und dass wir alle damit leben können,
Dein Markus.«

Er faltete den Brief gedankenverloren zusammen. Die Sätze schwirrten ihm durch den Kopf, es gelang ihm nicht, sie zu einer zusammenhängenden Botschaft zu formen. Zu widersprüchlich las sich, was Markus da zu Papier gebracht hatte. Der Zuspruch und die einleitende Entschuldigung verflüchtigten sich, wandelten sich in Verdächtigungen, Unterstellungen, Vorhaltungen. Am Ende überwog daher die Enttäuschung, die Trauer über den verlorenen Sohn.

Er sichtete die übrigen Briefe. Auch Astrid Brix hatte ihm geschrieben, seine treue Haushaltshilfe. Wahrscheinlich wollte sie ihm kündigen. Schweren Herzens öffnete er den Brief.

»Sehr geehrter Herr Linde!«, stand da in akkurater Schulschrift. »Ich wollte Ihnen nur mitteilen, dass ich zu Ihnen halte. Ich weiß genau, dass Sie es nicht gewesen sind. Ich hab Sie ja gesehen, Ende letzter Woche. Das habe ich auch der Polizei gesagt. Ich hoffe sehr, dass Sie nicht zu viele schlimme Dinge durchmachen müssen und bald wieder zurückkommen. Ich werde auf jeden Fall das Pfarrhaus so lange sauber halten. Gestern habe ich erst einmal Osterputz gemacht. Natürlich komme ich auch zur Beerdigung. Aber ich glaube nicht, dass wir uns sehen. Ich werde ganz hinten bleiben und auch wohl nicht zum Grab gehen. Das halten meine Nerven nicht aus.
Mit freundlichen Grüßen,
Astrid Brix.«

Unten auf den Brief hatte sie noch hinzugefügt: »Ich bete für Sie.«

Er war gerührt. Diese Frau Brix hatte zwar immer mit großer Leidenschaft den Dorfklatsch weitergetragen, war aber nie boshaft dabei gewesen. Eher mitfühlend, Anteil nehmend – was man sonst nur von den wenigsten im Dorf sagen konnte.

Der Brief seiner Haushaltshilfe ermutigte ihn, auch die restlichen Postsendungen zu öffnen. Drei weitere kamen aus der Gemeinde. Eine Kirchenvorsteherin versicherte ihm, dass sie fest an seine Unschuld glaube und dafür sorgen werde, dass beim Oster-Gottesdienst seiner gedacht werde. Die Frau hatte sogar ein kleines Fürbitten-Gebet getextet, das sie vor dem Altar vortragen wollte.

Susanne Althammer? Mit diesem Namen wusste er zuerst gar nichts anzufangen. Doch als er den Brief geöffnet hatte, stellte er fest, dass er von Suse kam, seiner früheren Konfirmandin, die er vor einigen Jahren mit diesem Automechaniker verheiratet hatte – mit

Frank Althammer. Er musste immer noch lächeln, wenn er an das rührende Traugespräch dachte. Auch Suse bemühte sich, ihm Mut zu machen. »Frank hat gleich gesagt, dass Sie das nie im Leben gemacht haben können«, schrieb sie. Und: »Ich hoffe, dass Sie bald wieder Gottesdienst abhalten und Klarinette spielen. Obwohl wir sonst normalerweise nicht in die Kirche gehen, würden wir auf jeden Fall kommen und auch unseren Torsten mitbringen, der jetzt schon vier ist.«

Das war Balsam für die Seele. Auch ein alter Studienfreund hatte sich an ihn erinnert. Darüber hinaus bekundeten ihm Leute ihr Mitgefühl, die von seinem Fall in der Zeitung gelesen hatten. Nur ein anonymer Schreiber beschimpfte ihn als »scheinheiligen Verbrecher«, nannte ihn einen »Wolf im Schafspelz«, nahm seinen Fall aber mehr zum Anlass, über die Verkommenheit von Kirche und Gesellschaft im Allgemeinen zu motzen. Die Anwürfe trafen ihn daher nicht allzu hart. Anstatt sich darüber zu grämen, überflog er noch einmal die Briefe derer, die ihm ihr Vertrauen schenkten. Nein, diese Menschen durfte er nicht enttäuschen. Keinesfalls. Er musste weiterkämpfen.

Der Besuch seines Anwalts kam ihm gerade recht. Mertens hatte eine Kopie der Geschichte aus »Echo des Herzens« dabei, die über den »Fall Linde« erschienen war. »Das ist doch mal ein anderer Zungenschlag«, verkündete der elegante Herr mit dem Lockenkopf stolz. »Unser Pastor ist im Knast«, lautete die Überschrift. Mitfühlend beschrieb die Autorin ihre Begegnung mit Linde im Gefängnis. Sie schilderte den inhaftierten Pastor als modernen Geistlichen, der trotz seiner Seitensprünge von seiner Gemeinde verehrt werde. Eingekästelt in den Text waren ausschließlich positive Stimmen aus Eichendorf und Winterburg. Alle hatten den gleichen Tenor:

»Vollkommen unmöglich, dass unser Pastor so was macht.«

Er jubelte innerlich. Das Gespräch mit der Reporterin hatte sich gelohnt.

»Na, da sieht die Welt doch schon ganz anders aus, was?«, kommentierte Mertens, der sich wieder mit einem edlen Parfüm beduftet hatte. Waldaroma als Puffer gegen Knastschweiß.

»Ich habe gerade mit Ihrem Bruder gesprochen. Der scheint Sie ja ganz schön geschockt zu haben. Aber das dürfen Sie nicht so ernst nehmen. Diese Aktienschieber behalten wir weiter im Auge. Ich glaube, diese Form der Kriminalität ist einfach noch zu neu, als dass man da auf die Einschätzung der Polizeitrottel allzu viel geben könnte. Da müssen Spezialisten ran. Notfalls sollten wir ein bisschen Geld locker machen, um den Experten auf die Sprünge zu helfen.«

Linde schwieg. Der Mann gefiel ihm. Er revidierte den ursprünglichen Eindruck. Das war kein Schaumschläger, der war nicht umsonst so berühmt.

»Wichtig ist natürlich, dass Sie jetzt der Polizei von dem Anruf dieses« – er blickte in seinen Notizblock – »dieses Frank Kruse erzählen. Bevor die selbst darauf kommen. Alte Anwaltsregel: Angriff ist die beste Verteidigung.«

Er nickte wie ein Musterschüler. Daraufhin eröffnete ihm sein Verteidiger, dass er am nächsten Tag nach Sylt fahre, um dort seinen Osterurlaub zu verbringen. »Der Peters will noch mal mit Ihnen sprechen. Da ich gerade hier bin, sollten wir das gleich durchziehen, wenn es Ihnen recht ist.«

»Von mir aus gern«, antwortete Linde, der nun wieder Mut gefasst hatte.

Der Anwalt ließ Kommissar Peters ausrichten, dass die Vernehmung beginnen könne. Und wie gewohnt erschien der junge Kriminalbeamte in Begleitung des dicklichen Kollegen Braun.

»Ich habe mit Ihrem Bruder über diese Spekulanten-Szene in Frankfurt gesprochen, Herr Linde«, begann Peters. »Wir waren uns einig, dass ein Zusammenhang mit dem gewaltsamen Tod Ihrer Frau nicht eben wahrscheinlich ist.«

»Für uns ist diese Sache noch nicht gegessen«, hakte Mertens ein. »Da werden wir wohl noch einen Beweisantrag stellen.«

»Ihr gutes Recht«, erwiderte Peters emotionslos. »Aber ich habe auch eine gute Nachricht«, fuhr er mit einem forschenden Blick auf Linde fort. »Sie haben eine Art Alibi.«

Linde horchte ungläubig auf.

»Eine Frau Trautmann hat uns geschrieben. Sie zählt zu ihren Eichendorfer Gemeindegliedern und war vor zwei Wochen in Celle im Krankenhaus. Sie schreibt, dass sie sich jetzt doch daran erinnert, dass Sie an diesem fraglichen Freitag bei ihr im Zimmer waren. Sie sei anfangs noch im Halbschlaf gewesen, sagt sie. Daher habe sie sich zuerst nicht mehr an Ihren Besuch erinnert. Doch jetzt sei es ihr wieder eingefallen.«

Linde errötete. Er war so perplex, dass ihm die Worte fehlten. Mertens dagegen rückte schmunzelnd den Stuhl zurück und schlug die Beine übereinander. »Na, das ist ja doch eine hübsche Überraschung«, bemerkte er triumphierend.

»Das fanden wir auch.« Peters durchbohrte Linde mit seinen stahlblauen Augen. Der Mann im Hintergrund räusperte sich. Im nächsten Moment setzte er zu einer Frage an: »Haben Sie eigentlich mal Kontakt zu Frau Trautmann aufgenommen, Herr Linde?«

»Kontakt? Wie meinen Sie das? Ich verstehe nicht.«

»Ganz einfach: Kann es sein, dass Sie Frau Trautmann geschrieben haben, ich meine von der Haftanstalt aus?«

Um ein wenig Bedenkzeit zu gewinnen, atmete Linde tief durch. »Wenn Sie so fragen, dann wissen Sie ja wahrscheinlich schon, dass ich ihr geschrieben habe«, sagte er. »Ich wollte sie wissen lassen, dass ich an sie denke. Sie ist schließlich sehr krank gewesen. Und außerdem wird sie bald fünfundsiebzig.«

»Wir haben eher den Eindruck, dass Sie der Frau in eigener Sache geschrieben haben, Herr Linde«, entgegnete Braun. »Wenn wir den Brief richtig verstehen, dann haben Sie Frau Trautmann gedrängt, Ihnen ein Alibi zu verschaffen.«

»Das ist doch wohl eine Unverschämtheit.«

Mertens gab ihm per Handzeichen zu verstehen, dass kein Grund zur Aufregung bestehe und setzte zur Verteidigungsrede an: »Ich verstehe, ehrlich gesagt, gar nicht, was so schlimm daran sein soll, wenn mein Mandant in seiner Lage bei möglichen Zeugen höflich anfragt, ob sie sich an ihn erinnern – in einem Zeitraum, der, wie Sie wissen, entscheidend für ihn ist.«

»Das haben Sie aber sehr vornehm ausgedrückt«, höhnte Peters. »Wir hatten eher den Eindruck, dass Ihr Mandant Frau Trautmann unter Druck gesetzt hat. Als wir zu ihr nach Hause gefahren sind, um ihre Aussage noch einmal abzuchecken, hat sie gleich einen ziemlich angespannten Eindruck gemacht. Man könnte auch sagen: Sie war geschockt. Anfangs hat sie noch abgestritten, dass Herr Linde diese Aussage bei ihr bestellt hat. Erst als wir sie nachdrücklich darauf hingewiesen haben, dass sie sich mit einer Falschaussage strafbar machen könnte, fing sie an zu weinen und hat uns von dem Brief erzählt.«

Linde spürte, wie ihm die Hände feucht wurden. »Das tut mir natürlich furchtbar leid, wenn mein Brief bei dieser Frau so angekommen ist. Aber so war das nicht gemeint. Ich hatte sie da selbstbewusster eingeschätzt.«

»Interessant ist auch die Frage, wie der Brief aus der Justizvollzugsanstalt gekommen ist«, fuhr der ältere Polizeibeamte im Hintergrund unbeeindruckt fort. »Üblicherweise geht die Korrespondenz von Untersuchungsgefangenen über den Tisch des Gerichts. Aber die wissen da nichts von einem Brief an Frau Trautmann.«

Mertens knetete nervös seine Hände. »Sie werden Verständnis dafür haben, dass Herr Linde hier niemanden belastet, der ihm möglicherweise diesen kleinen Freundschaftsdienst erwiesen hat«, teilte er den Polizeibeamten in beherrschtem Ton mit. »Im Übrigen wäre es nicht das erste Mal, dass bei der Postkontrolle ein Brief durchflutscht.«

»Am einfachsten wäre es doch wohl, wenn uns Herr Linde sagen könnte, auf welche Weise er den Brief nach draußen befördert hat«, entgegnete Peters, der wieder intensiv nach Rasierwasser roch.

Nach dem Wink seines Verteidigers wusste Linde, was er zu sagen hatte. »Natürlich über den üblichen Weg hier. Was kann ich dafür, wenn der Brief nicht registriert wird.«

Damit beendete Peters die Vernehmung, und Rechtsanwalt Mertens wünschte seinem Mandanten in ungewohnt religiöser Wortwahl »gesegnete Ostertage«.

Auf seinem Rückweg zur Zelle fiel Linde ein, dass er ganz vergessen hatte, von Kruses Anruf zu berichten. Aber darauf kam es jetzt wohl nicht mehr an. Wieder bemerkte er, wie die anderen Gefangenen spöttisch grinsten, als er an ihnen vorbeiging.

Hinter der getönten Glasscheibe einer Aufseherkanzel schrillte ein Telefon. Ihm fiel ein, dass er noch bei Anna anrufen wollte. Er weihte seinen Begleiter ein. Der zeigte Verständnis. Die Gefängnisleiterin genehmigte den Anruf sofort – allerdings unter der Auflage, dass mitgehört wurde. Er spürte, wie das Blut durch seine Halsschlagader pulste, während er die Nummer seiner Schwiegereltern wählte. Das Freizeichen ertönte, viermal. Dann meldete sich eine vertraute Stimme.

»Ja hallo, Anna Linde hier, bei Fischer.«

Die Kinderstimme klang ungewöhnlich ernst.

»Papa hier. Ich wollte dir zum Geburtstag gratulieren, meine Liebe.«

»Papa, oh Papa! Gut, dass du anrufst«, antwortete Anna überrascht. Sie seufzte und fiel gleich darauf in einen Trauerton. »Hoffentlich kommst du bald wieder nach Hause.«

Er musste schlucken.

»Bestimmt«, log er. »Für mich ist nur wichtig, dass du an mich glaubst, Anna.«

»Natürlich, Papa«, sagte Anna mit erstickter Stimme. Er hörte, wie seine Tochter zu weinen begann. In diesem Moment öffnete sich am anderen Ende der Leitung eine Tür.

»Armes Kind«, sagte eine Frauenstimme. »Gleich fängt im Fernsehen ein schöner Kinderfilm an.«

Seine Schwiegermutter. Er bekam mit, dass sie Anna den Hörer abnahm und das Mädchen ins Wohnzimmer schickte. Mit Grabeskälte in der Stimme beendete sie daraufhin das Telefongespräch:

»Lass bloß das Kind in Ruhe, du.«

Er kam gar nicht dazu, etwas zu erwidern. Noch ehe er Luft holen konnte, knackte es in der Leitung.

Axel Kawelka war inzwischen in die Zelle zurückgekehrt. Linde wunderte sich, dass nicht wie üblich der Fernseher lief. Obwohl er die Augen geöffnet hatte, sagte »Kralle« kein Wort, als der Mitgefangene den Raum betrat.

»Na, Dich haben sie wohl heute wohl ganz schön lange durch die Mangel gedreht, was?«, fragte Linde, um das Schweigen zu brechen.

»War's schlimm?«

»Gibt Schlimmeres.«

»Was ist denn los?«

»Was soll los sein? Öde wie immer.«

Der Pastor aus Eichendorf fühlte sich in seine Rolle als Seelsorger zurückversetzt. »Ich merk doch, dass mit dir was nicht stimmt«, setzte er nach – dankbar, sich von seinem eigenen Schlamassel ablenken zu können.

Kawelka seufzte. »Du bist echt 'ne richtige Nervensäge. Aber gut, dir als Pastor kann ich's ja sagen: Die haben mich weichgeklopft.«

Linde hörte, wie der Mann auf dem Bett schwer atmete. Ihm war sofort klar, was »Kralle« meinte.

»Und? Bereust du es?«

Kawelka stöhnte. »Ach, bereuen? Schwer zu sagen. Damit muss ich mich natürlich schon auf einen längeren Aufenthalt hier einstellen. Aber andererseits habe ich endlich meine Ruhe.« Wieder schwieg er eine Weile. »Nützt ja nix. Ewig kannst du doch nicht vor denen weglaufen.« Er schluckte. »Und vor dir selbst auch nicht. Jetzt ist wenigstens alles raus. Schlimmer kann es nicht mehr kommen. Das macht es einem schon 'n bisschen leichter hier, kannste mir glauben. Jetzt kann ich sagen: Ich hab Scheiße gebaut, und irgendwie werde ich dafür bestraft. Da haste keinen Grund, dich darüber zu beklagen, Kralle. Das geht in Ordnung. Ich weiß, ich sitze nicht zu Unrecht hier.«

Linde war gerührt. Die Offenheit beschämte ihn. »Ich glaube, du hast einen sehr mutigen Schritt getan«, erwiderte er hölzern. »Ich weiß nicht, ob es dich tröstet. Aber da du mich schon als Pastor angesprochen hast, will ich dir auch als Pastor antworten: Unser Vater im Himmel steht zu uns, auch wenn wir noch so schlimme Dinge tun. Wenn wir nur ehrlich um Vergebung bitten, dann verzeiht er uns auch. Schließlich hat er seinen eigenen Sohn für uns und unsere kleinen und großen Schwächen hingegeben. Morgen ist ja der Tag, an dem wir daran denken, welche Qualen Jesus für uns am Kreuz erlitten hat. Also, wenn du glaubst, dass du von aller Welt verlassen bist: Gott verlässt dich nicht, zu dem kannst du immer kommen.«

Er meinte zu stammeln, empfand es plötzlich als anmaßend, diesem Kawelka geistlichen Rat zu erteilen. Aber nun musste er sein Angebot auch zu Ende führen. »Hast du schon mal gebetet?« fragte er den Mann, der unter ihm auf der Pritsche lag.

»Als Kind im Konfirmandenunterricht, aber das ist lange her.«

»Dann solltest du es mal wieder versuchen. Ich könnte mir vorstellen, dass es dir gut tut. Wenn du möchtest, können wir es zusammen machen.«

*Premiere*

Kein Hüsteln, kein Schnäuzen, kein Wispern. Kein Laut drang aus dem dunklen Zuschauerraum zur hell erleuchteten Bühne herauf. Das Publikum schien den Atem anzuhalten.

Premiere in der Landesbühne Hannover. »Die Möwe«, vierter Akt. Ein vornehmer Salon – spärlich möbliert. Der junge Dichter Treplev, gespielt von Markus Linde, im Dialog mit seiner Jugendliebe Nina, dargestellt von Katja Petri, die ihm einst so überstürzt den Rücken gekehrt hat. Nach längerer Zeit sind die beiden wieder zusammengetroffen. Nina, sie träumt von einer Karriere als Schauspielerin, ist ernüchtert zurückgekehrt. Sie scheint verwirrt. »Ich hatte Angst, dass Sie mich hassen«, sagt sie. »Ich träume jede Nacht, dass Sie mich anschauen und nicht wiedererkennen.« Sie reibt sich verzweifelt die Stirn und flicht immer wieder den gleichen Satz in ihre Rede ein: »Ich bin die Möwe.« Sie spielt damit an auf eine Möwe, die Treplev einst aus Frust und Langeweile geschossen hat. »Ich bin die Möwe.«

Das klingt unvermittelt, zwanghaft.

Treplev geht nicht darauf ein, der Sohn der Schauspielerin Arkadina beschreibt seinen eigenen Gemütszustand: »Ich bin einsam, niemand wärmt mich mit seiner Anhänglichkeit, mir ist kalt wie in einem Kellerloch ...«

Erst als Nina ihren Hut aufsetzt und sich ihren Umhang überwirft, geht er auf sie zu: »Nina, warum? Um Gottes Willen, Nina ...«

Aber Nina lässt sich nicht halten, sie monologisiert über ihre Pläne, verkündet ihre neu gewonnene Lebenseinstellung: »Die Hauptsache ist nicht der Ruhm, nicht der Glanz, nein, nicht das, wovon ich geträumt habe, sondern leiden zu können. Trage dein Kreuz und glaube.«

Treplev lässt sie ziehen, äußert nur noch resigniert eine letzte scheinbar belanglose Sorge: »Es wäre schlecht, wenn jemand sie im Garten sehen würde und es dann Mama sagt. Das könnte Mama ärgern ...«

Er zerreißt sein Manuskript, wirft die Schnipsel unter den Tisch und geht ab. An seinem Gehen ist zu erkennen, dass er einen Entschluss gefasst hat. Einen schwerwiegenden Entschluss. Wenig später fällt der Schuss. Ganz beiläufig bemerkt ein alter Arzt: »Die Sache ist die, Konstantin Gavrilovic hat sich erschossen.«

Aus. Die Scheinwerfer verloschen. Ein kurzer Augenblick der Stille. Dann brandete Applaus auf, Beifall, der sich zu einem Donnern steigerte. Die Gesichter der Protagonisten auf der Bühne entspannten sich. Die Akteure winkten denen zu, die noch unsichtbar hinter den Kulissen standen. Auch der Treplev-Darsteller Markus Linde kehrte auf die Bühne zurück. Zuerst wirkte er noch angespannt, doch dann formte sich sein Mund zu einem Lächeln, und seine Augen begannen zu leuchten. Bravo-Rufe mischten sich in den Applaus. Sie galten auch dem Regisseur, der nun die Bühne betrat. Am lautesten aber wurden die Bravo-Rufe, als Markus Linde sich ganz allein verbeugte. Sein persönlicher Applaus fiel noch stärker aus als der für Katja Petri, die als Nina ja die Paraderolle des Stückes gespielt hatte. In der sechsten Reihe applaudierte eine junge Frau mit schulterlangen, dunkelblonden Haaren, die für diese Premiere in ein rotes Seidenkleid geschlüpft war und sich nun für ihre übermäßig feine Garderobe ein wenig schämte. Doch Markus bemerkte sie gar nicht, auch wenn der Zuschauerraum allmählich immer heller wurde und die Schauspieler sehen konnten, wie die Leute aufstanden und stehend klatschten.

Standing ovations. Die Akteure applaudierten ihrem Publikum. Katja Petri nahm ihren Bühnenpartner hinter den Kulissen in den Arm und drückte ihn an sich. »Wunderbar, du warst wirklich klasse, Markus.«

»Du auch.« Markus genoss es, wie ihm auch die anderen Kollegen um den Hals fielen.

Es war geschafft. Geschafft. Nach und nach fiel alle Anspannung von ihm ab, machte einem Gefühl grenzenloser Euphorie Platz. Ihm war, als schwebte er auf einer Wolke – getragen vom Publikum, getragen von den Kollegen, getragen vom Nachhall des wunderbaren Stückes. Auch Regisseur Kühn klopfte ihm auf die Schulter. »Wirklich großartig, Markus.«

Kein Gedanke mehr an die Dinge, die ihn in den Stunden vor der Vorstellung noch so gequält hatten. Ausgerechnet am Tag der Premiere war im »Hannoverschen Anzeiger« der Artikel über ihn erschienen. »Die schwerste Rolle seines Leben«, lautete die Überschrift. Das Porträt seiner Mutter – es war durchaus liebevoll ausgefallen – war darin ganz in den Hintergrund gerückt. Im Mittelpunkt stand der leidgeprüfte Sohn, der in dieser schweren Zeit die erste große Rolle seines Lebens zu spielen hatte und von der Magie des Theaters schwärmte.

Natürlich hatten alle Kollegen den Artikel gelesen – wenn nicht bereits zuhause, dann spätestens im Theater. Schon die Bühnenpförtnerin hatte ihn darauf angesprochen. »Ich finde es ganz toll, dass Sie trotzdem heute spielen«, hatte sie ihm gesagt – mitfühlend und anerkennend zugleich. Und der stotternde Inspizient wusste zu berichten, dass nach Erscheinen des Artikels auch noch die letzten Karten weggegangen seien. »Wie wa-warme Semmeln. Und die nä-nächsten Vorstellungen sind auch schon fast au-au-ausverkauft.«

Bei allem Zuspruch war es ihm peinlich, dass sich jetzt die Aufmerksamkeit des Premierenpublikums auf ihn, den armen Sohn der ermordeten Pastorenfrau, richtete. Unfreiwillig war er zum Star des Abends geworden. Aber da war kein Glanz, der ihn umgab. Da war nur dieser Schatten, der sich auch über die Premiere zu legen drohte. Doch es gelang ihm, die Beklemmungen niederzukämpfen und sich auf seine Rolle zu konzentrieren. Entspannend war allerdings auch dies nicht. Denn die Anforderungen, die die Rolle ihm stellte, waren so groß wie die Angst zu versagen. Er konnte vor Nervosität keinen klaren Gedanken fassen. Damit aber war es vorbei gewesen, als er die Bühne betreten hatte. Schlagartig war er in seiner Rolle gewesen – hatte sich frei gefühlt wie lange nicht.

Die ausgelassene Stimmung war auch in den Umkleidekabinen spürbar. »Jungchen, ich habe dir immer gesagt, dass wir es schaffen.« Zur Bekräftigung drückte Wanda Wolfen ihm einen Kuss auf die Stirn.

Katja nahm unterdessen einen riesigen Blumenstrauß entgegen. Dreißig rote Rosen leuchteten unter der Klarsichthülle. Daran hing ein goldgerahmtes Kärtchen mit einem Herz und der Aufschrift »Für meine Möwe, Dein Peter.«

Die Beschenkte war gerührt. »Wahnsinn. Und ich hatte ihm extra gesagt, er sollte nicht zur Premiere kommen. Das macht mich immer nervös.«

»Männer«, kommentierte Wanda Wolfen erfahrungsschwer.

Doch Katja hatte plötzlich nur noch einen Mann im Sinn. Sie nahm ihr Handy und wählte die Nummer ihres Rosenkavaliers. »Du Scheusal, ich hatte dir doch verboten zu kommen«, begann sie, bevor sie ihrer Rührung mit liebevolleren Worten Ausdruck verlieh. »Oh Schatz, du glaubst ja nicht, wie ich mich gefreut habe.«

Es schien sie in ihrem Überschwang nicht im Geringsten zu stören, dass mehrere Kollegen ihr lautes Geplauder mitbekamen.

Auch Markus. Unwillkürlich beschlich ihn ein Gefühl bodenloser Eifersucht. Natürlich hatte Katja sich nie von ihrem Freund getrennt, aber sie hatte ihm doch Hoffnungen gemacht. Dass sie nun in seiner Gegenwart so ungeniert mit diesem Peter turtelte, verletzte ihn. Als würde sie ihn als Mann überhaupt nicht ernst nehmen. Zu allem Überfluss musste er auch noch mit anhören, wie sie den Kerl zur Premierenfeier einlud. Damit war ihm die Party bereits verdorben, noch bevor sie begonnen hatte.

»Peter kommt auch gleich, da könnt ihr euch endlich mal kennenlernen«, teilte sie Markus arglos mit, als sie ihr Gespräch endlich beendet hatte.

»Schön.« Der Angesprochene bemühte sich, seine Enttäuschung zu verbergen. Doch der Glücksrausch war endgültig verflogen. Um nicht gleich wieder unsanft auf dem Boden der Tatsachen zu landen begann er, sich zu betrinken. Während die Kollegen und geladenen Gäste ihm zu seiner glanzvollen Vorstellung gratulierten, kippte er ein Glas Sekt nach dem anderen in sich hinein. Obwohl er nach der Vorstellung noch so großen Hunger gehabt hatte, ließ er die Käse-, Wurst- und Fischhäppchen stehen. Die Wirkung ließ nicht lange auf sich warten. Artikulationsprobleme machten ihm zu schaffen, er begann zu lallen und zog es daher vor, möglichst gar nichts mehr zu sagen.

Aber andere kamen auf ihn zu, und je weiter der Abend voranschritt, desto tiefer sank die Hemmschwelle, ihn auf die »schlimme Sache«, die »unfassbare Geschichte«, die »Tragödie« anzusprechen. Manches Kompliment entwickelte sich auf diese Weise zur Kränkung. »Na, das ist ja sicher sehr schön für Sie, dass Sie hier diesen Erfolg feiern dürfen und ein bisschen Abstand von der furchtbaren Geschichte mit ihrem Vater kriegen«, sagte die aufdringlich geschminkte Frau des Kulturamtsleiters. »Ich habe immer daran gedacht, was wohl in Ihnen vorgeht. Wirklich! Ich habe bewundert, wie Sie das überspielt haben. Dafür haben Sie wirklich einen Extra-Applaus verdient.« Auch andere äußerten sich so. Markus gewann immer mehr den Eindruck, dass sein persönlicher Beifall wertlos war, ein Akt der Tröstung für den gebeutelten Pastorensohn. Mehr nicht. Ein weiterer Grund, ein Glas Wein zu trinken.

Auch die Konversation mit Peter trug nicht dazu bei, seine Stimmung zu heben. »War echt super, was Sie uns da vorgeführt haben«, tönte der Typ in der engen Lederhose und dem gelben Jackett herablassend. »Wirklich sehr glaubwürdig. Ich war natürlich froh, dass meine Möwe Sie hat abblitzen lassen.« Als Markus nicht darauf einging, schob der Rosenkavalier nach: »Ich würde Sie sofort für einen Werbespot engagieren.«

Markus wusste von Katja, dass der Typ Geschäftsführer einer Softwarefirma war und im Geld schwamm. »Ich glaube, für solche Sekundenauftritte bin ich nicht so geeignet«, erwiderte er mit kühler Distanz.

»Das sollten Sie sich aber mal überlegen. In der Werbebranche verdienen Sie wahrscheinlich in drei Sekunden mehr als im Theater in drei Monaten.«

»Geld ist auch nicht alles«, lallte Markus und kräuselte angewidert die Stirn.

Katja bemerkte, wie reserviert Markus ihrem Freund gegenübertrat. Beherzt versuchte sie, das Eis zu brechen: »Habe ich mich verhört oder habt ihr euch wirklich gesiezt?«, fuhr sie dazwischen. »Das darf ja wohl nicht wahr sein.«

Ihr Freund quittierte die Intervention mit beifälligem Lächeln und streckte Markus jovial seine kräftige Hand entgegen.

»Peter.«

Markus zog notgedrungen nach. Es sah jedoch nicht eben schwungvoll aus, wie er die Hand des Geschäftsmannes drückte und seinen Namen nannte: »Markus.«

Peter nickte. »Darauf sollten wir jetzt aber wirklich einen trinken.« Markus signalisierte Einverständnis und war froh, dass sich die verkrampfte Situation ein wenig lockerte. Doch als der eloquente Herzensbrecher begann, sich in mitleidigem Ton nach seiner Seelenlage zu erkundigen und ihn um eine Einschätzung »dieses Mordfalles« bat, ließ er ihn einfach stehen und wanderte mit seinem Weinglas weiter. Ein Satz aus dem Stück wollte ihm nicht aus dem Kopf gehen: »Wenn du mein Leben willst, so komm und nimm es.«

## *Unverhofftes Wiedersehen*

Im Untersuchungsgefangenen-Trakt der Justizvollzugsanstalt Salinenmoor wurde das Mittagessen ausgeteilt. Fischstäbchen mit Kartoffelsalat. Axel Kawelka verlangte eine Extraportion. Fisch war sein Lieblingsgericht.

»Wenigstens was Vernünftiges zu essen an so 'nem öden Tag«, murmelte Kralle mampfend. »Tschuldigung, Pastor, aber Karfreitag habe ich immer schon gehasst.«

Zuvor hatte er bereits über das langweilige Fernsehprogramm geflucht. Dabei hatte er es sich am Abend gut gehen lassen. Von seinem »Durchhänger« war schon bald nichts mehr zu spüren gewesen. Gleich nach dem Gespräch mit Linde hatte er im Fernsehen einen Film mit erotischen Szenen gesehen. Die Lustschreie rissen den Zellengenossen aus seinem Grübeln.

»Das sollteste dir auch mal reinziehen, Pastor«, hatte Axel ihm halb im Scherz vorgeschlagen.

»Lass mal, Axel. Die Fantasie wird doch viel mehr angeregt, wenn man nur den Ton mitkriegt«, erwiderte Linde, um nicht allzu prüde und unhöflich zu erscheinen.

»Na, allein mit deiner Fantasie hast du dich doch sonst auch nicht zufrieden gegeben, alter Junge. Wenn auch nur die Hälfte von dem stimmt, was man so hört, dann bist du ja alles andere als 'n Kostverächter.«

»Du musst nicht alles glauben, was so rumerzählt wird.«

Bei allem Spott hatte er auch eine gewisse Bewunderung aus Kawelkas Bemerkung herausgehört. Obwohl er sich anfangs noch dagegen wehrte, war er sogar ein wenig stolz. Anders als bei seinem Spießrutenlauf wenige Stunden zuvor waren ihm seine Frauengeschichten nun auf einmal gar nicht mehr peinlich. Er führte den Sinneswandel auf sein Gefühlschaos zurück.

Auch Kralle war ja offenbar extremen Stimmungsschwankungen ausgesetzt. Nachdem er erst noch teilnahmslos auf seinem Bett gelegen hatte, vergnügte er sich schon kurze Zeit später bei diesem Liebesfilm.

Auch beim Mittagessen am Tag darauf war von Trübsinn nichts

zu spüren. Schmatzend verspeiste »Kralle« sein Karfreitagsmahl. Lindes Appetit hielt sich dagegen in Grenzen. Er trat zwei Fischstäbchen an seinen Zellengenossen ab. Am Vormittag hatte er – zum Erstaunen Kawelkas – auf die Teilnahme am Karfreitags-Gottesdienst mit anschließendem Abendmahl verzichtet. Zu schmerzlich hatte ihm der vergangene Gefängnis-Gottesdienst seinen Absturz vor Augen geführt. Trotz aller Verdrängungsbemühungen zog ihn die besondere Stimmung dieses religiös geprägten Trauertages aber doch in ihren Bann. Er las in der Bibel.

Als er sich nach dem Essen die Hände wusch, rief ihn ein Justizbediensteter ins Besprechungszimmer. »Besuch aus Celle, dieser Kommissar Peters ist wieder da.« Er ließ sich nicht lange bitten. Jede Abwechslung war ihm recht an diesem stillen Tag.

»Wir haben wahrscheinlich die Stelle, wo Ihre Frau getötet worden ist«, begrüßte ihn Peters – karfreitagsgemäß in grauem Pulli und schwarzem Blazer. »Eine Spaziergängerin hat da gestern das Handy Ihrer Frau gefunden, nach dem wir schon seit Tagen suchen. Wir haben heute morgen gleich unsere Spezialisten in Marsch gesetzt, und die haben prompt auch Schleifspuren in der Nähe entdeckt.«

»Interessant. Wo ist denn die Stelle?«

Peters fixierte ihn einen Moment nachdenklich, bevor er antwortete: »In einem Waldstück nahe der Aller, so etwa fünfzehn Kilometer östlich von Celle. Wenn es Ihnen recht ist, können wir da gleich mal hinfahren.«

Der Vorschlag traf ihn unvorbereitet. »Was soll denn das bringen?«

»Wird sich zeigen.« Wieder funkelte Peters ihn mit durchdringendem Blick an. »Ich habe den Eindruck, die Vorstellung, da hinzufahren, macht Ihnen Angst. Habe ich recht?«

»Unsinn. Von mir aus können wir gern fahren. Ich habe keine Probleme damit.«

»Oder möchten Sie Ihren Anwalt dabei haben. Das wäre Ihr gutes Recht.«

»Ich weiß, aber mein Anwalt ist schon auf Sylt im Osterurlaub. Ich denke, das schaffe ich allein.«

»Dann mal los, meinetwegen können wir gleich starten.« Kaum hatte er zu Ende gesprochen, war Peters auch schon aufgesprungen.

»Draußen ist es ziemlich ungemütlich, holen Sie sich einen Mantel.«

Der Himmel hing tief über dem Gefängnishof. Ein kalter Wind trieb graue Wolken vor sich her. Die Zellenblocks wirkten an diesem Karfreitag noch grauer als sonst. Nur ein Waldstück in der Ferne leuchtete im Sonnenlicht.

Vor dem Tor warteten zwei Polizeiautos.

»Ich glaube, auf Handschellen können wir heute verzichten«, sagte Peters. »Ich vertraue Ihnen, dass Sie keine Dummheiten machen.«

»Sehr rücksichtsvoll«, antwortete Linde, wobei sich Ironie und Dankbarkeit die Waage hielten.

Der Kommissar forderte ihn auf, in einen Streifenwagen zu steigen, in dem bereits eine Polizistin saß. Er nahm neben der Frau auf der Rückbank Platz. Als ihn die Uniformierte anlächelte, meinte er, in ein bekanntes Gesicht zu blicken.

»Guten Tag, Herr Linde«, begrüßte ihn die Polizeibeamtin. Es klang ungewohnt freundlich.

»Guten Tag«, erwiderte er irritiert. »Ich kenne Sie doch. Wenn ich bloß wüsste woher.«

Die Polizistin nahm ihre Mütze ab, schüttelte ihr rotbraun gewelltes Haar aus und lächelte. »Da kann ich Ihnen helfen: Sie haben mich konfirmiert, fast 25 Jahre ist das schon her. Ich bin Silke. Silke Brandes. Damals habe ich wahrscheinlich noch ein bisschen anders ausgesehen.«

»Mein Gott, Silke Brandes. Wie kommen Sie denn zur Polizei?«

»Auf Umwegen«, antwortete die Frau. »Zuerst habe ich eine Verwaltungslehre gemacht, aber auf die Dauer war es mir einfach zu langweilig, im Büro zu hocken.« Sie blickte verschämt zu Boden.

»Tut mir leid, das mit Ihrer Frau.«

»Das muss Ihnen nicht leid tun«, entgegnete er matt. »Sie können ja nichts dafür. Und es ist immerhin tröstlich, dass man hier doch noch auf einen Menschen trifft, für den man mehr ist als nur ein Mörder oder Totschläger.«

Die Polizistin errötete. »Für mich sind Sie immer noch Pastor Linde, und daran wird sich auch nichts ändern. Sie können mich übrigens gern duzen – so wie früher.«

»Danke.«

Ein junger Polizist setzte sich ans Steuer. Die Fahrt begann.

Linde rieb sich gedankenverloren den Bart. Unvorstellbar, dass da wirklich eine frühere Konfirmandin in Polizeiuniform neben ihm sitzen sollte.

»Manchmal denke ich, dass das alles hier nur ein verrückter Traum ist«, stammelte er. »Dies ist jetzt wieder so einer von diesen Momenten.«

Silke Brandes lächelte ihm aufmunternd zu. »Für mich ist das natürlich auch komisch, Sie hier zu treffen. Aber ich bin wirklich echt. Und ich kann mich an meine Konfirmation noch gut erinnern. Als ob es gestern gewesen wäre. Das war wirklich wunderschön. So fröhlich. Gar nicht so ernst und feierlich wie sonst in der Kirche. Wir haben auch keine schwarzen Kleider getragen, sondern knallbunte. Ich durfte mir ein neues kaufen, ich fand mich todschick darin.« Sie hielt kurz inne. »Am besten hat mir gefallen, als Sie dann mit uns nach dem Gottesdienst diesen Apfelbaum gepflanzt haben, Wenn ich wüsste, dass morgen die Welt zugrunde geht, würde ich heute einen Apfelbaum pflanzen – diesen Spruch habe ich mir gemerkt. Ich glaube, der war von Luther. Oder?«

Er war gerührt, dass dieses Mädchen sich daran noch erinnerte. Ausgerechnet an diesen Zeitungsgottesdienst, bei dem er Kathrin kennengelernt hatte! Ausgerechnet an diese symbolische Aktion, die Zuversicht und Gottvertrauen wecken sollte! Es klang, als lese Silke Brandes ihre Erinnerungen von einer Seite in ihrem Gedächtnis ab. Alles so präzise. Ob sie nicht gegen Dienstvorschriften verstieß, wenn sie in so vertraulichem Ton mit einem Untersuchungsgefangenen sprach, einem Tatverdächtigen? Merkwürdig! Silke Brandes setzte ihn noch mehr in Erstaunen:

»Ich kann mich auch noch gut an Ihre Predigt erinnern. Sie haben von Ihrem alten Apfelbaum gesprochen. Der war schon ganz morsch und teilweise abgestorben, haben Sie gesagt. So morsch und abgestorben wie die Kirche. Fand ich ganz schön mutig damals, dass Sie so was auf der Kanzel gesagt haben, echt.« Sie lächelte und holte tief Luft. »Irgendwie war man ja mit den Gedanken nicht so dabei. Wir haben doch damals in einem fort rumgekichert.«

Er sah, wie die Polizeibeamtin schluckte. »Aber trotzdem gab es dann auch wieder Augenblicke, wo mich der Gottesdienst richtig gepackt hat. Da war zum Beispiel dieses Lied. Wie hieß es noch?«

Nach kurzem Innehalten fuhr Silke stolz auf: »Geh aus, mein Herz, und suche Freud in dieser schönen Sommerzeit.«

»In dieser lieben Sommerzeit«, korrigierte er. »Lieben Sommerzeit. Aber nimm es mir bitte nicht übel, dass ich dich verbessere. Ich finde es toll, wie du dich so genau an das alles erinnerst. Ich hatte das schon wieder vergessen.«

Er hielt kurz inne und war erneut irritiert über diese vertraute Plauderei im Polizeiauto. Schließlich war die Frau neben ihm schon lange keine Konfirmandin mehr, sondern Polizeibeamtin. Warum hatte man ihn mit ihr zusammengebracht? Wieso war er so naiv darauf eingegangen?

Es begann zu schneien. Dicke Schneeflocken schwebten vom Himmel herab und legten sich über die Windschutzscheibe. Quietschend arbeiteten die Scheibenwischer dagegen an.

»Nachher war doch dieser schöne Bericht in der 'Hannoverschen Rundschau'. Ich glaube, Ihre Frau hat den damals geschrieben – damals, als sie noch gar nicht Ihre Frau war. Die ist doch auch bei der Konfirmation gewesen.«

Seine Miene trübte sich wieder ein. »Ja natürlich«, sagte er bedrückt. »Natürlich. Wo du es sagst.«

»Tut mir leid, ich wollte keine Wunden aufreißen.« Um von diesem kritischen Punkt abzulenken, fuhr sie fort, von früheren Gottesdiensten in Eichendorf zu schwärmen. »Sie können sich gar nicht vorstellen, wie mich Ihr Klarinettenspiel immer begeistert hat. So was hatte man doch vorher noch nie von einem Pastor gehört.«

Er war gerührt, aber auch verunsichert. Warum war dieses einfühlsame Mädchen bloß zur Polizei gegangen?

Innerhalb weniger Minuten hatte der Schnee eine weiße Decke über die Aprillandschaft gebreitet. Nur noch im Schneckentempo ging es jetzt voran. Es war, als beginne es schon zu dämmern. Alle Autos fuhren mit Licht. Noch mehr als zu Beginn der Fahrt meinte er, in einen Traum zu versinken. Einen weißen Traum.

Das Schweigen begann peinlich zu werden. Zum Glück redete seine Konfirmandin weiter. »Ich muss auch ehrlich sagen, dass Sie sehr gut ausgesehen haben, wie Sie da vor der Kanzel gestanden haben, wirklich toll«, beteuerte Silke Brandes, während sie die Augen senkte. »So groß und mächtig in diesem schwarzen Talar, und dann dazu Ihr blonder Vollbart.«

»Du machst mich ganz verlegen, Silke«, entgegnete er, während er seinen Bart zwirbelte. »Ich glaube, ich bin schon ganz rot.«

»Ja, wirklich komisch, dass ich Ihnen das alles jetzt nach so vielen Jahren hier erzähle. Aber damals hätte ich bestimmt keinen Mut dazu gehabt. Bestimmt nicht.«

Er spürte, wie seine Banknachbarin zu einem neuen Geständnis ausholte. »Also, ohne Schmu, Herr Linde: Ich war damals richtig verschossen in Sie. Echt. Regelrecht verknallt. Können Sie sich das vorstellen?«

»Nein, Silke. Das kann ich mir wirklich nicht vorstellen. Beim besten Willen nicht.«

Das Polizeiauto stoppte. Silke Brandes stieg zuerst aus. Sie klappte ihren Schirm auf. Es schneite immer noch. Schwere Flocken fielen vom Himmel. Der Schnee schien allmählich in Schneeregen überzugehen. Es roch nach nassem Moos. Die Polizistin öffnete die Beifahrertür an der Seite des Pastors.

»Sie können unter meinen Schirm kommen, Herr Linde.«

Er war immer noch so gefangen von den Erinnerungen und Geständnissen seiner Begleiterin, dass er kaum bemerkt hatte, wo die Fahrt hinführte. Ohne nachzudenken, ging er auf das Angebot der früheren Konfirmandin ein und übernahm es als größerer der beiden, den Schirm zu halten. Unter den Schuhsohlen verwandelte sich der Schnee in Matsch. Stille lag über dem Wald. Grau und geräuschlos strömte die Aller daran vorbei. Der Frühling war begraben unter einer weißen Decke. Er spürte die warme Schulter seiner Begleiterin. Silkes Worte klangen in ihm nach. »Ich habe Sie bewundert damals. Regelrecht verschossen war ich in Sie ...«

Wie erhebend das war, unversehens solche Zuneigung zu erfahren. Die Nähe dieser Verehrerin aus alten Tagen, die netten Worte – all das ließ ihn abtauchen in ein irgendwie unwirkliches Glücksgefühl. Dass Kommissar Peters mit einem Kollegen vorausging und andere Polizisten in gebührendem Abstand hinterhertrotteten, nahm er gar nicht mehr wahr.

Was war das? Kirchenglocken? Tatsächlich. Von fern her läuteten Kirchenglocken aus einem Dorf. Sie riefen zur Karfreitagsandacht in der Sterbestunde.

Auf einmal blieb Peters stehen. Linde sah es nicht. Gedankenversunken ging er mit seiner Begleiterin weiter, eingelullt in Erinnerungen, von Silke umschwärmt.

»Kommt Ihnen die Stelle hier bekannt vor?«, fragte der Kommissar unvermittelt, der sich jetzt plötzlich zu ihm umgewandt hatte. Er verstand erst nicht, trat dann aber von Silke zurück und blickte sich um, als wäre er aus einem Schlaf hochgeschreckt. Was hatte das zu bedeuten? Immer noch rieselte es aus diesem grauen Himmel, immer noch tropfte es von den Zweigen. Aber etwas war anders. Die Kiefern um ihn herum hatten auf einmal etwas Drohendes. Es war, als wollten sie ihn anklagen – genauso wie die Menschen um ihn herum. Auf einmal erkannte er auch den Ort wieder. Der schmale Waldweg führte hier direkt auf die Aller zu. Bei schönem Wetter konnte man oft hören, wie Kanufahrer vorbeizogen. Er war schon mal mit Kathrin hier gewesen. Kathrin.

Er blickte in die lauernden Gesichter der Umstehenden. Mit ungeheurer Wucht überkam ihn das Gefühl, getäuscht worden zu sein. Überlistet. Zorn flammte in ihm auf. Irrsinnige Wut. Hatte sich diese Silke etwa als Lockvogel benutzen lassen?

Dieses falsche Biest!

»Wahrscheinlich hast du mir die ganze Zeit bloß Theater vorgespielt, du kleine Schlange«, fuhr er sie an »Gib 's zu: Du hattest den Auftrag, mich einzulullen, damit ich weich werde und Dinge zugebe, die ich nicht gemacht habe. Gib 's zu, du Schlange!«

Mit diesen Worten stürzte er auf die Polizistin zu und packte sie an den Schultern. Nur mit Not gelang es den anderen Polizisten, ihn von der Kollegin loszureißen.

Er fühlte sich wie ein gefangenes Tier und wehrte sich gegen die Arme, die ihn hielten. »Lasst mich los, verdammt noch mal.« Die Polizeibeamten legten ihm Handschellen an.

Silke Brandes starrte beschämt zu Boden, während ihn Peters erbarmungslos ins Visier nahm.

»Die Handschellen sind zu Ihrer eigenen Sicherheit«, sagte der junge Polizist. »Ich habe das Gefühl, dieser Ort hier hat Sie ziemlich erschüttert. Würden Sie mir da recht geben?«

»Unsinn«, fauchte Linde zurück. »Das hat mit diesem Ort hier überhaupt nichts zu tun. Sie haben versucht, mich zu überrumpeln. Das ist alles. Aber das ist Ihnen gründlich misslungen, ich sage kein

Wort mehr. Ich rede nur noch über meinen Anwalt mit Ihnen.«

»Das ist natürlich Ihr gutes Recht. Trotzdem könnten Sie sich vielleicht anhören, was ich Ihnen zu sagen habe. Okay?«

Linde presste die Lippen aufeinander und schüttelte den Kopf.

»Also«, begann Peters. »Ich sagte Ihnen ja schon, dass eine Spaziergängerin hier in der Nähe das Handy Ihrer Frau gefunden hat, außerdem haben unsere Experten auch Schleifspuren entdeckt. Davon ist natürlich bei dem Schneematsch nichts mehr zu sehen, aber Sie können davon ausgehen, dass alles fotografiert und dokumentiert worden ist. Es spricht also einiges dafür, dass wir uns hier am Tatort befinden.«

»Und wenn schon«, entfuhr es Linde. »Was habe ich damit zu tun? Ich bin hier nie gewesen.«

»Das wage ich zu bezweifeln. Ich sagte Ihnen ja schon, dass ein Autofahrer ausgesagt hat, Sie gesehen zu haben. Dieser Wiesenweg ist gar nicht weit entfernt. Außerdem gibt es noch ein anderes Indiz, dass Sie am Tattag hier waren.«

»Da bin ich aber mal gespannt?«

»Zu Recht. Also: Ihr Sohn hat am frühen Freitagnachmittag vor einer Woche mit Ihnen telefoniert, wie er uns gesagt hat – und zwar hat er ihre Handynummer angewählt. Und unsere Experten haben mit Hilfe Ihrer Telefongesellschaft rausgefunden, dass Sie bei diesem Gespräch zu dem fraglichen Zeitpunkt hier in der Gegend waren. Was sagen Sie dazu?«

## *Katerstimmung*

Auch in Hannover fiel Schnee aus diesem dunstig grauen Karfreitagshimmel. Große schwere Flocken. Auf den Dächern bildeten sie zunächst noch einen weißen Flaum, auf der Straße aber schmolzen sie gleich, hinterließen Pfützen und schmutzige Rinnsale. Die graue Stadt, schien es, ließ der weißen Pracht keine Chance.

Doch niemand sehnte sich so kurz vor Ostern nach einer Weihnachtskulisse. Auch Markus Linde nicht. Gleichgültig beobachtete der junge Schauspieler vom dritten Stock seiner Wohnung aus, wie die Flocken auf die Straße hinabschwebten. Er war erst am frühen Nachmittag aufgewacht – mit hämmernden Kopfschmerzen. Erst im Morgengrauen war er eingeschlafen, zuvor hatte er sich mehrmals übergeben und den Albtraum der Premierenfeier vor seinem inneren Auge vorüberziehen lassen. Immer wieder. Alles war ihm so falsch vorgekommen, so verlogen. Die Euphorie beim Schlussapplaus hatte sich in Katzenjammer verwandelt. Niemand hatte seine Leistung als Schauspieler gewürdigt. Nur Mitleid hatte man ihm entgegengebracht – dem armen Sohn des bösen Pastors. Mitleid für einen mittelmäßigen Komödianten. Wie konnte er mit diesem Wissen ein zweites Mal in diese schwierige Rolle schlüpfen? Vor allem: Wie sollte er Katja gegenübertreten, die ihn so deutlich ihre Geringschätzung hatte spüren lassen?

Das Gefühl der Demütigung, der Wertlosigkeit beschlich ihn auch jetzt wieder. Wie hohes Fieber beschwerten ihn die Gedanken. Unvorstellbar, am nächsten Abend wieder auf der Bühne zu stehen! Ob er nicht am besten gleich im Betriebsbüro anrief und sich krank meldete? Denn er war ja krank. Mit solchen Kopfschmerzen konnte man doch unmöglich eine so schwere Rolle bewältigen. Aber er wusste auch, dass man sich als Schauspieler erst krank melden durfte, wenn man im Sterben lag. Denn es kam einem Sabotageakt gleich, eine Vorstellung platzen zu lassen.

Um die Kopfschmerzen zu vertreiben, beschloss er, eine Schmerztablette zu nehmen. Als er eine der eingeschweißten Paracetamol-Tabletten aus der Plastikummantelung drückte, überlegte er, ob es nicht das Beste wäre, gleich alle zwanzig Tabletten auf einmal zu schlucken. Ein sanfter Schlummer und aus. Doch die Endgültigkeit dieses Schrittes machte ihm Angst. Gleichzeitig schreckte ihn die Vorstellung, trotz der Überdosis zu überleben und einen Hirnschaden davonzutragen. Nein, so nicht, so wollte er sich nicht aus der Affäre ziehen. Wäre auch zu albern, der Bühnenfigur in den Tod zu folgen. Ein völlig dilettantischer Akt der Über-Identifikation.

Er beschränkte sich daher auf eine Tablette, und allmählich ließen die Kopfschmerzen tatsächlich nach. Die quälenden Gedanken aber ließen sich so nicht vertreiben. Und zu den Selbstzweifeln, die um das Theater kreisten, gesellten sich auch wieder die anderen Zweifel – jene, die sich auf seinen Vater richteten, der möglicherweise für eine Tat büßen musste, die ein anderer begangen hatte.

Unwillkürlich stellten sich die Bilder der Beerdigung wieder ein. Das Schweigen in der Friedhofskapelle. Die flehenden Augen. Der erlösende Händedruck. Der Eklat am offenen Grab. Das Entsetzen. Die Verzweiflung und tiefe Resignation. Und wieder flammte in ihm das dumpfe Gefühl auf, seinen Vater zu Unrecht beschuldigt und ins Verderben getrieben zu haben. Der Gedanke, dass der Mann, der ihm so viel Gutes getan hatte, nun einsam in einer Zelle saß, ließ ihn erschaudern. Gern wäre er seinem Vater nahe gewesen.

Warum eigentlich nicht? Olaf hatte ihn doch immer wieder ermutigt, seinen Vater im Knast zu besuchen. Auf einmal war er völlig beherrscht von der Idee. Eine tiefe Sehnsucht, die Nähe seines Vaters zu spüren, erfüllte ihn. Der Wunsch, Abbitte zu leisten und so vielleicht das Schlimmste zu verhindern. Ja, es schien ihm, als müsse er in dieses abgelegene Gefängnis nach Salinenmoor fahren, um seine innere Ruhe wiederzufinden – auch um den Bann zu brechen, der ihn daran hinderte, Theater zu spielen.

Schließlich war es beschlossene Sache. Hastig wusch er sich das Gesicht, rasierte sich, streifte den Schlafanzug ab und zog die schwarzen Jeans an. Das Gefühl, endlich eine Entscheidung gefällt zu haben, gab ihm neue Kraft. Er wählte die Nummer der Justizvollzugsanstalt und ließ sich mit der Anstaltsleitung verbinden. Es war unkomplizierter, als er zu hoffen gewagt hatte. Die Gefängnisleiterin, die zufällig gerade Feiertagsdienst hatte, ermutigte ihn regelrecht. »Kommen Sie. Ich kann mir vorstellen, dass es gerade jetzt für Ihren Vater wichtig ist, mit Ihnen zu sprechen.«

## *Überraschungsbesuch*

Zurück in der Zelle. Hin und wieder plumpste Schneematsch vom Dach. Im Übrigen war es still, seltsam still. Kein Schlüsselklirren auf den Fluren, kein Rollen und Sägen aus den Gefängniswerkstätten. Vor allem kein Fernsehgequäke. Er hatte seine Zelle wieder für sich. Axel Kawelka war wegen eines zweiten ungeklärten Falles vorübergehend in eine andere Anstalt verlegt worden. Obwohl er sich oft über »Kralles« nervtötende Fernsehdauerberieselung geärgert hatte, fehlte ihm der Zellengenosse jetzt. Gern hätte er ihm erzählt, wie sie ihn hereingelegt und unter Druck gesetzt hatten. Wie sie seinen eigenen Sohn zum Hauptbelastungszeugen gegen ihn machten.

Karfreitag. Mit Wehmut dachte er daran, dass er um diese Zeit in Winterburg immer noch ein letztes Abendmahl abgehalten hatte. Wie er den Traubensaftkelch herumgereicht hatte. »Christi Blut für dich vergossen ...« Wie er seine Hände zum Segen erhoben, das Kreuz in die Luft gezeichnet hatte.

»Im Namen des Vaters, des Sohnes und des ...«

Was würden die Leute sagen, wenn sie hörten, was alles gegen ihn sprach? War es für sie vorstellbar, dass er mit den Händen, die ihnen so vertraut waren vom Segnen, seine Frau gewürgt und geschlagen hatte? Was würden die Leute über ihn denken, die ihm die aufmunternden Briefe schickten?

Aber hatten nicht die recht, die ihn verklagten? Die Fakten sprachen doch tatsächlich gegen ihn. Das Motiv war plausibel, die Indizienkette nahezu lückenlos. Wie konnte man da noch zweifeln? Dagegen stand nur seine Überzeugung, dass er unschuldig war. Sicher, die Ereignisse dieses furchtbaren Tages versanken immer mehr im Nebel, und man wusste ja, dass es bisweilen zum Filmriss kam. Aber je stärker der Druck um ihn wurde, je mehr sich der unsichtbare Strick um seinen Hals zusammenzog, desto lauter schrie in ihm die Stimme, die sich über all die gegen ihn ausgesprochenen Beschuldigungen empörte.

Schritte näherten sich der Zellentür. Das Schließgeräusch riss ihn aus seinen Grübeleien.

»Besuch für Sie«, verkündete der Justizbedienstete leicht amüsiert.

»Eine Helene Albers. Sieht aus, als wenn sie 'n bisschen durch 'n Wind wär', die Gute. Normalerweise is' jetzt ja keine Besuchszeit. Aber weil die Dame schon mal den weiten Weg auf sich genommen hat, hat sich unsere Anstaltsleiterin erweichen lassen. Per Anhalter ist die Dame gefahren, per Anhalter.« Der Mann schüttelte schmunzelnd den Kopf.

Christian Linde rieb sich verwirrt die Stirn. »Lene, die verrückte Lene. Was will die denn hier? Aber egal.«

Noch halb seinen Gedanken nachhängend folgte er dem Aufseher durch das Gefängnis-Labyrinth zum Besucherraum. Lene hatte schon an einem der Tische Platz genommen. Graue Haarsträhnen hingen ihr über die Stirn – wie neulich, als sie zu ihm ins Pfarrhaus gekommen war, um ihm von dem göttlichen Beischlaf zu berichten. Versonnen streichelte sie ihr Kätzchen, das sich auf ihrem Schoß räkelte – gelb, klein und fett.

»Na Herr Linde, da gucken Sie wohl.« Lene kicherte, als sie ihm die Hand reichte. »Mit mir haben Sie nicht gerechnet, was?«

Er lächelte gequält und räusperte sich. »Nein, ehrlich gesagt.«

»Aber Sie wissen doch wohl noch, was Sie mir versprochen haben?«

Er war zu perplex, um zu begreifen, was Lene meinte. Außerdem steckte er noch viel zu tief im Sumpf seiner eigenen Tragödie, um sich auf die Besucherin einlassen zu können.

»Na, Sie sind mir einer. Haben Sie denn meine kleine Paula vergessen? Um ein Haar wäre sie neulich schon begraben worden. Dabei ist sie immer noch nicht getauft.«

»Ach natürlich«, antwortete er in selbstverständlichem Ton. »Ich sollte ja Ihre Katze taufen. Aber ich weiß, äh, ja ich weiß gar nicht, wann ich wieder in die Gemeinde zurückkomme.«

»Ach, das ist doch egal«, entgegnete Lene verständnisvoll. »Das muss ja gar nicht in der Eichendorfer Kirche sein. Das geht hier auch.«

Er sah, wie sich der Aufsichtsbeamte vor unterdrücktem Lachen schüttelte.

»Wasser werden se hier wohl auch haben«, fuhr Lene fort.

»Ich weiß nicht. Eigentlich tauft man ja nur Christenmenschen.«

»Paula ist aber doch auch ein Geschöpf Gottes. Und wenn ich ihr was vorbete, spitzt sie immer die Ohren. Glauben Sie mir: Die ist Gott näher als die kleinen Babys. Die plärren doch immer nur rum.«

»Sicher, Lene. Aber wo sollen wir hier ein Taufbecken hernehmen?«

Daraufhin ergriff Lene die Initiative. Beherzt wandte sie sich an den Justizbediensteten: »Junger Mann, können wir bitte mal eine kleine Schüssel Wasser haben?«

»Das ist hier nicht so einfach«, wehrte der Aufseher zunächst ab, ging dann aber doch grinsend auf den Wunsch ein. »Hier«, schlug er ein wenig herablassend vor. »Nehmen Sie einfach den Plastikbecher hier und holen sich damit selbst 'n bisschen Wasser vom Klo. Sie können sich auch ruhig warmes Wasser laufen lassen. Damit sich die Katze nicht so erschreckt.«

Lene Albers bemerkte nicht, dass sich der Mann glucksend abwandte. Sie überreichte Linde ihr Kätzchen und nahm den Plastikbecher, um Taufwasser zu holen.

Linde war es unangenehm, die Katze auf dem Schoß zu haben. Widerwillig streichelte er sie, zum Dank bohrte sie ihm ihre Krallen in die Hand. Er war froh, als Lene mit dem Wasser zurückkehrte. Nun konnte er nicht mehr anders. Unter den amüsierten Augen des Aufsehers vollzog er ein verkürztes Taufzeremoniell. Er reichte Lene die Katze zurück und goss sich etwas von dem lauwarmem Wasser in die hohle Hand. »Ich taufe dich im Namen des Vaters, des Sohnes und des Heiligen Geistes auf den Namen Paula«, murmelte er leise, während er Paula das Wasser übers Fell laufen ließ. Die zuckte zwar erst zusammen, schnurrte dann aber behaglich.

»Gott beschütze dich.« Segnend fuhr der Pastor mit der Hand über das kleine, fette Tier. Für einen Katzensegen reicht es gerade noch, dachte er. Er kam sich vor wie eine Spottfigur. Doch Lene spürte nichts von seiner Scham.

»Das haben Sie aber sehr schön gemacht, Herr Linde«, lobte sie. »Gucken Se mal, wie Paula sich freut.«

Ohne eine Antwort abzuwarten griff sie gleich in ihre Einkaufstasche, die auf dem Boden stand. Er meinte, seinen Augen nicht zu trauen, als er seine Klarinette in ihrer Hand erblickte. »Ich habe mir gedacht, dass Sie darauf 'n bisschen was spielen. Damit es feierlicher wird. Singen kann ich nämlich nicht so gut.«

»Aber wo hast du denn meine Klarinette her, Lene?«, fragte er verwirrt.

»Ich bin bei Ihrer Haushälterin gewesen, bei dieser Frau Brix. Und die hat sie mir aus 'm Pfarrhaus geholt«, erklärte Lene. »Sie können sie ja hier behalten und sich die Zeit damit vertreiben. War gar nicht leicht, das Ding durch die Kontrolle hier zu kriegen. Die haben es erst mal aufgeschraubt und nachgeguckt, ob nichts Gefährliches drin ist, vielleicht Schießpulver oder so.«

Er war gerührt. Seine Klarinette! Zärtlich fuhr er mit der Hand über das schwarze Instrument mit den silbrig blitzenden Klappen. Und ohne lange zu überlegen, führte er es zum Mund. Wie von selbst spielte er die Melodie zu einem Lied, das üblicherweise bei Taufen gesungen wurde:

»Ich bin getauft auf deinen Namen,
Gott Vater, Sohn und Heiliger Geist.«

Sogar der Aufseher hörte auf zu grinsen.

»Wunderschön, Herr Linde«, schwärmte Lene Albers, als er die Klarinette abgesetzt hatte. »Bestimmt können Sie schon bald wieder bei uns in der Kirche spielen. Die sind doch alle verrückt, die sagen, dass Sie Ihrer Frau was angetan haben. Das wollen die Ihnen doch bloß in die Schuhe schieben.« Als er nicht antwortete, fuhr sie mit erhobenem Zeigefinger fort: »Ich weiß genau, wer das gewesen ist. Mir macht keiner was vor. Morgen gehe ich zur Polizei, und dann wird sich das Blatt schon wenden.«

»Das mach mal, Lene. Das ist lieb von dir. Das mach man.«

Er meinte, neben sich zu stehen, spürte, dass er log. Schlecht log. Nach den zurückliegenden Stunden ging keinerlei Ermutigung mehr von diesem Besuch aus. Er gab dem Aufsichtsbeamten daher augenzwinkernd zu verstehen, dass er das quälende Gespräch abbrechen möge. Und der Mann verstand den Wink und verkündete das Ende der Besuchszeit.

Mit der Klarinette in der Hand kehrte er in seine Zelle zurück. Doch es war ganz undenkbar für ihn, weiter auf dem Instrument zu spielen. Musikant des Lieben Gottes? Nein, damit war es vorbei. Eher schon kam er sich vor wie ein Musikant des Teufels. Er stopfte die Klarinette unter den Kleiderstapel im Spind.

Inzwischen war es dämmrig geworden. Er verspürte keine Lust, das Licht anzuknipsen. Niedergeschlagen legte er sich auf seine Pritsche und starrte ins Dunkel. Katzentaufe, ging es ihm durch den Kopf. Katzenpastor. So weit ist es mit mir gekommen!

Die Taufe seiner eigenen Tochter kam ihm in den Sinn. Er sah Anna als Baby vor sich. Anna. Wie würde sie auf einen Schuldspruch reagieren? Würde sie wirklich glauben, dass er ihre Mutter ermordet hatte?

Und Markus. Der war vermutlich schon jetzt davon überzeugt. Wie eine innere Hitzewelle überrollte ihn das Gefühl, dass sein Sohn sich mit der Polizei gegen ihn verbündet habe. Wie sonst war es zu erklären, dass alles gegen ihn ausschlug, was von Markus kam.

Beherrscht von diesem düsteren Gedanken, hörte er, wie ein Schlüssel ins Schloss gesteckt wurde. Es war der freundliche Justizbedienstete. »Sie sind ja ein sehr gefragter Mann heute, Herr Linde«, begann er. »Sie kriegen noch mal Besuch. Ihr Sohn ist im Anmarsch. Dürfte nicht mehr lange dauern, bis er da ist.«

»Wie bitte?« Er richtete sich auf im Halbdunkel seiner Zelle, strich sich fassungslos über den Bart.

»Ihr Sohn kommt Sie besuchen, Herr Linde. Ist doch schön. Wir rufen Sie, wenn es so weit ist. In Ordnung?«

»In Ordnung.«

Seufzend ließ er sich auf seine Pritsche sacken, als die schwere Zellentür ins Schloss gefallen war. Markus? Was den wohl hertrieb? Wahrscheinlich würde der ihm seine Verachtung entgegenschleudern. Was sollte er darauf antworten? Die Zellentür wurde erneut aufgeschlossen. Ein Gefangener nahm von einem Rollwagen einen Teller mit zwei Scheiben Brot, Margarine und Leberwurst. Außerdem stellte er auch gleich das Frühstück mit auf den Plastiktisch. Dazu legte er zwei Teebeutel.

»Alles paletti?«, fragte der Mann ins Dunkel der Zelle hinein.

»Schon gut.«

»Na, dann guten Appetit, Herr Katzenpastor.«

Er hörte, wie der Kerl gnickernd mit seinem Rollwagen weiterschob.

## *Ich bin's, ich sollte büßen*

Nur noch weiße Streifen erinnerten an den Schneeschauer. Grasgrüne Getreidefelder, kahle Äcker und öde Kiefernwälder hoben sich aus dem Dunst dieses Spätnachmittags hervor, vereinzelt standen Pferde auf den braunen Wiesen. Wie verloren, wie bestellt und nicht abgeholt.

Markus hatte die Autobahn an der Raststätte Allertal verlassen und bewegte sich auf Winsen an der Aller zu. Engehausen, Thören, Bannetze. Die Straßendörfer mit den rotgeklinkerten Bauernpalästen und Fachwerkscheunen wirkten verlassen. Wie ausgestorben. Karfreitagstristesse. Eine tiefe Melancholie lag über der Landschaft, sogar die Musikfarbe von NDR 2 war dem Ernst des Tages angepasst. Keine Diskokracher, sondern sanfte Schmusehits.

Markus Linde fand keinen Gefallen daran. Zu kitschig, zu klebrig kamen ihm die Songs vor. Als er im Autoradio nach einem Alternativprogramm suchte, schallte ihm plötzlich ein Choral aus der Matthäus-Passion entgegen:

»Ich bin's, ich sollte büßen,
an Händen und an Füßen
gebunden in der Höll!
Die Geißeln und die Banden,
und was du ausgestanden,
das hat verdienet meine Seel'.«

Das Lied riss ihn aus seinen Gedanken. Es war die Melodie von »O Haupt, voll Blut und Wunden« – das Lied, das immer bei den Karfreitagsandachten gesungen wurde, die er vor wenigen Jahren noch regelmäßig besucht hatte wie ein familiäres Pflichtprogramm. Meistens zusammen mit seiner Mutter. Sein Vater war immer schon vorgegangen, um mit der Organistin den Ablauf abzusprechen. Trotz aller Proteste hatte er sich geborgen gefühlt in diesem Karfreitagsgottesdienst, ohnehin lag ihm die Melancholie der Passionszeit näher als der vorangehende Karnevalstrubel. Und wenn ihm sein Vater beim Abendmahl Oblate und Wein gereicht hatte, dann war es ihm immer gewesen, als stünde jemand anders vor ihm als der Mann, mit dem er in einem Haus lebte: die Verkörperung von etwas Höherem.

»Wiewohl mein Herz in Tränen schwimmt«, sang eine Sopranstimme. Markus musste daran denken, dass der gleiche Mann, der einst in seinem Talar vor dem Altar gestanden hatte, jetzt im Gefängnis saß. Wahrscheinlich in Sträflingskleidung. Unvorstellbar! Und er selbst, so wurde ihm wieder schmerzlich bewusst, hatte dazu beigetragen. Wie sollte er das erklären? Andererseits war es immer noch möglich, dass der, dem er gleich gegenüberstehen würde, tatsächlich seine Mutter erschlagen hatte. Sollte sich das bewahrheiten – und einiges sprach ja wirklich dafür –, dann hätte der Herr Pastor nicht nur ein Menschenleben ausgelöscht, sondern auch gelogen, betrogen und andere unter Druck gesetzt. Es wäre nicht das erste Mal gewesen, dass er sich soweit von den christlichen Grundsätzen entfernt hätte, die er von Amts wegen predigte.

Seine Gedanken begannen sich erneut im Kreis zu drehen. Zwischendurch fiel ihm Katja ein. Dieses demütigende Gefühl der Zurückweisung, der Wertlosigkeit.

»Ich will hier bei dir stehen,
verachte mich doch nicht,
von dir will ich nicht gehen,
wenn dir dein Herze bricht ...«

Die tiefe Verbundenheit, die in dem Passionslied besungen wurde, rührte ihn. Tränen liefen ihm übers Gesicht. Er musste wieder an seine Mutter denken, bereute, dass er nicht darauf bestanden hatte, sie ein letztes Mal im Leichenschauhaus zu sehen, warf sich seine Feigheit vor. Dazwischen schoben sich die Worte des Evangelisten:

»Da kam Jesus mit ihnen zu einem Hofe, der hieß Gethsemane.«

Es war, als spräche sein Vater zu ihm, sein Kirchen- und Abendmahlsvater. Der Herr im Talar. Nein, nicht weiter! Diese Gesänge, diese wunderbar trostreiche Musik rührten an Schichten seines Bewusstseins, in denen der Wahnsinn schlummerte. Er beendete daher per Knopfdruck die Matthäus-Passion, schaltete wahllos einen anderen Sender ein. Es liefen gerade die 16-Uhr-Nachrichten. Aber er hörte gar nicht hin. Dumpfe Angst befiel ihn, Angst vor der bevorstehenden Begegnung. Die Kopfschmerzen kehrten zurück, er spürte, wie ihm kalter Schweiß auf die Stirn trat.

Winsen war erreicht, doch er nahm die Häuser und Straßenschilder gar nicht wahr. Auch die schwarzgekleideten Menschen, die offenbar gerade aus der Kirche heimkehrten, sah er nicht. Es waren andere Bilder, die vor seinen Augen tanzten. Die Angst vor dem nächsten Abend, die Angst, im Theater zu versagen. Auf einmal tauchte ein Junge auf einem Fahrrad vor ihm auf. Im letzten Moment erst bemerkte er den Radfahrer. Er trat so panisch auf die Bremse, dass das Auto fast ganz zum Stehen kam und die Parkscheibe vom Armaturenbrett rutschte. Er zwang sich, mehr auf den Verkehr zu achten. Doch während er vor einer roten Ampel anhielt, nahm ihn etwas ganz anderes gefangen. Es war der Text der Nachrichtensprecherin. Schon die Ortsangabe ließ ihn aufhorchen: »Celle.« Bei der folgenden Meldung hielt er den Atem an.

»Im Fall der getöteten Journalistin Karin Fischer-Linde hat eine Spaziergängerin das Handy der Frau in einem Wald nahe der Aller in Brodersen bei Celle gefunden. Nach Einschätzung der Polizei lässt sich jetzt der Tatort näher eingrenzen. Der Tatverdacht gegen den Ehemann der Pastorenfrau habe sich unterdessen weiter erhöht, heißt es aus Ermittlerkreisen. Neue Indizien belasten den renommierten Theologen offenbar schwer.«

Markus war wie gelähmt. Erst als hinter ihm jemand hupte, sah er, dass die Ampel auf Grün umgeschaltet hatte. Wie benommen setzte er seine Fahrt fort, achtete nicht mehr auf das Gedudel, das den Nachrichten folgte, nicht mehr auf die letzten Häuser von Winsen. Alles war auf einmal völlig unwichtig geworden. Auch die Fahrt zum Gefängnis in Salinenmoor hatte eigentlich jeden Sinn verloren. Wozu sollte er seinen Vater nun noch um Verzeihung bitten? Warum sich jetzt noch mit ihm versöhnen? Mit einem Totschläger? Einem Lügner? Dem Mörder seiner eigenen Mutter? Eher widerwillig verließ er hinter Winsen die Hauptstraße, um entsprechend der flüchtig aufgekritzelten Fahrtroute in Richtung Wolthausen abzubiegen. Dann rechts weiter auf die Bundesstraße 3. Und gleich wieder links in Richtung Wittbeck. Wie sollte er jemals wieder Theater spielen? Alle würden doch nur noch den Mördersohn in ihm sehen. Unvorstellbar, schon morgen wieder auf der Bühne zu stehen. Völlig undenkbar.

Nur noch mechanisch setzte er seinen Weg nach Salinenmoor fort. Alles sträubte sich in ihm, dem Mann die Hand zu reichen, der ihn so belogen hatte – dem Mann, nach dessen Nähe er sich so gesehnt hatte. Trotzdem gab er Gas, beschleunigte, als könne er gar nicht früh genug im Gefängnis ankommen. Noch drei Kilometer bis zur »Jägerei Hustedt«.

Plötzlich klingelte sein Handy. Er musste erst einen Moment überlegen, bis ihm einfiel, dass es in seiner Jackentasche steckte. Um es herauszuholen, löste er den Sicherheitsgurt. Wer mochte das sein?

Die Nummer auf dem Display ließ sein Herz höher schlagen Es war Katjas Nummer. Schnell die grüne Taste drücken.

»Hallo.«

»Hallo Markus, ich hoffe, ich störe nicht.«

»Kein Problem, ich sitze gerade im Auto.«

»Oh, pass bloß auf. Könnte glatt sein.«

»Ach, geht schon.«

»Okay, ich will es auch ganz kurz machen. Wir können uns ja später länger unterhalten. Ich wollte dir nur sagen, dass ich mit Peter Schluss gemacht habe. Mir ist klar geworden, dass ich mich zu dir viel mehr hingezogen fühle. Ich hab dich lieb, Markus.«

»Katja.«

In diesem Moment sah er, wie das Auto in der Kurve über die Fahrbahn schlitterte. Direkt auf einen Baum zu. Ein dumpfer Schlag. »Markus? Markus, was ist passiert?«

Justizvollzugsanstalt Salinenmoor. Im Gang wurde es allmählich lauter. Die lebendig Begrabenen erheben sich aus ihren Grüften, ging es Christian Linde in seiner Zelle durch den Kopf. Zwei Stunden durften die Gefangenen nach der Essensausgabe wie üblich ihre Zellen verlassen – Tee oder ein Süppchen kochen, im Gemeinschaftsraum fernsehen oder im Kraftsportraum Hanteln stemmen. Er wusste dies nur vom Hörensagen. Er hatte die fernsehfreie Zeit, in der »Kralle« mit seinen Freunden Knasttratsch austauschte, immer zum Lesen genutzt. »Kralle« hatte ihm dann meistens einen Tee mitgebracht. Trotz all seiner Niedergeschlagenheit war ihm auch jetzt danach. Seine Kehle war schon ganz trocken, und das Leitungswasser widerte ihn an. Sollte er sich aber für einen Schluck Tee dem Spott der Mitgefangenen aussetzen? Egal, darauf kam es auch nicht mehr an.

Eine Gruppe von drei Männern, die gerade am Tisch hockte, blickte verwundert auf, als er mit seinem Becher die kleine Küche betrat.

»Oh, hoher Besuch«, begrüßte ihn einer. »Der Herr Pastor persönlich.«

»Aber nicht im Amt«, wehrte Linde ab. »Wie kann man sich hier denn bitte Wasser heiß machen?«

»Komm, Junge, ich mach dir das«, bot sich ein schmächtiger Mann mit tätowierter Stirn an, der schon älter sein musste. »Bin schließlich jahrelang Messdiener gewesen.«

»Messdiener gibt's doch nur bei den Katholen, du Knastwanze«, mischte sich der stämmige Gefangene ein, der Linde begrüßt hatte. Unbeeindruckt sprang der andere Mann auf, füllte einen kleinen Topf mit Wasser und setzte ihn auf den Elektroherd.

»Man hört ja wilde Sachen von dir, Meister«, stichelte der Stämmige weiter. »Musst es ja doll getrieben haben. Richtiger Casanova, was?«

Die anderen lachten blöde vor sich hin.

»Eine Frau nach der andern sollst du ja abgeschleppt haben, hört man, he, he, he.«

»Man hört viel, wenn der Tag lang ist«, entgegnete Linde matt.

»Und nicht alles darf man glauben.«

Die Lästerzunge ignorierte den Einwand. »Wo habt ihr's denn

getrieben? Hinterm Altar oder in der Sakristei?«, fuhr er fort, indem er nicht etwa Linde, sondern seinen Tischnachbarn anblickte. Grunzendes Gelächter füllte die kleine Teeküche. Linde war froh, als das Wasser endlich zu sieden begann. Er verbrannte sich, als er den heißen Topf etwas zu hektisch von der Platte nahm, um mit dem Wasser seinen Teebeutel zu übergießen. Doch er unterdrückte den Schmerz, bedankte sich ohne das Gesicht zu verziehen kurz bei dem älteren Mann, der ihm geholfen hatte, und eilte aus der Küche.

»Hey, der hat's aber eilig«, höhnte einer, der bisher geschwiegen hatte.

»Sag mal, taufst du eigentlich auch deine Mitgefangenen?«, grölte ihm der Stämmige hinterher. »Oder machst du es nur noch mit Katzen?«

Das Gelächter dröhnte über den ganzen Flur.

»Machst du es nur noch mit Katzen«, echote einer. »Der war gut.«

Er hielt sich die Ohren zu – noch als er seine Zelle schon wieder erreicht hatte. »Wie soll ich das bloß noch länger aushalten hier?«, wimmerte er vor sich hin. »Ich kann mich doch nicht ewig verkriechen.«

Er schlürfte einen Schluck Pfefferminztee. Der heiße Tee tat gut. Er umschloss den warmen Becher mit den Händen und führte ihn so lange pustend zum Mund, bis er leer war.

Unruhig blickte er auf seine Armbanduhr. Wo Markus nur blieb? Eigentlich hätte er längst da sein sollen. Wieder malte er sich den Ablauf des Besuches aus – fest entschlossen, alle Schuld, alle Verantwortung auf sich zu nehmen. Die Zeit des Lügens und Schönredens war vorbei. Jetzt gab es kein Zurück mehr. Wenn es doch nur schon geschafft wäre! Seine Hände waren schweißnass.

Leberwurstgeruch stieg ihm in die Nase. Eigentlich hatte er keinerlei Appetit. Doch sein Magen war leer und verlangte nach dem Essen, das vor ihm auf dem Tisch stand und seine Geruchsnerven kitzelte. Er gab den Reizen nach und schmierte sich eine Scheibe mit Leberwurst. Kaum hatte er das Brot verspeist, wurde ihm übel. Er stürzte zum Toilettenverschlag und übergab sich. Sein Magen krampfte sich zusammen, er musste husten, Tränen traten ihm aus den Augen. Als der Anfall vorüber war, wischte er sich den kalten Schweiß von der Stirn. Dabei sah er im Spiegel wieder sein Gesicht: kalkweiß, zerfurcht mit tiefen Augenfalten – die Fratze eines Verbrechers.

Während er noch erschöpft auf dem Klodeckel hockte, klopfte es an der Zellentür. Erschrocken fuhr er hoch. Offenbar war endlich Markus angekommen. Aber warum klopfte der Justizbedienstete, bevor er aufschloss? Das war nicht üblich.

Als sich die Tür öffnete, wunderte er sich noch mehr. Der Anstaltsgeistliche betrat die Zelle, ein älterer Herr, der nach seiner Pensionierung als Gemeindepastor die verirrten Seelen der Schwerverbrecher zu erreichen versuchte.

»Guten Abend, Herr Kollege«, begrüßte ihn der kleine Mann mit dem noch vollen, aber schlohweißen Haar. »Ich habe leider keine gute Nachricht für Sie. Ihr Sohn, auf den Sie wahrscheinlich schon gewartet haben, hat einen Unfall gehabt. Ganz in der Nähe der JVA. Er ist mit seinem Auto gegen einen Baum geprallt. Er ist ziemlich schwer verletzt und sofort ins Krankenhaus gebracht worden.«

Christian Linde schloss die Augen. »Nein«, entfuhr es ihm. »Das darf doch alles nicht wahr sein.«

»Leider geschehen manchmal Dinge, die zu begreifen unser Verstand zu klein ist«, erwiderte der Geistliche, als wiederhole er einen schon oft gesprochenen Vers. »Aber wem erzähle ich das.«

»Wie, wie geht es ihm denn?«

Der Kollege legte beide Hände auf seine Schultern. »Die Verletzungen sind schwer, wie gesagt. Aber sein Zustand ist stabil. Die nächsten Stunden sollen zeigen, ob er es schafft.«

»Ob er es schafft?«

»Na ja, es ist schon ziemlich ernst, aber man darf die Hoffnung nicht aufgeben.«

Linde schüttelte stumm den Kopf.

»Möchten Sie, dass wir zusammen beten?«

»Nein, bitte nicht. Ich möchte lieber allein sein.«

»Dafür habe ich natürlich Verständnis. Aber wenn Sie mich sprechen möchten, stehe ich gern zur Verfügung. Sie müssen mir nur Bescheid geben.«

»In Ordnung.«

Kraftlos ließ Linde sich auf den abgeschabten Küchenstuhl sinken. Er war unfähig, einen klaren Gedanken zu fassen. Völlig beherrschend aber war ein Gefühl, das allen Lebensmut ersterben ließ: Er hatte nicht nur seine Frau verloren, sondern wahrscheinlich auch seinen Sohn. Und es war seine Schuld! Denn wie auch immer der Unfall zustande gekommen sein mochte: Markus war seinetwegen ins Auto gestiegen, um sich in diese Einöde zu begeben – und vermutlich seinetwegen war er von der Straße abgelenkt gewesen und gegen diesen Baum gefahren. Dies alles ließ ihm keine Hoffnung mehr – keine Hoffnung und keine Zukunft. Übermächtiger als bisher überkam ihn ein Wunsch, der in den letzten Tagen immer wieder in ihm aufgeflackert war: die Sehnsucht zu sterben. Aber wie?

Nicht einmal die Freiheit, sein Leben eigenständig zu beenden, ließen sie einem ja hier. Er hörte, wie es im Heizungsrohr rieselte und knackte. Seine Augen folgten dem Gestänge, das in einem rechtwinkligen Bogen durch die Decke führte – und er fasste einen Entschluss.

Gegen sechs Uhr am Morgen des Ostersonnabends öffnete wie üblich ein Justizbediensteter die Zellentür.

»Morgen, Herr Linde«, rief der junge Mann mürrisch in die halbdunkle Zelle. Doch die Antwort blieb aus.

»Herr Linde, Zeit zum Aufstehen.«

Wieder keine Antwort.

»Herr Linde?«

Der junge Mann in der Aufseherkluft wurde unruhig, ging auf das Stockbett zu. Beide Pritschen waren leer. Entsetzt schlug der Justizbedienstete das Laken hoch. »Verdammt«, entfuhr es ihm. Instinktiv griff er nach seinem Sprechfunkgerät.

»Der Pastor ist weg«, haspelte er aufgebracht ins Mikrofon. »Gibt's doch gar nicht. Ich komme«, lautete die quäkende Antwort.

Doch bevor der Kollege die Zelle erreichte, hatte der Aufseher den Gefangenen schon entdeckt. Er lag am Boden der Toilette. Der Schädel blutete, um seinen Hals hing eine Schlaufe, die aus einem zusammengerollten Bettlaken bestand.

Der Justizbeamte zeigte stumm aufs Klo, bevor er dem herbeigeeilten Kollegen die Situation erklärte. »Der hat sich aufgehängt. Schätze, da oben am Heizungsrohr hat er sein zusammengezwirbeltes Bettlaken angebracht. Das muss dann irgendwie abgerissen sein.«

»Das ist doch jetzt erst mal nicht wichtig«, unterbrach ihn der Kollege unwirsch. »Ruf lieber einen Arzt.«

»Dafür is' es doch eh schon zu spät.«

»Bist du sicher?«

Mit diesem Worten beugte sich der ältere der beiden zu Linde herab und griff nach dessen Arm.

»Von wegen tot. Der Puls geht noch, und der Atem auch, wenn auch ganz schwach. Los schnell, den Doktor rufen. Beeil dich.«

Zwanzig Minuten später fuhr ein Rettungswagen mit Blaulicht und Martinshorn vor dem Gefängnis vor, um den Schwerverletzten abzuholen. Christian Linde wurde auf diese Weise in die gleiche Notaufnahme befördert wie kurz zuvor sein Sohn.

Wäre es nach dem Pastor gegangen, hätte der Krankenwagen nicht kommen müssen. In seiner Zelle fanden sich drei Abschiedsbriefe – an Olaf, an Anna und an Markus.

»Bitte alle Briefe an Herrn Olaf Linde weiterleiten«, war auf einen abgerissenen Zettel gekritzelt, den der Gefangene auf die Briefseiten gelegt hatte.

»Lieber Olaf«, stand über dem etwas kürzeren der beiden Briefe. »Wenn Du dies hier liest, bin ich hoffentlich schon erlöst. Du wirst mich wahrscheinlich für feige halten. Aber ich kann einfach nicht mehr. Der Unfall von Markus hat mir die letzte Lebenskraft geraubt. Ich weiß, dass ich die Schuld daran trage und bekenne mich dazu. Und es ist eben nicht die einzige Schuld, die ich auf mich geladen habe. Auch wenn ich Kathrin nicht getötet habe – alle gegen mich erhobenen Vorwürfe muss ich nach wie vor als schlimme Verleumdungen zurückweisen –, habe ich mich doch schuldig an ihr gemacht. Bitte sage allen, vor allem Mama und Kathrins Eltern, wie unendlich leid mir alles tut. Es ist so schwer, dass ich nicht weiß, wie ich damit weiterleben kann. Am meisten quält mich der Gedanke an Anna und Markus. Ich bete inständig, dass Markus diesen Unfall überlebt, keine bleibenden Schäden davonträgt und bald wieder Theater spielen kann. Bitte sage ihm, wie sehr ich ihn liebe und wie leid mir alles tut, was ich ihm angetan habe. Nie mehr kann es zwischen uns sein wie früher. Und ich will es ihm und Anna auch nicht zumuten, einen Totschläger zum Vater zu haben, der vielleicht irgendwann einmal aus dem Gefängnis entlassen wird. Denn nach dem heutigen Tage sehe ich keine Hoffnung mehr, von dieser irrwitzigen Anklage freigesprochen zu werden. Ich werde gleich versuchen, Anna meine

Gefühle zu erklären. Bitte gib ihr den beiliegenden Brief, wenn Du meinst, dass sie reif dafür ist. Ich bitte Dich, sie zu Dir zu nehmen. Ich weiß, dass das ein unverschämtes Ansinnen ist. Aber Kathrins Eltern sind ja leider nicht mehr die Jüngsten. Und es bedrückt mich, ehrlich gesagt, dass meine Tochter bei Menschen lebt, die ihr den Hass auf ihren Vater täglich neu einimpfen werden. Vielleicht kann Mama sich auch noch eine Zeitlang um sie kümmern. Auch Markus werde ich schreiben. Gott gebe, dass er diesen letzten Brief seines Vaters einmal lesen wird. Nun will ich Schluss machen. Es wird schon bald Morgen.
Alles Gute für Dich und Deine Familie,
Dein Christian.«

Der Handschrift war anzusehen, dass der Schreiber den Brief in großer Hast geschrieben haben musste. Deutlich akkurater war der Brief an Anna abgefasst:

»Liebe Anna!
ich hoffe, es geht Dir gut, wenn Du diesen Brief liest. Ich schreibe Dir aus meiner Gefängniszelle in der Nacht nach Karfreitag. Es geht schon auf halb fünf zu. Draußen dämmert es bereits, die ersten Vögel singen. Aber mir graut vor dem nächsten Tag. Mir graut so davor, dass ich ihn nicht mehr erleben möchte. Ich sehe für mich keine Zukunft mehr. Mir scheint, dass die Justiz ein so unumstößliches Bild von meiner Schuld hat, dass ich es nicht mehr erschüttern kann. Und ich will Dich nicht damit belasten, einen Mörder oder Totschläger zum Vater zu haben. Ich leide natürlich auch darunter, dass ich Schuld auf mich geladen habe. Ganz sicher habe ich Deiner Mutter, Dir und Markus durch mein Verhalten viel Leid zugefügt. Dafür bitte ich Dich um Vergebung. Ich schreibe Dir diesen Brief aber vor allem, weil ich Dir sagen will, wie ungeheuer lieb ich Dich habe. Ich hoffe, dass sich jemand findet, der Dir die Wärme zurückgibt, die Du mir geschenkt hast. Ich hoffe inständig, dass ich in dem Reich, in dem ich bald sein werde, schützend die Hände über Dich halten kann. Vielleicht werde ich als Stern über Dir leuchten, so wie wir es damals von Deiner Mutter gesagt haben und wie Du es so schön gemalt hast.
Gott beschütze Dich,
Dein Vater.«

»Lieber Markus,
während ich dies schreibe, kämpfst Du um Dein Leben. Ich hoffe, dass Du den Sieg davonträgst und wieder so hergestellt sein wirst wie zuvor. Ich hoffe, dass sich Dein Lebenstraum erfüllt und Du Erfolge als Schauspieler feierst. In den Tagen hier im Gefängnis ist mir bewusst geworden, wie wenig Anteil ich an Deiner Theaterleidenschaft und Deinen ersten Erfolgen auf der Bühne genommen habe. Bitte verzeih! Bitte verzeih mir auch alles übrige, was ich Dir angetan habe – vor allem die Sache mit Anke. Du hattest vollkommen recht, dass Du deswegen enttäuscht und wütend auf mich warst. Ich weiß, ich habe viele Fehler gemacht – als Vater und als Ehemann. Aber glaube mir bitte, dass ich das, was mir angelastet wird, nicht getan habe – wenn auch scheinbar alles gegen mich spricht. Sogar ein Telefongespräch, das ich mit Dir an diesem furchtbaren Tag geführt habe. Alle Hoffnung auf einen Freispruch habe ich nach dem heutigen Tage verloren. Es sieht so aus, dass ich die nächsten Jahre hinter Gittern verbringen müsste – als verurteilter Mörder oder Totschläger, als gefallener Pastor. Diese Aussicht ist für mich unerträglich. Auch mit Blick auf Anna und Dich. Ich habe schon viele Stunden wach gelegen und hin und her gegrübelt. Nun weiß ich, dass es auf Erden keine Rettung mehr für mich gibt. Herr, lehre mich, dass es ein Ende mit mir haben muss. Wie oft habe ich diesen Psalm in der Kirche gebetet. Jetzt habe ich ihn, glaube ich, erst in seiner ganzen Tiefe begriffen.
Gottes Liebe sei mit Dir,
Dein Vater.«

*Der Prozess*

Seine Hoffnung auf den Übertritt in eine andere Sphäre erfüllte sich nicht. Es gelang den Ärzten, sein Leben zu retten. Am Ostermorgen erwachte er im Kreiskrankenhaus Celle aus der Bewusstlosigkeit – schon einen Tag, bevor Markus die Augen wieder aufschlug. Im Zuge ihrer fortschreitenden Genesung besuchten sich die beiden in der Klinik. Das Verhältnis zwischen Vater und Sohn entspannte sich. Doch immer stand der Tod Kathrins zwischen ihnen. Die Krankenzimmergespräche machten einen Bogen um alles, was damit zusammenhing.

Bald schon stellte sich heraus, dass der Sturz in der Gefängnistoilette eine Querschnittslähmung zur Folge haben würde. Christian Linde war bei dem Versuch, sich zu erhängen so unglücklich auf das Heizungsgestänge aufgeschlagen, dass er sich das Rückgrat verletzt hatte. Markus dagegen erholte sich überraschend schnell. Er hatte Glück gehabt. Eine schwere Gehirnerschütterung zog zwar immer wieder Kopfschmerzen nach sich, und infolge der Knochenbrüche musste er noch lange an Krücken gehen, aber schon nach vier Monaten nahm er wieder die Proben auf. Und die Wiederaufnahmepremiere der »Möwe« war mindestens so erfolgreich wie die erste Premiere.

Sein Vater blieb gelähmt. Zu seinem Prozess ein halbes Jahr nach der Festnahme erschien er im Rollstuhl. Nahezu unbewegt saß er in seinem Gefährt, während die Anklage verlesen wurde. Er blieb bei seiner Unschuldsbeteuerung, ließ aber seinen Verteidiger für sich sprechen – den Anwalt Jürgen Bäumer, einen erfahrenen Juristen aus Hannover, der genauso alt war wie er selbst, sich aber gleichwohl väterlich um ihn bemühte. Von Mertens hatte er sich getrennt. Er hatte immer mehr das Gefühl gewonnen, dass der Hamburger Anwalt mehr daran interessiert war, sich selbst in Szene zu setzen als ihn, seinen Mandanten, so gut wie möglich zu vertreten.

Das Medieninteresse war gewaltig. Ein halbes Dutzend Fernsehteams brachten sich vor dem Gerichtsgebäude in Stellung. Wegen der großen Anfrage nach Presseplätzen hatte das Landgericht im Zuge einer Akkreditierung eine Vorauswahl getroffen. Journalisten, die keinen Platz bekommen hatten, mussten sich in die lange Schlange einreihen, die schon zwei Stunden vor Verhandlungsbeginn vor dem Gerichtsgebäude entstanden war. Lange bevor Linde mit seinem Rollstuhl vorfuhr, drängten sich die Fotografen vor der Anklagebank. Anfangs hielt sich der Angeklagte noch schützend einen Aktenordner vors Gesicht, doch nach wenigen Minuten legte er den Sichtschutz zur Seite und stellte sich ergeben dem Kameraaufgebot, weigerte sich aber, in die vorgehaltenen Mikrofone zu sprechen. Am nächsten Tag würde es keine Zeitung in Deutschland geben, in der nicht sein resigniertes Gesicht zu sehen war.

Anna und Markus blieben dem Presserummel ebenso fern wie Olaf Linde. Sie beriefen sich als nahe Angehörige auf ihr Aussageverweigerungsrecht. Kathrins Eltern dagegen traten als Nebenkläger auf. Sie blickten ihrem Schwiegersohn ins Gesicht. Mit versteinerten Mienen, die von Verachtung zeugten. Christian Linde vermied es, ihre Blicke zu erwidern. Auch den Blicken der psychiatrischen Gutachterin wich er aus. Er zog es vor, bisweilen ins Publikum zu schauen. Zwischen den ernsten, grimmig dreinblickenden Prozessbesuchern gab es schließlich manche, die ihm freundlich zunickten, sogar die Hand zum Gruß hoben. Darunter die Kirchenvorsteherin Kuchenbecker, aber auch ein bekannter, inzwischen ergrauter Kopf der »Friedensinitiative«. Er erwiderte die Grüße, indem er den Unterstützern mit angedeutetem Lächeln zunickte.

Auch ermutigende Briefe hatte er bekommen. »Halte durch«, hieß es darin. Und: »Wir glauben an Dich.« Die Zuschriften gaben ihm Auftrieb, rissen ihn aus seiner Lethargie, bestärkten ihn, alles zu unternehmen, um die gegen ihn erhobenen Vorwürfe zurückzuweisen. Sein Anwalt sagte ihm seine Unterstützung zu, wies ihn aber auch auf die »kompakte Indizienlage« hin.

Die ersten Verhandlungsstunden zogen wie im Traum an ihm vorüber: Verlesung der Anklage, Feststellung der Personalien.

»Herr Linde, möchten Sie sich zu der Anklage äußern?« Die Stimme des Vorsitzenden Richters klang freundlich, verständnisvoll. Doch er schüttelte nur den Kopf und ließ seinen Anwalt eine kurze, vorbereitete Erklärung vortragen. »Alle gegen mich erhobenen Vorwürfe sind falsch. Ich habe meine Frau geliebt und nie Gewalt gegen sie ausgeübt«, lautete die Kernbotschaft. Nach der Verlesung des

Protokolls der richterlichen Vernehmung war der erste Verhandlungstag bereits gegen elf Uhr beendet.

Am zweiten Verhandlungstag waren »die Frauen« geladen, am Vormittag zunächst Inge Rosenstrauch. Ihre Vorladung hatte großes Medieninteresse ausgelöst. Sie war daher schon lange vor Verhandlungsbeginn durch einen Hintereingang ins Gerichtsgebäude geschleust worden.

Linde musste schlucken, als sie den Zeugenstand betrat und ihm einen kurzen Blick zuwarf. Sie hatte ihn mehrmals im Krankenhaus und später noch zweimal in der Untersuchungshaft besucht und ihm Mut zugesprochen. Sein Selbstmordversuch hatte sie erschüttert.

Sie war dezent geschminkt, trug Jeans, eine schwarze Jacke über dunkelgrüner Bluse und eine goldene Kette – alles nicht sehr auffällig, aber doch elegant.

Sie nickte, als der Richter sie über ihre Rechte, Pflichten und die Folgen einer Falschaussage belehrte. Leise, aber bestimmt beantwortete sie darauf alle Fragen zur Person und ihrer Beziehung zum Angeklagten. Im Publikum wurden vereinzelte Kommentare laut, als die Rede auf sexuelle Fragen kam. Es wurde gegrinst und getuschelt. Der Vorsitzende Richter ermahnte die Prozessbesucher zur Ruhe. »Wenn das nicht aufhört, lasse ich den Saal räumen.«

Das wirkte, zumindest vorübergehend. Etwas eingeschüchtert bissen die Prozessbesucher in ihre mitgebrachten Stullen oder schenkten sich aus ihren Thermoskannen Kaffee oder Tee ein. Richtig still wurde es, als der Richter die Zeugin nach der ersten Begegnung nach Kathrins Verschwinden befragte.

»Welchen Eindruck hatten Sie von Herrn Linde?«

»Er wirkte besorgt, sehr besorgt.«

»Hat er Ihnen auch geschildert, was sich in den letzten Stunden vor dem Verschwinden von Frau Linde abgespielt hat?«

»Ja natürlich.«

»Können Sie uns das bitte noch mal im Einzelnen erzählen?«

Und dann berichtete Inge Rosenstrauch wahrheitsgemäß, was Linde ihr über die letzten Tage und Stunden mit Kathrin erzählt hatte. Der Richter hakte nach, konfrontierte sie mit Aussagen, die sie gegenüber der Polizei gemacht hatte und fragte auch nach den Zukunftsplänen, die sie mit dem Angeklagten geschmiedet habe. Die

Zeugin zuckte die Achseln. »Zukunftspläne? Die gab es eigentlich so konkret nicht. Es war ja alles so ungewiss.«

»Was meinen Sie damit?«

»Na ja, zum einen war nicht klar, was mit Kathrin geschehen war und ...« Sie schluckte. »Und zum andern war auch nicht klar, wie Christian sich verhalten würde, wenn seine Frau zurückkäme. Irgendwie hat er sie doch auch noch geliebt, und außerdem war es für ihn als Pastor ja auch nicht so einfach, sich von seiner Frau zu trennen.«

»Hat er denn diesen Wunsch mal geäußert?«

»Ja schon, aber ich weiß, wie gesagt, nicht, wie ernst es ihm damit war.«

Es folgten noch viele Nachfragen zur Beziehung zwischen dem Angeklagten und seiner Frau. Dann aber lenkte der Vorsitzende Richter das Gespräch zurück auf die realen Ereignisse vor Lindes Festnahme. Die Nacht im Pastorenhaus.

»Warum waren Sie so sicher, dass Sie ungestört bleiben würden? Anders ausgedrückt: Hatten Sie keine Angst, dass Kathrin zurückkommen könnte?«

Es war förmlich zu spüren, wie die Prozessbesucher den Atem anhielten. Kathrins Vater durchbohrte seinen Schwiegersohn regelrecht mit seinem hasserfüllten Blick. Christian Linde starrte angespannt ins Leere, Inge Rosenstrauch faltete die Hände und blickte eine Weile auf die Tischkante, bevor sie zu einer Antwort ansetzte:

»Ja also, so richtig wohl war mir nicht dabei. Aber die ganze Situation, dieser Nachtspaziergang, dieses Rätsel um Kathrin, das war so verrückt, dass ich da irgendwie reingerutscht bin. Vor allem aber tat mir Christian auch leid. Ich habe gespürt, dass er meine Nähe brauchte.«

»Der Ärmste«, spöttelte jemand im Publikum.

»Ruhe bitte«, rief der Richter. »Hat denn Herr Linde nicht damit gerechnet, dass seine Frau zurückkommen würde?«

Die Zeugin schüttelte den Kopf. »Jedenfalls nicht in dieser Nacht.«

Der Richter erinnerte die Zeugin an eine frühere Aussage, wonach sie in den frühen Morgenstunden ein Geräusch vor dem Haus gehört habe. »Was hat Herr Linde dazu gesagt?«

»Er hat gemeint, dass es die Zeitungsfrau ist – dass sie die Zeitung ins Rohr steckt.«

»War er sich da ganz sicher?«

»Todsicher«, zischte jemand im Publikum und alles kicherte.

Der Vorsitzende Richter antwortete mit donnernder Stimme:

»Das reicht jetzt. Raus.« Der Zwischenrufer, auf den sich plötzlich alle Blicke richteten, starrte fassungslos in alle Richtungen, erhob sich schuldbewusst von seinem Stuhl und trottete aus dem Sitzungssaal. »Sollte das noch mal vorkommen, müssen Sie mit einer Ordnungsstrafe rechnen«, verkündete der Richter den Verbliebenen. »Und dann wird garantiert geräumt, ich hoffe, Sie haben mich verstanden.« Die Prozessbesucher erstarrten förmlich. »Und hören Sie auf mit dieser Esserei«, setzte der Richter scharf nach. »Sie sind hier nicht zuhause, und das ist hier auch nicht der Sonntagabendkrimi.«

Erschrocken hörte ein Rentner auf zu kauen, verschluckte sich dabei hustend und steckte nervös seinen Brötchenrest in einen Gefrierbeutel.

In betont freundlichem Ton wiederholte der Richter darauf die Frage an Inge Rosenstrauch.

»Ich weiß nicht, wie sicher er dabei war«, lautete die Antwort.

»Das müsste er schon selbst sagen.«

Noch eine ganze Stunde zog sich die Vernehmung hin. Nach dem Richter bombardierten auch der Staatsanwalt, die Nebenklagevertreterin und der Verteidiger die Zeugin mit ihren Fragen. Linde vermied es, seiner Freundin in die Augen zu sehen. Sie tat ihm leid – und ihn beschlich das dumpfe Gefühl, dass sich seine Situation durch ihre Aussage nicht verbesserte.

Diesen Eindruck gewann er auch bei den nächsten Zeugenvernehmungen. Nach Inge war Anke dran. Mit Blick auf ihr Alter, die intimen Details ihrer jugendlichen Pastorenaffäre und die Erfahrungen der vorangegangenen Zeugenvernehmung wurde die Öffentlichkeit diesmal ausgeschlossen. Das war auch gut so, wie der Angeklagte fand. Anke weinte, als sie darauf angesprochen wurde, wie sie plötzlich zwischen Vater und Sohn gestanden hatte. Doch sie beteuerte, dass sie Linde keine Vorwürfe mache. »Ich habe es ja auch gewollt.«

Weniger rücksichtsvoll ging nach der Mittagspause Kathrins Freundin Petra mit dem Angeklagten ins Gericht. Sie berichtete, Kathrin habe unter den Seitensprüngen ihres Mannes »heftig gelitten«. Häufig habe es deswegen offenbar in letzter Zeit auch Streit gegeben. »Da sind oft ganz schön die Fetzen geflogen, wie Kathrin mir erzählt hat.«

»Hat Frau Fischer-Linde Ihnen auch berichtet, dass ihr Mann sie geschlagen hat?«

Die Zeugin schüttelte den Kopf. »Nein, das nicht. So weit ist er wohl nie gegangen.«

Ob die Freundin Trennungsabsichten geäußert habe? »Ja schon, gerade in letzter Zeit immer wieder. 'Ich halte das nicht mehr aus', hat sie mir gesagt. 'Ich habe keine Lust, länger die geduldige Pastorenfrau zu spielen, obwohl mich Christian hinten und vorne betrügt!' Aber ich weiß natürlich nicht, wie ernst das war. Denn andererseits hat sie immer noch an ihrem Mann gehangen.«

»Hat sie auch von den Problemen ihres Mannes erzählt?«

»Probleme?«

»Ja, ich meine auch berufliche Problem, Selbstzweifel, das Gefühl, im Schatten seine Frau zu stehen. Bei der polizeilichen Vernehmung haben Sie so etwas mal angedeutet.«

»Ja, das war wohl so. Ich hatte den Eindruck, er kommt irgendwie nicht damit klar, dass seine Frau Karriere als Journalistin macht und er selbst da als kleiner Dorfpastor in seinem Heidekaff versauert. Das hat ihm schon zu schaffen gemacht, wenn ich Kathrin richtig verstanden habe.«

»Hatte eigentlich auch Frau Fischer-Linde außereheliche Beziehungen? Gab es da Männer, mit denen Sie verkehrte?«

»Es gab natürlich eine ganze Menge Männer, mit denen sie zu tun hatte. Das brachte ja schon ihr Beruf mit sich. Aber ich weiß nicht, wie tief das ging. Auf jeden Fall kein Vergleich zu den Affären ihres Mannes.«

»Sagt Ihnen der Name Frank Kruse etwas?«

»Sicher, der Journalist, ein Kollege von Kathrin.«

»Und wie beurteilen Sie die Beziehung der beiden?«

»Beziehung? Das ist, glaube ich, schon viel zu viel. Die beiden mochten sich. Wie weit das ging, kann ich wirklich nicht sagen.«

»Ich verstehe. Aber wir haben ja auch noch Gelegenheit, Herrn Kruse selbst zu befragen.«

Das Gericht nutzte diese Gelegenheit bereits am nächsten Prozesstag. Kruse sagte im Wesentlichen nichts Anderes als ein halbes Jahr zuvor schon bei seinem Treffen mit Olaf Linde beim

Italiener in Soltau. »Wir haben uns phantastisch verstanden und ein paar Mal auch miteinander geschlafen. Aber das war in Wirklichkeit nichts Ernstes, wir haben nie daran gedacht zusammenzuziehen. Ich bin ja verheiratet, und ich liebe meine Frau.«

Noch eingehender als Petra berichtete der Zeuge auch, was Kathrin ihm über die Selbstzweifel und Versagensängste ihres Mannes erzählt hatte.

Linde ballte die Fäuste. Er fühlte sich von Kathrin verraten. Doch der Ärger verflog und wich mehr einem Gefühl der Scham, als Kruse von seinem letzten Telefonat mit Kathrin berichtete. Der »Sibirien-Trip« sei eine »großartige Chance« gewesen, einmal einen Blick in Putins Straflager zu werfen. Kathrin habe sofort Bedenken wegen des geplanten Dänemark-Urlaubs angemeldet, dann aber doch entschieden, mit ihrem Mann darüber zu sprechen. »Das war für sie ein furchtbarer Konflikt. Sie hat sicher kommen sehen, dass das mächtig Knatsch geben würde, Entschuldigung, wenn ich das so flapsig ausdrücke. Wenn ich mir vorstelle, was danach geschehen ist, muss man das wohl sicher anders bewerten.«

Auch Frank Kruse zählte zu den Belastungszeugen, und seine Aussagen hatten die Version der Anklage zweifellos untermauert. Das galt auch für Adele Trautmann. Die alte Frau musste vor Gericht weinend zugeben, dass der Angeklagte sie zu einer Falschaussage gedrängt hatte.

Aber es gab auch Fürsprecher. Mehrere Gemeindemitglieder, allen voran die Kirchenvorsteherin Ursula Kuchenbecker, stellten Linde ein blendendes Zeugnis aus. Ein kreativer, engagierter, einfühlsamer Pastor, ein liebender Ehemann, ein fürsorglicher Vater. So ließ sich das Urteil zusammenfassen. Auch Lindes Kollege Markus Menzel lobte den Angeklagten in den höchsten Tönen und bestätigte sogar, dass er mit Linde bisweilen über die Vereinbarkeit von offener Ehe und christlichen Grundsätzen gesprochen habe. »Da habe ich mir schon gedacht, dass da was im Busche ist«, räumte der Zeuge ein. »Aber ich hatte nicht das Gefühl, dass Christian und Kathrin ernste Probleme damit hatten.«

Nach den Zeugen wurden die Sachverständigen gehört. Den Anfang machte der Gerichtsmediziner, der Kathrins Leichnam obduziert hatte. Kathrins Eltern blieben dem Vortrag nach Rücksprache mit ihrem Therapeuten fern. Zu Recht. Der Sachverständige sprach von Würgemalen und schweren Kopfverletzungen, die mit einem scharfkantigen Gegenstand herbeigeführt sein mussten. »Da scheint sich eine ungeheure Wut entladen zu haben, das Bestreben, dieser Frau das Gesicht zu nehmen.« Dabei sei bereits durch anhaltenden Druck auf die Halsschlagader der Tod durch Ersticken eingetreten. Als nächstes analysierte ein Kriminaltechniker die Reifenspuren, die in Tatortnähe festgestellt worden waren. Das Profil entsprach mit hoher Wahrscheinlichkeit dem Profil von Lindes Autoreifen. Auch Erdanhaftungen, die unter Lindes Wanderschuhen entdeckt wurden, wiesen eine große Gemeinsamkeit mit Bodenproben auf, die im Tatortbereich genommen worden waren – ein feinkörniger Sand mit Lehmbeimischung, der in der Region eher selten war. Linde flüsterte seinem Verteidiger zu, dass er die Schuhe schon seit Wochen nicht mehr getragen habe, aber zuvor eben auch in ähnlichen Waldgebieten unterwegs gewesen war. Bäumer fragte daher nach: »Lässt sich denn bestimmen, wie alt der Dreck ist?«

»Leider nein.«

»Aber wie können Sie dann behaupten, dass mein Mandant mit seinen Schuhen da im Wald in Brodersen war?«

Der Sachverständige führte daraufhin Teile von abgestorbenen Kleinlebewesen an, die sich in dem Dreck befunden hatten. Ameisen vermutlich. Auch in dieser Hinsicht gebe es eine signifikante Übereinstimmung mit den Bodenproben. Linde murmelte »Blödsinn« und schüttelte den Kopf. Richter und Schöffen dagegen zeigten sich beeindruckt.

Noch beeindruckender fiel das Ergebnis der rückwirkenden Handyortung aus. Nach dem Datenmaterial der befragten Telefongesellschaft sei eindeutig erwiesen, dass Christian Linde am Freitag, dem 23. März, gegen 13.30 Uhr mit seinem Sohn Markus ein Handygespräch in der Region Brodersen geführt habe, teilte der Kriminalbeamte mit. Die Auswertung der registrierten Funkzellen lasse gar keinen anderen Schluss zu. Linde hatte zunächst vehement bestritten, in der fraglichen Zeit in der Gegend gewesen zu sein, schließlich aber eingeräumt, dass er möglicherweise auf der Suche nach Kathrin doch in die Nähe von Brodersen gekommen sei. »Ich war einfach ziemlich durch den Wind an dem Tag«, hatte er der

Polizei erklärt. »Da kann man schon mal mit der erinnerten Fahrtroute durcheinanderkommen.«

Auf Antrag der Verteidigung wurden auch Sachverständige geladen, die nicht die Anklage untermauerten. Ein Experte des Journalistenverbands referierte über Gefahren, denen Reporter bei kritischen Recherchen ausgesetzt sind – auch mit Blick auf Kathrins Themen wie Börsenmanipulation oder Machenschaften der Mafia. Zum Thema Börsenmanipulation wurde auch ein Finanzfahnder aus Frankfurt am Main gehört. Doch der Schuss ging nach hinten los. Der Experte hielt es, wie schon im Gespräch mit Olaf bekundet, für äußerst unwahrscheinlich, »dass sich die Börsenhaie an so einem kleinen Fisch wie einer Reporterin vergreifen«. Den Antrag, einen Vertreter des Bundesnachrichtendienstes zu den »Machenschaften« des russischen Geheimdienstes in Deutschland zu befragen – mit Blick auf Kathrins geplante Reportagereise zu russischen Straflagern –, lehnte das Gericht ab.

Schließlich legte die Psychiatrieprofessorin ihr Gutachten vor. Linde hatte sich bis zuletzt geweigert, sich in der Haftanstalt einer eingehenden Untersuchung zu unterziehen. Das Gutachten stützte sich daher ausschließlich auf die Ermittlungsakten und Beobachtungen im Gerichtssaal. »Mit letzter Sicherheit kann ich daher keine Aussagen zum Angeklagten machen«, schickte die Gutachterin vorweg. »Dazu ist einfach die Explorationsgrundlage viel zu schmal.« Gleichwohl spreche vieles dafür, dass Christian Linde in einem »außergewöhnlichen Erregungszustand« gehandelt und die Selbstkontrolle verloren habe, sollte es wirklich zu der Tat gekommen sein. Die Professorin plädierte daher dafür, dem Angeklagten im Falle einer Verurteilung verminderte Schuldfähigkeit zuzubilligen.

»Ist es denkbar, dass Herr Linde die Tat verdrängt hat?«, wollte der Vorsitzende Richter wissen.

Die Gutachterin hob zweifelnd die Arme. »Denkbar ist so etwas durchaus. Es kommt vor, dass Menschen Dinge aus ihrem Bewusstsein ausblenden und von sich abspalten. Das können traumatisch belastende Opfererfahrungen sein, das können aber auch eigene Verhaltensweisen sein, die mit dem Selbstbild unvereinbar sind. Manches spricht in der Tat dafür, dass wir es hier mit einem derartigen Fall zu tun haben.«

»Heißt das, der Angeklagte hat die Tat so stark verdrängt, dass er sich selbst für unschuldig hält?«

»So könnte es zumindest sein.«

»Lächerlich«, rief Linde dazwischen. »Küchenpsychologie.«

Erst spät lichtete sich der Herbstnebel an diesem Oktobertag. Als aber im Landgericht die Urteilsverkündung im Pastorenprozess bevorstand, verbreiteten Scheinwerfer gleißendes Licht. Wieder war der Gerichtssaal brechend voll. Wie beim Prozessauftakt brachten etliche Fernsehteams vor dem Gerichtsgebäude ihre Kameras und Mikrofone in Stellung, und vor dem Eingang zum Sitzungssaal bildete sich eine lange Schlange. Die wartenden Journalisten schlossen Wetten ab. Dabei waren jene, die mit einem Freispruch aus Mangel an Beweisen rechneten, in der Mehrzahl. Im Zweifel für den Angeklagten, hieß es doch, und trotz der starken Indizienkette waren weiß Gott nicht alle Zweifel ausgeräumt.

Auch das Schlusswort des Angeklagten war nicht ohne Wirkung geblieben. »Ich versichere noch einmal, dass ich meine Frau bis zuletzt geliebt habe«, hatte der Mann im Rollstuhl nach seinem langen Schweigen mit fester Stimme gesagt. »Es wäre für mich vollkommen undenkbar gewesen, die Hand gegen Kathrin zu erheben. Ich habe Gewalt in jeder Form immer schon verabscheut. Die gegen mich erhobenen Vorwürfe sind daher absurd und grotesk. Ich hoffe sehr, dass die Strafkammer sich nicht von der Vorverurteilung in den Medien blenden lässt und zu einem unvoreingenommenen Urteil kommt. Ich danke allen, die an mich geglaubt und mich in dieser schweren Zeit durch ihre ermutigenden Worte gestützt haben. Danke.«

Schließlich ist der Moment gekommen. Die Richter betreten den Sitzungssaal, die Versammelten erheben sich nach dem üblichen Ritual von den Plätzen. »Im Namen des Volkes verkünde ich folgendes Urteil«, beginnt der Vorsitzende Richter. »Der Angeklagte, Herr Christian Linde, wird wegen Totschlags bei verminderter Schuldfähigkeit zu einer Haftstrafe von sechs Jahren verurteilt. Bitte nehmen Sie Platz.«

Wie ein Donnerschlag hallen die Richterworte nach. Reporter, die für Nachrichtenagenturen, Hörfunk- oder Fernsehsender tätig sind, laufen aus dem Sitzungssaal, um die Nachricht so schnell wie möglich weiterzugeben. Der Angeklagte indessen bleibt äußerlich unbewegt, wirkt wie versteinert.

Es folgt eine einstündige Urteilsbegründung. Der Richtet wertet noch einmal die Indizien und gelangt zu dem Schluss, dass ernste Zweifel an der Täterschaft des Angeklagten ausgeschlossen werden können. Zu einem entscheidenden Mosaikstück wird dabei das Handygespräch im Tatortbereich. »Damit ist eindeutig bewiesen, dass Sie sich unmittelbar nach der Tat am Tatort aufgehalten haben«, führt der Richter aus – den Blick auf Linde gerichtet. »Dass Sie das zuerst abgestritten, es dann aber unter dem Druck der Beweislast doch eingeräumt haben, deutet zusätzlich darauf hin, dass dieser Umstand von Gewicht ist.«

Hinzu kämen die Reifenspuren, die Erdanhaftungen und schließlich auch die Aussage des Autofahrers – Details, die für sich genommen vielleicht ohne Wert seien, im Lichte der übrigen Indizien aber ernst genommen werden müssten. Die Darstellung des Angeklagten sei demgegenüber wenig überzeugend. Stark erschüttert werde Lindes Glaubwürdigkeit vor allem durch den Versuch, eine Gefälligkeitsaussage herbeizuführen.

Auch die Motivlage sei eindeutig. »In unserem Verfahren hat sich immer mehr der Eindruck verfestigt, dass Ihre Ehe zu zerbrechen drohte, Sie aber als Gemeindepastor daran interessiert waren, nach außen hin den Schein einer harmonischen Familie zu wahren. Zudem haben Sie es offenbar nicht verkraftet, beruflich von Ihrer Frau übertrumpft zu werden.«

An dieser Stelle grub sich eine Zornesfalte in die Stirn des Angeklagten, und es brach buchstäblich aus ihm heraus. »Unverschämtheit. Dass ich mir das anhören muss!« Als Bäumer besänftigend eine Hand auf die Schulter seines Mandanten legte, schien sich dieser wieder etwas zu beruhigen, schüttelte jedoch mit zusammengepressten Lippen den hochroten Kopf.

Der Richter ließ den Ausbruch unkommentiert, fuhr damit fort, sich auf das psychiatrische Gutachten zu stützen und skizzierte den Ablauf der Tat nach dem Ergebnis der Beweisaufnahme.

Danach habe der Anruf Kruses in dem explosiven Klima der Ehekrise wie ein »zündender Funke« gewirkt. »Nach allem, was wir wissen, haben Sie sich an jenem Freitag in der Mittagszeit offenkundig spontan entschlossen, mit Ihrer Frau einen Spaziergang in jenem Auwald bei Brodersen zu unternehmen, wo Sie schon mehrmals gemeinsam Kraft getankt hatten. Eigentlich sollte es eine versöhnliche Aussprache werden. Doch der Anruf mit seinen Folgen ließ Ihnen offenkundig keine Ruhe. Die Vorstellung, dass Ihre Frau den schon lange geplanten Dänemark-Urlaub sausen lassen würde, um mit einem Kollegen nach Russland zu fahren, rumorte ganz furchtbar in Ihnen. Sie stellten Ihre Frau daher zur Rede, und ein Wort gab das andere. Schließlich müssen Sie im Zuge der Auseinandersetzung ausgerastet sein. Vermutlich war es am Anfang nur eine Ohrfeige, die zur Eskalation führte. Irgendwann gab es dann für Sie offenbar kein Zurück mehr. Da haben Sie die Kontrolle über sich verloren, Ihre Frau bis zur Bewusstlosigkeit gewürgt und als sie am Boden lag, noch mit einem Ast auf sie eingeschlagen. Ihre Wut war so groß, dass Sie Ihrer Frau offenbar das Gesicht nehmen wollten, ein Phänomen, auf das wir häufig bei Beziehungsdelikten dieser Art treffen, wie wir schon von der Gutachterin gehört haben. Danach ging es Ihnen vermutlich nur noch darum, den Leichnam Ihrer Frau verschwinden zu lassen. Da nur wenige Meter vom Spazierweg entfernt die Aller vorbeifloss, entschlossen Sie sich, den Leichnam die Böschung hinunterzustoßen. Nach dem Prinzip: Aus den Augen, aus dem Sinn.

Nach der Tat waren Sie offenbar noch so aufgewühlt, dass Sie lange Zeit ziellos in dem abgelegenen Waldgebiet herumgewandert sind. Irgendwann in dieser Zeit muss der Anruf von Ihrem Sohn gekommen sein.«

Linde wagte nicht mehr aufzublicken. Schon die Angst, den flammenden, hasserfüllten Blicken seiner Schwiegereltern auf der gegenüberliegenden Seite zu begegnen, hinderte ihn daran. Aber noch etwas Anderes lähmte ihn: Mit den Worten des Vorsitzenden Richters stiegen Bilder in ihm auf. Bilder wie hinter einem Nebelschleier. Auch Kathrins Gesicht schien darin auf. Schrecklich verzerrt, blutend, aufgedunsen. Es war, als lägen mehrere Fotografien übereinander, die, gleichsam transparent, zu einem schillernden, changierenden Gemälde verschmolzen. Kathrins Gesicht, wie sie ihn mit Vorwürfen bombardierte, und Kathrins Gesicht, nachdem ihre Leiche aus der Aller gefischt worden war. Linde kämpfte an gegen diese Bilder, konnte sich ihrer aber nicht mehr erwehren. Nur noch wie aus weiter Ferne hörte er, wie der Richter von Kontrollverlust, von Verdrängung und Abspaltung sprach.

Er war wie betäubt, als der Mann in der schwarzen Robe zum

Schluss kam und mit Blick auf das »tadellose Vorleben« und die »psychische Ausnahmesituation« die vergleichsweise milde Strafe von sechs Jahren begründete.

*Der Musikant des Lieben Gottes*

Nach viereinhalb Jahren schon wurde Linde wegen guter Führung vorzeitig aus der Haft entlassen. Die Sonne schien ungewöhnlich kräftig aus einem kalten Märzhimmel, als ihn Inge Rosenstrauch mit ihrem Auto aus der Justizvollzugsanstalt Salinenmoor abholte. Die Religionslehrerin hatte auch nach der Urteilsverkündung den Kontakt aufrechterhalten und ihn mindestens einmal im Monat besucht. Da ihre Beziehung zu dem »Mörderpastor« Schlagzeilen gemacht hatte und auch an ihrer Schule bekannt geworden war, ließ sie sich nach Braunschweig versetzen – rund sechzig Kilometer entfernt. Sie bot Linde an, ihn nach seiner Entlassung in ihrer Wohnung aufzunehmen. Und er ging gern auf das Angebot ein.

Anna und Markus zeigten sich entsetzt. Es hatte sie schon gekränkt, dass ihr Vater von seiner »Geliebten« so oft im Gefängnis besucht worden war. Markus brach darum den Kontakt ganz ab. Schon während des Prozesses war ihm deutlich geworden, dass sein Vater auch ihn belogen hatte – dass er ihm seine Mutter genommen hatte, ohne auch nur einen Anflug von Reue zu zeigen. Er vermisste seine Mutter, idealisierte in seiner Erinnerung ihre Herzenswärme, ihre Anteilnahme, ihre Offenheit, ihre Klugheit, und im gleichen Maße, wie er seine Mutter vergötterte, wuchs sein Hass auf seinen Vater. Doch er fand Halt in seiner Arbeit als Schauspieler. Das Theater bescherte ihm weitere Erfolge.

Nicht so gut erging es Anna. Sie lebte inzwischen bei ihrem Onkel Olaf. Nachdem die alte Frau Fischer schwer erkrankt war, hatte Kathrins Vater sich mit der Betreuung überfordert gefühlt und seine Enkeltochter in die Obhut des Kriminalbeamten gegeben.

Jetzt kümmerte sich vor allem ihre Großmutter um Anna, Christians Mutter, die nach wie vor bei Olaf und seiner Familie im Haus wohnte. Die neue Herausforderung tat der herzkranken Frau gut. Sie blühte regelrecht auf.

Anna dagegen litt. Sie litt unter der Verurteilung ihres Vaters und vor allem der Trennung. Wochenlang wirkte sie völlig teilnahmslos. Sehr zurückhaltend trat sie auch ihrem Vater gegenüber, als sie ihn mit ihrer Oma und ihrem Onkel Olaf das erste Mal im Gefängnis besuchte. Sie kam einfach nicht darüber hinweg, dass er »das« getan und dann auch noch die Unwahrheit gesagt hatte. Seinen Unschuldsbeteuerungen glaubte sie nicht. Ihr Vater mied daher das Thema.

Ohnehin gab es Christian Linde nach der Zurückweisung seiner Revision auf, weiter gegen den Schuldzuspruch aufzubegehren. Bestärkt durch Inge teilte er seinen Unterstützern in einem Rundschreiben mit, dass er keine Kraft mehr dafür habe, nicht weiter gegen Windmühlen kämpfen wolle. »Ich hoffe, dass ich irgendwann Gnade vor einem höheren Richter finde.«

Anna verstörte dies. Ähnlich wie ihr Bruder litt sie aber vor allem darunter, dass ihr Vater an dieser Inge Rosenstrauch festhielt. Sie hasste die Frau.

An diesem schwierigen Verhältnis änderte sich auch nichts, als Christian in die Freiheit zurückkehrte. Gern hätte er Anna zu sich genommen. Doch wie hätte er sie vom Rollstuhl aus versorgen sollen? Er war auch nicht bereit, in sein Elternhaus zurückzukehren, um dort unter einem Dach mit seiner Mutter und der Familie seines Bruders zu leben. Nein, zu der Chance, gemeinsam mit Inge in Braunschweig einen Neuanfang zu wagen, gab es für ihn keine Alternative.

Seinen Beruf konnte er selbstverständlich nicht wieder aufnehmen. Nach einem Disziplinarverfahren war er wie erwartet von der Landeskirche seines Dienstes als evangelischer Pastor enthoben worden. Aufgrund seiner Querschnittslähmung wurde ihm immerhin eine Schwerbehindertenrente bewilligt.

Doch er fühlte sich zu jung, um sein Leben als Rentner zu beschließen, sehnte sich nach einer neuen Beschäftigung. Und wie von selbst griff er zur Klarinette. Schon während der Haftzeit hatte er dem Instrument immer schönere und anspruchsvollere Stücke entlockt, Kompositionen und Arrangements geschrieben und im Gefängnisorchester mitgewirkt. Seine Lebensgefährtin ermutigte ihn daher nun, seine Technik weiter zu entwickeln. Mit Erfolg. Anfangs waren es nur kleine Konzerte, die er im Freundeskreis von Inge Rosenstrauch gab. Doch bestärkt durch den Zuspruch wagte er sich schließlich auch in mittelgroße Kirchen und Säle. Seine zweifelhafte Berühmtheit als Skandal-Pastor bewirkte, dass das öffentliche Interesse außergewöhnlich groß war. Die Konzerte waren fast immer hervorragend besucht. Weniger die Musik als der »Sex-Pastor« lockte das Publikum zunächst. Doch wenn er dann in seinem Rollstuhl auf die Bühne rollte und zu seinem Instrument griff, erfasste Rührung die Besucher. Er trat üblicherweise gemeinsam mit einer Gitarristin und einem Geiger auf, stand aber natürlich stets im Mittelpunkt.

Schon bald wurde der Klarinettist im Rollstuhl zu einer gefeierten Gestalt der Konzertszene. Seine tragische Vergangenheit umgab ihn mit der Aura des Legendären, umwehte seine Auftritte mit einer einzigartigen Melancholie.

Nach langem Überlegen entschloss er sich schließlich auch zu einem Gastspiel in Eichendorf.

Ein dunstiger Novembertag. Kamerateams haben sich vor der Kirche aufgebaut. Unentwegt müssen Stühle herangeschafft werden, dennoch finden bei weitem nicht alle Platz, die gekommen sind. Christian Linde hat sich ein Konzert ohne Worte gewünscht. Seine beiden Musikerkollegen halten sich ebenso daran wie der neue Eichendorfer Pastor. Der junge Theologe, der die Pfarrstelle von Linde übernommen hat, verzichtet auf eine Begrüßung.

Es ist gespenstisch still, als sein Vorgänger plötzlich im Rollstuhl vor dem Altar auftaucht. Niemand wagt zu husten oder sich zu räuspern. Linde hat überlegt, ob wohl eine Katze zu miauen anfangen würde: Paula, sein Patenkätzchen. Aber Paula streunt sicher irgendwo im Dorf herum, vielleicht sogar durch den Pastorengarten. Ihre einstige Ziehmutter jedenfalls kann sich nicht mehr um sie kümmern. Lene Albers ist ein halbes Jahr zuvor gestorben; kurz vor ihrem Tod ist die »verrückte Lene« noch in ein Heim für geistig Behinderte eingewiesen worden. Danach ging es schnell mit ihr zu Ende. Ihr Mann war ihr bereits zwei Jahre zuvor vorangegangen.

Linde hat das Gastspiel in Eichendorf mit einem Besuch bei Ursula Kuchenbecker verbunden. Die Kirchenvorsteherin hat immer zu ihm gehalten. Zwei Stunden vor seinem Konzert ist er noch ganz allein mit seinem Rollstuhl auf den Friedhof gefahren, um Blumen auf dem Grab seiner Frau abzulegen. Er hat gehofft, dass ihn niemand sieht. Doch ein Fotograf ist ihm heimlich gefolgt. Aber wozu sich darüber aufregen? Auch dies ist schließlich der Preis seines zweifelhaften Ruhms.

All das liegt unendlich weit zurück. Jetzt kommt es darauf an, dieses Konzert über die Runden zu bringen, die Besucher nicht zu enttäuschen, den Funken überspringen zu lassen. Auch Christians Bruder Olaf und dessen Frau sitzen im Publikum. Anna dagegen ist bei ihrer Großmutter zu Hause geblieben.

Als Christian Linde sein Instrument ansetzt, ist es, als hielte die Kirche den Atem an. Doch die Musik verfehlt ihre Wirkung nicht. Die Anspannung löst sich auf in den schönen Klarinettentönen, die sich mit den Geigen- und Gitarrenklängen verbinden. Ein Zauber nimmt die Besucher gefangen. Einige wischen sich verstohlen Tränen aus den Augen. Besonders heftig weint eine Frau mit rotbraun gewellten Haaren, die in der letzten Reihe sitzt: die Polizeibeamtin Silke Brandes. Nach den ersten drei Sätzen bleibt es zunächst sekundenlang still. Niemand wagt zu klatschen. Aber dann macht die Kirchenvorsteherin Kuchenbecker den Anfang, und alle fallen ein. Der Applaus steigert sich von Musikstück zu Musikstück. Besonders stark brandet der Beifall auf, als sich die Musiker am Ende verbeugen. Doch der Mann im Rollstuhl lässt sich dadurch nicht zu einer Siegerpose verleiten, sondern bleibt ernst und dankt dem Publikum nur mit einem Nicken und höflichem, schüchternem Lächeln. Und wie auf ein geheimes Zeichen verstummt der Applaus, ohne dass jemand eine Zugabe gefordert hätte. Schweigend erheben sich die Besucher von den Plätzen und streben dem Ausgang zu, und eine merkwürdige Stille erfüllt die Kirche, während der frühere Pastor seinen Rollstuhl ins dunkle Seitenschiff lenkt.

Am Abend des 28. Juli 1997 findet ein Jäger in einem Wald am Stadtrand von Braunschweig die Leiche einer Frau mit zertrümmertem Schädel. Klaus Geyer, evangelischer Pastor in dem ostniedersächsischen Dorf Beienrode, identifiziert die Tote noch am selben Abend als seine Frau Veronika, die seit drei Tagen vermisst worden ist. Am nächsten Tag wird der 56 Jahre alte Dorfgeistliche festgenommen: Der Pastor steht im Verdacht, seine 53 Jahre alte Frau mit einem Brecheisen (»Kuhfuß«) erschlagen zu haben.

Geyer bestreitet die Tat. Ein halbes Jahr später beginnt vor dem Landgericht in Braunschweig der Prozess gegen den namhaften Theologen. Das Verfahren wird zu einem der aufsehenerregendsten Indizienprozesse der deutschen Nachkriegsgeschichte.

Diesem »Fall Geyer« entstammt die Idee zu »Passion«. Wie Klaus Geyer ist die Hauptfigur des Romans ein Pastor, dem vorgehalten wird, seine Frau erschlagen zu haben. Wie Geyer ist auch Christian Linde ein namhafter, musikalisch begabter Theologe. Doch Linde ist nicht nur zehn Jahre jünger, sondern unterscheidet sich auch in manch anderer Hinsicht von Geyer. Auch die übrigen Romangestalten sind nicht identisch mit den realen Personen aus dem Umfeld des Beienroder Pastors. Zum Teil sind sie sogar frei erfunden. Mit seinen Kunstfiguren entwickelt der Roman somit ein fiktives Eigenleben, das sich von dem Kriminalfall streckenweise weit entfernt. Insbesondere erhebt der Roman nicht den Anspruch, die Schuldfrage im »Fall Geyer« zu klären.

Die Ausgangslage indessen ist identisch: Auch der Beienroder Dorfpastor erstattet am Abend des Tages, an dem seine Frau getötet worden ist, bei der Polizei eine Vermisstenanzeige.

Wie entwickelte sich der »Fall Geyer« weiter? Das folgende Protokoll, das sich auf öffentlich bekannte Fakten und Details der Gerichtsverhandlung stützt, dokumentiert den Geschehensablauf in groben Zügen.

Am Sonntag, den 27. Juli, zwei Tage nach dem Verschwinden der Religionspädagogin und Ortsbürgermeisterin, entdeckt die Polizei das Auto der Vermissten auf einem Parkplatz am Braunschweiger Hauptbahnhof. Darin finden sich neben einer leeren Geldbörse und gefüllten Tragetaschen auch Flugtickets für eine Amerikareise, die das Ehepaar Geyer eigentlich am Montag, dem 28. Juli, antreten wollte. Bereits am Sonnabend aber hatte Klaus Geyer den Flug stornieren lassen. Am Sonntag schaltete er noch die Braunschweiger Zeitung ein und hängte in der Braunschweiger Innenstadt selbst gedruckte Suchplakate mit dem Foto seiner Frau auf. Aufschrift: »Ein Mensch wird vermisst.« Geyer hatte der Polizei vorgehalten, seine Vermisstenanzeige nicht ernst genug zu nehmen.

Am Montagabend wird die Leiche der Religionslehrerin entdeckt. Das Gesicht ist durch heftige Schläger völlig zerstört. Als der Ehemann seine getötete Frau identifiziert, wirkt er nach Angaben von Zeugen jedoch erstaunlich gelassen, fast unbeteiligt.

Einen Tag später wird Klaus Geyer verhaftet. Das Wohnhaus des Ehepaares wird mehrfach durchsucht. Obwohl die Staatsanwaltschaft Braunschweig zunächst noch Stillschweigen über die Haftgründe wahrt, machen Gerüchte über ein ausschweifendes Sexualleben des Pastors die Runde. Die Rede ist von etlichen Seitensprüngen. Dem Dorfgeistlichen werden Liebesaffären mit mehreren Frauen nachgesagt. Am 31. Juli suspendiert die hannoversche Landeskirche ihren inhaftierten Pastor vorläufig vom Dienst.

Unterdessen sucht die Polizei mit Flugblättern nach Zeugen und stockt die Mordkommission in Wolfenbüttel von zehn auf sechzehn Beamte auf. Der dringende Tatverdacht erhärtet sich. Am 8. August entdeckt die Polizei anhand von Blutspuren rund 700 Meter vom Fundort der Leiche entfernt den Tatort. Der Feldweg, der dorthin führt, trägt den Namen »Pastorenkamp«.

Der »Fall Geyer« hat zu diesem Zeitpunkt bereits bundesweit Schlagzeilen gemacht. Schließlich ist der vermeintliche Totschläger nicht nur irgendeiner der vielen Ehemänner, die ihren Frauen Gewalt antun, sondern ein Gottesmann – noch dazu ein sehr namhafter Streiter in der evangelischen Kirche. Gemeinsam unter anderem mit der Theologin Dorothee Sölle hatte Geyer versucht, frischen Wind in die behäbige Amtskirche zu bringen und zum Beispiel das Blatt »Junge Kirche« herausgegeben. Auch sonst beschränkte der Pastor von Beienrode, der zeitweise stellvertretender Superintendent seines Kirchenkreises war, seine Aktivitäten nicht auf die vier Dörfer seines Kirchspiels. 1990 wurde der Lehrersohn, der zunächst Mathematik und erst später Theologie studiert hatte, Bundesvorsitzender der Aktion Sühnezeichen. Beeinflusst von Helmut Gollwitzer war der »Achtundsechziger« viele Jahre bemüht, den christlich-marxistischen Dialog voranzutreiben. Pazifisten, Sozialisten, Christen unterschiedlicher Schattierung aus aller Welt lud der Protestant zum »Beienroder Konvent«, zu Friedenskonferenzen und Pfingstcamps in das frühere Zonenrandgebiet in der Nähe von Königslutter.

Schauplatz solcher Begegnungen war das herrschaftliche Anwesen der Pfarrersfamilie, ein ehemaliges Rittergut, das Geyers Schwiegervater einst erworben hatte. Der Königsberger Theologieprofessor Hans-Joachim Iwand, Mitstreiter des christlichen Nazigegners Hans Barth, hatte Jagdschloss und Park nach Kriegsende gekauft, um versprengten ostpreußischen Pfarrerswitwen einen Alterssitz zu schaffen und in der Tradition der Bekennenden Kirche die Aussöhnung mit den Juden und den Völkern Osteuropas voranzutreiben. Iwands Tochter Veronika führte die Arbeit im »Haus der helfenden Hände« nach dem Tod ihres Vaters fort. Klaus Geyer hatte seine spätere Frau bereits in den sechziger Jahren als Mathematikstudent in Berlin kennengelernt, wo Veronika Iwand bei der Familie Helmut Gollwitzers lebte.

Veronika Geyer-Iwand galt als »Power-Frau«. Die Ortsbürgermeisterin von Beienrode unterrichtete an einer Wolfsburger Gesamtschule die Fächer Religion, Latein und Griechisch, sie war Studienleiterin im Amt für Religionspädagogik, Verwalterin der Hans-Iwand-Stiftung und damit gleichzeitig Altenheimleiterin, und sie engagierte sich in der Theresienstadt-Initiative. Darüber hinaus hat Veronika Geyer-Iwand drei Söhne großgezogen, die zum Zeitpunkt ihres Todes zwischen 18 und 27 Jahre alt waren, und überdies noch ein damals fünfzehn Jahre altes Mädchen aus Rumänien adoptiert. »Eine Frau, die über Jahrzehnte am Rande ihrer Belastbarkeit lebte und es trotzdem immer wieder hinbekam, Zuverlässigkeit auszustrahlen«, wie die Berliner Journalistin Bascha Mika in der Berliner »Tageszeitung« schrieb. »Sie hätte die Egomanie ihres Mannes wohl kaum ausgehalten, hätte sie nicht das gehabt, was ihre Freundin als einen 'ungeheuer stabilen Lebenskern' bezeichnet. Zu ihm kamen die Leute, um zu reden, zu ihr, wenn etwas getan werden musste.«

In den Monaten vor dem Tod von Veronika Geyer-Iwand war der

Dorfgeistliche offenbar in den Schatten seiner »Power-Frau« getreten. Schon vier Jahre zuvor hatte er sein Amt als Bundesvorsitzender der »Aktion Sühnezeichen« aufgegeben; er war beim Stehlen von CDs erwischt und von der Landeskirche ermahnt worden. In seinem letzten Gemeindebrief hatte Geyer seine Gemeinde gebeten, »ihrem Pfarrer auch einmal ein wenig Ruhe zu gönnen« und Verständnis für ausfallende Gottesdienste in der Passionszeit zu zeigen. In Beienrode war es ein offenes Geheimnis, dass es um die Pastorenehe nicht mehr zum Besten stand. Nur noch bei offiziellen Anlässen sei Klaus Geyer gemeinsam mit seiner Frau gesehen worden, hieß es.

Über die Todesanzeige für seine Frau setzten Geyer und seine vier Kinder die Klage Hiobs: »Du hast Dich verwandelt in einen Grausamen und streitest gegen mich mit der Stärke Deiner Hand.«

Als Veronika Geyer-Iwand am 15. August 1997 im engsten Kreis auf dem Gutsfriedhof in Beienrode beigesetzt wird, darf der Witwer nur unter polizeilicher Bewachung daran teilnehmen. Der Pastor wird in einem Gefangenentransporter zur Beerdigung vorgefahren. Der öffentlichen Trauerfeier, die am 29. August für seine getötete Frau im Dom von Königslutter stattfindet, bleibt Klaus Geyer fern.

Der Geistliche beteuert unterdessen weiter seine Unschuld. Er habe sich am Freitagnachmittag in Braunschweig mit seiner Frau in einem Mövenpick-Restaurant treffen wollen und vergeblich auf sie gewartet, sagt Geyer. Daraufhin habe er seine Frau in der Braunschweiger Innenstadt gesucht.

In offenen Briefen aus der Untersuchungshaft heraus wirft der Seelsorger den Justizbehörden einseitige Ermittlungen vor. Niemals habe er sich während seines gut 25-jährigen Ehelebens vorstellen können, »auch nur die Hand gegen meine Frau zu erheben«. Der Inhaftierte erhält großen Zuspruch von Kollegen und Freunden, die auch Kritik an der reißerischen Berichterstattung und Vorverurteilung üben.

»Das Wort 'Rufmord' habe ich eigentlich erst jetzt verstanden«, schreibt zum Beispiel Dorothee Sölle ihrem Mitstreiter. »Bleib stark, der 'Grausame' hat noch eine andere Seite. Ich bete für Dich. Deine Dorothee.« Auch die Beienroder Kirchenvorstandsvorsitzende Irmgard G. stellt sich hinter ihren Pastor: »Das ist ein Verbrechen, was die da machen, ganz schlimm. Das ist nie mehr gutzumachen.«

Doch die Ermittlungen erhärten den Tatverdacht, so dass die beantragte Entlassung aus der Untersuchungshaft nicht in Frage kommt. Am 17. November erhebt die Staatsanwaltschaft Anklage wegen Totschlags.

»So sehr ich auch um die Abgründe des Menschen, auch meine eigenen, weiß, so absurd, bösartig, ja mörderisch begegnet mir der Tatvorwurf des Totschlags«, schreibt Geyer daraufhin in seiner Weihnachtsbotschaft an die Gemeinde. »Absurdistan«, nennt der Pastor aus Beienrode das »Jammertal«, das er seit dem Tod seiner Frau zu durchwandern habe.

Dabei steht dem Inhaftierten die nervenaufreibendste Prüfung noch bevor: der Prozess vor dem Landgericht Braunschweig. Begleitet von großem Medienrummel wird das Verfahren am 2. Februar 1998 eröffnet. Schon Stunden vor Verhandlungsbeginn stehen die Menschen vor dem Gerichtsgebäude Schlange. Und die 140 Plätze im Zuhörerraum reichen bei weitem nicht, allen Schaulustigen einen Platz zu bieten. Auch an den folgenden Verhandlungstagen reißt das Publikumsinteresse nicht ab. Es werden daher Platzkarten vergeben. Und ungeniert lassen die Besucher ihrer Sensationslust freien Lauf. Sie murmeln, kichern, kommentieren. »Oho« und »na, na« tönt es aus dem Chor der hinteren Reihen, wenn Details aus dem Intimleben des Angeklagten anklingen. Der Vorsitzende Richter Peter Kriebel muss das Publikum immer wieder ermahnen, jegliche Kommentare zu unterlassen und während der Sitzungen nicht zu essen oder zu trinken.

Unter den Prozessbesuchern sind auch manche aus Geyers Kirchengemeinde. Was sie im Gerichtssaal zu hören bekommen, sprengt das Bild vom moralisch integren Dorfgeistlichen. Vergeblich zeigt sich Geyer bemüht, seine außerehelichen Affären als »Unterleibsprobleme« abzutun. Die Gerüchte vom ausschweifenden Sexualleben werden durch etliche Zeugenaussagen untermauert. Die Geliebten des Pastors müssen selbst vor Gericht erscheinen. Sie sagen aus, wie es um ihr Verhältnis zu Klaus Geyer bestellt war – und vor allem um dessen Ehe. Gleich vier Geyer-Freundinnen werden am 12. Februar gleichzeitig vorgeladen. Zum Leidwesen des Publikums wird bei ihren intimen Beichten die Öffentlichkeit allerdings ausgeschlossen.

Bekannt wird jedoch, dass der Geistliche schon in der Nacht nach dem Verschwinden seiner Frau mit einer befreundeten Theologin aus

Hamburg im Ehebett gelegen hat. Er habe Trost gesucht bei der langjährigen Vertrauten, gesteht der Angeklagte. Nachdem er seine Freundin angerufen habe, sei die noch in der Nacht nach Beienrode gekommen. »Wir haben erst in der Küche gesessen, dann habe ich sie gebeten, sich neben mich zu legen. In mein Bett.«

Es sei nicht das erste Mal gewesen, dass sie mit Klaus Geyer im Pfarrhaus geschlafen habe, berichtet die Frau dem Gericht. »Entgegen sonstiger Praxis« aber habe Klaus Geyer an diesem Tag nicht die Haustür abgeschlossen. »Was ist, wenn Veronika kommt?«, habe sie gefragt. Geyer habe nicht geantwortet. Später am frühen Morgen sei sie durch ein Geräusch vor dem Haus aufgeschreckt worden. Sie fürchtete, Geyers Frau kehre zurück. »Schön wär's«, habe Geyer sie daraufhin beruhigt. »Das ist die Zeitung.«

Auch der Adoptivtochter war der nächtliche Besuch nicht verborgen geblieben. »Total verstört«, habe das Mädchen ihr erzählt, dass ihr Vater mit seiner Geliebten im Ehebett gelegen habe, schilderte eine gute Freundin der getöteten Pastorenfrau dem Gericht. Die gleiche Zeugin erinnert sich auch an eine »unerfreuliche Situation« zu Lebzeiten der Studienrätin. Zwischen Veronika Geyer-Iwand und einer »Besucherin« des Pastors sei es zu einem »lautstarken Disput« gekommen. »Veronika ist ausgerastet, schließlich hat sie die Frau rausgeschmissen.«

Auch eine Musiklehrerin aus dem Nachbardorf vertraut dem Gericht intime Einzelheiten an. Klaus Geyer hatte die Sopranistin bei Konzerten auf dem Klavier begleitet und war ihr auch sonst nahe gekommen. Sogar ein 15 Jahre altes Mädchen, dem Geyer einst Orgelunterricht erteilte, taucht in der langen Liste seiner sexuellen Beziehungen auf – ein »Seitensprung« aus einer Zeit, in der die Kinder des Pastors noch klein waren. Länger zurück liegt auch die Affäre mit einer Krankenschwester, die ebenfalls in nichtöffentlicher Sitzung über ihr Verhältnis mit Geyer berichtet.

Öffentlich sagt dagegen eine weitere Vertraute des Pastors aus. Die Erzieherin kämpft mit den Tränen, während sie ihre Aussage macht: Geyer habe seiner Frau einen Tag vor deren gewaltsamem Tod weinend gebeichtet, dass er sich in eine andere verliebt habe, berichtet die Zeugin. Gleich nach dem Verschwinden Veronikas habe der Pastor ihr dies anvertraut, sagt die Zeugin. Und die sichtlich erschütterte Pädagogin berichtet noch mehr, das den Mann belastet, zu dem sie so viele Jahre aufgeblickt hat: Aus der Haft heraus habe Geyer versucht, sie zu einem Meineid zu drängen, bestätigt die Zeugin. Heiligabend habe ihr die Beienroder Kirchenvorstandsvorsitzende im Auftrag des Pastors einen Kassiber überbracht. Um Geyer zu entlasten, sollte sie bezeugen, seine Frau in jenen Gummistiefeln gesehen zu haben, die sich später im Auto des Pastors fanden – mit Dreck unter den Sohlen, der dem Boden am Fundort der Leiche verdächtig ähnlich war.

»Eine riesengroße Dummheit«, räumt Geyer ein, als ihn der Richter auf den Brief anspricht, mit dem er die Freundin unter Druck gesetzt hat.

Schon zuvor hat die Glaubwürdigkeit des Pastors Schaden genommen. So hatte Geyer anfangs bestritten, am Tattag aus einer Telefonzelle in der Nähe des Tatorts seinen Sohn angerufen zu haben. Erst als ihn die Ermittler mit belastendem Datenmaterial der Telekom konfrontieren, gibt er zu, die Unwahrheit gesagt zu haben.

So ist es häufig: Wenn der Angeklagte einsieht, dass weiteres Leugnen zwecklos ist, passt er seine Aussagen dem Erkenntnisstand des Gerichts an.

Doch bis zum letzten der mehr als 20 Verhandlungstage weist Klaus Geyer im Gericht alle Tatvorwürfe im Ton der Entrüstung zurück und beklagt in Briefen an seine Getreuen das schreiende Unrecht, das ihm widerfahre – so überzeugend, dass ihm auch solche glauben, deren Vertrauen er bereits missbraucht hat.

Zum Beispiel die Kirchenvorstandsvorsitzende Irmgard G., die sich selbst strafbar machte, weil sie sich bei einem Besuch im Untersuchungsgefängnis von »ihrem« Pastor einen Brief mitgeben ließ, der die Erzieherin Gundela W. zum Meineid verleiten sollte. »Ich wusste ja nicht, was drinsteht«, sagte die Frau später. »Ich dachte, es wär ein lieber Weihnachtsgruß.«

»Furchtbar erschrocken«, sei sie gewesen, als sie von dem Inhalt erfahren habe, sagt die Kirchenvorsteherin. »Er hätte wissen müssen, dass er die Frau nicht so unter Druck setzen darf.« Doch den Stab will die Rentnerin damit nicht über den inhaftierten Pastor brechen. »Wir gehen nicht in seinen Schuhen.«

Hat Geyer diese Tat, die so gar nicht zum Selbstverständnis des pazifistischen, gewaltfreien Theologen und sanftmütigen Intellektuellen passt, vor sich selbst verdrängt? Hat ihn sein Doppelleben als Gottesmann und Ehebrecher zerrissen?

Das mit Spannung erwartete psychiatrische Gutachten kann diese Fragen nicht beantworten. Seelische Krankheiten oder Persönlichkeitsstörungen stellt der Gutachter Ulrich Sachsse zumindest nicht fest.

Der Psychiater konnte den Angeklagten allerdings auch nur im Gerichtssaal beobachten. Zu einer eingehenden Untersuchung war Geyer nicht bereit.

»Hier ist ein Gesicht zerstört worden«, hebt der Gutachter am 3. März 1998 vor Gericht hervor. Die grausamen Verletzungen deuteten darauf hin, dass jemand mit Gefühlen wie unbändiger Wut, Gekränktheit oder der Angst, den Boden unter den Füßen zu verlieren, auf die Pastorenfrau eingeschlagen habe.

Geyer sei kein klassischer Tätertyp, diagnostiziert Professor Sachsse. Er pflege Konflikten mit weitschweifigen Erklärungen zu begegnen, könne seinen Aggressionen auch mit Worten Luft machen. Im Falle des Beienroder Pastors müsse die Bluttat schon durch eine besonders schwere Krise ausgelöst worden sein – zum Beispiel durch das endgültige Scheitern seiner Ehe, das Ende seines Lebensprojekts. Dabei erinnert der Psychiater an eine frühere Krise des Pastors. Damals im Winter 1993, als er seinen Vorsitz bei der »Aktion Sühnezeichen« aufgegeben hatte und mehrere seiner Freunde gestorben waren, hatte Geyer in einem Brief geklagt: »Solch eine Mischung von Depression und Aggression (...) Ich glaube, alles stürzt über mir zusammen.«

Hatten die Eheprobleme Geyer nun in eine ähnliche Endzeitstimmung gestürzt? Für »Konflikte um die mangelnde Treue des Pastors« sei in der von hohen Idealen geprägten Beziehung der Eheleute nur wenig Raum gewesen, befand der Oberarzt des Göttinger Landeskrankenhauses. In der Regel seien die Ehepartner sehr diplomatisch miteinander umgegangen, wenn solch heikle Themen zur Sprache kamen. Dies aber gerade lasse auf Brisanz schließen. »Die allermeisten Menschen sind mit ständiger Kränkung überfordert.«

Und es war offenkundig nicht nur Klaus Geyer, der sich die Freiheit zu Seitensprüngen nahm. Auch Veronika Geyer-Iwand pflegte hin und wieder sexuelle Beziehungen zu anderen Männern.

»Es gab auch Eifersucht – auf beiden Seiten unserer Ehe«, räumt der Angeklagte vor Gericht ein. Und: »Meine Frau konnte mich in die Enge treiben, sehr wohl. Sie konnte höchst ungerecht überziehen, einem Dinge an den Kopf werfen, dass man sich beleidigt fühlte.« Einmal habe sie sogar hinter ihm her geschrieen, als er nach einem Streit das Haus verlassen habe.

Doch es ist eben nicht nur das denkbare Tatmotiv, das Klaus Geyer belastet. Es sind auch harte Indizien und die Aussagen außenstehender Zeugen, die auf seine Täterschaft hindeuten. Zu einem Kronzeugen der Anklage wird vor allem ein Pharmareferent, der sicher ist, den Beschuldigten am Tag der Tat in der Nähe des Leichenfundorts gesehen zu haben. Vom Auto aus habe er einen Mann mit Stirnglatze beobachtet, der wenige Meter von der Landstraße entfernt hinter einem geparkten roten VW-Kombi gestanden habe, berichtet der Zeuge. »Er guckte mich in einer Art und Weise an, die mich betroffen machte.« Obwohl er den Mann nur zwei Sekunden beobachtet habe, sei ihm sofort klar gewesen, dass er hochgradig unter Spannungen gestanden habe. »Mein Gott, was ist denn dem passiert?«, habe er sich bestürzt gefragt, sagt der Arzneimittelvertreter aus.

Eine Krankenschwester will gesehen haben, wie sich der Pastor und seine Frau am Tattag im Auto stritten, während sie aus der Braunschweiger Innenstadt herausfuhren und in Richtung Tatort abbogen. Eine weitere Zeugin berichtet, sie sei dem Ehepaar bereits zwei bis drei Wochen vor der Tat bei einem Spaziergang in der Nähe des Tatorts begegnet.

Die Entlastungszeugen erscheinen dagegen nicht besonders glaubwürdig. So beteuert eine Bahnangestellte, der Pastorenfrau an jenem 25. Juli eine Fahrkarte nach München verkauft zu haben – und zwar bereits nach dem mutmaßlichen Todeszeitpunkt Veronika Geyer-Iwands. Doch die Halskette, die die Zeugin unter anderem bemerkt haben will, hat die Ortsbürgermeisterin an jenem Tag vermutlich gar nicht getragen.

Ins Gewicht fällt dagegen, dass Klaus Geyer für die Tatzeit kein Alibi vorwiesen kann. Niemand kann bestätigen, wie er nach dem vereinbarten Treffen in dem Braunschweiger Mövenpick-Restaurant auf seine Frau gewartet und nach ihr gesucht hat.

Zum entscheidenden Glied in der Indizienkette wird am Ende des Verfahrens der Dreck unter den Gummistiefeln des Pastors. Immer wieder wird die Urteilsverkündung verschoben, weil die Verteidigung ein Gutachten in Frage stellt, das erhebliche Übereinstimmungen zwischen dem Stiefeldreck und dem Waldboden am Leichenfundort konstatiert. Auf Antrag der Verteidigung wird schließlich noch einmal ein Ameisenspezialist geladen, der klären soll, ob die tote Ameise unter dem Pastorenstiefel aus dem Wald am Fundort stammt. Der Antrag erweist sich als Bumerang. Denn der Biologe verkündet, dass die Ameise »mit hundertprozentiger Sicherheit« von der selben Art sei wie die Insekten, die an der Toten gefunden wurden. Und die Chance, nördlich des Harzes auf eine solche »Glänzend schwarze Holzameise« zu treffen, liege bei 1:400.

Der Staatsanwalt fordert eine Haftstrafe von acht Jahren. Die vielen Mosaiksteinchen passten zusammen, ergäben ein Bild, das Klaus Geyer eindeutig überführe, argumentiert der Anklagevertreter Ulrich Hennecke am 24. März. Der Staatsanwalt charakterisiert Geyer als ehrgeizigen Lehrersohn und eitlen Pastor, der früh heiratet und seine Frau dann 25 Jahre »mit gewisser Lässigkeit« betrügt. Auf der anderen Seite habe eine dominante Ehefrau gestanden, die Tochter eines berühmten Theologen, »ein Aushängeschild« für den Dorfpastor. Veronika Geyer-Iwand habe die Eskapaden ihres Mannes zwar zumeist geduldet, aber auch sehr laut und verletzend werden können, wenn sie sich durch eine Geliebte öffentlich herabgesetzt gesehen habe. Das »Warnsignal« habe bei ihr geleuchtet, als sie am Morgen jenes 25. Juli einen Brief der Hamburger Theologin gefunden habe. Die Freundin ihres Mannes habe darin nicht nur ihr eigenes sexuelles Verhältnis dargestellt, sondern auch noch eine weitere Geliebte Geyers erwähnt. Der Brief habe das Fass zum Überlaufen gebracht. Um sich mit seiner erzürnten Frau auszusprechen, sei Geyer am Nachmittag mit ihr zu einem Spaziergang in der Nähe von Braunschweig gestartet. Dabei aber habe sie ihm vermutlich mitgeteilt, dass sie sich von ihm trennen wolle. Und »in einem Moment von unbändigem Hass« habe Geyer zu einem »Kuhfuß« oder Wagenheber gegriffen, um seine Frau zu vernichten. »Das Kartenhaus ist eingestürzt«, resümiert der Staatsanwalt. Geyer habe fürchten müssen, als offenkundiger Ehebrecher Pfarrstelle und Ehrenämter zu verlieren.

Die Verteidiger dagegen plädieren auf Freispruch. »Wir appellieren an das Gericht, sich frei zu machen von moralischen Kategorien«, sagt der hannoversche Anwalt Bertram Börner. Gemeinsam mit einem Kollegen müht sich der renommierte Strafverteidiger fast drei Stunden lang, mit juristischer Fleißarbeit das Anklagegebäude der Staatsanwaltschaft zum Einsturz zu bringen. Im Kofferraum des Pastorenautos hätten sich keinerlei Blutspuren gefunden, die auf den Transport der Schwerverletzten hindeuteten. Auch die Kleidung des Angeklagten weise keine Blutflecken auf, betont Börner. Die außerehelichen Beziehungen schließlich kämen als Tatmotiv nicht in Frage, da Klaus Geyer mit seiner Frau Veronika bereits seit Jahren eine »offene Ehe« führe.

Eindringlich fordern die Verteidiger das Gericht auf, dem Grundsatz »Im Zweifel für den Angeklagten« Geltung zu verschaffen.

Der Angeklagte nutzt sein letztes Wort zu einem erbitterten Plädoyer in eigener Sache. »Es ist für mich eine unerträgliche Vorstellung, dass die Mörder Veronikas frei herumlaufen«, klagt Geyer. Verzweifelt müsse er mit ansehen, wie sein Leben in ein Zerrbild verwandelt werde. Aus schwieriger Position heraus müsse er ankämpfen gegen »die Phantasien jener, die mich fertig machen wollen«. Als Opfer einer »Meute, die mich hinrichten will«, bezeichnet Geyer sich mit pastoralem Pathos.

»Ich bin kein gerechter Mensch, ich bin ein Sünder«, predigt der Angeklagte. »Sie können viel von mir verlangen, aber nicht Einsicht in eine Tat, die ich nicht begangen habe. Da fällt mir nur noch ein verzweifeltes Lachen ein.« Die rund einstündige Erklärung gipfelt in der Forderung: »Ich bitte das Gericht um Recht-Sprechung – nicht nur um Freispruch, sondern um ein Stück Rehabilitation.«

Das Publikum kommentiert das Schlusswort mit einem vielstimmigen »Amen«.

Erwartungsvolle Stille herrscht dagegen am 16. April, als der Vorsitzende Richter Peter Kriebel um 14.02 Uhr das Urteil verkündet. »Im Namen des Volkes wird der Angeklagte zu acht Jahren Haft wegen Totschlags verurteilt.«

Kaum hat der Richter den Satz beendet, sinkt Geyer zusammen, haut wütend mit der Faust auf den Tisch und schlägt die Hände vors Gesicht.

Wie zuvor schon der Staatsanwalt zeigt sich auch die Strafkammer des Gerichts überzeugt, »dass der Angeklagte seine Ehefrau im Streit über die Ehe niedergeschlagen hat«. Geyer habe die Schwerverletzte in ein nahes Wäldchen gefahren und sie dort mit weiteren Schlägen »endgültig« getötet. »Unverschämt«, ruft Geyer schluchzend dazwischen. »Das muss ich mir anhören.«

Doch der Angeklagte muss sich noch mehr anhören. Als wichtigstes Indiz hebt Richter Kriebel jene Gummistiefel hervor, an denen feuchte Erde klebte, die mit hoher Wahrscheinlichkeit vom Leichenfundort stamme. Als glaubwürdig und gewissenhaft charakterisiert der Richter auch den Hauptbelastungszeugen, der Geyer in der Nähe des Tatorts gesehen haben will. Nach dem Verschwinden seiner Frau habe der Pastor sich schließlich eindeutig wie ein Täter verhalten, führt der Richter aus. Anfangs zum Beispiel habe er stets beteuert, dass er seinen Sohn am Tattag aus einer Telefonzelle in der Braunschweiger Innenstadt angerufen habe. Erst als es nicht mehr zu leugnen gewesen sei, habe er zugegeben, dass er eine Telefonzelle in der Nähe des Tatorts nutzte.

Geyer folgt der Urteilsbegründung, indem er sich die Hände vors Gesicht hält und immer wieder aufschluchzt. Als aber der Richter betont, dass Veronika Geyer-Iwand sich nie zu Beleidigungen habe hinreißen lassen und wohl auch in der Stunde ihres Todes nicht, ruft der Verurteilte wütend dazwischen: »Aber ich zum Totschlag, ja?«

Schon kurze Zeit nach dem Urteilsspruch legen Geyers Anwälte Berufung ein. Doch der Bundesgerichtshof weist die Einwände ein gutes Jahr später zurück. Das Urteil wird rechtskräftig. Damit leitet auch die hannoversche Landeskirche ein Disziplinarverfahren ein und entlässt ihren Pastor im November 1999 schließlich endgültig aus dem kirchlichen Dienst. Geyer verliert damit seine Pension und alle Rechte, die sich aus der Ordination ableiten.

In der Kirchengemeinde Beienrode ist das Echo auf das Urteil geteilt. Die Mehrheit des Kirchenvorstands bedauert, den Pastor zu verlieren, der seine Gottesdienste immer so schön auf dem Harmonium begleitet und durch überregionale Konferenzen und Jugendcamps Leben in den Ort gebracht hat. Andere Gemeindemitglieder fühlen sich in ihrer Skepsis bestätigt. Geyer habe schon seit längerer Zeit seine eigentlichen Pflichten als Dorfpastor – wie zum Beispiel den Konfirmandenunterricht – sträflich vernachlässigt, heißt es.

Mit seinen oftmals politisch ausgerichteten Predigten hatte sich der linke, friedensbewegte Theologe ohnehin nicht nur Freunde gemacht. »Mir war er nie sympathisch«, sagt ein 80 Jahre alter Mann, der gleich neben der kleinen Kirche wohnt, aber Geyers Gottesdienste schon lange nicht mehr besucht hat. »Das war doch ein ganz Roter. Beim Kranzniederlegen am Volkstrauertag hat er schlecht über unsere Soldaten gesprochen, dieser Hallodri.«

Auch nach der Verurteilung gibt sich Klaus Geyer noch nicht geschlagen. Aus der Haft heraus pflegt der Theologe weiterhin regen Briefkontakt mit sympathisierenden Gemeindegliedern, Freunden und Unterstützern. Dabei lässt er keinen Zweifel an seiner Unschuld aufkommen und erhebt schwere Vorwürfe gegen Kirche und Justiz.

Zu Beginn seiner Haftzeit muss Geyer seine Zelle zunächst mit mehreren Mitgefangenen teilen. Das Gericht will damit einer möglichen Suizidgefahr vorbeugen. Doch ein psychiatrisches Gutachten entkräftet solche Befürchtungen.

»Ich habe nie ernsthaft daran gedacht, mir das Leben zu nehmen«, sagt Geyer bei einem Gespräch, das ich mit ihm im August 1998 im Gefängnis geführt habe. »Sicher hatte ich depressive Phasen, habe auf dem Hof gesessen und geheult. Aber da waren ja auch meine Kinder und die anderen Menschen, die mich tragen. Und vielleicht hat auch der Trotz eine Rolle gespielt – zu beweisen, dass ich es nicht war.«

Besuch erhält Geyer nicht nur von seinen Freunden und Kindern, sondern auch von seiner weit über 80 Jahre alten Mutter aus Berlin.

Als Bücherwart versorgt er in der Justizvollzugsanstalt Braunschweig seine Mitgefangenen mit Lesestoff aus der Gefängnisbibliothek. Auch seinen musikalischen Neigungen kann der verurteilte Theologe hinter Gittern nachgehen. Bei seinem kurzen Aufenthalt in der Justizvollzugsanstalt Hannover leitet er den Gefangenenchor, nach seiner Verlegung in die Haftanstalt in Geeste bei Lingen im Emsland erhält er die Möglichkeit, Klavier zu spielen.

Im Jahr 2000 erhält Geyer erste »Ausgänge«. Am 23. Dezember 2000 besucht er mit Freunden in Beienrode das Grab seiner Frau Veronika. Auch zu seiner Mutter in Berlin fährt der Theologe mehrmals.

Seit dem Herbst 2001 leidet Klaus Geyer unter einer schmerzhaften Magenerkrankung. Kurze Zeit später wird Prostatakrebs diagnostiziert. Geyer stellt daher im Frühjahr 2002 einen Antrag auf vorzeitige Haftentlassung. Doch das Gnadengesuch wird abgelehnt – zunächst von der zuständigen Staatsanwaltschaft in Braunschweig, später vom niedersächsischen Justizministerium.

Nachdem er zwei Drittel seiner Haftzeit verbüßt hat, wird er am 22. November 2002 schließlich aus dem Gefängnis entlassen.

»Ich bin frei«, teilt er seinen »lieben Freunden und Weggefährten« in einem Rundbrief mit. Gleichzeitig deutet er an, dass er nun selbst den Tod seiner Frau aufklären will:

»Ich kenne mich selbst genug, um zu wissen: So lange diese entsetzliche Dunkelheit über dem Tod meiner Frau liegt, so lange der Mörder meiner Frau frei herumläuft – so lange werde und will ich keine Ruhe finden. Ich weiß jetzt besser als am Anfang meiner Haftzeit, dass ich mich mit bestimmten Dingen einfach abzufinden habe, aber das Gras werde ich über eine ungesühnten Mordtat nicht einfach wachsen lassen.«

Wieder erhebt er bittere Vorwürfe gegen die Justiz: »Die unfassbare Zerstörung, die der Mörder meiner Frau angerichtet hat, ist durch die Justiz nur noch weiter fortgesetzt worden ...«

Geyer nutzt auch einen Fernsehauftritt bei Star-Moderator Günter Jauch, um noch einmal das Unrecht zu beklagen, das ihm widerfahren ist. Große öffentliche Aufmerksamkeit findet zudem ein Spiefilm, der den Fall Geyer in einer Mischung aus Realität und Fiktion darstellt. In weiten Teilen folgt die ZDF-Produktion der Sichtweise des ehemaligen Pastors – folglich steht am Ende der Zweifel an seiner Täterschaft. Eine Woche, bevor »Mord im Haus des Herrn« am 10. März 2003 ausgestrahlt wird, veröffentlicht der »Spiegel« ein großes Interview mit Geyer. Darin führt dieser seine Erkrankung – mittlerweile ist von Knochenkrebs die Rede – als eine Art Wahrheitsbeweis an: »Hätte ich meine Frau tatsächlich erschlagen, dann wäre jetzt doch der Zeitpunkt gekommen, an dem ich reinen Tisch machen sollte. Ich hätte von niemandem etwas zu befürchten.«

Anders als in seinem Rundbrief nach der Entlassung denkt Geyer nun aber offenbar nicht mehr daran, selbst nach dem Täter zu fahnden: »Dafür fehlen mir die Anhaltspunkte, also auch die Hoffnung und die Kraft.«

Schuldbewusst zeigt Geyer sich nur insofern, als er die Vielzahl seiner Seitensprünge bereut. »Wenn ich noch einmal eine Beziehung führte, würde ich dem, was man Treue nennt, einen ganz hohen Stellenwert beimessen. Ich würde keine Nebenbeziehung haben. Die Belastungen sind zu hoch.« Gleichwohl sieht Geyer keine seelsorgerliche Verfehlung in seinen Seitensprüngen. Den Vorwurf von scheinheiliger Doppelmoral weist er weit von sich. Immer habe er sich in seinen Predigten gehütet, »Dinge zu sagen, die ich ganz anders lebte«, beteuert er. »Ich habe zu den Brautleuten nie gesagt: Wehe, wehe, wenn ihr die Ehe brecht.«

Wenige Tage bevor der Film ausgestrahlt wird, meldet sich ein Sohn Geyers über die »Hannoversche Allgemeinen Zeitung« zu Wort und erhebt bittere Kritik an der ZDF-Produktion – und vor allem an seinem Vater. »Er hat gefälscht und gelogen und wird das weiterhin tun«, schreibt der Pastorensohn aus Berlin, der nach dem Tod seiner Mutter den Namen »Geyer« abgelegt und stattdessen einen alten Familiennamen gewählt hat. »Ihm ging es nie um die Wahrheit, sondern nur darum, seine Haut zu retten«, hält R. seinem Vater vor. »Er hat die Menschen, die sich ihm verbunden fühlten, in der Zeit seiner Haft unter Druck gesetzt, für ihn falsche Aussagen zu machen.« Anstatt die Wahrheit ans Licht zu bringen, habe sein Vater sich »aktiv daran gemacht, falsche Spuren zu legen, falsche Aussagen zu produzieren und die Ermittler abzulenken«, klagt der Sohn des früheren Gemeindepastors.

»Tief verletzt« habe es ihn nun, den Film zu sehen, der allzu einseitig Partei für seinen Vater ergreife und seine Mutter in den Hintergrund dränge. »Das ZDF hat ihm für den Versuch, sein Kainsmal irgendwie loszuwerden, diesen Film als Plattform gegeben«, kritisiert R. »Das ZDF verschweigt, dass mein Vater maßgeblich am Drehbuch mitgewirkt hat und dafür bezahlt wurde.«

Aus Sicht des Sohnes ist der Film für den früheren Pastor aber vor allem ein neues Vehikel, sich als »Unschuldslamm« in Szene zu setzen.

Enttäuschend sei für ihn, dass sein Vater niemals ernsthaft den Versuch unternommen habe, mit seinen Kindern ins Reine zu kommen, bedauert R. »Er hat nie etwas zugegeben, Schuld hatten für ihn immer nur die anderen.« Buchstäblich blendend habe es sein Vater verstanden, sich öffentlich als Justizopfer darzustellen. »Er war ja Pastor, er konnte ja mit Worten überzeugen.«

Am 1. November 2003 erliegt Klaus Geyer in Hannover seinem Krebsleiden. Die Beisetzung findet im engsten Familienkreis statt.

*Heinrich Thies im Frühjahr 2013*

## Dank

Ich danke meiner lieben Frau Gabriele Schulte, die den Text dieses Buches in unterschiedlichen Stadien mehrmals gegengelesen, redigiert und mir wertvolle Hinweise gegeben hat. Auch die vielen Gespräche, die ich mit meiner Frau im Verlauf der langen Entstehungszeit von elf Jahren über dieses Projekt geführt habe, waren für mich wichtig.

Dankbar bin ich zudem Pastor Hans-Heinrich Köhnecke, der mich in kirchlichen Fragen beraten und eine frühe Textfassung gegengelesen hat. Sehr hilfreich war es für mich auch, dass mir die frühere Anstaltsleiterin der Justizvollzugsanstalt Salinenmoor, Katharina Bennefeld-Kersten, Einblick in den Gefängnisalltag gewährt hat. Es war für mich eine sehr aufschlussreiche Erfahrung, einmal einige Stunden lang in einer Zelle einzusitzen. Dank schulde ich auch der Psychologieprofessorin Elisabeth Müller-Luckmann, die mich insbesondere beim Thema Verdrängung beraten hat. Die renommierte Gutachterin ist im Juli 2012 im Alter von 91 Jahren verstorben. Auch der Polizei in Celle gilt mein Dank.

Zu guter Letzt danke ich auch meinem Verleger Heinrich Prinz von Hannover für das Vertrauen, das er in dieses Buch gesetzt hat.